GOLDMANN

Autorin

Danielle Steel wurde als Tochter eines deutschstämmigen Vaters und einer portugiesischen Mutter in New York geboren. Als junges Mädchen kam sie nach Frankreich und besuchte verschiedene europäische Schulen. Mit fünfzehn Jahren kehrte sie nach Manhattan zurück, wo sie ihre Schulausbildung abschloß und das Studium der französischen und italienischen Literatur an der Universität von New York begann. Seit 1977 schreibt Danielle Steel, die inzwischen als Mutter von neun Kindern in Kalifornien lebt, Romane, die sie in wenigen Jahren zur bekanntesten und erfolgreichsten Unterhaltungsautorin Amerikas machten.

Von Danielle Steel sind als Goldmann-Taschenbücher außerdem erschienen:

Alle Liebe dieser Erde. Roman (6671) · Liebe zählt keine Stunden. Roman (6692) · Die Liebe eines Sommers. Roman (6700) · Glück kennt keine Jahreszeit. Roman (6732) · Vertrauter Fremder. Roman (6763) · Nur einmal im Leben. Roman (6781) · Nie mehr allein. Roman (6716) · Doch die Liebe bleibt. Roman (6412) · Der Ring aus Stein. Roman (6402) · Träume des Lebens. Roman (6860) · Palomino. Roman (6882) · Schiff über dunklem Grund. Roman (8449) · Es zählt nur die Liebe. Roman (8826) · Sag niemals adieu. Roman (8917) · Familienbilder. Roman (9230) · Das Haus hinter dem Wind. Roman (9412) · Verborgene Wünsche. Roman (9828) · Jenseits des Horizonts. Roman (9905) · Der Preis des Glücks. Roman (9921)

Als Goldmann Hardcover ist lieferbar:

Das Haus hinter dem Wind. Roman (30099)
Jenseits des Horizonts. Roman (30341)
Der Preis des Glücks. Roman (30369)
Töchter der Sehnsucht. Roman (30378)
Abschied von St. Petersburg. Roman (30375)

DANIELLE STEEL

Das Haus von San Gregorio

Unter dem Regenbogen

Zwei Romane in einem Band

GOLDMANN VERLAG

Der Goldmann Verlag
ist ein Unternehmen der Verlagsgruppe Bertelsmann

Made in Germany · 8/91 · 6. Auflage
Das Haus von San Gregorio

Der Band erschien erstmalig und in gekürzter Form 1981 unter dem
Titel »Die Liebe endet nie« als Goldmann-Taschenbuch
Unter dem Regenbogen

Umschlaggestaltung: Design Team München
Umschlagphoto: The Image Bank, München
Druck: Elsnerdruck, Berlin
Verlagsnummer: 11961
SD · Herstellung: Heidrun Nawrot/SC
ISBN 3-442-11961-8

Das Haus von San Gregorio

Aus dem Amerikanischen von
Christine Frauendorf-Mössel

Titel der Originalausgabe: To love again
Originalverlag: Dell Publishing, New York

1

In jeder Stadt gibt es eine Jahreszeit, in der nahezu alles perfekt ist. Es sind jene Wochen nach der Hitze des Sommers und vor Einbruch des kalten, trüben Winters, in denen man von Schnee und Regen noch nicht einmal träumt. Eine Zeit der Reinheit und Klarheit und der kühleren Temperaturen; eine Zeit, in der der Himmel noch strahlend blau ist und die Menschen sich wieder in Wolle wohl fühlen und alles schneller anpacken als in den vorausgegangenen Monaten. Es ist jene Zeit, in der jeder zu neuem Leben erwacht, plant, handelt, lebt und der September langsam in den Oktober übergeht. Die Frauen sehen dann besser aus, die Männer fühlen neuen Elan, und selbst die Kinder in Paris, New York, San Francisco... und vor allem vielleicht in Rom kehren frisch und munter in die Schulen zurück. Dann sind alle von den Ferien auf Capri, wo sie mit den alten, klapprigen Taxis zwischen der Marina Piccola und der Piazza hin und her pendelten, vom Strand von Ischia, vom sonnigen San Remo oder von den einfacheren Badefreuden an den Stränden von Ostia wieder zurückgekehrt. Ende September ist es mit den Ferien vorbei. Es ist tatsächlich Herbst geworden. Die Jahreszeit neuer Schaffenskraft, die herrlichen Monate sind angebrochen, in denen die Lebenslust wiederkehrt.

Isabella di San Gregorio saß entspannt auf dem Rücksitz ihrer Limousine. Sie lächelte still vor sich hin. Ihre dunklen Augen funkelten, und ihr schwarzes, von zwei Schildpattkämmen zurückgehaltenes Haar schimmerte, während sie die Passanten in den Straßen beobachtete. Der Verkehr in Rom war wie immer chaotisch. Doch Isabella war daran gewöhnt. Abgesehen von gelegentlichen Besuchen bei der Familie ihrer Mutter in Paris und einem einjährigen Aufenthalt als Einundzwanzigjährige in den Vereinigten Staaten, hatte sie immer in Rom gelebt. Ein Jahr nach ihrem Amerikaaufenthalt hatte sie Amadeo geheiratet und war zur beinahe legendären Königin der römischen Haute Couture geworden. Obwohl sie praktisch schon in dieses Metier hineingeboren war, hatte ihre Karriere durch die Heirat einen Aufschwung erlebt, aber ihren glänzenden Ruf hatte sie sich nicht allein durch die Ehe mit Amadeo, sondern auch durch ihre ungewöhnliche Begabung erworben. Amadeo war der Erbe des Hauses San Gregorio, des berühmtesten römischen Modeateliers, einem der größten Teilnehmer am internationalen Wettbewerb um Frauen, die über enorme Geldmittel und guten Geschmack verfügen und bei denen es zum guten Ton gehört, bei San Gregorio arbeiten zu lassen. San Gregorio war der Inbegriff von Haute Couture, und seine Repräsentanten, Amadeo und Isabella, wurden von aller Welt bewundert: Amadeo, der blonde Mann mit grünen Augen, in dem viele das florentinische männliche Schönheitsideal wiederfanden, der das Modehaus mit einunddreißig Jahren geerbt hatte, und Isabella, die Enkelin von Jacques-Louis Parel, dem König der Pariser Haute Couture, dessen Atelier seit neunzehnhundertzehn bestand.

Isabellas Vater war Italiener gewesen, hatte von seiner Tochter jedoch stets voller Stolz behauptet, sie sei eine Vollblut-Französin. Ihrem Wesen und ihrem Geschmack nach traf das auch zu. Das absolut sichere Stilempfinden hatte sie von ihrem Großvater. Mit siebzehn schon verstand sie mehr von Mode als andere, die bereits seit vielen Jahren in diesem Metier tätig waren. Mode lag ihr im Blut. Sie war eine überdurchschnittlich begabte Designerin, hatte Sinn für Farben und einen untrüglichen Instinkt für den zukünftigen Trend... das Ergebnis eines jahrelangen Studiums der Kollektionen ihres Großvaters. Daß der weit über achtzigjährige Jacques-Louis Parel dann allerdings das Modehaus an einen amerikanischen Konzern verkauft hatte, konnte Isabella ihm nie verzeihen.

Natürlich hatte sie sich dann doch damit abgefunden. Trotzdem wünschte sie manchmal, ihr Großvater hätte gewartet... hätte geahnt, daß sie... Doch in diesem Fall wäre sie in Paris geblieben, hätte mit zweiundzwanzig keinen eigenen kleinen Modesalon in Rom eröffnet und nie Amadeo kennengelernt. Es hatte damals sechs Monate gedauert, bis sie sich begegnet waren, sechs Wochen, bis sie über eine gemeinsame Zukunft Klarheit gewonnen hatten, und nur drei weitere Monate, bis Isabella Amadeos Frau und der leuchtende Stern am Himmel des Hauses San Gregorio geworden war. Ein Jahr später war sie die Chefdesignerin des Ateliers und hatte damit eine Stellung, die zu den begehrtesten der Branche gehörte.

Isabella war eine durchaus beneidenswerte Frau. Sie besaß einfach alles: Eleganz, Schönheit und Erfolg, den sie gelassen, beinahe selbstverständlich hinnahm, und sie hatte einen Stil und eine Ausstrahlung, die ihr noch als betagte Dame eine unwiderstehliche Faszination verleihen würden. Isabella di San Gregorio war in jeder Beziehung eine Königin und mehr noch. Ihre unbeschwerte Fröhlichkeit, das Glitzern ihrer großen, dunklen Augen, ihre Sensibilität und Menschenkenntnis machten sie zu einer unwiderstehlichen Frau.

Als die Limousine im Verkehrsstau nach der Piazza Navona stekkenblieb, lehnte sich Isabella träumerisch in die Polster zurück und schloß die Augen. Das laute Hupen drang nur gedämpft durch die geschlossenen Fenster in das Wageninnere. Außerdem war Isabella die laute Kulisse Roms zu sehr gewöhnt, um sich von diesem Lärm stören zu lassen. Der Trubel in dieser Stadt gehörte ebenso wie die Hektik in der Modebranche zu ihrem Leben, und sie genoß beides. Ohne all das hätte Isabella gar nicht existieren können. Obwohl sie sich ein Jahr zuvor von ihren Aufgaben und Pflichten im Haus San Gregorio etwas zurückgezogen hatte, war es für sie undenkbar, ihren Beruf aufzugeben. Vor Alessandros Geburt vor vier Jahren hatte das Geschäft alles für sie bedeutet. Die großen Frühjahrskollektionen, die immer wieder vorkommende Werkspionage durch Konkurrenzunternehmen, die Entwicklung einer Boutique-Mode mit verkaufsfertigen Modellen für den Export nach Amerika, das Entstehen der ersten Herrenkollektion und die Aufnahme der Produktion von Kosmetikartikeln und Seife, darum hatte sich alles in ihrem Leben gedreht. Das konnte sie nicht aufgeben... nicht einmal Amadeos Kind zuliebe. Es war ihr Leben, ihr Traum. Doch mit jedem Jahr war das quälende Gefühl der Einsamkeit und Leere in ihr stärker geworden, wenn sie um halb neun Uhr abends nach Hause kam und andere ihr Kind bereits ins Bett gebracht hatten.

»Es bedrückt dich, stimmt's?« Amadeo hatte sie aufmerksam angesehen, als sie eines Abends nachdenklich auf dem langen, grauen Recamier-Sofa gesessen hatten, das in einer Ecke des Wohnzimmers stand.

»Was meinst du?« hatte sie abwesend nachgefragt. Sie war müde und verwirrt.

»Isabellezza...« Amadeo hatte sie von Anfang an so genannt, und diese Kombination aus der ersten Silbe ihres Vornamens *›Isa‹* und dem italienischen Wort für Schönheit *›-bellezza‹* entlockte ihr wie immer ein Lächeln. *»Isabellezza,* redest du nicht mehr mit mir?«

Sie lächelte zaghaft und seufzte. »Doch, natürlich.«

»Ich habe dich gefragt, ob es dich bedrückt, daß du tagsüber nicht hier bei dem Kind sein kannst.«

»Manchmal. Ich weiß nicht. Ich kann es nicht erklären. Wir... wir spielen so schön miteinander... wenn ich sonntags Zeit habe...« Tränen glitzerten in ihren schönen dunklen Augen. Amadeo breitete die Arme aus, und sie schmiegte sich willig an ihn und lächelte unter Tränen. »Ich bin verrückt. Eigentlich habe ich alles. Aber warum läßt dieses dämliche Kindermädchen Alessandro nicht aufbleiben, bis ich heimkomme?«

»Alle dieci?« Bis zehn Uhr?

»Unsinn, es ist doch erst...«

Sie hatte auf die Uhr gesehen und gemerkt, daß er recht hatte. Amadeo und Isabella hatten gegen acht das Büro verlassen, hatten auf dem Heimweg noch eine Stunde mit ihrem Anwalt in dessen Kanzlei gesprochen, anschließend ihre Lieblingskundin aus Amerika im Hotel Hassler kurz besucht und waren dann um zehn Uhr nach Hause gekommen.

»Tatsächlich! Also gut. Es ist schon spät. Aber normalerweise sind wir um acht Uhr hier, und dann ist Alessandro trotzdem schon im Bett.«

Isabella hatte Amadeo ärgerlich angesehen. Doch Amadeo hatte nur leise gelacht, während er sie in seinen Armen hielt.

»Was willst du eigentlich? Soll Alessandro wie diese Schauspielerkinder werden, die schon mit neun Cocktailpartys besuchen? Warum machst du dich nicht einfach öfter frei?«

»Das kann ich nicht.«

»Du willst es nicht.«

»Doch, natürlich – nein, du hast recht.« Sie hatten beide unwillkürlich gelacht. Es stimmte. Sie wollte es nicht und wollte es doch. Sie wollte ihrem Kind mehr Zeit widmen können, bevor der Junge neunzehn war und sie alles versäumt hatte. Sie hatte ähnliches zu oft bei anderen Karrierefrauen beobachtet... sie haben meistens die besten Absichten, nehmen sich fest vor, sich mehr um die Familie zu kümmern, wollen es und tun es doch nie. Und dann wachen sie eines Tages auf, und ihre Kinder sind erwachsen und aus dem Haus. Die Besuche im Zoo, im Kino, im Museum, die gemeinsamen Stunden haben nie stattgefunden, aber die Telefone klingeln weiter, und die Kunden warten. Isabella wollte nicht wie die anderen diese schönen Augenblicke verpassen. Solange Alessandro noch ein Baby gewesen war, war das anders gewesen. Doch inzwischen war er vier Jahre alt und merkte deutlich, wenn er seine Mutter in drei Tagen nur zwei Stunden lang zu Gesicht bekam; er merkte, daß sie ihn häufig nicht vom Kindergarten abholte oder zusammen mit Amadeo sechs Wochen nichts anderes tat, als die nächste Kollektion und die neue Konfektionsmode für die USA zu planen.

»Du siehst unglücklich aus, Liebes. Soll ich dich entlassen?« Zu Amadeos Entsetzen hatte Isabella genickt. »Meinst du das ernst?« Er starrte sie ungläubig an.

»Teils, teils. Es muß doch eine Möglichkeit für mich geben, nur noch halbtags zu arbeiten und mehr Zeit hier zu verbringen.« Isabella hatte sich in dem luxuriös eingerichteten Raum umgesehen und dabei an das Kind gedacht, mit dem sie den ganzen Tag über kein Wort gewechselt hatte.

»Wir wollen uns die Sache überlegen, Bellezza, vielleicht gibt es irgendeine Möglichkeit.«

Tatsächlich hatten sie eine perfekte Lösung gefunden. Seit acht Monaten war Isabella nur noch beratende Chefdesignerin des Hauses San Gregorio. Sie traf dieselben Entscheidungen wie eh und je, hatte überall ein Wort mitzureden, und ihr Stil war an jedem Modell zu erkennen, das San Gregorio verkaufte. Trotzdem hatte sie mit dem täglichen Kleinkram nichts mehr zu tun. Das bedeutete natürlich, daß auf Bernardo Franco, dem Direktor der Firma und Freund der Familie, noch mehr Arbeit und Verantwortung lastete und daß ein anderer Designer eingestellt werden mußte, der die organisatorischen Aufgaben, die zwischen Isabellas Entwurf und der Herstellung eines Modells anfielen, übernehmen mußte. Doch es klappte alles vorzüglich. Isabella kam und ging. Sie nahm an den wichtigsten Besprechungen teil und legte zusammen mit Amadeo einmal wöchentlich alle Richtlinien fest. Zwar kam sie noch immer ab und zu in ihr Büro, wenn sie in der Nähe zu tun hatte, doch zum ersten Mal hatte sie das Gefühl, Alessandro wirklich eine Mutter sein zu können. Sie aßen zusammen im Garten zu Mittag, sie sah ihn bei einer Kindergartenaufführung, sie ging mit ihm in den Park und brachte ihm lustige englische Kinderreime und französische Lieder bei. Sie lachten zusammen, liefen um die Wette und spielten. Sie hatte alles, was sich eine Frau wünschen konnte: einen Beruf, einen Mann und ein Kind. Und sie war so glücklich wie noch nie zuvor. Das merkte man deutlich am Glitzern ihrer Augen, an ihrem Lachen, ihren Bewegungen und daran, wie sie aussah, wenn Amadeo nach Hause kam. Und man spürte es, wenn sie im Freundeskreis von Alessandros Heldentaten berichtete. »Ihr solltet mal sehen, wie gut das Kind zeichnen kann!« Alle freuten sich mit ihr. Und am meisten natürlich Amadeo, der seine Frau glücklich sehen wollte. Auch nach zehn Ehejahren bewunderte und liebte er sie mehr denn je. Außerdem ging das Geschäft immer besser, und das trotz der Veränderung in der Unternehmensführung. Doch Isabella hatte sich ja nicht ganz aus dem Geschäft zurückgezogen. Das hätte ihrem Charakter nicht entsprochen. Ihre Handschrift war in jedem Detail sichtbar geblieben. Ihr Geschmack und das ihr eigene Geschick kam der Firma nach wie vor zugute.

Die Limousine hielt am Bürgersteig an, und Isabella warf einen letzten Blick auf die Passanten. Die Mode dieses Jahres gefiel ihr besonders gut. Sie war großzügig und sehr feminin und erinnerte lebhaft an frühere Kollektionen ihres Großvaters. Isabella trug ein elfenbeinfarbenes Wollkleid, das ihre zierliche Gestalt in schmalen Falten umschloß. Um den Hals hatte sie eine dreireihige Kette aus ungewöhnlich großen Perlen und über den Arm eine schokoladenbraune Nerzjacke gelegt, die von einem Pariser Kürschner geschaffen worden war, der früher für das Haus Parel gearbeitet hatte. Isabella war zu sehr in Eile, um die Jacke anzuziehen. Sie wollte mit Amadeo noch schnell die letzten Einzelheiten der Modelle für Amerika besprechen, bevor sie sich mit einer Freundin zum Mittagessen traf. Sie warf einen letzten Blick auf ihre mit einem Saphir und Brillanten besetzte Golduhr. Es war zwanzig nach zehn.

»Danke, Enzo. Ich komme fünf vor zwölf wieder zurück.« Enzo, der mit einer Hand den Wagenschlag aufhielt, legte die andere Hand an die Chauffeursmütze und lächelte. In letzter Zeit war es eine Freude für Isabella di San Gregorio zu arbeiten, und die Spazierfahrten mit ihr und dem kleinen Jungen machten ihm besonders Spaß. Alessandro erinnerte ihn an seine Enkel, von denen sieben in Bologna und fünf in Venedig lebten. Er besuchte sie zwar, doch Rom war seine

Heimat geblieben. Trotz ihrer französischen Mutter und dem Aufenthalt in den Vereinigten Staaten war auch für Isabella Rom, ihre Geburtsstadt, der einzige Ort der Welt, wo sie leben und sterben wollte. Und in diesem Punkt fühlte sie wie alle Römer.

Als sie mit energischen Schritten den Bürgersteig überquerte und auf das schwarze Portal in der schönen alten Fassade zuging, warf sie einen kurzen Blick nach rechts. Sie tat das immer, um festzustellen, ob Amadeo im Haus war. Sie mußte nämlich nur nach dem eleganten silbergrauen Ferrari Ausschau halten, der auch jetzt am Straßenrand vor dem Gebäude parkte und den sie den silbernen Torpedo nannte. Niemand außer Amadeo durfte diesen Wagen fahren. Die Marotte brachte Amadeo viel Spott ein... vor allem von Isabella. Wenn es um seinen Sportwagen ging, benahm Amadeo sich wie ein kleines Kind, das sich ein bestimmtes Spielzeug nicht aus der Hand nehmen ließ. Er wollte es mit niemandem teilen. Nur er durfte damit fahren, ihn parken, pflegen und damit spielen. Nicht einmal der Portier des Hauses San Gregorio, der bereits seit zweiundvierzig Jahren dort arbeitete, hatte diesen Wagen je gefahren. Isabella lächelte vor sich hin, während sie auf die schwarze Tür zuging. Manchmal war er wirklich wie ein kleiner Junge. Aber deshalb liebte sie ihn um so mehr.

»Buon giorno, Signora Isabella.« Nur Ciano, der alte Portier in schwarz-grauer Livree, nannte sie beim Vornamen.

»Ciao, Ciano, come sta?« Isabella lächelte und zeigte dabei zwei Reihen schöner Zähne. *»Va bene?«* Alles in Ordnung?

»Benissimo«, antwortete Ciano mit seiner tiefen, wohlklingenden Stimme und riß das Portal mit einer Verbeugung weit auf.

Die Tür fiel mit einem gedämpften Knall hinter Isabella zu. In der Eingangshalle blieb sie einen Augenblick stehen und sah sich um. Dieses Gebäude war ebenso ihr Zuhause wie die Villa an der Via Appia Antica: der Fußboden aus herrlichem rosaroten Marmor, die Bezüge und Vorhänge aus grauem Samt und rosa Seide, der Kristallüster, der schon im Entrée des Hauses Parel in Paris gehangen hatte. Letzteren hatte Isabellas Großvater in Wien anfertigen lassen, und er war von unschätzbarem Wert. Eine geschwungene Marmortreppe führte zum großen Salon im ersten Stock hinauf. In der zweiten und dritten Etage befanden sich die ebenfalls ganz in Grau- und Rosétönen... den Farben von Rosenblättern und Asche... gehaltenen Büros. Diese Farbkombination tat dem Auge wohl und paßte gut zu den sorgfältig ausgewählten Bildern, den antiken Spiegeln, den eleganten Beleuchtungskörpern und den kleinen Sofas im Stil Louis XVI., die überall in den Nischen standen und auf denen sich die Kundinnen unterhalten und ausruhen konnten. Mädchen in grauen Uniformen und gestärkten weißen Schürzen eilten über die Gänge und brachten Tee und Sandwiches in die Vorführungsräume, wo Kundinnen Anproben über sich ergehen ließen und sich insgeheim fragten, wie die Mannequins stundenlange Modeschauen überstehen konnten. Isabella blieb stehen und sah sich in ihrem Reich um.

Dann betrat sie den kleinen privaten Lift, drückte auf den Knopf zum dritten Stock und ließ sich noch einmal ihre Pläne für diesen Vormittag durch den Kopf gehen. Es gab nur noch einige Kleinigkeiten, die erledigt werden mußten. Den Großteil der anstehenden Arbeit hatte sie bereits am Morgen hinter sich gebracht. Sie hatte die einzelnen Entwürfe mit Gabriela, der Chefdesignerin, und organisatorische Probleme mit Bernardo und Amadeo besprochen. Aus diesem Grund gab es für den Rest des Tages nicht mehr viel zu tun. Die Lifttür glitt lautlos zurück und führte zu einem langen, mit grauen Teppichen ausgelegten Korridor. Die Einrichtung im Haus San Gregorio war dezent und unauffällig. Gerade der richtige Hintergrund für eine außergewöhnliche Frau wie Isabella, eine Frau, die man nicht übersehen konnte und die auch gesehen werden wollte. Auch für die Schöpfungen des Ateliers war es wichtig, daß der Rahmen, das, was hier gezeigt wurde, nicht erdrückte. Trotz der schönen Proportionen des ehemaligen Prinzenpalais aus dem siebzehnten Jahrhundert, waren die Kreationen des Hauses San Gregorio einfach und spektakulär, um im Schatten faszinierender Architektur oder auffälliger Interieurs zu bleiben. Isabella hatte eine bemerkenswerte Komposition aus phantastischem Design und ungewöhnlichen Materialien geschaffen, die sie an Frauen verkaufte, die diese gut zu tragen wußten. Es war Isabella natürlich bekannt, daß irgendwo in Amerika, in Paris oder Mailand Frauen ihre Modelle trugen, die kaum mit jenen Kundinnen vergleichbar waren, die in das Stammhaus nach Rom kamen. Die Damen, die dieses Haus betraten, waren etwas Besonderes: Gräfinnen, Prinzessinnen, Schauspielerinnen, Schriftstellerinnen, Persönlichkeiten von Funk und Fernsehen, eben Berühmtheiten, die für die Modelle von

San Gregorio alles gaben. Viele dieser Frauen waren wie Isabella... spektakulär, sinnlich, faszinierend.

Isabella ging auf eine Flügeltür am Ende des langen Korridors zu und drückte die polierte Messingklinke herunter. Lautlos trat sie vor den Schreibtisch der Sekretärin.

»Signora!« Die Sekretärin sah erschrocken auf. Im Haus San Gregorio herrschte eine ständige Ungewißheit darüber, wann Isabella wo, in welcher Laune und mit welchen Absichten auftauchen würde. Doch an diesem Tag nickte sie nur lächelnd und ging in Amadeos Büro. Sie wußte, daß er dort sein mußte. Sein Wagen hatte seine Anwesenheit verraten. Außerdem hielten er und Bernardo sich meistens in ihren Büroetagen auf, während Isabella das ganze Haus unsicher machte, plötzlich im Ankleidezimmer der Mannequins, in den Gängen vor den Anproberäumen der Kundinnen oder im großen Salon mit dem langen, mit grauer Seide bespannten Laufsteg erschien. Die Seidenbespannung des Laufstegs mußte übrigens ständig erneuert werden, eine Tatsache, die Bernardo, der als Direktor der Firma wirtschaftlich denken mußte, sehr ärgerte. Zwar setzte Amadeo in seiner Eigenschaft als Präsident und Eigentümer der Firma die Höhe des Budgets fest, doch mußte Bernardo damit auskommen und dafür sorgen, daß die Ausgaben für Stoffe, Perlen, Federschmuck und andere Accessoires im festgesetzten Rahmen blieben. Dank Bernardo wurde das Haus seit Jahren exzellent geführt, und auf Grund von Amadeos Investitionen und wirtschaftlichem Weitblick stiegen die Gewinne ständig, während Isabella für den Glanz und den ausgezeichneten Ruf der Firma sorgte. Trotzdem war es Bernardo, der die Finanzen und die Produktion miteinander koordinierte, der kalkulierte und überlegte, welche Werbung zum Erfolg einer Kollektion beitragen konnte oder was ein Risiko wert war. Und in all den Jahren hatte Bernardo sein Urteil noch nie revidieren müssen. Seine Klugheit und seine Ausstrahlung ließen Isabella oft an einen stolzen Matador denken, der den Stier mit der roten Muleta reizte und am Ende doch immer siegte. Isabella bewunderte und mochte ihn. Doch sie liebte ihn nicht so, wie er sie liebte. Bernardo nämlich hatte sie von jeher... schon vom ersten Tag an verehrt.

Amadeo und Bernardo waren seit vielen Jahren Freunde gewesen und hatten das Modehaus San Gregorio schon gemeinsam geführt, als Isabella auf der Bildfläche erschienen war. Eigentlich hatte Bernardo

Isabella in ihrem kleinen römischen Atelier entdeckt und Amadeo gedrängt, sich ihre Entwürfe anzusehen und sie wenn möglich zu überreden, für die Firma San Gregorio zu arbeiten. Trotz ihrer Jugend war Isabella schon damals eine faszinierende Persönlichkeit und Schönheit gewesen. Als die beiden Männer an jenem denkwürdigen Tag zu ihr gekommen waren, hatte sie zwar nur eine schlichte rote Seidenbluse, einen weißen Leinenrock und Goldsandaletten getragen und doch wie eine Königin ausgesehen. Kaum hatten sich Isabellas und Amadeos Blicke getroffen, war ihr Schicksal besiegelt gewesen. In jenem Moment war auch Bernardo klargeworden, was er für Isabella empfand und daß sein Freund die größeren Chancen hatte. Amadeo und Isabella hatten sich Hals über Kopf ineinander verliebt, und Bernardo hatte sich Isabella nie erklärt. Dazu war es zu spät, und er hätte seinen Freund niemals hintergangen. Amadeo bedeutete ihm zuviel; seit vielen Jahren waren sie wie Brüder, und Amadeo war nicht der Mann, den man betrog. Alle mochten und verehrten ihn. Er war ein Mensch, von dem man geliebt werden wollte, und nicht jemand, dem man wehtun konnte. Also tat dies Bernardo auch nicht. Außerdem wußte er, daß diese Verhaltensweise ihn vor der schmerzlichen Erfahrung einer Zurückweisung bewahrte. Schließlich war es auch für Bernardo kaum zu übersehen, wieviel sie für Amadeo empfand. Amadeo beherrschte all ihre Gefühle. Amadeo bedeutete ihr mehr als ihre Arbeit, und das hieß bei einer Frau wie Isabella viel. Dagegen kam Bernardo nicht an. Er bewahrte also seinen Stolz, verschloß sein Geheimnis und seine Liebe in seinem Inneren und sorgte dafür, daß die Firma San Gregorio florierte. Bernardo lernte, Isabella auf andere Weise zu lieben und Amadeo und Isabella, beide zusammen, auf seine Art zu verehren. Und seine Gefühle ihnen gegenüber waren rein und hell wie das Licht. Diese Einstellung allerdings brachte starke Spannungen zwischen Isabella und Bernardo mit sich, die sich jedoch für das Geschäft als ausgesprochen vorteilhaft erwiesen. Die Resultate ihrer wütenden Auseinandersetzungen waren jene faszinierenden Modelle, die die Mannequins auf den Laufstegen des Hauses San Gregorio zur Schau trugen... Und diese Mannequins landeten nicht selten direkt in Bernardos Armen. Doch auch er hatte schließlich neben seiner Arbeit und seiner Verehrung für Isabella und Amadeo noch ein Recht auf ein Privatleben. Bernardo hatte das gewisse Etwas, das die Kundinnen und

Mannequins des Hauses auf unerklärbare Art und Weise magnetisch anzog. Dieser männliche Zug war Teil seines Wesens, wie sein unfehlbarer Sinn für guten Stil oder die Achtung und die Verehrung, die er für die beiden Menschen empfand, für die er arbeitete, und die praktisch eins geworden waren. Bernardo hatte nur zu gut begriffen, daß er mit Isabella nie dieselbe Harmonie und Perfektion erreicht hätte. Sie wären stets zwei Individuen geblieben... immer verliebt und doch ständig im Kampf miteinander. Hätte Isabella je von seinen Gefühlen für sie erfahren, wären ihre beiden Welten aufeinandergeprallt wie zwei feuerspeiende Vulkane. Bei Isabella und Amadeo war das ganz anders. Ihre Beziehung war zärtlich, sanft und stark. Ihre Seelen waren eins geworden. Wenn Isabella Amadeo in die Augen sah, dann konnte man erleben, wie sie darin versank, darin zu sich selbst fand und ihre Seele Flügel bekam. Amadeo und Isabella lebten in perfekter Harmonie miteinander. Dies war eine Tatsache, die auch Bernardo im Lauf der Zeit ohne Neid und Ärger zu akzeptieren gelernt hatte. Es war unmöglich, ein solches Paar nicht zu bewundern. Schon allein die äußerliche Erscheinung der beiden war faszinierend. Inzwischen hatte sich Bernardo also damit zufriedengegeben, ein leidenschaftliches ›Arbeits‹-Verhältnis mit einer Frau zu haben, die er aus der Ferne rein platonisch liebte und verehrte. Ansonsten lebte er sein eigenes Leben. Dennoch teilte er etwas Besonderes mit Amadeo und Isabella. Sie waren ein untrennbares Dreigespann. Daran würde sich nie etwas ändern, und das wußten sie auch.

Vor Amadeos Bürotür lächelte Isabella unwillkürlich. Sie konnte diese Tür nie ansehen, ohne an jenes erste Mal zu denken, als sie dieses wunderschöne Haus betreten hatte. Damals war vieles noch anders gewesen. Die Räume waren schon immer hübsch, aber nie so elegant eingerichtet gewesen wie jetzt. Sie hatte mehr aus diesem Haus gemacht... ebenso wie Amadeo mehr aus ihr gemacht hatte. Sie wuchs stetig in seiner Gegenwart, fühlte sich bedeutend und sicher; sicher genug, um das zu sein, was sie war, das zu tun, was sie wollte, etwas zu wagen und sich in einer Welt zu bewegen, die keine Schranken kannte. Amadeo hatte ihr das Gefühl gegeben, all das sein zu können, was sie sein wollte, und kraft seiner Liebe war das für sie auch möglich geworden.

Isabella klopfte leise an die Tür, von deren Existenz nur wenige wußten. Sie führte direkt in Amadeos Privatbüro. Nur Isabella und

Bernardo benutzten diese Tür. Als Amadeos Stimme »herein« rief, drückte sie die Klinke hinunter und trat ein. Einen Augenblick lang sahen sie sich nur schweigend an und fühlten, wie jene Erregung von ihnen Besitz ergriff, die sie seit ihrer ersten Begegnung kannten. Amadeo lächelte wie in Erwiderung ihrer Gefühle. In seinen Augen lag unverhohlene Freude und eine zärtliche Bewunderung, die Isabella meist magnetisch in seine Arme zog. Es waren seine Zärtlichkeit, die Sanftheit und Sensibilität, die sie am meisten liebte. Das Feuer, das in ihm brannte, unterschied sich von dem ihren... es war eine stolze Flamme, die für die Traurigen und Müden ein stetes Zeichen war und nie verlöschen würde. Isabellas Licht dagegen tanzte und flackerte so glitzernd und hell in jeder Nacht, daß man beinahe seine Nähe fürchten konnte. Amadeo allerdings fürchtete niemand. Er war allem und jedem gegenüber aufgeschlossen. Jeder wollte ihm nahe sein, doch eigentlich war dieser Platz nur Isabella vorbehalten. Mit Ausnahme von Bernardo... doch das war wieder etwas anderes.

»*Allora, Isabellezza.* Was führt dich her? Ich dachte, wir hätten gestern schon alles besprochen.« Er lehnte sich auf dem Stuhl zurück und streckte die Hand nach ihr aus. Sie nahm sie.

»Ja, mehr oder weniger schon. Aber inzwischen sind mir noch ein paar Ideen gekommen.« Ein paar... Amadeo mußte bei diesen Worten unwillkürlich lachen. ›Ein paar‹ bedeutete bei Isabella meistens ›eine ganze Menge‹. Isabella hatte niemals nur ein ›paar‹ von irgend etwas... weder was ihre Garderobe noch was ihren Schmuck betraf. Amadeo lächelte, als sie sich zu ihm herabbeugte und seine Wange küßte. Er legte die Hand auf ihren Arm.

»Du siehst heute wieder bezaubernd aus.« Das Leuchten in seinen Augen wärmte sie.

»Besser als heute morgen?« erkundigte sie sich, und sie lachten beide, als sie daran dachten, wie Isabella mit Crème auf dem Gesicht, aufgestecktem Haar und mit einem saloppen Morgenmantel bekleidet vor dem Spiegel ihres Toilettentisches gesessen hatte.

Amadeo schüttelte schließlich den Kopf. »Nein. Heute morgen hast du mir eigentlich noch besser gefallen. Aber... so mag ich dich auch. Ist das ein Kleid aus unserer Kollektion?«

»Natürlich. Ich würde nie etwas anderes tragen.« Für einen Moment traf Amadeo ein blitzender Blick aus Isabellas dunklen Augen.

»Es sieht fast so aus wie eines der Modelle deines Großvaters.« Amadeo musterte sie prüfend. Er sah und merkte meistens alles.

»Du hast's erraten. Die Idee dazu habe ich aus seiner Kollektion aus dem Jahr neunzehnhundertfünfunddreißig gestohlen.« Sie lächelte. »Aber ein bißchen ist es auch von mir.«

Er küßte sie amüsiert. »Es ist wunderschön.«

»Es ist ganz gut, daß wir nicht mehr den ganzen Tag über zusammenarbeiten. Wir würden vermutlich überhaupt nichts tun. Manchmal frage ich mich, wie wir das früher gemacht haben.« Sie lehnte sich in ihrem Sessel zurück und betrachtete ihn. Es war unmöglich, Amadeo nicht zu bewundern. Der große, elegante und schlanke Mann erinnerte an die römischen Statuen in den Uffizien von Florenz. Aber es waren nicht nur Äußerlichkeiten, die ihn so faszinierend erscheinen ließen. In seinen grünen Augen lag Wissen, Klugheit und Humor. Amadeo strahlte Stärke, Sicherheit und Machtbewußtsein aus. Er war der Chef des Hauses San Gregorio, der Erbe einer Machtposition, die Stellung kleidete ihn, und er wußte sie auszufüllen. Amadeo war für diese Position wie geschaffen. Der elegante Nadelstreifenanzug betonte seine schlanke, große Gestalt... und seine breiten Schultern mußten erst gar nicht betont werden. Alles an Amadeo war echt und unverfälscht: die Eleganz, das gutgeschnittene aristokratische Gesicht, sein herzliches Wesen, der scharfe Intellekt, die Fürsorglichkeit für die, die um ihn waren... die Liebe und Leidenschaft für seine Frau.

»Was machst du hier eigentlich heute in diesem eleganten Aufzug?« wollte Amadeo wissen. »Ich meine abgesehen davon, daß du mir ›ein paar‹ Ideen mitteilen wolltest.« Er lächelte erneut, als sich ihre Blicke trafen, und Isabella mußte ebenfalls lächeln.

»Ich bin mit einigen Damen zum Mittagessen verabredet.«

»Das klingt entsetzlich langweilig. Könnte ich dich statt dessen nicht zu einem Essen in eines der Nebenzimmer des ›Excelsior‹ entführen?«

»Hm, du kannst es natürlich versuchen. Aber nach dem Mittagessen habe ich eine Verabredung mit einem Herrn«, erwiderte sie mit gespielter Arroganz, und ihre Augen glitzerten amüsiert.

»Ist es mein Rivale, *Bellezza*?« Amadeo lächelte. Er hatte keinen Grund zur Besorgnis und wußte das nur zu gut.

»Es ist dein Sohn.«

»In diesem Fall fällt das Rendezvous im ›Excelsior‹ natürlich flach. *Peccato.*« Schade.

»Vielleicht ein anderes Mal.«

»Ja, wirklich.« Er streckte seine langen Beine von sich und rekelte sich entspannt in seinem Sessel.

»Kommen wir endlich zur Sache. Wir müssen noch arbeiten.«

»*Ecco!* Das ist die Frau, die ich geheiratet habe: zärtlich, romantisch und liebevoll.«

Isabella schnitt wie Alessandro eine Grimasse. Sie lachten beide, als sie einen Notizblock aus der Handtasche zog. Im Sonnenlicht, das durch die großen Fenster von Amadeos Büro fiel, glitzerte der große Brillantring an Isabellas Hand, den Amadeo ihr in diesem Sommer zu ihrem zehnten Hochzeitstag geschenkt hatte. Natürlich besaß der Stein zehn Karat... zehn Karat für zehn Ehejahre.

»Der Ring sieht hübsch aus.«

Isabella nickte glücklich und betrachtete den Stein. Er machte sich an ihrer schlanken Hand mit den langen Fingern wirklich gut. Isabella stand einfach alles ausgezeichnet... und besonders natürlich zehnkarätige Brillanten. »Sicher, aber du siehst besser aus. Übrigens liebe ich dich.« Ihre Worte sollten scherzhaft klingen, doch beide wußten, wie ernst sie im Grund gemeint waren.

»Ich liebe dich auch.« Sie lächelten sich ein letztes Mal zu, bevor sie sich in die Arbeit vertieften. Es hatte sich vieles gebessert, seit sie nicht mehr den ganzen Tag über zusammen waren. Gegen Ende jeden Nachmittags sehnte er sich nach ihr und kam so schnell wie möglich nach Hause. Außerdem war es inzwischen immer etwas Besonderes, wenn sie sich trafen, die Abende miteinander verbrachten oder gemeinsam zu Mittag aßen. Isabella war wieder eine geheimnisvolle Frau für ihn geworden. Er ertappte sich manchmal dabei, daß er sich fragte, was sie wohl den ganzen Tag über machte, wo sie war, was sie anhatte, und glaubte plötzlich ihr Parfüm zu riechen.

»Findest du nicht, daß die Kollektion für Amerika zu schlicht und zu wenig spektakulär ist? Ich habe mir letzte Nacht den Kopf darüber zerbrochen.« Isabella sah Amadeo an, hatte jedoch in Wahrheit die Modelle im Sinn, die sie und Gabriela am Vortag besprochen hatten.

»Nein, das kann ich nicht sagen. Bernardo ist begeistert gewesen.«

»Da haben wir's!« Sie runzelte besorgt die Stirn. »Dann habe ich also doch recht.« Amadeo lachte, doch sie blieb ernst. »Ich möchte vier Stoffe austauschen und ein oder zwei von den Modellen für Frankreich einbringen. Dann bekommt die Kollektion ein Gesicht«, schloß sie selbstsicher. Isabella täuschte sich selten. Und ihre Sicherheit in Geschmacksfragen war der Grund, weshalb das Atelier seit Jahren die höchsten Auszeichnungen der Modebranche gewann. »Ich will die Purpur- und Rottöne und den weißen Mantel hinzufügen, dann ist die Kollektion perfekt.«

»Du besprichst das Ganze am besten mit Bernardo und sagst dann Gabriela Bescheid.«

»Gabriela ist schon im Bild. Bernardos neue Seife für die Herrenserie ist übrigens entsetzlich. Ich hatte den Geruch den ganzen Nachmittag in der Nase.«

»Was ist daran denn schlimm?«

»Schlimm? Es ist entsetzlich! Das Parfüm einer Frau soll natürlich haftenbleiben, aber den Duft, mit dem sich ein Mann umgibt, soll man nur riechen, solange man mit ihm zusammen ist. Später darf er nur noch in angenehmer Erinnerung bleiben... aber auf keinen Fall Kopfschmerzen hinterlassen.«

»Na, da wird Bernardo sich aber freuen.« Einen Augenblick lang sah Amadeo müde aus. Gelegentlich war er Bernardos und Isabellas ständiger Auseinandersetzungen überdrüssig; und das, obwohl er wußte, wie zuträglich diese dem Geschäft waren. Ohne Isabellas Elan und Bernardos strenge Hand wäre das Haus San Gregorio längst nicht das geworden, was es war. Amadeo allerdings stand als ausgleichende Macht zwischen den beiden, und diese Aufgabe kostete ihn gelegentlich mehr Kraft, als ihm lieb war. Trotzdem waren Isabella und Bernardo das beste Team, das man sich denken konnte. Das wußten alle drei. Und Isabella und Bernardo gelang es trotz aller Querelen immer, Freunde zu bleiben. Amadeo verstand oft nicht, wie sich die beiden bis aufs Blut reizen und streiten und sich kurz darauf wieder einträchtig bei einer Flasche Champagner und Sandwiches versöhnen konnten, sie kamen ihm dann oft wie zwei Kinder vor, die sich erst wohl fühlten, wenn die erwachsenen Gäste ihrer Party gegangen waren. Obwohl Amadeo sie in diesem Punkt nie begreifen würde, war er froh, daß ihre Art der Zusammenarbeit so gut funktionierte. Mit einem Seufzer sah er auf die Uhr. »Soll ich Bernardo bitten zu kommen?«

Amadeo mußte nie den Boten für Isabella spielen. Sie übernahm das immer selbst in ihrer geraden und aufrichtigen Art.

»Ja, bitte. Ich bin schließlich Punkt zwölf Uhr verabredet.« Sie warf einen Blick auf die Uhr, die ebenfalls ein Geschenk von Amadeo war.

»Du liebe Zeit, jetzt sind die Damenkränzchen schon wichtiger als wir.« Seine Augen blitzten schelmisch. Er wußte natürlich, daß das nicht stimmte. Nach ihm und Alessandro spielte das Haus San Gregorio die größte Rolle in Isabellas Leben. Das Geschäft gab ihr das Gefühl, wirklich hundertprozentig lebendig zu sein. Amadeo nahm den Telefonhörer ab und bat seine Sekretärin, Bernardo zu verständigen. Das mußte diese auch umgehend getan haben, denn nur wenige Minuten später betrat Bernardo mit dynamischen Schritten den Raum, und Amadeo spürte instinktiv, wie Isabella unwillkürlich die Schultern straffte und sich auf einen Kampf vorbereitete.

»*Ciao*, Bernardo.« Isabella begrüßte ihn mit einem flüchtigen Lächeln, als er in einem der ungefähr hundert dunklen Anzüge, die er offenbar besaß, auf sie zukam. Zu diesen Anzügen trug er stets dieselbe goldene Taschenuhr, weiße Hemden und dezente, weißgetupfte Krawatten. In Extremfällen war die Krawatte sogar manchmal rotgetupft. »Dein Anzug ist wieder mal richtig aufregend«, fügte Isabella hinzu. Es war ihr Standardwitz gegenüber Bernardo. Sie fand seine Anzüge tödlich langweilig. Trotzdem paßten sie in ihrer unauffälligen Schlichtheit gut zu ihm.

»Hört mal zu, ihr beiden«, begann Amadeo. »Fangt bitte jetzt nicht schon wieder Streit an. Ich bin heute nicht in Stimmung.« Er musterte sie düster. Das Lächeln in seinen Augen erreichte seine Lippen nicht. »Außerdem ist Isabella in vierzig Minuten zum Mittagessen verabredet. So furchtbar wichtig nimmt sie uns also gar nicht mehr.«

»Sieht ganz so aus.« Bernardo rang sich ein Lächeln ab und setzte sich. »Wie geht's meinem Patenkind?«

»Alessandro? Bestens. Was man von meinen Eßzimmervorhängen allerdings nicht behaupten kann«, fügte Isabella hinzu.

Amadeo grinste, als Isabella die Geschichte von einem der Streiche seines Sohnes, der die Augen und die Phantasie der Mutter geerbt hatte, erzählte. »Während ich gestern hier gewesen bin und deine Arbeit gemacht habe...« Sie zog die Augenbrauen hoch und musterte Bernardo herausfordernd, doch dieser ging zu ihrer Enttäuschung gar nicht auf den leisen Vorwurf ein. »...hat er sich meine Nagelschere geschnappt und jeden Vorhang um mindestens einen Meter kürzer gemacht, weil sie ihm angeblich ›im Weg‹ waren, wenn er mit seinem Spielzeugtraktor an den Fenstern vorbeigefahren ist. Außerdem haben sie ihm die freie Sicht in den Garten versperrt. Jetzt kann er ganz ungehindert in den Garten sehen.« Mittlerweile lachte jedoch auch Isabella... ebenso wie Bernardo. Trotz seiner achtunddreißig Jahre wirkte sein Gesicht in solchen Augenblicken sehr jungenhaft. Es kam allerdings selten vor. Er arbeitete meistens zu lange und zu hart, und wenn ihn nicht gerade Geschichten von Alessandro aufheiterten, sah er oft zu ernst aus. Die große Verantwortung für das Haus San Gregorio lastete auf seinen Schultern. Und er trug die Bürde wie seine dunklen Anzüge. Denn sie gehörten fast ebenso zu ihm wie sein dunkles Haar und seine tiefblauen Augen. Er hatte nie geheiratet, war zuviel allein und suchte oft Zuflucht in der Arbeit. Bernardo war zwar ein Mann, auf den die Mannequins flogen, doch diese Frauen bedeuteten ihm nichts weiter als ein Amüsement.

»Deine Seife ist nichts für uns«, erklärte Isabella, wie immer den Stier bei den Hörnern packend. Amadeo unterdrückte ein Stöhnen und wartete auf Bernardos Reaktion.

Bernardo saß einen Moment bewegungslos auf seinem Stuhl. »Und warum nicht?« erkundigte er sich schließlich.

»Ich habe davon Kopfschmerzen bekommen. Das Parfüm ist zu schwer.«

»Wenn jemand meine Eßzimmervorhänge um die Hälfte kürzer machen würde, bekäme ich auch Kopfschmerzen.«

»Ich habe das vollkommen ernst gemeint.« Isabella musterte Bernardo düster.

»Ich ebenfalls. Unsere Tests sind glänzend verlaufen. Niemand hat das Parfüm als zu schwer befunden.«

»Vielleicht hatten die Herren alle eine Erkältung und konnten deshalb nichts riechen.«

Bernardo lehnte sich in seinem Sessel zurück und verdrehte die Augen. »Mein Gott, Isabella, ich habe die Produktion gerade anlaufen lassen. Was, zum Teufel, soll ich jetzt noch tun?«

»Stopp die Produktion. Die Seife ist nicht gut... genau wie damals das Eau de Cologne, und aus denselben Gründen.«

Amadeo schloß die Augen. Auch in bezug auf das Eau de Cologne hatte Isabella recht behalten, doch Bernardo hatte die Niederlage nur schwer verkraftet. Er war so wütend gewesen, daß er fast einen Monat lang kaum noch mit Isabella gesprochen hatte.

Bernardos Mund wurde schmal. Er schob seine Hände tiefer in die Taschen seiner Weste. »Eine Seife muß stark riechen. Man benutzt sie schließlich mit Wasser... beim Baden... und sie wird dann wieder abgespült. Der Duft verflüchtigt sich größtenteils.«

»*Capisco.* Ich habe schließlich auch schon mal Seife benutzt, mein Lieber. Aber von meiner Seife kriege ich keine Kopfschmerzen. Bei deiner allerdings ist das anders. Und deshalb möchte ich, daß die Zusammensetzung geändert wird.«

»Verdammt noch mal, Isabella!« Bernardo schlug mit der Faust auf Amadeos Schreibtisch und starrte sie wütend an.

Doch sie blieb unbeeindruckt und lächelte nur triumphierend. »Sag den Leuten im Labor, sie sollen ein paar Überstunden machen, dann könnt ihr die Produktion in zwei oder drei Wochen wieder aufnehmen.«

»Mein Gott, es kann Monate dauern, bis wir wieder so weit sind. Und was ist mit der Werbung, die bereits angelaufen ist? Die haben wir dann für den Papierkorb produziert.«

»Wenn wir die falschen Produkte herausbringen, dann war sie sowieso für die Katz'«, konterte Isabella. »Verlaß dich auf meinen Instinkt. Ich habe recht.« Sie lächelte, und Bernardo sah aus, als würde er jeden Augenblick explodieren.

»Hast du heute morgen sonst noch ein paar nette Überraschungen für mich?«

»Nein. Ich möchte nur die amerikanische Kollektion durch einige Modelle ergänzen. Mit Gabriela habe ich schon gesprochen. Da gibt's keine Probleme.«

»Was? Wirklich nicht? Soll das heißen, es ist alles ganz einfach? Isabella, das ist ja was ganz Neues.« Plötzlich lächelte er wieder. Ebenso schnell wie Bernardo wütend werden konnte, war er auch wieder in versöhnlicher Stimmung.

»Läßt du mich wissen, wie sich die Sache mit der Seife entwickelt?« drängte Isabella unerbittlich.

»Ja, natürlich.«

»Gut. Damit wäre alles geregelt, und ich habe bis zu meiner Verabredung zum Mittagessen noch zwanzig Minuten Zeit.« Amadeo sah lächelnd zu ihr auf, als sich Isabella auf die Lehne seines Stuhles setzte und zärtlich seine Wange mit der Hand berührte. Dabei fing sich das Sonnenlicht in dem großen Brillanten an ihrem Ringfinger und ließ ihn aufblitzen. Isabella bemerkte Bernardos mißbilligenden Blick und lächelte amüsiert. »Was ist los, Nardo? Macht dir eine deiner Freundinnen wieder mal Kummer?«

»Sehr witzig. Wie du weißt, bin ich vergangene Woche gar nicht mehr von meinem Schreibtisch weggekommen. Langsam fühle ich mich hier wie der Hauseunuch.« Bernardo seufzte, und Amadeo runzelte die Stirn. Er hatte Sorge, daß sie alle Bernardo überforderten, doch Isabella ahnte, daß Bernardos ernste Miene nichts mit Überarbeitung zu tun hatte. Und sie hatte recht. Schließlich arbeiteten sie alle drei sehr hart und fühlten sich ausgesprochen wohl dabei. Bernardo war lediglich noch ein bißchen pflichtbewußter als seine beiden Freunde. Mittlerweile schweifte Bernardos Blick von Isabellas großem Brillantring zu ihrer Perlenkette, und jetzt war ihm der Ärger deutlich anzumerken. »Du bist verrückt, Isabella. Weshalb trägst du den Schmuck?« Und mit einem bedeutungsvollen Blick auf Amadeo fügte er hinzu: »Ich habe dich doch schon vergangene Woche gewarnt.«

»Wovon redet ihr eigentlich?« Isabella sah verwirrt und belustigt von einem zum anderen. Schließlich wandte sie sich an ihren Mann: »Versucht er dich zu überreden, mir den Ring wieder abzunehmen?«

»So ungefähr.« Amadeo zuckte in typisch italienischer Manier mit den Schultern.

Bernardo dagegen war es bitter ernst. »Du weißt genau, daß es mir um etwas ganz anderes geht. Hast du vergessen, was den Belloggios vor einer Woche passiert ist? Isabella könnte die nächste sein.«

»Du meinst, ich könnte entführt werden?« Isabella starrte Bernardo entgeistert an. »Mach dich doch nicht lächerlich, Nardo. Die Brüder Belloggio sind die beiden prominentesten Politiker Roms. Sie kennt praktisch jeder, und sie haben enorm viel Macht und Einfluß. Die Terroristen betrachten die beiden als Symbolfiguren des Kapitalismus.«

»Und sie haben gewußt, daß die beiden ein Vermögen wert sind...

Ihre Frauen schlendern schließlich ständig wie Christbäume mit Schmuck behängt durch die Hauptstadt. Glaubst du wirklich, das hätte bei der Entführung keine Rolle gespielt?«

»Ja«, entgegnete Isabella ungerührt. »Was ist nur plötzlich mit dir los?« Sie starrte Bernardo an. »Weshalb machst du dir deshalb Sorgen? Macht dir dein Magengeschwür wieder zu schaffen? Dann bist du nämlich immer so komisch.«

»Hör auf, Isabella! Sei nicht kindisch! Wir haben gerade den vierten großen Entführungsfall in diesem Jahr erlebt... und nicht jedes Kidnapping in Europa ist politisch motiviert. Manche Leute werden einfach entführt, weil sie reich sind und auch kein Hehl aus ihrem Reichtum machen.«

»Ach so... und du findest also, daß ich mit dem Schmuck der Welt zeigen will, was wir uns alles leisten können? Mein Gott, Bernardo, wie vulgär!«

»Hab' ich denn nicht recht?« Seine Augen blitzten wütend, als er nach der Zeitung auf Amadeos Schreibtisch griff. Er blätterte sie hastig durch. »Ja, schrecklich... wirklich schrecklich vulgär, Isabella. Ich bin froh, daß dir so was nie in den Sinn kommen würde.« Damit schlug er die Gesellschaftsspalte auf. Es war ein großes Bild von Amadeo und Isabella zu sehen, das sie beim Betreten eines Palais' zeigten, in dem am Vorabend der große Opernball stattgefunden hatte. Isabella hatte zu diesem Anlaß ein bezauberndes Abendkleid aus beigefarbenem Moiré mit dazu passendem zobelgefütterten Mantel. Und an ihrem Hals und beiden Handgelenken funkelten im Einklang mit dem großen Stein an ihrem Ringfinger Brillanten. »Ich bin froh, daß du dich stets so schlicht und bescheiden gibst«, bemerkte Bernardo zynisch und wandte sich dann an Amadeo: »Dasselbe gilt natürlich auch für dich.«

Hinter den beiden war auf dem Foto der große Rolls-Royce deutlich sichtbar, den Amadeo nur zu besonderen Anlässen benutzte, und an Amadeos Manschettenknöpfen blitzten dieselben kleinen Brillanten wie an Isabellas Ohren. Er und Isabella starrten mit unbewegten Mienen auf das Foto. Bernardo beobachtete sie aufmerksam und vorwurfsvoll.

»Vielleicht erinnerst du dich, daß wir nicht die einzigen Gäste beim Opernball gewesen sind«, sagte Isabella schließlich leise. Bernardos

Fürsorge rührte sie. Er hatte dieses Thema schon öfter angesprochen, aber seit der Entführung und Ermordung der Brüder Belloggio hatte es natürlich noch an Aktualität gewonnen. »Nardo, du brauchst dir unseretwegen wirklich keine Sorgen zu machen.«

»Weshalb eigentlich nicht? Wofür hältst du dich? Für eine Heilige, an der sich niemand zu vergreifen wagt? Wenn du in diesen Zeiten tatsächlich glaubst, dir könnte so was nicht passieren, mußt du verrückt sein! Und nicht nur du! Dasselbe gilt auch für Amadeo!« Bernardo war plötzlich bleich geworden. Er hatte einen der Brüder Belloggio gut gekannt und war in der vergangenen Woche auf der Beerdigung gewesen. Die Entführer hatten die Freilassung von sechs politischen Häftlingen und die unglaubliche Lösegeldsumme von fünfzehn Millionen Dollar gefordert, die die Familie der Opfer nicht hatte bezahlen können und die Regierung nicht hatte bezahlen wollen. Eine Tragödie war die Folge gewesen. Trotz ihres Mitgefühls für die Familie Belloggio fühlten Amadeo und Isabella sich von diesem Vorfall nicht direkt betroffen. Insgeheim waren sie der Meinung, daß Bernardo anfing, Gespenster zu sehen.

Isabella stand langsam auf und ging zu Bernardo hinüber. Sie umarmte ihn lächelnd. »Nardo, du weißt, wie gern wir dich haben, aber du bist überängstlich.« Amadeo runzelte die Stirn. Er war um Bernardo und nicht um Isabella oder sich besorgt.

»Ihr beiden begreift also wieder mal gar nichts, was?« Bernardo sah resigniert von einem zum anderen.

Dieses Mal antwortete ihm Amadeo, nachdem Isabella sich mit einem hörbaren Seufzer wieder gesetzt hatte. »Natürlich verstehen wir, was du meinst. Trotzdem glauben wir, daß deine Sorgen unbegründet sind. Sieh uns doch an...« Er deutete auf Isabella und sich. »...wer sind wir denn schon? Schneider... Kleiderverkäufer... mehr nicht. Was sollte man von uns wollen?«

»Geld natürlich. Und habt ihr eigentlich schon mal an Alessandro gedacht? Was ist, wenn sie ihn entführen?« Amadeo erschauerte unwillkürlich. Bernardo hatte ihn ins Mark getroffen, doch es hielt nicht lange an.

»Das wäre natürlich etwas anderes. Aber Alessandro ist nie allein, Bernardo. Das weißt du. Und in die Villa kommt kein Unbefugter hinein. Keine Angst. Das Kind ist sicher... wir sind sicher.«

»Du irrst dich«, widersprach Bernardo. »Heutzutage ist niemand mehr sicher. Und solange ihr so herumlauft...«, er deutete auf das Zeitungsfoto, »...fordert ihr das Schicksal geradezu heraus. Als ich das Bild heute morgen gesehen habe, hätte ich euch beide am liebsten geohrfeigt.« Amadeo und Isabella wechselten einen flüchtigen Blick, und Bernardo wandte sich ab. Ihm war endgültig klar geworden, daß sie nichts begriffen hatten, daß sie ihn für verrückt hielten. Sie waren naiv und von geradezu sträflicher Arglosigkeit. Bernardo hätte ihnen die Wahrheit am liebsten ins Gesicht geschrien, doch er sah ein, daß es keinen Sinn hatte. ›Kleiderverkäufer‹, hatte Amadeo gesagt; dabei besaß er das größte Modehaus Europas und gehörte zu den reichsten Männern von Rom. Zwei auffällig schöne und elegante Erwachsene, ein verwundbares Kind, eine Frau, die wertvollen Schmuck zur Schau trug... Bernardo sah von einem zum anderen, schüttelte den Kopf und ging zur Tür. »Ich kümmere mich jetzt um die Seife, Isabella. Aber tut mir bitte einen Gefallen... und zwar beide.« Er machte eine bedeutungsvolle Pause. »Denkt mal über das nach, was ich euch gesagt habe.«

»Das tun wir«, versprach Amadeo leise, als Bernardo die Tür hinter sich schloß. Dann sah er seine Frau an. »Möglicherweise hat er recht, Isabella. Vielleicht solltet ihr, du und Alessandro, vorsichtiger sein.«

»Und was ist mit dir?«

»Für mich interessiert sich doch kaum jemand.« Amadeo sah Isabella lächelnd an. »Außerdem trage ich weder Pelze noch Brillanten.«

Isabella zog einen Schmollmund. »Aber den Ring darfst du mir nicht wegnehmen.«

»Ich habe auch nicht die Absicht«, erwiderte er und musterte sie zärtlich.

»Wirklich? Niemals?« fragte sie wie ein schmollendes Kind und setzte sich ihm auf den Schoß.

»Nie. Das verspreche ich. Er gehört genauso dir, wie ich dir gehöre... auf immer und ewig.« Er küßte sie, und sie empfand das vertraute Verlangen, das sie seit ihrer ersten Begegnung mit Amadeo kannte. Sie schlang die Arme um seinen Hals und preßte ihre Lippen fest auf seinen Mund.

»Ich liebe dich... *carissimo*... mehr als alles auf der Welt...« Sie küßten sich erneut, und sie fühlte Tränen in den Augen, als sie sich von ihm löste. Es kam öfter vor, daß sie vor Glück am liebsten geweint hätte. Sie hatten so vieles gemeinsam... nicht nur den beruflichen Erfolg, sondern die zärtlichen Erinnerungen, die Geburt ihres Sohnes, die Tage, die sie vor fünf Jahren allein auf einer griechischen Insel verbracht hatten, um der Hektik des Alltags zu entfliehen; auf dieser Insel war Amadeo gezeugt worden. Gemeinsam erlebte Augenblicke durchzuckten Isabella und machten ihr Amadeo liebenswerter denn je.

»*Isabellezza...*« Er sah aus seinen lächelnden smaragdgrünen Augen auf sie herab. »Du hast mein Leben einfach vollkommen gemacht. Habe ich dir das in letzter Zeit eigentlich gesagt?«

Isabella erwiderte sein Lächeln. »Das Kompliment kann ich zurückgeben. Weißt du, was ich gern täte?«

»Was?« Was es auch sein mochte, sie würden es tun. Es gab keinen Wunsch, den er ihr nicht erfüllen würde. Andere fanden vielleicht, sie sei verwöhnt, aber das stimmte nicht. Isabella verwöhnte ihn ebenfalls. Es war ein gegenseitiges Nehmen und Geben.

»Ich würde gern wieder in Griechenland Urlaub machen«, antwortete sie. Bernardos Warnung war bereits vergessen.

»Wann?« fragte er lächelnd. Auch er liebte Griechenland. Sie hatten dort unvergeßlich schöne Tage verbracht.

»Vielleicht im Frühjahr?« Isabella sah zu ihm auf, und er empfand ihre sinnliche Anziehungskraft in diesem Moment besonders stark.

»Was hältst du von einem zweiten Kind?« Amadeo hatte schon einige Zeit darüber nachgedacht, und der Zeitpunkt, mit Isabella darüber zu sprechen, schien günstig. Sie hatten ursprünglich nur ein Kind gewollt, aber Alessandro war eine solche Freude für sie, daß er längst mit Isabella darüber hatte reden wollen.

»In Griechenland?« Ihre dunklen Augen wurden groß, und ihre Lippen schienen rot und voll, als er sich über sie beugte, um sie erneut zu küssen. Danach sah Isabella lächelnd zu ihm auf und bemerkte ein wenig außer Atem: »Weißt du, eigentlich müssen wir damit ja nicht unbedingt bis Griechenland warten. Die Leute in Rom zeugen dauernd Kinder.«

»Wirklich?« flüsterte er, den Mund an ihrem Nacken. »Du mußt mir zeigen, wie man das macht.«

»*Ecco, tesoro!*« Sie lachte plötzlich laut auf und sah auf ihre Uhr. »Aber nicht vor dem Mittagessen. Ich bin spät dran.«

»Wie schrecklich. Vielleicht solltest du die Verabredung überhaupt absagen. Wir könnten nach Hause fahren und...«

»Più tardi...« Später. Dann küßte sie ihn noch einmal und schlenderte zur Tür. Die Hand auf der Türklinke und den Kopf leicht zur Seite geneigt, drehte sie sich zu ihm um. »Hast du es ernst gemeint?«

»Daß du die Verabredung absagen sollst?« fragte er amüsiert.

Isabella schüttelte den Kopf und lachte. »Nein, du lüsterner Mensch. Das mit dem zweiten Kind natürlich.« Ihre Stimme war weich geworden. Die Angelegenheit schien auch ihr viel zu bedeuten.

Amadeo nickte, ohne den Blick von ihr zu wenden. »Ja, das habe ich. Was meinst du dazu, *Bellezza*?«

Isabella lächelte nur geheimnisvoll. »Ich finde, wir sollten die Sache im Auge behalten.« Dann warf sie ihm eine Kußhand zu und ging. Amadeo starrte auf die Tür, die sich hinter ihr geschlossen hatte. Er hätte ihr am liebsten noch einmal gesagt, wie sehr er sie liebte, aber damit würde er bis zum Abend warten müssen. Er war selbst überrascht, daß er Isabella seinen Wunsch nach einem zweiten Kind gestanden hatte, und wußte plötzlich, wie ernst es ihm damit war. Isabella würde deswegen ihre Arbeit im Haus San Gregorio nicht aufgeben müssen. Mit Alessandro ging es bereits ausgezeichnet, und sie beide gaben dem Jungen viel. Der Gedanke gefiel ihm zunehmend besser. Er setzte sich wieder an seinen Schreibtisch und begann mit einem Lächeln die nächste Akte zu bearbeiten.

Es war kurz vor ein Uhr, als Amadeo schließlich aufstand und die Glieder streckte. Er war mit den Zahlenkolonnen zufrieden, über denen er gebrütet hatte. Die Geschäfte, die sie in diesem Herbst mit Amerika abgeschlossen hatten, würden eine Stange Geld einbringen. Er hatte gerade beschlossen, allein zum Mittagessen zu gehen, als es leise an der Tür klopfte.

»Si?« Er machte ein erstauntes Gesicht. Normalerweise meldete sich seine Sekretärin über die Sprechanlage bei ihm. Aber vermutlich war sie bereits zum Mittagessen gegangen. Er wandte sich zur Tür und sah, wie eine der Schreibdamen ängstlich durch die einen Spaltbreit geöffnete Tür sah.

»Scusi, Signore, *mi dispiace...«* Verzeihen Sie, aber... Sie lächelte und stockte. Amadeo, der gutaussehende Chef, machte sie stets verlegen. Sie wechselte normalerweise kaum ein Wort mit ihm.

»Ja, bitte?« Amadeo lächelte ermutigend. »Was gibt's?«

»Zwei Herren möchten mit Ihnen sprechen, Signore...« Sie verstummte und wurde rot.

»Jetzt?« Amadeo zog verwundert die Augenbrauen hoch und warf einen Blick auf seinen Terminkalender, der aufgeschlagen auf dem Schreibtisch lag. Die nächste Besprechung war erst für drei Uhr festgesetzt. »Wer ist es denn?«

»Sie... es ist wegen Ihres Wagens... dem Ferrari.«

»Wegen meines Wagens?« Amadeo sah sie überrascht und verwirrt an. »Was soll damit sein?«

»Die Herren behaupten, es... es sei ein Unfall passiert.« Das Mädchen erwartete einen Wutausbruch, doch Amadeo schien eher verwirrt als verärgert.

»Ist jemand verletzt worden?«

»Ich glaube nicht. Aber die Herren sind hier... in Signorina Alzinis Büro, Signore.« Amadeo nickte ihr freundlich zu und ging an ihr vorbei ins Vorzimmer, wo zwei Männer verlegen auf ihn warteten. Sie waren sauber und einfach gekleidet, hatten große, abgearbeitete Hände und gerötete Gesichter. Ob der Teint von der Sonne stammte oder ihre Verlegenheit die Ursache war, wußte Amadeo nicht. Allerdings war es nicht zu übersehen, daß sie sich in der eleganten Umgebung alles andere als heimisch fühlten. Der kleinere von beiden trat unruhig von einem Bein auf das andere, als habe er Angst, den Teppich zu beschmutzen, und sein Kollege wäre offensichtlich am liebsten in den Erdboden versunken. Amadeo hielt sie für einfache Arbeiter. Die Angst vor dem, was sie bei Amadeo erwartete, war ihnen deutlich anzumerken.

»Was ist passiert?« Amadeo betrachtete die Besucher verwundert. Seine Stimme klang freundlich. Falls er ärgerlich darüber war, daß mit seinem Wagen etwas passiert war, ließ er es sich nicht anmerken.

»Wir sind gefahren... Es war ziemlich viel Verkehr, glauben Sie«, begann der größere von beiden mit heiserer Stimme in respektvollem Ton. »Sie wissen ja, wie das mittags ist...« Amadeo nickte und hörte geduldig zu. »Eine Frau und ein kleines Mädchen sind plötzlich dicht vor uns über die Straße gerannt. Ich habe das Steuer instinktiv herumgerissen, um den beiden auszuweichen, und...« Der kleinere wurde noch röter im Gesicht. »...und dabei haben wir Ihren Wagen gestreift.

Der Schaden ist nicht allzu groß. Wir können ihn leicht beheben. Mein Bruder hat eine Autowerkstatt. Er versteht was vom Geschäft. Sie werden zufrieden sein. Selbstverständlich übernehmen wir sämtliche Kosten. Wir bezahlen alles.«

»Unsinn. Wir übergeben die Rechnung einfach der Versicherung. Wie groß ist der Schaden denn?« Amadeo versuchte nicht zu zeigen, wie unglücklich er war.

Der größere von beiden zuckte betreten mit den Schultern. »Es tut uns wirklich leid. Wir wollten einen so feinen vornehmen Wagen wie den Ihren wirklich nicht beschädigen. Bei einem kleinen Fiat wäre das alles ja nicht so schlimm.« Er rang die Hände, und Amadeo mußte unwillkürlich lächeln. Die beiden wirkten im Büro seiner Sekretärin so völlig fehl am Platz. Ihre Angst war vermutlich größer als der Schaden an seinem Wagen. Er zwang sich, nicht nervös zu lachen, und war plötzlich froh, daß Isabella die Szene nicht miterlebte und ihn mit ihren gespielt amüsierten Blicken beobachtete.

»Schon gut«, wehrte Amadeo schließlich ab. »Kommen Sie, wir sehen uns die Sache mal an.« Amadeo ging zu seinem privaten Lift voraus, schloß die Tür mit seinem Schlüssel auf, und sie fuhren ins Parterre hinunter. Die beiden Männer hielten die Köpfe gesenkt, während Amadeo sie aufzuheitern versuchte.

Selbst Ciano war zum Essen gegangen, als Amadeo mit den beiden Männern auf die Straße trat und zu seinem Wagen hinübersah, neben dem jetzt eine große Limousine älteren Baujahres parkte. Amadeo war sofort klar, daß sein Auto bei einem Zusammenstoß mit dem schweren Wagen beträchtlichen Schaden genommen haben mußte, und lief besorgt darauf zu. Die beiden Männer folgten ihm nervös und ängstlich. Als Amadeo dem Bürgersteig näher kam, sah er einen dritten Mann mit besorgter Miene neben dem alten Fiat stehen. Er nickte Amadeo kurz zu. Amadeo ging schnell um seinen Ferrari herum, um die linke, der Straße zugewandte Seite zu inspizieren. Sein Blick schweifte prüfend über die langgestreckte Karosserie des Sportwagens. Er bückte sich und trat verwirrt näher. Er konnte nicht einmal den kleinsten Lackkratzer an seinem geliebten Wagen entdecken. Aber für weitere Fragen war es zu spät. Als sich seine Augen vor Erstaunen weiteten, traf ihn ein schwerer Gegenstand brutal am Hinterkopf. Er ging sofort zu Boden und wurde dann unsanft in die wartende Limousine gezerrt und geschoben. Das ganze Manöver dauerte kaum eine Minute und wurde von Amadeos harmlos aussehenden Besuchern mit großer Routine und viel Geschick durchgeführt. Anschließend stiegen sie ohne Hast zu ihrem Freund in den dunklen Fiat, der im nächsten Augenblick davonfuhr. Zwei Blocks weit vom Modehaus San Gregorio entfernt war Amadeo bereits geknebelt und gefesselt. Sie hatten ihm sogar die Augen verbunden. Als ihn seine Entführer aus der Stadt fuhren, lag er bewegungslos und kaum atmend auf dem Fußboden des Wagens.

2

Die Sonne war gerade als orangeroter Ball untergegangen, als Isabella in einem eleganten grünen Satinkleid im Wohnzimmer der Villa stand. Der Raum wurde durch zierliche Messing- und Kristallwandleuchten gedämpft erhellt. Isabella warf einen Blick auf die dunkelblaue Fabergé-Uhr auf dem Kaminsims. Sie hatte sie vor Jahren zusammen mit Amadeo gekauft. Es war ein Sammlerstück von unschätzbarem Wert... ebenso kostbar wie das Kollier aus Smaragden und Brillanten, das Isabella an diesem Abend trug, ein Erbstück von ihrer Großmutter, das angeblich einst Josephine Bonaparte gehört hatte. Der Schmuck brachte ihren langen, schlanken Hals vorteilhaft zur Geltung. Isabella machte langsam auf dem Absatz kehrt und ging im Zimmer auf und ab. Es war bereits fünf Minuten vor acht, und sie würden zum Diner der Fürstin di Sant' Angelo zu spät kommen. Was dachte sich Amadeo nur? Warum konnte er ausgerechnet an diesem Abend nicht pünktlich sein? Die Prinzessin gehörte zu den wenigen Menschen, die Isabella aus der Fassung bringen konnten. Die Dame war dreiundachtzig Jahre alt, hatte ein Herz aus Carrara-Marmor, Augen aus Stahl und war eine Freundin von Isabellas verstorbener Großmutter. Isabella fürchtete die Fürstin, die auf Pünktlichkeit großen Wert legte. Ihre Cocktailpartys begannen stets strikt um acht Uhr und ihre Diners um neun. Und Amadeo und Isabella mußten noch quer durch Rom zu dem Schlößchen aufs Land hinausfahren, wo die Prinzessin in alten, erstaunlich schönen Abendroben hofhielt.

Isabella betrachtete sich nervös in dem kleinen Spiegel über einem bemalten Wandtisch und überlegte, ob sie sich anders hätte frisieren sollen. Sie gefiel sich mit dem streng aufgesteckten Haar nicht recht, hatte sich jedoch dazu entschlossen, um den Blick bewußt auf das Kollier und die Ohrringe zu lenken, die Amadeo ihr hatte anfertigen lassen. Die Smaragde waren makellos rein und hatten dieselbe tiefgrüne Farbe wie ihr Kleid. Letzteres stammte aus ihrer diesjährigen Kollektion und fiel einfach und gerade von ihren Schultern bis zum Fußboden. Dazu gehörte ein weißer schmaler Mantel mit kleinem Stehkragen und breiten Manschetten aus pinkfarbener Seide. Aber vielleicht war das Kleid zu auffallend und ihre Frisur zu simpel... oder... Wo, zum Teufel, blieb Amadeo? Warum kam er so spät? Sie warf erneut einen Blick auf die Uhr, als sie von der Tür her eine leise Stimme hörte. Erstaunt drehte sie sich um. Halb versteckt hinter der Wohnzimmertür stand in Hausschuhen Alessandro.

»Shhh... Mamma... *vieni qui*...« Komm her.

»Ma cosa fai?« Was machst du denn noch? Isabella begann unwillkürlich ebenfalls zu flüstern.

»Ich bin ihr entwischt.« Seine braunen Augen leuchteten wie die seiner Mutter.

»Wem?«

»Mamma Teresa.« Teresa war das Kindermädchen.

»Warum schläfst du noch nicht?« Isabella ging auf ihren Schuhen mit den hohen Absätzen vorsichtig vor ihm in die Hocke. »Es ist schon sehr spät.«

»Ich weiß.« Der vierjährige Alessandro lachte glücklich. »Aber ich wollte dich unbedingt sehen. Schau, was ich von Luisa bekommen habe.« Er streckte ihr eine Hand voller Kekse entgegen. Die Krümel quollen bereits zwischen den kleinen Fingern hervor, und der Schokoladenguß war nur noch eine schmierige braune Masse. »Möchtest du auch einen?« Er schob sich hastig einen Keks in den Mund und hielt ihr die Hand entgegen.

»Du solltest längst im Bett sein.« Isabella gab sich Mühe, streng zu sein, obwohl sie ein Lächeln kaum unterdrücken konnte.

»Schon gut.« Er steckte sich schnell einen weiteren Keks in den Mund, bevor seine Mutter etwas dagegen unternehmen konnte. »Bringst du mich ins Bett?« Sein Blick erweichte ihr Herz. Sie nickte glücklich. Das war schließlich der Grund, weshalb sie nicht mehr elf Stunden täglich im Büro arbeitete; sosehr sie es auch manchmal bedauerte, nicht mehr ständig an Amadeos Seite sein zu können. Doch dieser Junge war den Verzicht wert. Das Kinderlächeln ersetzte alles.

»Wo ist Papa?«

»Auf dem Weg hierher... hoffe ich. Komm jetzt.« Alessandro ergriff ihre Hand, und gemeinsam gingen sie den langen Korridor entlang, in dem die Porträts von Alessandros Vorfahren und einige Bilder hingen, die Amadeo und Isabella in Frankreich gekauft hatten. Das Haus glich eher einem Palazzo als einer Villa, und wenn die San Gregorios große Feste gaben, diente der lange Spiegelkorridor als Ballsaal.

»Was machen wir, wenn uns Mamma Teresa hier erwischt?« Alessandro sah aus seinen dunklen unwiderstehlichen braunen Augen zu seiner Mutter auf.

»Keine Ahnung. Aber vielleicht hilft es uns, wenn wir weinen«, schlug Isabella vor. Der kleine Junge nickte mit einem spitzbübischen Grinsen. »Du bist schlau«, sagte er.

»Du auch. Wie bist du überhaupt aus deinem Zimmer gekommen?«

»Durch die Tür in den Garten. Luisa hat mir gesagt, daß sie heute abend Plätzchen bäckt.«

Alessandros Zimmer war ganz in Blau eingerichtet und voller Bücher und Spielsachen. Im Gegensatz zu den übrigen Räumen des Hauses waren die Möbel jedoch weder elegant noch kostbar. Es war ein ganz einfaches Kinderzimmer... sein Kinderzimmer. Isabella seufzte erleichtert, als sie an das Bett des Kindes trat. »Wir haben's geschafft«, sagte sie lächelnd.

Mehr konnte Alessandro nicht erwarten. Er sprang freudig in sein Bett und fischte den Rest der erbeuteten Kekse aus seiner Schlafanzugtasche... nur die, die nicht mehr hineingepaßt hatten, hatte er in der Hand gehalten. Er kaute selig daran, während Isabella ihn sorgfältig zudeckte.

»Mach nicht alles voller Brösel«, ermahnte sie ihn halbherzig. Im Grunde war es ihr gleichgültig. Bei kleinen Buben gab es nun mal Brösel, kaputte Spielzeugautos, Zinnsoldaten ohne Köpfe und verschmierte Wände. Sie hätte es gar nicht anders gewollt. In anderen Lebensbereichen gab es für sie genug Glanz und Seide. »Versprichst du mir, sofort zu schlafen, sobald du alles aufgegessen hast?«

»Ich versprech's.« Er sah ernst und bewundernd zu ihr auf. *»Tu sei bella.«*

»Danke. Du auch. *Buona notte, tesoro.«* Gute Nacht. Sie gab ihm einen Kuß auf die Wange. Er kicherte.

»Ich hab' dich lieb, Mamma.«

»Ich dich auch.«

Als sie wieder in den Korridor hinaustrat, fühlte sie, wie sich ihre Augen mit Tränen füllten, und sie kam sich plötzlich sehr dumm vor. Zum Teufel mit der Fürstin di Sant' Angelo. Sie war plötzlich froh, daß Amadeo sich verspätet hatte. Aber wieviel Uhr war es inzwischen? Mit klappernden Absätzen lief sie ins Wohnzimmer zurück und warf einen Blick auf die Uhr. Es war bereits zwanzig nach acht. Wie konnte das sein? Was war passiert? Dabei wußte sie nur allzu gut, was geschehen sein konnte. Vermutlich hatte es wieder einmal in letzter Minute Schwierigkeiten mit einem Lieferanten aus Paris, Hongkong oder Amerika gegeben oder irgendwo streikte eine Textilfabrik... Sie selbst war aus diesen Gründen schon oft im Büro festgehalten worden. Wegen ähnlicher kritischer Situationen hatte sie Alessandro im vergangenen Jahr kaum gesehen. Isabella beschloß, Amadeo anzurufen und vorzuschlagen, daß sie seinen Smoking einpackte und ihm ins Büro brachte.

Isabella ging in ihr kleines, mit rosaroter Seide ausgeschlagenes Boudoir und nahm den Telefonhörer ab. Sie wählte die vertraute Nummer des Hauses San Gregorio. Am anderen Ende hob eine müde klingende Sekretärin ab. *»Pronto.* San Gregorio«.

»Buona sera.« Isabella nannte unnötigerweise und hastig ihren Namen und bat darum, mit Amadeo verbunden zu werden. Am anderen Ende wurde es einen Moment still. Dann entschuldigte sich die Sekretärin hastig für die Verzögerung. Isabella klopfte ungeduldig mit der Fußspitze auf das Parkett, während die Frau am anderen Ende Amadeo zu erreichen versuchte. Vielleicht ist doch was passiert, dachte Isabella ängstlich. Vielleicht ist er mit diesem verdammten Wagen zu schnell gefahren und hat einen Unfall gehabt. Plötzlich war es ihr in ihrem schweren Satinkleid zu heiß, und ihr Herz hörte einen Augenblick auf zu schlagen, als am anderen Ende Bernardos Stimme ertönte.

»Ciao. Cosa c'è?« Was gibt's?

»Verdammt noch mal, wo bleibt Amadeo? Er sollte schon vor zwei

Stunden zu Hause sein. Er hat mir versprochen, heute früher zu kommen. Wir sind bei diesem alten Scheusal eingeladen.«

»Du meinst die Sant' Angelo?« Bernardo kannte sie nur zu gut.

»Natürlich. Also wo steckt er?«

»Keine Ahnung. Ich dachte, er sei längst bei dir zu Hause.« Die Worte waren heraus, bevor er richtig darüber nachdenken konnte. Er runzelte besorgt die Stirn.

»Was? Er ist nicht im Büro?« Jetzt bekam Isabella es wirklich mit der Angst zu tun. Die Möglichkeit, daß er tatsächlich einen Autounfall gehabt hatte, wurde immer wahrscheinlicher.

Bernardo antwortete schnell und betont gelassen: »Mach dir keine Sorgen. Vermutlich ist er noch irgendwo hier im Haus. Ich habe die ganze Zeit über dieser verdammten Seife gebrütet, die du nicht riechen kannst, und bin seit heute mittag nicht mehr bei Amadeo gewesen.«

»Dann such ihn bitte und sag ihm, daß er mich anrufen soll. Ich muß wissen, ob er sich hier umziehen möchte oder ob ich ihm den Smoking ins Büro bringen soll. Die alte Hexe wird uns umbringen. Wir schaffen es auf keinen Fall mehr, pünktlich zum Essen zu kommen.«

»Ist gut. Ich sehe nach.«

»Danke, Bernardo. Und... du glaubst doch nicht, daß was passiert ist, oder?«

»Nein, natürlich nicht. Ich werde ihn sicher gleich finden.« Damit legte Bernardo auf. Isabella starrte nervös auf den Telefonapparat.

Isabellas Worte gingen Bernardo nicht aus dem Kopf. ›Du glaubst doch nicht, daß was passiert ist?‹ Aber inzwischen glaubte er es tatsächlich. Er hatte nämlich schon den ganzen Nachmittag über erfolglos nach Amadeo gesucht, weil er noch einmal wegen dieser verdammten Seife mit ihm hatte sprechen wollen. Für eine neue Testserie brauchten sie Geld... eine Menge Geld. Um die Mittel bereitzustellen, war Amadeos Zustimmung nötig. Aber Amadeo war seit Mittag außer Haus. Bernardo hatte sich damit getröstet, daß Amadeo und Isabella sich vermutlich für den Nachmittag irgendwo verabredet hatten. Wie er als einziger wußte, kam das häufig vor. Da Amadeo jedoch offenbar nicht bei Isabella war, wo konnte er sein? Bei einer anderen Frau? Bernardo verdrängte den Gedanken sofort. Amadeo hatte Isabella noch nie betrogen und würde es auch nie tun. Aber wo war er dann?

Bernardo ging durch sämtliche drei Stockwerke und sah in jedes Büro, fand jedoch nur eine nervöse Schreibkraft, die Überstunden machte und ihm erzählte, daß gegen ein Uhr zwei Männer zu Amadeo gekommen waren, die angeblich mit ihrem Wagen Amadeos geparkten Ferrari beschädigt hatten. Ihrer Aussage nach war Signore San Gregorio daraufhin mit den beiden fortgegangen. Bernardo fühlte, wie er blaß wurde. Er verließ hastig das Modehaus, setzte sich in seinen Fiat und startete, als er plötzlich Amadeos Ferrari auf seinem üblichen Parkplatz am Straßenrand entdeckte. Er bremste und fuhr langsam daran vorbei. Der Wagen war nirgends beschädigt. Sein Herz klopfte wie rasend, als er das Gaspedal durchtrat und zu Isabellas und Amadeos Villa fuhr.

Isabella lächelte unwillkürlich, als sie durch das Wohnzimmer in ihr Boudoir lief, um das klingelnde Telefon abzuheben. Bernardo hatte also wie versprochen Amadeo nun doch gefunden. ›So ein Schussel‹, dachte sie. Vermutlich hatte er die Einladung bei der Fürstin völlig vergessen. Sie würde ihm eine Szene machen, beschloß sie halbherzig. Sie war genausowenig in der Lage, mit Amadeo zu streiten, wie sie Alessandro seine Schokoladenkekse verbieten konnte. Sie sah sein lächelndes, schokoladeverschmiertes Kindergesicht wieder vor sich, als sie den Telefonhörer von der Gabel riß.

»Also Liebling, heute kommst du wirklich ein bißchen spät nach Hause«, plauderte sie munter drauflos. »Was machen wir jetzt mit der Fürstin und ihrer Einladung zum Diner?« Sicher, daß nur Amadeo der Anrufer sein konnte, wartete sie lächelnd auf seine Antwort.

Doch am Telefon war nicht Amadeo, sondern ein fremder Mann.

»*Pronto*, Signora. Ich habe keine Ahnung, was Sie mit der Fürstin machen wollen. Fragen Sie sich lieber, was wir mit Ihrem Mann tun sollen.«

»Wie bitte?« Isabella glaubte im ersten Augenblick an den Anruf eines Verrückten. ›Das fehlt mir gerade noch‹, dachte sie. Obwohl sie eine Geheimnummer hatten, riefen gelegentlich Fremde an. »Tut mir leid, Sie haben offenbar die falsche Nummer gewählt.« Sie wollte schon wieder auflegen, als die Stimme erneut ertönte.

»Augenblick noch, Signora di San Gregorio«, sagte der Unbekannte scharf. »Sie suchen doch Ihren Mann... oder täusche ich mich?«

»Sie irren sich.« Ihr Herz schlug zum Zerspringen. Wer war dieser Mann?

»Er ist doch nicht zur verabredeten Zeit zu Hause erschienen, stimmt's?«

»Mit wem spreche ich überhaupt?«

»Das tut nichts zur Sache. Wir haben Ihren Mann... hier bei uns.« Isabella hörte ein Geräusch, als sei jemand gestoßen oder geschlagen worden, dann meldete sich Amadeo am anderen Ende.

»Liebling, bitte bleib ganz ruhig.« Seine Stimme klang brüchig und müde.

»Was ist eigentlich los? Soll das ein schlechter Witz sein?«

»Es ist leider bitterer Ernst.«

»Wo bist du?« Panik erfaßte sie, und das Sprechen fiel ihr plötzlich schwer. Bernardo hatte also doch recht gehabt.

»Das weiß ich nicht. Es ist auch nicht wichtig. Du mußt nur einen kühlen Kopf behalten. Und ich möchte dir sagen...« Es entstand eine endlose, quälende Pause. Isabella begann am ganzen Körper zu zittern, und sie umklammerte den Telefonhörer fester. »...sagen, daß ich dich liebe.«

In diesem Moment wurde Amadeo der Hörer offensichtlich aus der Hand genommen, denn am anderen Ende ertönte erneut die fremde Stimme: »Zufrieden? Wir haben ihn also. Möchten Sie ihn zurückhaben?«

»Wer sind Sie? Ein Verrückter?«

»Nein, ich bin nicht verrückt... aber habgierig.« Am anderen Ende erscholl lautes Gelächter. »Wir wollen zehn Millionen Dollar. Ist er Ihnen das wert?«

»Sie sind ja übergeschnappt. So viel Geld haben wir überhaupt nicht. Niemand könnte diese horrende Summe...«

»Oh, doch. Solche Leute gibt's durchaus... und Sie gehören dazu. Ihre Firma ist sicher so viel wert. Beschaffen Sie das Geld. Sie haben das ganze Wochenende dazu Zeit, während wir hier auf Ihren Mann aufpassen.«

»Das ist unmöglich... Um Gottes willen... Seien Sie doch vernünftig... Bitte!«

Doch der anonyme Anrufer hatte bereits aufgelegt. Isabella brach verzweifelt in Tränen aus. Amadeo! Mein Gott, sie hatten Amadeo!

Sie hörte weder das Klingeln an der Haustür noch das Hausmädchen, das öffnete, noch Bernardos schnelle Schritte im Korridor.

»Was ist passiert?« fragte Bernardo im Türrahmen und starrte sie entsetzt an. »Isabella, sag doch, was ist los? Ist er verletzt... oder tot?«

Einen Moment lang brachte sie kein Wort heraus, sondern sah ihn nur stumm an, während Tränen über ihr Gesicht rannen. »Er ist entführt worden«, stammelte sie schließlich heiser.

»Oh, mein Gott!«

3

Eine Stunde später saß Isabella noch immer in ihrem Boudoir. Sie war leichenblaß und hielt Bernardos Hand. Dann kam der zweite Anruf der Entführer.

»Wir haben vorhin vergessen, Ihnen zu sagen, daß Sie lieber die Polizei aus dem Spiel lassen sollen, Signora. Falls Sie sich nicht an unsere Anweisung halten, töten wir Ihren Mann. Dasselbe passiert, wenn Sie das Geld nicht rausrücken.«

»Aber das dürfen Sie doch nicht tun. Es ist unmöglich...«

»Lassen Sie die Polizei aus dem Spiel. Alles andere interessiert jetzt nicht. Die Bullen lassen Ihre sämtlichen Konten sperren, sobald sie davon erfahren, und dann ist sein Leben keinen Pfifferling mehr wert.« Damit hängte der Fremde wieder ein. Aber diesmal hatte Bernardo das Gespräch mitangehört.

Isabella brach erneut in Tränen aus.

»Isabella, wir hätten die Polizei schon vor einer Stunde verständigen sollen.«

»Nein! Ich will das nicht. Der Mann hat recht. Die Polizei würde uns das ganze Wochenende über beschatten und am Montag unsere Konten sperren lassen, damit wir das Lösegeld nicht bezahlen können.«

»Diese Summe kannst du doch sowieso nicht aufbringen«, entgegnete Bernardo. »Es würde Jahre dauern, bis du soviel Geld flüssig gemacht hättest. Und der einzige, der dazu in der Lage wäre, ist Amadeo. Das weißt du doch so gut wie ich.«

»Das ist mir alles gleichgültig. Ich werde das Geld irgendwie beschaffen. Es bleibt uns schließlich gar nichts anderes übrig.«

»Isabella, das ist illusorisch. Wir müssen die Polizei verständigen. Es ist unsere einzige Chance. Wir dürfen kein Risiko eingehen. Da du die Lösegeldsumme nicht bezahlen kannst, müssen wir die Entführer finden... bevor sie noch mehr Unheil anrichten können.« Bernardo war beinahe so blaß wie Isabella, als er sich mit einer verzweifelten Geste durchs Haar fuhr.

»Aber was passiert, wenn sie dahinterkommen? Der Mann am Telefon hat gesagt...«

»Sie werden nichts erfahren. Wir müssen uns jetzt jemandem anvertrauen, Isabella. Herrgott, auf die Entführer ist doch kein Verlaß!«

»Vielleicht lassen sie uns länger Zeit, das Geld zu beschaffen. Freunde werden uns helfen. Wir könnten mit unseren Geschäftspartnern in Amerika sprechen...«

»Unsinn! So viel Zeit geben sie uns nie. Und überleg mal, was mit Amadeo passiert, wenn wir Zeit schinden? Was werden sie mit ihm machen?«

»O Gott, Bernardo! Ich darf gar nicht daran denken...« Ihre Stimme versagte, und Bernardo nahm die zitternde Isabella in seine Arme.

»Bitte, laß mich die Polizei anrufen«, sagte er leise. Isabella nickte nur stumm. Eine Viertelstunde später war die Polizei da. Die Beamten trugen Zivil, alte Anzüge und schäbige Hüte, und waren durch den Lieferanteneingang hereingekommen, so daß man sie für Freunde des Personals halten konnte. Isabella war einigermaßen beruhigt. Vielleicht hatte Bernardo doch recht gehabt.

»Signora di San Gregorio?« Der leitende Kriminalbeamte hatte sie sofort erkannt. Bleich und unbeweglich stand Isabella noch immer in ihrem smaragdgrünen Abendkleid im Wohnzimmer. Sie hatte nicht einmal Zeit gefunden, sich umzuziehen.

»Ja«, murmelte sie kaum hörbar und war erneut den Tränen nahe. Bernardo nahm fest ihre Hand.

»Es tut uns leid, daß wir Sie in dieser schrecklichen Situation noch mehr quälen müssen, Signora«, begann der Beamte. »Aber wir müssen jetzt alles wissen. Wann wurde Ihr Mann zum letzten Mal gesehen und von wem? Hat es schon früher mal einen Entführungsversuch gegeben, und haben Sie Grund zu der Annahme, daß ein Mitglied Ihres Personals etwas mit der Sache zu tun hat? Schonen Sie niemanden... Zurückhaltung, Höflichkeit oder Loyalität gegenüber alten Freunden sind jetzt nicht am Platz. Das Leben Ihres Mannes steht auf dem Spiel. Sie müssen uns helfen.« Die Beamten musterten Bernardo mißtrauisch, doch letzterer hielt ihren Blicken gelassen stand. Isabella erklärte dem Inspektor schließlich, daß es Bernardo gewesen war, der darauf bestanden hatte, die Polizei zu verständigen.

»Aber sie haben gedroht... Wenn wir uns an die Polizei wenden, dann...« Sie verstummte.

»Ja, das kennen wir.«

Zwei Stunden lang wurden Isabella und Bernardo verhört. Sie sagten alles, was sie wußten, und gegen Mitternacht war es endlich vorüber. Danach war die Polizei über Einzelheiten des Konkurrenzkampfes in der Modebranche, über Intrigen und Rivalitäten, über vergessene Feinde und falsche Freunde informiert.

»Und die Entführer haben bisher noch nichts über den Zeitpunkt oder den Ort der Lösegeldübergabe gesagt?« erkundigte sich der Inspektor. Isabella schüttelte unglücklich den Kopf. »Ich habe den Verdacht, daß wir es mit Amateuren zu tun haben. Das zeigt der zweite Anruf, bei dem Ihnen verboten worden ist, mit uns Kontakt aufzunehmen. Profis hätten Ihnen das schon gleich am Anfang gesagt.«

»Ich habe das als selbstverständlich angenommen«, murmelte Isabella. »Deshalb wollte ich auch nicht, daß Signore Franco Sie anruft.«

»Sie haben gut daran getan, Ihre Meinung zu ändern«, bemerkte der Inspektor mitfühlend. Er war der bei der römischen Polizei für Entführungen zuständige Spezialist. Bedauerlicherweise hatte er in den vergangenen Jahren sehr viel Erfahrungen auf diesem Gebiet sammeln können.

»Ist es für uns denn besser, wenn die Entführer Amateure sind?« fragte Isabella und sah den Inspektor hoffnungsvoll an.

»Vielleicht. Eine Entführung ist immer eine sehr delikate Angelegenheit. Dementsprechend vorsichtig werden wir vorgehen. Sie können uns vertrauen, Signora.« Plötzlich schien dem Inspektor etwas einzufallen, das er bisher offenbar vergessen hatte. »Wollten Sie heute abend eigentlich ausgehen?« Sein Blick schweifte über ihr Abendkleid und den Schmuck.

Isabella nickte benommen. »Wir... wir sind zu einem Diner eingeladen... Aber das ist doch jetzt nicht mehr wichtig.«

»Alles ist wichtig. Bei wem sollte dieses Diner stattfinden?«

Isabella war einen Augenblick sogar versucht zu lächeln. »Bei der Fürstin di Sant' Angelo. Wollen Sie denn auch über sie Nachforschungen anstellen?« Isabella hatte beinahe Mitleid mit dem armen alten Scheusal, wie sie die Fürstin nannte.

»Nur wenn es nötig werden sollte.« Der Inspektor wußte über die gefürchtetste Witwe Roms Bescheid. »Im Augenblick ist es das beste, wenn Sie niemandem etwas von dem Vorfall erzählen. Bleiben Sie vorerst zu Hause, und sprechen Sie auch mit Freunden nicht über den Vorfall. Sagen Sie allen, Sie seien krank. Telefongespräche sollten Sie allerdings persönlich entgegennehmen. Die Entführer wollen vermutlich nur mit Ihnen verhandeln. Wir müssen so schnell wie möglich erfahren, wie ihre weiteren Forderungen lauten. Sie haben einen kleinen Sohn?« Als Isabella nickte, fuhr der Inspektor fort: »Er sollte ebenfalls zu Hause bleiben. Wir lassen die Villa genau, aber unauffällig bewachen.«

»Dürfen meine Hausangestellten das Haus ebenfalls nicht verlassen?«

»Doch, sie können tun und lassen, was sie wollen«, wehrte der Inspektor ab. »Sagen Sie dem Personal nichts. Möglicherweise verrät sich einer von ihnen. Wir beschatten sie jedenfalls.«

»Glauben Sie denn, daß einer meiner Angestellten etwas mit der Sache zu tun hat?« Ein Hoffnungsschimmer trat in Isabellas Augen. Es war ihr gleichgültig, wer die Entführer waren, Hauptsache, man fand sie, bevor diese Wahnsinnigen Amadeo etwas antun konnten. Sie wagte den Gedanken nicht weiter zu spinnen. Es durfte nicht geschehen... nicht mit Amadeo. Tränen traten erneut in ihre Augen, und der Inspektor wandte sich ab.

»Wir müssen jetzt erst mal abwarten«, murmelte er. »Tut mir leid, aber es steht Ihnen noch einiges bevor, Signora.«

»Und was ist mit der geforderten Geldsumme?« Kaum hatte sie die Worte ausgesprochen, bereute sie es. Die Züge des Inspektors wurden hart. »Was soll damit sein?«

»Nun, sollten wir... können wir...?«

»Montag morgen werden Ihre sämtlichen Privat- und Geschäftskonten gesperrt werden. Wir setzen die Bank davon kurz vor Beginn der Schalterstunden in Kenntnis.«

»Oh, mein Gott!« Isabella warf Bernardo einen entsetzten Blick zu. Dann blitzte sie den Inspektor wütend an. »Und wie sollen wir auf diese Weise Ihrer Ansicht nach unsere Geschäfte weiterführen?«

»Mit Krediten«, erwiderte der Polizeibeamte ungerührt. »Ich bin sicher, das Haus San Gregorio ist kreditwürdig.«

»Ich habe den Eindruck, wir wollen nicht dasselbe, Inspektor.« Isabella war wütend aufgesprungen und musterte den Polizeibeamten wütend. Wie die Firma zu Geld kam, war ihr völlig gleichgültig. Sie brauchte die Gewißheit, das Geld für die Entführer beschaffen zu können, falls die Polizei mit ihren Aktionen keinen Erfolg hatte. Amadeos Leben stand auf dem Spiel. Zum Teufel mit der Polizei, zum Teufel mit Bernardo!

»Sie sollten jetzt versuchen zu schlafen.« Isabella hätte die Beamten am liebsten laut und böse beschimpft, doch sie biß die Zähne fest aufeinander und ballte nur die Fäuste. Kurz darauf waren die Beamten gegangen, und sie blieb mit Bernardo allein.

»Jetzt haben wir's! Merkst du endlich, was du angerichtet hast?« fuhr Isabella Bernardo an. »Ich habe dir doch gesagt, daß sie genau das tun würden. Was, zum Teufel, sollen wir jetzt machen?«

»Wir können vorerst nur warten, beten und hoffen, daß die Polizei Erfolg hat«, entgegnete Bernardo.

»Begreifst du denn nicht? Sie haben Amadeo! Wenn wir diese zehn Millionen Dollar nicht beschaffen können, werden sie ihn umbringen! Kriegst du das eigentlich nicht in deinen Kopf?« Einen Augenblick lang war Isabella nahe daran, die Hand gegen Bernardo zu erheben, doch ein Blick in sein Gesicht sagte ihr, daß ihn ihre Worte bereits wie eine Ohrfeige getroffen hatten.

Isabella schrie, tobte und weinte. Bernardo schlief in jener Nacht im Gästezimmer. Doch keiner von beiden konnte etwas tun; schon gar nicht am Wochenende und mit gesperrten Bankkonten. Und es war zweifelhaft, ob sie selbst bei geöffneten Banken und flüssigen Konten hätten etwas unternehmen können.

Isabella verbrachte die ganze Nacht auf einem Stuhl in ihrem Boudoir und wartete, weinte und träumte. Einmal hätte sie am liebsten sämtliche Einrichtungsgegenstände kurz und klein geschlagen, dann hatte sie den Wunsch, alles einzupacken und es den Entführern zu schicken... nur um Amadeo wiederzubekommen.

Auf den dritten Anruf der Entführer mußten sie weitere vierundzwanzig Stunden warten. Der Fremde am Telefon wiederholte dann auch nur im großen und ganzen seine früheren Forderungen. Sie wollten zehn Millionen Dollar. Es war Samstagabend, und am darauffolgenden Dienstag sollte die Lösegeldsumme übergeben werden. Isabella versuchte ihm klarzumachen, daß sie übers Wochenende, da sämtliche Banken und Firmen geschlossen hatten, nichts tun konnte, doch der Fremde ließ sich nicht erweichen. Er blieb bei Dienstag. Er fand, das sei eine angemessene Frist. Den Ort der Übergabe sollte sie später erfahren. Und bei diesem dritten Gespräch durfte sie nicht mit Amadeo sprechen.

»Woher soll ich wissen, daß er überhaupt noch lebt?« fragte Isabella.

»Sie werden mir einfach glauben müssen. Er lebt. Und er bleibt am Leben, wenn Sie die Lösegeldsumme zahlen und die Polizei aus dem Spiel lassen. Solange Sie gehorchen, ist alles in bester Ordnung. Wir melden uns wieder. *Ciao,* Signora.«

Isabella war verzweifelt. Am Sonntagmorgen sah sie mit den dunklen Ringen unter den Augen wie ein Gespenst aus. Jede Farbe war aus ihrem Gesicht gewichen. Bernardo kam und ging, versuchte nach außen hin so zu tun, als sei nichts geschehen, verbreitete die Geschichte, Amadeo sei verreist, und Isabella sei krank. Und so wie Isabella aussah, glaubte das jeder. Vom Hauspersonal schien niemand die Wahrheit zu ahnen, und keiner verhielt sich verdächtig. Die Polizei tappte völlig im dunkeln. Am Sonntagabend glaubte Isabella endgültig, verrückt werden zu müssen.

»Ich kann diese Tatenlosigkeit nicht länger ertragen, Bernardo. Sie unternehmen überhaupt nichts mehr. Es muß doch einen anderen Weg geben, Amadeo zu helfen.«

»Aber wie? Offensichtlich sollen auch meine Privatkonten gesperrt werden. Ich muß mir morgen Geld von meiner Mutter leihen. Die Polizei hat mir eröffnet, daß ich bei meiner Bank nicht mal mehr einen Scheck einlösen kann.«

»Sie sperren deine Konton?« Bernardo nickte stumm. »Verdammt.«

Doch es gab etwas, worüber die Polizei auch am Montag nicht verfügen, etwas, das sie nicht anrühren konnte. Isabella lag die ganze Nacht von Sonntag auf Montag in ihrem Schlafzimmer wach, zählte, rechnete und schätzte. Und am Montagmorgen öffnete sie dann den Safe. Die Stücke waren zwar keine zehn Millionen Dollar, aber sicher eine... vielleicht sogar zwei Millionen Dollar wert. Sie nahm die länglichen, mit Samt überzogenen Etuis aus dem Tresor, in denen sie ihren Schmuck aufbewahrte, trug sie in ihr Zimmer, schloß die Tür hinter sich ab und breitete das Smaragdkollier, den Brillantring von Amadeo, die Rubinkette, die sie wegen der grellen Leuchtkraft der Steine nicht mochte, ihre Perlen, den Saphirring, den Amadeo ihr Jahre zuvor zur Verlobung geschenkt hatte, das Brillantarmband ihrer Mutter und die Perlen ihrer Großmutter auf dem Bett aus. Sie schrieb sämtliche Schmuckstücke auf eine Liste und faltete diese sorgfältig zusammen. Anschließend legte sie den Schmuck in ein großes Seidentuch von Gucci und steckte das schwere Bündel in eine alte, braune Lederhandtasche. Sie würde mit der Tasche über der Schulter kaum gerade gehen können, doch das war ihr gleichgültig. Zum Teufel mit der Polizei und ihrer Hinhaltetaktik. Isabella konnte nicht länger darauf warten, daß ihre Ermittlungen endlich Erfolg hatten. Der einzige, dem sie jetzt noch vertrauen wollte, war Alfredo Paccioli. Isabellas und Amadeos Familien machten schon seit vielen Jahren Geschäfte mit ihm. Alfredo Paccioli kaufte und verkaufte Schmuck für Prinzen und Könige, Staatsoberhäupter, reiche Witwen und die oberen Zehntausend von Rom. Für Isabella war er immer ein Freund gewesen.

Isabella zog eine braune Hose und einen alten passenden Kaschmirpullover an, griff nach ihrer Nerzjacke, legte diese jedoch kurzentschlossen wieder beiseite und schlüpfte statt dessen in eine unauffällige Lederjacke. Dazu band sie ein Kopftuch um. Ein Blick in den Spiegel sagte ihr, daß Isabella San Gregorio auf diese Weise kaum noch zu erkennen war. Dann setzte sie sich ein paar Minuten in einen Sessel und überlegte, wie sie ihre Bewacher am besten abschütteln konnte. Schließlich wurde ihr klar, daß das gar nicht nötig war. Sie brauchte sich vor der Polizei nicht zu verstecken. Es kam lediglich darauf an, das Geld zu beschaffen. Sie mußte nur dafür sorgen, daß man sie bei Paccioli nicht gleich erkannte. Isabella rief Enzo, den Chauffeur, an und bat ihn, in zehn Minuten vor dem Hintereingang mit dem Wagen zu warten.

Als es soweit war, schlich sich Isabella heimlich aus dem Haus. Sie wollte vor allem eine Begegnung mit Alessandro vermeiden, seinen Fragen und dem treuen Blick aus seinen Augen aus dem Weg gehen. Isabella hatte sich die vergangenen vier Tage verleugnen und dem Jungen ausrichten lassen, sie sei krank, und er dürfe sie wegen Ansteckungsgefahr nicht besuchen. Auf diese Weise fügte er sich leichter in sein Schicksal, ein paar Tage lang nur mit Mamma Teresa im Kinderzimmer spielen zu können. Außerdem glaubte er, sein Vater sei verreist. Zum Glück war Alessandro erst vier Jahre alt. Isabella war froh, daß Alessandro dank Mamma Teresa einen geregelten Tagesablauf hatte. Sie selbst wäre sicher nicht in der Lage gewesen, sich dem Kind gegenüber normal und ungezwungen zu geben. Sie erreichte den Hinterausgang.

»*Va meglio*, Signora?« Enzo musterte sie nachdenklich im Rückspiegel, als der Wagen anfuhr. Isabella nickte nur schweigend und angespannt und registrierte flüchtig, daß die zu ihrer Bewachung abgestellten Kriminalbeamten in Zivil unauffällig der Limousine in ihrem Wagen folgten.

»*Si*«, antwortete sie knapp und nannte Enzo die Adresse von Paccriolis Geschäft, das ganz in der Nähe des Modehauses San Gregorio lag. Es war ihr gleichgültig, was Enzo über diesen Besuch bei Paccioli denken mochte. Falls er zu den Entführern gehörte, sollte er ruhig wissen, daß sie alles tat, um ihre Forderungen zu erfüllen. Die gemeinen Kerle! Mittlerweile konnte sie niemandem mehr trauen. Und Bernardo? Wie hatte er das alles nur so genau voraussehen können? Sie kämpfte erneut mit den Tränen. Es dauerte nur knapp eine Viertelstunde, bis sie ihr Ziel erreicht hatten. Isabella kaufte kurz ein paar Kleinigkeiten in zwei verschiedenen Boutiquen, um vom wahren Zweck ihrer Stadtfahrt abzulenken, und verschwand dann eilig in Pacciolis Juweliergeschäft. Hinter der schlichten Fassade verbarg sich eines der luxuriösesten Geschäfte Roms, lediglich ein unauffälliges Messingschild verriet den Firmennamen. Isabella betrat den ganz in Beige gehaltenen Vorraum und sagte zu einer jungen Frau hinter dem großen Louis-XV-Schreibtisch: »Ich möchte zu Signore Paccioli.«

Isabellas Befehlston schien die Empfangsdame allerdings kaum zu beeindrucken. Ein Blick auf Isabellas schlichte Kleidung genügte, und sie antwortete: »Tut mir schrecklich leid, aber Signore Paccioli hat gerade eine Besprechung. Es sind Kunden aus New York hier.« Sie machte eine um Verständnis werbende Geste. Doch Isabella ließ sich nicht so leicht abspeisen. Das Gewicht der braunen Ledertasche über ihrer Schulter drückte.

»Das ist mir gleichgültig. Sagen Sie ihm... Isabella ist da.«

Die Empfangsdame zögerte noch immer. »Also gut«, erwiderte sie schließlich unwillig. Der Blick der jungen Frau, die ungeduldig ihre Schultertasche hin und her schob, jagte ihr ein wenig Angst ein. Sie konnte nur hoffen, daß die aufgeregte Fremde keine Waffe bei sich trug. Aber auch in diesem Fall war es das beste, Signore Paccioli so schnell wie möglich zu verständigen. Sie ließ Isabella mit den beiden uniformierten Wächtern allein und verschwand in einem langen Korridor. Es dauerte nicht einmal zwei Minuten, bis sie mit Alfredo Paccioli zurückkehrte. Alfredo Paccioli war ein kahlköpfiger Mann Anfang Sechzig mit einem Schnurrbart und schönen, freundlichen blauen Augen.

»Isabella, *cara, come stai?* Suchst du Schmuckstücke für deine Modenschauen?«

Isabella schüttelte stumm den Kopf. »Kann ich dich einen Augenblick sprechen?«

»Natürlich.« Er musterte sie eingehend und war beunruhigt. Irgend etwas schien nicht zu stimmen. Als sie in seinem Büro allein waren, nahm Isabella die alte Ledertasche von der Schulter, zog das schwere Bündel heraus und breitete die Schmuckstücke auf dem Schreibtisch des Juweliers aus.

»Ich möchte die Stücke verkaufen. Und zwar alle, ohne Ausnahme«, erklärte sie dem fassungslosen Paccioli, dessen Befürchtungen schließlich konkreter wurden. Er fragte sich, ob sie Streit mit Amadeo gehabt hatte. War er ihr untreu geworden? Was, um Himmels willen, konnte sie nur zu einem solchen Schritt veranlaßt haben?

»Isabella... meine Liebe... das meinst du doch nicht im Ernst. Dieses... dieses Schmuckstück ist seit vielen Jahren im Besitz deiner Familie.« Er starrte entsetzt auf das Smaragdkollier, die Brillanten, die Rubinkette und den Ring, den er Amadeo erst vor wenigen Monaten verkauft hatte.

»Ich muß es aber tun. Frag mich bitte nicht, warum. Bitte, Alfredo, ich brauche deine Hilfe. Nimm den Schmuck und verkaufe ihn.«

»Bist du wirklich dazu entschlossen?« Alfredo Paccioli überlegte angestrengt, ob die Firma San Gregorio in Schwierigkeiten geraten sein könnte.

»Ja.« Irgend etwas scheint nicht zu stimmen, dachte Paccioli.

»Dazu brauche ich Zeit.« Paccioli betrachtete liebevoll jedes einzelne Schmuckstück. Der Gedanke, die Stücke verkaufen zu müssen, gefiel ihm allerdings gar nicht. Sie gehörten einfach zu Isabella. »Gibt es denn gar keine andere Möglichkeit?«

»Nein, keine. Und ich habe vor allem keine Zeit. Gib mir dafür, was du kannst, aber ich brauche das Geld sofort. Und sprich mit niemandem darüber, hörst du? Es ist eine sehr... eine sehr... Oh, Gott, Alfredo... Bitte! Du mußt mir helfen!« Tränen traten in ihre Augen. Alfredo Paccioli ergriff ihre Hand und sah sie fragend an.

»Ich habe beinahe Angst, nach dem Grund zu fragen.«

Etwas Ähnliches war Paccioli bisher bereits zweimal passiert. Zum ersten Mal war er ein Jahr zuvor und das zweite Mal erst vor einer Woche mit einer ähnlichen Situation konfrontiert worden. Es war schrecklich gewesen... und hatte nichts genützt.

»Frag lieber nicht. Ich kann nichts sagen. Hilf mir, bitte.«

»Also gut. Wieviel brauchst du?« Als Paccioli die Summe hörte, erschrak er zutiefst. Zehn Millionen Dollar, o Gott!

»Ich weiß, daß du mir das nicht geben kannst... aber ich nehme, was ich jetzt bekommen kann... und zwar in bar.«

Paccioli nickte und überlegte, wieviel Bargeld er in seinem Tresor hatte. »Du kannst vielleicht zweihunderttausend sofort und noch mal soviel in... sagen wir einer Woche haben.«

»Kannst du mir die Summe nicht heute schon aushändigen?« Isabella sah ihn flehentlich und verzweifelt an. Paccioli hatte Angst, sie könne jeden Augenblick ohnmächtig werden.

»Das ist unmöglich, Isabella. Wir haben gerade für eine hohe Summe im Mittleren Osten eingekauft. Im Augenblick liegt ein Großteil unseres Kapitals in Schmucksteinen fest.« Pacciolis Blick wanderte von den Smaragden, Brillanten, Rubinen und Perlen zu Isabella, und plötzlich kam ihm ein Gedanke. Ihm war nicht mehr wohl in seiner Haut. Isabellas Angst und Verzweiflung waren ansteckend. »Kannst du noch einen Moment warten? Ich möchte nur kurz telefonieren.«

»Mit wem?« Sie starrte ihn an, und ihre Hände begannen zu zittern.

»Du kannst mir vertrauen. Ich möchte nur mit einigen Freunden und Kollegen sprechen. Vielleicht können wir gemeinsam etwas mehr Geld aufbringen. Und... Isabella...« Er zögerte, weil er plötzlich zu verstehen glaubte. »Du brauchst nur Bargeld, oder?«

»Ja.«

Dann hatte er also recht. Seine Hände begannen ebenfalls zu zittern. »Ich tue, was ich kann.« Er setzte sich hinter seinen Schreibtisch, nahm den Telefonhörer ab und rief nacheinander sechs Freunde an. Es waren Juweliere, Kürschner, ein etwas zwielichtiger Bankier und ein berufsmäßiger Spieler, der ein Kunde gewesen und ein Freund geworden war. Alle zusammen konnten sie noch einmal dreihunderttausend Dollar aufbringen. Paccioli nannte Isabella die Summe, und sie war einverstanden. Damit verfügte sie insgesamt über fünfhunderttausend Dollar. Es war nur der zwanzigste Teil der Summe, die die Entführer gefordert hatten... ganze fünf Prozent. Paccioli musterte Isabella traurig. »Hilft dir das nicht weiter?« fragte er.

»Es muß vorerst genügen. Wie bekomme ich das Geld?«

»Ich schicke sofort einen Boten los, um es zu holen. Ich nehme einige deiner Schmuckstücke, um die Anleihe bei den anderen Juwelieren abzusichern.« Alfredo Paccioli wählte sorgfältig ein paar Schmuckstücke aus. Isabella beobachtete ihn gleichgültig. Als er nach Amadeos Ring griff, wandte sich Isabella jedoch plötzlich ab und kämpfte mit den Tränen. Aber in diesem Augenblick war nur noch Amadeo wichtig.

»Das dürfte genügen. In einer Stunde hast du das Geld. Kannst du solange warten?«

Sie nickte nervös. »Dein Bote sollte das Geschäft durch die Hintertür verlassen.«

»Wird mein Geschäft beobachtet?«

»Nein, aber man beschattet mich. Mein Wagen wartet vor dem Haupteingang, und möglicherweise passen sie auf, wer das Geschäft verläßt.«

Paccioli stellte keine weiteren Fragen mehr. Das erübrigte sich.

»Darf ich dir eine Tasse Kaffee bringen lassen?« erkundigte er sich. Als sie nur den Kopf schüttelte, tätschelte er ihr den Arm und ließ sie allein. Isabella wartete eine Stunde und versuchte dabei tapfer die Erinnerung an die vielen zärtlichen Stunden mit Amadeo zu verdrängen, doch immer wieder kehrten ihre Gedanken zurück zu den ersten und letzten Augenblicken, den lustigen Augenblicken, der Szene, als er den kleinen Alessandro zum ersten Mal in seinen Armen gehalten hatte, an ihre erste Kollektion, die sie mit viel Mut und Freude präsentiert hatte, an ihre Flitterwochen, ihren ersten gemeinsamen Urlaub, ihr erstes Haus, daran, als sie sich zum ersten Mal geliebt hatten ... und an das letzte Mal, das erst vier Tage zurücklag. All diese Erinnerungen taten ihr in beinahe unerträglicher Art und Weise weh. Stimmen und Gesichter drohten sie zu erdrücken, und in panischer Angst versuchte sie sich von diesen Vorstellungen zu befreien. Es kam ihr wie eine Ewigkeit vor, bis Alfredo Paccioli wiederkehrte. Er überreichte ihr genau fünfhunderttausend Dollar in bar in einem länglichen braunen Paket.

»Danke, Alfredo. Das werde ich dir nie vergessen.« Und Amadeo bestimmt auch nicht, dachte Isabella. Es waren keine zehn Millionen Dollar, aber sie hatte immerhin einen Anfang gemacht. Falls die Polizei mit ihrer Annahme, die Entführer seien Amateure, recht hatte, dann waren sie möglicherweise vorerst auch mit einer halben Million zufrieden. Es mußte genügen. Jetzt, da ihre Bankkonten gesperrt waren, konnte sie einfach nicht mehr aufbringen.

»Isabella... kann ich... kann ich noch irgendwas für dich tun?«

Isabella schüttelte nur schweigend den Kopf, öffnete die Tür und lief an der jungen Frau am Empfangstisch vorbei zum Ausgang. Im Vorübergehen hatte die Empfangsdame sie gegrüßt, doch Isabella schien sich erst an der Tür ihrer Worte bewußt zu werden. Sie drehte sich abrupt zu ihr um.

»Was haben Sie eben gesagt?«

»Ich sagte auf Wiedersehen, Signora di San Gregorio. Ich habe Sie erst erkannt, als Signor Paccioli etwas von Kollektionen erwähnt hat. Bitte entschuldigen Sie, wenn ich anfangs...«

»Sie haben mich nicht erkannt!« unterbrach Isabella sie schroff. »Sie konnten mich gar nicht erkennen, weil ich nie hier gewesen bin! Verstanden?«

»Ja... oh, ja... selbstverständlich... verzeihen Sie!« Die Frau muß verrückt geworden sein, dachte die Empfangsdame. Ihr wilder Blick flößte ihr Angst ein. Und die große Schultertasche schien längst nicht mehr so schwer zu sein. Was mochte der Inhalt gewesen sein?

»Haben Sie mich verstanden?« wiederholte Isabella scharf. »Falls Sie jemandem erzählen sollten, daß ich hier gewesen bin, sorge ich dafür, daß Sie Ihren Job verlieren... und keinen anderen mehr bekommen. Ist das klar?«

»Ja.« Sie hat also ihren Schmuck verkauft, dachte die junge Empfangsdame. Diese Hexe. Sie nickte höflich, als Isabella das Juweliergeschäft verließ.

Isabella bat Enzo, sie unverzüglich nach Hause zu fahren. Dort wartete sie stundenlang und bewegungslos hinter verschlossener Tür in ihrem Schlafzimmer am Telefon. Als Louise ihr das Mittagessen servieren wollte, wehrte sie schroff ab. Sie wartete weiter. Irgendwann mußten die Entführer anrufen. Sie hatten die Geldübergabe für Dienstag geplant, und es war Montag. Immerhin mußte Isabella ja wissen, wo und wann sie das Geld deponieren sollte.

Doch gegen sieben Uhr abends hatten sie sich noch immer nicht gemeldet. Isabella hörte Alessandros Stimme im Korridor. Mamma Teresa ermahnte das Kind jedoch sofort, leise zu sein, da seine Mutter Grippe habe. Dann war alles wieder still, bis endlich jemand heftig gegen die Tür pochte.

»Laß mich rein!« Es war Bernardo.

»Ich will allein sein«, entgegnete Isabella. Sie hatte nicht vor, in Bernardos Gegenwart mit den Entführern zu telefonieren. Er sollte nicht einmal etwas vom verkauften Schmuck erfahren. Bernardo würde möglicherweise die Polizei verständigen. Sie hatte genug von den guten Ratschlägen der anderen. Von jetzt an wollte sie die Sache selbst in die Hand nehmen. Sie würde den Entführern eine Million Dollar bieten... die Hälfte der Summe sollten sie sofort, den Rest in einer Woche bekommen.

»Isabella, bitte! Ich muß mit dir reden!«

»Ich habe zu tun.«

»Das ist mir egal. Bitte! Es ist dringend. Ich... ich muß dir etwas zeigen.« Isabella horchte auf. Seine Stimme klang so merkwürdig.

»Schieb es unter der Tür durch«, forderte sie ihn schließlich auf.

Es war die Seite fünf der Abendzeitung. Unter der Schlagzeile ›Isabella di San Gregorio wurde heute bei Paccioli gesehen‹ stand, was sie angehabt, wie sie ausgesehen und welche Schmuckstücke sie verkauft hatte. Wie ist das möglich, fragte sich Isabella erregt. Wer hatte sie verraten? Alfredo? Dann fiel ihr die junge ehrgeizige Frau im Vorzimmer ein. Das kleine Miststück! Mit zitternden Händen öffnete Isabella die Tür.

Bernardo stand dort auf der Schwelle und starrte zu Boden, um seine Tränen nicht zu zeigen.

»Warum hast du das getan?«

»Weil es keinen anderen Ausweg gab.« Aber Isabella klang nicht sehr überzeugt. Ihr war klar, daß die Entführer inzwischen aus der Zeitung ebenfalls von ihrem Besuch bei Paccioli erfahren haben mußten. Und damit wußten sie automatisch, daß die Bankkonten der Familie San Gregorio gesperrt waren. Warum hätte sie sonst ihren Schmuck verkaufen sollen? Und das wiederum konnte nur bedeuten, daß die Polizei eingeschaltet war. »Oh, nein!«

Ohne ein weiteres Wort betrat Bernardo das Zimmer und setzte sich neben das Tischchen, auf dem der Telefonapparat stand.

Der Anruf kam um neun. Es war dieselbe Stimme, derselbe Mann.

»*Capito,* Signora. Sie haben falsch gespielt.«

»Nein, bestimmt nicht.« Es war deutlich herauszuhören, daß sie log. »Schließlich mußte ich irgendwie Geld beschaffen. Wir haben nicht genug auftreiben können.«

»Sie werden nie mehr genug auftreiben. Selbst wenn Sie die Polizei nicht schon früher verständigt haben... jetzt weiß sie Bescheid. Die Bullen werden eine Fahndung einleiten. Und wenn Sie ihnen keinen Tip geben, tut es ein anderer.«

»Aber es weiß doch sonst niemand Bescheid.«

»Unsinn! Für wie dumm halten Sie uns eigentlich? Möchten Sie sich von Ihrem Mann verabschieden?«

»Nein, bitte... warten Sie... Ich habe Geld für Sie. Eine Million...« Aber der Mann hörte bereits nicht mehr zu. Statt dessen war Amadeo am Telefon.

»*Isabellezza,...* Liebling... es ist alles in Ordnung.«

Alles in Ordnung, dachte sie. Ist er verrückt geworden? Trotzdem tat es gut, seine Stimme zu hören. All ihre Liebe flog ihm entgegen. Er lebte noch. Sie hatten ihm nichts getan. Vielleicht wurde doch noch alles gut. Solange Amadeo noch lebte... wo sie ihn auch festhielten... solange konnte sie hoffen.

»Du hast dich prima verhalten, Liebling. Wie geht es Alessandro? Weiß er Bescheid?«

»Nein, natürlich nicht. Es geht ihm gut.«

»Schön. Gib ihm einen Kuß von mir.« Sie glaubte, ein Zittern in seiner Stimme zu hören, und machte fest die Augen zu. Sie durfte jetzt nicht weinen. Jetzt nicht. Sie mußte so tapfer sein wie Amadeo. Ihm zuliebe. »Ich möchte... daß du nie vergißt, daß ich dich liebe«, fuhr Amadeo fort. »Du bist eine wunderbare Frau. Ich habe mit dir nur glückliche Tage erlebt, Liebste... nur glückliche Tage.« Isabella konnte die Tränen nicht länger zurückhalten. Sie weinte stumm und versuchte ein Schluchzen zu unterdrücken.

»Amadeo, Liebster, ich liebe dich... so sehr. Bitte... komm nach Hause.«

»Das werde ich, Liebling. Ich verspreche es dir. Auch jetzt bin ich bei dir. Du mußt nur noch ein wenig länger tapfer sein.«

»Und du auch, Geliebter. Du auch.« Dann war die Verbindung plötzlich unterbrochen.

Die Polizei fand Amadeo di San Gregorio am folgenden Morgen in der Nähe eines Lagerhauses in einem Vorort von Rom. Man hatte ihn erdrosselt.

4

Von Streifenwagen der Polizei eskortiert, lenkte Enzo die schwere Limousine in die Innenstadt von Rom. Isabella hatte für die Totenmesse eine Kirche in der Nähe des Stammhauses San Gregorio an der Spanischen Treppe ausgewählt. Amadeo und Isabella waren während der ersten Zeit ihrer Liebe oft dort gewesen, wenn sie nach ihren langen Spaziergängen in der Mittagszeit ein ruhiges Plätzchen gesucht hatten. Es war eine alte, schlichte Kirche, und sie erschien Isabella passender als die berühmteren und überladenen Kirchen Roms.

Bernardo saß neben ihr auf dem Rücksitz. Isabella starrte unbeweglich auf Enzos Rücken. War er es gewesen? Oder trugen andere die Schuld? Wer waren die gemeinen Verräter? Aber kam es darauf jetzt überhaupt noch an? Amadeo war tot, und mit sich in den Tod hatte er die Geborgenheit, das Lachen, die Liebe und alle Träume genommen. Tot... er war unwiderbringlich aus ihrem Leben verschwunden. Isabella befand sich noch immer in einem schockartigen Zustand.

Seit ihrem Besuch bei Paccioli, als sie all ihren Schmuck verkauft hatte, waren erst zwei Tage vergangen. Zwei Tage... Sie fühlte eine bleierne Schwere in den Gliedern, als sei sie bereits ebenfalls tot.

»Isabella... *bella mia.*« Bernardo berührte liebevoll ihren Arm. Schweigend nahm er ihre Hand. Er fühlte sich so hilflos. Über eine Stunde hatte er geweint, nachdem die Polizei ihm die Schreckensnachricht überbracht hatte. Und als sich Alessandro dann verzweifelt und völlig durcheinander in seine Arme geflüchtet hatte, war es erneut um seine Fassung geschehen gewesen.

»Mein Pappi ist tot... tot...«, hatte das Kind schluchzend gestammelt.

Isabella hatte nur stumm dabeigestanden und zugesehen, wie Alessandro bei einem Mann Trost gesucht hatte. Er brauchte Bernardo jetzt mehr denn je... jetzt, da er keinen Vater... keinen Amadeo mehr hatte. »Holen Sie dich auch noch?« hatte Alessandro mit ängstlichem Blick gefragt. Nein, hatte sie geantwortet und ihn fest an sich gedrückt. Und dich können sie mir auch nie wegnehmen, *›tesoro‹*, hatte sie gedacht. Du gehörst mir.

Allein diese Szene war mehr gewesen, als Bernardo ertragen konnte, und jetzt das: Isabella, die leblos und wie erstarrt ganz in Schwarz mit einem dunklen Schleier über dem bleichen Gesicht neben ihm saß. Sie sah schöner aus denn je. Bernardo hatte ihr wortlos den Schmuck zurückgebracht. An diesem Tag trug sie jedoch nur ihren Ehering und den Ring mit dem großen Solitärbrillanten, den sie erst wenige Monate zuvor von Amadeo bekommen hatte. Sollte das wirklich alles gewesen sein? Waren wirklich erst fünf Tage vergangen, seit sie Amadeo zum letzten Mal lebend gesehen hatten? Bernardo würde den friedlichen Ausdruck im Gesicht des toten Amadeo di San Gregorio nie vergessen. Selbst dann noch hatte er ihn an die Gemälde von schönen römischen Jünglingen der Antike erinnert. Er hatte einen Freund verloren.

Bernardo half Isabella aus dem Wagen, nahm sie fest am Arm und führte sie in die Kirche. Die Kirche war bis auf den letzten Platz mit Trauergästen gefüllt. An sämtlichen Ausgängen waren Polizisten postiert.

Den Trauergottesdienst überstand Isabella nur mit äußerster Anstrengung. Tränen rollten unaufhörlich über ihr Gesicht, das hinter dem dichten, schwarzen Schleier nur schemenhaft zu erkennen war. Die Angestellten des Hauses San Gregorio, Freunde und Verwandte schämten sich ihrer Tränen nicht. Selbst die Fürstin, von Isabella stets ›das Scheusal‹ genannt, war, mühsam auf ihren silberverzierten Ebenholzstock gestützt, erschienen.

Isabella kam es wie eine Ewigkeit vor, bis sie endlich nach Hause zurückkehren konnten. Sie hatte gegen jede Tradition die Trauergäste gebeten, bei ihr zu Hause keine Kondolenzbesuche zu machen. Sie wollte niemanden sehen. Sie hatte nur noch das Bedürfnis, allein zu sein. Woher konnte sie wissen, ob nicht einer von ihnen der Verräter gewesen war? Bernardo hielt es inzwischen allerdings für unwahrscheinlich, daß die Täter in ihrem Bekanntenkreis zu suchen waren. Die Polizei tappte noch im dunkeln. Sie war bei der ersten Vermutung geblieben, daß es sich um geldgierige Amateure handelte, die geglaubt hatten, sich ein großes Stück vom Reichtum der Familie San Gregorio abschneiden zu können. Es existierten keine Fingerabdrücke oder andere Indizien, es gab weder Zeugen noch weitere Anrufe der Entführer. Und nach Meinung der Polizei würde es die auch in Zukunft nicht geben. Dagegen mußte Isabella damit rechnen, daß sie in Zukunft Zielpunkt für die makabren Telefonspielchen von Hunderten... vielleicht von Tausenden von Psychopathen werden würde. Darüber hatten die Beamten Isabella nicht im unklaren gelassen und veranlaßt, daß ihr Telefon überwacht wurde. Leider mußte man eben damit rechnen, daß es genug Verrückte gab, die Befriedigung darin fanden, Isabella mit Drohungen, Geständnissen und Obszönitäten zu quälen. Allein der Gedanke daran, was Isabella in dieser Beziehung bevorstand, machte Bernardo wütend. Sie hatte schließlich schon genug gelitten.

»Wo ist Alessandro?« fragte Bernardo, der nach dem Begräbnis bei Isabella eine Tasse Kaffee trank. Die Villa kam ihm plötzlich bedrükkend leer und still vor. Trotzdem war er insgeheim froh, daß es, wenn es schon jemand von der Familie di San Gregorio hatte sein müssen, Amadeo und nicht das Kind getroffen hatte. Im nächsten Augenblick schämte er sich dieses Gedankens. Bernardo wußte zwar, daß Isabella zu einem solchen Schluß nicht fähig gewesen wäre, doch er war sicher, daß sich Amadeo jederzeit liebend gern für sein Kind geopfert hätte.

»Er ist mit dem Kindermädchen in seinem Zimmer. Möchtest du zu ihm?« Isabella sah ihn über den Rand ihrer Kaffeetasse hinweg ausdruckslos an.

»Das hat Zeit. Zuerst möchte ich etwas mit dir besprechen.«

»Und das wäre?« Isabella war seit der Entführung Amadeos eine schwierige Gesprächspartnerin. Sie hatte sich bisher eisern geweigert, sich vom Arzt Beruhigungsmittel verschreiben zu lassen, und Bernardo vermutete zu Recht, daß sie seit einer Woche nicht mehr richtig geschlafen hatte.

»Ich finde, du solltest von hier weggehen.«

»Das ist ja lächerlich.« Isabella stellte ihre Kaffeetasse energisch auf den Tisch und starrte Bernardo ärgerlich an. »Mir geht's hier ausgezeichnet.«

»So siehst du auch aus«, entgegnete er prompt, und sie mußte unwillkürlich ein wenig lächeln. Es war das erste Mal seit einer Woche, daß der alte Kampfgeist in ihr erwachte. Bernardo atmete erleichtert auf.

»Na gut, ich bin vielleicht müde... aber sonst fehlt mir nichts.«

»Wenn du hier bleibst, kann sich das bald ändern.«

»Du irrst dich. Mein Platz ist hier.« Hier bin ich bei ihm... in seiner Nähe, dachte sie.

»Weshalb machst du nicht mal eine Amerikareise?«

»Weshalb kümmerst du dich nicht um deine Angelegenheiten?« konterte sie und lehnte sich mit einem Seufzer im Sessel zurück. »Ich fahre nirgendwohin, Bernardo. Bitte, dränge mich jetzt nicht.«

»Du hast doch gehört, was die Polizei gesagt hat, oder? Verrückte werden dich mit Anrufen belästigen. Die Presse läßt dich jetzt schon nicht mehr in Ruhe. Willst du wirklich so leben? Ist das das Leben, das du dir für Alessandro wünschst? Du kannst ihn noch nicht mal in den Kindergarten schicken.«

»Irgendwann kann er wieder hingehen.«

»Dann verreise wenigstens so lange, bis sich der ganze Trubel gelegt hat. Fahre für einen oder mehrere Monate weg. Was hält dich denn hier?«

»Alles.« Sie nahm betont langsam ihren Hut und den Schleier ab, und in ihrem Blick lag eine Entschlossenheit, die Bernardo beinahe Angst machte.

»Was soll das heißen?«

»Es heißt vor allem, daß ich am Montag wieder zu arbeiten anfange. Nur halbtags, aber dafür regelmäßig... von neun bis eins oder von neun bis zwei. So lange wie nötig.«

»Machst du Witze?«

»Im Gegenteil. Es ist mein voller Ernst.«

»Isabella, das ist Unsinn.« Er starrte sie entsetzt an.

»Ich kann und werde aber genau das tun. Wer, glaubst du, soll denn sonst die Firma leiten... jetzt, nachdem... *er* nicht mehr da ist?« Sie war ins Stocken geraten, hatte sich jedoch wieder gefangen.

»Ich dachte, ich könnte diese Aufgabe übernehmen«, entgegnete Bernardo mit gekränkter Miene. Isabella brauchte einige Minuten, bis sie ihn wieder ansehen konnte.

»Selbstverständlich könntest du das. Aber ich kann hier nicht tatenlos herumsitzen und aufgeben, was Amadeo und ich gemeinsam aufgebaut haben, was wir liebten und was uns verband. Amadeo lebt nicht mehr, Bernardo. Ich bin es ihm und Alessandro schuldig, so zu handeln. Die Firma wird eines Tages Alessandro gehören. Wir beide müssen ihn darauf vorbereiten, ihm das nötige Wissen vermitteln. Wir beide, Bernardo. Und deshalb darf ich mich nicht aufs Altenteil setzen. Wenn ich das tue und nicht auf dem laufenden bleibe, dann kann ich ihn nur das lehren, was einmal... vor Jahren, zu Lebzeiten seines Vaters... richtig gewesen ist. Das wäre ihm, Amadeo, dir und mir gegenüber unfair. Am Montag fange ich wieder mit der Arbeit an.«

»Ich sage ja gar nicht, daß du nicht mehr arbeiten sollst«, erklärte Bernardo. »Ich finde nur, es ist dafür noch zu früh.« Er versuchte sanft, aber bestimmt zu klingen, doch er war nicht Amadeo. Sein hitziges Temperament brach immer wieder durch. Er verstand es nicht, Isabella zu führen, wie sein ermordeter Freund das getan hatte.

Diesmal jedoch ließ Isabella sich nicht provozieren. Sie schüttelte nur den Kopf. Tränen traten in ihre Augen. »Es... es ist überhaupt nicht zu früh, Bernardo. Es ist schon... zu... spät.« Er legte die Hand auf ihren Arm, bis sie die Sprache wiedergefunden hatte. Sie konnte ein Schluchzen nicht unterdrücken, als sie mit stolz erhobenem Kopf fortfuhr: »Was soll ich denn hier den ganzen Tag tun? Im Garten sitzen? Spazierengehen? In meinem Boudoir warten... und auf wen? Auf einen Mann...«, ihre Stimme brach, »...einen Mann, den ich geliebt habe... und... der nie wieder nach Hause kommen wird? Ich muß wieder arbeiten. Diese Arbeit war ein Teil von ihm, und sie ist auch ein Teil von mir. Dort werde ich ihn wiederfinden... Tag für Tag... und in tausenderlei Beziehung. Vielleicht in den Dingen, die uns am meisten bedeutet haben. Ich... muß es einfach. Das ist alles. Selbst Alessandro versteht das. Ich habe es ihm heute morgen gesagt.« Sie sah einen Moment stolz aus. Trotz seiner vier Jahre hatte der Junge begriffen, worum es ihr ging.

»Dann sorgst du dafür, daß er genauso verrückt wird, wie du es bist.« Doch Bernardo meinte es nicht böse, und Isabella lächelte.

»Soll er doch genauso besessen werden, wie ich es bin, Bernardo. Und ebenso lieb und wunderbar wie sein Vater. Wenn mir das gelänge...« Damit stand sie auf, und zum ersten Mal seit Tagen trat ein Schimmer ihres sonst so strahlenden Lächelns in ihre Augen. »Ich möchte jetzt ein wenig allein sein.«

»Wann sehe ich dich wieder?« Bernardo erhob sich ebenfalls. Die alte, lebensfrohe Isabella war unterschwellig noch immer da... dessen war er jetzt sicher. Und eines Tages würde sie wiederkehren. Denn sie hatte einen starken lebensbejahenden Charakter.

»Natürlich am Montagmorgen in meinem Büro.«

Er sah sie eine Weile schweigend an und verließ dann das Haus. Es gingen ihm vielerlei Gedanken durch den Kopf.

5

Von jenem Montag an erschien Isabella di San Gregorio regelmäßig in ihrem Büro. Von neun bis zwei Uhr leitete sie von dort aus ihre Firma, in der man sie bewunderte, respektierte und gelegentlich auch fürchtete. Sie verkörperte ganz die Frau, die Amadeo so sehr geliebt hatte. In ihr vereinigten sich Temperament und Härte, Herz und Mut. Sie erledigte sowohl Amadeos Aufgaben als auch ihre Arbeit, und vieles andere dazu. Und nachts, lange nachdem sie Alessandro zu Bett gebracht hatte, arbeitete sie in ihrem Zimmer weiter. Zwei Dinge bildeten jetzt ausschließlich ihren Lebensinhalt: die Arbeit und ihr Kind. Darüber hinaus kümmerte sie sich um kaum etwas. Sie wirkte nervös, übermüdet und angestrengt, aber sie tat das, was sie sich vorgenommen hatte. Und sie hatte auch Alessandro wieder in den Kindergarten geschickt... Er wurde zwar von einem Leibwächter begleitet, doch nichts hatte sie von ihrem Entschluß, das Leben für das Kind so normal wie möglich zu gestalten, abbringen können. Sie lehrte Alessandro, stolz und nicht ängstlich zu sein, mutig, aber nicht böse. Sie lehrte ihn all das, was ihre Persönlichkeit ausmachte, und war sogar noch imstande, ihm mehr zu geben: Geduld, Liebe und Lachen... und gemeinsame Tränen. Beide vermißten Amadeo sehr. Sein Tod hatte sie noch enger zusammengebracht. Nur die Freundschaft mit Bernardo hatte gelitten. Er war es nämlich, an dem Isabella ihre Ängste, ihre Verzweiflung und ihre Sorgen abreagierte. Anstatt ihm mehr Verantwortung zu übertragen, schien sie ihm ständig etwas aus den Händen zu nehmen. Obwohl Bernardo länger und härter denn je arbeitete, versuchte sie mit aller Macht, der Dreh- und Angelpunkt der Firma zu sein. Das machte Bernardo wütend und verbittert, was mittlerweile bei jeder Begegnung zwischen den beiden zutage trat. Es gab eine Auseinandersetzung nach der anderen, und jetzt fehlte der schlichtende Amadeo, der sie früher immer wieder miteinander versöhnt hatte. Isabella versuchte, Amadeo hundertprozentig zu ersetzen, und teilte mit Bernardo nicht, wie sie mit dem Verstorbenen geteilt hatte. Ihr Machtanspruch steigerte die Spannungen zwischen ihnen ins Unerträgliche. Die Firma allerdings hatte durch den Tod Amadeos nicht gelitten. Die Bilanzen waren ausgezeichnet, und bereits zwei Monate nach Amadeos Tod war klar, daß sich eine Umsatzerhöhung gegenüber dem Vorjahr deutlich abzeichnete. Alles hatte sich gebessert... mit Ausnahme des Verhältnisses zwischen Bernardo und Isabella... und Isabellas körperliche und seelische Verfassung. Ihr Telefon klingelte im Büro und zu Hause zu jeder Tages- und Nachtzeit. Wie vorgesehen hatten die anonymen Anrufe eingesetzt. Man drohte ihr, erhob Beschuldigungen, bekundete Mitleid, beleidigte sie mit Obszönitäten und unsittlichen Anträgen. Isabella nahm die Anrufe längst nicht mehr selbst entgegen. Dafür sorgten rund um die Uhr drei Männer in der Villa und weitere drei Männer im Büro. Noch immer gab es keinen Hinweis auf die Identität der Entführer, und mittlerweile nahm niemand mehr an, daß die Polizei sie je finden würde. Damit mußte sich Isabella abfinden. Sie wußte auch, daß irgendwann das Interesse an ihr schwinden und daß die Psychopathen, Voyeure und Exhibitionisten sie eines Tages in Ruhe lassen würden. Sie konnte warten. Doch Bernardo war anderer Meinung.

»Du bist verrückt. So kannst du nicht ewig weitermachen. Inzwischen hast du mindestens fünf Kilo abgenommen. Du bist völlig abgemagert.« Natürlich meinte Bernardo das nicht ganz ernst. Für ihn war sie noch immer die schönste Frau der Welt. Objektiv sah Isabella jedoch wirklich mitgenommen aus.

»Mein Gewicht hat nichts mit den anonymen Anrufen zu tun, sondern mit meinem Appetit... oder vielmehr damit, daß ich keinen Appetit habe.« Isabella versuchte zu lächeln. Sie war zu müde, um noch weiter mit Bernardo zu streiten. Den ganzen Morgen über hatten sie praktisch nichts anderes getan.

»Du gefährdest das Kind.«

»Herrgott, Bernardo... das ist jetzt wirklich Unsinn.« Sie blitzte ihn wütend an. »Das Haus wird ständig von sieben Beamten bewacht. Ein Leibwächter begleitet zusammen mit Enzo Alessandro auf Schritt und Tritt, und ein anderer paßt während des Unterrichts auf ihn auf. Mach dich doch nicht lächerlich.«

»Deine Naivität ist geradezu kriminell. Habe ich euch damals nicht wegen eurer spektakulären gesellschaftlichen Auftritte gewarnt? Hast du vergessen, daß ich recht behalten habe?«

»Raus!« schrie Isabella. »Scher dich aus meinem Büro.«

»Ach, laß mich endlich in Frieden! *Va cagere!*«

Bernardo schlug die Tür krachend hinter sich zu. Einen Augenblick war sie viel zu erschrocken und erschöpft, um ihm nachzulaufen und sich zu entschuldigen. Sie hatte die ewigen Streitereien mit Bernardo gründlich satt. Sie versuchte sich zu erinnern, ob es immer so gewesen war. Hatte es früher nicht auch oft Spaß gemacht? Hatten sie nicht auch miteinander gelacht? Oder hatten sie sich nur dann wieder vertragen, wenn Amadeo sie auf seine humorvolle Art abgelenkt hatte? Isabella wußte es einfach nicht mehr. Dazu war sie viel zu sehr mit den Aktenbergen auf ihrem Schreibtisch beschäftigt. Nur nachts kamen die Erinnerungen wieder... und das viel zu deutlich und intensiv. Dann glaubte sie die leisen Atemzüge des schlafenden Amadeo neben sich zu hören und seine zärtlichen Hände auf ihren Hüften zu spüren. Sie erinnerte sich, wie er sich morgens gestreckt und wie er gegähnt hatte, erinnerte sich an den Ausdruck seiner Augen, wenn er sie über den Rand der Morgenzeitung beim Frühstück angelächelt hatte, daran, wie er nach dem Rasieren gerochen und wie er gelacht hatte, wenn er mit Alessandro um die Wette gelaufen war, daran wie... Jede Nacht bedrängten diese Erinnerungen sie. Täglich nahm sie sich Arbeit mit nach Hause, um die gefährlichen Gedanken so lange wie möglich in Schach zu halten, und in der Hoffnung, in Stoffbestellungen, Modellentwürfen, Verkaufsstatistiken, Zahlen und Investitionen Vergessen zu finden. Wenn Alessandro erst einmal im Bett war, waren die Nächte unendlich lang.

Sie schloß die Augen, lehnte sich mit einem Seufzer in ihrem Schreibtischsessel zurück und versuchte vergeblich, sich wieder auf die Arbeit zu konzentrieren. In diesem Moment ertönte ein leises Klopfen an der Tür. Unwillkürlich fuhr sie erschrocken zusammen. Jemand war hinter der Verbindungstür zu Amadeos Büro, der Tür, die er immer benutzt hatte. Sie begann zu zittern. Noch immer wurde sie das seltsame Gefühl nicht los, daß alles nur ein böser Traum, eine Lüge war, daß eines abends der Ferrari mit knirschenden Reifen in der Kieseinfahrt stand, die Tür zuschlagen und Amadeo rufen würde: »*Isabellezza,* ich bin's.«

»Ja, bitte!« rief sie unsicher, als es erneut klopfte und starrte gebannt auf die Tür.

»Darf ich?« Es war Bernardo, der noch immer müde und abgekämpft aussah.

»Natürlich. Was machst du dort drüben?« Er war in Amadeos Büro gewesen, und das ärgerte sie. Sie wollte nicht, daß er... oder irgendein anderer diesen Raum betrat, in dem sie manchmal mittags oder am Ende eines anstrengenden Tages Zuflucht suchte. Trotzdem wußte sie, daß sie Bernardo den Zutritt zu diesem Zimmer nicht verwehren konnte. Er hatte ein Recht darauf, Amadeos Unterlagen und seine Bücher einzusehen, die sich im Regal hinter dem Schreibtisch befanden.

»Ich habe Akten gesucht. Warum?«

»Ach, nichts.« Die Qual in ihren Augen war deutlich erkennbar. Für einen Moment glaubte Bernardo ihr Unglück beinahe körperlich zu spüren. So unmöglich sie sich manchmal auch benahm, und so unterschiedlicher Meinung sie oft waren, er verstand, wie sehr sie unter Amadeos Tod litt.

»Ärgert es dich denn so sehr, wenn ich in Amadeos Büro bin?« Seine Stimme war sanft geworden. Nichts an ihm erinnerte an den vorausgegangenen heftigen Streit.

Sie nickte und vermied es dabei, ihn anzusehen. »Dumm, was? Ich weiß schließlich genau, daß du gelegentlich Unterlagen aus seinem Büro brauchst. Mir geht es ja ähnlich.«

»Aber, Isabella, du kannst doch aus diesem Zimmer kein Heiligtum machen«, entgegnete er sanft, aber bestimmt. Es war schon genug, daß sie sich so benahm, als sei das Haus San Gregorio so etwas wie ein Heiligtum für sie. Er fragte sich insgeheim, wie lange sie das noch durchhalten würde.

»Ja, ich weiß.«

Bernardo blieb unsicher auf der Schwelle stehen. War das der richtige Zeitpunkt? Aber wann sonst konnte er sie fragen? Wann durfte er ihr seine Gedanken anvertrauen? »Könnten wir uns mal ein paar Minuten in aller Ruhe unterhalten? Oder bist du gerade sehr beschäftigt?«

»Nein, ich habe Zeit.« Ihr Ton war nicht gerade einladend, aber sie zwang sich zur Höflichkeit. Vermutlich wollte er sich für die harten Worte vorhin beim Streit entschuldigen. »Gibt's was Besonderes?«

»Ich glaube schon.« Bernardo seufzte und setzte sich. »Es gibt da etwas, das ich schon lange mit mir herumtrage. Ich wollte dich in letzter Zeit nicht damit belästigen, aber jetzt muß ich mit dir darüber sprechen.«

»Ach, du liebe Zeit, was ist es denn?« Sie stöhnte innerlich. Wer wollte kündigen, was war abgesagt worden und welche Lieferung traf nicht ein? »Wieder diese verdammte Seife?« Isabella hatte genug von diesem Thema, das sie so schmerzlich an den Tag erinnerte, an dem Amadeo... an jenem letzten Vormittag... Sie wandte den Blick ab.

»Sieh mich nicht so an. Es ist nichts Unangenehmes. Eigentlich...«, er lachte selbstbewußt, »...eigentlich könnte es sogar sehr angenehm sein.«

»Ich weiß nicht, ob ich den Schock, etwas ›Angenehmes‹ zu erleben, überstehen werde.« Sie lehnte sich in ihrem Sessel zurück. Sie war erschöpft, ihr Nacken schmerzte. Die Nerven, die Anspannung, das alles war seit... »Also gut, raus mit der Sprache. Was ist los?«

»*Ecco*, Signora.« Und plötzlich bereute er, sie nicht zum Essen eingeladen zu haben. An einem anderen Ort und bei einer guten Flasche Wein wäre vielleicht alles einfacher gewesen. Aber wem gelang es in letzter Zeit schon, Isabella zum Ausgehen zu bewegen? Davon abgesehen wurde sie ständig von einer ganzen Armee von Leibwächtern begleitet. Nein, vermutlich war es doch besser, in der Firma mit ihr darüber zu sprechen. »Wir haben einen Anruf aus Amerika bekommen.«

»Aha... laß mich raten. Jemand hat zehntausend Modelle bei uns bestellt, die First Lady läßt sich von uns einkleiden, und ich habe einen international begehrten Preis gewonnen. Habe ich recht?«

»Tja, also...« Sie mußten beide unwillkürlich lächeln. Zum Glück schien Isabella in versöhnlicherer Stimmung zu sein als am Vormittag. Über den Grund für diesen Umschwung war sich Bernardo allerdings nicht im klaren. Vielleicht brauchte sie ihn zu nötig, oder sie war einfach zu müde, um sich weiter mit ihm zu streiten. »Nicht ganz«, erwiderte er schließlich. »Der Anruf kam von Farnham-Barnes.«

»Du meinst dieses allesfressende Kaufhaus-Monster? Was haben die denn jetzt schon wieder vor?« In den vergangenen zehn Jahren hatte die Firma F-B, wie sie genannt wurde, fast jedes bedeutendere exklusive Bekleidungshaus in den Staaten aufgekauft. F-B war mittlerweile ein Kaufhausimperium, mit dem jeder in der Modebranche rechnen mußte. »Haben sie vielleicht an unserer letzten Lieferung was auszusetzen? Nein, natürlich nicht. Jetzt weiß ich Bescheid. Sie möchten mehr, was? Du wirst ihnen leider sagen müssen, daß das nicht möglich ist. Das ist dir doch klar.« Da unzählige Geschäfte zum F-B-Imperium gehörten, achtete Isabella sorgfältig darauf, daß die Sache nicht außer Kontrolle geriet. F-B konnte nur ein bestimmtes Kontingent ihrer Konfektionsmode und nur eine sehr geringe Anzahl der Haute-Couture-Modelle bekommen. Isabella wollte unbedingt vermeiden, daß Hunderte von Frauen in Des Moines, Boston und Miami ihre Modelle trugen. Selbst bei der Konfektion schob Isabella der Gefahr einer Massenproduktion strikt einen Riegel vor. »Ist das das Problem?« Sie sah Bernardo herausfordernd an, und er fühlte, wie sein Lächeln erstarrte.

»Nicht unbedingt«, entgegnete Bernardo mühsam beherrscht. »Unsere amerikanischen Freunde haben andere Pläne. Das Stammhaus von F-B, ein Konzern namens IHI, International Holdings and Industries, der zufällig Farrington Mills, Inter/Am/Airlines und Harcourt Foods gehört, hat seit Amadeos... also in den letzten beiden Monaten diskret Erkundigungen über uns eingezogen.«

»Erkundigungen? Was für Erkundigungen? Und wozu?« Ihre Augen starrten ihn kalt, hart und glanzlos an.

Jetzt hatte es keinen Sinn mehr, noch lange um den heißen Brei herumzureden. »Sie möchten wissen, ob du bereit bist, zu verkaufen.«

»Sind sie verrückt?«

»Ganz und gar nicht. Für sie wäre es eine erstklassige Neuerwerbung. F-B umfaßt mittlerweile jedes gute Kaufhaus in den Staaten, wobei die Konzernleitung allerdings streng darauf achtet, daß jeder einzelne Betrieb seinen eigenen Charakter behält. Sie besitzen mittlerweile eine Kette von individuell verschiedenen, nicht gleichgeschalteten Einzelgeschäften. Jeder Betrieb hat seine Exklusivität bewahren können, genießt jedoch alle Vorteile einer großen Organisation mit guten Kapitalreserven. Vom rein kaufmännischen Standpunkt aus ist das System phantastisch.«

»Dann richte ihnen in meinem Namen die herzlichsten Glückwünsche aus. Ansonsten können sie sich zum Teufel scheren. Was bilden die sich eigentlich ein? Glauben sie, das Haus San Gregorio sei ein kleines italienisches Bekleidungsgeschäft, das sie so einfach ihrem Konzern einverleiben können? Mach dich nicht lächerlich, Bernardo. F-B und das Haus San Gregorio haben überhaupt keine Gemeinsamkeiten.«

»Im Gegenteil... ganz im Gegenteil. Dieser Konzern könnte viel für uns bedeuten. Er bietet uns ein hervorragendes internationales Vertriebssystem für unsere sämtlichen Produkte, neue Produktionsmöglichkeiten, und wenn wir nur wollen, einen riesigen Markt für unsere Parfüms und Seifen. F-B ist ein renommiertes, ausgezeichnet organisiertes Unternehmen... wie geschaffen für unsere Produkte.«

»Du bist ja verrückt geworden.« Isabella lachte nervös. »Willst du mir wirklich vorschlagen, das Haus San Gregorio an F-B zu verkaufen? Geht es darum?«

Obwohl er mit dem Schlimmsten rechnete, zögerte Bernardo nur den Bruchteil einer Sekunde, bevor er nickte. Und die befürchtete Reaktion ließ nicht lange auf sich warten.

»Hast du völlig den Verstand verloren?« schrie Isabella ihn an und sprang auf. »Hast du mir deshalb heute morgen das Theater vom besorgten Freund vorgespielt? Mußte ich mir deswegen anhören, wie müde und mager ich aussehe? Was steckt dahinter, Bernardo? Bieten sie dir eine fette Provision dafür, daß du mich zum Verkauf überredest? Diese verdammte Geldgier... überall nur Geldgier... wie bei diesen... diesen...« Beim Gedanken an Amadeos Entführer versagte ihr die Stimme, und sie wandte sich ab, um ihre Tränen nicht zu zeigen. »Ich möchte über dieses Thema nicht mehr sprechen.« Sie stand mit dem Rücken zu ihm am Fenster und suchte unbewußt mit den Blicken Amadeos roten Sportwagen am Straßenrand. Doch er war längst verkauft worden.

Dann ertönte hinter ihr Bernardos erstaunlich ruhige Stimme. »Niemand hat mir eine Provision versprochen. Mein Geld verdiene ich ausschließlich hier bei dir, Isabella. Ich weiß, es ist noch früh, an solche Dinge zu denken. Trotzdem solltest du die Angelegenheit im Auge behalten. Ein Verkauf an F-B wäre der nächste sinnvolle Schritt in der gegenwärtigen Situation.«

»Was soll das heißen?« Sie wirbelte herum, und es tat ihm weh, ihre Tränen zu sehen. »Meinst du, Amadeo hätte so gehandelt? Glaubst du, er hätte das Haus San Gregorio an irgendeinen amerikanischen Mammut-Konzern, eine Firma IHI oder weiß der Himmel was sonst noch verhökert? An einen anonymen Giganten? Das hier ist das Haus San Gregorio, Bernardo. Ein altes, angesehenes Familienunternehmen... eine Dynastie.«

»Es ist ein Imperium mit einem leeren Thron. Wie lange, glaubst du, kannst du noch so weitermachen? Wenn du mit deinen Kräften weiter so umgehst, trifft dich der Schlag, bevor Alessandro großjährig wird. Aber das ist nicht alles. Du setzt dich der Gefahr aus, dasselbe Schicksal wie Amadeo zu erleiden. Und was ist mit Alessandro? Du weißt, was täglich in Italien passiert. Was ist, wenn dir etwas zustößt? Du kannst dich doch nicht ein ganzes Leben lang mit Leibwächtern umgeben!«

»Nur solange es nötig ist... Die Lage wird sich auch wieder entspannen. Aber glaubst du denn wirklich, ich könne durch einen Verkauf alle meine Probleme lösen? Wie kannst du nur so denken, nachdem du mit mir und Amadeo so viel in diese Firma investiert hast... nachdem...« Erneut traten Tränen in ihre Augen.

»Ich will dir nicht in den Rücken fallen, Isabella«, entgegnete Bernardo gezwungen ruhig. »Ich möchte dir helfen. Für dich gibt es keinen anderen Ausweg, als zu verkaufen. F-B bietet dir eine ungeheure Summe. Alessandro wäre ein sehr reicher Mann.« Kaum hatte er das gesagt, war ihm schon klar, daß er dadurch Isabella nicht überzeugen konnte.

»Alessandro wird einmal das sein, was sein Vater gewesen ist: der Chef des Hauses San Gregorio! Und zwar hier. In Rom!«

»Falls er noch so lange lebt«, sagte Bernardo mit vor Wut heiserer Stimme.

»Hör auf damit! Hör auf!« Sie musterte ihn böse. Ihre Hände zitterten, und ihre Gesichtsmuskeln zuckten. »Ich will davon nichts mehr hören. So etwas wird nie wieder geschehen. Und ich verkaufe nicht. Niemals! Sage diesen Leuten, es interessiert mich nicht. Das ist mein letztes Wort. Ich will das Angebot erst gar nicht hören... nicht mit ihnen reden. Im übrigen verbiete ich dir, überhaupt mit diesen Leuten noch mal zu verhandeln.«

»Mein Gott, Isabella, sei doch nicht so unklug!« Bernardo begann ebenfalls zu schreien. »Wir machen mit diesen Leuten Geschäfte. Trotz deiner dämlichen Restriktionen der Warenmengen ist die Firma IHI einer unserer besten Kunden.«

»Dann erteilen wir eben unserem besten Kunden eine Absage.«

»Das werde ich nicht tun.«

»Es ist mir egal, was du tust oder nicht tust. Laß mich gefälligst in Ruhe.«

Diesmal war es Isabella, die aus dem Zimmer stürmte, die Tür hinter sich zuschlug und in Amadeos Arbeitszimmer Zuflucht suchte. Bernardo blieb noch einen Moment vor Isabellas Schreibtisch sitzen, dann zog er sich in sein Büro am Ende des Korridors zurück. Isabella war sehr unklug. Er hatte gewußt, daß sie niemals damit einverstanden sein würde, aber das Angebot von F-B war das beste, das sie je bekommen würde. Irgend etwas stimmte nicht mehr mit ihr. Früher hatte die Arbeit ihrem Leben Sinn gegeben, ihr Freude gemacht und sie zu immer neuen Leistungen angespornt. Jetzt mußte Bernardo mitansehen, wie diese Aufgaben für Isabella zu einer selbstzerstörerischen Bürde wurden. Und mit jedem Tag, den sie in den Räumen des Hauses San Gregorio verbrachte, zog sie sich mehr und mehr von allen Beratern und Freunden zurück und wurde immer verbitterter. Die ständige

Anwesenheit von Leibwächtern schien sie nur noch ängstlicher zu machen, auch wenn sie das standhaft leugnete. Mit jedem weiteren Tagtraum von Amadeo gab sie wieder ein Stück mehr von sich auf. Trotzdem war sie die Herrin im Haus San Gregorio. Und Isabella di San Gregorio hatte zweifellos die Zügel fest in der Hand.

Am folgenden Morgen rief Bernardo den Präsidenten von IHI an und teilte ihm Isabellas Absage mit. Er hatte gerade wieder aufgelegt und dachte bedauernd an die ungeheure Chance, die Isabella sich hatte entgehen lassen, als seine Sekretärin über die Sprechanlage anrief.

»Ja, bitte?«

»Da ist ein Herr, der Sie sprechen möchte.«

»Worum geht es denn?«

»Um ein Fahrrad. Er hat angeblich von Ihnen den Auftrag, es hier abzuliefern.« Bernardo lächelte müde und seufzte hörbar. Das Fahrrad, dachte er. Nach diesem schwierigen Tagesbeginnn erschien ihm die Sache mit dem Fahrrad das einzige, was er noch schaffen konnte.

»Ich komme sofort.«

Das Fahrrad war rot, hatte einen blau-weiß gemusterten Sattel, eine Klingel, einen Tachometer und ein Nummernschild, in das Alessandros Name gestanzt war. Von den Griffen der Lenkstange flatterten blaue Papierbänder. Es war ein wunderschönes kleines Fahrrad, und Bernardo wußte, daß Alessandro sich darüber freuen würde, denn der Junge wünschte sich schon seit dem vergangenen Sommer sehnlichst ein eigenes Rad. Amadeo hatte vorgehabt, ihm zu Weihnachten eines zu schenken, und hatte dieses Fahrrad zusammen mit einem Astronautenanzug für Kinder und mehreren Spielen bestellt. Es versprach ein problematisches Weihnachten zu werden. Ein Blick auf seinen Terminkalender sagte Bernardo, daß bis dahin nur noch zwei Wochen Zeit waren.

6

»Mamma, Mamma... es ist Bernardo!« Alessandro preßte die Nase dicht an die Fensterscheibe. Hinter ihm brannte bereits der Christbaum. Isabella legte den Arm um den Jungen und sah ebenfalls hinaus. Sie lächelte. Sie und Bernardo hatten ein paar Tage zuvor das Kriegsbeil begraben. Isabella brauchte Bernardo in dieser Zeit mehr denn je, und auch für Alessandro war der väterliche Freund wichtig. Isabellas und Amadeos Eltern waren seit Jahren tot, und da beide Einzelkinder gewesen waren, konnte Isabella dem Kind keine große Familie bieten. Schon deshalb hatte Bernardo auch schon vor Amadeos Tod das Weihnachtsfest stets bei den San Gregorios verbracht. »Schau doch, Mamma, was für ein riesiges Paket... und... und noch mehr!« rief Alessandro aufgeregt. Bernardo tat draußen so, als schwanke er unter der Last des großen Leinensackes, den er über der Schulter trug. Zu einem seiner üblichen dunklen Anzüge hatte er sich eine Weihnachtsmannmütze aufgesetzt.

Auch Isabella lächelte, als einer der Leibwächter die Tür öffnete. *»Ciao,* Nardo, *come va?«* begrüßte sie ihn. Er küßte sie flüchtig auf die Wange und wandte sich sofort an den kleinen Jungen. Bernardo hatte anstrengende Wochen hinter sich. Die Sache mit IHI war endgültig beigelegt. Isabella hatte dem Konzern eine wütende und böse schriftliche Absage erteilt, die Bernardo tief getroffen und verbittert hatte. Danach hatte er noch andere Probleme bewältigen müssen. Isabella und Bernardo waren beide bis an den Rand ihrer physischen Kräfte gefordert worden. Allerdings war es ihnen dann angesichts des drohend deprimierenden Weihnachtsfestes gelungen, ihre Fehde erst einmal zu vergessen. Isabella reichte Bernardo ein Glas Kognak, als sie sich an den Kamin setzten.

»Wann darf ich die Geschenke aufmachen? Jetzt?... Jetzt?« Alessandro hüpfte vor Aufregung von einem Bein auf das andere, während Mamma Teresa unauffällig in der Nähe der Tür stehenblieb. Die übrigen Hausangestellten feierten in der Küche. Isabella hatte sie bereits am Vorabend beschert. Nur die Leibwächter nahmen an der Feier nicht teil. Sie blieben im Dienst, um die Sicherheit der Villa und ihrer Insassen zu gewährleisten. Die Männer, die das Telefon überwachten, saßen wie immer in Amadeos ehemaligem Arbeitszimmer. Die anonymen Anrufe wollten kein Ende nehmen, im Gegenteil. Während der Feiertage schienen sie aus unerfindlichen Gründen sogar wieder zuzunehmen. Als hätten sie nicht schon genug durchgemacht! Bernardo wußte, wie sehr Isabella unter alledem litt. Sie hatte ein feines Gespür für diese Anrufe und ahnte immer, wann es wieder soweit war. Mittlerweile traute sie niemandem mehr. Von der einst so sanften und liebevollen Isabella war nicht mehr viel übrig.

»Wann darf ich sie aufmachen? Wann denn?« Alessandro zupfte Bernardo ungeduldig am Ärmel. Bernardo tat so, als würde er ihn nicht hören.

»Was willst du eigentlich aufmachen? In dem Sack dort drüben steckt nur meine schmutzige Wäsche.«

»Nein... Das stimmt nicht! Mamma... bitte...«

»Ich glaube kaum, daß er es bis Mitternacht, geschweige denn bis morgen aushält.« Selbst Isabella lächelte, während ihr Blick zärtlich auf dem Jungen ruhte. »Willst du nicht zuerst Mamma Teresa dein Geschenk geben?«

»Oooch, Mamma!«

»Komm, sei ein Kavalier.«

Damit drückte Isabella ihm ein großes Paket in die Hände. Alessandro lieferte artig einen schönen rosafarbenen Morgenmantel aus Satin bei Mamma Teresa ab, der aus Isabellas Kollektion stammte. Von Isabella selbst hatte das Kindermädchen bereits eine Handtasche und eine elegante goldene Armbanduhr bekommen. Isabella wollte sich in diesem Jahr all denen gegenüber besonders erkenntlich zeigen, die sich so aufopfernd um sie und das Kind gekümmert hatten. Wenigstens verdächtigte sie die Mitglieder ihres Haushalts jetzt nicht mehr, an der Entführung beteiligt gewesen zu sein. Und sie war endlich überzeugt, daß das Verbrechen von Fremden geplant und ausgeführt worden war. Enzo hatte von ihr einen neuen schwarzen Mantel aus reiner Kaschmirwolle und ein Radio für sein Zimmer bekommen, mit dem er auch die Stationen Paris und London empfangen konnte, worauf er sehr stolz war. Sämtliche Hausangestellte und alle Mitarbeiter aus dem Haus San Gregorio waren reich beschenkt worden. Doch für Alessandro hatte sich Isabella etwas ganz Besonderes ausgedacht. Er hatte es noch nicht gesehen, doch Enzo hatte schon alles aufgebaut und vorbereitet.

»Teresa findet den Morgenmantel prima«, erklärte Alessandro, als er wieder ins Zimmer stürzte. »Sie sagt, daß sie ihn ein Leben lang tragen und an mich denken will.« Die Wirkung seines Geschenks schien ihn sehr zufrieden zu machen. Dann sah er Isabella an. »Und jetzt komme ich dran.«

Isabella und Bernardo lachten, als sie in Alessandros glänzende, weit aufgerissene Augen sahen. Einen Moment lang hatten sie all das Furchtbare der vergangenen Monate vergessen.

»Also gut, Alessandro«, begann Bernardo. »Mach ihn auf.« Bernardo deutete großzügig auf den großen Segeltuchsack, den er unter den Christbaum gelegt hatte. Der Junge öffnete ihn hastig. Unter lautem Freudengeheul flogen Geschenkpapier und Bändchen zu Boden, und im nächsten Augenblick hatte Alessandro den silbrig glänzenden Astronautenanzug angezogen. Nur noch seine roten Hausschuhe waren unter den Hosenbeinen sichtbar. Lachend lief der Junge auf Bernardo zu, um sich mit einem Kuß zu bedanken, bevor er sich erneut auf den Sack stürzte. Nacheinander zog er die Spiele, die Malkreiden und einen Teddybären hervor, bis er zuunterst im riesigen Sack das Fahrrad entdeckte.

»Oh, es ist einfach toll! Es ist ein Rad von Rolls-Royce?« Bernardo und Isabella lachten, als Alessandro sich sofort breitbeinig hinter das Lenkrad stellte.

»Selbstverständlich ist es von Rolls-Royce. Was anderes käme für dich doch gar nicht in Frage.« Im Nu hatte sich Alessandro auf den Sattel geschwungen und radelte durch das Zimmer. Als erstes wäre er beinahe mit einem Louis-XV.-Tischchen und dann mit der Wand kollidiert. Und die beiden Menschen, die ihn liebten, lachten, bis ihnen die Tränen kamen. Dann tauchte Enzo in der Tür auf und beobachtete die Szene schüchtern lächelnd. Sein Blick war fragend auf Isabella gerichtet. Isabella nickte unmerklich und flüsterte Bernardo etwas zu. Bernardo zog erstaunt die Augenbrauen hoch und lachte.

»Du hast mich vermutlich übertrumpft.«

»Nein, ganz und gar nicht. Wahrscheinlich kommt Alessandro morgen auf deinem Fahrrad zum Frühstück. Aber das... Ich wollte ihm einfach etwas schenken, was es ihm leichter macht, fast immer zu Hause bleiben zu müssen. Er kann doch seitdem... nicht mehr...« Isabella seufzte resigniert. »Er kann eben nicht mehr mit Teresa zum Spielplatz gehen.«

Bernardo nickte schweigend, stellte sein Glas Kognak auf den Tisch und stand auf. Im nächsten Augenblick jedoch war der traurige Ausdruck aus Isabellas Gesicht verschwunden, und sie drehte sich lächelnd zu Alessandro um. »Hol Mamma Teresa und deinen Mantel.«

»Gehen wir fort?« fragte der Junge erstaunt.

»Nein, nur kurz in den Garten.«

»Kann ich den Astronautenanzug nicht anbehalten?« Alessandro sah unglücklich an sich herab.

Bernardo gab ihm einen zärtlichen Klaps. »Los, beeil dich. Zieh den Mantel einfach drüber.«

»Okay«, antwortete Alessandro mit deutlich italienischem Akzent und fuhr mit dem Fahrrad schwungvoll aus dem Zimmer.

Bernardo stöhnte unterdrückt. »Wahrscheinlich muß ich bald sämtliche Spiegel im Korridor ersetzen.«

»Ganz zu schweigen vom Eßtisch, den Kommoden, die ihm zwischen dem Salon und seinem Zimmer im Weg sind und den Glastüren«, ergänzte Isabella belustigt. Beide lächelten, als draußen im Gang die Fahrradglocke ertönte. »Es war genau das richtige Geschenk für ihn.« Auch Isabella wußte natürlich, daß es Amadeos Idee gewesen war, und beide schwiegen nachdenklich. Dann sah Isabella Bernardo prüfend an und seufzte. »Ich bin froh, daß du gerade dieses Jahr hier bei Alessandro... und bei mir sein kannst, Nardo.«

Er berührte zärtlich ihre Hand. Im Kamin knackten die Holzscheite im Feuer. »Es wäre für mich undenkbar gewesen, heute nicht mit euch zusammenzusein.« Er sah sie lächelnd an. »Trotz der Magengeschwüre, die du mir im Büro verursachst.« In diesem Augenblick war tatsächlich alles anders. Eine knisternde Spannung ganz neuer Art lag zwischen ihnen.

»Es... es tut mir leid. Auf mir lastet jetzt so viel. Ich denke immer, du würdest das schon verstehen.« Sie hob den Kopf zu ihm auf. Ihr schmales, bleiches und feingeschnittenes Gesicht mit den tiefliegenden Augen erschien ihm schöner denn je.

»Natürlich verstehe ich es. Ich könnte dir noch viel mehr helfen, wenn du mich nur lassen würdest.«

»Ich weiß. Aber ich spüre diesen verrückten Drang in mir, alles allein schaffen zu wollen. Es ist schwer zu erklären. Abgesehen von Alessandro ist die Arbeit alles, was mir noch geblieben ist.«

»Eines Tages gibt es auch wieder mehr für dich.« Eines Tages... doch sie schüttelte nur den Kopf.

»Nein, nie mehr. Niemand kann je Amadeos Platz bei mir einnehmen. Er ist eben ein ganz besonderer Mensch gewesen.« Tränen rollten über ihre Wangen, als sie ihm die Hand entzog und stumm ins Kaminfeuer starrte. Bernardo wandte den Blick ab und trank einen Schluck Kognak. Dann ertönte erneut die Fahrradglocke im Korridor, und im nächsten Augenblick fuhr Alessandro, gefolgt von Mamma Teresa, ins Zimmer. »Bist du fertig?« Isabellas Augen glitzerten noch verdächtig, aber sonst ließ sie sich dem Kind gegenüber ihren tiefen Schmerz nicht anmerken.

»Si.« Alessandros kleines Gesicht strahlte unter dem großen Astronautenhelm.

»Allora, andiamo.« Isabella stand auf und führte die anderen durch die breite Glastür in den Garten. Ein Leibwächter hielt sich unauffällig im Hintergrund, und alle merkten, daß ein Teil des Gartens hell erleuchtet war. Isabella sah auf Alessandro herab, der fasziniert den Atem anhielt.

»Mamma... Mamma!« Mehr brachte er nicht heraus, als er das kleine, wunderschöne Kinderkarussell entdeckte, das auf dem Rasen stand. Es hatte Isabella ein Vermögen gekostet, aber es war das Leuchten in Alessandros Augen wert gewesen. Unter dem rot-weiß gestrichenen hölzernen Baldachin drehten sich vier Pferde im Kreis. An deren Halftern waren Bänder und Glöckchen befestigt. Bernardo hatte den Jungen noch nie so glücklich erlebt. Enzo half ihm vorsichtig in den Sattel eines blauen Pferdes mit einem goldenen Halfter, an dem grüne Bänder wehten und silberne Glöckchen hingen. Jemand bediente einen Schalter, und das Karussell begann sich zu drehen. Alessandro jauchzte vor Begeisterung. Als dann Musik die Nacht erfüllte, erschienen die übrigen Hausangestellten hinter den Fenstern. Alle sahen lächelnd zu.

»Buon Natale!« Frohe Weihnachten, rief Isabella Alessandro zu, lief zum Karussell und schwang sich in den roten Sattel des gelbgestrichenen Pferdchens. Sie lachten sich fröhlich zu, während sich das Karussell zur Musik drehte. Bernardo beobachtete die beiden gerührt. Mamma Teresa wandte sich ab und wischte sich Tränen aus den Augen. Enzo und der Leibwächter sahen sich lächelnd an.

Alessandro fuhr fast eine halbe Stunde lang Karussell, bis es Isabella endlich gelang, ihn wieder ins Haus zu locken.

»Das Karussell ist doch morgen auch noch da.«

»Aber ich möchte heute abend damit fahren.«

»Wenn du den ganzen Abend im Garten bleibst, kommt der Weihnachtsmann nicht.«

Der Weihnachtsmann! Bernardo lächelte versonnen. Es gab nichts, was das Kind nicht hatte. Sein Lächeln verschwand schlagartig. Alessandro hatte keinen Vater mehr. Das war es, was ihm fehlte. Er hob den Jungen vom Karussell und nahm ihn fest bei der Hand. Gemeinsam gingen sie ins Haus. Alessandro verschwand dort schnell in der Küche, während sich Bernardo und Isabella wieder an den Kamin setzten.

»Es ist wirklich ein phantastisches Geschenk, Isabella.« Bernardo glaubte noch immer die hellen Glöckchen der Pferde zu hören. Isabella schien so glücklich zu sein wie schon lange nicht mehr.

»Schon als Kind habe ich mir ein solches Karussell gewünscht. Es ist einfach vollkommen, findest du nicht?« Ihre Augen leuchteten so hell wie das Kaminfeuer. Genau wie du, hätte Bernardo in diesem Moment am liebsten geantwortet. Isabella war wirklich eine ungewöhnliche Frau. Er liebte und haßte sie, und hatte in ihr seine treueste Freundin gefunden.

»Meinst du, er läßt uns ab und zu damit fahren... vorausgesetzt natürlich, wir sind ganz brav?« Sie lachte und goß sich ein Glas Rotwein ein. Plötzlich sprang sie auf, als habe sie etwas vergessen, und rannte zum Christbaum.

»Daran hätte ich ja beinahe nicht mehr gedacht.« Sie hob zwei in Goldpapier gewickelte Päckchen auf und gab sie Bernardo. »Hier, das ist für dich.«

»Wenn es kein Karussell ist, verzichte ich dankend«, erklärte Bernardo augenzwinkernd. Sie brachen erneut in Gelächter aus. Doch als Bernardo das erste Schächtelchen geöffnet hatte, verstummte er. Darin lag ein flacher, handlicher Taschencomputer, mit dem man die kompliziertesten Aufgaben lösen konnte und der selbst in die Westentasche paßte, in einem Silbergehäuse.

»Ich habe mir den Computer aus Amerika schicken lassen. Ich kann damit nicht umgehen, aber für dich ist er sicher das Richtige.«

»Isabella, du bist verrückt.«

»Unsinn. Vielleicht hätte ich dir lieber eine Wärmflasche für dein Magengeschwür schenken sollen, aber ich dachte, das macht dir sicher mehr Spaß.« Sie gab ihm einen zärtlichen Kuß auf die Wange und reichte ihm das zweite Päckchen. Diesmal jedoch wandte sie sich ab und starrte ins Feuer, während er es öffnete. Nachdem Bernardo den Deckel des Etuis aufgeklappt hatte, fand auch er zuerst keine Worte. Auf dunkelblauem Samt lag die Taschenuhr, die Amadeo so in Ehren gehalten und aus Angst, es könnte etwas damit passieren, nur selten getragen hatte. Die Uhr hatte schon Amadeos Vater gehört, und auf der Rückseite waren die Namen von Amadeo, seinem Vater und Großvater eingraviert, und Bernardo entdeckte darunter jetzt seinen Namen.

»Ich weiß nicht, was ich dazu sagen soll.«

»*Niente, caro.* Das ist auch gar nicht nötig.«

»Alessandro sollte diese Uhr eigentlich bekommen.« Doch Isabella schüttelte nur den Kopf.

»Nein, Nardo. Sie ist für dich.« Und sie sah ihm lange in die Augen. Isabella wollte Bernardo mit diesem Geschenk ausdrücken, wieviel er ihr trotz aller beruflichen Differenzen bedeutete. Er und Alessandro waren alles, was ihr noch geblieben war. Bernardo war ihr Freund, wie er auch Amadeos Freund gewesen war. Er würde immer ein besonderer Mensch für sie bleiben. Und die Taschenuhr sollte ihn daran erinnern, daß er mehr war als nur der Direktor des Hauses San Gregorio oder der Mann, den Isabella täglich von neun bis zwei Uhr quälte und beschimpfte. Außerhalb des Büros gehörte er zur Familie, war Teil ihres Lebens. Und all das sagte ihm in diesem Moment der Ausdruck in ihren Augen. Bernardo schien ihren Blick eine halbe Ewigkeit zu halten, und er fühlte, wie ihn etwas überkam, gegen das er sich nicht mehr wehren konnte.

»Isabella...« Seine Stimme klang plötzlich seltsam förmlich. Sie wartete, denn sie wußte, daß er tief gerührt war. »Ich... ich muß dir etwas sagen. Ich trage es schon lange mit mir herum. Vielleicht ist jetzt nicht der richtige Zeitpunkt... Ich bin nicht sicher... Aber ich muß endlich sprechen. Es ist für mich sehr wichtig.« Er machte lange Pausen zwischen den Worten, und der Ausdruck seiner Augen sagte ihr, wie schwer ihm das Sprechen fiel.

»Ist etwas passiert?« Sie betrachtete ihn voller Mitgefühl. Er machte einen so gequälten Eindruck, und sie hatte ihm ausgerechnet in letzter Zeit so hart zugesetzt. Was, um Himmels willen, wollte er ihr nur sagen? Sie wartete schweigend. »Nardo... du siehst plötzlich so ängstlich aus, *caro*. Das ist doch nicht nötig. Du kannst mir doch alles sagen. Wir haben doch all die Jahre hindurch nie ein Blatt vor den Mund genommen.« Sie hatte geglaubt, ihm damit wenigstens ein Lächeln zu entlocken, aber er blieb ernst. Und zum ersten Mal, seit Bernardo Isabella kannte, kam sie ihm gefühllos vor. Mein Gott, wie konnte sie nur nicht ahnen, was ihn bewegte? Vielleicht war es jedoch weniger Gefühllosigkeit als vielmehr Blindheit, dachte er, als er sie beobachtete. Dann nickte Bernardo und stellte sein Glas auf den Tisch.

»Ja, ich habe Angst. Das, was ich dir zu sagen habe, hat mich schon früher oft erschreckt. Und jetzt fürchte ich, daß es dir Angst einjagen könnte. Das möchte ich nicht. Es wäre wirklich das letzte, was ich wollte.« Sie saß in ihrem Sessel und musterte ihn abwartend.

»Nardo...« Sie verstummte und streckte ihre schmale, weiße Hand nach ihm aus. Er hielt sie ganz einfach fest und sah Isabella unverwandt an.

»Es ist ganz einfach, *Bellezza*. Ich liebe dich.« Und leise flüsterte er hinzu. »Und das tue ich schon seit Jahren.«

Bei seinen Worten war Isabella erschrocken zusammengezuckt. »Wie bitte?«

»Ich liebe dich«, wiederholte Bernardo schon mutiger.

»Aber Nardo... all diese Jahre?«

»Ja, all die Jahre.« Er sagte das jetzt stolz und fühlte sich schon wesentlich besser. Wenigstens war es endlich heraus.

»Wie konntest du nur?«

»Oh, das ist ganz leicht gewesen. Du bist zwar meistens ein schrecklicher Quälgeist, aber das scheint dich um so liebenswerter zu machen.« Er lächelte, und Isabella mußte plötzlich lachen. Die Spannung schien gebrochen.

»Aber warum nur?« Sie stand auf, ging zum Feuer und starrte nachdenklich in die Flammen.

»Warum ich es dir nie gesagt habe oder warum ich dich liebe?«

»Beides. Und warum gestehst du es jetzt... ausgerechnet jetzt, Nardo?« Ihre Stimme klang plötzlich tränenerstickt, als sie sich gegen den Kaminsims lehnte. Bernardo trat zu ihr und drehte ihr Gesicht zu sich herum, damit er ihr in die Augen sehen konnte.

»Ich habe all die Jahre geschwiegen, weil ich euch beide geliebt habe. Ich habe auch Amadeo sehr gern gehabt, das weißt du. Er ist ein außergewöhnlicher Mensch gewesen. Ich hätte weder ihn noch dich in irgendeiner Weise verletzen können. Deshalb habe ich meine Gefühle verdrängt... mich in die Arbeit vergraben... mich vielleicht auch...«, er lächelte, »...vielleicht auch in diese Streitereien mit dir geflüchtet. Aber jetzt... jetzt ist alles anders. Amadeo lebt nicht mehr. Und ich habe zugesehen, wie du dich Tag für Tag quälst, dich in geradezu selbstzerstörerischer Weise zur Arbeit zwingst und immer einsamer wirst. Ich kann das nicht länger ertragen. Ich bin für dich da... bin es immer gewesen. Es ist Zeit, daß du es weißt. Es ist Zeit, daß du zu mir kommst, Isabella. Und...« Er zögerte, starrte sie unbeweglich an und sagte dann: »Und es ist Zeit für mich, Isabella, mir meinen Teil des Glücks zu holen... dir zu sagen, wie sehr ich dich liebe, wie sehr ich mir wünsche, dich in meinen Armen zu halten und Alessandros Stiefvater zu werden, und nicht nur sein väterlicher Freund zu bleiben... wenn du es so willst. Vielleicht ist es verrückt, dir das alles anzuvertrauen... aber ich konnte nicht länger schweigen. Ich... ich liebe dich schon zu lange.« Seine Stimme klang heiser vor unterdrückter Leidenschaft, und während sie ihn beobachtete, rannen unaufhörlich Tränen über ihr Gesicht und tropften auf ihr Kleid. Bernardo sah sie an, hob langsam die Hand und versuchte ihr die Tränen wegzuwischen. Es war das erste Mal, daß er sie so berührte, und er fühlte, daß er seine Leidenschaft für sie nicht länger unterdrücken konnte. Impulsiv riß er sie in seine Arme und preßte seinen Mund hart auf ihre Lippen. Sie wehrte sich nicht, und einen Augenblick lang glaubte er, sie würde seinen Kuß erwidern. Sie hungerte nach Liebe, war einsam, traurig und verängstigt, aber das, was jetzt geschah, war zuviel für sie. Und deshalb stieß sie ihn plötzlich energisch weg. Atemlos starrten sie sich an. Isabellas Augen blitzten. »Nein, Nardo... Nein!«

Bernardo schien in diesem Moment noch erschrockener zu sein als sie. Er schüttelte den Kopf. »Es tut mir leid... Das gilt allerdings nicht für das, was ich gesagt habe, aber ich wollte dich nicht so überfallen. Ich... mein Gott, verzeih mir. Es ist dafür noch viel zu früh. Es war ein Fehler.«

Isabella hatte plötzlich Mitleid mit ihm. Sie erkannte in diesem Augenblick, wie er die ganzen vergangenen Jahre über gelitten haben mußte. Und dabei war sie völlig ahnungslos gewesen. Ebenso ahnungslos wie Amadeo, dessen war sie sicher. Wie hatte sie nur so blind sein können? Sie betrachtete ihn mitfühlend und zärtlich und streckte beide Hände nach ihm aus. »Du brauchst dich nicht zu entschuldigen, Nardo. Es ist alles in Ordnung.« Doch als seine Augen hoffnungsvoll zu leuchten begannen, schüttelte sie hastig den Kopf. »Nein, so habe ich es nicht gemeint. Ich weiß nur noch nicht, wie ich dazu stehe. Es ist zu früh. Aber es war richtig, mir das alles zu sagen. Eigentlich hättest du es schon vor Jahren tun sollen.«

»Und was wäre dann geschehen?« entgegnete er plötzlich mit Bitterkeit in der Stimme. Er war auf einmal auf seinen alten Freund eifersüchtig.

»Ich weiß nicht. Aber ich muß dir sehr dumm und gefühllos vorgekommen sein.« Sie sah ihn liebevoll an, und er lächelte.

»Nein, du bist nur blind gewesen. Aber vielleicht war es gut so. Es hätte die Dinge nur unnötig kompliziert. Und das tut es vielleicht jetzt noch.«

»Das muß nicht unbedingt so sein.«

»Nein? Möchtest du, daß ich meine Stelle im Haus San Gregorio kündige, Isabella?« Er meinte es ernst und aufrichtig, und seine Stimme klang müde. Der Abend war für ihn sehr anstrengend und aufregend gewesen.

Isabella sah ihn entsetzt an. »Bist du verrückt? Warum denn? Weil du mich geküßt und mir gesagt hast, daß du mich liebst? Deshalb willst du gehen? Tu mir das nicht an, Nardo. Ich brauche dich viel zu sehr. Ich bin mir im Augenblick über meine Gefühle nicht im klaren. Offengestanden fühle ich noch gar nichts... Ich sehne mich nur Tag und Nacht nach Amadeo... In meinem Herzen hat jetzt außer Alessandro niemand Platz. Ich kann dir nichts versprechen. Eigentlich verstehe ich das alles noch nicht. Vielleicht werde ich eines Tages soweit sein. Und solange liebe ich dich als Freund und als Bruder, wie ich das immer getan habe. Falls das ein Grund für dich ist, San Gregorio zu verlassen, dann tu's, aber verstehen werde ich das nie. Wir können zusammen weiterarbeiten wie bisher.«

»Allerdings nicht für immer, *cara*. Verstehst du das?«

Sie zögerte, als sich ihre Blicke trafen. »Wie meinst du das?«

»So wie ich es gesagt habe. Ich kann so nicht ewig weitermachen. Ich habe dir alles gestanden, weil ich mit dem Geheimnis meiner Liebe zu dir nicht mehr leben konnte... und ich hatte zu Heimlichkeiten auch keinen Grund mehr. Amadeo ist tot, Isabella. Dessen solltest du dir bewußt werden. Er ist tot, und ich liebe dich. Das sind Tatsachen. Aber wenn du meine Gefühle nicht erwiderst, ist es mir unmöglich, so weiterzumachen wie bisher, denn in Wirklichkeit arbeite ich nicht mit dir, sondern für dich... besonders jetzt. Und ich kann nicht nur die zweite Geige spielen, Isabella. Eines Tages möchte ich mein Leben mit dir teilen und nicht nur als Randfigur existieren. Ich will dir alles geben, dich besser und glücklicher machen, dich wieder zum Lachen bringen, deinen Erfolg in der Modewelt mit dir teilen und an deiner Seite sein, wenn Alessandro aufwächst.«

»Aber das bist du doch in jedem Fall.«

»Ja«, antwortete er schlicht. »Als dein Freund oder dein Ehemann. Aber nicht als dein Angestellter.«

»Ich verstehe. Das heißt also, daß du kündigst, wenn ich dich nicht heirate?«

»So ungefähr. Aber falls es Hoffnung für mich gibt, bin ich bereit zu warten... Auch wenn es lange dauern wird.« Und nach einer bedrükkenden Pause fragte er: »Habe ich denn eine Chance?«

Isabella zögerte lange mit der Antwort. »Ich weiß nicht«, gestand sie schließlich. »Ich habe dich immer sehr gern gehabt. Aber eben auf andere Art und Weise. Ich hatte ja Amadeo.«

»Ich verstehe. Ich habe das immer verstanden.« Sie saßen eine Weile schweigend am Kamin und starrten, jeder in seine Gedanken vertieft, ins Feuer. Dann nahm er sanft ihre Hand und küßte zärtlich die Innenfläche. Sie beobachtete ihn dabei traurig, ohne ihm jedoch die Hand zu entziehen. Er bedeutete ihr viel, sie hatte ihn sehr gern, aber er war nicht Amadeo. Und er würde es nie sein... niemals. Und während sie so nebeneinander saßen, war dies ihnen beiden bewußt. Bernardo sah Isabella lange und prüfend an, als sie ihm schließlich die Hand entzog. »Ich habe das vorher durchaus ernst gemeint. Möchtest du, daß ich kündige?«

»Wegen heute abend?« Ihre Stimme klang müde und traurig. Für sie bedeutete Bernardos Geständnis keinen Verrat, aber einen Verlust. Irgendwie hatte sie das Gefühl, ihn als Freund verloren zu haben. Er wollte ihr Geliebter sein, aber für einen Geliebten gab es in ihrem Leben noch keinen Platz.

»Ja, wegen heute abend«, antwortete Bernardo. »Falls es von jetzt an unmöglich für dich ist, weiter mit mir zusammen zu arbeiten, gehe ich… und zwar sofort.«

»Nein, das möchte ich nicht. Es ist doch absurd. Ohne dich würde ich innerhalb einer Woche Schiffbruch erleiden.«

»Oh, du wärst überrascht, wie gut es auch ohne mich ginge. Aber wäre dir diese Lösung lieber?«

Isabella schüttelte den Kopf. Sie meinte es ehrlich. »Ich weiß nur nicht, was ich zu dem allen sagen soll.«

»Dann sag jetzt nichts. Und eines Tages, falls je der richtige Zeitpunkt dafür kommen sollte, werde ich dir wieder meine Liebe gestehen. Aber bitte quäl dich deshalb nicht und fühle dich nicht von mir unter Druck gesetzt. Ich lasse dich in Ruhe. Wir sind seit vielen Jahren Freunde. Und auch ich möchte deine Freundschaft nicht verlieren.« Isabella war plötzlich unendlich erleichtert. Vielleicht war alles halb so schlimm.

»Danke, Nardo. In diesem Augenblick fühle ich mich einem Entweder-oder-Ultimatum nicht gewachsen. Ich bin für solche Entscheidungen noch nicht bereit… und werde es möglicherweise nie sein.«

»Selbstverständlich… auch dieser Tag wird kommen. Aber eben vielleicht nie für mich. Das ist mir durchaus klar.«

Sie beugte sich lächelnd zu ihm hinüber und küßte ihn liebevoll auf die Wange. »Und seit wann sind Sie so klug, Signore Franco?«

»Oh, das bin ich seit jeher. Du hast es nur nie gemerkt.«

»Wirklich?« Sie lachten beide. Die Spannung im Zimmer hatte sich schlagartig gelöst. Ihr Gesicht war dem seinen plötzlich sehr nah, er fühlte ihren Atem an seiner Wange und hatte nur noch den Wunsch, sie erneut zu küssen, und er sah, daß ihr Mund darauf wartete. Doch diesmal beherrschte er sich, und der Augenblick war vorüber. Isabella lachte verlegen und stand auf. Jetzt war beiden klar, daß auch ihre Zusammenarbeit in der Firma in Zukunft nicht problemlos sein würde.

»Schaut mal, was Luisa für den Weihnachtsmann gebacken hat.« Alessandro war in seinen Hausschuhen unbemerkt ins Zimmer gekommen. In beiden Händen balancierte er je einen Teller mit Plätzchen, die er vorsichtig auf den Tisch stellte. Er sah die Erwachsenen mit großen Augen an, griff dann nach einem noch ofenwarmen Keks und aß ihn hastig. Danach lief er wieder zu Luisa in die Küche. Die peinliche Situation war gerettet.

»Isabella...« Bernardo sah sie lächelnd an. »Mach dir keine Sorgen.« Sie tätschelte nur seinen Arm und erwiderte das Lächeln, als Alessandro mit zwei Bechern Milch zurückkehrte.

»Soll das hier eine Party werden, oder versorgst du den Weihnachtsmann?« erkundigte sich Bernardo grinsend.

»Nein, das ist nicht für mich.«

»Dann ist das alles für den Weihnachtsmann?« Während Bernardo den Jungen aufmerksam ansah, wurde dessen Gesicht ernst. Er schüttelte den Kopf. »Dann ist es für mich?« Alessandro schüttelte erneut den Kopf.

»Es ist für Papa. Falls... falls die Engel ihn heimkommen lassen... nur für diese Nacht.« Er warf einen Blick auf den Tisch am Kamin, den er für zwei Personen gedeckt hatte und gab dann seiner Mutter und Bernardo einen Gutenachtkuß. Fünf Minuten später verabschiedete sich auch Bernardo, und Isabella ging schnell in ihr Schlafzimmer. Es war ein sehr langer Abend gewesen.

7

»Was macht das Karussell?« erkundigte sich Bernardo und streckte entspannt die Beine aus. Bernardo und Isabella waren gerade am Ende einer Besprechung. Seit Weihnachten waren drei Wochen vergangen, und sie hatten inzwischen hart gearbeitet. Wenigstens hatte sich der altgewohnte Trott wieder eingespielt. Zehn Tage zuvor hatten sie ihre letzte heftige Auseinandersetzung gehabt. Bernardo erwähnte sein Geständnis vom Heiligen Abend nicht mehr, was Isabella sehr erleichterte.

»Ich glaube, er mag es fast so gern wie dein Fahrrad.«

»Hat er noch kein Möbelstück damit beschädigt?«

»Nein, aber er gibt sich redlich Mühe. Gestern hat er sich einen Rennkurs im Wohnzimmer ausgesteckt und nur fünf Stühle umgestoßen.« Sie lachten beide, und Isabella stand auf und reckte sich. Sie war froh, daß die Feiertage vorüber waren. Die geleistete Arbeit befriedigte sie. Beide hatten sich Mühe gegeben, so zu tun, als sei nichts geschehen, und selbst Bernardo merkte, daß Isabella in friedlicher Stimmung war. Als jedoch das Telefon in Amadeos Büro klingelte, zuckte sie unwillkürlich zusammen. »Was ist los? Wer könnte diese Nummer anrufen?«

»Keine Ahnung. Vielleicht war deine Nummer besetzt.« Bernardo versuchte, die Sache zu verharmlosen, obwohl er ebenso verwirrt und erstaunt war wie Isabella. Aber sie wußten beide, daß die Herrn, die die Anrufe für Isabella überwachten, gelegentlich alle Leitungen belegten. »Soll ich abheben?«

»Nein, das mache ich schon.« Isabella lief in Amadeos Büro hinüber. Zwei Minuten später hörte Bernardo einen schrecklichen Schrei. Er rannte zu ihr. Isabella stand leichenblaß vor Amadeos Schreibtisch, hatte die Hände vor den Mund geschlagen und starrte auf das Telefon.

»Was ist los, Isabella?« Zuerst antwortete sie nicht. Als sie es schließlich versuchte, brachte sie nur ein Stöhnen heraus. »Isabella, los rede!« Bernardo packte sie bei den Schultern, rüttelte sie und zwang sie, ihn anzusehen. »Isabella, was hast du erfahren? Hatte der Anruf etwas mit Amadeo zu tun? War es derselbe Mann wie damals? Isabella...« Er wollte ihr schon eine Ohrfeige geben, um sie zur Besinnung zu bringen, als der Leibwächter, der ihr Büro bewachte, hereinstürmte. »Isabella!« drängte Bernardo erneut.

»Alessandro... Sie haben Alessandro«, stöhnte sie schließlich und sank schluchzend in Bernardos Arme. Der Leibwächter rannte zum Telefon, wählte die Nummer der Villa, doch es ertönte nur das Besetztzeichen.

»Rufen Sie die Polizei an!« befahl Bernardo dem Mann, während er Isabellas Mantel und Handtasche packte und sie zur Tür hinausschob. »Wir fahren sofort nach Hause.« Im Türrahmen blieb Bernardo noch einmal stehen, sah Isabella durchdringend an und nahm sie bei den Schultern. »Vermutlich war das wieder irgendein Irrer. Du kennst das doch inzwischen. Wahrscheinlich ist Alessandro gar nichts passiert.« Aber Isabella schüttelte stumm vor Entsetzen heftig den Kopf.

»Ist es derselbe Mann... dieselbe Stimme gewesen wie damals?« bohrte Bernardo weiter.

Isabella schüttelte den Kopf. Bernardo machte dem Leibwächter ein Zeichen zu folgen, und zu dritt rannten sie die drei Stockwerke hinunter ins Freie. Unterwegs gesellte sich noch ein zweiter Leibwächter zu ihnen. Isabellas Wagen wartete bereits wie jeden Tag um diese Uhrzeit vor dem Eingang. Einer der Leibwächter schob den verblüfften Enzo auf den Beifahrersitz und übernahm selbst das Steuer.

»*Ma, che...*«, begann Enzo, aber ein Blick auf Isabella genügte, und er ahnte das Schreckliche. »*Cosa c'è?* Was ist los? *Il bambino?*«

Niemand antwortete ihm. Isabella hielt nur Bernardos Arm verzweifelt umklammert, während die Limousine in Richtung Via Appia Antica davonraste.

Der Mann am Steuer wartete kaum, bis sich das elektronisch gesteuerte Tor ganz geöffnet hatte. Der andere Leibwächter sprang aus dem Auto, kaum daß dieser vor dem Portal der Villa gehalten hatte und lief ins Haus. Isabella, Bernardo, Enzo und der dritte Leibwächter folgten ihm. Die erste Person, die ihnen entgegenkam, war Luisa.

»Wo ist Alessandro?« fragte Isabella heiser vor Erregung und packte die verschüchterte Köchin bei den Händen.

»Ich... Signora... er...«

»Raus mit der Sprache.«

Die alte Köchin begann vor Verwirrung zu weinen. »Ich weiß es nicht. Mamma Teresa ist vor einer Stunde mit ihm ausgegangen. Ich dachte... Was ist denn los? Stimmt was nicht?« Dann, als sie Isabellas Gesichtsausdruck sah, begriff sie. »Oh, mein Gott! Nein, das darf nicht sein!« Sie stieß einen spitzen Schrei aus. Dieser Laut durchzuckte Isabella wie ein scharfes Messer. Sie hatte nur noch den Wunsch, dem Schreien ein Ende zu setzen. Impulsiv gab sie Luisa eine Ohrfeige, bevor Enzo die Köchin wegführen konnte. Bernardo legte den Arm um Isabellas Taille und schob sie energisch durch die Halle zum Korridor, der zu ihrem Zimmer führte. In diesem Augenblick hörten sie Schritte und eine aufgeregte Unterhaltung am Eingang. Dann waren Alessandros und Mamma Teresas Stimmen deutlich herauszuhören. Isabella und Bernardo klangen sie wie Musik in den Ohren. Isabella blieb einen Moment wie erstarrt vor ihrer Zimmertür stehen, wirbelte plötzlich herum und rannte in die Halle.

»Mamma!« begann Alessandro und verstummte abrupt. So hatte seine Mutter vor Monaten ausgesehen, als sie ihm gesagt hatte, sie habe die Grippe, und das war gewesen, als... Alessandro bekam es plötzlich mit der Angst zu tun und rannte weinend in ihre Arme.

Isabella preßte den Jungen fest an sich und begann hemmungslos zu schluchzen. Dann sah sie Mamma Teresa an. »Wo seid ihr gewesen?«

»An der frischen Luft... mit Alessandros neuem Fahrrad.« Langsam schien dem Kindermädchen zu dämmern, was passiert war. Ihr Blick schweifte von Isabella zu den vielen Leibwächtern, die sich in der Eingangshalle versammelt hatten. »Ich dachte, die kleine Abwechslung würde dem Kind guttun.«

»Und es ist nichts geschehen?« Als Mamma Teresa den Kopf schüttelte, sah Isabella Bernardo an. »Dann... ist es also nur einer von diesen Verrückten gewesen«, murmelte sie. Aber sie hatte dem Anrufer geglaubt. Die Situation hatte eben zu sehr jener anderen schrecklichen geglichen. Die Frage war allerdings, wie der Anrufer überhaupt durchgekommen war. Ihr wurde plötzlich schwindelig. Sie merkte kaum noch, daß man ihr das Kind sanft abnahm.

Fünf Minuten später kam sie wieder zu Bewußtsein. Sie lag auf ihrem Bett. Bernardo und eines der Hausmädchen sahen ängstlich auf sie herab.

»*Grazie.*« Bernardo entließ das Mädchen mit einem Nicken. Dann setzte er sich auf den Bettrand und reichte Isabella ein Glas Wasser. Er war ebenso bleich wie Isabella, die mit zitternder Hand das Glas nahm und schweigend einen Schluck daraus trank.

»Soll ich den Arzt rufen?« fragte er.

Sie schüttelte den Kopf. Eine Weile sagten sie kein Wort. Beide waren erschrocken.

»Wie konnte dieser Anruf durchkommen?« fragte Isabella schließlich laut.

»Einer der Leibwächter hat mir erzählt, daß heute mit den Telefonleitungen was nicht stimmte. Das Überwachungssystem hat offensichtlich kurze Zeit nicht funktioniert. Und daß der Anruf ausgerechnet über Amadeos Apparat kam, kann tausend Gründe haben.«

»Aber warum tut man mir das an? O Gott, Bernardo...« Isabella schloß die Augen. »Arme Luisa.«

»Mach dir wegen Luisa keine Sorgen.«

»Ich gehe gleich zu ihr. Schließlich habe ich gedacht...«

»Mir ist es genauso ergangen. Ich habe ebenfalls geglaubt, daß was passiert war, Isabella. Und was ist, wenn es eines Tages tatsächlich geschieht, und man ihn ebenfalls entführt?« Er musterte sie erbarmungslos, und sie schloß erneut die Augen. Sie schüttelte den Kopf.

»Sprich nicht so.«

»Was willst du denn jetzt tun? Noch ein zweites Dutzend Leibwächter engagieren? Die Villa zu einer Festung für dich und den Jungen ausbauen lassen? Beim nächsten derartigen Anruf einen Herzanfall bekommen?«

»Für einen Herzinfarkt bin ich noch zu jung«, entgegnete Isabella und versuchte zu lächeln. Bernardo blieb ernst.

»So kannst du nicht weiterleben, Isabella. Und halte mir jetzt bitte keine Vorträge darüber, was du alles für Amadeos Andenken tust, indem du seinen Platz in der Firma übernommen hast. Wenn Amadeo wüßte, was du tust, wie du lebst... daß du dich im Büro und das Kind hier im Haus einschließt, und was ihr beide riskiert, indem ihr weiterhin in Rom bleibt, dann würde er dich prügeln, Isabella. Das weißt du ebensogut wie ich. Versuche dich ja nie mit der Ausrede zu rechtfertigen, du tätest das alles nur für Amadeo. Amadeo würde dir das nie verzeihen. Und eines Tages verzeiht auch Alessandro dir das vielleicht nicht. Du bereitest ihm eine Kindheit, in der Angst und Schrecken allgegenwärtig sind. Ganz zu schweigen von dem, was du dir selbst antust. Wie kannst du nur so verblendet sein?« Bernardo war immer heftiger geworden. Er ging aufgebracht gestikulierend im Zimmer auf und ab. Schließlich fuhr er sich mit der Hand durchs Haar, setzte sich, bedauerte plötzlich seinen Wutausbruch und wartete auf Isabellas heftige Entgegnung. Verwundert registrierte er, daß Isabella ihn diesmal nicht attackierte, ihn nicht mit Amadeos Andenken zum Schweigen zu bringen versuchte.

»Und was soll ich deiner Ansicht nach tun? Einfach fortlaufen? Rom verlassen? Mich für den Rest meines Lebens irgendwo verstekken?« Isabella sagte das ohne Sarkasmus. Der Schock saß ihr noch zu tief in den Gliedern.

»Du brauchst dich nicht für den Rest deines Lebens zu verstekken... Es genügt, wenn du eine Weile von hier fortgehst.«

»Und dann? Bernardo, wie soll das funktionieren?« fragte sie wie ein verängstigtes Kind. Bernardo griff nach ihrer Hand.

»Du mußt es tun, Isabella. Du hast keine andere Wahl. Wenn du hierbleibst, bringen diese Anrufe dich noch um den Verstand. Geh für sechs Monate oder ein Jahr ins Ausland. Irgendwie werden wir das schon zu Wege bringen. Wir können per Fernschreiben und Telefon die geschäftlichen Angelegenheiten regeln. Du kannst mir Befehle geben, mir Magenschmerzen bereiten... alles, nur nicht hierbleiben. Um Himmels willen, bleib ja nicht hier. Ich könnte es nicht ertragen, wenn...«, zu Isabellas Erstaunen schlug er die Hände vors Gesicht, »wenn dir oder Alessandro etwas zustoßen würde.« Tränen rannen über sein Gesicht, als er schließlich aufsah. »Du bist wie eine Schwester. Amadeo war mein bester Freund. Bitte, geh fort von hier!«

»Aber wohin?«

»Vielleicht nach Paris?«

»Dort habe ich niemanden mehr. Mein Großvater, die Eltern sind längst tot. Und wenn diese Leute mir das alles hier antun konnten, dann bin ich in Frankreich auch nicht viel sicherer. Weshalb kann ich mich nicht irgendwo aufs Land... vielleicht in der Nähe von Rom... zurückziehen? Wenn niemand weiß, wo ich mich aufhalte, ist es doch ebenso, als befände ich mich im Ausland.«

Aber Bernardo schüttelte ärgerlich den Kopf. »Laß diese Spielchen, Isabella! Verlasse Italien! Fahr so weit wie möglich weg! Die Umgebung von Rom, Mailand oder Florenz... das genügt nicht. Du mußt raus aus Europa.«

»Aber wohin? Nach New York vielleicht?« Isabellas Frage war sarkastisch gemeint gewesen, doch kaum hatte sie sie ausgesprochen, wußten beide, daß es die einzige Möglichkeit war. Isabella dachte nach. Bernardo beobachtete sie und hoffte inständig, sie würde zur Vernunft kommen. Schließlich nickte sie schweigend, stand langsam auf und ging zum Telefon.

»Was hast du vor?«

Der Ausdruck in ihren Augen sagte ihm, daß sie sich noch nicht geschlagen gab, daß sie noch Hoffnung hatte. Sie würde nicht ein Jahr lang fortbleiben, sie würde sich auch nicht von zu Hause, von ihrer Arbeit, von dem Platz, an den sie gehörte, vertreiben lassen. Aber sie wollte für eine Weile aus Rom fortgehen, falls alles andere zu ihrer Zufriedenheit geregelt werden konnte. Ihre Augen blitzten entschlossen und selbstsicher, als sie den Telefonhörer abnahm.

8

Eine große, schlanke Blondine, deren Haar wie ein Vorhang über ein Auge und auf die Schultern fiel, saß in einem ganz in Gelbtönen eingerichteten Zimmer und tippte eifrig auf der Schreibmaschine. Zu ihren Füßen lag schlafend ein brauner Cockerspaniel, und auf dem Fußboden waren Bücher und Akten, dazwischen Blumentöpfe, verstreut. Sieben oder acht leere Kaffeetassen standen herum, und vor dem Fenster hing ein Poster von San Francisco. Sie nannte dieses Plakat ›ihre Aussicht‹. Es handelte sich ganz offensichtlich um das Arbeitszimmer einer Schriftstellerin. An einer Zimmerwand hingen schief die gerahmten Schutzumschläge ihrer letzten fünf Bücher zwischen anderen Fotos an der Wand, die eine Jacht im Hafen von Monte Carlo, zwei Kinder am Strand von Honolulu, einen Staatspräsidenten, einen Prinzen und ein Baby zeigten. Alle Personen auf den Bildern hatten entweder etwas mit dem Verlagsgeschäft zu tun oder waren ihre Liebhaber und Freunde... mit Ausnahme des Babys, denn das war ihres. Das Foto war fünf Jahre alt.

Der Spaniel streckte sich träge in der Wärme des Apartments im winterlichen New York. Die blonde Frau beugte sich zu ihm hinunter und streichelte gedankenverloren sein Fell.

»Geduld, Ashley, ich hab's gleich geschafft.« Sie griff nach einem Filzstift und brachte mit ihrer schlanken, ringlosen Hand ein paar Korrekturen an. Sie hatte mit deutlichem Südstaatenakzent zu dem Tier gesprochen. Beim Klang ihrer Stimme fühlte man sich an Plantagen, Partys und die eleganten Salons des tiefen Südens erinnert. Sie war eine ›Lady‹. »Verdammt!« Sie griff erneut nach dem Stift, strich eine halbe Seite aus und begann hastig auf dem Fußboden nach zwei Blättern zu suchen, die sie bereits seit einer Stunde nicht mehr gesehen hatte und die natürlich äußerst wichtig waren. Sie war eben dabei, das Manuskript für ihr neuestes Buch zu überarbeiten.

Mit dreißig besaß sie noch immer dieselbe Figur wie mit neunzehn, als sie trotz der heftigen Proteste ihrer Familie nach New York gezogen war, um als Fotomodell Karriere zu machen. Sie hatte ein Jahr durchgehalten, obwohl sie den Job haßte, was sie jedoch niemandem eingestanden hatte... mit Ausnahme des Mädchens aus Rom, mit dem sie sich eine Wohnung teilte und das nach New York gekommen war, um sich als Designerin ausbilden zu lassen. Wie Natasha war Isabella nur für ein Jahr nach New York gezogen. Natasha allerdings hatte ihr Collegestudium für ein Jahr unterbrochen, um in New York zu versuchen, auf eigenen Beinen zu stehen. Ihre Eltern hatten ursprünglich andere Pläne mit ihr gehabt. Die Familie war von vornehmer Abstammung, aber verarmt und wünschte natürlich, daß Natasha ihre Ausbildung abschloß und dann einen netten Jungen aus dem Süden heiratete, was ganz und gar nicht in Natashas Sinn gewesen war.

Mit neunzehn wollte sie nur raus aus dem Süden und nach New York, Geld verdienen und frei sein. Sie hatte schließlich als Fotomodell und später als Schriftstellerin Karriere gemacht und war sogar eine Zeitlang auch frei gewesen. Dann allerdings hatte sie John Walker, einen Theaterkritiker geheiratet, ein Jahr später ein Kind von ihm bekommen und sich bald darauf von ihm scheiden lassen. Alles, was ihr danach geblieben war, waren eine ausgezeichnete Figur, ein schönes Gesicht, Talent zum Schreiben und ein fünfzehn Monate altes Baby. Fünf Jahre später hatte sie fünf Romane und zwei Drehbücher geschrieben und war ein Star in der Literaturszene geworden.

Natasha hatte inzwischen eine große Wohnung an der Park Avenue bezogen, schickte ihren Jungen in eine Privatschule und legte ihr Geld gut an. Natasha Walker genoß das Leben. Sie war schön und erfolgreich. Sie hatte einfach alles.

»Mrs. Walker?« Es klopfte leise an ihrer Tür.

»Bitte stören Sie mich jetzt nicht, Hattie. Ich arbeite.« Natasha strich sich das blonde Haar aus der Stirn und blätterte weiter in ihrem Manuskript.

»Sie werden am Telefon verlangt. Ich glaube, es ist wichtig.«

»Hattie, Sie können wetten, daß es das nicht ist.«

»Aber es ruft jemand aus Rom an.«

Ehe Hattie wußte, wie ihr geschah, wurde die Tür aufgerissen, und Natasha marschierte barfuß, in hautengen Jeans und einem weiten Männerhemd durch die Küche.

»Warum hast du mir nicht gleich gesagt, daß der Anruf aus Rom kommt?« Sie sah die dunkelhäutige Kinderfrau mit dem grauen Kraushaar vorwurfsvoll an und lächelte flüchtig. »Ach, ist auch egal. Ich weiß, wie schwierig ich bin, wenn ich arbeite. Geh bitte nur nicht in mein Zimmer. Keine sauberen Kaffeetassen ... und laß die Blumen in Ruhe. Ich brauche das Durcheinander.« Hattie zog gespielt spöttisch die Augenbrauen hoch. Sie kannte diese Litanei nur zu gut und verschwand durch die sonnige Diele, als Natasha ihr Schlafzimmer betrat und den Hörer abnahm. »Ja, bitte?«

»Signora Natasha Walker?«

»Ja, am Apparat.«

»Sie werden aus Rom verlangt. Einen Augenblick bitte.« Natasha setzte sich und wartete gespannt. Sie hatte seit der Nachricht von Amadeos Tod nicht mehr mit Isabella gesprochen. Eigentlich hatte sie vorgehabt, zur Beerdigung nach Rom zu fliegen, doch Isabella hatte ihr das ausgeredet und sie gebeten, erst abzuwarten. Und Natasha hatte gewartet und geschrieben, doch zum ersten Mal während ihrer langjährigen Freundschaft hatte Isabella nichts mehr von sich hören lassen. Inzwischen waren seit Amadeos Ermordung vier Monate vergangen, und Natasha hatte die Trennung von Isabella seit jenem Tag, da sie die gemeinsame Wohnung verlassen hatte, nie so drastisch empfunden wie in diesen Wochen. Damals hatte Isabella in den ersten Monaten ebenfalls nicht geschrieben. Aber sie war eben so mit ihren Modekollektionen beschäftigt und wahnsinnig verliebt gewesen. Wahnsinnig verliebt... Natasha erinnerte sich noch gut an die begeisterten Briefe, die sie dann endlich bekommen hatte: »...er ist einfach wunderbar, ...groß, blond und gutaussehend... Und ich arbeite für ihn im Modehaus San Gregorio... Zum ersten Mal mache ich richtige Haute Couture... Ich liebe ihn...« Das Glück und die Freude, die sich in diesen Briefen ausgedrückt hatten, hatten die Jahre überdauert. Die beiden waren ewig ineinander verliebt gewesen. Und dann plötzlich war er tot. Natasha war vor Entsetzen wie gelähmt gewesen, als sie die Nachricht im Fernsehen gehört hatte.

»Signora Walker?«

»Ja, am Apparat.«

»Augenblick! Der Teilnehmer aus Rom meldet sich jetzt.«

»Natasha?« Isabellas Stimme klang seltsam gedämpft.

»Warum, zum Teufel, hast du meine Briefe nicht beantwortet?«

»Ich... ich wußte einfach nicht, was ich dir hätte schreiben sollen.«

Natasha runzelte die Stirn und nickte. »Ich habe mir Sorgen um dich gemacht. Ist mit dir alles in Ordnung?« Trotz der vielen Kilometer, die zwischen ihnen lagen, wußte Isabella, daß Natasha es ehrlich meinte. Sie wischte sich die Tränen aus den Augen und brachte sogar ein Lächeln zustande.

»Einigermaßen, danke. Kannst du mir einen Gefallen tun?« So war es zwischen ihnen immer. Sie konnten stets wieder dort anknüpfen, wo sie bei ihrem letzten Gespräch oder bei der letzten Begegnung aufgehört hatten. Die beiden Frauen verband eine Freundschaft, die zwar manchmal auf Eis gelegt wurde, jedoch nie abkühlte.

»Jederzeit.«

Isabella erklärte Natasha kurz, was an diesem Tag mit Alessandro passiert war... oder vielmehr, was hätte passieren können. »Ich halte das nicht mehr aus«, fügte sie hinzu. »Ich darf ihn nicht auch noch in Gefahr bringen.«

Natasha dachte an ihren Sohn und erschauderte. Sie konnte Isabella nur zu gut verstehen. »Nein, das darfst du wirklich nicht. Möchtest du Alessandro zu mir schicken?« Die Kinder waren beinahe gleichaltrig, und Natasha war nicht der Typ, der sich von einem zweiten Kind aus der Ruhe bringen ließ. »Jason würde sich freuen. Er wünscht sich sowieso sehnsüchtig einen Bruder. Außerdem verstehen sich die beiden ja ausgezeichnet.« Ein Jahr zuvor hatten sie alle zusammen einen Skiurlaub in St. Moritz verbracht. »Es ist mir Ernst, Isabella. Ich finde, du solltest Alessandro aus Rom fortschicken.«

»Ich bin ganz deiner Meinung.« Es entstand eine kurze Pause. »Aber was würdest du dazu sagen, wenn du wieder eine Mitmieterin bekommst?« Isabella wartete gespannt auf Natashas Antwort, die ganz spontan kam: »Das wäre einfach herrlich! Ist das dein Ernst?« Natasha stieß einen Freudenschrei aus.

Isabella mußte unwillkürlich lächeln.

»Natürlich ist es mein Ernst. Bernardo und ich sind zu dem Schluß gekommen, daß es keinen anderen Ausweg gibt. Ich will nur eine Weile – nicht für immer – bleiben. Und Natasha...«, Isabella zögerte unsicher, »... vielleicht klingt es merkwürdig, aber ich muß mich verstecken, Natasha. Es darf niemand wissen, wo ich mich aufhalte.«

»Das wird natürlich ein Problem werden. Du kannst dich in diesem Fall keinen Schritt aus meiner Wohnung entfernen.«

»Glaubst du denn wirklich, daß man mich in New York erkennen würde?«

»Machst du Witze? Vielleicht nicht gerade die Bauarbeiter an der

Ecke, aber sonst sicher viele. Außerdem würde es in sämtlichen Zeitungen der Welt stehen, wenn du aus Rom verschwindest.«

»Dann muß ich mich eben verstecken«, seufzte Isabella.

»Glaubst du, du stehst das durch?« fragte Natasha zweifelnd.

»Ich habe keine andere Wahl. Wenigstens im Augenblick nicht.«

Natasha hatte Isabellas Pflichtbewußtsein, ihren Mut und ihren Stil immer bewundert.

»Bist du sicher, daß du es mit mir aushältst? Ich könnte mir auch eine eigene Wohnung suchen.«

»Untersteh dich! Wenn du nicht bei mir wohnen willst, rede ich nie wieder ein Wort mit dir. Wann kommst du?«

»Das weiß ich noch gar nicht. Ich habe mich eben erst entschlossen, nach New York zu gehen. Ich muß erst noch die berufliche Seite regeln. Es bleibt mir ja nichts anderes übrig, als die Firma von New York aus weiterzuführen.«

Natasha pfiff leise durch die Zähne. »Und wie willst du das anstellen?«

»Das muß ich mir erst noch überlegen. Der arme Bernardo wird wie immer der Leidtragende sein. Aber ich kann täglich mit ihm telefonieren. Außerdem haben wir ein Büro in New York, das unsere Interessen in Amerika vertritt. Ich kann mit unserem Repräsentanten dort Verbindung aufnehmen, ohne ihm sagen zu müssen, daß ich in New York bin. Irgendwie wird es schon klappen.«

»Wenn's möglich ist, schaffst du's, wenn nicht, schaffst du's trotzdem.«

»Ich wünschte, ich wäre mir da so sicher wie du. Ich lasse die Firma hier nur ungern allein. Oh, Natasha...«, sie seufzte unglücklich, »es sind schreckliche Monate gewesen. Ich habe das Gefühl, gar nicht mehr ich selbst zu sein.«

Natasha schwieg, Isabella hörte sich ganz anders an als sonst. Die vergangenen Monate hatten sie offenbar sehr mitgenommen.

»Ich komme mir vor wie ein Automat«, fuhr Isabella fort. »Irgendwie bringe ich die Tage mit Bergen von Arbeit hinter mich... und beschäftige mich, sooft ich kann, mit Alessandro. Dabei habe ich noch immer die fixe Idee, daß er...«, Natasha hörte, wie der Freundin am anderen Ende der Leitung die Stimme versagte, »... daß er wieder nach Hause kommt... daß er uns nicht wirklich verlassen hat.«

»Ich glaube, das geht uns allen so, wenn ein geliebter Mensch plötzlich stirbt. Man hat einfach nie genug Zeit, sich an den Gedanken zu gewöhnen.«

»Manchmal begreife ich gar nichts mehr.«

»Das sollst du auch nicht«, erwiderte Natasha sanft. »Komm einfach wieder nach New York... nach Hause.« Sie hatte jetzt selbst Tränen in den Augen. »Du hättest mir erlauben sollen, schon vor Monaten nach Rom zu kommen. Ich hätte dich sofort mit heim genommen.«

»Ich hätte Rom damals auf keinen Fall verlassen, Natasha.«

»Oh, doch! Ich bin mindestens zehn Zentimeter größer als du. Hast du das vergessen?«

Isabella mußte unwillkürlich lachen. Es war schön, Natasha wiederzusehen. Und vielleicht machte der Aufenthalt in New York sogar Spaß. Spaß, dachte Isabella. Das Wort kam ihr nach allem, was in den vergangenen Monaten geschehen war, geradezu absurd vor.

»Also jetzt mal im Ernst, Isabella. Wann, glaubst du, kannst du frühestens hier sein?« Natasha blätterte bereits in ihrem Kalender und machte sich hastig Notizen. »Möchtest du Alessandro schon vorausschicken? Oder soll ich sofort zu dir fliegen und ihn abholen?«

Isabella überlegte einen Augenblick und antwortete dann: »Nein, danke. Wir kommen zusammen. Ich kann und will ihn jetzt nicht allein lassen.« Während Natasha Isabella zuhörte, begann sie sich zu fragen, welche Auswirkungen das alles auf das Kind gehabt hatte und noch haben mochte. »Und vergiß nicht«, fuhr Isabella in diesem Moment schon fort, »zu niemandem ein Wort. Noch was, Natasha... Danke.«

»Ach, laß den Unsinn, Spaghetti.«

›Spaghetti‹, das war immer Natashas Spitzname für Isabella gesesen. Sie hatte ihn seit Jahren nicht mehr gehört. Und als sie sich von der Freundin verabschiedet hatte, merkte Isabella, daß sie zum ersten Mal wieder guter Dinge war. Sie legte den Telefonhörer auf und hob den Kopf. Vor ihr stand der müde und abgespannte Bernardo. Sie hatte ihn vollkommen vergessen.

»Ich fliege nach New York.«

»Wann?«

»Sobald wir einen Modus gefunden haben, wie ich die Firma von drüben aus leiten kann«, erwiderte Isabella. »Wie lange glaubst du, brauchen wir, um alles zu organisieren? Ein paar Wochen?« Sie sah ihn an. Plötzlich war sie ganz durcheinander. War das überhaupt machbar? Konnte sie ihre Arbeit von ihrem Versteck bei Natasha aus weiterführen?

Bernardo nickte. »Ja, in ein paar Wochen dürfte alles geregelt sein.« Damit nahm er einen Notizblock vom Schreibtisch in Isabellas Schlafzimmer, und gemeinsam begannen sie einen Plan auszuarbeiten.

9

In den folgenden Wochen liefen die Drähte zwischen Rom und New York heiß. Wollte Isabella eine oder zwei Telefonleitungen zu ihrer Verfügung haben? Sollte Alessandro in New York in die Schule gehen? Würde sie Leibwächter mitbringen? Alle diese Fragen mußten geklärt werden.

Isabella lachte. Amadeo hatte einmal behauptet, Natasha könne Brücken bauen, ein Land regieren oder einen Krieg gewinnen, ohne sich dabei die Hände schmutzig zu machen. Jetzt wurde Isabella klar, daß er recht gehabt hatte.

Isabella entschied sich für zwei Telefonleitungen. Ob Alessandro in die Schule gehen sollte, wollte sie sich noch überlegen, aber Leibwächter, meinte sie, seien nicht nötig. Die teuren Apartmenthäuser an der Park Avenue kamen heutzutage regelrechten Festungen gleich, und Natashas Wohnung lag in einem der bestbewachten Blocks.

Alessandros und Isabellas Abreise aus Rom war generalstabsmäßig geplant. Niemand außer Isabella und Bernardo kannten das Ziel der San Gregorios, und die meisten Mitarbeiter und Angestellten des Modehauses wußten nicht einmal, daß Isabella Rom verlassen wollte. Um Isabellas und Alessandros Sicherheit willen mußte das so sein.

Sie würden einfach verschwinden. Man würde Gerüchte lancieren, Isabella hätte sich allein mit dem Kind in ihre Penthousewohnung über dem Büro des Hauses San Gregorio zurückgezogen. Um den Gerüchten den nötigen Nachdruck zu verleihen, hatte sich Livia, Amadeos treue Sekretärin, bereit erklärt, in der Penthousewohnung zu bleiben, Essen zu bestellen und die nötigen Geräusche zu machen. Auf diese Weise würde so schnell niemand den Verdacht schöpfen, Isabella sei nicht mehr in Rom. Und wer sollte sie ausgerechnet in New York vermuten? Zumindest eine Weile lang konnte das gutgehen.

»Alles fertig?« Isabella sah zu Bernardo auf, der ein letztes Aktenbündel in eine große Ledertasche schob.

Er nickte stumm, und Isabella merkte erneut, wie müde und abgespannt er aussah.

»Ich müßte jetzt sämtliche Kopien unserer Akten eingepackt haben«, erklärte sie. »Was ist mit unseren Exporten nach Schweden? Soll ich die Dokumente noch vor meiner Abreise unterzeichnen?«

Isabella packte weiter, während Bernardo in sein Büro ging, um die Unterlagen für das Geschäft mit Schweden zu holen. Schließlich war eine weitere Aktentasche gefüllt. Isabella hatte genügend Material beisammen, um mindestens ein halbes Jahr arbeiten zu können. Und sie würde ständig neue Akten, Unterlagen, Berichte und Informationen zugesandt bekommen. Was nicht telefonisch erledigt werden konnte, würde Bernardo an ›Mrs. Walker‹ zu Natashas Agentin in New York schicken. Isabella packte planmäßig weiter und versuchte nicht darüber nachzudenken, weshalb sie das alles tat. Die Tatsache, daß sie Rom verlassen würde, war schon fast mehr, als sie ertragen konnte.

Kurz darauf kam Bernardo mit den Papieren für den Export nach Schweden zurück. Isabella schraubte den Füllfederhalter mit der goldenen Feder von Tiffany auf, der Amadeo gehört hatte, und setzte ihren Namen unter die Dokumente.

»Vielleicht ist jetzt nicht der richtige Zeitpunkt, um wieder davon anzufangen, aber ich wünschte, du würdest dir die Sache noch mal überlegen«, sagte Bernardo unvermittelt.

»Welche Sache?« Isabella sah ihn verständnislos an. Ihr ging so viel durch den Kopf, daß sie kaum noch einen vernünftigen Gedanken fassen konnte.

»Das Angebot von IHI-F-B. Vielleicht könntest du dich in New York mit den maßgebenden Herren treffen.«

»Nein, Bernardo. Das ist mein letztes Wort.« Isabella wollte keinen Streit. Dazu hatte sie jetzt am allerwenigsten Zeit. »Du hattest mir doch eigentlich versprochen, mich damit in Ruhe zu lassen.«

»Schon gut. Schon gut.« In gewisser Weise hatte sie recht. Im Augenblick hatten sie ganz andere Probleme. Wahrscheinlich war es besser, mit ihr erst dann wieder darüber zu sprechen, wenn sie es leid war, das Haus San Gregorio aus zehntausend Kilometer Entfernung zu führen. Der Gedanke brachte ihn plötzlich auf ganz andere Dinge. Wer hätte vier Monate zuvor gedacht, daß Amadeo jetzt tot sein würde, Isabella sich verstecken mußte und er, Bernardo, allein bleiben würde? Als Isabella den letzten Aktenkoffer schloß, fühlte Bernardo sich plötzlich einsam und verlassen. Plötzlich fiel ihm wieder jener Sommer ein, in dem sie alle zusammen nach Rapallo gefahren waren. Damals hatte Amadeo bei Isabella siebzehn Gepäckstücke gezählt... sie hatten Tischtücher, Bettwäsche, Badeanzüge, Hüte und eine Unmenge Schuhe enthalten. Aber jetzt stand kein Urlaub in Rapallo bevor. Diesmal begann Isabella ein ganz neues Leben... ein Leben, an dessen Anfang zwei Aktenkoffer, eine Reisetasche mit Isabellas Kleidern und einer Tasche mit Alessandros Sachen standen.

»Alessandro wird untröstlich sein, daß wir das Fahrrad nicht mitnehmen können«, sagte Isabella unvermittelt und riß Bernardo aus seinen Gedanken.

»Ich werde dafür sorgen, daß er in New York ein noch besseres kriegt.« Mein Gott, wie er das Kind vermissen würde... und erst Isabella. Der Gedanke, ohne sie, ohne die Auseinandersetzungen mit ihr, ohne ihre dunklen, blitzenden Augen auskommen zu müssen, war bedrückend. Sein Magengeschwür... ja auch er selbst waren von ihr abhängig.

»Wir sind sicher bald wieder zurück, Nardo. Ich glaube kaum, daß ich es lange in New York aushalte.«

Isabella stand auf, sah sich in ihrem Büro um und überlegte, ob sie auch nichts vergessen hatte. Bernardo beobachtete sie stumm, wie sie zum letzten Mal den Aktenschrank öffnete. Sie sah ihn über die Schulter an und lächelte traurig. »Weshalb machst du für heute nicht Schluß, gehst nach Hause und schläfst ein paar Stunden? Wir haben eine lange, anstrengende Nacht vor uns.«

»Ja... Isabella, ich...« Seine Stimme klang so seltsam und belegt, daß sie sich zu ihm umdrehte. »Ich werde dich und Alessandro sehr vermissen...« Der Ausdruck seiner Augen verriet zum ersten Mal seit Weihnachten wieder seine wahren Gefühle für sie.

»Wir werden dich auch vermissen«, gestand sie leise und streckte die Arme nach ihm aus. Sie umarmten sich in dem ihr so vertrauten Zimmer. Wann würde sie diese Räume... und ihn wiedersehen? »Wir kommen wieder... und zwar bald! Keine Angst.«

»Ecco.« Bernardo fühlte einen stechenden Schmerz in der Herzgegend, als sie sich aus seinen Armen löste. Seine Gefühle unterdrücken und verbergen zu müssen, war etwas anderes, als nicht einmal mehr in ihrer Nähe sein zu können. Er glaubte den Verlust bereits körperlich zu spüren. Aber es mußte sein, um Isabellas und Alessandros Sicherheit willen.

»Geh jetzt nach Hause und versuche zu schlafen.«

»Ist das ein Befehl?«

»Selbstverständlich.« Isabella schnitt eine Grimasse und sank in einen Sessel. »Weshalb müssen wir um diese Jahreszeit ausgerechnet an die Riviera?« Sie versuchte ein gelangweiltes, gleichgültiges Gesicht zu machen. Bernardo lachte und ging zur Tür. Ihr Plan war, daß Bernardo sie und das Kind über die Grenze nach Frankreich bringen sollte, wo sie von Nizza aus die erste Frühmaschine nach London nehmen wollten. In London sollten die Leibwächter ausgetauscht werden, dann ging es weiter nach New York. Sie und Alessandro würden voraussichtlich insgesamt vierundzwanzig Stunden unterwegs sein.

»Soll ich heute nacht noch irgend etwas für Alessandro mitbringen? Vielleicht Plätzchen und ein Spiel?«

»Plätzchen sind immer ein Schlager. Aber vielleicht kannst du noch eine Decke und ein kleines Kissen... und Milch besorgen?«

»Sonst noch was? Hast du keinen Wunsch?«

»Ich wünsche mir nur, daß du uns abholst und sicher nach Nizza bringst, Nardo.«

Er nickte ernst und verließ den Raum. Bernardo wünschte sich nicht nur, daß sie sicher nach Nizza kommen, sondern auch daß sie gesund und munter bald wieder nach Rom... oder vielmehr zu ihm zurückkehren würden.

10

»Mamma, erzähl mir eine Geschichte«, bat Alessandro Isabella.

Isabella saß auf der Kante von Alessandros Bett. Eine Geschichte... eine Geschichte, überlegte sie. Sie konnte an jenem Abend kaum einen klaren Gedanken fassen, geschweige denn eine Gutenachtgeschichte erfinden.

»Bitte!« drängte der Junge.

»Also gut. Paß auf!« Sie sah stirnrunzelnd auf ihn herab. Ihre schmalen, schlanken Finger umschlossen die Kinderhand. »Es war einmal ein kleiner Junge, der lebte mit seiner Mutter...«

»Hatte er denn keinen Vater?«

»Nein, nicht mehr.«

Alessandro nickte verständnisvoll und lehnte sich bequem in die Kissen zurück. Isabella beschrieb den Ort, an dem der Junge mit seiner Mutter lebte, erzählte von den Freunden, die sie hatten, und den Feinden.

»Was haben sie gemacht?« erkundigte sich Alessandro. Die Geschichte schien ihm zu gefallen. Sie klang glaubwürdig.

»Gemacht? Wie meinst du das?« Isabella war zerstreut. Sie hatte so viele Dinge im Kopf.

»Ich meine, was haben sie mit den Menschen gemacht, die ihre Feinde waren?«

»Sie haben sie einfach nicht beachtet. Und weißt du, was sie schließlich getan haben?« Isabella senkte geheimnisvoll die Stimme. »Sie sind davongelaufen.«

»Wirklich?« Alessandro machte ein erschrockenes Gesicht. »Papa hat immer gesagt, daß es falsch ist, davonzulaufen. Das soll man nur tun, wenn es absolut nötig ist... wie vor einem Löwen oder einem bösen Hund.«

Isabella hätte Alessandro gern gesagt, daß manche Menschen wie böse Hunde waren, aber sie wußte nicht recht, wie sie ihm das verständlich machen sollte. Sie sah nachdenklich auf ihn herab und hielt seine Hand fest.

»Aber würdest du es nicht verstehen, wenn sie an einem anderen Ort sicherer leben könnten? Wenn es für sie dort keine Löwen oder böse Hunde gäbe und es dort so schön wäre, daß sie wieder glücklich und zufrieden leben könnten? Dann ist es doch eigentlich nicht falsch davonzulaufen, oder?« Während Isabella ihren Sohn aufmerksam musterte, drängte es sie, mehr zu erzählen.

»Wahrscheinlich schon. Aber gibt es denn so einen Ort, wo alle sicher und zufrieden sein können?«

»Vielleicht. Aber dir kann sowieso nichts passieren, Liebes. Das weißt du. Ich würde nie zulassen, daß dir was zustößt.«

Alessandro sah ängstlich zu ihr auf. »Aber was ist mit dir?« Alessandro hatte manchmal Alpträume. Die Angst, mit der Mutter könne dasselbe passieren wie mit dem Vater, steckte tief in ihm. Isabellas Beteuerungen, daß so etwas nie wieder geschehen konnte, beruhigten ihn nicht. Die Schar von Leibwächtern, die ständig die kleine Familie umgab, bewiesen ihm höchstens das Gegenteil. Der Junge war nicht dumm.

»Mir kann auch nichts geschehen. Das verspreche ich dir.«

»Mamma...«

»Ja?«

»Weshalb laufen wir nicht einfach davon?«

»Wärst du nicht traurig, wenn wir das tun würden? Es gäbe dann keine Mamma Teresa, keinen Enzo, keine Luisa mehr...« Und kein Karussell, kein Fahrrad und kein Rom... und vor allem nichts mehr, das an Amadeo erinnern würde, dachte Isabella.

»Aber du bist doch bei mir.«

»Wäre das denn genug?« Sie lächelte amüsiert.

»Klar.«

Sein Lächeln ermutigte sie, ihre Geschichte von dem kleinen Jungen und seiner Mutter, die ein neues Zuhause in einem fremden Land fanden, wo sie vollkommen sicher waren und neue Freunde kennenlernten, weiterzuerzählen.

»Sind sie für immer dortgeblieben?« erkundigte sich Alessandro.

Isabella sah den Jungen lange an. »Ich weiß nicht genau. Aber ich glaube, irgendwann sind sie dann wieder nach Hause zurückgekehrt.«

»Aber warum denn?« Alessandro schien diese Wendung der Geschichte nicht recht zu verstehen.

»Vielleicht weil ein Zuhause immer ein Zuhause bleibt... so schwierig das Leben dort auch sein mag«, antwortete Isabella.

»Aber das ist doch dumm.«

»Würdest du denn nicht wieder einmal gern nach Hause kommen, wenn du von hier fort müßtest?« Isabella sah ihren Sohn erstaunt an.

»Nicht, wenn zu Hause was Schlimmes passiert wäre.«

»So wie bei uns.«

Der Junge nickte stumm. »Sie haben Papa umgebracht. Es sind böse Leute.«

»Aber hier sind nicht alle so, Alessandro. Überall gibt es ein paar schlechte Menschen.«

»Weshalb hat sie dann niemand gefunden und sie bestraft?« Er sah sie traurig an, und sie zog ihn sanft in ihre Arme.

»Das kommt vielleicht noch, Alessandro.«

»Es ist mir sowieso egal. Ich möchte fort von hier. Und zwar mit dir.« Er kuschelte sich enger an sie, und sie fühlte seinen warmen Körper in ihren Armen. Die Zärtlichkeit des Kindes war alles, was ihr nach Amadeos Tod geblieben war.

»Vielleicht gehen wir tatsächlich von hier fort, Alessandro. Wir könnten nach Afrika reisen und dort in einem Baumhaus leben.«

»Oh, das wäre prima. Sollen wir? Bitte!«

»Liebling, das geht natürlich nicht. Außerdem könntest du in einem Baumhaus nicht mehr in deinem schönen, gemütlichen Bett schlafen.«

»Schade.« Alessandro sah Isabella fröhlich an. »Es war trotzdem eine schöne Geschichte.«

»Freut mich«, murmelte sie und gab ihm einen Gutenachtkuß. »Ich hab' dich sehr gern«, fügte sie leise hinzu.

»Ich dich auch.«

»Schön. Und jetzt schlaf gut, mein Junge. Ich komme bald wieder.«

Sehr bald sogar, dachte Isabella. In genau sieben Stunden. Sie deckte Alessandro sorgfältig zu, machte die Tür lautlos hinter sich zu und ging in den langen Spiegelkorridor hinaus.

Für Isabella begannen Stunden qualvollen Wartens. Sie saß im Wohnzimmer, sah Akten durch und beobachtete, wie der Zeiger der Fabergé-Uhr langsam gegen acht Uhr vorrückte. Um acht Uhr wurde das Abendessen im Eßzimmer serviert, das sie wie immer allein einnahm. Um zwanzig vor neun kehrte sie in ihr Zimmer zurück, starrte aus dem Fenster oder betrachtete sich nachdenklich im Spiegel. Immer wieder schweifte ihr Blick zum Telefon. Bevor es im Haus nicht ruhig geworden war, wagte sie es nicht, etwas zu unternehmen. Sie vermied es sogar, die Diele zu betreten. Drei Stunden lang saß sie deshalb in einem Sessel am Fenster und starrte nachdenklich hinaus auf das Karussell im Garten, die Küchen- und Wohnzimmerfenster und zu dem kleinen Arbeitszimmer hinüber, das Amadeo immer benutzt hatte, wenn er zu Hause gearbeitet hatte. Gegen Mitternacht waren sämtliche Lichter in der Villa erloschen. Nur ihre Räume waren noch erleuchtet. Isabella schlich lautlos aus dem Zimmer, holte zwei große Reisetaschen aus einem Schrank am Ende des Korridors, starrte nachdenklich auf das weiche schokoladenbraune Leder mit dem klassischen grünen und roten Streifen und fragte sich, wie man ein ganzes Leben in zwei derartige Taschen packen konnte.

In ihrem Zimmer schloß sie die Tür hinter sich ab, betrachtete die Kleider im Schrank und nahm hastig einige Hosen, Kaschmir-Jacken, Handtaschen, Strümpfe, Unterwäsche und Schuhe heraus. Die Wahl fiel ihr nicht schwer, denn gegenwärtig trug sie ausschließlich Schwarz. Sie brauchte nur eine halbe Stunde, um drei Röcke, sieben Pullover, sechs schwarze Wollkleider und ein Kostüm mit den passenden flachen und hohen Schuhen einzupacken. Bei einem Paar schwarzer Abendschuhe aus Leder und Satin stutzte sie. Abendschuhe, fragte sie sich. Sie ging erneut zum Schrank und holte ein langes, schmalgeschnittenes, schwarzes Abendkleid aus Satin heraus und legte es obenauf. Schließlich öffnete sie den Wandsafe und nahm ihren Schmuck heraus. Bernardo hatte ihr jedes Stück von Alfredo zurückgebracht und dafür die fünfhunderttausend Dollar abgeliefert, die sie den Entführern nie hatte übergeben können. Obwohl sie den Schmuck längst nicht mehr trug, wollte sie ihn nicht in Rom zurücklassen. Was war, wenn jemand einbrach und ihn stahl? Isabella kam sich beinahe wie ein Flüchtling vor, der in Kriegszeiten seine Heimat verlassen mußte, als sie die Schmuckkassette in einem Geheimfach einer großen Krokodilledertasche von Hermès verstaute, die sie auf der Reise bei sich tragen wollte. Dann schloß sie die Tasche, stellte sie auf den Fußboden und ging mit der zweiten Reisetasche leise in Alessandros Zimmer hinüber. Nachdem sie dort die Tür ebenfalls von innen verschlossen hatte, begann sie Alessandros Sachen zu packen. Der Junge schlief friedlich, während sie warme Wintersachen, Schneeanzüge, Wollmützen und Spielanzüge, die er in der Wohnung tragen konnte, zusammen mit seinen Lieblingsspielsachen in die Tasche steckte. Gegen halb zwei Uhr morgens war sie fertig und sah sich noch einmal im spärlich erleuchteten Zimmer um. Bernardo würde die Gepäckstücke mitbringen, die sie bereits im Büro gepackt hatte. Sie war praktisch fertig.

Die Uhr auf ihrem Nachttisch tickte unaufhörlich. Sie wollte Alessandro um Viertel vor zwei wecken. Inzwischen warteten vor dem Haus bereits zwei Leibwächter, die sie auf ihrer Reise begleiten sollten, ohne jedoch ihr Ziel zu kennen. Bernardo hatte die beiden Männer sorgfältig ausgewählt und sie beauftragt, eine plausible Ausrede für ihre Abwesenheit an jenem Tag zu erfinden. Die beiden Männer sollten erst in der folgenden Nacht nach Rom zurückkehren, nachdem sie Isabella und Alessandro sicher nach London gebracht hatten, wo letztere die Nachmittagsmaschine nach New York erreichen wollten.

Isabella saß mit klopfendem Herzen in ihrem Sessel. Tat sie das Richtige? Durfte sie Rom wirklich verlassen und Bernardo die Hauptlast in der Firma aufbürden? Weshalb gab sie ihr Zuhause vorübergehend auf?

Geräuschlos öffnete sie schließlich die Zimmertür und ging hinaus. Im Haus war alles still, als sie den Korridor entlanglief. Es blieben ihr noch zehn Minuten Zeit, bevor sie Alessandro wecken mußte, zehn Minuten, um von ihrem Zuhause Abschied zu nehmen. Plötzlich stand sie im großen Salon. Der Mond schien durch die hohen Fenster. Isabella sah sich um, berührte einen Tisch und starrte auf die leere Couch. Hier hatten zahllose Partys stattgefunden, hatte sie glückliche Abende mit Amadeo verlebt... bessere Tage. Sie erinnerte sich an die Sorgfalt, mit der sie die Vorhangstoffe ausgesucht hatte, an die Möbelstücke, die sie aus Paris, und an die Uhr, die sie aus New York mitgebracht hatten. Isabella schlenderte weiter in das kleinere, nur selten benutzte Wohnzimmer. Schließlich blieb sie in der Tür zu Amadeos Arbeitszimmer stehen, das er so geliebt hatte. Es war normalerweise eines der freundlichsten Zimmer im Haus, voller Bücher, Trophäen und Pflanzen. Isabella hatte es für ihn mit viel Liebe eingerichtet, und sie hatten sich oft allein dorthin zurückgezogen, über das Geschäft geredet oder von der großen Glastür aus Alessandro lachend beobachtet, der im Garten spielte. Von dort aus hatten sie Alessandros ersten unsicheren Schritte gesehen, hier hatte Amadeo ihr oft seine Liebe gestanden und sie manchmal auf dem bequemen Ledersofa oder sogar auf dem weichen Teppich geliebt. Hier hatten sie sich hinter heruntergelassenen Jalousien und vorgezogenen Vorhängen versteckt, Pläne geschmiedet und gelebt... hier in diesem Zimmer, das ihr jetzt so leer vorkam, daß sie es nicht einmal mehr zu betreten wagte, sondern es nur von der Schwelle aus betrachtete.

»*Ciao*, Amadeo. Ich komme wieder«, sagte sie leise. Es war ein Versprechen, das sie ihm, sich selbst, dem Haus und Rom gab. Sie ging langsam über den weichen Teppich und blieb vor dem Schreibtisch stehen. Dort stand noch immer ihr Foto in jenem Silberrahmen, den Bernardo einst Amadeo geschenkt hatte. Dann erinnerte sie sich hier in der Dunkelheit an das kleine Fabergé-Ei, das sie Amadeo zu ihrem Hochzeitstag kurz vor Alessandros Geburt geschenkt hatte. Sie strich zärtlich darüber, berührte die Lederauflage der Schreibtischplatte und wandte sich dann langsam ab. »*Ciao*, Amadeo«, wiederholte sie flüsternd, als sie die Tür hinter sich schloß. »Ich komme wieder.«

Draußen in der Diele blieb sie noch einen Augenblick nachdenklich stehen, dann lief sie in Alessandros Zimmer und hoffte inständig, er würde schnell und ohne zu weinen aufwachen. Bei dem Gedanken, das Kind aus dem Schlaf zu reißen und nicht einmal Mamma Teresa Bescheid zu sagen, hatte Isabella ein sehr schlechtes Gewissen. Teresa hatte sich seit Alessandros Geburt liebevoll und aufopferungsbereit um den Jungen gekümmert. Isabella hoffte, daß das Kindermädchen den Schock über die plötzliche Trennung von ihrem Schützling bald überwinden und Isabellas Handlungweise verstehen würde, sobald sie deren Brief am folgenden Tag las.

Sie öffnete leise die Tür, beugte sich über den Jungen, nahm ihn in ihre Arme, preßte ihn an sich und fühlte seinen warmen Atem an ihrem Hals.

»Alessandro, *tesoro*. Liebling, wach auf.«

Alessandro bewegte sich nur leicht und drehte sich dann auf die andere Seite. Isabella strich ihm über das Gesicht und küßte ihn auf beide Augen.

»Alessandro...«

Der Junge schlug die Augen auf und lächelte schläfrig. »Mamma...«

»Wach auf, mein Kleiner.«

»Warum? Ist es schon Morgen?« Alessandro sah zum dunklen Fenster hinüber.

»Nein, mein Junge. Aber wir beide werden jetzt ein Abenteuer erleben... und zwar ein ganz tolles. Und nur wir beide wissen davon.«

Alessandros Interesse war sofort geweckt. Er sah sie aus großen Augen an. »Darf ich meinen Bären mitnehmen?«

Isabella nickte lächelnd, und ihr Herz klopfte so stürmisch, daß sie Angst hatte, er könne es hören. »Ich habe schon ein paar Spielsachen in eine Tasche gepackt. Komm, Alessandro, steh auf.« Alessandro setzte sich schläfrig im Bett auf und rieb sich die Augen. Isabella hob ihn in ihre Arme. »Ich trage dich.« Sie ging Tür, schloß sie hinter sich ab, lief mit dem Jungen in ihr Zimmer, bat ihn leise, nicht zu reden, setzte ihn auf ihr Bett und zog ihm warme Sachen an.

»Wo fahren wir denn hin?« erkundigte sich der Junge, während er einen Fuß ausstreckte, damit sie ihm einen Socken anziehen konnte.

»Das ist eine Überraschung.«

»Nach Afrika?« fragte er unternehmungslustig. Isabella zog ihm den zweiten Strumpf, ein blaues T-Shirt, einen blauen Overall aus Kordsamt, einen roten Pullover und Schuhe an. »Nach Afrika, Mamma?«

»Nein, du dummer Junge. An einen viel schöneren Ort.«

»Ich hab' Hunger. Ich möchte ein Glas Milch.«

»Onkel Bernardo hat Milch und Plätzchen für dich im Auto.«

»Kommt er auch mit?« Alessandro schien begeistert zu sein.

»Er begleitet uns ein Stück«, erklärte Isabella. »Später sind wir beide bei diesem Abenteuer ganz allein.«

»Und Mamma Teresa?« Alessandro entzog sich ihr. Isabella hielt inne und sah ihm in die Augen. Dann schüttelte sie langsam den Kopf.

»Nein, Alessandro, sie kann nicht mitkommen. Wir können uns nicht mal von ihr verabschieden.«

»Ist sie uns dann nicht schrecklich böse, wenn wir zurückkommen?«

»Nein, sie versteht uns bestimmt«, erwiderte Isabella hoffnungsvoll.

»Na gut.« Alessandro setzte sich wieder und griff nach seinem Teddybären. »Ich mache sowieso lieber was mit dir allein, Mamma«, erklärte er flüsternd, und Isabella lächelte.

»Mir geht's genauso. Also, jetzt sind wir, glaube ich, fertig.« Isabella sah sich um. Alles war an seinem Platz oder in den Taschen verstaut. Nur Alessandros Hausschuhe lagen noch verloren auf ihrem Bett. Auf dem Schreibtisch ließ sie eine Nachricht für Mamma Teresa und die Haushälterin zurück, in der sie erklärte, Mr. Franco habe es für besser gehalten, daß sie und das Kind für eine Weile die Stadt verlassen. Im Fall irgendwelcher Probleme, die das Haus betrafen, sollten sie sich direkt an Mr. Franco wenden. Ansonsten mußten sie über Isabellas Abreise strengstes Stillschweigen bewahren... vor allem gegenüber der Presse. »Oh, beinahe hätten wir was vergessen.« Isabella sah Alessandro lächelnd an und unterdrückte ein Gähnen. »Hast du deinen Teddy?« Alessandro griff nach seinem Bären, während Isabella ihm den Mantel anzog. »Fertig?« Der Junge nickte. Isabella nahm ihn fest bei der Hand. An der Tür stutzte sie plötzlich. Sie hörte das Summen des elektronischen Türöffners, das Knirschen von Autoreifen auf dem Kies und dann die gedämpften Stimmen von Bernardo und den beiden Leibwächtern. Wenig später klopfte jemand leise an die Tür.

»Isabella, ich bin's.« Es war Bernardo.

»Toll, jetzt geht's los«, murmelte Alessandro begeistert.

Isabella öffnete die Tür. Vor ihr standen Bernardo und die beiden Leibwächter. »Seid ihr fertig?«

Isabella nickte und starrte ihn aus großen Augen an.

»Ich nehme Alessandro. Giovanni kümmert sich um dein Gepäck. Ist das alles?« Er deutete auf die Taschen.

»Ja, das ist alles.«

»Ausgezeichnet.« Alle flüsterten. Isabella schaltete das Licht aus. Die Scheinwerfer des Fiat warfen einen gedämpften Lichtschein in die große Diele. Schweigend hob Bernardo Alessandro auf die Arme, während der Leibwächter nach dem Gepäck griff. Isabella ging als letzte aus dem Haus und schloß die Tür. Es war vorbei. Sie hatte Abschied genommen. Jetzt verließ sie ihr Zuhause.

Bernardo setzte sich hinter das Steuer. Einer der Leibwächter nahm neben ihm Platz, während Isabella, Alessandro und der zweite Leibwächter in den Fond des Wagens stiegen. Isabella sah noch einmal zurück, als sie die Auffahrt hinunterrollten. Die Villa sah aus wie immer. Jetzt allerdings war sie nur noch ein Haus... eine leere Hülle.

11

»Va bene?« Isabella sah zu Bernardo hinüber. Seit Stunden schon rasten sie durch das nächtliche Italien. »Bist du nicht müde?«

Bernardo schüttelte den Kopf. Er war viel zu nervös, um müde sein zu können. In einer Stunde würde es hell werden, und Bernardo wollte die Grenze noch bei Dunkelheit passieren. Zum ersten Mal bereute er, seinen Fiat, und nicht ein schnelleres Auto für die Fahrt genommen zu haben. Er war zwar einen Schnitt von gut 130 Kilometer pro Stunde gefahren, doch ein Wagen mit einem stärkeren Motor hätte ihn jetzt beruhigt. Bei Tageslicht bestand die Gefahr, daß die Zollbeamten Isabellas Namen oder ihr Paßbild erkennen und die Presse benachrichtigen würden.

»Wie weit ist es noch?« erkundigte sich Isabella.

»Wir brauchen sicher noch ein bis zwei Stunden.« Die beiden Leibwächter schwiegen. Alessandro schlief fest auf Isabellas Schoß. Vor dem Einschlafen hatte er noch die Milch getrunken und die Kekse gegessen, die Bernardo mitgebracht hatte.

Kurz vor Sonnenaufgang hielt Bernardo schließlich mit dem Fiat an der italienisch-französischen Grenze. Zuerst steckte der italienische Zöllner seinen Kopf aus dem Wachhäuschen.

»Buon giorno«, begrüßte Bernardo den Zöllner in Uniform und reichte ihm fünf Reisepässe. Der Zöllner musterte den Wagen gelangweilt. Während er die Pässe durchblätterte, bedeutete er Bernardo, den Kofferraum zu öffnen. Bernardo stieg aus, schloß die Heckklappe auf und zeigte dem Beamten Isabellas vier Gepäckstücke, von denen zwei die Firmendokumente und zwei ihre persönlichen Sachen enthielten.

»Ist das Ihr gesamtes Reisegepäck?« Bernardo nickte. »Wollen Sie nach Frankreich?«

»Ja.«

»Für wie lange?«

»Nur für ein paar Tage.«

Der Beamte nickte und wandte seine Aufmerksamkeit wieder den Pässen zu. Der erste gehörte einem der Leibwächter, und Bernardo hoffte inständig, daß der Zöllner die Klatschspalten der Zeitungen nicht allzu genau las. Der Name San Gregorio war durch die Ereignisse der vergangenen Monate populärer geworden denn je. Als plötzlich ein lauter Hupton ertönte, fuhren alle erschrocken zusammen. Hinter dem Fiat hielten zwei Lastwagen. Der Zöllner machte eine ungeduldige Handbewegung, die einer der Lastwagenfahrer mit einer wütenden Geste erwiderte. Daraufhin klappte der Zollbeamte den Paß des Leibwächters hastig zu, gab Bernardo sämtliche Papiere zurück und machte ihm ein Zeichen, weiterzufahren. »*Ecco.* Gute Reise.« Damit ging er energisch und mit wütender Miene auf den ersten Lastwagen zu. Bernardo schaltete erleichtert die Zündung ein.

»Was ist los? Was hat er gesagt?« erkundigte sich Isabella ängstlich vom Rücksitz aus. Bernardo lächelte. »Er hat uns lediglich eine gute Reise gewünscht.«

»Hat er zu meinem Paß irgendwas gesagt?«

»Nein. Der ungeduldige Lastwagenfahrer hinter uns hat uns einen großen Gefallen getan. Dafür könnte ich ihn glatt umarmen.« Die beiden Leibwächter grinsten. Kurz darauf hielt der Fiat vor der französischen Grenze. »Wenn der Lastwagenfahrer nicht so unhöflich gewesen wäre, hätte sich der Zöllner bestimmt intensiver für uns interessiert«, erklärte Bernardo.

»Und jetzt?« fragte Isabella und betrachtete nervös die beiden französischen Beamten in blauen Uniformen, die auf den Wagen zukamen.

»Wir kriegen von den französischen Grenzbeamten einen Einreisevermerk in unsere Pässe, dann können wir weiterfahren.« Bernardo kurbelte das Fenster herunter und sah lächelnd hinaus.

»*Bonjour,* Messieurs, Madame.« Der Zöllner lächelte höflich, warf Isabella einen bewundernden Blick zu und sah dann flüchtig auf den schlafenden Alessandro hinab. Isabellas Herz klopfte zum Zerspringen. »Wollen Sie in Frankreich Urlaub machen, oder sind Sie geschäftlich unterwegs?« erkundigte sich der Beamte.

»Wir haben ein bißchen von beidem vor.« Es war die einzige Möglichkeit, den Inhalt der beiden Aktentaschen im Kofferraum zu erklären. »Das sind meine Schwester, unsere Cousins und mein Neffe. Es handelt sich um eine Familienangelegenheit.«

»Ich verstehe.«

Er nahm die Pässe, die Bernardo ihm reichte. Isabella hielt Alessandro fest an sich gepreßt.

»Bleiben Sie länger in Frankreich?«

»Nur ein paar Tage.« Diese Auskunft war für den Zöllner nicht nachprüfbar, da Isabella und Alessandro überhaupt nicht und Bernardo und die Leibwächter getrennt nach Italien zurückkehren würden.

»Führen Sie Waren mit sich? Lebensmittel, Pflanzen, Saatgut... Kartoffeln?«

»Nein, wir haben nur unser persönliches Gepäck«, erwiderte Bernardo und machte Anstalten auszusteigen, doch der Zöllner machte eine abwehrende Geste.

»Nicht nötig. *Merci.*« Damit ging er zu seinem Wachhäuschen, nahm einen Stempel, blätterte die Pässe durch, versah sie mit dem Einreisevermerk und reichte sie Bernardo zurück, ohne sich die Namen genauer angesehen zu haben. *»Bon voyage.«* Damit winkte er sie durch die geöffnete Schranke. Isabella sah Bernardo mit Tränen in den Augen lächelnd an.

»Was macht dein Magengeschwür?«

»Es lebt und regt sich.«

»Meines auch.« Sie lachten beide, und Bernardo trat das Gaspedal durch.

Gegen zehn Uhr vormittags erreichten sie Nizza. Während Isabella und die beiden Leibwächter die ganze Fahrt über kein Auge zugetan hatten, hatte Alessandro bis zur Ankunft in Nizza fest geschlafen.

»Sind wir in Afrika?« fragte er und richtete sich erstaunt auf. »Wo sind wir?«

»In Frankreich, mein Junge«, antwortete Isabella.

»Bleiben wir hier?« erkundigte er sich enttäuscht. Er war mit Isabella und Amadeo bereits mehrmals in Frankreich gewesen.

»Möchtest du noch ein paar Kekse?« Bernardo sah sich am Steuer flüchtig nach dem Jungen um.

»Ich hab' keinen Hunger«, lehnte Alessandro ab.

»Ich auch nicht«, bekräftigte Isabella. Trotzdem hielt Bernardo fünfzehn Kilometer vom Flughafen entfernt vor einem Kiosk an und kaufte Obst, vier Becher Kaffee und eine Tüte Milch.

Der Kaffee wirkte bei den Erwachsenen Wunder. Isabella frisierte sich und frischte ihr Make-up auf. Schließlich sah man nur noch den Männern mit ihren geröteten Augen und Bartstoppeln an, daß sie die Nacht im Auto verbracht hatten.

»Wohin fahren wir denn eigentlich?« wollte Alessandro wissen und wischte sich den Milchbart von der Oberlippe.

»Zum Flughafen. Ich bringe dich und deine Mutter zum Flugzeug.«

»Oh, prima!« Alessandro klatschte vor Begeisterung in die Hände. Isabella musterte ihren Sohn erstaunt. Er hatte die Geschichte vom ›Abenteuer‹, das ihnen bevorstand, ohne Murren und Bedauern akzeptiert. Selbst Bernardo schien diese Reaktion zu überraschen. Und noch mehr erstaunte ihn der Junge bei ihrem Abschied am Flugplatz.

»Paß gut auf deine Mutter auf«, mahnte Bernardo ihn in der Abflughalle. »Wir telefonieren bald miteinander.« Bernardo sah den Jungen zärtlich an und hoffte, er würde nicht zu weinen anfangen. Doch Alessandro musterte ihn nur vorwurfsvoll.

»Aber in Afrika gibt's doch kein Telefon, Onkel Bernardo«, wies er ihn beinahe mitleidig zurecht.

»Fliegst du denn mit deiner Mutter nach Afrika?«

»Natürlich.«

Bernardo fuhr dem Jungen durch das dichte Haar und beobachtete nervös, wie die Passagiere zur Gangway hinüberliefen. »*Ciao*, Isabella. Bitte... sei vorsichtig.«

»Natürlich. Paß gut auf dich auf. Ich rufe dich an, sobald wir angekommen sind.«

Bernardo nickte und nahm sie schnell in seine Arme. *»Addio.«* Er hielt sie länger fest, als es sich schickte, und brachte kein Wort mehr heraus.

Isabella wehrte sich nicht gegen seine Umarmung, sondern sah ihn schließlich nur ernst an. »Bis bald, Bernardo.« Sie klammerte sich noch einmal verzweifelt an ihn, dann verschwand ihre zierliche Gestalt im Nerzmantel, das Kind auf ihren Armen und von zwei Leibwächtern flankiert, in Richtung Gangway. Bernardo hatte sie davon abzubringen versucht, diesen spektakulären Mantel zu tragen und ihr vorgeschlagen, statt dessen einen ihrer schlichten Wollmäntel anzuziehen, doch Isabella hatte auf dem Nerz bestanden und behauptet, sie würde ihn im kalten New York sicher brauchen. Das war typisch Isabellezza. Bernardo befiel plötzlich ein schreckliches Angstgefühl. Hatte er sie vielleicht für immer verloren? Bernardo verdrängte hastig diese Gedanken, flüsterte leise ›Adieu‹, wischte sich verstohlen eine

Träne von der Backe und verließ das Flughafengebäude. Isabella hatte noch eine lange Reise vor sich, und er wollte gegen Abend wieder in Rom sein.

12

Die beiden Leibwächter, die Isabella und Alessandro nach New York begleiten sollten, erwarteten sie bereits, als sie die Ankunftshalle des Flughafens Heathrow in London betraten. Isabella war erleichtert, als sie die großen, breitschultrigen Männer mit den Figuren amerikanischer Footballspieler sah.

»Mrs. Walker?« Isabella nickte. Natashas Familienname war das Codewort, das sie mit allen Beteiligten verabredet hatte.

»Ja.« Isabella wußte im ersten Augenblick nicht recht, was sie sagen sollte, doch einer der beiden Leibwächter ergriff die Initiative, indem er auf sie zutrat und ihr einen Brief in Natashas Handschrift übergab. Sie riß das Kuvert hastig auf und las:

»Du bist schon fast zu Hause, Spaghetti. Gib deinem kleinen Jungen einen Kuß von mir und mach dir keine Sorgen mehr.

In Liebe, N.«

»Danke«, murmelte Isabella. »Und was machen wir jetzt?« Die beiden Amerikaner zogen die Flugtickets aus der Tasche und gaben sie Isabella. Sie hatten die Anweisung bekommen, vor Isabellas italienischen Begleitern keine Andeutung über den weiteren Verlauf der Reise zu machen. Isabella öffnete das Kuvert mit den Tickets und warf einen Blick auf die Abflugzeit. Jetzt blieb ihr nichts anderes mehr übrig, als ihre beiden italienischen Leibwächter zu entlassen. Sie wandte sich an die jungen Italiener, sprach kurz mit ihnen in ihrer Muttersprache und verabschiedete sich von ihnen. Die beiden wünschten ihr alles Gute, gaben ihrer Hoffnung Ausdruck, sie möge bald wiederkommen und küßten Alessandro zu Isabellas Überraschung schnell auf die Wange. Tränen traten in ihre Augen, als sie in der Menge verschwanden. Mit ihnen hatte sie das letzte Stück Italien verloren. Die beiden waren seit Monaten zu Hause und unterwegs ihre ständigen Begleiter gewesen, und sie empfand den Gedanken, in Zukunft ohne sie auskommen zu müssen, ein wenig bedrückend. Wie Alessandro fühlte

Isabella plötzlich eine bleierne Müdigkeit in den Gliedern. Sie hatte eine lange, anstrengende Nacht hinter sich, und während des Fluges nach London war sie in ihrer Nervosität nur von der Frage geplagt worden, ob sie die beiden Leibwächter aus New York auch nicht verpassen würde.

»Es ist besser, wir gehen jetzt.« Der größere der beiden Amerikaner nahm ihren Arm und schob sie sanft, aber energisch zum Abfertigungsschalter. Den müden Alessandro hatte Isabella fest an der Hand.

Als sie endlich das Flugzeug bestiegen, hatte Isabella die fixe Idee, es müsse noch etwas Schreckliches passieren. Sie hatte sich noch nie so fremd und allein gefühlt. Sie erlebte alles wie in einem Alptraum. Aber es geschah absolut nichts. Die Maschine startete planmäßig.

»Wo fliegen wir hin, Mamma?« fragte Alessandro schläfrig und sah sie aus seinen braunen Augen verwirrt an.

»Zu Tante Natasha, Liebling... nach New York.« Sie gab ihm einen Kuß auf die Stirn und nahm seine Hand. Kurz darauf waren sie beide eingeschlafen.

Vier Stunden später wachte sie auf, als sich Alessandro aus ihren Armen löste. Sie fuhr erschrocken auf, streckte die Hand nach ihm aus und lehnte sich dann mit einem Lächeln in die Polster zurück. Die beiden Amerikaner saßen ihnen gegenüber. Alessandro stand im Gang und betrachtete den einen neugierig.

»Mi chiamo Alessandro, e lei?«

Der Mann lächelte und zuckte hilflos die Schultern. *»No capito.«* Er sah Isabella fragend an.

»Er möchte gern wissen, wie Sie heißen«, übersetzte Isabella.

»Ach, so! Steve... und du bist Alexandro?«

»Alessandro«, verbesserte der Junge ihn gelassen, und seine Augen funkelten dabei spitzbübisch.

»Also gut, Alessandro. Hast du so was schon mal gesehen?« Er nahm ein Fünfzigcentstück aus der Tasche, ließ es blitzschnell verschwinden und holte es dann prompt aus Alessandros rechtem Ohr wieder hervor. Alessandro klatschte begeistert in die Hände und verlangte mehr Kunststücke zu sehen. Der Amerikaner zauberte mit verschiedenen Münzen weiter. Alessandro plauderte währenddessen munter darauf los, und der Amerikaner antwortete mit Gesten und Grimassen.

Isabella schloß die Augen. Bis jetzt war alles glattgegangen. Sie mußten nur noch die Paßkontrolle in New York hinter sich bringen, ohne Aufsehen zu erregen, und dann zu Natashas Wohnung fahren, wo sie sich ausziehen, ein warmes Bad nehmen und sich für den Rest ihres Lebens verstecken wollte. Sie hatte das Gefühl, bereits seit einer Woche nicht mehr aus den Kleidern gekommen zu sein.

Sie aßen im Flugzeug zu Abend, sahen einen Film, dösten, und mit Ausnahme der beiden Male, da sie mit Alessandro zur Toilette ging, verließen sie nie ihren Platz. Und selbst dann hatten sie es nur in unauffälliger Begleitung der beiden Leibwächter getan. Dabei hatte Isabella rasch erkannt, daß niemand im Flugzeug besondere Notiz von ihnen nahm. Selbst die Stewardessen verhielten sich höflich, aber gleichgültig. Auf der Passagierliste wurden sie unter den Namen I. und A. Gregorio und S. Connally und J. Falk geführt. Daran war nichts Aufregendes. Der Chefsteward hatte Isabellas langen, schwarzen Nerzmantel zwar mit einem bewundernden Blick gestreift, doch das war nicht ungewöhnlich. Auf der Flugstrecke zwischen London und New York verkehrten eine Menge Damen mit Nerzmänteln. Hätte die Besatzung allerdings den Schmuck gesehen, den Isabella im doppelten Boden ihrer Tasche bei sich trug, dann hätte das weit mehr Aufsehen erregt.

»Wir landen in einer halben Stunde in New York«, sagte schließlich der Mann namens Steve mit seiner heiseren, leisen Stimme und beugte sich zu Isabella hinüber. Isabella nickte. »Mrs. Walker erwartet Sie hinter der Zollkontrolle. Wir begleiten Sie noch bis zum Wagen.«

»Danke.«

Kaum hatte Isabella den Kopf abgewandt, beobachtete Steve sie unauffällig. Er glaubte, ihre Geschichte erraten zu haben. Vor zwei Jahren hatten sie einen ähnlichen Fall gehabt. Damals hatte eine Frau ihre Kinder in die Vereinigten Staaten entführt, nachdem sich ihr Mann zuvor mit ihnen nach Griechenland abgesetzt hatte. Die Art und Weise, wie Isabella den Jungen an sich preßte, verriet ihm, daß hier etwas Ähnliches vorgefallen sein mußte. Es war eine Schande, daß man heutzutage überhaupt so mit Kindern umsprang. Er begriff diese reichen Leute nicht, die Kinder wie Spielbälle behandelten. Dabei machte Isabella auf ihn einen durchaus sympathischen Eindruck. Gelegentlich war ihm jedoch die panische Angst in ihren Augen aufgefallen. Vermutlich fürchtete sie immer noch, ihr Mann könne sie daran hindern, den Jungen sicher nach Amerika zu bringen. Alles, was die beiden von ihr wußten, war, daß sie aus Nizza nach London gekommen war. Er wandte den Kopf, um sie erneut zu betrachten, als das Flugzeug langsam an Höhe verlor.

»Mußt du noch mal auf die Toilette, Alessandro? Am Zoll kann es lange dauern.« Seine Mutter übersetzte hastig, doch der Junge schüttelte den Kopf. »Okay. Bist du schon mal in New York gewesen?« Erneut übersetzte Isabella. Alessandro verneinte und gestand, daß er eigentlich geglaubt hatte, mit seiner Mutter nach Afrika zu reisen. Der großgewachsene, blonde Amerikaner lachte und half dem Jungen, sich anzuschnallen. Alessandro sah seine Mutter an und griff nach ihrer Hand. Isabella hielt die Hand des Sohnes geistesabwesend fest und sah auf die Lichter der Stadt hinab. Es war halb fünf Uhr nachmittags in New York und bereits dunkel. Das war im Februar immer so.

Und wie anders war diesmal ihr Wiedersehen mit New York. Vor zwei Jahren war sie zuletzt mit Amadeo dort gewesen. Normalerweise war er immer ohne sie in die Vereinigten Staaten gereist, da sie lieber mit nach England und Frankreich fuhr. Doch das letzte Mal hatten sie die Reise gemeinsam gemacht, und sie erschien ihr rückblickend wie ein Traum. Sie hatten im Hotel St. Regis gewohnt, bei Caravell, Grenouille und Lutece gegessen. Sie waren auf einem pompösen Fest der New Yorker Modemacher gewesen, hatten an mehreren Galadiners teilgenommen und lange Spaziergänge im Park gemacht. Diesmal würde es keine Suite im St. Regis, keine Mahlzeiten bei Lutece und vor allem keinen Amadeo mehr geben. Sie hatte ihn jetzt endgültig verlassen, konnte ihn nicht einmal mehr in den vertrauten Räumen ihres gemeinsamen Hauses wiederfinden oder sich den Erinnerungen hingeben. Es gab weder vertraute Räume noch vertraute Menschen... mit Ausnahme von Natasha, deren Sohn und Alessandro. Nichts von alledem, was auch zu Amadeos Leben gehört hatte, war ihr geblieben. Und plötzlich tat es ihr leid, daß sie kein einziges Erinnerungsstück mitgenommen hatte... keinen Gegenstand, den sie betrachten und berühren, mit dem sie die Vergangenheit zurückrufen, Amadeos Lachen und seine Liebe wieder lebendig werden lassen konnte. *›Isabellezza!‹* Sie hörte noch immer seine Stimme diesen Namen sagen.

»Mamma! Mamma!« Alessandro zupfte an ihrem Ärmel. Sie waren gelandet. *»Siamo qui.«* Wir sind da.

Die beiden Leibwächter sahen sie an. »Sind Sie soweit?« Sie standen bereits im Mittelgang, obwohl das Flugzeug noch von der Landebahn rollte. Steve hielt ihr den Nerzmantel hin, während sein Kollege Alessandro bei der Hand genommen hatte. Kaum hatte die Maschine angehalten, schoben sie sie bereits zur Gangway. Isabella hatte das Gefühl, noch zu fliegen, während sie abgeschirmt von den beiden Leibwächtern über die Rollbahn lief. Sie hatten bereits die Zollkontrolle erreicht, als gerade die ersten der anderen Passagiere die Gangway herunterkamen.

Der Zollbeamte bedeutete Isabella, ihre Reisetasche zu öffnen. Sie gehorchte wortlos, während die Leibwächter dicht dabei standen.

»Was ist der Zweck Ihres Besuches?«

»Ich möchte meine Familie wiedersehen.« Der Zollbeamte warf den beiden Leibwächtern einen flüchtigen Blick zu.

Mein Gott, was mache ich nur, wenn er meinen Namen erkennt, dachte Isabella ängstlich.

»Was für Papiere sind da drinnen?« Er deutete auf die beiden dicken Aktenkoffer.

»Ich habe mir Arbeit mitgebracht.«

»Wollen Sie hier arbeiten?«

»Ich muß nur einige Privatangelegenheiten regeln... Familienangelegenheiten«, fügte Isabella hinzu. Der Zollbeamte wandte sich erneut den Koffern zu und wühlte ihre Kleider durch. Er fand jedoch weder in ihrem noch in Alessandros Gepäck etwas, das ihn interessiert hätte.

»Gut. Gehen Sie weiter.«

Sie hatten es geschafft. *Sie* hatte es geschafft. Jetzt mußten sie nur noch Natasha finden und nach Hause fahren. Isabella stand einen Augenblick wie benommen in der Ankunftshalle und glaubte schon, es sei doch noch etwas schiefgegangen. Dann sah sie Natasha, die mit seidenglänzendem, wehendem blonden Haar in einem offenen Luchsmantel auf sie zurannte. Natasha lief schneller, und im nächsten Moment lagen sie sich in den Armen. Sie hatten Alessandro zwischen sich eingeklemmt, und der Junge protestierte heftig, als Natasha ihn spielerisch in den Nacken kniff.

»*Ciao,* Alessandro, wie geht's?« Natasha schloß ihn in ihre langen

Arme. Dann richtete sie sich wieder auf, und die beiden Frauen sahen sich an. »Willkommen zu Hause«, sagte Natasha heiser und wandte sich wieder an Alessandro. »Du bist verdammt groß geworden, mein Junge.« Eingerahmt von den beiden Leibwächtern ging die kleine Gruppe dicht nebeneinander aus der Flughafenhalle, wo vor dem Portal bereits ein Rolls-Royce mit Chauffeur wartete. Isabella hatte nicht einmal Zeit, das Nummernschild zu lesen. Bevor sie tief Luft holen konnte, saß sie bereits im Fond auf den Ledersitzen, die Türen waren geschlossen, das Gepäck hatten die Leibwächter verstaut, die jetzt winkend auf dem Bürgersteig zurückblieben, während die schwere Limousine davonrollte.

Erst in diesem Augenblick merkte Isabella, daß sie mit Natasha und Alessandro nicht allein im Wagen war. Vorn neben dem Chauffeur saß ein Mann. Sie starrte ihn erstaunt an, als er sich plötzlich umdrehte und lächelte. Er sah sehr gut aus, hatte blaue Augen, ein jungenhaftes Gesicht und graumelierte Haare.

»Oh!« murmelte Isabella überrascht.

Natasha tätschelte ihr beruhigend die Hand. »Es ist alles in Ordnung, Isabella. Darf ich dir meinen Freund Corbett Ewing vorstellen?«

Der Fremde nickte Isabella zu und streckte die Hand aus.

»Ich wollte Sie nicht erschrecken. Tut mir leid.« Sie gaben sich die Hand. Isabella neigte steif den Kopf. Auf diese Situation war sie nicht gefaßt gewesen. Sie sah Natasha fragend an, doch Natasha wechselte nur lächelnd einen Blick mit Corbett. Langsam begann Isabella zu begreifen. »Hatten Sie einen guten Flug?« Seine Frage machte ihr klar, daß er lediglich wußte, daß sie eben aus Rom eingetroffen war. Von ihrer Angst und den widrigen Umständen dieser Reise schien er keine Ahnung zu haben. Trotzdem ärgerte sie sich einen Augenblick... aber nur einen Augenblick darüber, daß Natasha ihn zum Flugplatz mitgenommen hatte. Isabella hatte keine Lust, auf der Fahrt nach New York höflich Konversation machen zu müssen. Allerdings hatte dieser Corbett offenbar Natasha seinen Wagen zur Verfügung gestellt, um Isabella und Alessandro vom Flugplatz abzuholen. Vielleicht hatte Natasha Corbett auch dabei haben wollen. Die beiden schienen sich gut zu kennen, und Isabella kam der Gedanke, daß Natasha aus Vorsicht nur zu gern einen Mann an ihrer Seite gesehen hatte.

Isabella zwang sich schon aus diesem Grund zu einem Lächeln. Sie hatte das Gefühl, der Freundin das schuldig zu sein. »Danke, der Flug war gut«, antwortete sie. »Aber wir sind beide ein wenig…« Isabella stockte. Sie war so erschöpft, daß ihr kaum die passenden Worte einfielen. »…ein wenig müde«, vollendete sie schließlich ihren Satz.

»Das kann ich mir vorstellen.« Er nickte, wandte sich dann kurz darauf ab und sprach leise mit dem Fahrer. Zuvor hatte er allerdings auch registriert, welch zarte Schönheit da auf dem Rücksitz seines Wagens saß.

13

Kaum hatte die elegante Limousine vor Natashas Apartmenthaus gehalten, kamen der Portier und ein Gepäckträger aus der Eingangshalle, rissen die Autotüren auf und trugen Taschen und Koffer in das Gebäude. Isabella stieg aus, nahm Alessandro fest an der Hand und sah verwirrt die Straße hinunter. Dann glitt ihr Blick über die Fassade des Gebäudes, und in diesem Augenblick wurde ihr erneut klar, wie weit weg sie von zu Hause war. Das war eine andere Welt, ein neues Leben. Noch am Vortag hatte sie im Haus San Gregorio gearbeitet und in einer Villa am Stadtrand von Rom gewohnt. Jetzt stand sie vor Natashas Wohnung in der Park Avenue von New York. Ihre Uhr zeigte sechs Uhr abends, und die New Yorker strömten in Scharen von ihren Arbeitsplätzen nach Hause. Es war bereits dunkel und kühl, doch überall um sie herum herrschte eine erregende Atmosphäre, eine ungewöhnliche Geräuschkulisse im Zusammenspiel mit den bunten Lichtreflexen und Leuchtreklamen. Isabella hatte beinahe vergessen, wie laut und geschäftig diese Stadt sein konnte, wieviel aufregender und auch verrückter als Rom sie sich präsentierte. Während sie auf dem Gehsteig stand und die Frauen in bunten Wollmänteln und Pelzhüten beobachtete, die in der Menge reich und erfolgreich aussehender Männer an ihr vorüberströmten, hatte sie plötzlich den Wunsch, sich unter die Menschen zu mischen, Geschäfte zu betrachten und durch die Stadt zu schlendern. Sie war sich gar nicht mehr bewußt, daß sie seit vierundzwanzig Stunden kaum geschlafen hatte und um die halbe Welt geflogen war. Einen Augenblick lang, aber nur einen Augenblick lang, wollte sie wieder leben, eine von denen hier sein. Natasha beobachtete die Freundin, während der Portier mit den letzten Gepäckstücken im Haus verschwand. Auch Corbett, der neben dem Wagen auf dem Gehsteig stand, musterte sie nachdenklich.

»Alles in Ordnung, Isabella?«

Isabella sah ihn prüfend an. »Ja, danke. Und … es war sehr nett, daß Sie uns abgeholt haben.«

»Gern geschehen.« Dann wandte er sich an Natasha. »Kommt ihr beiden Damen jetzt allein zurecht?«

»Selbstverständlich.« Natasha lehnte sich gegen ihn und küßte ihn auf die Wange. »Ich rufe dich später noch an.«

Er nickte schweigend, wartete in Gedanken versunken, bis die kleine Gruppe in der Eingangshalle verschwunden war, und stieg dann wieder in den Rolls-Royce.

Natasha und Isabella zwängten sich mit Alessandro zum Gepäck in den Lift, den ein Mann in schwarz-goldener Uniform bediente.

»Guten Abend, Mrs. Walker.«

»Danke, John. Gute Nacht.«

Natasha warf Isabella einen prüfenden Blick zu, während sie den Schlüssel in das Schloß ihrer Wohnungstür steckte. »Also weißt du, für jemand, der schon seit einer Ewigkeit unterwegs ist, siehst du gar nicht so übel aus.«

Isabella lächelte. Dann hatte Natasha die Tür aufgeschlossen. Als erster stürmte der Spaniel Ashley mit freudigem Gebell auf die Neuankömmlinge zu, dann wurden sie von Jason begeistert begrüßt, und schließlich hieß auch Hattie sie willkommen. Als sie eintrat, war Isabella im ersten Moment von der Geräuschkulisse und den Gerüchen der Wohnung überwältigt. Das Apartment hatte nichts von der herrschaftlichen Eleganz ihrer Villa an der Via Appia, paßte jedoch ausgezeichnet zu Natasha. Hätte Isabella eine Wohnung entwerfen sollen, in der Natashas faszinierende Schönheit am besten zur Geltung kam, hätte sie die Umgebung geschaffen, die sie jetzt sah.

Das riesige Wohnzimmer war ganz in Weiß gehalten: weiche, kräftig strukturierte weiße Stoffe, weißes Leder, weiße Wände, hohe Spiegel und viel Chrom. Es gab Glastische, in denen sich das Licht brach, einen weißen Marmorkamin und zarte Hängepflanzen. Große, moderne Gemälde waren die einzigen Farbtupfer im Raum.

»Gefällt es dir bei mir?«

»Es ist phantastisch.«

»Komm mit! Ich führe dich herum. Oder bist du zu müde?« Natashas weicher und sanfter Südstaatendialekt hatte wie immer eine erfrischende Wirkung auf Isabella. Er erinnerte an die Brise einer südlichen Sommernacht und paßte eigentlich gar nicht zu Natashas forscher, ein wenig hektischer Lebensweise und ihrer temperamentvollen Art. Auf den ersten Blick schien Natasha all das zu verkörpern, was New York so aufregend machte. Erst ihre großen träumerischen Augen, das lange goldblonde Haar und ihr weicher, melodischer Südstaatendialekt straften diesen Eindruck Lügen.

Isabella mußte unwillkürlich lächeln und wollte plötzlich mehr sehen. Alessandro war bereits mit Hattie und Jason, gefolgt vom Spaniel Ashley, im Kinderzimmer verschwunden.

Sie gingen in Natashas Schlafzimmer. Natasha sank in einen Sessel. »Du findest es hier vermutlich scheußlich, oder? Sei ehrlich. Ich weiß selbst nicht mehr, weshalb ich es so eingerichtet habe.«

»Ich schon. Es ist einfach traumhaft schön.« Natashas Schlafzimmer stand in krassem Gegensatz zu der sonst ganz modern eingerichteten Wohnung. Hier hatte sie offenbar ihren romantischen Vorstellungen freien Lauf gelassen. Isabellas Blick schweifte von dem antiken Himmelbett mit weißen Seidenvorhängen, Rüschen und bezaubernden Spitzenkissen in der Mitte des Raumes zu einem Toilettentisch, von dem selbst eine Scarlett O'Hara geträumt haben dürfte. Vor dem Kamin stand ein blau-weiß gemustertes kleines Sofa, und vor dem Fenster entdeckte Isabella eine wunderschöne Couch aus Korbgeflecht mit hellblauer Polsterung.

»Alles in diesem Zimmer erinnert an alte Südstaatentradition, Natasha… und das paßt einfach zu dir.« Isabella und Natasha lachten so unbeschwert wie damals, als Natasha neunzehn und Isabella einundzwanzig gewesen waren.

»Komm weiter. Es gibt noch mehr zu sehen.« Das Eßzimmer war wieder supermodern eingerichtet. Der riesige Glastisch und die passenden Stahlrohrstühle beherrschten den Raum. Selbst die langen Anrichten waren aus Glas. Völlig aus dem Rahmen fiel jedoch die blaugestrichene und mit weißen Wölkchen bemalte Decke.

Isabella war hingerissen. Mit viel Geschmack und originellen Einfällen hatte Natasha das Moderne mit dem Alten verbunden und sich so eine ebenso elegante wie gemütliche Umgebung geschaffen. Beide Stilrichtungen flossen in Natashas Arbeitszimmer ineinander, wo sie Modernes und Praktisches mit alten Familienstücken und einem Kamin, in dem ein Feuer brannte, kombiniert hatte.

Sie warfen noch einen flüchtigen Blick in Natashas Büro und die große freundliche Küche mit dem strahlend gelben Fußboden, dann trat Natasha zur Seite und betrachtete Isabella mit einem verräterischen Glitzern in den Augen. »Und wenn du jetzt zum Ende des Korridors gehst, erlebst du dort eine Überraschung.«

Noch einen Monat zuvor war der Raum am Ende des Ganges ein unbewohntes Zimmer gewesen, das ursprünglich für ein Hausmädchen gedacht gewesen war und dann als Abstellkammer für Schachteln, Kartons und die Skiausrüstung benutzt wurde. Nach Isabellas erstem Telefonanruf jedoch hatte sich Natasha dort energisch an die Arbeit gemacht. Als sie jetzt die Tür aufstieß und den Ausdruck in Isabellas Augen sah, wurde sie für ihre Mühe reichlich belohnt. Natasha hatte die Unmengen von rosaroter Seide, die ein befreundeter Innenarchitekt aus Frankreich mitgebracht hatte, persönlich ausgesucht und sämtliche Wände damit bespannt. In der Ecke stand ein zierlicher französischer Sekretär mit einem passenden Stuhl, der ebenfalls mit der rosaroten Seide bezogen war. Einige Bücherregale, Zimmerpflanzen, ein bezaubernder blaßgrüngrundiger Orientteppich mit himbeer- und rosaroter Musterung, zwei Messinglampen auf dem Schreibtisch und dem Tisch, ein Aktenschrank aus Holz und ein Samtsofa mit Kissen aus derselben rosaroten Seide wie die Wandbespannung machten den Raum vollkommen.

»Mein Gott, das sieht hier ja beinahe wie mein Boudoir in Rom aus.« Isabella starrte Natasha entgeistert an.

»Nicht ganz. Aber ich habe mir wenigstens Mühe gegeben.«

»Oh, Natasha... mehr als das! Das solltest du doch nicht...«

»Warum nicht? Wir haben übrigens zwei Telefonleitungen, der Aktenschrank steht schon lange leer herum, und wenn du ganz, ganz brav bist, leihe ich dir meine Schreibkraft aus.« Isabella hatte plötzlich alles, was sie sich wünschen konnte... und mehr: Der Raum hatte etwas Vertrautes, etwas, das Geborgenheit vermittelte... er war fast ein Stück von zu Hause. Tränen traten in Isabellas Augen.

»Du bist wirklich die wunderbarste Frau, die ich kenne.«

Natasha legte den Arm um Isabellas Schultern, drückte sie kurz an sich und ging wieder in die Diele hinaus. »Nachdem du dein Büro gesehen hast, zeige ich dir jetzt dein Schlafzimmer. Es ist allerdings längst nicht so schön.«

»Das wäre auch undenkbar. Oh, Natasha, du bist fabelhaft.« Wie benommen folgte Isabella ihrer Freundin zum anderen Ende des Korridors. Dabei kamen sie an Jasons Zimmer vorbei, in dem sich die beiden Knaben bereits über Alessandros Reisetasche hergemacht hatten, während Hattie das Badewasser einlaufen ließ.

»*Va bene, tesoro?*« rief Isabella ihrem Sohn durch die offene Tür zu.

»*Si, ciao!*« Er winkte ihr glücklich zu, bevor er auf der Jagd nach dem Hund mit Jason unter dem Bett verschwand.

»Meinst du, dein Hund überlebt das?«

»Keine Sorge. Ashley ist das gewohnt. Hier ist dein Schlafzimmer.« Natasha öffnete eine Tür und ging voraus in das Zimmer. Der Raum, der vor ihnen lag, war weder so verspielt wie Natashas Schlafzimmer noch so supermodern eingerichtet wie die restliche Wohnung, sondern wirkte mit seinen antiken Teppichen, den flaschengrünen Vorhängen und der passenden Couch und den Polstersesseln freundlich und urgemütlich. In einer Ecke stand ein grüner Glastisch mit einem Sessel, und die Bettdecke war aus flaschengrünem Samt. Am Fußende des Bettes lag eine herrliche Pelzdecke, die aus einem alten englischen Herrenhaus hätte stammen können. Im Kamin brannte ein Feuer, und in einer Vase auf dem Couchtisch standen langstielige rote Rosen. In der Ecke links neben dem Bett befand sich ein zierlicher Kleiderschrank, dessen Türen mit Malachit eingelegt waren.

»Mein Gott, Natasha, das ist ja ein einzigartiges Stück. Wo hast du es her?«

»Aus Florenz. Ich hab's letztes Jahr mitgebracht. Tantiemen sind was Herrliches. Sie bewirken bei einer Frau wahre Wunder.« Isabella setzte sich auf ihr Bett, während Natasha in den grünen Samtsessel sank.

»Alles in Ordnung, Isabella?«

»Ja.« Isabella starrte ins Kaminfeuer und dachte an Rom.

»Wie ist es gewesen?«

»Der Abschied, meinst du? Schrecklich... Er ist mir sehr schwergefallen... Ich hatte entsetzliche Angst, es könne auf der Reise noch irgendwas passieren... man würde uns erkennen und mein falsches Spiel durchschauen. Vor allem habe ich mir Sorgen wegen Alessandro gemacht... Wir hätten vermutlich kaum in Rom bleiben können.« Als Isabella Natasha so glücklich und zufrieden in deren Wohnung gesehen hatte, hatte sie sich unwillkürlich nach ihrem Zuhause in Rom gesehnt.

»Du wirst eines Tages wieder nach Hause zurückkehren.«

Isabella nickte schweigend und suchte den Blick der Freundin. »Ich weiß einfach nicht, wie ich ohne Amadeo leben soll. Ich bilde mir noch immer ein, daß er zu mir zurückkommt... Dabei ist es absurd... Er... es ist schwer zu erklären, wie man sich in einer solchen Situation fühlt.« Lange Erklärungen waren allerdings überflüssig. Schmerz und Trauer standen deutlich in ihr Gesicht geschrieben.

»Wahrscheinlich kann ich es mir wirklich nicht ganz vorstellen«, erwiderte Natasha. »Aber... aber du mußt dich an das Gute im Leben, an die glücklichen Erinnerungen, jene wertvollen Augenblicke, die das Dasein erst lebenswert machen, halten und dich um den Rest nicht kümmern.«

»Aber wie?« Isabella sah Natasha gerade in die Augen. »Wie soll man eine Stimme am Telefon vergessen? Das endlose Warten, das Wissen und dann... Wie sammelt man die Scherben wieder auf und gibt dem Leben einen neuen Sinn? Wie findet man nur wieder Freude an allem... auch an der Arbeit?«

Bevor Natasha antworten konnte, stürmte Alessandro mit dem jungen Hund ins Zimmer. »Jason hat eine Eisenbahn! Eine richtige Eisenbahn! So eine wie die, die Papa mit mir in Rom angeschaut hat! Soll ich sie dir mal zeigen?« Alessandro machte Isabella aufgeregt Zeichen mitzukommen. Der Spaniel knabberte dabei zärtlich an Alessandros Zehen.

»Nur noch einen Augenblick, Alessandro. Tante Natasha und ich reden noch miteinander.«

Alessandro rannte davon, Natasha sah ihm nach und beantwortete dann Isabellas Fragen.

»Mit Alessandros Hilfe, Isabella. Vielleicht ist er alles, woran du dich im Augenblick halten kannst. Die anderen Wunden heilt die Zeit. Nur an das Schöne sollst du dich immer erinnern. Das muß so sein. Du kannst den Kummer ebensowenig dauernd tragen wie ein unmodern gewordenes Kleid.«

Isabella lächelte über diesen Vergleich. »Willst du damit sagen, daß ich nicht mit der Zeit gehe?«

»Kaum.« Natasha lächelte ebenfalls. »Du weißt schon, wie ich es meine.«

»Ja, Natasha, aber ich fühle mich so alt. Und ich habe so viel zu tun. Selbst wenn ich von hier aus alles einigermaßen erledigen kann, weiß ich noch nicht, ob ich per Telefon mit dem Tausende von Meilen entfernten Bernardo zurechtkomme.« Isabella wollte nicht mehr über das schwierige Verhältnis zu Bernardo sagen, doch ihre Augen sprachen Bände.

»Du schaffst es. Da bin ich sicher.«

»Und es macht dir wirklich nichts aus, deine Wohnung wieder mal mit mir teilen zu müssen?«

»Nein. Das habe ich dir doch schon gesagt. Es wird wieder wie in alten Zeiten.«

Daß es jedoch nie wieder ganz so werden konnte, war beiden klar. Damals waren sie zusammen ausgegangen, hatten Theatervorstellungen, Restaurants und die Oper besucht. Sie waren bei Freunden eingeladen gewesen, hatten sich mit Männern getroffen und Partys gegeben. Diesmal war alles anders. Isabella durfte nur ausgehen, wenn absolut sicher war, daß niemand sie erkennen würde. Natasha hoffte, daß sie wenigstens ab und zu einen Spaziergang im Park machen konnten. Sie hatte bereits die meisten Einladungen der kommenden Wochen abgesagt. Isabella sollte nicht zusehen müssen, wie sie ständig Cocktailpartys, Wohltätigkeitsfeste und Premieren besuchte. Aus diesem Grund war sie über Isabellas folgende Bemerkung sehr überrascht.

»Ich habe heute abend bei unserer Ankunft in New York einen Entschluß gefaßt«, erklärte Isabella. Sie sah Natasha belustigt an.

»Und der wäre?«

»Ich gehe morgen aus, Natasha.«

»Nein, das tust du nicht.«

»Ich muß es. Ich kann hier nicht wie im Gefängnis leben. Ab und zu muß ich spazierengehen, frische Luft schnappen und Leute sehen. Vorhin vor dem Haus habe ich die Passanten beobachtet. Natasha, ich brauche den Kontakt mit den Menschen in New York... und sei es nur, daß ich sie sehen, beobachten und ihre Nähe fühlen kann. Wie soll ich gerade in meiner Branche vernünftig planen und handeln, wenn ich fern der Wirklichkeit irgendwo eingesperrt lebe?«

»Auch wenn man dich zehn Jahre in ein Badezimmer einschließen würde, würdest du die richtige Mode entwerfen«, entgegnete Natasha.

»Das bezweifle ich.«

»Ich nicht.« Natashas Augen blitzten kampflustig. »Warten wir's ab.«

»Gut, Natasha.«

In diesem Gespräch war für Natasha plötzlich die vertraute Isabella wieder lebendig geworden, und obwohl sich Natasha Sorgen machte, ging sie doch erleichtert in ihr Schlafzimmer zurück. Isabella di San Gregorio war noch immer die alte. Zuerst hatte Natasha Angst vor diesem Wiedersehen gehabt, denn sie hatte nicht gewußt, inwieweit dieser Schicksalsschlag die Freundin verändert hatte. Jetzt war ihr klar, daß Isabellas Kampfgeist trotz der Wut, Verbitterung und Angst noch nicht untergegangen war. Es waren Feuer und Leben in ihr. Isabellas schöne, dunkle Augen konnten noch immer wie Brillanten glitzern.

Nachdem Natasha sich vergewissert hatte, daß sich die beiden Kinder gut amüsierten, ging sie zu Isabella zurück, um ihr zu sagen, daß es Abendessen geben würde, sobald sie sich geduscht und umgezogen hatte. Auf der Schwelle zum Schlafzimmer der Freundin blieb Natasha jedoch lächelnd stehen. Isabella lag ausgestreckt auf der grünen Samtbettdecke und schlief fest. Natasha breitete die Felldecke über sie, flüsterte »Willkommen zu Hause«, machte das Licht aus und schloß lautlos die Tür hinter sich.

14

Isabella schlenderte schläfrig, nur mit einem blauen Samtmorgenrock mit großem Mandarinkragen bekleidet durch die Diele. Es war noch früh am Morgen. Die trübe Wintersonne warf ihren schwachen Schein über die Hochhäuser von New York. Isabella blieb einen Augenblick vor dem Wohnzimmerfenster stehen und dachte über die Stadt nach, die zu ihren Füßen lag. New York war eine Stadt, die erfolgreiche, dynamische, ehrgeizige und sieggewohntc Menschen wie Natasha... und zugegebenermaßen auch sie selbst... anzog. Trotzdem war New York nicht die Stadt, die sie freiwillig als Wohnsitz gewählt hätte. Hier vermißte sie den leicht dekadenten Glanz der Vergangenheit, die Leichtlebigkeit und den Charme von Rom. New York hatte dafür etwas anderes, das hell wie ein Brillant glitzerte und lockte.

Sie ging leise in die Küche, öffnete die einzelnen Schränke und fand schließlich alles, was man brauchte, um das zu kochen, was die Amerikaner unter Kaffee verstanden. Es war nicht die Sorte Kaffee, die sie zu Hause auf den Tisch gebracht hätte, aber er schmeckte immerhin aromatisch und stark und weckte Erinnerungen an das Leben, das Natasha und sie Jahre zuvor geführt hatten. Gerüche hatten stets eine besondere Wirkung auf sie. Ein bestimmter Duft... ein gewisses Aroma, und sie sah wieder all das vor sich, was Jahre vergangen war: ein Zimmer, einen Freund, eine gewisse Situation, ein Rendezvous mit einem längst vergessenen Mann. Aber für Träumereien blieb Isabella jetzt keine Zeit. Ein Blick auf die Küchenuhr sagte ihr, daß ihr Arbeitstag begonnen hatte. Es war halb sieben Uhr morgens New Yorker Zeit und damit sechs Stunden früher als in Rom. Wenn sie Glück hatte, konnte sie Bernardo noch vor der Mittagspause im Büro erreichen. Er hatte schließlich jetzt mehr denn je zu tun. Isabella trug die Tasse Kaffee in ihr hübsches kleines Büro. Sie mußte unwillkürlich lächeln, als sie das Licht anmachte. Natasha, liebe Natasha, dachte sie. Wie fürsorglich die Freundin doch war. Wieviel sie für sie getan hatte. Isabellas Lächeln verschwand, als sie sich auf die geschäftlichen Dinge konzentrierte, die sie bewältigen mußte.

Während die Vermittlung die Verbindung nach Italien herstellte, öffnete Isabella ihren Aktenkoffer und nahm einen dicken Notizblock und zwei bunte Filzstifte heraus. Sie hatte gerade noch Zeit, sich an den Schreibtisch zu setzen und einen Schluck Kaffee zu trinken, bevor sich die Telefonistin des Hauses San Gregorio meldete.

Das Mädchen in der New Yorker Vermittlung verlangte Bernardo, und Isabella begann nervös mit den sorgfältig gelackten Zehen auf den Fußboden zu tippen. Sie war klug genug, die Telefonistin in Rom ihre Stimme nicht hören zu lassen. Schließlich meldete sich Bernardo.

»Ja, bitte?«

»*Ciao, bravo.* Ich bin's.« *Bravo*... das bedeutete soviel wie tapferer, geduldiger Kerl. Nichts traf auf Bernardo besser zu als dieser Ausdruck.

»Ist alles gutgegangen?«

»Ja, bestens.«

»Wie fühlst du dich?«

»Ich bin noch ziemlich müde... und benommen. Ich glaube, ich habe erst hier begriffen, was das alles für mich bedeutet. Du hast Glück, daß ich viel zu erschöpft war, um mit dem nächsten Flugzeug wieder nach Hause zu fliegen.« Isabella empfand plötzlich Heimweh. Sie hätte am liebsten nach Bernardos Hand gegriffen.

»Da kannst du aber von Glück sagen, daß du hier nicht wieder aufgetaucht bist. Ich hätte dir eine Szene gemacht und dich sofort zurückgeschickt.« Bernardos Stimme klang todernst, doch das reizte Isabella erst recht zum Lachen.

»Das wäre dir zuzutrauen. Na, jedenfalls müssen wir jetzt mit dieser verrückten Situation fertig werden, in die wir uns gebracht haben. Machen wir das Beste draus... wenigstens solange ich hier bin. Erzähl mir bitte, was inzwischen passiert ist. Geht bei euch alles glatt?«

»Ich habe dir gerade einen Zeitungsausschnitt aus *Il Messagero* geschickt. Hier läuft alles nach Plan. In den Gesellschaftsnachrichten heißt es, du hättest dich in deine Penthousewohnung zurückgezogen.«

»Und was ist mit den anderen?«

»Mamma Teresa hat dir die Sache zuerst übelgenommen, aber mittlerweile versteht sie offenbar deine Beweggründe. Natürlich ist sie der Meinung, du hättest sie mitnehmen müssen. Inzwischen hat sie sich mit allem abgefunden. Wie geht's dem Kleinen?« Dem Kleinen... dachte Isabella. Sie und Amadeo hatten Alessandro seit zwei Jahren nicht mehr so genannt.

»Ausgezeichnet. Er ist restlos glücklich... obwohl wir nicht in Afrika gelandet sind.« Sie lachten beide, und Isabella war froh, daß sie schon vor Jahren eine private Telefonleitung hatte legen lassen, die nur sie, Amadeo und Bernardo benutzten und von niemandem abgehört werden konnte. »Und jetzt erzähl mal, was im Geschäft los ist. Wer hat angerufen oder geschrieben? Wie sieht es mit Bestellungen aus? Ist mit der neuen Sommerkollektion alles geregelt, oder gibt's mal wieder Probleme?« Die Kollektion sollte bald der Öffentlichkeit vorgestellt werden, und schon deshalb war es die denkbar ungünstigste Zeit für Isabella gewesen, von der Bildfläche zu verschwinden.

»Es ist zwar nichts Weltbewegendes... aber mit dem roten Stoff, den du in Hongkong bestellt hast, haben wir Schwierigkeiten.«

»Wieso? Was ist damit?« fragte sie sofort gereizt und spielte nervös mit den Zehen an der Telefonschnur. »Sie haben mir vergangene Woche versichert, daß mit unserer Bestellung alles in Ordnung ginge.«

»Dann haben sie dich angelogen. Sie können nicht liefern.«

»Wie bitte?« Isabellas Stimme wäre in der ganzen Wohnung zu hören gewesen, hätte sie nicht vorsorglich die Tür geschlossen. »Sag diesen Idioten, daß sie das mit uns nicht machen können. Ich kaufe nie mehr was von ihnen. Du lieber Himmel... na, schon gut. Ich rufe dort an... Nein, das geht ja gar nicht. In Hongkong sind sie dreizehn Stunden voraus. Aber in zwölf Stunden kann ich anrufen. Ich erledige das noch heute nacht.«

»Vielleicht solltest du dir lieber eine Alternative überlegen«, riet Bernardo. »Können wir denn nichts aus unserem Stofflager hier in Rom verwenden?«

»Nein, nichts. Das heißt... es sei denn, wir nehmen das Purpurrot von der letzten Saison und lassen das Hellrot.«

»Geht das denn?«

»Darüber muß ich erst mal mit Gabriela sprechen. Es kommt darauf an, ob es zu den übrigen Farben der Kollektion paßt.«

Isabella war sofort klargeworden, daß eine solche Änderung das Gesamtbild der Entwürfe verändern würde. Sie hatte in diesem Sommer nur Primärfarben wie grelle Blautöne, Hellgelb, das Hongkongrot und viel Weiß verwenden wollen. Wenn sie nun das Purpurrot einbrachte, brauchte sie noch Grüntöne, Orange und Dunkelgelb. »Es bringt mir die Konzeption durcheinander, Bernardo«, stöhnte sie.

»Das denke ich mir. Könntest du es trotzdem schaffen?«

Ja, aber nicht von hier aus, hätte Isabella am liebsten ins Telefon geschrien. »Und du hast behauptet, es sei nichts Weltbewegendes passiert. Die Sache mit dem Hongkongrot ist geradezu eine Katastrophe.«

»Warum versuchst du nicht, in New York einen Ersatz dafür zu kriegen?«

»Bei den amerikanischen Stoffkollektionen war nichts, das mir gefallen hätte. Aber lassen wir das Thema jetzt. Ich überlege mir die Sache später. Hast du sonst noch ein paar solcher Botschaften für mich?«

»Nur noch eine.«

»Kriegen wir auch mit dem Blattgrün Lieferschwierigkeiten?«

»Nein, das ist schon im Haus. Ich habe noch eine gute Nachricht.«

»Das ist ja mal was ganz Neues.« Trotz des sarkastischen Untertons in ihrer Stimme hatten Isabellas Augen zu leuchten begonnen. Sie wußte zwar nicht, wie sie einen der tonangebenden Stoffe in so kurzer Zeit mit allen damit verbundenen Änderungen ersetzen sollte, aber diese Art von Problemen gaben ihr das Gefühl, noch zum Haus San Gregorio zu gehören. Wo immer sie sich auch aufhalten mochte, ihre Arbeit, ihr Modehaus war ihr geblieben. Und wenn sie Berge versetzen mußte, sie würde die Änderungsentwürfe noch rechtzeitig fertigstellen, damit die Kollektion wie geplant herauskommen konnte. »Also, was ist das für eine gute Nachricht?«

»F-B hat genug von unserem Parfüm gekauft, um damit die gesamte Sechste Flotte zu versenken.«

»Wie nett.«

»Deine Begeisterung kennt ja wieder mal keine Grenzen.« Bernardo klang wieder ganz wie immer: müde und gereizt.

»Ich habe eben diese Kerle und ihre ständigen Kaufangebote an uns gründlich satt. Laß mich ja mit diesem Unsinn in Ruhe, solange ich hier bin.«

»Keine Angst. Ich kann mich zurückhalten. Was soll ich jetzt Gabriela sagen?« Die Chefdesignerin würde einen Anfall bekommen, wenn sie die Neuigkeit erfuhr. Änderungen in der Kollektion waren in diesem Stadium nahezu unmöglich.

»Sag ihr, daß sie sämtliche Arbeiten an der Kollektion einstellen soll, bis ich sie anrufe.«

»Und wann kann sie mit deinem Anruf rechnen?«

»Im September, mein Lieber. Oder hast du vergessen, daß ich offiziell gerade Urlaub mache? Herrgott, wie kannst du nur so dumm fragen? Ich habe dir doch gesagt, daß ich noch heute nacht Hongkong anrufe. Tagsüber arbeite ich einige Alternativen aus. Ich kenne jede Farbe, jede Stoffart, die wir auf Lager haben.« Bernardo wußte nur zu gut, wie recht sie hatte.

»Die Konfektionsmode ist davon vermutlich auch betroffen, oder?«

»Ja, aber nur wenig.«

»Ob wenig oder viel... es reicht jedenfalls.« Bernardos Magengeschwür machte sich wieder bemerkbar. »Schon gut, schon gut. Ich sage ihr, daß sie vorerst sämtliche Vorbereitungen stoppen soll. Aber ruf mich um Himmels willen so schnell wie möglich an.« Die gespannte Atmosphäre hatte sich zwischen ihnen wieder eingestellt. Absurderweise fühlten sich beide wohl dabei.

»Ich melde mich wieder, sobald ich mit Hongkong gesprochen habe... also circa gegen ein Uhr«, erwiderte Isabella beiläufig, während sie sich bereits eifrig Notizen machte. »Wie sieht meine Post aus?«

»Heute ist nichts Besonderes gekommen.«

»Gut.« Amadeos Sekretärin beantwortete von der Penthousewohnung aus Isabellas Post. »Falls es noch was Wichtiges geben sollte, ruf mich bitte an.«

Doch Bernardo war entschlossen, das nicht zu tun, sondern bis zu ihrem nächsten Anruf zu warten.

»Mittlerweile dürftest du mit Arbeit eingedeckt sein«, bemerkte er.

»Hmm... stimmt...« Bernardo kannte sie gut genug, um zu ahnen, daß ihre Notizen inzwischen mindestens zwei Blockseiten füllten. *»Ciao!«*

Sie legten beide mit dem Gefühl auf, im obersten Stockwerk des Hauses San Gregorio nur durch einen Korridor getrennt in ihren Büros zu sitzen. Isabella riß die beschriebenen Seiten von ihrem Notizblock und breitete sie vor sich auf dem Schreibtisch aus. Sie hatte genau zwölf Stunden Zeit, um einen Ersatz für den roten Stoff aus Hongkong zu finden. Natürlich bestand noch die Chance, daß sie die Firma in Hongkong dazu bringen konnte, den Stoff zu liefern... vorausgesetzt, das Material war vorrätig. Doch Isabella wußte, daß sie sich nicht mehr auf diesen Lieferanten verlassen durfte. Dazu war die Zeit zu knapp. Sie machte schnell eine Notiz, um nicht zu vergessen, Bernardo zu beauftragen, sämtliche Bestellungen bei der Firma in Hongkong zu stornieren. Isabella hatte längst schönere Stoffe in Bangkok gesehen. Was die geschäftlichen Dinge des Hauses San Gregorio betraf, war Isabella hart und energisch.

»Du bist aber schon verdammt früh auf.«

Isabella sah überrascht auf, als Natasha ihren zerzausten, blonden Kopf zur Tür hereinstreckte. »Und was ist mit dir?« entgegnete Isabella. »Du hast doch früher mindestens bis zwölf Uhr mittags geschlafen.«

»Daran ist Jason schuld. Ich mußte mir angewöhnen, tagsüber zu arbeiten und nachts zu schlafen. Aber sag mal, siehst du eigentlich morgens um sieben immer so aus?« Natasha musterte Isabellas blauen Morgenrock bewundernd.

»Nur wenn ich arbeite.« Isabella deutete lächelnd auf die Notizen auf ihrem Schreibtisch. »Ich habe gerade mit Bernardo telefoniert.«

»Und wie läuft's in Rom?«

»Ausgezeichnet... bis auf die Tatsache, daß ich die Hälfte der neuen Sommerkollektion bis heute nacht völlig umkrempeln muß.«

»Ah, so was kenne ich. Mit meinen Manuskripten geht's mir oft ähnlich. Na, dann viel Spaß. Soll ich dir ein paar Spiegeleier braten, bevor du loslegst?«

Isabella schüttelte den Kopf. »Erst die Arbeit, dann das Vergnügen. Was machen eigentlich die beiden Jungs? Sind sie schon auf?«

»Machst du Witze? Hör doch nur mal...« Natasha legte den Finger an die Lippen, und beide horchten lächelnd. Am anderen Ende des Korridors ertönte ein gedämpfter Schrei. »Hattie macht Jason gerade für die Schule fertig.« Natasha kam ins Zimmer und setzte sich in einen Sessel. »Was sollen wir mit Alessandro anfangen? Willst du, daß er zu Hause bleibt?«

»Ich... ich weiß nicht recht...« Isabellas Blick verdüsterte sich. »Eigentlich hatte ich es vor, ihn zu Hause zu behalten... aber mittlerweile bin ich meiner Sache nicht mehr sicher.«

»Hat man schon gemerkt, daß du nicht mehr in Rom bist?«

»Nein. Bernardo behauptet, es sei alles in bester Ordnung. Im

Il Messagero steht, daß ich mich in meine Penthousesuite zurückgezogen habe.«

»In diesem Fall dürfte hier kaum jemand Alessandros Identität entdecken«, entgegnete Natasha. »Glaubst du, du kannst den Jungen überreden, niemandem seinen Familiennamen zu verraten? Wir schikken ihn einfach als Jasons Cousin aus Mailand mit in die Schule. Alessandro...« Natasha dachte einen Augenblick nach. »Wie wär's mit dem Namen deines Großvaters?«

»Du meinst Parel?«

»Nein, ich hab's! Wir nennen ihn Alessandro Parelli.« Natasha lächelte zufrieden über ihren Einfall. »Ich habe in meinem Leben schon massenweise Namen erfunden. Jedesmal wenn ich einen neuen Roman schreibe, starre ich auf alle Namensschilder, die ich entdecken kann. Außerdem besitze ich wohl sämtliche Namensbücher, die je verlegt worden sind. Na, was hältst du von Alessandro Parelli, unserem Cousin aus Mailand?«

»Nicht schlecht. Und was wird aus mir?« Isabella sah ihre einfallsreiche Freundin erwartungsvoll an.

»Du bist selbstverständlich Mrs. Parelli. Ein Wort von dir genügt, und ich rufe die Schule an...« Sie dachte kurz nach. »Ich könnte eigentlich Corbett bitten, die beiden auf dem Weg in sein Büro mitzunehmen und an der Schule abzusetzen.«

»Kannst du ihn denn mit so was belästigen?« Isabella runzelte besorgt die Stirn, doch Natasha lächelte.

»Wenn es für Corbett zu umständlich wäre, würde ich die beiden selbst zur Schule bringen. Aber Corbett macht das gern. Er kümmert sich viel um Jason.« Natasha sah gedankenverloren aus dem Fenster. »Corbett ist ein sehr hilfsbereiter Mann... Er liebt das Gefühl, gebraucht zu werden.« Isabella beobachtete die Freundin aufmerksam und fragte sich, ob Natasha Corbett denn genug brauchte. Natasha war eine so unabhängige Frau. Dabei ahnte Isabella gar nicht, wie oft Corbett schon denselben Gedanken gehabt hatte.

»Also, wenn es ihm wirklich nichts ausmacht, wäre es natürlich wunderbar. Auf diese Weise brauche ich mich in der Schule gar nicht blicken zu lassen.«

»Das war mein Hintergedanke.« Natasha kaute auf einem Bleistift. »Ich rufe ihn gleich an.« Bevor Isabella noch etwas sagen konnte, hatte sie bereits das Zimmer verlassen. Seit der Fahrt vom Flugplatz in die Stadt hatte Isabella immer wieder überlegt, was wohl der Mann mit den graumelierten Schläfen und ihre Freundin verbinden mochte. Die beiden schienen sich zu verstehen und gut zu harmonieren. Und Isabella beobachtete solche menschlichen Beziehungen inzwischen voller Neid. Wie ernst war es den beiden? Von Natasha, das wußte sie, würde sie erst etwas erfahren, wenn die Freundin innerlich soweit war, sich mitteilen zu können.

Nachdem Natasha mit Corbett telefoniert hatte, kam sie zu Isabella zurück und sagte ihr, daß er bald hier sein würde. Alessandro und Jason tobten mittlerweile bereits durch den Korridor.

»Du meine Güte, glaubst du, er übersteht das?« Isabella sah Natasha fragend an, doch die Freundin nickte nur.

»Im Gegenteil. Es macht ihm sogar Spaß. Der Mann ist vollkommen verrückt. Er hält das auch am frühen Morgen aus.

»Vermutlich ist er ein Masochist.« Isabella sah Natasha lächelnd an, doch die Freundin blieb in diesem Punkt verschlossen.

Später, während Natasha in der Küche Toast machte, musterte sie Isabella mitfühlend.

»Kannst du tagsüber wenigstens ein paar Stunden schlafen?«

»Bist du verrückt?« Isabella machte ein entsetztes Gesicht, und beide mußten lachen. »Und wie steht's mit deiner Arbeit?«

»In einer halben Stunde hörst du von mir nur noch Schreibmaschinengeklapper. Allerdings ist meine Arbeitskleidung weit weniger luxuriös als... als deine.« Natasha lachte verschmitzt.

Isabella lächelte. Sie wußte, daß Natasha grundsätzlich in Jeans, T-Shirts und handgestrickten, dicken Wollsocken arbeitete. Und plötzlich wurde ihr bewußt, daß sie sich in dieser Art von Kleidung auch wohl fühlen konnte. In New York kannte sie schließlich niemand. Hier war sie anonym.

»Also gut, Mrs. Parelli aus Mailand. Ich rufe jetzt die Schule an.« Natasha verschwand in ihrem Zimmer, und Isabella machte sich auf die Suche nach ihrem Sohn.

Sie fand den Jungen im Kinderzimmer, wo er vergnügt mit dem Spaniel Ashley spielte.

»Du strahlst ja so. Was ist los?« erkundigte sich Isabella und gab ihm einen Kuß.

»Jason muß in die Schule. Aber ich bleibe hier und habe seine Eisenbahn ganz für mich allein.«

»Irrtum. Ich habe eine Überraschung für dich. Du gehst auch zur Schule.«

»Was?« Alessandro sah Isabella enttäuscht an. »Dann darf ich nicht mit der Eisenbahn spielen?«

»Natürlich darfst du. Allerdings erst, wenn du wieder zu Hause bist. Es ist doch viel lustiger, mit Jason in die Schule zu gehen, als den ganzen Tag allein hierzubleiben. Du weißt, ich muß arbeiten.«

Alessandro neigte den Kopf zur Seite und dachte nach. »Aber in der Schule wird niemand mit mir reden. Mich versteht doch keiner.«

»Wenn du mit Jason zur Schule gehst, kannst du dich bald mit jedem in New York unterhalten. Du lernst auf diese Art viel schneller Englisch, als wenn du hier in der Wohnung bleibst und immer nur mit mir Italienisch redest. Was meinst du?«

Alessandro nickte zögernd. »Was ist das für eine Schule?«

»Sie ist so ähnlich wie dein Kindergarten in Rom«, antwortete sie.

»Dann dürfen wir dort also immer spielen?« Er sah sie erwartungsvoll an.

»Habt ihr denn nicht mehr getan?« fragte Isabella lächelnd.

»Doch, manchmal mußten wir auch Buchstaben lernen.«

»Wie schrecklich«, murmelte sie amüsiert, und Alessandros Gesichtsausdruck sagte ihr, daß er in diesem Punkt ganz ihrer Meinung war. »Also, möchtest du mit Jason zur Schule gehen?« Isabella war sich bei dieser Frage nicht im klaren, was sie machen sollte, wenn Alessandro sich weigerte.

»Gut, ich gehe. Aber wenn's mir nicht gefällt, dann bleiben Jason und ich eben beide zu Hause.«

»Davon wäre Tante Natasha bestimmt nicht begeistert. Aber warte... ich muß dir noch etwas sagen.«

»Was denn?«

»Es hat etwas mit unserem Abenteuer zu tun, Alessandro. Es darf nämlich niemand erfahren, daß wir hier sind.«

»Soll ich mich etwa in der Schule verstecken?« flüsterte der Junge beeindruckt.

Isabella hatte Mühe, ernst zu bleiben. »Nein, mein Junge. Man darf dich ruhig sehen. Es soll nur niemand wissen, wer wir sind.«

»Warum denn nicht?« Alessandro sah sie mit einem merkwürdigen Ausdruck in den Augen an. Isabella wurde das Herz schwer.

»Weil es sicherer ist. Man soll denken, daß wir in Rom sind.«

»Wegen... wegen Papa?« Alessandros Augen weiteten sich ängstlich.

»Ja. Wir sagen einfach, daß wir Parelli heißen und aus Mailand kommen.«

»Aber wir sind nicht aus Mailand. Wir sind aus Rom!« entgegnete Alessandro trotzig. »Außerdem sind wir San Gregorios. Es wäre Papa bestimmt nicht recht, wenn wir lügen.«

»Nein, und mir gefällt es auch nicht. Aber es gehört zu unserem Geheimnis, Alessandro. Wir müssen das tun... allerdings nicht für lange.«

»Kann ich dann später meinen richtigen Namen in der Schule sagen?«

»Ja, später schon. Nur eben jetzt nicht. Vorerst bist du Alessandro Parelli. Deinen Nachnamen wird sowieso niemand verwenden.«

»Hoffentlich nicht. Er gefällt mir nämlich nicht.«

Isabella verkniff sich ein Lachen. Vermutlich nannten die anderen ihn bald Alessandro Spaghetti. Natasha hatte sie schließlich anfangs auch so gerufen.

»Es ist auch ganz egal, wie man zu dir sagt, Alessandro. Hauptsache, du weißt, wer du bist.«

»Ich find's trotzdem blöd.« Alessandro beobachtete Jason, der sich gerade mühevoll die Schuhe zuband. Isabella bemerkte amüsiert, daß Jason den rechten Schuh am linken Fuß und den linken am rechten Fuß trug.

»Es ist nicht blöd, Alessandro, sondern nötig«, entgegnete Isabella energisch. »Und ich bin sehr böse mit dir, wenn du irgend jemandem unseren richtigen Namen sagst. In diesem Fall müssen wir nämlich wieder von hier fort und können nicht bei Jason und Tante Natasha bleiben.«

»Müssen wir dann wieder nach Hause?« Alessandro starrte sie entsetzt an. »Ich hab' Jasons Eisenbahn noch nicht mal richtig ausprobiert.«

»Dann tu bitte, was ich dir sage. Versprich es. Alessandro, versprich es mir!«

»Ich versprech's.«

»Wie heißt du also?«

Der Junge sah Isabella trotzig an. »Ich bin Alessandro... Parelli... aus Mailand.«

»Prima, mein Junge. Ich habe dich sehr gern. Und jetzt beeil dich. Du mußt dich anziehen.«

Selbst im Kinderzimmer duftete es bereits verlockend nach dem Frühstücksspeck, den Hattie in der Küche briet. Jason starrte verwundert auf seine Füße.

»Du hast die Schuhe verkehrt an«, seufzte Isabella und half ihm, sie richtig anzuziehen. »Alessandro geht übrigens mit dir zur Schule, Jason. Was sagst du dazu?«

»Wirklich? Oh, prima.« Isabella erklärte ihm anschließend, daß er Alessandro von jetzt an als seinen Cousin namens Alessandro Parelli aus Mailand ausgeben mußte. Dabei fiel ihr ein, daß sie auch Alessandro sagen mußte, daß er von nun an Jasons Cousin war.

»Sein Cousin?« konterte Alessandro. »Weshalb nicht sein Bruder?« Diese Idee schien ihm besser zu gefallen.

»Weil du noch nicht Englisch kannst, du dummer Junge.«

»Und wenn ich's gelernt habe? Kann ich dann sagen, wir sind Brüder?«

»Warten wir ab, bis es soweit ist. Zieh jetzt deine Hose an. Und wasch dir das Gesicht.«

Zwanzig Minuten später rief Corbett von der Eingangshalle aus an. Die beiden Jungen hatten inzwischen gefrühstückt. Sie trugen Kordhosen, Lederschuhe, Hemden, Pullover, Mützen und warme Mäntel. Als sich die Tür hinter den beiden geschlossen hatte, betrachtete Natasha mißbilligend ihr verwaschenes T-Shirt und wischte sich die Hände an den Jeans ab.

»Seltsamerweise habe ich immer Jasons Speisekarte auf den Klamotten«, seufzte sie. »Alessandro machte einen glücklichen Eindruck.«

»Er wollte am liebsten Jasons Bruder sein«, murmelte Isabella in der Diele.

»Glaubst du, er bringt es fertig, seinen richtigen Namen zu verschweigen?« fragte Natasha besorgt.

»Natasha, Alessandro hat in den vergangenen Monaten leider

zwangsläufig eine Menge über Diskretion, Vorsicht und Gefahr mitbekommen. Er hat inzwischen begriffen, daß man mit den ersten beiden Begriffen den letzten vermeiden kann.«

»Ist das von einem Kind nicht ein bißchen viel verlangt?«

»Ich fühle mich in meinem Alter sogar überfordert«, gab Isabella zu, und es war ihr anzusehen, wie ernst sie das meinte.

»Hoffentlich läßt du dir das eine Lehre sein, Spaghetti«, seufzte Natasha. »Ich war gestern abend von deinen Plänen, Spaziergänge zu machen, offen gestanden nicht begeistert. Bei Alessandro ist das etwas anderes. Er ist ein Kind, das niemand kennt. Was man von dir ja nicht gerade behaupten kann.«

»Das läßt sich ändern.«

»Willst du dich einer kosmetischen Operation unterziehen?«

»Unsinn. Es gibt ganz andere Möglichkeiten. Wie man Aufmerksamkeit erregen kann, kann man sie auch vermeiden. Ich brauche mir nur ein Kopftuch umzubinden, eine Sonnenbrille aufzusetzen und mich unauffällig zu kleiden. Dann erkennt mich niemand.«

»Du hast den Schnurrbart vergessen. Hör mir jetzt gut zu, Isabella. Tu mir einen Gefallen und schlag dir das aus dem Kopf. Ich habe empfindliche Nerven. Und wenn du anfängst, hier in New York herumzuspazieren, dann erleide ich irgendwann einen Nervenzusammenbruch. Das hätte zur Folge, daß ich mein Manuskript nicht rechtzeitig abliefern könnte, also kein Geld vom Verlag bekommen würde, meine Tantiemen nicht mehr fließen würden, mein Verleger mich feuern würde und mein Kind hungern müßte.«

Isabella lachte. »Natasha, du bist einzigartig.«

»Dann sei ein braves Mädchen und bleib zu Hause.«

»Das kann ich nicht. Mein Gott, Natasha, ich muß doch wenigstens mal ab und zu frische Luft schnappen.«

»Ich kaufe dir frische Luft und lasse sie dir aufs Zimmer liefern.« Natasha lächelte, wurde jedoch sofort wieder ernst. »Wenn du anfängst, New York unsicher zu machen, dann wird dich früher oder später ein Reporter, ein Fotograf oder irgend jemand aus der Modebranche erkennen. Vielleicht läufst du auch ausgerechnet jemandem von *Women's Wear Daily* über den Weg.«

»Die interessieren sich doch alle nicht für meine Person, sondern nur für meine Kollektionen.«

»Das glaubst du doch selbst nicht. Mir kannst du es jedenfalls nicht einreden.«

»Sprechen wir später darüber.«

Ohne das Problem gelöst zu haben, ging jede in ihr Arbeitszimmer. Natasha saß zwischen Papieren und halbleeren Kaffeetassen und war bald in ihre Romanwelt vertieft, während sich Isabella auf ihre detaillierten Notizen, Akten, Stofflisten, Materialproben und die Entwürfe für die Sommerkollektion konzentierte, die sie zum Glück in allen Einzelheiten im Kopf hatte. Keine von beiden hörte, daß die Kinder gegen halb vier Uhr nachmittags aus der Schule kamen, und es dauerte noch weitere zwei Stunden, bis sie sich schließlich steif vom langen Sitzen, hungrig und müde in der Küche wiedertrafen.

»Donnerwetter, mir knurrt der Magen!« verkündete Natasha mit stärkerem Südstaatenakzent als sonst. Isabella sah müde aus und hatte dunkle Ringe unter den Augen. »Hast du heute überhaupt schon was gegessen?«

»Nein, ich hab's völlig vergessen.«

»Ich auch. Wie ist's bei dir gegangen?«

Es war harte Arbeit gewesen, aber Isabella hatte es schließlich fertiggebracht, einen Alternativplan für die gesamte Kollektion zu entwerfen. »Ich glaube, wir können es schaffen. Vielleicht brauchen wir gar nicht auf das zurückzugreifen, was ich heute erarbeitet habe. Aber ich darf eben nichts riskieren.« Erst ihr nächtliches Telefonat mit Hongkong würde alles Weitere entscheiden.

Sie lächelten sich über den Rand ihrer Kaffeetassen zu. Natasha schloß einen Augenblick die Augen, und Isabella reckte müde die Arme. Der erste Tag in New York war ein völlig neues Erlebnis für Isabella gewesen. Sie hatte zum ersten Mal seit langer Zeit wieder ohne Sprechanlage, Sekretärinnen und das ganze Drum und Dran des Hauses San Gregorio auskommen müssen. Es war niemand dagewesen, vor dem sie ihr Image als faszinierende Modedesignerin Isabella San Gregoria hätte pflegen können. Es hatte genügt, daß sie einen schwarzen Kaschmirpullover und alte Jeans trug.

»Was machst du heute abend?« fragte Isabella die Freundin.

»Dasselbe wie du. Ich bleibe zu Hause.«

»Weil du nichts vorhast oder meinetwegen?«

Isabella fragte sich insgeheim, wie lange Corbett für Natashas selbstauferlegte Enthaltsamkeit Verständnis aufbringen würde. Ihm gegenüber war das wirklich nicht fair.

»Sei nicht albern, Isabella. Ich bin einfach todmüde. Ob du's glaubst oder nicht, ich bleibe sogar gern zu Hause. Du bist nämlich wesentlich unterhaltsamer als sämtliche Veranstaltungen, die ich in den vergangenen Wochen besucht habe.«

»Wie schmeichelhaft für mich.« Isabella ließ sich nicht täuschen.

»Das ist es eigentlich nicht. Ich bin von Idioten und Langweilern umgeben. Die Leute laden mich nur ein, weil sie damit angeben wollen, daß sie mich kennen. Vor zehn Jahren bin ich nur eines von vielen Fotomodellen aus Georgia gewesen, aber mittlerweile bin ich zur ›Schriftstellerin‹ avanciert. Ich gelte sozusagen als ›Pünktchen auf dem i‹ bei Dinnerpartys.«

Dinnerpartys, dachte Isabella. Sie hatte seit Monaten so etwas nicht mehr mitgemacht. Aber früher war sie eben auch nie allein gewesen. Isabella und Amadeo hatten festliche Veranstaltungen immer nur gemeinsam besucht.

Als Paar hatten wir überall Erfolg, überlegte Isabella wehmütig. Wir beide, das, was wir waren, was wir darstellten und wie wir nebeneinander aussahen, damit schlugen wir alle in unseren Bann. Allein ist die Ausstrahlung, der Zauber verflogen. Man ist nicht mehr so aufregend, so interessant... so...

Isabella war plötzlich wieder deprimiert und betrachtete bewundernd die tapfere Freundin Natasha, die sich bei Dinnerpartys herumreichen ließ und sich auch ohne Begleiter zu amüsieren schien. »Ohne ihn bin ich nichts«, flüsterte Isabella. »Das Aufregende im Leben... die Freude, das alles ist vorbei. Alles das, was ich gewesen bin... was wir zusammen verkörpert haben...«

»Weißt du, das ist Unsinn«, fiel Natasha ihr ins Wort. »Vielleicht fühlst du dich einsam, aber trotzdem bist du die Isabella, die du immer gewesen bist. Schön, intelligent... eine faszinierende Frau. Und zwar auch allein. Ihr seid immer zwei Persönlichkeiten gewesen, die sich ungewöhnlich gut ergänzt und harmoniert haben.«

»Nein, wir waren mehr, Natasha«, widersprach Isabella. »Wir waren eins. Ich habe nie gewußt, wo ich aufhöre und er anfängt. Und jetzt... jetzt weiß ich nur zu gut...« Sie starrte in ihre Kaffeetasse und verstummte.

Natasha berührte ihre Hand. »Die Zeit heilt alle Wunden.«

Doch als Isabella wieder aufsah, blitzten ihre Augen wütend. »Weshalb? Weshalb sollten sie heilen? Warum mußte ausgerechnet mir so etwas passieren?«

»Du lebst, Isabella. *Dir* ist nichts passiert. *Er* ist tot, vergiß das nicht. Du lebst... hast Alessandro, deine Arbeit. Dein Körper, dein Intellekt, dein Herz und deine Seele sind intakt. Es sei denn, du zerstörst das alles durch Verbitterung... was, wie du glaubst, wohl teilweise schon geschehen ist.«

»Würde es dir denn nicht ebenso ergehen?«

»Wahrscheinlich. Wahrscheinlich hätte ich nicht einmal mehr den Mut gehabt, das zu tun, was du getan hast... nämlich einfach weiterzumachen, das Geschäft zu übernehmen, es selbst von hier aus weiterzuführen. Aber das ist nicht alles im Leben. Bitte, Isabella... gib nicht auf!« Natasha hatte Tränen in den Augen, als sie die schöne Isabella so müde und verzweifelt vor sich sah. Solange sie sich in ihre Arbeit flüchtete, würde sie nicht merken, welche Auswirkungen der Kummer haben konnte. Doch früher oder später mußte auch ein noch so harter Arbeitstag in dem kleinen, einsamen Büro am Ende des Korridors für sie zu Ende gehen... und dann war sie ganz auf sich gestellt. Natasha begriff das nur zu gut.

Isabella stand schweigend auf, legte Natasha einen Augenblick die Hand auf die Schulter und ging dann in ihr Zimmer. Als sie zehn Minuten später wieder herauskam, trug sie eine Sonnenbrille, ihren Nerzmantel und einen schwarzen Wollhut. Natasha blieb wie angewurzelt stehen, als sie die Freundin so sah.

»Was, zum Teufel, hast du vor?«

»Ich will spazierengehen.« Natasha konnte Isabellas Augen hinter den dunklen Gläsern zwar nicht sehen, aber sie ahnte instinktiv, daß die Freundin geweint hatte.

Einen Augenblick lang standen sich die beiden Frauen wortlos, aber wie Kampfhähne gegenüber. Dann gab Natasha nach. Die Trauer der Freundin traf sie tief.

»Also gut, aber ich gehe mit«, seufzte sie schließlich. »Tu mir nur bitte den Gefallen, und zieh diesen Mantel aus. Du siehst darin genauso unauffällig aus wie Greta Garbo. Es fehlt dir nur noch einer ihrer großen Hüte.«

Isabella antwortete mit dem typisch italienischen Achselzucken. »Aber ich habe keinen anderen Mantel. Ich habe nur den Nerz mitgebracht.«

»Armes, reiches Mädchen. Komm, ich gebe dir einen Mantel von mir.« Isabella folgte Natasha, die einen roten Wollmantel aus dem Schrank zog.

»Den kann ich unmöglich anziehen. Ich... Natasha, es tut mir leid...«

»Aber warum denn nicht?«

»Weil er nicht schwarz ist.«

Natasha starrte die Freundin einen Augenblick lang verständnislos an, dann begann sie zu begreifen.

»Du... du trägst Trauer?« Als Isabella nickte, fuhr sie fort: »Du kannst dir also den roten Mantel nicht einfach ausleihen?« Daß man ein ganzes Jahr nur in Schwarz... in schwarzen Kleidern, schwarzen Pullovern, schwarzen Strümpfen ging, war etwas Neues für Natasha.

»Ich würde mich darin einfach nicht wohl fühlen.«

Natasha starrte betreten in ihren Schrank und fragte dann leise: »Was ist mit Marineblau? Würdest du einen blauen Mantel tragen?«

Isabella zögerte kurz, nickte dann und zog den Mantel an. Natasha wählte für sich eine Fuchspelzjacke, warme Handschuhe und eine große Fuchspelzmütze. Als sie sich umdrehte, fing sie Isabellas lächelnden Blick auf.

»Du siehst großartig aus.«

»Du auch.«

Es war erstaunlich, wie Isabella die einfachsten Kleidungsstücke so zu tragen wußte, daß sie an ihr bezaubernd aussahen. Alles schien ihr zartes, blasses Gesicht und die wundervollen mandelförmigen Augen nur noch besser zur Geltung zu bringen. Sie hätte jederzeit auch nachts Verkehrsstaus provozieren können.

Die beiden Frauen verließen leise die Wohnung. Draußen war es bereits stockdunkel. Natasha ging voraus, als der Portier die Glastür öffnete, und die eiskalte Nachtluft nahm Isabella im ersten Moment fast den Atem. Der beißende Wind trieb ihr Tränen in die Augen.

»Ist es im Februar in New York immer so kalt?« erkundigte sie sich ein wenig atemlos. »Komisch, aber ich kann mich nur noch an den Herbst erinnern.«

»Sei froh, daß du den Rest verdrängt hast. Meistens ist das Wetter sogar noch schlimmer. Wo möchtest du jetzt hingehen?«

»Wie wär's mit einem Spaziergang in den Park?« Sie waren bereits ein Stück die Park Avenue hinuntergelaufen. Natasha sah Isabella entsetzt an.

»Nur wenn du unbedingt Selbstmord begehen willst. Die Verbrecher hier müssen ein gewisses Soll erfüllen. Laut neuester Statistik finden dort pro Stunde neununddreißig Raubüberfälle und zwei Morde statt. Dafür müssen sie natürlich erst mal Opfer finden.«

Isabella lachte und spürte, wie gut ihr die Bewegung tat. Doch es war nicht überschüssige Energie, die sie vorantrieb, sondern es waren vielmehr innere Spannungen, Einsamkeit, Erschöpfung und Angst. Sie hatte das Arbeiten, das Reisen, das ständige Versteckspiel, das Alleinsein und das Tapfersein unendlich satt. ›Versuch doch ein bißchen länger tapfer zu sein‹, hatte Amadeo gesagt. Sie hörte seine letzten Worte noch immer.

Isabella ging schneller. Natasha hielt zwar mit ihr Schritt, doch Isabella hatte die Gegenwart der Freundin bereits vergessen. ›Versuch... tapfer zu sein... tapfer... tapfer...‹ Isabella glaubte schon Stunden unterwegs zu sein, als sie endlich haltmachten.

»Wo sind wir?«

»An der Neunundsiebzigsten Straße.« Sie waren acht Blocks weit gegangen. »Für ein altes Mädchen bist du ganz gut in Form. Machen wir uns auf den Heimweg?«

»Ja, aber langsamer. Gibt es keinen interessanteren Rückweg?«

Sie waren bisher nur an Häusern vorbeigekommen, von denen jedes so aussah wie das Apartmenthaus, in dem Natasha wohnte: vornehme, elegante und eindrucksvolle, aber langweilige Wohnburgen mit überdachten Eingängen und Portiers.

»Wir könnten zur Madison Avenue hinübergehen und die Auslagen der Geschäfte betrachten«, schlug Natasha vor. Es war kurz vor sieben Uhr abends. Um diese Zeit war in New York nichts los. Die meisten Leute waren jetzt zu Hause. Das Nachtleben begann erst später. Und da es vielen in dieser Jahreszeit für einen Bummel nach Geschäftsschluß zu kalt war, war kaum noch jemand unterwegs.

Natasha sah zum Himmel hinauf. Die Luft war kalt und feucht. »Ich glaube, es gibt Schnee.«

»Alessandro wäre begeistert«, seufzte Isabella. Die beiden Freundinnen schlenderten langsam nebeneinander her, um wieder zu Atem zu kommen.

»Ich auch«, bemerkte Natasha.

»Du magst Schnee?« erkundigte sich Isabella erstaunt.

»Nein. Aber er würde dich daran hindern, spazierenzugehen... und ich müßte dann nicht mit hängender Zunge hinter dir herrennen, um aufzupassen, daß du keine Dummheiten machst.«

Isabella lachte laut auf. Sie gingen weiter an Boutiquen von Cardin, Ungaro, Pierre D'Alby und Yves Saint Laurent vorbei. Dazwischen lagen Kunstgalerien und ein Friseursalon von Sassoon.

»Spionierst du die Konkurrenz aus?« Natasha beobachtete amüsiert, wie begierig und begeistert Isabella alles in sich aufnahm, was New York bot. Sie war eine Frau, die ihre Arbeit liebte.

»Warum auch nicht? Die Sachen sind ganz hübsch.«

»Deine Modelle doch auch.«

Isabella verbeugte sich spielerisch, als sie weiterschlenderten. Sie befanden sich im ›Faubourg St.-Honoré‹ von New York, in einer Straße mit einer glitzernden Kette außergewöhnlicher Geschäfte, in denen sich herrliche Schätze verbargen.

»Du liebst sie, nicht wahr?«

»Du meinst die Stadt? New York?« Isabella zog erstaunt die Augenbrauen hoch. Die Stadt gefiel ihr. Sie war anregend und interessant. Aber sie liebte diese Metropole nicht so, wie sie Rom liebte, in das sie selbst nach ihrem einjährigen Aufenthalt in New York gern zurückgekehrt war.

»Nein, ich meine die Mode. Allein wenn du Kleider betrachtest, bist du wie verwandelt.«

»Ach so.«

»Mein Gott, ich wäre verrückt geworden, wenn ich damals noch länger als Fotomodell hätte arbeiten müssen.«

»Das ist auch etwas ganz anderes.« Isabella musterte Natasha mit einer gewissen Überlegenheit im Blick.

»Nein, das finde ich nicht.«

»O doch. Die Arbeit als Fotomodell ist wie ein einmaliges Gastspiel. Dabei gibt es keine Liebesaffären, keinen zärtlichen Liebhaber, keinen Betrug, keine gebrochenen Herzen, keine Hochzeiten und keine Geburten. Mode zu entwerfen, ist etwas ganz anderes. Modedesign ist mit Geschichte, Drama, Mut und Kunst verbunden. Man liebt seine Modelle, lebt eine Weile mit ihnen, man schafft sie, erinnert sich an ihre geistigen Väter und Großväter, nämlich die Modelle anderer Kollektionen aus früheren Zeiten. Es ist Romantik... Aufregung im Spiel... ein...« Sie verstummte abrupt und lachte. »Du hältst mich jetzt sicher für verrückt.«

»Nein, ganz und gar nicht. Dasselbe empfinde ich für die Personen in meinen Büchern.«

»Es ist ein schönes Gefühl, nicht wahr?« fragte Isabella, und die beiden Frauen sahen sich an. Sie verstanden einander.

»Ein sehr schönes sogar.«

Sie waren schon fast wieder zu Hause und bogen gerade um die Ecke zur Park Avenue, als Natasha die ersten Schneeflocken auf der Haut spürte.

»Na, was habe ich gesagt? Allerdings habe ich kaum noch Hoffnung, daß dich der Schnee am Ausgehen hindern könnte.« Natasha meinte es nicht böse. Sie hatte inzwischen eingesehen, daß ein solcher abendlicher Spaziergang nicht gefährlich war. Von jetzt an konnten sie jeden Abend einen kleinen Rundgang machen.

»In dieser Beziehung hast du recht. Ich hätte es sowieso in der Wohnung nicht lange ausgehalten, ohne mal an die frische Luft zu gehen.«

Natasha nickte. »Ich weiß.«

Dabei war der Freundin durchaus klar, daß sich Isabella auch mit diesen kurzen abendlichen Spaziergängen nicht lange zufriedengeben würde.

15

»Mamma! *Guardi!*... Es hat geschneit!«

Und so war es. Ganz New York lag unter einer hohen Schneedecke. Von dem gemütlich warmen Apartment aus starrten sie zu viert in die wirbelnden Schneeflocken hinaus. Seit Natashas und Isabellas Rückkehr in die Wohnung am Vorabend schneite es ununterbrochen.

»Dürfen wir im Schnee spielen?«

Isabella sah Natasha an. Letztere nickte und bot Isabella an, Alessandro die entsprechenden Sachen von Jason zu leihen. Die Schule fiel natürlich aus. Ganz New York war durch den Schneefall lahmgelegt.

»Nach dem Frühstück gehen wir hinaus.« Isabella warf einen Blick auf die Uhr. Zuerst mußte sie allerdings noch Bernardo in Rom anrufen. Sie hatte am Vorabend erst sehr spät Verbindung mit Hongkong bekommen und danach nicht mehr gewagt, Bernardo nachts anzurufen. Sie ließ Natasha mit den beiden Kindern allein, schloß die Tür zu ihrem Büro und hob den Telefonhörer ab.

»Wo bist du vergangene Nacht gewesen?« erkundigte sich Bernardo prompt. »Ich habe deinen Anruf so gegen vier Uhr früh erwartet.«

»Wie reizend. So schlecht sind meine Manieren nun auch wieder nicht, Bernardo. Ich habe lieber bis heute morgen gewartet.«

»Sehr freundlich, Signora.«

»Ach, sei still.« Sie lächelte gutgelaunt. »Mit der Ware aus Hongkong brauchen wir gar nicht mehr zu rechnen. Wir müssen den Alternativplan anwenden.«

»Welchen Aternativplan?« fragte Bernardo verblüfft.

»Meinen natürlich. Hast du Gabriela gesagt, daß sie sämtliche Vorbereitungen stoppen soll?«

»Selbstverständlich. Das hast du doch gewollt. Ich habe ihr die Hiobsbotschaft möglichst schonend beigebracht. Trotzdem wäre sie beinahe in Ohnmacht gefallen.«

»Dann hast du allen Grund, mir dankbar zu sein. Ich habe gestern alles gründlich überarbeitet. Hast du Papier und Stift zur Hand?«

»Ja, Madame.«

»Ausgezeichnet. Es ist alles bis ins einzelne vorausgeplant. Zuerst die Haute-Couture-Modelle. Dann gehen wir den Rest durch. Fangen wir mit Nummer zwölf an. Das rote Futter wird jetzt gelb. Die entsprechende Stoffnummer im Lagerbestand lautet zwei-sieben-achtdrei-FBY... Fabia-Bernardo-Yvonne. Hast du's? Nummer sechzehn, siebzehn und neunzehn...« So ging es weiter, bis sämtliche Modelle der gesamten Kollektion durchgesprochen waren.

»Donnerwetter, wie hast du das nur geschafft?«

»Es war zwar nicht einfach, aber jetzt steht die Kollektion. Die entsprechenden Änderungen bei den Konfektionsmodellen werden übrigens gar nicht so viel teurer. Wir sparen verdammt viel Geld, indem wir Material verwenden, das wir im Lager haben.«

Bernardo nickte voller Bewunderung. Isabella hatte ihm jede einzelne Stoffnummer nennen können. Sie kannte jeden Meterpreis, jede Stoffrolle und den Bestand der einzelnen Materialien samt ihrer Musterung und den verfügbaren Farbtönen.

»Und falls Nummer siebenunddreißig scheußlich aussieht, dann soll Gabriela das Modell einfach streichen«, fuhr Isabella fort. »Dann bleibt es als Nummer sechsunddreißig in Blau in der Kollektion.«

»Welches Blau meinst du?« Bernardo war überwältigt. In einem Tag hatte sie die Arbeit eines Monats erledigt und die gesamte Sommerkollektion gerettet. Erst nachdem Bernardo am Vorabend mit Gabriela gesprochen hatte, war ihm klargeworden, welche katastrophalen Folgen das Ausbleiben des Stoffes aus Hongkong für sie hätte haben können.

»Das ist unwichtig. Gabriela weiß schon Bescheid. Was gibt's bei dir Neues?«

»Heute... nichts. An der Heimatfront ist alles ruhig.«

»Wie schön für dich. Wenn das so ist, nehme ich heute meinen freien Tag.«

»Willst du ausgehen?« fragte Bernardo entsetzt.

»Nur in den Park. Es schneit. Natasha und ich haben es den Kindern versprochen.«

»Isabella, sei bitte vorsichtig.«

»Natürlich. Aber glaub mir, heute ist der Park bestimmt menschenleer.«

»Warum läßt du Alessandro nicht allein mit Natasha gehen und bleibst zu Hause?«

»Weil ich ab und zu auch mal frische Luft schnappen muß, Bernardo.«

Er wollte etwas sagen, doch Isabella fiel ihm ins Wort.

»Bernardo, du bist mein Bester, aber jetzt muß ich mich verabschieden.«

Sie klang plötzlich aufreizend fröhlich, als sie ihm kurz angebunden eine Kußhand durchs Telefon zuhauchte und auflegte. Bernardo gefiel das ganz und gar nicht. Isabellas Stimme hatte viel zu übermütig geklungen. Aber auf diese Entfernung war er absolut machtlos. Er konnte nur hoffen, daß Natasha klüger war als Isabella und ihr nur einen kurzen abendlichen Spaziergang nach Einbruch der Dunkelheit erlaubte. Bernardo lachte unwillkürlich laut auf. Es gab praktisch nur eine Möglichkeit, Isabella davon abzuhalten, Dummheiten zu machen: Man mußte sie so mit Arbeit eindecken, daß sie gar nicht zur Besinnung kam. Genau wie das am Vortag geschehen war. Es erschien ihm allerdings unglaublich, daß sie ihr Pensum so rasch erledigt hatte.

»Seid ihr fertig?« Isabella musterte die beiden Jungen, die dick eingepackt in einem roten und einem gelben Schneeanzug in der Diele standen.

Kurz darauf waren sie im Park, wo die zwei auf Jasons Schlitten die kleinen Hügel hinunterfuhren. Schliddernd, schreiend, lachend und Schneebälle werfend verbrachten sie die Zeit. Zum Schluß gab es eine große Schneeballschlacht, an der sich auch Natasha und Isabella beteiligten. Nur wenige, besonders abgehärtete New Yorker hatten sich bei dieser Witterung in den Park gewagt.

Die vier hielten es fast zwei Stunden lang in der Kälte aus, dann machten sie sich durchnäßt, aber glücklich auf den Heimweg.

»Jeder nimmt ein heißes Bad!« befahl Natasha, als sie die Wohnung betraten. Hattie hatte bereits heiße Schokolade und Zimtwaffeln bereitgestellt, und im Kamin brannte ein Feuer. Der Schneesturm hielt noch zwei weitere Tage an, so daß die beiden Kinder die ganze Woche über schulfrei hatten, während Geschäftsleute mit gefütterten Schuhen in ihre Büros gingen und Hausfrauen Ski anschnallten, um ihre Einkäufe zu machen.

Isabella gönnte sich allerdings nur diesen einen freien Tag. Danach kehrte sie an ihre Arbeit in ihrem kleinen Büro in Natashas Wohnung zurück, wo neue Probleme aus Rom auf sie warteten. Zwei der wichtigsten Stoffe für die Alternativmodelle waren durch Hochwasser im Lagerraum stark beschädigt und damit unbrauchbar geworden; ihr Top-Mannequin hatte gekündigt, so daß mit den Anproben von vorn angefangen werden mußte. Zusammen mit den täglich anfallenden kleineren Problemen, Katastrophen und Erfolgen hielten all diese Dinge Isabella einen Monat lang in Trab. Sie konnte sich also in ihre Arbeit vergraben und spannte praktisch nur während ihrer kurzen abendlichen Spaziergänge mit Natasha aus, die zu einer täglichen Routine wurden, ohne die Isabella nicht hätte existieren können.

»Wie lange willst du eigentlich so weitermachen, Natasha?« erkundigte sich Isabella eines Abends, als sie an einer Ampel auf der Madison Avenue stehengeblieben waren. Isabella hatte die Auslagen der Modegeschäfte betrachtet und die Frühjahrsmodelle kritisch begutachtet. Es war inzwischen März geworden, die Schneestürme wurden in New York seltener, doch es war noch immer winterlich und kalt.

Natasha sah die Freundin erstaunt an. »Wie meinst du das?«

»Ich meine, du lebst doch wie eine Nonne und spielst hauptberuflich bei mir Kindermädchen. Ist dir eigentlich klar, daß du in den fünf Wochen, die wir jetzt hier sind, keinen einzigen Abend ausgegangen bist? Corbett würde mich mittlerweile sicher am liebsten ermorden.«

»Weshalb sollte er?« Natasha starrte Isabella verdutzt an.

Isabella hielt Natashas Ahnungslosigkeit für gespielt und lächelte amüsiert. »Nun, sicher hat er normalerweise mehr Anspruch auf deine Zeit.«

»Deine Fürsorge rührt mich, aber normalerweise führen Corbett und ich unser eigenes Leben, und zwar jeder seins.« Jetzt war es Natasha, die sich zu amüsieren schien.

Isabella zog erstaunt die Augenbrauen hoch. »Wie schrecklich modern.«

»Was, zum Teufel, willst du damit sagen?« fragte Natasha ehrlich verwirrt.

Isabella lächelte. »Weißt du, ich erwarte eigentlich nicht, daß du ein völlig jungfräuliches Dasein führst, Natasha. Mir gegenüber kannst du doch ehrlich sein.«

»Ehrlich? Worüber denn?« Plötzlich ging Natasha ein Licht auf. »Ach, du meinst in bezug auf Corbett?« Natasha begann herzlich zu lachen. »Machst du Witze?« prustete sie schließlich. »Oh, Isabella... hast du wirklich geglaubt... Du liebe Zeit!« Sie schüttelte den Kopf. »Also nichts läge mir ferner, als mit Corbett Ewing ein Verhältnis anzufangen.«

»Ist das dein Ernst? Du hast nichts mit ihm?« Isabella war verblüfft. »Aber ich dachte...« Sie begann zu stottern. »Aber warum... denn nicht? Ich habe... geglaubt, ihr beide...«

»Vielleicht hattest du diesen Eindruck, meine Liebe... Corbett und ich sind allerdings noch nie auf die Idee gekommen. Wir sind seit vielen Jahren gute Freunde... und werden auch nie etwas anderes sein. Er ist für mich beinahe wie ein Bruder. Wir sind beide sehr starke Persönlichkeiten. Und ich bin offen gestanden gar nicht Corbetts Typ. Er mag sanfte, zerbrechliche und ein wenig hilflose Geschöpfe. Von mir behauptet er immer, an mir sei ein Mann verlorengegangen.«

»Wie unhöflich von ihm«, bemerkte Isabella mißbilligend.

»Ist Bernardo denn dir gegenüber nie unhöflich?«

Isabella mußte unwillkürlich lächeln. »Doch, fast täglich sogar.«

»Na also. Es ist wie unter Geschwistern. Ich kann mir nicht vorstellen, daß es mit Corbett je anders sein könnte.« Sie sah Isabella an.

Isabella zuckte mit den Schultern und kam sich plötzlich sehr dumm vor.

»Ich scheine langsam alt zu werden, Natasha«, seufzte sie. »Meine Menschenkenntnis läßt nach. Ich habe von Anfang an geglaubt, daß...« Sie verstummte, als Natasha lächelnd den Kopf schüttelte. Isabella ging in Gedanken versunken weiter. Sie sah Corbett Ewing plötzlich in einem ganz anderen Licht.

Die beiden Frauen liefen schweigend nebeneinander her. Erst als sie das Apartmenthaus schon fast erreicht hatten, merkte Natasha, daß Isabella sie lächelnd musterte.

»Du hättest zum Opernball gehen sollen«, sagte Isabella. »Es wäre bestimmt unterhaltsam gewesen.«

»Woher willst du das wissen?«

»Weil der Opernball in Rom einfach immer phantastisch ist.«

»Nein, ich meine vielmehr, woher du weißt, daß es hier einen Opernball gibt, und daß ich dazu eine Einladung erhalten hatte?«

»Weil ich eben ein guter Detektiv bin... und die Einladungskarte nicht restlos verbrannt war.«

Natasha machte ein trauriges Gesicht. Sie hatte mit ihren Lügen, ihren ›Opfern‹, der Freundin keinen guten Dienst erwiesen. »Also gut«, seufzte sie und legte den Arm um Isabella. »Du hast gewonnen.«

»Danke.« Mit siegesbewußtem Blick und einem unheilvollen Glitzern in den schönen Augen schritt Isabella durch die Eingangshalle des Apartmenthauses.

16

Isabella machte das Licht in ihrem Büro aus. Es war acht Uhr abends, und sie hatte gerade ihr letztes Telefongespräch mit Rom beendet. Für den armen Bernardo war es mittlerweile zwei Uhr morgens, doch die neue Sommerkollektion war an diesem Abend der Öffentlichkeit vorgestellt worden, und Isabella hatte natürlich wissen wollen, wie das Publikum sie aufgenommen hatte.

»Es war ein voller Erfolg, *cara*«, hatte Bernardo erzählt. »Alle sind hingerissen. Jeder ist erstaunt, wie du das trotz der vielen Schwierigkeiten und nach allem, was passiert ist, geschafft hast.«

Allein vom Zuhören begannen Isabellas Augen zu glänzen.

»Haben die neuen Farben, mit denen wir das Rot ersetzt haben, auch wirklich gepaßt?« Isabella hatte die Änderungen immerhin nur auf dem Papier geplant, ohne ihre Wirkung am Objekt ausprobieren zu können.

»Ja, sogar ausgezeichnet. Die türkisfarbene Verbrämung an dem weißen Abendmantel war einfach eine geniale Idee. Schade, daß du nicht erlebt hast, wie begeistert gerade die Leute von der italienischen Ausgabe der *Vogue* reagiert haben.«

»Va bene.« Isabella war glücklich. Bernardo hatte ihr die Show in allen Einzelheiten geschildert. Jetzt wußte sie Bescheid. »Gut, Bernardo. Wir haben's also geschafft. Tut mir leid, daß ich dich geweckt habe. Schlaf weiter.«

»Soll das heißen, daß du zu dieser Stunde keine neuen Aufträge für mich hast? Keine dringenden Anweisungen bezüglich der Herbstkollektion?« Bernardo vermißte Isabella zwar, doch seine Gefühle hatten sich etwas abgekühlt. Die Trennung hatte ihnen beiden gutgetan. Ihre Flucht hatte auch ihm einen Ausweg aus seiner Situation geboten.

»A domani.« Auf morgen. Einen Augenblick lang runzelte sie sorgenvoll die Stirn. Die Herbstkollektion... schoß es ihr durch den Kopf. Würde sie die Modelle dafür ebenfalls in New York entwerfen müssen? Konnte sie nie wieder nach Hause zurück? Seit zwei Monaten bereits war sie in den Vereinigten Staaten. Zwei Monate lang versteckte sie sich mittlerweile, leitete das Haus San Gregorio per Telefon, wohnte nicht mehr in der Villa an der Via Appia und schlief nicht mehr in ihrem Bett. Inzwischen war es April geworden, der Monat der

ersten Sonne, der Gärten und der ersten Anzeichen des Frühlings in Rom. Selbst in New York herrschten jetzt mildere Temperaturen, wenn sie ihren Abendspaziergang zum Park oder zum East River machte, wo sie die Jogger und die gedrungenen kleinen Boote auf dem Wasser beobachtete. Aber der East River war nicht der Tiber, und New York war nicht ihr Zuhause. »Ich rufe dich am Vormittag wieder an«, verabschiedete sie sich von Bernardo. »Übrigens muß ich dir noch zu der Seife gratulieren.«

»Ach, das ist nicht der Rede wert.« Es hatte vier Monate gedauert, bis die Arbeiten im Labor beendet waren, und weitere zwei Monate, bis sie den Artikel endlich hatten auf den Mark bringen können. Im Endeffekt hatte sich der Aufwand dann doch gelohnt. Gerade war eine Bestellung im Wert von einer halben Million Dollar von F-B eingegangen.

Bernardo berichtete ihr von der Flut von Bestellungen, doch Isabella hörte ihm nicht mehr zu. Die Seife erinnerte sie zu sehr an jenen letzten Tag mit Amadeo, an jene schicksalhaften Stunden, als sie sich mit Bernardo gestritten und die beiden Männer anschließend allein gelassen hatte, um ihre Verabredung zum Mittagessen einhalten zu können. Das alles lag jetzt sieben Monate zurück, sieben lange, einsame und arbeitsreiche Monate. Isabella zwang sich, sich wieder auf das Gespräch mit Bernardo zu konzentrieren.

»Wie ist denn das Wetter bei euch in New York?« erkundigte er sich gerade.

»Oh, es ist noch ziemlich kalt und grau. Hier wird es erst im Mai oder Juni Frühling.«

Bernardo verschwieg ihr, daß im Garten der Villa bereits alles in voller Blüte stand. Er war erst ein paar Tage zuvor dort gewesen, um nach dem Rechten zu sehen. *»Bene, cara«*, sagte er statt dessen. »Wir unterhalten uns morgen weiter. Und... nochmals herzlichen Glückwunsch zum Erfolg.«

Sie gab ihm einen Kuß durchs Telefon und legte auf. Herzlichen Glückwunsch, dachte sie. In Rom hätte sie voller Angst und Aufregung die letzten Vorbereitungen zur Eröffnung der Modenschau überwacht, hätte atemlos und unsicher dabeigestanden und sich gefragt, ob sie die richtigen Farben, Materialien und Accessoires gewählt hatte, und wäre plötzlich mit der Musik und den Frisuren der Mannequins nicht mehr zufrieden gewesen. Jeder Augenblick hätte für sie eine Qual bedeutet, bis das erste Mannequin den seidenbespannten Laufsteg betreten hätte. Dann erst, nach dem eigentlichen Beginn, hätte sie wie jedes Jahr dieses unglaubliche Glücksgefühl darüber empfunden, daß sie an dieser faszinierenden, verrückten und schönen Welt der Mode Anteil hatte. Und zum Schluß hätten Amadeo und sie sich verstohlen zugezwinkert und später den völlig überfüllten Salon des Hauses kurz verlassen, um sich mit einem langen, zärtlichen Kuß zum Erfolg zu beglückwünschen. Die Presse wäre dabeigewesen, und der Champagner wäre in Strömen geflossen. Abends hätte dann ein Fest stattgefunden. Viermal im Jahr erlebte das Haus San Gregorio eine Hochzeit und Flitterwochen zugleich.

In diesem Jahr jedoch war alles anders. Sie saß allein in Blue jeans in ihrem kleinen Büro, trank Kaffee und fühlte sich sehr einsam.

Isabella machte schließlich die Bürotür hinter sich zu und warf im Vorübergehen vom Korridor aus einen Blick auf die Küchenuhr. Sie hörte die Stimmen der beiden Jungen aus dem Kinderzimmer und wunderte sich, daß sie noch nicht im Bett waren. Alessandro hatte inzwischen gelernt, sich einigermaßen auf englisch verständlich zu machen. Sobald ihm das einmal nicht gelang, begann er meistens laut zu werden, so, als hätten ihn die anderen nur nicht gehört. Seltsamerweise sprach er jedoch kaum freiwillig englisch. Isabella hatte fast den Eindruck, als brauche Alessandro seine Muttersprache, um sich an die Heimat und seine Herkunft zu erinnern. Sie lächelte stumm, als sie am Kinderzimmer vorbeiging. Die beiden spielten mit Hattie, während der Fernsehapparat lief und Jason die Modell-Eisenbahn eingeschaltet hatte.

An diesem Abend hatte Isabella auf ihren Spaziergang verzichtet. Vor dem Gespräch mit Bernardo war sie viel zu nervös und aufgeregt gewesen, um noch einmal aus dem Haus zu gehen. In Gedanken war sie ständig bei der Vorführung in Rom gewesen. Außerdem war ihr die vertraute Route des Spaziergangs inzwischen langweilig geworden. Um so mehr, als Natasha sie jetzt nicht mehr häufig begleitete. Natasha hatte sich wieder in das gesellschaftliche Leben gestürzt, so daß Isabella die Abende oft allein verbrachte. Auch an diesem Abend wollte Natasha einen Wohltätigkeitsball besuchen.

Vor ihrer Zimmertür blieb Isabella einen Augenblick stehen, dann ging sie kurz entschlossen zum Ende des Korridors weiter, wo Natashas Zimmer lag. Isabella freute sich, die Freundin in hübschen Kleidern mit hellen, freundlichen Farben zu sehen. Irgendwie weckte das auch in Isabella neues Leben. Sie hatte es satt, ihre eigene blasse, in düsteres Schwarz gekleidete und immer magerer werdende Gestalt im Spiegel zu sehen.

Isabella klopfte leise an und lächelte unwillkürlich, als Natasha »Herein« rief. Natasha hatte zwei Schildpattklammern zwischen den Zähnen. Ihr langes blondes Haar war zu einer griechisch-römischen Lockenfrisur aufgesteckt. »Hm, das sieht gut aus«, lobte Isabella. »Was willst du anziehen?«

»Das weiß ich noch nicht. Eigentlich hatte ich vor, das Gelbe zu tragen, aber Jason hat mir da einen Strich durch die Rechnung gemacht.« Natasha seufzte bedauernd und steckte eine Haarnadel fest.

»Aha, er hat wohl seine Fingerabdrücke darauf hinterlassen, was?« Isabella betrachtete die fleckige Vorderseite des gelben Seidenkleides.

»Die Erdnußbutterflecken stammen von seiner rechten, die Schokoeisflecken von seiner linken Hand«, erklärte Natasha zähneknirschend.

»Eine tolle Mischung.« Isabella lächelte.

»Schon... nur sieht sie scheußlich aus.«

»Wie wär's mit diesem hier?« Isabella zog ein blaßblaues Kleid heraus, das ihr bekannt vorgekommen war. Damals, als sie den Stoff geordert hatte, hatte sie sofort an Natasha gedacht. Er hatte dieselbe Farbe wie ihre Augen.

»Das? Es ist phantastisch, aber ich weiß nie, womit ich es kombinieren soll.«

»Wie wär's mit Gold?«

»Gold?« Natasha sah Isabella verständnislos an, nachdem sie die letzte Haarlocke befestigt hatte.

»Zum Beispiel goldene Sandaletten... und vielleicht ein Hauch von Gold im Haar.« Isabella betrachtete Natasha mit dem kritischen Blick der Frau, die es gewohnt war, Mannequins anzuziehen.

»Moment mal! Willst du mir Goldspray ins Haar sprühen?« erkundigte sich Natasha mißtrauisch und machte einen Schritt rückwärts.

Isabella beachtete sie nicht weiter und verschwand. Als sie wiederkam, hatte sie eine Stopfnadel und eine Rolle mit dünnem Goldfaden in der Hand.

»Was willst du denn damit?«

Isabella fädelte den Faden ein. Natasha beobachtete sie neugierig.

»Sitz ganz still!« befahl Isabella und begann mit viel Geschick den Goldfaden in Natashas Haar zu flechten, bis die Frisur mit Gold durchwirkt war.

»So, das hätten wir«, verkündete Isabella schließlich. Die Wirkung war verblüffend. Natasha starrte auf ihr Spiegelbild.

»Du bist einfach toll«, sagte sie dann lächelnd. »Und was jetzt?«

»Jetzt brauchen wir noch ein bißchen Goldpuder.« Isabella öffnete eine Puderdose. Unter ihren geschickten Händen begann Natashas schönes Gesicht dezent verführerisch zu schimmern. Dann holte Isabella ein Paar goldfarbene Sandaletten mit flachem Absatz aus Natashas Schuhschrank. »Wenn ich fertig bin, siehst du wie eine griechische Göttin aus.«

Natasha begann selbst daran zu glauben, als sie ihre längst vergessenen Sandaletten anzog.

»Du hast tolle Strümpfe an«, bemerkte Isabella und betrachtete das hauchdünne, schimmernde Gewebe an Natashas langen, schönen Beinen. »Wo hast du sie her?«

»Von Dior.«

»Verräterin.« Dann fügte Isabella nachdenklich hinzu: »Du brauchst kein schlechtes Gewissen zu haben. Sie sind tatsächlich besser als die unseren.« Insgeheim nahm sich Isabella vor, demnächst mit Bernardo darüber zu sprechen. Es war Zeit, daß sie ihre Strumpfserie erneuerten. »Also...« Isabella nahm das Kleid aus seiner Plastikhülle und stülpte es Natasha über den Kopf, ohne die kunstvolle Frisur der Freundin auch nur zu berühren. Dann zog sie mit geübtem Schwung den Reißverschluß zu und ging langsam um Natasha herum, zupfte die Taille gerade und glättete hier und dort eine Falte. Schließlich trat sie einen Schritt zurück und musterte ihr Werk zufrieden. Das Kleid stammte aus ihrer mittlerweile drei Jahre alten Frühjahrskollektion. Isabella suchte dann aus ihrer Schmuckkassette eine Kette mit in Gold gefaßten Amethysten und Brillanten zusammen mit den passenden Ohrringen und dem Armband heraus und legte den Schmuck Natasha an. Es waren ungewöhnlich schöne Stücke. »Wo hast du die denn her?«

»Amadeo hat sie mir vergangenes Jahr in Venedig gekauft. Ich glaube, sie stammen aus dem neunzehnten Jahrhundert. Amadeo hat behauptet, die Steine seien fehlerhaft, aber dafür ist die Goldschmiedearbeit einmalig.«

»Mein Gott, Isabella, ich kann diesen Schmuck unmöglich tragen. Vielen Dank, meine Liebe, aber das wäre Wahnsinn.«

»Du langweilst mich. Willst du gut aussehen oder nicht? Wenn nicht, kannst du genausogut hierbleiben.« Sie machte den Verschluß des Kolliers zu. Es saß genau an der richtigen Stelle, knapp über dem kleinen Halsausschnitt des Kleides und hob sich funkelnd vom blaßblauen Chiffon ab. Die Ohrringe legte Natasha selbst an, nachdem Isabella sie ihr energisch in die Hand gedrückt hatte. »Du siehst wundervoll aus.« Isabella betrachtete die Freundin zufrieden.

»Aber ich sterbe vor Angst, Isabella. Was ist, wenn ich den Schmuck verliere? Isabella, bitte...«

»Wie gesagt... du langweilst mich. Los, geh jetzt, und amüsier dich gefälligst.«

Natasha betrachtete lächelnd ihr Spiegelbild und dann Isabella. In diesem Augenblick klingelte es an der Wohnungstür. Es war der Börsenmakler, der Natasha zum Ball abholte. Isabella verschwand schnell in ihr Zimmer und wartete, bis die beiden gegangen waren. Natasha hatte sich nur kurz mit einem losen Klopfen an der Tür und einem hastig geflüsterten »Dankeschön« von der Freundin verabschiedet.

Danach war Isabella allein. Die einzigen Geräusche in der Wohnung kamen von den beiden Jungen, die unter lautem Geschrei Jasons pfeifende Modelleisenbahn fahren ließen.

Eine halbe Stunde später brachte Isabella die Kinder ins Bett. Sie gab jedem einen Gutenachtkuß. Alessandro musterte dabei seine Mutter fragend. »*Non esce più,* Mamma?« Gehst du nicht mehr aus?

»Nein, mein Kind. Ich bleibe lieber hier bei dir.« Isabella machte das Licht aus, ging in ihr Zimmer und legte sich auf die Felldecke auf ihrem Bett. ›*Non esce più,* Mamma?‹ hörte sie erneut ihren Sohn fragen... *No, caro. Mai.* Nie... vielleicht überhaupt nie mehr.

Sie starrte in die Flammen des Kaminfeuers und versuchte zu schlafen. Doch Isabella fand keine Ruhe. Sie war nach den endlosen Stunden des Wartens auf die Nachricht vom Ergebnis der Modenschau noch viel zu nervös und erregt. Außerdem war sie den ganzen Tag über nicht an der frischen Luft gewesen... hatte sich kaum bewegt. Mit einem Seufzer drehte sie sich um, warf einen letzten Blick ins Feuer und stand schließlich auf. Sie ging zu Hattie, die in ihrem Zimmer mit Lockenwicklern im Haar und dem neuesten Heft von *Good Housekeeping* auf den Knien fernsah. »Sind Sie noch eine Weile zu Hause, Hattie?«

»Ja, Mrs. Parelli. Den ganzen Abend sogar. Ich habe heute nichts vor.«

»Dann mache ich jetzt noch einen Spaziergang. Ich bin bald wieder zurück.«

Isabella machte die Tür zu und kehrte in ihr Zimmer zurück. Natashas marineblauer Mantel hing jetzt in ihrem Schrank. Den Wollhut brauchte sie nicht mehr. Sie zog den Mantel an, nahm ihre Tasche und sah sich kurz im Zimmer um, als wolle sie sich vergewissern, daß sie nichts vergessen hatte. Aber was gab es schon zu vergessen? Ihre Tasche? Die Puderdose? Lange weiße Abendhandschuhe? Isabellas Blick schweifte zu den abgetragenen Jeans hinunter, die sie anhatte, und einen Augenblick lang war sie eifersüchtig... eifersüchtig auf die glückliche Natasha mit ihren Wohltätigkeitsveranstaltungen, ihren Goldsandaletten und ihrem gutaussehenden Begleiter. Isabella mußte unwillkürlich lächeln, als sie an das Gespräch über Corbett dachte.

Sie hätte wissen müssen, daß Corbett nicht Natashas Typ war. Er sah nicht wie ein Mann aus, der nach der Pfeife einer Frau tanzte. Isabella betrachtete sich plötzlich ärgerlich im Spiegel und flüsterte: »Würdest du dir einen Mann wünschen, der das tut?« Natürlich tat sie das nicht. In dieser Beziehung war sie sicher. Börsenmakler mit Hornbrillen waren noch nie ihr Fall gewesen. »Du willst also einen schönen Mann«, fuhr sie in ihrem Selbstgespräch fort und machte die Tür hinter sich zu. Doch auch diesen Gedanken verwarf sie hastig. Sie wollte Amadeo... nur Amadeo, und dachte trotzdem für den Bruchteil einer Sekunde an Corbett Ewing.

An jenem Abend ging sie länger und weiter spazieren als je zuvor in New York. Sie hatte die Hände tief in die Manteltaschen vergraben und den Blick starr auf die Straße geheftet. Was wollte sie eigentlich wirklich? Sie war sich plötzlich nicht mehr so sicher, ob sie das wußte. Isabella schlenderte langsam an den inzwischen allzu vertrauten Geschäften vorüber. Warum wurden die Schaufenster nicht öfter umdekoriert? Fiel das den Leuten hier denn gar nicht auf? Und warum hielt man sich noch an die Modefarben des Vorjahres? Weshalb wurde es nicht endlich richtig Frühling? New York behagte ihr auf einmal ganz und gar nicht mehr, und sie mußte sich zwingen, nicht ständig an Natasha und deren Vergnügungen zu denken. Was war nur mit ihr los? War sie eifersüchtig auf die Freundin? Dabei hatte Natasha jedes Recht, sich zu amüsieren. Sie arbeitete hart und war die beste Freundin, die man sich wünschen konnte. Sie hatte Isabella mit offenen Armen bei sich aufgenommen. Was konnte sie mehr von ihr erwarten? Daß sie sich in ihrer Wohnung einsperrte, wie Isabella das tat?

Und in diesem Moment wurde Isabella klar, daß sie nicht wünschte, daß sich Natasha vom gesellschaftlichen Leben ausschloß, sondern daß sie sich vielmehr danach sehnte, wieder selbst etwas mehr Freiheit zu haben. Das war alles. Sie vergrub die Hände noch tiefer in den Manteltaschen, senkte den Kopf und lief so lange weiter, bis sie zum ersten Mal die New Yorker City erreicht hatte. Sie hatte die Sicherheit und Geborgenheit der eleganten Wohnviertel in den Sechziger-Straßen, die vornehme Schlichtheit der Siebziger-, die dekorative Langeweile der Achtziger- und die dubiose, schäbige Pracht der Neunziger-Straßen hinter sich gelassen, wo sie auch bisher gelegentlich gewesen war. Diesmal jedoch durchquerte sie das Viertel der Fünfziger-Straßen mit seinen Restaurants, den fröhlichen Zechern, Taxiständen und den viel größeren Geschäften des Zentrums, kam an den riesigen Warenhäusern mit den vollgestopften Auslagen, an Tiffany's mit seinen glitzernden Kostbarkeiten und dem Rockefeller-Center mit seinen Rollschuhläufern vorbei und landete schließlich vor der St.-Patricks-Kathedrale mit ihren spitzen Türmen. Dahinter gelangte sie in die Zweiundvierzigste Straße mit ihren Bürohäusern, den billigeren Geschäften und den Betrunkenen. All diese mehr als flüchtigen Eindrücke erinnerten sie an Rom. Schließlich machte sie sich auf den Rückweg zur Park Avenue. Hinter der Grand Central Station hatte sie einen einmaligen Ausblick auf den riesigen Central Park, an dessen Seiten Wolkenkratzer aufragten, diese überwältigenden Monumente aus Chrom und Glas, in denen man nach Reichtum strebte, seine Ambitionen befriedigte. Die Spitzen der Hochhäuser schienen geradewegs in den Himmel zu reichen. Langsam und nachdenklich ging Isabella nach Hause.

Sie hatte das Gefühl, sich an diesem Abend eine neue Tür geöffnet zu haben, die sie nicht mehr würde schließen können. Bisher hatte sie sich in einer Wohnung verschanzt und sich eingeredet, in einer eigenen Welt weitab von dieser aufregenden Stadt zu leben. An jenem Abend jedoch hatte sie zuviel gesehen, die Nähe von Macht, Erfolg, Geld und Trubel zu deutlich gespürt, um diese Selbsttäuschung noch aufrechterhalten zu können. Als Natasha endlich nach Hause kam, stand Isabellas Entschluß längst fest.

»Du bist noch auf, Isabella? Ich dachte, du schläfst schon seit Stunden.« Natasha hatte im Wohnzimmer Licht gesehen und streckte nun erstaunt den Kopf zur Tür herein.

Isabella schüttelte nur den Kopf. »Du siehst heute wirklich bezaubernd aus, Natasha.«

»Das ist dein Verdienst. Alle waren von meiner Frisur begeistert und wollten wissen, wie ich die Goldfäden hineingezaubert habe.«

»Hast du's ihnen gesagt?«

»Nein.«

»Das war gut so.« Isabella lächelte. »Ein paar Geheimnisse braucht jede Frau.«

Natasha beobachtete die Freundin mit wachsender Besorgnis. Sie kam ihr irgendwie verändert vor. Es lag etwas Besonderes in ihrem Lächeln, ihrem Blick und der Art, wie sie sich hielt. »Bist du heute noch spazieren gewesen?«

»Ja.«

»Und wie war's? Ist vielleicht was passiert?« Was hat dieser Ausdruck in Isabellas Augen nur zu bedeuten, überlegte Natasha.

»Was sollte passiert sein? Es ist doch alles in Ordnung.«

»Und so wird es auch bleiben, solange du vorsichtig genug bist.«

»Ach so, ja.« Isabella sah Natasha versonnen an. »Ich weiß, was du meinst.« Sie hob stolz und graziös den Kopf. In diesem Augenblick hätten ihr die Goldfäden im Haar wesentlich besser gestanden als Natasha. »Natasha, wann gehst du das nächste Mal aus?«

»Erst in ein paar Tagen. Weshalb fragst du?« Verdammt, dachte Natasha. Isabella fühlte sich vermutlich einsam und langweilte sich. Wer konnte ihr das schon übelnehmen? Besonders wenn man wußte, welches Leben sie in Italien geführt hatte. »Eigentlich hatte ich vor, den Rest der Woche abends bei dir und den Kindern zu bleiben.«

»Wie schrecklich langweilig.«

Das war es also. Natasha hätte es wissen müssen. Sie hatte den Fehler gemacht, Isabella einfach beim Wort zu nehmen und an ihr eigenes Vergnügen zu denken.

»Das finde ich aber gar nicht, meine Liebe.« Natasha gähnte. »Diesen lockeren Lebenswandel könnte ich sowieso nicht durchhalten.« Doch Isabella lachte nur, und Natasha begriff gar nichts mehr.

»Und was ist mit der Filmpremiere, zu der du übermorgen eingeladen bist?«

»Welche Filmpremiere?« Natasha stellte sich dumm, doch Isabella lachte nur noch lauter.

»Ich meine die, die am Donnerstag stattfinden soll. Weißt du jetzt Bescheid? Soviel ich mich erinnere, soll der Erlös der Herzforschung zugute kommen.«

»Ach so, die. Da wollte ich gar nicht hingehen.«

»Na, prima. Dann kannst du deine Einladungskarte ja mir geben.« Sie lehnte sich triumphierend in ihrem Sessel zurück.

»Wie bitte? Das soll wohl ein schlechter Witz sein, oder?«

»Nein, ganz und gar nicht. Kannst du mir vielleicht eine Einladung besorgen?« Isabella sah Natasha lächelnd an.

»Bist du verrückt?«

»Nein... aber ich bin heute auf meinem Spaziergang in der City gewesen... es war einfach herrlich, Natasha. Ich kann mich nicht ewig hier in deiner Wohnung vergraben.«

»Es wird dir wohl nichts anderes übrigbleiben. Das ist dir doch klar.«

»Unsinn. In einer riesigen Stadt wie New York? Hier kennt mich niemand. Ich will ja nicht unbedingt auffallen, Modenschauen besuchen oder auswärts zu Mittag essen. Aber ein paar Vergnügungen kann ich mir doch gönnen. Es ist Wahnsinn, sich hier zu verstecken.«

»Es wäre Wahnsinn, es nicht zu tun.«

»Da irrst du dich. Bei einer Filmpremiere kann ich unbemerkt herein- und wieder hinauskommen..., und zwar in der Zeit zwischen den Cocktails und der anschließenden Party. Aber bevor ich gehe, habe ich wenigstens den Film und das Publikum gesehen. Wie stellst du dir vor, daß ich Kleider für Frauen der Gesellschaft entwerfen soll, ohne je den Fuß aus der Wohnung zu setzen, die Atmosphäre einer Stadt oder einer Party zu spüren, ohne zu sehen, was man hier trägt, was an diesen Frauen gut wirkt und was ihnen nicht steht? Ich bin keine Hellseherin, weißt du, sondern eine Designerin. Und das ist ein ganz solider Beruf, bei dem man Sinn für die Wirklichkeit braucht.«

Das alles klang jedoch so wenig überzeugend, daß Natasha nur den Kopf schüttelte.

»Ich kann das nicht zulassen. Es geht sonst bestimmt etwas schief. Du bist verrückt, Isabella.«

»Noch nicht ganz... aber wenn ich so weitermache wie bisher, dauert es nicht mehr lange, bis ich soweit bin. Natürlich werde ich vorsichtig sein. Trotzdem muß ich hier manchmal raus. So halte ich es nicht mehr aus. Das ist mir heute abend klargeworden.« Als Natasha traurig den Kopf senkte, tätschelte Isabella ihre Hand.

»Bitte, Natasha. Alle glauben, daß ich mich in mein Penthouse in Rom zurückgezogen habe. Niemand ahnt, daß ich mich in New York aufhalte.«

»Sobald du bei Filmpremieren und anderen Veranstaltungen aufkreuzt, wird sich das bald ändern.«

»Ich verspreche dir, daß mich niemand erkennt. Besorgst du mir eine Einladung?« Sie sah Natasha bittend an.

»Ich überleg's mir.«

»Falls du mir nicht helfen willst, beschaffe ich mir selbst eine Einladung. Oder ich besuche einfach eine andere Veranstaltung..., und zwar eine, wo man mich ganz bestimmt sehen wird.« Isabellas Augen glitzerten listig. Natasha wurde wütend.

»Das ist Erpressung, verdammt noch mal.« Natasha sprang auf und ging erregt im Zimmer auf und ab.

»Hilfst du mir? Bitte, Natasha... bitte...«

Beim Klang von Isabellas Worten drehte sich Natasha langsam zu der Freundin um, sah in die großen Augen mit dem unsteten Blick, in das bleiche schmale Gesicht und mußte sich in diesem Moment eingestehen, daß Isabella tatsächlich mehr brauchte als nur ihre vier Wände und den gelegentlichen Spaziergang bis zur Madison Avenue im Dunkeln. »Mal sehen«, murmelte sie. Doch Isabella war die Ausflüchte leid. Sie sprang ebenfalls auf und starrte Natasha aus blitzenden Augen an.

»Bemüh dich nicht, Natasha. Ich kümmere mich selbst darum.«

Damit verließ sie den Raum und ging den Korridor entlang zum anderen Ende der Wohnung. Kurz darauf hörte Natasha, wie Isabella ihre Zimmertür zumachte.

Natasha löschte das Licht im Wohnzimmer und starrte auf die hell erleuchtete Stadt hinunter. Auch noch um zwei Uhr morgens herrschte dort unten ein hektisches Leben und Treiben. Lastwagen, Taxis und Passanten waren auf den Straßen, Hupen und Stimmen erfüllten die Luft. Diese Lebendigkeit war der Grund, daß New York eine magnetische Anziehungskraft besaß. Natasha wußte durchaus, daß die Stadt ihr gab, was sie brauchte. Sie mußte ihr pulsierendes Leben spüren, um existieren zu können. Wie wollte sie denn das alles Isabella verwehren? Falls sie Isabella allerdings nachgab und die Kidnapper sie fanden, konnte das die Freundin das Leben kosten. Leise ging Natasha den Korridor entlang, blieb vor Isabellas Tür stehen und klopfte. Isabella öffnete sofort, und die beiden Frauen standen sich einen Augenblick schweigend gegenüber.

»Tu's nicht, Isabella. Es ist zu gefährlich«, sagte Natasha.

»Darüber reden wir am besten mal, wenn du dich wie ich so lange hast verstecken, so lange in ständiger Angst hast leben müssen. Ich bin gespannt, ob du es durchhalten würdest.«

Darauf gab es für Natasha keine Antwort.

»Du bist sehr lange tapfer gewesen, Isabella.«

›Tapfer... sei noch ein bißchen länger tapfer‹, klang Amadeos Stimme wieder in Isabellas Ohren. Diese Erinnerung trieb ihr erneut die Tränen in die Augen. Sie schüttelte den Kopf. »Nein, das stimmt gar nicht.«

»O doch«, widersprach Natasha ihr leise. »Du bist tapfer, geduldig und vorsichtig gewesen. Kannst du das nicht noch eine Weile durchhalten?«

Isabella hatte Mühe, ihre Worte nicht laut hinauszuschreien. »Nein, nein. Ich kann es nicht«, antwortete sie sowohl Natasha als auch dem toten Amadeo. Dann straffte Isabella stolz die Schultern und sah Natasha selbstbewußt an. »Ich kann nicht länger tapfer sein. Es geht jetzt über meine Kraft.«

»Und Donnerstag?«

Isabellas Mund verzog sich zu einem Lächeln. »Du meinst die Premiere? Ich werde dort sein.«

17

»Isabella!... Isabella!...« Natasha klopfte energisch an die Tür.

»Augenblick noch! Ich bin gleich fertig. Nur noch eine Sekunde...« Isabella schlüpfte in die Schuhe, befestigte die Ohrringe, warf noch einen flüchtigen Blick in den Spiegel und machte dann die Tür auf. Natasha wartete bereits in einem beigen, mit pfirsichfarbener Seide gefütterten chinesischen Kimono im Korridor. Darunter trug sie eine moccafarbene Samthose und Brokatschuhe in Braun- und Pfirsichtönen. An ihren Ohren baumelten Korallenohrringe. Isabella musterte sie bewundernd. »Du siehst einfach bezaubernd aus, Natasha. Und dabei ist der Abendanzug nicht mal von mir. Wo hast du ihn denn her? Er ist sensationell.«

»Den habe ich vergangenes Jahr in Paris gekauft.«

»Wirklich sehr hübsch.«

Doch dann betrachtete Natasha Isabella näher, und es verschlug ihr die Sprache, als sie die Freundin elegant in der Tür stehen sah.

Es war die Isabella von früher mit der altbekannten Ausstrahlung. Das war wieder Isabella di San Gregorio, wie alle sie kannten... Amadeos Frau, der schillerndste Stern am Modehimmel von Rom.

Beeindruckend war nicht nur das schlichte lange Kleid aus schwarzem Satin, das elegant und gerade von ihren Schultern bis zu den schwarzen Schuhspitzen fiel, sondern die Art, wie sie es trug. Ihr schöner, schmaler Hals wurde besonders betont durch den V-Ausschnitt am Rücken, das aufgesteckte dunkle Haar, ihre zierlichen Ohren, die phantastischen, tiefliegenden Augen, die schmalen, nackten Arme und die großen Ohrringe aus je einem von Brillanten umgebenen Onyx, die wie ihre Augen funkelten, das alles ergab ein unvergleichliches Bild.

»Mein Gott, du siehst einfach großartig aus, Isabella!« Alles an ihr war schlicht und elegant. »Das muß eines deiner Modelle sein.«

Isabella nickte. »Es stammt aus meiner letzten Kollektion, bevor... bevor wir Rom verlassen haben«, vollendete sie nach einer langen Pause. Bevor Amadeo entführt worden ist, hatte sie eigentlich sagen wollen. Das Schwarze gehörte zu derselben Serie wie das grüne Satinkleid, das sie an jenem verhängnisvollen Abend getragen hatte, als er nicht mehr nach Hause gekommen war.

»Was willst du darüber tragen? Deinen Nerzmantel?« Natasha war von diesem Gedanken nicht begeistert. Der Pelzmantel mußte zwangsweise Aufsehen erregen. Isabella war ja selbst in ihrem schlichten Satinkleid kaum zu übersehen.

Mit einem geheimnisvollen Lächeln schüttelte Isabella den Kopf. »Nein, dazu trage ich einen Mantel aus der Kollektion, die wir diese Woche vorgestellt haben.« Sie drehte sich um und griff in ihren Schrank. »Eigentlich ist es nur ein Muster, aber Gabriela hat ihn mir über die Adresse deiner Agentin geschickt, damit ich sehen sollte, wie gut das Modell geworden ist. Wir haben den Mantel extra mit türkisfarbener Seide gefüttert, damit er zu Purpurrot und Dunkelgrün getragen werden kann.« Damit schlüpfte sie in einen cremefarbenen Satinmantel. Zusammen mit dem schwarzen Kleid war die Wirkung phantastisch.

»Donnerwetter.« Natasha fand keine Worte.

»Gefällt er dir nicht?« erkundigte sich Isabella verwundert.

»Ich finde ihn einfach hinreißend.« Natasha setzte sich. »Du bist verrückt, Isabella, total verrückt.« Mantel und Kleid sah man schon von weitem an, daß sie Modelle aus einem der bekanntesten Modeateliers der Welt waren. Und sobald sich die Premierengäste Isabellas blasses, häufig fotografiertes Gesicht ansehen würden, war das Spiel aus. Jeder wußte dann über den gegenwärtigen Aufenthaltsort von Isabella di San Gregorio Bescheid. »Habe ich überhaupt eine winzige Chance, dir das auszureden?« Natasha musterte Isabella mit düsterer Miene.

»Nein, nicht die geringste.« Das klang endgültig. Die Prinzessin des Hauses San Gregorio gab jetzt den Ton an. Sie warf einen Blick auf die Uhr, die auf dem Tisch lag. »Beeil dich, Natasha, sonst kommst du zu spät.«

»Das wage ich ja kaum zu hoffen. Und was ist mit dir?«

»Ich verlasse wie versprochen erst um Viertel nach neun die Wohnung und fahre mit dem Wagen, den du für mich gemietet hast, zum Filmtheater. Erst nachdem sich der Chauffeur bei den Platzanweisern vergewissert hat, daß die Vorstellung bereits läuft, betrete ich den Zuschauerraum, setze mich auf meinen Platz am Mittelgang, den du für mich hast reservieren lassen, und verschwinde sofort wieder, sobald gegen Ende die Lichter angehen.«

»Du verschwindest, *bevor* die Lichter angehen«, verbesserte Natasha Isabella bestimmt. »Warte auf keinen Fall den Beifall und die offiziellen Ehrungen ab... und warte auch nicht auf mich. Du verläßt das Kino so schnell wie möglich, meine Liebe. Nach dem Diner komme ich dann ebenfalls nach Hause.«

»*Ecco.* Und wenn du zurück bist, feiern wir den Abend hier zusammen.«

»Hoffentlich haben wir dann noch Gelegenheit zum Feiern. Es können tausend Dinge schiefgehen.«

»Unsinn! *Va, cara.* Sonst kommst du zu spät zu den Cocktails.«

Natasha konnte sich nicht entschließen, Isabella allein zu lassen. Die Freundin schien sich der Gefahren gar nicht bewußt zu sein, die ihr erstes öffentliches Auftreten mit sich brachte. Sie konnte jederzeit erkannt werden. Und falls es dazu kam, würde es einen ungeheuren Wirbel geben.

»Weiß Bernardo eigentlich, was du heute vorhast?«

»Bernardo? Bernardo ist in Rom. Und wir sind in New York. Hier bin ich doch nur ein Gesicht aus den Modezeitschriften, und nicht jeder liest die Gesellschaftsnachrichten. Weißt du das nicht?«

»Isabella, sei doch nicht so naiv! Deine Modelle werden nicht nur vom französischen Adel und reichen Frauen aus Rom, Venedig oder Mailand getragen. Du entwirfst Kollektionen für Amerika, verkaufst hier Herrenmode, Kosmetikartikel, Parfüm und Seifen. Du hast praktisch eine international bekannte Firma.«

»Ich bin eine Frau. Ich kann mich nicht ewig verstecken.«

Sie hatten über dieses Thema in den vergangenen drei Tagen hundertmal gesprochen, und Natashas Argumente verloren immer mehr an Überzeugungskraft. Sie hatte daher nur noch eines tun können, nämlich einen Plan auszuarbeiten, der das Risiko für Isabella so gering wie möglich hielt. Wenn sie spät genug kam und früh genug wieder ging, passierte... vielleicht – aber eben nur vielleicht – nichts.

»Bist du eigentlich soweit?« Isabella sah Natasha trotzig an.

»Ich wünschte, ich wäre jetzt auf dem Mond.«

»Sei nicht albern, Natasha.« Isabella gab Natasha einen Kuß auf die Wange. »Bis später dann.«

Schweigend stand Natasha auf. In der Tür wartete sie einen Augenblick kopfschüttelnd und ging endgültig, als sich Isabella wieder setzte, vor sich hin lächelte und ungeduldig mit den Schuhspitzen auf den Fußboden tippte.

18

Vor dem Eingang wartete die schwarze, elegante Limousine, die Natasha gemietet hatte. Es war Punkt Viertel nach neun. Isabella trat auf den Gehsteig hinaus. Die Luft fühlte sich auf ihrem Gesicht wunderbar an. Nicht einmal die Kälte machte ihr an diesem Abend etwas aus. Kurz darauf schlug der Chauffeur die Tür hinter ihr zu, und Isabella ließ sich vorsichtig in die Polster sinken. Ihren Abendmantel hatte sie wie eine Krönungsrobe um sich auf dem Sitz ausgebreitet.

Sie fuhren in gemächlichem Tempo durch den Central Park und dann stadteinwärts in Richtung Filmtheater. Isabella beobachtete die entgegenkommenden Autos.

Mein Gott, wie lange hatte sie auf diesen Augenblick gewartet? Sie trug wieder eine Abendrobe, und sie ging aus. Selbst Alessandro hatte sie bewundernd und glücklich betrachtet, als sie ihm gute Nacht gesagt hatte. »Genau wie mit Papa!« hatte er gerufen und bei einer Umarmung sorgfältig darauf geachtet, ihre Frisur nicht zu zerstören.

Trotzdem war nichts wie früher. Einen Augenblick lang schweiften Isabellas Gedanken zurück nach Rom, zu jenen Tagen, als sie im Ferrari von einer Party zur anderen gefahren, als sie das Büro abends hastig verlassen hatten, um sich noch ein wenig zu unterhalten, bevor sie sich für einen Ball umzogen… als Amadeo in der Dusche gesungen hatte, während sie seinen Smoking zurechtlegte, um dann in ihrem Ankleidezimmer zu verschwinden, aus dem sie meistens in einer sensationellen Kombination wieder herauskam. Jemand hatte ihr einmal gesagt, diese Art des gesellschaftlichen Lebens sei ›leer‹ und ›schal‹. Trotzdem war es ihre Welt. Sie hatten sie sich gemeinsam erobert, sie genossen und Freude und Erfolg stolz und glücklich geteilt.

Jetzt war alles anders. Der Platz im Wagen neben ihr war leer. Sie konnte mit niemandem reden. Es war keiner da, für den sie schön sein durfte, dem ihr Lächeln etwas bedeutete. Sie war schöner und stolzer gewesen, nur weil er an ihrer Seite gewesen war.

Isabella fühlte sich ein wenig ernüchtert, als die Limousine schließlich vor dem riesigen Filmtheater anhielt und der Chauffeur sich zu ihr umdrehte.

»Mrs. Walker hat mich gebeten, hineinzugehen und festzustellen, ob die Vorführung bereits begonnen hat. Ist das richtig?«

Isabella nickte. Der Chauffeur stieg aus und verschwand in der gläsernen Eingangstür.

Isabellas Herz schlug schneller. Sie war fast so nervös wie damals in einem Traum aus weißer Spitze als Amadeos Braut. Dabei sollte sie doch nur ins Kino gehen. Außerdem trug sie diesmal Schwarz. Sie war längst nicht mehr Amadeos Braut, sondern seine Witwe. Der Chauffeur kehrte zurück und öffnete den Wagenschlag, um ihr beim Aussteigen zu helfen – zur Umkehr war es nun zu spät.

Im dunklen Vorführraum des Kinos saß Natasha und war mit ihren Nerven am Ende. Es war ihr in all dem Trubel unmöglich gewesen, für Isabella einen Platz direkt am Mittelgang freizuhalten. Nach den Cocktails waren alle in aufgekratzter Stimmung. Den Platz am Ende der Reihe hatte ein dicker, angeheiterter Ölmillionär aus Texas in Begleitung seiner Frau mit Beschlag belegt und stellte sich gegen Natashas Bitten taub... »Meine Cousine... sie ist sehr erkältet... kommt später... wenn sie sich nicht wohl fühlt, möchte sie unauffällig gehen können...« Neben dem Ehepaar aus Texas saßen der Wirtschaftsredakteur der *Londoner Times* und ein weiteres Ehepaar aus der New Yorker Gesellschaft. Dann kam Natasha, die erst den Platz neben sich für Isabella hatte freihalten können. Natasha hätte Isabella in diesem Augenblick am liebsten erwürgt. Der gesamte Plan war von vornherein zum Scheitern verurteilt gewesen. Um zu ihrem Sitz zu gelangen, mußte Isabella an mindestens sieben Leuten vorbei. Es würde einigen Wirbel geben, wenn alle aufstehen mußten, und natürlich würde jeder Isabella sehen. Natasha starrte wütend vor sich hin, wartete auf den Beginn der Vorstellung und hoffte inständig, Isabella hätte inzwischen die Masern, Typhus oder wenigstens Malaria bekommen.

»Du machst heute ein ausgesprochen fröhliches Gesicht, Natasha. Was ist los? Hat der Verlag dein neues Buch abgelehnt?«

»Wenn's nur das wäre.« Natasha sah Corbett Ewing an, der neben dem für Isabella reservierten Platz saß.

»Du siehst verdammt wütend aus.« Sein Blick schweifte amüsiert zu dem dicken Ölmillionär, der auf dem Platz am Mittelgang thronte. »Hast du Probleme mit Texas?« Corbett grinste vergnügt.

»Ich wollte den Platz eigentlich für eine Freundin freihalten.«

»Freundin? Du meinst wohl deinen neuen Schwarm, was? Schade, jedesmal, wenn ich für kurze Zeit der Stadt den Rücken kehre, verpasse ich offenbar eine Chance.«

Natasha lächelte. Aber Corbett merkte plötzlich, daß Natasha ehrlich beunruhigt war. Während er sie aufmerksam musterte, begann er zu ahnen, wer die Freundin sein mußte. Und bei diesem Gedanken schlug sein Herz plötzlich schneller.

»Wo bist du denn gewesen?« erkundigte sich Natasha und versuchte Konversation zu machen, obwohl ihr nicht danach zumute war.

»Die meiste Zeit über in Tokio. Dann in Paris und London. Vergangenes Wochenende auch noch in Marokko. Übrigens ein herrliches Land.«

»Das habe ich schon öfter gehört. Was machen die Geschäfte?« Ebensogut hätte sie den Küchenchef des Weißen Hauses fragen können, wie ihm das Mittagessen gelungen sei. Corbett machte ständig schrecklich wichtige Geschäfte.

»Gut, danke. Und wie geht es mit deinem neuen Buch?«

»Es ist endlich fertig. Ich habe sechs Wochen gebraucht, um es zu schreiben, und sechs Monate, um es zu überarbeiten.«

»So ähnlich geht es mir bei meiner Arbeit oft.« Sie beobachteten eine Weile schweigend die übrigen Premierengäste, die noch immer in das Kino strömten.

Dann setzte sich Corbett plötzlich auf den freien Platz neben Natasha. Natasha sah ihn zuerst verdutzt an und bedeutete ihm dann energisch zu rücken.

»Von meinem Platz aus kann ich nichts sehen«, entgegnete er ungerührt.

»Corbett... bitte setz dich wieder auf deinen Platz.«

Doch Corbett schüttelte nur mit einem breiten Grinsen den Kopf.

»Nein, das tue ich nicht.«

»Corbett!«

In diesem Augenblick begann es im Zuschauerraum dunkel zu werden. Natasha redete auch im Dunkeln weiter leise und eindringlich auf Corbett ein, bis sich in der Reihe hinter ihr einige ältere Damen beschwerten.

»Sssccchhh!«

Und dann flammte die Taschenlampe der Platzanweiserin im Gang auf. Der Lichtschein glitt über ihre Sitzreihe. Natasha sah erstaunt hoch. Wenigstens war Isabella pünktlich. Die Freundin stand vor dem ersten Platz in der Reihe und starrte verwirrt auf den dicken Herrn.

»Hallo, kleine Frau!« begrüßte der Texaner sie jovial. »Sie müssen die Cousine der Dame dort hinten sein. Na, ist das aber ein hübscher Mantel!« Das alles fand im deutlich vernehmbaren Flüsterton statt, und die älteren Damen in der Reihe dahinter hatten erneut Grund zur Beschwerde. Der Texaner stellte Isabella seine Frau vor. Isabella murmelte höflich eine Begrüßung und sah dann die Reihe hinunter. Natasha machte ihr ein Zeichen. Isabella nickte und begann sich langsam an den anderen vorbeizuzwängen.

»Entschuldigen Sie bitte... Es tut mir leid... Oh, bitte verzeihen Sie.« Schließlich war sie bis zu Natasha vorgedrungen. Die Freundin deutete nur wortlos auf den leeren Platz. Isabella nickte, sah Corbett, stieg über seine langen Beine, raffte den hellen Abendmantel und setzte sich. Der Zuschauerraum lag jetzt völlig im Dunkeln, und der Film begann. Isabella wandte sich kurz Corbett zu, und sie lächelten beide. Zuerst war sie viel zu aufgeregt, um sich auf die Handlung des Films konzentrieren zu können. Statt dessen schweifte ihr Blick über die Sitzreihen. Sie versuchte zu erkennen, wer anwesend war und was man trug... Wer konnte schon ahnen, wie großartig sie sich fühlte? Ihr Mund verzog sich zu einem glücklichen Lächeln, während sie auf die kunstvollen Frisuren der Damen in den vorderen Reihen und die sorgfältig frisierten Hinterköpfe der Herren starrte. Endlich fiel alle Anspannung von ihr ab. Sie ließ sich selig wie ein Kind von dem Film gefangennehmen, der vor ihr abrollte. Es war ein guter, interessanter, phantastisch fotografierter und gut gespielter Film. Isabella überlegte, wann sie zum letzten Mal im Kino gewesen war. Anfang September mit Amadeo, fiel ihr ein. Das war sieben Monate her... Unwillkürlich entfuhr ihr ein leises Stöhnen. Der Film faszinierte sie. Sie hatte bald alles um sich herum vergessen, bis der Vorhang sich langsam über die Leinwand senkte und die Lichter im Saal angingen.

»Ist der Film schon zu Ende?« Isabella sah Corbett verwirrt an. Sie war mit diesem Schluß der Geschichte nicht zufrieden. Corbett deutete nur amüsiert auf das in großen Buchstaben über der Bildwand flimmernde Wort ›PAUSE‹, das jetzt schon fast von den Goldtressen des Vorhangs verdeckt war.

»Nach der Pause geht's weiter.« Corbetts Lächeln vertiefte sich. »Schön, Sie wiederzusehen, Isabella. Kommt! Trinken wir was draußen im Foyer.«

Als Isabella nickte, legte Natasha die Hand auf den Arm der Freundin und musterte Corbett stirnrunzelnd.

»Ich finde, sie sollte hierbleiben.«

Corbetts Blick schweifte neugierig und verwundert von Isabella zu seiner Freundin Natasha. Er fand Natashas Fürsorge für die Italienerin etwas übertrieben. Schließlich war er nicht der Typ des Schwerenöters und Verführers. Corbett wandte sich an Isabella: »Soll ich Ihnen was mitbringen?« Isabella schüttelte jedoch nur den Kopf, lächelte höflich und setzte sich wieder auf ihren Platz.

Kaum war Corbett gegangen, rückte Natasha zu Isabella auf. Sie machte sich erneut Vorwürfe, Isabella überhaupt nachgegeben zu haben.

Isabella tätschelte beruhigend Natashas Hand. »Mach kein so sorgenvolles Gesicht, Natasha. Es ist doch alles in bester Ordnung.« Isabella war glücklich, endlich wieder Gelegenheit zu haben, elegante Menschen zu beobachten, Abendkleider zu begutachten, Gelächter zu hören... einfach ›dabeizusein‹. Und ehe sich Natasha versah, war Isabella aufgestanden und ließ ihre Blicke langsam durch den Saal schweifen.

»Setz dich sofort wieder hin!« zischte Natasha wütend.

Doch Isabella war nicht mehr aufzuhalten. Sie glitt zielstrebig durch die Sitzreihe auf den gegenüberliegenden Seitengang zu.

»Isab... verdammt...«, zischte Natasha durch die Zähne, sprang auf und zwängte sich, Entschuldigungen murmelnd, hastig an den Sitzenden vorbei, um Isabella nicht aus den Augen zu verlieren. Doch in dem Augenblick, in dem sie den Gang erreicht hatte, wurde Isabella von einer Gruppe abgedrängt, die sich lachend und angeregt unterhaltend, Gläser balancierend auf ihre Plätze zu bewegten. Plötzlich zog jemand Natasha am Ärmel.

»Natasha! Meine Liebe! Ich habe dich noch gar nicht...«

»Später«, murmelte Natasha hastig und zwängte sich weiter durch die laute Menge. Isabella hatte jetzt bereits einen großen Vorsprung. Sie gelangte im Gedränge in das Entree, wo sich alle um eine provisorisch aufgebaute Bar versammelt hatten.

»Haben Sie Ihre Meinung doch noch geändert?« Plötzlich stand groß und breitschultrig Corbett Ewing vor Isabella. Sie sah lächelnd zu ihm auf.

»Ja.«

»Möchten Sie etwas zu trinken?«

»Nein, danke. Ich...« In einiger Entfernung von den beiden weiteten sich Natashas Augen plötzlich entsetzt. Panik erfaßte sie. Sie machte Corbett aufgeregte Zeichen, doch letzterer winkte nur fröhlich zurück.

Natasha erwiderte jedoch seinen Gruß nicht, sondern starrte nur verzweifelt auf Isabella. Sie mußte unbedingt zu ihr. Natasha machte Isabella ein Zeichen, sich umzudrehen. Isabella gehorchte verwirrt und fragte sich, was es wohl so Interessantes zu sehen gab. Dabei hatte Natasha inzwischen die Gefahr längst erkannt, die sich in Gestalt von zwei Reportern näherte. Die eine arbeitete für die Zeitschrift *Women's Wear Daily*, der andere war für die Gesellschaftsspalte beim *Time-Magazine* zuständig. Die Dame von *WWD*, im schwarzen Jerseykleid, hatte Isabella einen Augenblick aus zusammengekniffenen Augen gemustert, ihrem Begleiter etwas zugeflüstert und sich dann geschickt nähergedrängt. Isabella, die sich inzwischen wieder abgewandt hatte, warf Natasha einen verlegenen Blick zu.

Natasha gelang es einfach nicht, näher an Isabella und Corbett heranzukommen. Sie hätte am liebsten wild um sich geschlagen, um sich einen Weg durch das Gedränge zu bahnen. Sie mußte Isabella erreichen, bevor die Reporter...

Dann war es schon zu spät. Zwei Blitzlichter flammten auf. Geblendet zuckte Isabella zurück und wirbelte instinktiv herum. Dabei griff sie ängstlich nach Corbetts Arm. In diesem Augenblick hatte Natasha die beiden endlich erreicht und zerrte Isabella an ihre Seite.

Corbett hatte, sein Glas in der Hand, die Szene verwirrt und verständnislos beobachtet. Seine große, breitschultrige Gestalt versperrte jetzt den beiden Reportern, die von anderen abgedrängt worden waren, die Sicht. Natasha packte ihn erregt beim Arm.

»Bring Isabella um Himmels willen hier raus!« zischte Natasha durch die allgemeine Geräuschkulisse. »Los, beeil dich!« Damit riß sie ihm das Glas aus der Hand. Als das nächste Blitzlicht aufflammte, hatte Corbett bereits beide Arme um Isabella gelegt. Bevor Isabella wußte, wie ihr geschah, hatte er sie durch die Menge zum Ausgang geschoben. Isabella hörte das Stimmengemurmel im Entree nur noch wie aus weiter Ferne. Corbett hielt sie fest am Arm, und sie rannten gemeinsam durch das Portal und zu Corbetts Rolls-Royce. Isabella hatte die ganze Zeit über kein Wort gesagt, doch Corbett spürte, daß diese Situation nicht neu für sie war. Sie sprangen in den Wagen. Und noch während Corbett die Tür hinter sich zuzog, rief er dem Chauffeur zu: »Bringen Sie uns so schnell wie möglich von hier weg!« Erst in diesem Moment stolperten die Reporter aus dem Kino. Corbett grinste vergnügt. Ab und zu zahlte es sich doch aus, daß er während seiner Collegezeit ein eifriger Footballspieler gewesen war. Allerdings hatte sich auch Isabella bewundernswert verhalten. Sie hatte ohne Gejammer über hohe Absätze oder den Schaden, den ihr Kleid eventuell nehmen könnte, mit ihm Schritt gehalten. Isabella saß jetzt atemlos neben ihm und versuchte langsam wieder Klarheit in ihre Gedanken zu bringen. Die Limousine war bereits um die nächste Ecke gebogen und hatte die Reporter ratlos am Straßenrand zurückgelassen.

»Ist mit Ihnen alles in Ordnung, Isabella?« wandte sich Corbett an sie, öffnete ein Fach unterhalb der Trennscheibe zum Fahrer und nahm eine Karaffe mit Kognak und Gläser heraus.

»Wie praktisch.« Isabella lächelte flüchtig. »Danke, ja.«

»Passiert Ihnen so was oft?« Corbett reichte ihr ein Glas Kognak, das sie dankbar annahm.

»Es war seit langem wieder das erste Mal.«

Corbett sah sie an und merkte, daß die Hand, in der sie das Glas hielt, zitterte. »Natasha hat mir gar nicht gesagt, wohin ich Sie bringen soll. Möchten Sie nach Hause? Oder würden Sie sich in meiner Wohnung jetzt sicherer fühlen?«

»Nein, ich glaube, es ist das beste, wir fahren zu Natashas Apartment. Ich möchte mich bei Ihnen für... für diese unangenehme Szene entschuldigen.«

»Nicht nötig. Mein Leben ist dagegen vergleichsweise langweilig.« Er nannte dem Chauffeur die Adresse. Als Corbett sich wieder zu Isabella umdrehte, war er über den Ausdruck von Verzweiflung und Angst in ihrem schönen Gesicht erschrocken. »Nicht, daß ich die Sache herunterspielen möchte. Für Sie muß so was ziemlich nervenaufreibend sein. Haben Sie Italien deshalb verlassen? Oder passiert Ihnen das nur hier?« fragte er sanft und lehnte sich in die Polster zurück.

»Nein. Das... das ist mir zu Hause auch oft passiert. Es tut mir leid, aber ich kann Ihnen das jetzt nicht erklären. Die Sache ist mir ausgesprochen peinlich. Ich habe Ihnen den Abend verdorben. Sie brauchen mich nur vor dem Apartmenthaus abzusetzen. Sie kommen dann vielleicht noch rechtzeitig zum zweiten Teil des Films zurück.«

Doch Corbett Ewing hatte bereits ganz andere Pläne. Die Frau neben ihm interessierte ihn. Sie war etwas Besonderes. Die großartige Haltung, die sie in so einer schwierigen Situation bewahrt hatte, ihre Schönheit und der humorvolle und auch geheimnisvolle Ausdruck ihrer Augen hatten überraschende Gefühle in ihm geweckt. Jetzt allerdings sprachen auch Qual, Kummer und Einsamkeit aus ihrem Blick. Sie saßen eine Weile schweigend nebeneinander. Als der Wagen in die Park Avenue einbog, sagte Corbett schließlich: »Wie geht's eigentlich meinem neuen Freund Alessandro?«

Sie lächelten beide, und Corbett spürte erleichtert, daß Isabella bei der Erwähnung des Jungen ein wenig auftaute.

»Oh, danke. Ihm geht's gut.«

»Und was ist mit Ihnen? Langweilen Sie sich noch nicht?« Corbett wußte, daß sie das Apartment lediglich zu kurzen Spaziergängen mit Natasha verließ. Er begriff zwar nicht, weshalb sie sich so verhielt, aber mehr schien sie nicht zu unternehmen.

Isabella schüttelte heftig den Kopf. »Nein, ich langweile mich absolut nicht. Ich war sehr beschäftigt.«

»Wirklich?« Er musterte Isabella interessiert. »Womit denn?«

»Ich habe gearbeitet.«

»Haben Sie sich denn Arbeit mitgebracht?«

Als Isabella nickte, fragte Corbett prompt: »Und was für eine Arbeit ist das?«

Isabella zögerte verwirrt. »Oh, meine Familie beschäftigt sich seit Generationen mit... mit Kunst.«

»Interessant. Mit derartig noblen Dingen gebe ich mich leider nicht ab.«

»Was machen Sie denn?« Es muß etwas sehr Einträgliches sein, dachte Isabella, während ihr Blick über das elegante Interieur des Wagens aus Leder und Holz glitt.

»Ich habe vielerlei geschäftliche Interessen... aber ich bin hauptsächlich in der Textilbranche tätig. Wenigstens macht mir das am meisten Spaß. Den Rest überlasse ich meinen Mitarbeitern. Meine Familie hat vor langer Zeit in der Textilbranche angefangen, und irgendwie liegt mir das am meisten.«

»Das ist interessant.« Isabellas Augen leuchteten. »Haben Sie sich auf bestimmte Materialien spezialisiert?« Sie brannte darauf zu erfahren, ob das Haus San Gregorio zu seinen Kunden zählte, doch sie wagte nicht zu fragen. Vielleicht gelang es ihr, ihm diese Information zu entlocken, ohne ihre Identität preisgeben zu müssen.

»Wir fertigen hauptsächlich Wollstoffe, Leinen, Seiden und Baumwollwaren. Unsere Dekorationsstoffe aus Samt sind in Amerika berühmt. Natürlich produzieren wir auch Synthetik... Auf diesem Gebiet betreiben wir sogar intensive Forschungsarbeit.«

»Ich verstehe. Für die Konfektion arbeiten Sie also nicht.« Isabella war ein wenig enttäuscht. Dekorationsstoffe interessierten sie nicht besonders.

»O doch, natürlich. Wir stellen auch Kleiderstoffe her.« Er betrachtete sie amüsiert. »Vermutlich stammt sogar das Material Ihres Kleides von uns.«

Isabella sah ihn herablassend an.

»Das ist kaum möglich. Dieser Stoff stammt aus Frankreich.«

»Schade. In diesem Fall muß ich um Verzeihung bitten.« Er lehnte sich in die Polster zurück. »Dabei fällt mir ein, daß ich eigentlich Ihren Nachnamen gar nicht kenne.«

»Nennen Sie mich einfach Isabella.« Sie hatte nur einen Augenblick gezögert.

»Einfach Isabella?« Er sah sie lächelnd an. »Nur Isabella, die italienische Freundin von Natasha?«

»Ganz recht, Mr. Ewing. Das genügt.« Sie sah ihm lange und ernst in die Augen. Schließlich nickte er.

»Ich verstehe.« Nach allem, was er eben im Filmtheater mit ihr erlebt hatte, ahnte er, daß sie bereits genug durchgemacht hatte. Die Frau neben ihm schien schwere Zeiten hinter sich zu haben, und er wollte nicht weiter in sie dringen. Corbett hatte Angst, sie kopfscheu zu machen.

Kurz darauf hielt die Limousine vor Natashas Apartmenthaus an. Mit einem unterdrückten Seufzer drehte sich Isabella zu Corbett um und streckte die Hand aus. »Vielen Dank, Mr. Ewing. Und... es tut mir wirklich leid, daß ich Ihnen den Abend verdorben habe.«

»Aber das haben Sie doch gar nicht getan. Ich bin sogar froh, dem Trubel entflohen zu sein. Solche Veranstaltungen langweilen mich tödlich.«

»Wirklich?« Isabella sah ihn erstaunt an. »Und warum?«

»Da sind mir zu viele Leute, und es gibt zuviel oberflächliches Geschwätz. Und die meisten sind aus falschen Motiven dort. Sie wollen nur sehen und gesehen werden, der wohltätige Zweck der Veranstaltung interessiert sie doch gar nicht. Ich ziehe Feste im kleinen Freundeskreis vor, wo einer dem anderen noch zuhört.«

Isabella nickte. In gewisser Weise stimmte sie mit ihm überein. Trotzdem gehörten auch die großen gesellschaftlichen Ereignisse mit zu ihrem Leben, und sie wollte diese nicht missen.

»Darf ich Sie hineinbegleiten? Nur um sicherzugehen, daß Ihnen niemand in dunklen Ecken auflauert?«

Isabella lachte, denn seine Befürchtungen schienen ihr absurd zu sein. Schließlich nickte sie.

»Danke. Ich glaube allerdings kaum, daß hier was passieren kann. Bei Natasha bin ich sicher.«

Bei diesen Worten begann Corbett zu ahnen, weshalb Isabella nach Amerika gekommen war. Offenbar glaubte sie sich hier in Sicherheit.

»Wir wollen lieber nichts riskieren.« Corbett brachte sie zum Lift. »Ich fahre noch mit hinauf«, verkündete er dort.

Isabella schwieg, bis der Lift kam. Dann war sie plötzlich verlegen. Corbett hatte sich wirklich sehr lieb um sie gekümmert.

»Möchten Sie noch einen Augenblick hereinkommen?« bat sie ihn. »Wir könnten gemeinsam auf Natasha warten.«

»Danke gern. Das ist eine gute Idee.« Er machte die Wohnungstür hinter sich zu. »Weshalb ist Natasha eigentlich nicht gleich mit uns nach Hause gefahren? Warum will sie denn unbedingt auf dieser Veranstaltung gesehen werden?« Natashas Verhaltensweise hatte Corbett schon die ganze Zeit über beschäftigt.

Isabella seufzte. »Ich glaube, sie hielt es für klüger, so zu tun, als gehörte ich nicht zu ihr.« So viel konnte Isabella Corbett sicher gefahrlos verraten.

»Sind Sie deshalb auch später gekommen?« Isabella nickte. »Sie sind wirklich eine geheimnisvolle Frau, Isabella.« Er setzte sich lächelnd neben sie auf die breite, weiße Couch und stellte keine weiteren Fragen mehr.

Der Rest des Abends verging wie im Flug. Sie unterhielten sich über Italien, Stoffe und Corbetts Besitzungen. Corbett hatte eine Plantage in Süd-Carolina, eine Farm in Virginia und ein Haus in New York.

»Halten Sie auf Ihrer Farm auch Pferde?« wollte Isabella wissen.

»Ja. Reiten Sie?«

Sie sah ihn über den Rand ihres Kognakglases lächelnd an. »Früher bin ich oft geritten. Aber das ist lange her.«

»Sie und Natasha müssen mich mal mit den Kindern dort besuchen. Glauben Sie, Sie haben vor Ihrer Rückkehr nach Italien noch Zeit dazu?«

»Vielleicht.« Doch bevor sie sich weiter darüber unterhalten konnten, betrat Natasha das Wohnzimmer. Sie sah müde und abgespannt aus und wandte sich sofort direkt an Isabella.

»Ich habe dir von vornherein gesagt, daß die Idee Wahnsinn ist. Weißt du überhaupt, was du angerichtet hast?«

Corbett überraschte der scharfe Ton in Natashas Stimme und der wütende Ausdruck in ihren Augen. Isabella blieb gelassen. Sie bedeutete Natasha lediglich, sich zu setzen.

»Reg dich doch nicht auf. Es ist doch nichts passiert. Sie haben mich fotografiert. Na und?« Isabella versuchte den Vorfall herunterzuspielen, um sich selbst zu beruhigen.

Natasha ließ sich dadurch jedoch nicht täuschen. Sie wirbelte wütend herum, sah von Corbett zu Isabella, raffte den knielangen Kimono und setzte sich.

»Weißt du überhaupt, daß das die Reporter von *Women's Wear* und *Time-Magazine* gewesen sind? Und die dritte im Bunde kam von *Associated Press.* Außerdem habe ich auch noch eine Journalistin von *Vogue* gesehen. Dein Spiel ist aus, Isabella.«

Welches Spiel, überlegte Corbett verwirrt. Wovon redete Natasha überhaupt? Corbett sah stirnrunzelnd von einer zur anderen.

»Soll ich lieber gehen?«

Bevor Isabella antworten konnte, sagte Natasha: »Du kannst ruhig bleiben, Corbett. Ich vertraue dir. Außerdem weiß es morgen früh sowieso die ganze Welt.«

Isabella wurde wütend. Sie stand auf und ging unruhig im Zimmer auf und ab. »Das ist doch absurd.«

»Wirklich, Isabella? Glaubst du tatsächlich, daß man dich bereits vergessen hat? Meinst du, zwei Monate haben genügt, um aus dir eine Unbekannte zu machen? Fühlst du dich so sicher? Wenn das so ist, dann bist du naiv und dumm.«

Corbett beobachtete Isabella schweigend. Ihre Miene drückte Angst, aber auch Entschlossenheit aus. Sie kam ihm wie ein Spieler vor, der alles riskiert und die erste Runde verloren hatte, aber keineswegs bereit war aufzugeben. Corbett wollte sie trösten, sie beschützen und Natasha bitten, sich zu beruhigen.

»Vielleicht verläuft die ganze Angelegenheit im Sand«, bemerkte er schließlich mit seiner sanften, sonoren Stimme.

Natasha starrte ihn nur wütend an. »Du irrst dich, Corbett. Du weißt gar nicht, wie du dich täuschst. Morgen sind sämtliche Zeitungen voll von Isabella.« Sie wandte sich mit unglücklicher Miene an Isabella. »Ich behalte leider wieder mal recht.«

Isabella stand wie erstarrt. »Vielleicht auch nicht«, murmelte sie.

19

Corbett saß in seinem Büro und starrte unglücklich in die Morgenzeitung. Wie Natasha prophezeit hatte, stand es in sämtlichen Blättern. »Isabella di San Gregorio, Witwe des entführten und später ermordeten Couturiers Amadeo di San Gregorio...«, begannen die meisten Artikel, in denen dann der Entführungsfall mit seinem gewaltsamen Ende noch einmal in allen Einzelheiten aufgerollt wurde. Besonders interessant waren für Corbett jedoch die Passagen der Story, in denen ein Autor berichtete, daß man Isabella di San Gregorio bisher in Rom vermutet habe, wo sie sich angeblich in ihre Penthousewohnung über dem Modeatelier zurückgezogen haben solle. Der Presse war es daher unbekannt, ob sich Isabella bereits länger oder erst seit der Präsentation ihrer neuesten Kollektion in New York aufhielt, und entsprechende Nachforschungen der prominenten New Yorker Couturiers hatten offensichtlich nichts ergeben. Auch Signore Cattani, der Repräsentant des Hauses San Gregorio in Amerika, wurde in diesem Artikel mit der Bemerkung zitiert, daß er in letzter Zeit zwar häufiger mit Isabella di San Gregorio telefoniert habe, jedoch nichts von der Vermutung hielt, daß sie sich in New York aufhalten solle. Der Artikel schloß mit der Anmerkung, daß Isabella die Filmpremiere mit einem großen, breitschultrigen Herrn mit graumeliertem Haar fluchtartig in einem Rolls-Royce mit Chauffeur verlassen hatte. Die Identität des Herrn hatte bisher nicht ermittelt werden können. Isabellas Begleiter war den Reportern zwar offenbar bekannt vorgekommen, doch in der allgemeinen Hektik hatte keiner näher auf diesen geachtet, und auf den Fotos war er nur von hinten zu sehen.

Corbett legte die Zeitung seufzend auf seinen Schreibtisch, lehnte sich in seinem Drehsessel zurück und starrte auf die Schlagzeile. Was wußte Isabella von ihm? Was hatte Natasha ihr erzählt? Corbett wünschte, Natashas Isabella aus Italien wäre nicht ausgerechnet Isabella di San Gregorio. Deprimiert schweifte sein Blick von der Zeitung zu seinen Händen. Dann wurde ihm bewußt, daß seine Sorgen im Vergleich zu Isabellas Problemen minimal waren. Nicht einmal im Traum hatte er daran gedacht, daß Isabella *die* Isabella di San Gregorio sein könnte.

Natashas Cousine aus Mailand! Corbett lächelte bei dem Gedanken an das Spiel, das die beiden Frauen getrieben hatten. Und ausgerechnet ihr mußte er erzählen, daß er in der Textilbranche tätig war... Und sie hatte behauptet, ihre Familie habe mit Kunst zu tun. Trotzdem kannte sie sich mit Textilien aus. Ihre Empörung angesichts seiner Vermutung, der Satin ihres Abendmantels könne aus seiner Produktion stammen erschien ihm jetzt in einem völlig anderen Licht. Viele Dinge wurden ihm mit der Enthüllung ihrer wahren Identität verständlicher: die Geheimnistuerei, ihre Flucht aus dem Kino, Isabellas Angst und sein Eindruck, daß sie solche Situationen schon öfter erlebt hatte. Arme Isabella. Was mußte sie durchgemacht haben. Und Corbett begann sich zu fragen, wie es ihr gelungen war, ihr Modehaus auch von New York aus weiterzuführen.

Eines war allerdings sicher: Isabella di San Gregorio war eine außergewöhnliche Frau: eine selten schöne, talentierte und gefühlvolle Frau. Corbett war leider nicht sicher, daß es ihm je gelingen würde, sie näher kennenzulernen. Hatte er überhaupt eine Chance bei ihr? Corbett wurde klar, daß die Antwort nur von Isabella selbst kommen konnte. Alles lag in ihrer Hand. Noch an diesem Abend wollte er mit ihr sprechen. Er durfte nicht riskieren, daß sie später selbst alles herausfand und damit seine Gefühle für sie in Zweifel zog. Er wollte ihr helfen. Vorausgesetzt, sie ließ das zu.

Corbett seufzte resigniert, stand auf und trat ans Fenster. Von dort sah er zur Park Avenue hinüber, wo sich Isabella in Natashas Wohnung verborgen hielt. Schließlich ging er zu seinem Schreibtisch zurück und nahm den Telefonhörer ab.

Isabella telefonierte noch immer mit Bernardo in Rom. Er hatte die Neuigkeit aus der Mittagszeitung erfahren, die ihm seine Sekretärin gebracht hatte. Schweigend und mit wütend blitzenden Augen hatte er Isabella um sechs Uhr morgens zum ersten Mal angerufen. Weitere Telefongespräche mit New York folgten um sieben und schließlich um zehn Uhr.

»Also gut. Ich hab's getan. Na und? Daran ist jetzt nichts mehr zu ändern. Ich vergrabe mich eben wieder in dieser Wohnung. Niemand kann feststellen, ob ich noch in New York bin. Aber lange ertrage ich dieses Leben nicht mehr. Ich arbeite Tag und Nacht, esse mit den Kindern und mache nach Einbruch der Dunkelheit kurze Spaziergänge. Das ist doch kein Leben! Mir fehlen die Leute, Bernardo... Es gibt niemanden, mit dem ich lachen oder mich unterhalten könnte. Keinen intelligenten Menschen, mit dem ich meine geschäftlichen Angelegenheiten besprechen könnte. Die einzige Abwechslung, die ich abends habe, ist Jasons elektrische Modelleisenbahn.« Ihre Stimme hatte einen flehentlichen Unterton, doch Bernardo ließ sich dadurch nicht beeindrucken.

»Na gut! Dann geh aus. Zeige dich in der New Yorker Gesellschaft. Tu, was du nicht lassen kannst. Aber falls dir oder Alessandro was zustößt, brauchst du mit meinem Mitgefühl nicht zu rechnen... Dann ist alles allein deine Schuld.« Plötzlich holte Bernardo tief Luft und wurde ruhiger. Er hörte, wie Isabella am anderen Ende der Leitung leise zu weinen begann.

»Schon gut, schon gut. Entschuldige... Isabella, bitte... Du mußt mich verstehen. Ich habe schreckliche Angst um dich. Warum hast du nur diesen Unsinn gemacht?« Bernardo zündete eine Zigarette an, die er im nächsten Moment wieder im Aschenbecher ausdrückte.

»Ich... ich weiß selbst nicht.« Isabella unterdrückte ein Schluchzen und wischte sich über die Augen. »Ich habe es einfach nicht mehr ausgehalten. Daß mich jemand erkennen könnte... damit habe ich offen gestanden überhaupt nicht gerechnet.«

»Ist es dir wenigstens eine Lehre? Begreifst du jetzt, wie bekannt du bist?«

Isabella nickte unglücklich. »Ja. Früher hat es mich sogar glücklich gemacht. Jetzt hasse ich Publicity. Ich bin eine Gefangene meines Namens.«

»Hör auf zu weinen, Isabella«, bat Bernardo sanft.

»Und was mache ich jetzt? Soll ich nach Hause kommen?«

»Bist du verrückt? Das wäre das Dümmste. Nein, bleib auf jeden Fall in New York. Ich erzähle der Presse hier, du seist nach der Vorführung der Sommerkollektion kurz nach New York geflogen und würdest in einigen Tagen wieder nach Europa zurückkehren. Das klingt doch plausibel. Am besten lasse ich durchblicken, daß du nach Frankreich reisen willst. Das klingt einleuchtend. Immerhin stammt die Familie deiner Mutter dorther.«

»Meine Verwandten in Frankreich sind längst alle tot.« Isabella putzte sich geräuschvoll die Nase.

»Das weiß ich. Trotzdem glaubt dir jeder, daß du eine besondere Beziehung zu Frankreich hast.«

»Meinst du, die Presse nimmt dir das ab?«

»Das spielt doch keine Rolle. Solange du dich nicht mehr in der Öffentlichkeit blicken läßt, bist du sicher. Bisher scheint niemand zu wissen, wo du wohnst. Hat Natasha die Filmpremiere mit dir verlassen?« Bernardo hoffte inständig, daß die beiden klug genug gewesen waren, zu vermeiden, daß man sie zusammen sah.

»Nein. Ein Freund von Natasha hat mich nach Hause gebracht«, antwortete Isabella. »Natasha ist erst später gegangen.«

»Gut.« Bernardo machte eine Pause. »Und wer war übrigens der

Mann auf dem Foto neben dir?« erkundigte sich Bernardo wie nebenbei. Es fehlte Bernardo gerade noch, daß sich Isabella in Amerika mit einem anderen Mann einließ.

»Ein Freund von Natasha. Seinetwegen brauchst du dir keine Sorgen zu machen, Bernardo.«

»Und er wird niemandem verraten, wer du bist?«

»Natürlich nicht.«

»Du bist zu vertrauensselig. Ich bereite jetzt eine Erklärung für die Presse vor. Und Isabella... bitte, sei vernünftig und bleib zu Hause, ja?«

»*Capisco, capisco.* Mach dir keine Sorgen. Ich habe mittlerweile begriffen, daß ich eine Gefangene bin... Und hier ist das noch schlimmer als in Rom.«

»Auch das geht vorüber. Du mußt nur noch ein bißchen Geduld haben. Seit der Entführung sind erst sieben Monate vergangen. In einigen Monaten oder einem Jahr sieht vielleicht alles ganz anders aus. Dann ist Gras über die Sache gewachsen.«

»Ja, vielleicht hast du recht, Bernardo... Tut mir leid, daß ich dir so viel Kummer mache.« Isabella kam sich plötzlich wie ein ungezogenes Kind vor.

»Schon gut. Ich bin's gewöhnt. Es würde mir mittlerweile direkt fehlen.«

»Was macht dein Magengeschwür?« Isabella mußte unwillkürlich lächeln.

»Es wächst und gedeiht.«

»Oh, hör doch auf. Bitte arbeite nicht zuviel, ja?«

»In Ordnung. Am besten fängst du jetzt mit der Konfektion für Asien an. Und wenn's dir dann langweilig wird, kannst du ja schon mal die Herbstkollektion in Angriff nehmen.«

»Du bist wirklich zu gut zu mir.«

»*Ecco!* Na, siehst du. Ich rufe dich später wieder an. Wenn du brav zu Hause bleibst, verläuft die Sache sicher bald im Sand.«

»*Capisco.*« Sie verabschiedeten sich und legten auf. Doch je länger Isabella über das Gespräch nachdachte, desto wütender wurde sie. Welches Recht hatte Bernardo, sie so zu bevormunden? Isabella verließ ihr Zimmer und ging in die Küche, wo sich Natasha mit düsterer Miene eine Tasse Kaffee einschenkte.

»Na, hast du dich gut mit Bernardo unterhalten?«

»Bestens. Tu mir bitte einen Gefallen und hacke jetzt nicht auch noch auf mir rum.«

Natasha hatte ihr die Morgenzeitung bereits um sieben Uhr morgens wutschnaubend ans Bett gebracht. »Noch mehr Vorwürfe vertrage ich heute offen gestanden nicht«, fuhr Isabella fort. »Ich habe einen Fehler gemacht. Ich war zu selbstsicher. Ich hätte gestern abend nicht ausgehen dürfen, aber ich habe es getan. Ich konnte nicht anders. Die Zeit war einfach reif. Allerdings weiß ich jetzt, daß ich mich wenigstens eine Weile in der Öffentlichkeit nicht zeigen sollte.«

»Was will Bernardo der Presse sagen?«

»Daß ich nur ein paar Tage in New York gewesen bin und bald nach Frankreich fliegen werde.«

»Das wird die Reporter wenigstens für zwei Tage nach Paris locken. Und was willst du inzwischen tun?«

»Arbeiten. Was sonst?«

»Na, wenigstens hatte dieses Fiasko gestern ein Gutes«, bemerkte Natasha, ohne Isabella aus den Augen zu lassen.

»Inwiefern?« erkundigte sich Isabella verblüfft.

»Du hast Corbett wiedergesehen.« Natasha musterte Isabella aufmerksam. »Und ich muß gestehen, du hast eine Eroberung gemacht.«

»Corbett? Sei nicht albern.« Noch bevor Isabella sich abwenden konnte, hatte Natasha gesehen, wie sie rot wurde.

»Magst du ihn?« Es entstand eine lange Pause. »Na?«

Isabella drehte sich langsam um. Ihre Augen glänzten. »Natasha, dräng mich jetzt bitte nicht.«

Natasha nickte. »Ich schätze, er ruft dich an.«

Isabella nickte nur schweigend, doch ihr Herz machte einen kleinen Sprung. Dann ging sie in ihr Büro zurück und schloß die Tür.

20

Isabella war noch in ihrem Zimmer und zog sich für das Abendessen um, als Corbett kam. Selbst durch die geschlossene Tür hörte sie Jasons und Alessandros Freudengeheul. Isabella lächelte. Es würde Alessandro guttun, einmal wieder einen Mann zu sehen. Bernardo lebte im fernen Rom, und im Gegensatz zum Haushalt der Villa in Rom waren bei Natasha nur Frauen beschäftigt. Deshalb hatte Alessandro fast ausschießlich Frauen in seiner nächsten Umgebung. Und das war der Grund, warum er in letzter Zeit seinen Vater immer mehr vermißte.

Isabella zog den Reißverschluß ihres schwarzen Wollkleides zu, strich ihre schwarzen Strümpfe glatt und schlüpfte in passende Wildlederschuhe. Dann legte sie ihre Perlenohrringe an und betrachtete sich mit ihrem schlicht aufgesteckten Haar spöttisch lächelnd im Spiegel. Der Schwan vom Vorabend hatte sich wieder in ein häßliches Entlein verwandelt. Aber ihr Aussehen spielte keine Rolle. Sie wollte Corbett nicht unbedingt gefallen. Genau wie Alessandro wünschte sie sich nur einen guten Freund.

Als sie schließlich das Wohnzimmer betrat, war Corbett von den beiden Jungen mit Beschlag belegt, die gerade zwei Pakete ausgepackt hatten. Diese enthielten für jeden einen Feuerwehrhelm mit Lampe und Sirene und je einen passenden Lackmantel.

»Schau, wir sind von der Feuerwehr!« Die beiden Jungen zogen sich an und rannten begeistert durchs Zimmer. Das Sirenengeheul war ohrenbetäubend. Natasha stöhnte.

»Wirklich ein entzückendes Geschenk für die Kleinen, Corbett. Ich werde nicht vergessen, morgen früh um sechs noch mal bei dir anzurufen, um mich zu bedanken.«

Corbett wollte gerade etwas entgegnen, als sein Blick auf Isabella fiel, die im Türrahmen stand. Er stand auf und begrüßte sie unsicher. »Hallo, Isabella! Wie geht es Ihnen?«

Die Antwort stand ihr ins Gesicht geschrieben. Sie sah müde und abgespannt aus. Trotzdem wurde sich Corbett erneut ihrer Schönheit bewußt. Hätte Isabella in diesem Moment seine Gedanken erraten, wäre sie sicher überrascht gewesen, zu erfahren, daß sie ihm in dem einfachen Wollkleid noch besser gefiel als in der Abendrobe aus Satin bei der Filmpremiere.

»Sie haben sicher einen schrecklichen Tag hinter sich«, sagte Corbett und lächelte mitfühlend.

»Oh, ich hab's überlebt.« Isabella setzte sich auf die weiße Couch. »Irgendwie geht es immer weiter. Und was ist mit Ihnen?«

»Ich hatte diesbezüglich keine Probleme. Mich hat ja niemand erkannt. Alles, was sie von mir wissen, ist, daß ich graue Haare habe. Nicht mal als älteren Herrn haben sie mich höflicherweise bezeichnet…« In diesem Moment unterbrachen ihn die beiden Jungen.

»Heh, da kommt ja Wasser raus!«

Jason hatte entdeckt, daß zu dem Feuerwehrhelm auch ein kleiner Schlauch gehörte, und begann damit im Zimmer herumzuspritzen.

»Corbett, mit diesem Geschenk stellst du unsere Freundschaft auf eine harte Probe!« stöhnte Natasha und bedeutete den Kindern, daß es Zeit sei, ins Bett zu gehen.

»O nein, Mammi… Tante Isabella…!« Jason sah flehentlich von einer zur anderen. Alessandro drückte sich nur näher an Corbett und musterte ihn interessiert, während Jason weiter mit seinem Helm spielte. Isabella beobachtete die Szene aufmerksam. Alessandro war selten so still gewesen. Corbett war das auch aufgefallen. Er legte lächelnd einen Arm um Alessandro.

»Na, wie gefallen dir die neuen Spielsachen, Alessandro?« erkundigte er sich lächelnd.

»Ich finde…« Alessandro suchte nach den richtigen englischen Worten. »Ich finde sie toll. Besonders den Helm.« Er sah bewundernd zu Corbett auf.

»Mir haben die Sachen auch gefallen. Hast du Lust, dir mit mir und Jason ein Feuerwehrhaus anzusehen, Alessandro?« fragte Corbett.

»Sind da auch richtige Feuerwehrautos drinnen?« Alessandro sah fasziniert von Corbett zu seiner Mutter. »Kommst du auch mit?« wollte er zum ersten Mal auf englisch von Isabella wissen. Diese nickte.

»Natürlich kommt deine Mutter mit. Also, was meinst du?«

»Si!« Vor Freude redete Alessandro die folgenden fünf Minuten aufgeregt in Italienisch auf Isabella ein. Wie aus der Pistole geschossen sprach er darüber, wie großartig amerikanische Feuerwehrleute sein mußten, fragte, was sie wohl anhatten, wie groß ihre Feuerwehrautos sein könnten, und ob sie tatsächlich echte Messingspritzen benutzten.

»*Non so... non so... aspetta*... Warte. Das erfahren wir doch dann alles.« Isabella lachte und beobachtete, wie sich Alessandro Corbett auf den Schoß setzte.

»Sehen wir uns bald so ein Feuerwehrhaus an?« fragte Alessandro.

»Natürlich. Das verspreche ich.«

»Prima!« Alessandro klatschte begeistert in die Hände und rannte Jason hinterher, der weiter mit der Sirene durchs Zimmer lief. Kurz darauf wurden die beiden trotz heftiger Proteste ins Bett geschickt. Als die beiden Jungen gegangen waren, war es im Zimmer merkwürdig still.

»Sie haben einen reizenden Jungen«, sagte Corbett zu Isabella und sah sie aufmerksam an.

Isabella nickte. »Wie Sie sicher bemerkt haben, sucht er irgendwie eine Freundschaft zu einem Mann.« Und da Corbett die Wahrheit sicher in sämtlichen Zeitungen gelesen hatte, sah Isabella keinen Grund, länger Versteck zu spielen. »In Rom hatte er immerhin noch seinen Patenonkel... einen meiner Geschäftspartner. Hier hat er...« Sie sah Natasha an. »...nur uns. Und den Vater können wir ihm nicht ersetzen. Aber Sie müssen sich nicht verpflichtet fühlen, mit ihm dieses Feuerwehrhaus zu besichtigen. Ihre Geschenke sind wirklich phantastisch. Sie haben schon mehr als genug für meinen Jungen getan.«

»Unsinn, das macht doch auch mir Spaß. Natasha kann das bezeugen. Jason ist einer meiner besten Freunde.«

»Zum Glück«, seufzte Natasha. »Sein reizender Vater läßt sich ja nie blicken.« Natasha hatte in der vergangenen Woche öfter mit Isabella über dieses Problem gesprochen. Daß die beiden Jungen jetzt zusammen waren, tat ihnen ausgesprochen gut. Die Gesellschaft eines Gleichaltrigen machte so manches von dem wett, was die Jungen ohne Vater entbehren mußten und ihnen die Mütter nicht ersetzen konnten.

»Wir können den Ausflug noch in dieser Woche machen. Wie wär's Samstag oder Sonntag? Das heißt, falls ihr nicht schon was anderes vorhabt.«

»O nein.« Isabella lachte. »Wir haben absolut nichts vor.«

Corbett war froh, sie lachen zu sehen. Nach allem, was er in den Zeitungen über sie gelesen hatte, wunderte er sich überhaupt, daß sie dazu noch imstande war. Sie mußte eine sehr starke Persönlichkeit sein. Man hatte ihr sehr weh getan, sie war einsam und trotzdem unerschrocken, voller Frohsinn und Temperament und von einer unerschütterlichen Lebensfreude. Er lächelte sie an.

»Sagen Sie, Isabella... Soll ich Ihnen heute abend noch ein bißchen mehr über die Textilbranche erzählen, oder wollen wir uns einfach über Kunst unterhalten?«

Alle drei brachen in Gelächter aus, und die Atmosphäre war plötzlich locker und gelöst.

»Entschuldigen Sie, daß ich geschwindelt habe. Aber was Sie mir erzählt haben, hat mich wirklich sehr interessiert. Auch wenn wir Satin fast ausschließlich in Frankreich kaufen.«

»Das ist ein Fehler. Aber Sie hätten mir wenigstens sagen können, daß Sie in der Modebranche oder einem anderen verwandten Gewerbe tätig sind.«

»Weshalb denn? Ich habe das Gespräch trotzdem genossen. Und Sie hatten in jeder Beziehung recht... nur teile ich Ihre Meinung über synthetische Materialien nicht. Ich würde solche Stoffe bei meinen Haute-Couture-Modellen niemals verwenden.«

»Dafür verachten Sie sie bei Ihrer Konfektion keineswegs, oder?«

»Nein, sicher nicht. Da muß ich auch Synthetik verwenden. Schon der Haltbarkeit und des niedrigen Preises wegen.«

»Na, dann liege ich mit meiner Meinung doch nicht so falsch, was?« Im nächsten Moment waren die beiden in ein angeregtes Gespräch über Chemiefasern und Farben vertieft. Natasha ließ sie allein. Als sie endlich wieder ins Wohnzimmer zurückkam, unterhielten sich Corbett und Isabella über Südostasien und die schwierige Geschäftslage dort, über das Klima, komplizierte Finanztransaktionen, offene Märkte und andere Wirtschaftsthemen. Schließlich rief Hattie zum Abendessen, und Natasha gähnte.

»Ich finde euch beide wirklich sehr liebenswert, aber ihr langweilt mich tödlich«, erklärte Natasha.

»Entschuldige bitte«, sagte Isabella hastig und sah die Freundin verlegen an. »Ich freue mich eben, endlich mal wieder mit jemandem über meine Arbeit sprechen zu können.«

»Also gut, dann sei dir vergeben.«

Corbett sah seine Gastgeberin lächelnd an.

Anschließend verbrachten sie zu dritt einen gemütlichen und unterhaltsamen Abend. Sie genossen alles, was Hattie zubereitet hatte, und beendeten die Mahlzeit mit Zitronensoufflé, Espresso und Pfefferminzplätzchen.

»Eigentlich sollte ich ja keine Süßigkeiten mehr essen«, seufzte Natasha und steckte gleich vier Plätzchen auf einmal in den Mund.

»Ich auch nicht.« Isabella zuckte nach kurzem Zögern mit den Schultern. »Aber warum eigentlich nicht? Wenn es nach Natasha und Bernardo geht, muß ich mich in den nächsten zehn Jahren hier in dieser Wohnung vergraben. Warum sollte ich also nicht dick und fett werden...?«

»Von zehn Jahren war nie die Rede«, entgegnete Natasha energisch. »Ich habe von einem Jahr gesprochen.«

»Wo liegt da der Unterschied? Ein Jahr? Zehn Jahre? Ich weiß jetzt, wie sich Menschen fühlen, die zu einer Haftstrafe verurteilt wurden. Man muß so etwas erst am eigenen Leibe erfahren, um ermessen zu können, was es bedeutet. Und wenn es dann soweit ist, scheint ein Ende nicht abzusehen zu sein. Man lebt weiter, bis es endlich vorbei ist, und dann hat man sich vermutlich sowieso schon an alles gewöhnt.« Isabella rührte mit düsterer Miene in ihrer Tasse. Corbett sah sie aufmerksam an.

»Ich weiß nicht, wie Sie das aushalten. Ich glaube nicht, daß ich so leben könnte.«

»Offensichtlich gelingt es mir auch nicht, ein solches Schicksal mit Anstand zu ertragen, denn sonst wäre es nie zu dem Fiasko gestern gekommen. Wären Sie nicht gewesen, Corbett, wäre ich diesen Hyänen ausgeliefert gewesen und könnte jetzt vermutlich nicht einmal mehr bei Natasha bleiben, sondern müßte mich allein mit Alessandro irgendwo anders versteckt halten.« Dieser Gedanke hatte auf alle drei eine ernüchternde Wirkung.

»In diesem Fall bin ich froh, daß ich zur rechten Zeit dagewesen bin.«

»Ich auch.« Isabella sah ihm lächelnd in die Augen. »Tut mir leid, daß ich mich so dumm benommen habe. Aber gleichzeitig habe ich verdammt viel Glück gehabt. Nochmals vielen Dank.« Isabella sah Corbett lächelnd in die Augen. Isabella war endlich zur Vernunft gekommen, doch Corbett schüttelte nur den Kopf.

»Keine Ursache. Ich habe eigentlich nichts weiter getan, als mit Ihnen davonzulaufen.«

»Das war durchaus genug.« Ihre Blicke begegneten sich erneut. Corbett lächelte sanft. Nur widerwillig verließen sie das Eßzimmer und kehrten in ihre Sessel am Kamin im Wohnzimmer zurück. Sie unterhielten sich beim prasselnden Feuer über Natashas Bücher, Theater, Kino, Reisen und über die gesellschaftlichen Ereignisse in New York. Natasha machte plötzlich eine besorgte Miene, als sie den sehnsüchtigen Ausdruck in Isabellas Augen entdeckte, und es folgte ein betretenes Schweigen. Schließlich stand Natasha auf, reckte sich müde und stellte sich mit dem Rücken zum Feuer vor den Kamin.

»Auch auf die Gefahr hin, daß ihr mich für unhöflich haltet, gehe ich jetzt ins Bett. Ich bin todmüde«, verkündete sie. Natasha wußte, daß Corbett mit Isabella allein sprechen wollte. Isabella allerdings erwartete, daß Corbett sich verabschieden würde. Statt dessen jedoch gab er Natasha nur einen Gutenachtkuß und blieb.

Als sie allein waren, starrte Isabella gedankenverloren ins Feuer. Die Flammen warfen rötliche Schatten auf ihr Gesicht und spiegelten sich glitzernd in ihren dunklen Augen. Corbett hätte ihr gern gesagt, wie schön sie in diesem Moment aussah, doch er ahnte instinktiv, daß der richtige Zeitpunkt für ein solches Geständnis noch nicht gekommen war.

»Isabella...«, begann er leise, und sie wandte ihm langsam das Gesicht zu. »Das mit gestern abend tut mir entsetzlich leid.«

»Das braucht es nicht. Vermutlich war es unvermeidlich. Ich wünschte nur, es wäre nicht so gekommen.«

»Natasha hat recht, Isabella. Irgendwann wird sich Ihre Situation wieder ändern.«

»Sicher... Aber bis dahin ist es eine lange Zeit.« Sie sah Corbett traurig an. »Ich bin... gewissermaßen sehr verwöhnt worden.«

»Sind solche gesellschaftlichen Ereignisse... wie das gestern abend... wichtig für Sie?«

»Nicht unbedingt. Menschen sind für mich wichtig. Ich muß wissen, wie sie aussehen, wie sie sich kleiden, was sie denken und so weiter. Es ist nicht einfach, plötzlich allein und ohne Kontakt zur Außenwelt leben zu müssen.«

»Das könnten wir wenigstens teilweise ändern.« Er musterte sie lächelnd. »Es gibt Möglichkeiten, wie Sie, ohne gesehen zu werden, die anderen sehen können.«

»Das habe ich doch gestern abend versucht. Und es war ein Reinfall.«

»Nein, das haben Sie eben nicht versucht. Sie haben sich so auffällig gekleidet ins Getümmel gestürzt, daß Sie die Aufmerksamkeit aller erregen mußten. Und als es dann soweit war, waren Sie völlig überrascht.«

Isabella mußte unwillkürlich lächeln. »Von diesem Standpunkt aus habe ich die Sache noch gar nicht betrachtet.«

»Sie könnten diese Wohnung durchaus verlassen, Isabella. Sie haben die Möglichkeit, mit dem Wagen aufs Land zu fahren und lange Spaziergänge zu machen. Sie müssen sich nicht hier einschließen. Schließlich hat jeder gelegentlich das dringende Bedürfnis, aus seinen vier Wänden auszubrechen und frei zu atmen.«

Isabella nickte unglücklich.

»Erlauben Sie mir, daß ich Sie ab und zu abhole?« fragte Corbett. »Wir könnten allein oder mit Alessandro ein paar Ausflüge machen.«

»Das wäre wirklich sehr nett.« Isabella sah ihm einen Moment stumm in die Augen. »Sie sind wirklich sehr lieb... aber ich möchte nicht, daß Sie sich verpflichtet fühlen...«

Corbett schüttelte den Kopf, riß sich mühsam von ihrem Anblick los und sah aus dem Fenster. »Ich verstehe Sie besser, als Sie glauben. Ich habe vor etlichen Jahren meine Frau verloren... nicht unter so grausamen und dramatischen Umständen wie Sie Ihren Mann. Trotzdem ist es eine qualvolle Erfahrung für mich gewesen. Anfangs dachte ich, ich könne ohne sie nicht leben. Man verliert plötzlich alles, was einem vertraut und wichtig war im Leben... alles, was wirklich zählt. Der einzige Mensch, der weiß, was du denkst, was du fühlst, wie du weinst und lachst... der, der den Schlüssel zu deinem Wesen besitzt, ist auf einmal nicht mehr da. Man ist allein gelassen und zweifelt daran, daß es je wieder jemanden geben wird, der den Platz des Partners einnehmen kann.«

»Und?« Isabella hatte Mühe, die Tränen zurückzuhalten. »Und gibt es irgendwann wieder einen Menschen, der dieselbe Sprache spricht, der die Geheimnisse versteht... der einen liebt?« Und werde ich je wieder lieben können? dachte sie insgeheim.

»Irgendwann gibt es für jeden einen solchen Menschen... da bin ich sicher«, antwortete Corbett. »Vielleicht teilt man nicht dieselben Geheimnisse wie damals... vielleicht hat man andere Sorgen und Nöte, oder die eigenen und die Bedürfnisse des Partners sind anders. Trotzdem gibt es diesen Menschen, Isabella. Sie sollten das nicht vergessen... auch wenn Sie es jetzt nicht hören wollen.«

»Hat es für Sie so jemanden schon gegeben? Hat jemand Ihre Frau ersetzen können?«

»Nein, eigentlich nicht. Aber ich habe mich bisher völlig in mich zurückgezogen. In dieser Beziehung sind wir uns ähnlich, Isabella. Ich habe eben nur gelernt, damit zu leben. Es tut nicht mehr so weh. Aber natürlich habe ich nicht auch noch die Heimat, mein Zuhause und damit das Leben verloren, das ich gewohnt war.«

»Was mir geblieben ist, sind mein Kind und meine Arbeit«, murmelte Isabella. »Und eigentlich bin ich auch wegen Alessandro hier. Eines Tages habe ich einen anonymen Anruf bekommen, Alessandro sei entführt worden. Es hat sich zwar als Bluff erwiesen, aber danach ist mir klargeworden, daß ich in Italien so nicht mehr weiter leben konnte.«

»Aber Sie haben eben etwas, das Ihnen niemand nehmen kann. In New York ist Ihr Kind sicher.«

»Ja, Alessandro kann hier nichts passieren. Um die Firma mache ich mir allerdings Sorgen.«

»Das dürfte kaum nötig sein. Soviel ich gehört habe, ist Ihr Unternehmen gesund.«

»Vorerst ja. Aber ich kann die Firma doch nicht ewig von New York aus leiten. Gerade Sie müßten das verstehen.«

Das tat Corbett auch... sogar besser, als Isabella ahnte. Doch nach allem, was sie ihm erzählt hatte, konnte er ihr nicht noch mehr sagen. Beklommen wärmte er die Hände am Kaminfeuer.

»Sie haben jederzeit die Möglichkeit, organisatorische Änderungen vorzunehmen«, bemerkte Corbett. »Sie könnten hier ein größeres Büro eröffnen und die Arbeitsbereiche so aufteilen, daß Sie in der Lage sind, die Firmenleitung praktisch von überall her aufrechtzuerhalten. Aber das wäre eine Lösung für den Notfall. Im Augenblick dürfte der Zeitpunkt dafür noch nicht gekommen sein.«

»Irgendwann möchte ich nach Rom zurückkehren«, entgegnete Isabella.

Corbett nickte nachdenklich. Nach einer Pause sagte er leise:

»Kommt Zeit, kommt Rat. Solange Sie allerdings hier sind, möchte ich Ihnen helfen, das Beste aus Ihrem New-York-Aufenthalt zu machen. Auch mir haben Freunde nach Beths Tod am meisten geholfen.«

Isabella nickte. Sie wußte inzwischen ebenfalls, was Freunde in derartigen Situationen bedeuteten.

»Corbett…« Mit Tränen in den Augen sah Isabella ihn an. »Überwindet man je das Gefühl, der andere müsse wiederkommen? Ich meine noch immer, Amadeo sei nur verreist. Es ist schrecklich.«

»Gewissermaßen ist er das auch.« Corbett lächelte verständnisvoll. »Ich glaube daran, daß wir uns eines Tages alle wiedersehen werden. Aber bis dahin sollten wir alles daran setzen, das Beste aus unserem Leben zu machen. Sie haben recht. Ich hatte anfangs ebenfalls das Gefühl, Beth sei nur eine Weile weggefahren. Wenn ich damals den Lift oder eine Tür in meiner Wohnung gehört habe, dachte ich sofort, sie sei zurückgekommen. Und sobald mir dann bewußt wurde, daß es eine Selbsttäuschung gewesen war, ging es mir noch schlechter als zuvor. Wahrscheinlich versuchen wir alle, uns auf diese Weise vor der Wahrheit zu schützen… oder es fällt uns nur schwer, mit vertrauten Gewohnheiten zu brechen. Man verläßt sich schnell darauf, daß jemand jeden Tag nach Hause kommt. Das einzige, was sich im Endeffekt radikal ändert, ist die Tatsache, daß derjenige eben nicht mehr zurückkehrt. Hat man das einmal begriffen, dann weiß man das Glück viel mehr zu schätzen, und versucht es festzuhalten, denn man hat erlebt, wie vergänglich es sein kann.« Sie starrten eine Weile schweigend in das verglimmende Kaminfeuer.

»Siebeneinhalb Monate sind keine lange Zeit…«, fuhr Corbett fort. »Aber es ist lange genug, um zu wissen, daß man wirklich allein ist.«

»Genau das macht mir manchmal angst… Nein, es versetzt mich regelrecht in Panik.«

»Dabei habe ich gar nicht den Eindruck, daß Sie eine ängstliche Natur sind«, entgegnete Corbett. Im Gegenteil. Isabella schien ihm eine sehr beherrschte Persönlichkeit zu sein, die mit allem fertig werden konnte. Und er war sicher, daß sie sich in den vergangenen siebeneinhalb Monaten auch entsprechend verhalten hatte. »Lassen Sie sich nur von niemandem drängen… Behalten Sie Ihr eigenes Tempo bei.«

»Tempo? Das habe ich nur bei meiner Arbeit. Und die Arbeit ist jetzt mein Leben.«

»Nur vorübergehend«, verbesserte Corbett sie. »Vergessen Sie das bitte nicht. Es wird auch wieder anders. Das müssen Sie sich täglich vor Augen halten. Vor allem, wenn die Situation Ihnen unerträglich zu werden scheint. Dasselbe hat mir eine gute Freundin nach Beths Tod gesagt. Sie hat behauptet, es sei wie beim Kinderkriegen. Während der Wehen glaube man nicht, daß man es durchstehen könne. Doch irgendwann hat die Qual ein Ende. Dann hat man alles hinter sich... man hat es geschafft.«

Isabella mußte unwillkürlich lächeln. Alessandros Geburt war für sie sehr schwer gewesen. »Ich werd' versuchen, daran zu denken.«

»Gut.«

Isabella sah Corbett fragend an. »Haben Sie Kinder, Corbett?«

Er schüttelte den Kopf. »Nur die, die ich mir gelegentlich von Freunden ausleihe.«

»Das ist auch nicht das Schlechteste.« Isabella lächelte verschmitzt. »Das wird Ihnen bestimmt spätestens dann bewußt, wenn Sie mit Jason und Alessandro das Feuerwehrhaus besichtigt haben.«

»Das wird ein Spaß, glauben Sie mir. Und was ist mit Ihnen?«

»Was soll sein?«

»Haben Sie Lust, mit mir eine kleine Spazierfahrt zu machen? Sagen wir... morgen vormittag?«

»Müssen Sie denn nicht ins Büro?« Sie sah ihn verwundert an.

»Am Samstag? Nein. Und Sie?«

»Natürlich nicht. Ich hatte ganz vergessen, daß morgen Samstag ist.« Sie seufzte. »Ich würde schrecklich gern einen Ausflug machen. Sie meinen also, wir könnten das am Tag riskieren?«

»Selbstverständlich.« Corbett musterte sie überlegen. »Wir ziehen einfach die Vorhänge im Fond meines Wagen zu und lassen sie geschlossen, bis wir die Stadt verlassen haben.«

»Wie aufregend!« Sie lachte. Corbett stand auf und streckte die Hand aus. Sie nahm sie. »Danke, Corbett.«

Corbett war nahe daran, sie zu bitten, das förmliche ›Sie‹ abzulegen, doch dann überlegte er es sich anders. Er schüttelte ihr die Hand und ging zur Tür.

»Bis morgen, Isabella.«

»Ja. Und nochmals, danke.« Sie lächelte, als der Lift kam. »Gute Nacht.«

Als er sie diesmal verließ, lächelte auch er. Kaum dachte er jedoch an all das, was er ihr verschwiegen hatte, beschlich ihn ein bedrückendes Angstgefühl.

21

Am folgenden Tag fuhren sie in Corbetts Rolls-Royce nach Connecticut. Auf der Fahrt unterhielten sie sich erneut angeregt über geschäftliche Dinge, insbesondere über das Modeatelier von Isabellas Großvater in Paris. Schließlich kamen sie auf Rom zu sprechen.

»Woher wissen Sie eigentlich so gut über die Branche Bescheid?« erkundigte sich Isabella, während sie eine Allee entlangfuhren, deren Bäume bereits grün zu werden begannen.

»Oh, dazu braucht man kein spezielles Wissen. Es gibt viele Dinge, die in jeder Branche gleich sind.«

Diese Vorstellung leuchtete Isabella ein. Sie war allerdings nie auf den Gedanken gekommen, sie könne ihr Wissen über die Modebranche auch auf andere Wirtschaftszweige anwenden.

»Haben Sie ein großes Unternehmen?« wollte Isabella wissen. Es kam ihr ungewöhnlich vor, wie wenig er über seine Geschäfte erzählte. Die meisten Männer sprachen von nichts anderem.

»Ja.«

»Und weshalb sprechen Sie nicht darüber?«

»Weil ich Sie damit langweilen würde. Es langweilt ja manchmal sogar mich.« Sie lachten beide und stiegen aus.

»Wenn Sie wüßten, wie lange es schon her ist, seit ich zum letztenmal über eine Wiese mit Bäumen gegangen bin«, seufzte Isabella. »Endlich ist es hier auch Frühling geworden. Ich hatte schon fast die Hoffnung aufgegeben.«

Corbett sah sie an. »Nichts dauert ewig. Isabella... weder das Gute noch das Schlechte. Das wissen wir inzwischen beide. Wie der Frühling so kehrt alles wieder.« Auch die Liebe, hätte er am liebsten hinzugefügt, doch er schwieg.

»Vermutlich haben Sie recht.« Doch Isabella war in diesem Augenblick viel zu glücklich, um an die Vergangenheit zu denken.

»Weshalb haben Sie Alessandro nicht mitgenommen?« erkundigte sich Corbett und sah auf sie herab.

»Er und Jason hatten sich mit Freunden im Park verabredet. Aber Alessandro hat mir aufgetragen, Sie an den versprochenen Besuch bei der Feuerwehr zu erinnern.« Isabella drohte lachend mit dem Finger. »Ich hab' Sie ja gewarnt.«

»Ich habe schon alles vorbereitet. Dienstag nachmittag ist es soweit.«

»Sie sind also ein Mann, der Wort hält.«

Corbett wurde ernst. »Ja, Isabella, das bin ich.«

Isabella wußte das bereits. Alles an ihm verriet den Ehrenmann, den Menschen, auf den man sich absolut verlassen konnte. Sie war lange keinem Mann wie ihm begegnet. Er war der einzige außer Amadeo, Bernardo und Natasha, dem sie je ihr Herz ausgeschüttet hatte. Amadeo hatte sie inzwischen verloren, und Bernardo... nun Bernardo und sie sprachen über intime Angelegenheiten längst nicht mehr miteinander. Die Entfernung hatte sie einander entfremdet. Damit blieben ihr nur noch Natasha... und Corbett. Sie war selbst am meisten darüber überrascht, daß er innerhalb weniger Tage zu einem engen Vertrauten geworden war.

»Woran denken Sie jetzt?«

»Daran, wie seltsam es ist, daß ich mich in Ihrer Nähe so wohl und geborgen fühle. Sie sind für mich schon beinahe wie ein alter Freund.«

»Was ist daran so seltsam?« Sie setzten sich auf einen umgestürzten Baumstamm. Corbett streckte seine langen Beine aus und schlug sie übereinander. Der sportliche Tweedanzug brachte seine breiten, kräftigen Schultern gut zur Geltung. Trotz des graumelierten Haars wirkte er erstaunlich jung.

»Nun, ich kenne Sie erst kurz... und weiß nicht viel über Sie.«

»Stimmt. Trotzdem wissen Sie bereits das Wichtigste von mir«, entgegnete Corbett. »Sie wissen, wo ich lebe, was ich beruflich mache, daß ich seit Jahren mit Natasha befreundet bin... und manches andere.« Damit spielte er vermutlich auf den Tod seiner Frau Beth an. Isabella nickte und sah langsam zu ihm auf. Ihr langes schwarzes Haar fiel ihr lose über den Rücken, als sie den Kopf zurückbog. Er betrachtete sie lächelnd. Einen Augenblick lang war sie ihm wie ein Kind auf einer Schaukel vorgekommen.

Ihre Schönheit, ihre Intelligenz, ihre Eleganz, ihr starker Wille und ihre natürliche Autorität bezauberten ihn immer wieder aufs neue. Sie war eine Frau voller Gegensätze, und gerade das zog ihn an. »Warum tragen Sie immer nur Schwarz, Isabella? Ich habe Sie bisher nur einmal... an jenem Abend im Kino in einer anderen Farbe gesehen... und da war es auch nur ein Abendmantel.«

Isabella senkte den Blick. »Wegen Amadeo. Das macht man so während des Trauerjahres.«

»Natürlich. Entschuldigen Sie die dumme Frage. Aber hier in Amerika ist das nicht üblich.« Corbett wirkte betreten.

»Sie brauchen sich nicht zu entschuldigen. Es macht mir nichts aus. Eigentlich ist es nur ein Brauch.«

»Tragen Sie auch zu Hause Schwarz?« Als Isabella nickte, fuhr er fort: »Dabei müßten Farben Ihnen phantastisch stehen... Zu Ihrem dunklen Haar stelle ich mir ein Taubenblau und Fuchsienrot vor...« Er lächelte träumerisch wie ein kleiner Junge.

Isabella lachte. »Sie sollten Mode entwerfen, Corbett.«

»Das tue ich sogar manchmal.«

»Oh, tatsächlich?« Sie wurde sofort ernst und musterte ihn erstaunt. Corbett war wirklich ein ungewöhnlicher Mann.

»Ich habe mal Uniformen für eine Fluggesellschaft entworfen.« Corbett hatte Angst, noch mehr zu verraten.

»Und war sie erfolgreich?«

»Die Fluggesellschaft?«

»Nein, die Kleider? Haben die Uniformen gut ausgesehen?«

»Ich fand schon.«

»Haben Sie dazu Stoffe aus eigener Produktion verwendet?«

Corbett nickte. Isabella schien zufrieden zu sein.

»Das ist gutes Geschäftsgebahren. Ich versuche gelegentlich zwischen meiner Konfektion und meiner Haute-Couture-Kollektion austauschbare Materialien zu verwenden. Wegen der Muster ist das manchmal nicht einfach. Aber wenn es geht, mache ich es.«

»Wo haben Sie das alles gelernt?«

»Beim meinem Großvater, Jacques-Louis Parel. Er war ein Genie. Ich wußte von Kindheit an, daß ich Designerin werden würde. Er war mein Vorbild. Nachdem ich ein Jahr in New York gearbeitet hatte, habe ich mein eigenes Modeatelier in Rom eröffnet.« So hatte sie damals Amadeo kennengelernt, und das war der Anfang gewesen.

»Das Genie Ihres Großvaters hat sich also vererbt.«

»Möglich.« Lächelnd pflückte Isabella eine Blume.

»Und Bescheidenheit offenbar auch.« Corbett legte den Arm um ihre Schultern und stand auf. »Wie wär's mit einem kleinen Mittagessen?«

»Können wir denn in ein Restaurant gehen?« Isabella war sofort begeistert, doch Corbett schüttelte den Kopf.

»Nein.«

Die Enttäuschung stand Isabella deutlich ins Gesicht geschrieben. »Es war dumm von mir, überhaupt zu fragen.«

»Wir kommen im Sommer noch einmal hierher«, versprach Corbett. »Drüben liegt ein hübsches Restaurant. Aber heute müssen wir uns mit etwas anderem begnügen. Ich habe vorgesorgt.«

»Wirklich?«

»Natürlich. Dachten Sie, ich lasse Sie verhungern? Halten Sie mich für so gedankenlos? Außerdem habe ich ebenfalls einen gesunden Appetit.«

»Sie haben ein Picknick vorbereitet?«

»Mehr oder weniger, ja.« Corbett reichte Isabella die Hand, und sie erhob sich vom Baumstamm. Sie klopfte den Staub aus ihrem schwarzen Rock und zog ihren Blazer enger um sich, als sie zum Wagen zurückgingen. Corbett fuhr zu einem nahegelegenen See, hielt an und holte einen Tisch und zwei Stühle und eine große Ledertasche aus dem Kofferraum. Das Picknick bestand aus Pasteten, Käse, französischem Weißbrot, Kaviar, Gebäck und Obst.

»Mein Gott, das sieht ja einfach herrlich aus«, seufzte Isabella begeistert. »Jetzt fehlt nur noch der Champagner.«

Corbett stand auf und zwinkerte Isabella geheimnisvoll zu. »Ihr Wunsch ist mir Befehl.« Damit öffnete er die Bar im Fond der Limousine und brachte eine Flasche eisgekühlten Champagner zum Vorschein.

»Sie denken wirklich an alles.«

»An fast alles«, verbesserte er sie.

Am darauffolgenden regnerischen Sonntag spielte Isabella viel mit Alessandro und war froh, daß das Wetter am Vortag schön gewesen war. Am Montag arbeitete sie fünfzehn Stunden hart und verbrachte den folgenden Vormittag damit, mit Europa, Brasilien und Bangkok zu telefonieren.

Sie stand barfuß und in Blue jeans in der Küche und trank eine Tasse Kaffee, als es an der Wohnungstür klingelte. Isabella sah erstaunt auf die Uhr. Die beiden Jungen konnten noch nicht aus der Schule zurück sein, Hattie war einkaufen, und Natasha war ausgegangen. Verwirrt lief sie zur Tür und starrte durch den Spion. Draußen stand Corbett in Jeans und einem alten Pullover. Sie öffnete die Tür.

»Wie konnten Sie dieses wichtige Ereignis nur vergessen? Heute findet doch der Besuch bei der Feuerwehr statt«, erinnerte Corbett Isabella vorwurfsvoll.

Isabella lächelte verlegen. »Ich hab's tatsächlich vergessen.«

»Sind die Jungen da? Sonst muß ich eben Sie mitnehmen. Die Feuerwehr würde mir nie verzeihen, wenn ich die Verabredung nicht einhielte. Ich gebe Sie einfach für meine Nichte aus.« Sein Blick glitt bewundernd über Isabellas mädchenhaft schlanke Gestalt.

»Alessandro und Jason müssen in fünf Minuten aus der Schule kommen. Die beiden sind sicher begeistert. Und wie geht es Ihnen?«

»Danke, ausgezeichnet. Und was machen Sie? Arbeiten wie gewöhnlich?«

»Natürlich.« Isabella führte ihn zum ersten Mal in ihr kleines Büro. »Ist es nicht bezaubernd? Natasha hat es für mich eingerichtet.« Isabella zeigte ihm stolz ihr Reich.

»Wirklich sehr hübsch.« Corbett registrierte die Stapel von Akten und Kleiderentwürfen, die auf Tisch und Fußboden lagen. »Hm, hier sieht's wirklich nach Arbeit aus. An die Enge müssen Sie sich bestimmt erst gewöhnen. In Rom haben Sie vermutlich mehr Platz.«

»Ein bißchen mehr schon.« Isabella dachte lächelnd an die riesigen Büros, die Amadeo und sie im dritten Stock des Modehauses in Rom zur Verfügung gehabt hatten. »Aber ich komme auch hier zurecht.«

»Ja, sieht ganz so aus.«

Kurze Zeit später kamen die Jungen nach Hause und begrüßten Corbett mit Freudengeheul. Nach zehn Minuten hatten sie mit ihm zusammen die Wohnung wieder verlassen.

Zwei Stunden später kamen sie zurück. »Na, wie war's?« erkundigte sich Isabella. Die Jungen erstatteten ihr sofort begeistert Bericht.

Alessandro erzählte noch immer fasziniert von den Ausrüstungsgegenständen im Feuerwehrhaus, als Hattie ihn endlich ins Badezimmer beförderte. »Und jetzt zu Ihnen«, wandte sich Isabella an Corbett, nachdem sie allein waren. »Sind Sie sehr erschöpft?«

»Es geht. Es hat alles viel Spaß gemacht.«

»Sie sind wirklich ein prima Kerl. Möchten Sie was zu trinken?«

»Gern. Haben Sie einen Scotch-Soda mit Eis?«

»Hm, typisch amerikanisch.« Sie warf ihm einen gespielt vorwurfsvollen Blick zu und ging zu Natashas Hausbar aus Marmor.

»Was sollte ich Ihrer Ansicht nach denn trinken?« wollte Corbett wissen.

»Cinzano. Pernod oder vielleicht einen *Kir*«.

»Ich werd's mir fürs nächste Mal merken«, versprach Corbett. »Trotzdem ist mir ein Scotch offen gestanden lieber.« Corbett nahm grinsend das Glas in Empfang, das Isabella ihm reichte. »Und wo ist Natasha?«

»Sie zieht sich gerade für ein Diner mit anschließender Neueröffnung einer Galerie um.«

»Und was haben Sie vor, Isabella?«

»Das übliche. Ich werde meinen Abendspaziergang machen.«

»Haben Sie denn keine Angst, allein abends in der Stadt?« Corbett sah sie besorgt an.

»Oh, ich bin sehr vorsichtig.« Sie mied inzwischen sogar die Madison Avenue. »Es ist nicht besonders aufregend, aber wenigstens habe ich ein bißchen Abwechslung.«

Corbett nickte. »Darf ich Sie heute begleiten?«

»Natürlich, gern«, antwortete Isabella hastig.

Nachdem Corbett seinen Scotch getrunken hatte und Natasha abgeholt worden war, verließen sie die Wohnung. Sie gingen Isabellas übliche Route, machten dann noch einen kleinen Umweg, liefen einen Teil der Strecke im Dauerlauf und schlenderten den Rest des Wegs zum Apartment zurück. Danach fühlte Isabella sich wie immer viel besser. Sie brauchte die Bewegung an der frischen Luft dringend. Die Zeit, die sie draußen verbringen konnte, war zwar noch immer viel zu kurz, aber es war immerhin besser als gar nichts.

»Ich weiß jetzt, wie sich die Hunde fühlen müssen, die den ganzen Tag in einer Wohnung eingesperrt werden.«

»So fühle ich mich manchmal in meinem Büro«, erwiderte Corbett.

»Verständlich«, seufzte Isabella und sah ihn vorwurfsvoll an. »Aber Sie haben die Freiheit, jederzeit rauszugehen.«

Corbett wirkte nachdenklich, als sie in Natashas Wohnung zurückkehrten, wo die beiden Jungen, die bereits gewaschen und in Schlafanzügen waren, sie sofort mit Beschlag belegten. Isabella beobachtete, wie Alessandro und Jason mit Corbett noch eine halbe Stunde herumtobten. Corbett schien das Spaß zu machen. Er konnte mit Kindern hervorragend umgehen. Isabella war froh, daß die beiden Jungen Corbett hatten. Schließlich machte Hattie dem Treiben ein Ende und brachte Alessandro und Jason unter deren heftigem Protest ins Bett.

»Möchten Sie zum Abendessen bleiben?« lud Isabella Corbett ein.

»Danke, sehr gern.«

Sie aßen in der Küche gebratenes Hühnchen mit jungen Maiskolben, die Hattie für sie zubereitet hatte, und machten es sich anschließend in Isabellas kleinem Büro bequem. Isabella legte eine Schallplatte auf, und Corbett streckte in einem Sessel seine langen Beine aus.

»Ich bin verdammt froh, daß ich vergangene Woche doch noch zu dieser Filmpremiere gegangen bin. Ich wäre beinahe zu Hause geblieben«, gestand Corbett.

»Aber warum denn?«

»Ich dachte, ich würde mich tödlich langweilen.« Beide lachten schallend.

»Und haben Sie sich gelangweilt?« fragte Isabella provozierend.

»Kaum ... seither habe ich mich überhaupt nicht mehr gelangweilt.«

»Mir geht's genauso.« Isabella lächelte entspannt und war überrascht, als Corbett plötzlich ihre Hand nahm.

»Das freut mich. Es tut mir leid, daß Sie so viel haben durchmachen müssen. Ich wünschte, ich könnte Ihre jetzige Situation ändern.« Corbett wußte jedoch insgeheim, daß die Zeit für irgendwelche Entscheidungen noch nicht reif war.

»Das Leben ist nicht immer leicht ... aber, wie Sie schon gesagt haben, man übersteht alles.«

»Manche überleben, andere gehen unter, Isabella. Sie sind zum Überleben geboren ... genau wie ich.«

Sie nickte. »Das hat mir vermutlich mein Großvater beigebracht. Welche Tiefschläge er auch hat hinnehmen müssen, er hat alles weggesteckt und sich nur zu noch größeren Anstrengungen angespornt gefühlt. Manchmal hat er einige Zeit gebraucht, um sich wieder zu erholen, aber es ist ihm immer gelungen, etwas Großartiges zu schaffen. Das bewundere ich sehr.«

»Sie scheinen ihm sehr ähnlich zu sein«, bemerkte Corbett, und Isabella neigte lächelnd den Kopf. »Weshalb hat er sein Modehaus eigentlich verkauft?«

»Weil er sich mit dreiundachtzig der Verantwortung nicht mehr gewachsen gefühlt hat. Meine Großmutter war längst tot, meine Mutter hatte kein Interesse daran, das Unternehmen weiterzuführen, und ich war noch zu jung. Jetzt wäre das etwas anderes. Ich träume manchmal davon, Parel zurückzukaufen und es zusammen mit dem Haus San Gregorio als eine Firma aufzubauen.«

»Und weshalb haben Sie es nie getan?«

»Bernardo war immer dagegen.«

»Erscheint Ihnen denn ein solches Unterfangen sinnvoll?«

»Eigentlich schon. Ich habe die Idee noch nicht aufgegeben.«

»Dann kaufen Sie das Haus Parel eines Tages doch noch.«

»Vielleicht. Eines ist allerdings sicher: Mein Unternehmen verkaufe ich nie.« Isabella meinte das Haus San Gregorio.

»Haben Sie denn je an diese Möglichkeit gedacht?« fragte Corbett und vermied es dabei, sie anzusehen.

»Ich? Nein, niemals. Aber mein Geschäftsführer, Bernardo Franco, versucht mir das schon seit einiger Zeit schmackhaft zu machen. Er ist ein Dummkopf. Ich verkaufe nie.«

Corbett nickte. »Ich glaube auch nicht, daß Sie das tun sollten.«

»Das Unternehmen wird eines Tages Alessandro gehören«, fuhr Isabella fort. »Es ist meine Pflicht, es solange zu erhalten.« Corbett nickte erneut zustimmend. Dann wechselten sie das Thema. Sie unterhielten sich über Musik, Reisen und die Städte, in denen sie aufgewachsen waren, und schließlich erkundigte sich Isabella, warum Corbett und seine Frau keine Kinder gehabt hatten.

»Ich hatte immer Angst, keine Zeit für ein Kind zu haben.«

»Und Ihre Frau?«

»Ich glaube, Beth war einfach nicht der mütterliche Typ. Jedenfalls ist sie ebenfalls der Meinung gewesen, daß wir keine Kinder haben sollten... und jetzt ist es zu spät.«

»Mit zweiundvierzig? Das ist doch lächerlich. In Italien zeugen noch viel ältere Männer Kinder und finden gar nichts dabei.«

»Dann nehme ich die Sache gleich in Angriff. Wie soll ich es anstellen? Eine Annonce in die Zeitung setzen?«

Isabella lachte. »Ich glaube nicht, daß Sie zu solch drastischen Maßnahmen greifen müssen.«

Corbett lächelte zärtlich. »Vielleicht wirklich nicht.«

Ehe sich Isabella versah, hatte Corbett die Hände auf ihre Schultern gelegt und sie sanft an sich gezogen. Sie schmiegte sich wie in Trance an ihn. Die Musik spielte leise im Hintergrund, während das Blut in Isabellas Schläfen pochte. Dann beugte sich Corbett über sie und küßte sie. Isabella klammerte sich an ihn wie eine Ertrinkende. Sein Kuß war zärtlich, und sie fühlte, wie sich ihr ganzer Körper nach ihm sehnte. Im nächsten Augenblick machte sie sich hastig von ihm frei.

»Corbett! Bitte nicht!« Im ersten Moment war sie selbst über sich entsetzt, doch der Ausdruck in seinen Augen sagte ihr, daß er ein Mann war, der liebte und dem sie vertrauen konnte. Bei ihm fühlte sie sich sicher. »Wie ist das nur passiert?« fragte sie verwirrt und glücklich zugleich.

»Also, ich bin einfach näher gerückt, habe meine Hände auf deine Schultern gelegt...« Er lachte, und diese Geste war ansteckend.

»Das war sehr ungezogen von dir, Amadeo...« Sie verstummte abrupt. Es gab keinen Amadeo mehr. Tränen traten in ihre Augen. Corbett nahm sie erneut in seine Arme und hielt sie fest. Isabella weinte leise.

»Nein, Isabella, quäl dich jetzt nicht. Schau nicht zurück, Liebling. Denk immer daran: Irgendwann hat der Schmerz ein Ende. Wir stehen erst am Anfang.«

Sieben Monate, dachte sie. Sieben Monate waren eine lange Zeit. War sie lang genug, um an einen anderen Mann denken zu können?

»Aber... ich darf nicht, Corbett.« Sie machte sich sanft von ihm frei. »Ich kann nicht.«

»Warum nicht, Isabella? Wenn du allerdings nicht willst, dann reden wir nie wieder darüber.«

»Nein, es ist nicht, daß ich dich nicht gern habe...«

»Ist es noch zu früh? Ich verspreche dir, nichts zu überstürzen. Ich möchte nicht, daß du je wieder unglücklich wirst.«

Sie lächelte zärtlich. »Es ist ein wunderbarer Traum. Nichts dauert ewig, hast du gesagt. Erinnerst du dich? Weder das Gute noch das Böse.«

»Sicher... aber manche Dinge halten sehr, sehr lange. Mit dir möchte ich eine lange, glückliche Zeit erleben.«

»Und ich mit dir«, murmelte Isabella, ohne nachzudenken.

Corbett lächelte. Sie tranken Kognak, hörten Musik und saßen wie Kinder nebeneinander auf dem Fußboden. Sie fühlte sich in seiner Nähe wohl und war glücklich... und noch glücklicher, als er sie erneut küßte. Diesmal entzog sie sich ihm nicht. Schließlich warf Corbett einen Blick auf seine Uhr und stand auf.

»Ich glaube, es ist Zeit für mich, Liebling. Ich muß nach Hause.«

»So früh schon? Es kann doch höchstens erst zehn sein.«

Corbett schüttelte den Kopf. »Es ist fast halb zwei Uhr morgens, und wenn ich jetzt nicht mache, daß ich fortkomme, werde ich dich unweigerlich überfallen.«

»Denkst du an Vergewaltigung?« fragte sie amüsiert. Sie hatte sich wieder in der Gewalt.

»Für den Anfang... warum nicht?« Seine Augen funkelten boshaft. »Es klingt verlockend, findest du nicht?«

»Du bist unmöglich.«

»Vielleicht... aber ich bin eben verrückt nach dir.« Er ergriff ihre Hand und zog sie auf die Beine. »Isabella, so habe ich seit Jahren nicht mehr gefühlt.«

»Und davor? Was war davor?« erkundigte sie sich spielerisch. Sie war unendlich glücklich.

»Oh, davor war ich in ein Mädchen namens Tilly Erzbaum verliebt. Sie war damals vierzehn und hatte einen tollen Busen.«

»Und wie alt bist du gewesen?«

Er dachte einen Moment nach. »Neuneinhalb.«

»Gott sei Dank.«

Isabella brachte ihn zur Tür. Corbett gab ihr einen Gutenachtkuß. »Ich ruf' dich morgen an.« Isabella lächelte glücklich. »Was ist morgen mit dem Spaziergang? Darf ich dich wieder begleiten?«

»Hm, das läßt sich vielleicht machen.«

Am nächsten Morgen wachte Isabella mit zwiespältigen Gefühlen auf.

Was hatte sie getan? Sie war Witwe und fühlte sich noch immer als verheiratete Frau. Ihr Herz begann schneller zu klopfen, als sie an die Küsse auf dem Fußboden in ihrem Arbeitszimmer dachte, und Trauer mischte sich mit ungewohnten Schuldgefühlen. Als Corbett anrief, zog sie sich in ihr Büro zurück und schützte Arbeit vor, um nicht mit ihm sprechen zu müssen. Es dauerte eine Weile, bis sie sich eingestand, daß er eigentlich gar nichts dafür konnte. Sie hatte diese Küsse ebenso gewollt wie er und war selbst am meisten darüber erstaunt gewesen, welche Gefühle er in ihr geweckt hatte. Es war also wahr geworden. Amadeo würde nie mehr zurückkommen.

»Wohin gehst du?« Natasha sah Isabella überrascht an, als diese an ihr vorbei zur Haustür lief.

»Ich mache heute meinen Spaziergang schon früher. Ich muß am Abend noch 'ne Menge arbeiten.« Ihre Stimme klang ungewöhnlich abweisend, und sie wich Natashas Blick aus.

»Schon gut, schon gut. Es war ja nur eine Frage.«

Als Isabella gegen fünf Uhr in die Wohnung zurückkehrte, hatte sie ihr inneres Gleichgewicht noch immer nicht gefunden. Plötzlich im Lift wurde ihr klar, wie dumm sie sich benahm. Sie war eine erwachsene Frau und einsam, und Corbett war ein attraktiver Mann. Sie hatten sich geküßt. Was war schon dabei? Kaum hatte sie die Wohnungstür geöffnet, fuhr sie erschrocken zusammen, als sie ihn, wie immer von den begeisterten Jungen umringt, im Wohnzimmer stehen sah. Natasha lag auf der Couch und versuchte, trotz des Kindergeschreis mit Corbett eine vernünftige Unterhaltung zu führen.

»Hallo, Isabella!« begrüßte Natasha sie. »Na, wie war dein Spaziergang?«

»Schön, danke.«

Corbett lächelte, als Isabella ihm zunickte. Doch sein Blick hatte nichts plump Vertrauliches oder Besitzergreifendes.

»Hast du heute hart gearbeitet?« fragte er.

Isabella nickte stumm. Seine unverbindlich freundliche Art beruhigte sie ein wenig. Vielleicht hatte sie die Sache überbewertet. Vermutlich waren der Kognak und die Musik an allem schuld gewesen, und er konnte sich schon längst nicht mehr daran erinnern. Es war noch nicht zu spät, die Episode zu vergessen.

Beinahe erleichtert ließ Isabella sich in einen Sessel sinken. Natasha rief laut nach Hattie, während Corbett und die beiden Jungen weiter spielten. Kurz darauf erschien Hattie und beförderte die Kinder ins Kinderzimmer.

»Ich liebe die Jungen, aber manchmal gehen sie mir auf die Nerven«, stöhnte Natasha.

Corbett setzte sich entspannt in einen Sessel und grinste. »Rauft ihr beide denn nie mit ihnen? Die haben mehr Energie als junge Fohlen.«

»Wir lesen ihnen Märchen vor und machen Spiele mit ihnen«, antwortete Natasha herablassend.

»Dann kauft ihnen wenigstens einen Punchingball oder was Ähnliches. Nein, wartet. Den brauchen Sie ja gar nicht. Sie haben mich.« Diesmal suchte Corbett absichtlich Isabellas Blick. »Du bist schon spazierengegangen?«

Isabella nickte. »Ja.«

»Na, gut. Dann zeig mir mal, was du heute gearbeitet hast. Das hast du mir gestern versprochen.« Bevor Isabella sich wehren konnte, hatte er sie bei der Hand genommen, sie aus dem Sessel gezogen und aus dem Zimmer geschoben. Isabella ließ es mit sich geschehen, da sie vor Natasha keine Szene machen wollte. Isabella ging hastig in ihr Büro voraus. Corbett machte energisch die Tür hinter sich zu.

»Corbett, ich...«

»Bitte, warte einen Moment.« Er setzte sich auf einen Stuhl und sah sie liebevoll an. »Steh doch nicht so ungemütlich herum.«

Gehorsam setzte sich Isabella in einen Sessel. Sie war erleichtert, daß er nicht sofort versucht hatte, sie zu küssen.

»Bevor du mir jetzt deine Gefühle erklärst, möchte ich dir sagen, daß ich das alles schon mal durchgemacht habe«, begann Corbett ruhig und sachlich. »Es ist keine angenehme Erfahrung, deshalb laß mich dir erklären, was ich daraus gelernt habe. Wenn mich nicht alles täuscht, bist du gestern abend ebenso glücklich gewesen wie ich. Aber irgendwann... vielleicht heute morgen... hast du wieder an deinen Mann und eure Ehe gedacht und dich schuldig gefühlt.«

Isabella starrte ihn überrascht an, sagte jedoch nichts.

»Du hast es mit der Angst zu tun bekommen und nicht mal mehr begreifen können, weshalb du es getan hast. Isabella, das ist vollkommen natürlich. Du mußt das durchstehen. Du kannst jetzt nicht davonlaufen. Du bist einsam, du bist eine Frau und hast nichts Falsches getan. Wärst du das Entführungsopfer gewesen, hätte dein Mann dasselbe durchgemacht. Es dauert ungefähr so lange, wie das jetzt bei dir her ist, bis man wieder etwas empfindet... und dann ist man meistens allein. Aber jetzt hast du mich. Du kannst entweder langsam versuchen, wieder eine Bindung einzugehen, oder vor dir selbst davonlaufen und dich den Rest deines Lebens in deine Schuldgefühle vergraben. Ich stelle dir kein Ultimatum, Isabella. Vielleicht willst du gar nicht *mich*. Möglicherweise bin ich nicht der Richtige. Falls du das denkst, werde ich es verstehen. Aber bitte, lauf vor deinen Gefühlen nicht davon... Wenn es erst mal soweit ist, kannst du nicht mehr zurück.« Corbett verstummte beinahe atemlos, und Isabella sah ihn verwundert an.

»Woher... woher weißt du, wie mir zumute ist?«

»Weil ich, wie gesagt, das alles selbst durchgemacht habe«, erwiderte Corbett. »Als ich damals das erste Mal wieder eine Frau geküßt habe, hatte ich das Gefühl, Beths Andenken beschmutzt... sie betrogen zu haben. Ich war völlig durcheinander. Aber eigentlich habe ich mir aus der betreffenden Frau überhaupt nichts gemacht. Ich war lediglich einsam, ausgehungert nach körperlicher Liebe und traurig. Bei dir ist das anders. Ich mache mir was aus dir... Ich bin in dich verliebt. Und ich hoffe inständig, daß ich dir nicht gleichgültig bin.«

»Wie... wie hast du das alles nur erraten?« Isabella schüttelte noch immer verwirrt den Kopf. Corbett sah sie nur zärtlich lächelnd an.

»Ich bin eben verdammt klug.«

»Hm, diese Bescheidenheit!« Isabella konnte sich ein Lächeln nicht länger verkneifen. Es machte ihr Spaß, ihn zu necken.

»In diesem Punkt sind wir uns sehr ähnlich. Bist du deshalb ohne mich spazierengegangen?«

»Ich wollte vor dir davonlaufen... wieder zurück sein, bevor du kommst.«

»Das war sehr schlau von dir.« Er betrachtete sie amüsiert. Corbett hatte verstanden.

»Es tut mir jetzt leid.«

»Das ist nicht nötig. Soll ich gehen? Ich würde dich verstehen, Isabella. Glaub mir.«

Isabella schüttelte nur den Kopf und streckte die Hand aus. Corbett stand auf, nahm ihre Hand und sah ihr tief in die Augen.

»Ich will nicht, daß du gehst«, murmelte sie. »Ich habe mich vermutlich sehr dumm benommen.« Sie klammerte sich beinahe ängstlich an seine Hand. Corbett kniete neben ihr nieder.

»Ich habe dir bereits gesagt, daß wir nichts überstürzen wollen. Ich hab's nicht eilig.«

»Darüber bin ich froh.« Damit legte Isabella die Arme um seinen Hals und schmiegte sich an ihn. So verharrten sie lange. Dann war es Isabella, die zärtlich mit den Fingern sein Kinn, seine Augen und sein schmales, gut geschnittenes Gesicht berührte. Diesmal tat sie den ersten Schritt. Ihre Lippen berührten zuerst zärtlich, dann immer leidenschaftlicher seinen Mund. Und sie war es, die zitterte, als er sie freigab.

»Ganz ruhig, Liebling«, flüsterte er lächelnd.

»Was hast du gestern über Vergewaltigung gesagt?« erkundigte sie sich amüsiert.

»Wenn du versuchst, mich zu vergewaltigen, schreie ich«, erklärte er wie die verletzte Tugend in Person. Isabella lachte. »Hast du Lust, eine Spazierfahrt zu machen?« fragte er leichthin.

»Bist du mit dem Wagen hier?«

»Nein, ich stehle einfach einen. Natürlich bin ich mit dem Wagen da. Also, was meinst du?«

»Tja, also dann... Ich hätte schreckliche Lust. Aber was sagen wir Natasha?«

»Ganz einfach, daß wir eine Spazierfahrt machen wollen. Ist das verboten?«

Sie sah ihn spitzbübisch an. »Ich habe Schuldgefühle.«

»Mach dir deshalb keine Gedanken«, tröstete er sie. »Ich manchmal auch.«

Sie verabschiedeten sich kurz von Natasha und fuhren dann in Corbetts Limousine zur Wall Street, den Cloisters und schließlich durch den Park. In den tiefen Polstern des Wagens, dicht neben Corbett fühlte Isabella sich geborgen.

»Ich begreife gar nicht, was heute mit mir geschehen ist«, seufzte sie schließlich.

»Keine Sorge. Das ist vollkommen in Ordnung.«

»Glaubst du, ich komme je wieder zur Vernunft?« wollte Isabella halb im Ernst, halb im Spaß wissen.

»Hoffentlich nicht. Ich mag dich so.«

Sie lächelte zärtlich. »Ich mag dich auch.«

Zwei Wochen später, als Natasha übers Wochenende mit den Kindern aufs Land gefahren war, wußte Isabella, daß sie viel mehr für Corbett empfand.

»Soll das heißen, sie haben dich einfach allein gelassen?« Corbett heuchelte Mitgefühl, als er am Samstagnachmittag zum Tee kam. Er hatte eigentlich vorgehabt, einen Spaziergang mit Isabella zu machen, und gehofft, daß Natasha abends ausgehen würde. Er genoß jede Minute mit Isabella und besonders die seltenen Gelegenheiten, da sie tatsächlich einmal allein waren. Meistens waren die Kinder, Natasha oder Hattie da. »Wo sind sie denn hin?«

Isabella lächelte amüsiert. »Zu Natashas Freunden nach Connecticut. Die Landluft tut den Kindern bestimmt gut.«

Corbett nickte, dachte in diesem Augenblick jedoch nicht an die Kinder, als er zärtlich Isabellas Hand nahm. »Merkst du, wie still es jetzt hier ist? Wir sind verdammt selten allein.«

Isabella dachte an Rom und die große, geräumige Villa, in der sie für sich so viel Platz und Zeit gehabt hatte. »Schade, daß du mich damals nicht gekannt hast«, murmelte sie unvermittelt.

»Warum, Isabella?«

»In Italien…«, antwortete sie leise und sah auf. Sie errötete. »Aber das ist absurd, nicht wahr?« Damals in Italien, als sie glücklich verheiratet gewesen war, hätte Corbett keinen Platz in ihrem Leben gehabt.

Corbett ahnte, was in ihr vorging. Es war nur natürlich, daß sie manchmal Heimweh hatte. »Hast du dort ein schönes Haus?«

Isabella nickte lächelnd und erzählte ihm dann vom Karussell, das Alessandro zu Weihnachten bekommen hatte. Ihre Augen funkelten, und sie sah so schön aus, daß Corbett seine Teetasse auf den Tisch stellte und sie in die Arme nahm.

»Ich wünschte, ich könnte dich dorthin… nach Hause zurückbringen. Das heißt, wenn du es dir wirklich wünschst.« Und leise fügte er hinzu: »Aber vielleicht ist dein Zuhause eines Tages hier?« Isabella war dieser Gedanke noch fremd. Sie konnte sich kaum vorstellen, bis ans Ende ihres Lebens anderswo als in Rom zu leben. »Vermißt du deine Heimat sehr?« fragte Corbett.

Isabella zuckte mit den Schultern. »Italien... Italien ist einmalig. So etwas gibt es sonst nirgends in der Welt... verrückte Leute, ein wahnsinniger Verkehr, phantastische Spaghetti, herrliche Gerüche...« Isabella dachte an die schmalen verwinkelten Gassen in der Nähe des Hauses San Gregorio, wo Mütter ihre Babys auf den Türschwellen stillten, Kinder aus der Kirche rannten und an die Vögel, die in den Bäumen in ihrem Garten zwitscherten... Allein die Erinnerung an all das trieb ihr Tränen in die Augen.

Corbett wußte, was sie empfand, und es tat ihm weh. »Möchtest du heute abend zum Essen ausgehen, Liebes?« Er nannte sie zum ersten Mal so, und Isabella lächelte. Dann schüttelte sie langsam den Kopf.

»Du weißt, daß ich das nicht riskieren kann.«

Corbett dachte einen Augenblick nach. »Vielleicht doch.«

»Meinst du das ernst?«

»Ja, warum nicht?« Seine Augen funkelten. Er hatte einen Plan. »In der City gibt es ein kleines italienisches Restaurant. Vornehme Leute gehen dort nicht hin. Ich bin allerdings früher oft da gewesen.« Er grinste. »Wir könnten dort etwas essen. Niemand wird dich erkennen. Es ist so typisch italienisch, daß du dich sicher ein wenig zu Hause fühlen wirst.« Einen Momant lang quälte Corbett der Gedanke, das könnte ihr Heimweh nur noch verschlimmern, doch Corbett war entschlossen, den Abend zu einem Erfolg werden zu lassen.

Wie ein Verschwörer wartete er im Wohnzimmer, bis Isabella sich umgezogen hatte. Als Isabella kichernd zurückkam, trug sie eine schwarze Hose, einen schwarzen Pullover und eine dunkle Schiebermütze, die sie keck in die Stirn gezogen hatte.

»Sehe ich so sehr geheimnisvoll aus?« wollte sie lachend wissen.

»Und wie!« Corbett grinste vergnügt.

Corbett parkte den Rolls-Royce in einiger Entferung vom Restaurant, und sie gingen den Rest des Wegs zu Fuß. In dem typisch italienischen Lokal genossen sie herrliche Spezialitäten, tranken römischen, einfachen Wein, und Isabella unterhielt sich glücklich mit dem Ober.

»Versprich mir, daß du Natasha nichts davon erzählst«, flüsterte Isabella schließlich. »Sie würde mich sonst glatt umbringen.« Isabellas Augen glitzerten.

»Ich würde es nie riskieren, es ihr zu sagen. Sonst bin ich auch ein toter Mann.«

Insgeheim machte sich Corbett wegen Natasha kaum Sorgen. Er wußte, daß Isabella in dem einfachen Lokal sicher war. Nachdem sie gegessen und getrunken hatten, fuhren sie langsam und auf einem Umweg über den Central Park nach Hause. »Glücklich?« erkundigte sich Corbett. Isabella nickte und legte den Kopf an seine Schulter. Sie hatte die Mütze abgenommen, und ihr weiches, schwarzes Haar fiel ihr locker über den Rücken. Corbett streichelte sie zärtlich. Seine Augen schienen sie noch immer zu liebkosen, als sie ins Haus gingen.

»Möchtest du noch eine Tasse Kaffee bei mir trinken?« Isabella sah ihn mit großen Augen an, doch keiner von beiden dachte jetzt ans Kaffeetrinken.

Corbett nickte und folgte ihr in Natashas Apartment. Kaum waren sie in der Diele, machte sich Isabella nicht einmal mehr die Mühe, das Licht einzuschalten. Sie schmiegte sich im Dunkeln in seine Arme und empfand eine längst vergessen geglaubte Leidenschaft, als Corbett seinen Mund auf ihre Lippen preßte. Atemlos gingen sie Hand in Hand ins Schlafzimmer. Im Dunkeln zogen sie sich gegenseitig aus, und ihre Körper fanden sich endlich. Stunden schienen zu vergehen, bis Isabella die kleine Nachttischlampe einschaltete und lächelnd auf Corbett herabsah, der ausgestreckt in ihrem Bett lag. Zärtlich küßte sie seinen Hals. Dann sah sie sich im Zimmer um, und ihr Blick fiel auf die Kleiderbündel auf dem Teppich. Sie fing an zu lachen.

»Was ist denn so lustig, Liebste?«

»Ich lache über uns. Man kann uns wirklich nicht allein lassen«, murmelte Isabella. »Kaum verläßt Natasha übers Wochenende die Wohnung, gehen wir zum Essen aus und lieben uns später hier in meinem Bett.«

Er zog sie an sich. »...und das machen wir wieder... und wieder... und wieder...«

22

April und Mai vergingen wie im Flug. Bei schönem Wetter machten sie ihren Abendspaziergang gemeinsam oder fuhren mit dem Wagen durch die Stadt. Manchmal nahmen sie Alessandro mit aufs Land, wo der Junge begeistert auf Wiesen spielte oder an einsamen Stränden Sandburgen baute. Ab und zu leisteten ihnen auch Natasha und Jason Gesellschaft. In den ersten Wochen hatte Natasha so getan, als merke sie nicht, was mit Corbett und Isabella geschehen war, doch schließlich hatte sie gefragt. Isabella hatte ihr verlegen wie ein junges Mädchen gestanden, daß Corbett und sie verliebt waren.

Isabella und Corbett schienen sehr glücklich zu sein. Trotzdem ahnte Natasha, daß abgesehen von diesem persönlichen Glück Isabella große geschäftliche Sorgen hatte.

Es war ein milder und warmer Abend, als Corbett Isabella mit einer Mietdroschke zu einer Spazierfahrt abholte. Als Isabella das altmodische Gefährt sah, lachte sie begeistert. Sie fuhren ungefähr zwei Stunden lang damit durch den Park.

»Na, was macht deine Arbeit, Liebling?« Corbett legte den Arm um sie, zog sie an sich und sah ihr tief in die Augen.

»Zur Zeit habe ich nur Ärger«, seufzte Isabella. »Bernardo ist einfach unmöglich.«

»Ist es wegen der neuen Kollektion?«

»Nein, die ist längst fertig. Sie wird nächste Woche der Öffentlichkeit präsentiert. Es geht um alles andere... um die Pläne für den Winter, die Kosmetikreihe, Stoffe... und was weiß ich sonst noch. Im Augenblick ist er jedenfalls nicht genießbar.«

»Meinst du nicht, daß einfach zuviel auf ihm lastet... jetzt, da du hier in Amerika bist?«

»Vielleicht. Aber was soll ich denn tun?« Isabella sah Corbett an. »Soll ich nach Italien zurückkehren?«

»Das ist kaum eine Lösung. Aber ich glaube, du müßtest organisatorisch einiges ändern.«

»Ich weiß. Aber von hier aus ist das unmöglich.« Dabei dachte sie wieder sehnsüchtig an Rom, was sie Corbett jedoch nicht eingestehen wollte. Sie klammerten sich aneinander, als wollten sie für immer zusammenbleiben... doch früher oder später mußte Isabella nach Italien zurück. Und Corbett hatte aus beruflichen Gründen keine andere Wahl, als in den Vereinigten Staaten zu bleiben. Nichts dauert ewig, dachte sie; verdrängte die Vorstellung jedoch hastig.

»Mach dir jedenfalls keine Sorgen. In ein paar Tagen sieht bestimmt alles wieder besser aus.«

Corbett sollte sich täuschen. In den folgenden beiden Wochen wurde es nur noch schlimmer. Es gab ständig neue Konflikte und Auseinandersetzungen mit Bernardo. Isabella hatte es schließlich satt. Und eines Morgens sagte sie das Bernardo am Telefon in aller Deutlichkeit. Bernardo schien mittlerweile mehr Distanz zu ihr gewonnen zu haben und seine Gefühle für sie besser kontrollieren zu können.

Oh, Bernardo, dachte sie mehr als einmal. Wenn ich dich lieben könnte, wäre das Leben viel einfacher.

»Herrgott, sei endlich vernünftig und verkaufe!«

»Oh, nein! Nicht schon wieder *diese* Platte, Bernardo. Ich war der Meinung, ich hätte dir meinen Standpunkt klargemacht.«

»Nein, meine Liebe. Du hast dich bisher einfach geweigert, den Tatsachen ins Auge zu sehen. Ich habe das endgültig satt. Gabriela macht die Arbeit von zehn Leuten, weil du ohne Rücksicht auf andere ständig Änderungen verlangst. Von der Vermarktung von Kosmetikartikeln verstehst du so wenig, daß ich alle Hände voll zu tun habe, deine groben Schnitzer wieder auszubügeln.«

»Wenn deine Vorwürfe berechtigt sind, weshalb hast du dann nicht den Mumm zu kündigen, anstatt mir vorzuschlagen, mein Unternehmen zu verkaufen? Vielleicht liegt es gar nicht an mir oder der Firma, daß du Probleme hast, sondern an dir selbst? Weshalb tust du nicht einmal, was ich dir sage? Warum reibst du mir die Sache mit F-B jedesmal wieder unter die Nase, sobald ich auch nur den Mund aufmache?«

Isabella tobte in typisch italienischer Manier weiter. »Ich will mir das nicht länger anhören. Wenn du jetzt nicht damit aufhörst, dann fliege ich mit dem nächsten Flugzeug nach Hause«, schrie sie. »Auf das Geschwätz von Gefahr und Risiko pfeife ich. Du ruinierst mein Unternehmen!« Isabella wußte, daß dieser Vorwurf ausgesprochen unfair war, aber sie war viel zu aufgebracht und wütend, um noch klar denken zu können. Sie lebte mittlerweile seit fünf Monaten in den Vereinigten Staaten, und der erste Reiz, die Firma von New York aus zu leiten, war inzwischen weitgehend verflogen.

»Ist dir eigentlich klar, was für ein Angebot du ausschlägst, Isabella?« entgegnete Bernardo ebenso wütend. »Hast du die Leute von F-B je angehört? Nein, natürlich nicht. Du sitzt lieber gemütlich in New York, beleidigst mich und klammerst dich aus purer Eitelkeit an deine Stellung und dein Unternehmen.«

»Mein Unternehmen ist in jeder Beziehung gesund!«

»Ja, das weiß ich. Aber ich schaffe das alles hier nicht mehr allein, und du kannst noch nicht nach Italien zurück. Die Umstände, Isabella... die Umstände sind gegen uns. Dein Großvater hatte ähnliche Schwierigkeiten und hat die Konsequenzen daraus gezogen und verkauft.«

»Genau das werde ich niemals tun.«

»Selbstverständlich nicht«, bemerkte Bernardo schneidend. »Weil du trotz der Tatsache, daß F-B, IHI und Ewing mich eindringlich gebeten hatten, dich zum Verkauf zu überreden, deinen dummen Stolz nicht überwinden kannst. Das ist zugegebenermaßen natürlich schon eine Weile her, aber ich weiß, daß ein Anruf von mir genügen würde, und du hättest sofort einen Vertrag.«

Am anderen Ende der Leitung war es plötzlich unheimlich still. Isabella war vor Schreck sprachlos.

»Wer bitte?«

»Wer was? Wovon redest du?« Bernardo verstand Isabella nicht.

»Ich habe dich gefragt, wer uns das Kaufangebot gemacht hat«, kam es eisig von Isabella.

»Bist du völlig durchgedreht? Seit vergangenem Oktober erzähle ich dir das.«

»Dann sagst du's mir jetzt eben noch mal..., und zwar ganz langsam!« befahl Isabella barsch.

»Farnham-Barnes«, antwortete Bernardo gedehnt, als habe er es mit einer besonders begriffsstutzigen Person zu tun.

»Und wer noch?«

»Niemand. Was ist denn mit dir los? F-B. F-B. F-B. und F-B gehört zum IHI-Konzern. Ist das denn so schwierig?«

»Du hast doch vorhin noch einen anderen Namen genannt.«

»Wie bitte? Ach so. Du meinst Ewing? Das ist der Aufsichtsratsvorsitzende von IHI. Von ihm ging das Angebot ursprünglich aus.«

»Oh, mein Gott!«

»Was ist denn jetzt schon wieder los?«

»Nichts.« Isabella zitterte am ganzen Körper.

Die Ausflüge, die Spaziergänge, das Essen im Restaurant... der Besuch bei der Feuerwehr mit den Kindern, es war alles ein abgekartetes Spiel gewesen. Die Liebesaffäre war im Grunde seine Liebelei mit dem Haus San Gregorio.

»Soll ich F-B anrufen?«

»Untersteh dich! Nie! Niemals! Du wirst noch heute sämtliche Geschäftsbeziehungen mit der Firma F-B einstellen. Keine Lieferungen mehr... nichts. Gib's Ihnen schriftlich. Sonst tue ich es.«

»Bist du jetzt völlig verrückt geworden?«

»Ich war noch nie so klar bei Verstand wie in diesem Augenblick. Und ich verbiete dir, in Zukunft noch einmal mit diesen Leuten zu verhandeln. Schluß! Aus! *Finito!* Keine Angebote mehr. Keine Lieferungen mehr. Und bereite alles für meine Ankunft vor. Ich komme nach Hause!« Isabellas Entschluß stand fest. »Wenn du es für unbedingt nötig hältst, dann engagiere zwei Leibwächter. Das genügt. Ich rufe dich an, sobald ich genau weiß, wann ich fliegen kann.«

»Nimmst du Alessandro mit?« fragte Bernardo entsetzt. Diesen Ton hatte er bei Isabella eigentlich noch nie gehört, und er wußte, daß jeder Widerspruch zwecklos war. Bernardo war froh, in diesen Minuten mit Isabella nicht im selben Zimmer sein zu müssen.

»Nein. Alessandro bleibt in New York.«

»Und wie lange bleibst du in Italien?« Bernardo war klar, daß er sie von dem einmal gefaßten Entschluß nicht abbringen konnte. Isabella kam nach Italien. Punkt. *Finito.* Und vielleicht hatte sie sogar recht. Es war Zeit für eine persönliche Aussprache.

»So lange, bis ich in meinem Unternehmen und unter meinen Angestellten wieder Ordnung geschaffen habe. Und jetzt regle gefälligst als erstes die Angelegenheit mit Farnham-Barnes.«

»Es ist dir also ernst damit?«

»Bitter ernst sogar.«

»*Capito.*«

»Und sorg bitte dafür, daß ich die Penthousewohnung beziehen kann. Ich will während meines Aufenthalts in Rom dort bleiben.« Damit legte Isabella einfach auf.

»Wie konntest du es wagen?« Isabella stürmte ohne anzuklopfen in

Natashas Arbeitszimmer und starrte die Freundin wütend an.

»Was ist los?«

»Wie konntest du nur?« schnaubte Isabella zum zweiten Mal.

»Wie konnte ich nur was?« Natasha sah Isabella erschrocken an. Isabella stand zitternd, die Hände in die Hüften gestemmt und mit leichenblassem Gesicht vor ihr.

»Du hast mich hintergangen!«

»Wie bitte! Isabella, ich kapiere gar nichts.« Natasha fragte sich, ob Isabellas Nerven dem ständigen Druck und der Anspannung schließlich doch nicht mehr standgehalten haben könnten. War sie restlos überarbeitet? Je genauer Natasha Isabella musterte, desto klarer wurde ihr jedoch, daß die Freundin durchaus zu wissen schien, wovon sie redete. Dann setzte sich Isabella und betrachtete Natasha mit zynischem Lächeln.

»Es ist vermutlich das beste, ich erzähle dir eine interessante Geschichte, meine Liebe«, begann sie. »Vielleicht verstehen wir uns dann. Vergangenen Oktober... nach dem Tod meines Mannes... du erinnerst dich sicher an Amadeo...? Na, jedenfalls wurde er Opfer einer brutalen Entführung...«

Natasha starrte Isabella fassungslos an. Falls Isabella verrückt geworden war, dann hatte ihr Wahnsinn System und Berechnung. Zutiefst erschrocken hörte Natasha sich an, was die Freundin ihr kalt, wütend und bitter zu sagen hatte.

»Amadeo hat mir sein Unternehmen, ein großes und erfolgreiches Modehaus in Rom hinterlassen. Wir machen Haut Couture-Mode, Konfektion, Kosmetikartikel, Wäsche und so weiter. Ich will dich mit der langen Liste unserer Produkte nicht langweilen. Jedenfalls habe ich die Firma übernommen, Tag und Nacht geschuftet und mir und Amadeo geschworen, das Unternehmen so erfolgreich zu führen, daß unser Sohn eines Tages... vielleicht in fünfundzwanzig oder dreißig Jahren... sein Erbe antreten kann. Aber es lief nicht alles nach Plan. Als erstes machte mir mein geschäftsführender Direktor und rechte Hand, Bernardo, einen Heiratsantrag.« Bevor Natasha sie unterbrechen konnte, fuhr Isabella hastig fort: »Und anschließend erklärt er mir, daß ein amerikanischer Konzern namens Farnham-Barnes meine Firma aufkaufen möchte. Ich sage natürlich nein, ich verkaufe nicht. Doch Bernardo drängt mich wiederholt dazu und versucht mit allen

Tricks, mich umzustimmen. Ich bleibe hart. Daraufhin erhalte ich eines Tages den Anruf, mein Sohn sei entführt worden. Glücklicherweise erweist sich das als Bluff. Alessandro ist nichts geschehen. Ich befinde mich allerdings in einem Schock, und Bernardo redet mir ein, das Kind und ich seien in Italien nicht mehr sicher, wir müßten ins Ausland. Aus diesem Grund rufe ich dich an, Natasha, meine Freundin, mit der Bernardo gelegentlich geschlafen hat, wenn sie in Rom war.« Isabella brachte Natasha mit einer energischen Handbewegung zum Schweigen. »Laß mich gefälligst ausreden. Ich rufe dich also an, und du lädst mich ein, zu dir nach New York zu ziehen. Wir entwerfen einen Plan, der es mir ermöglichen soll, das Unternehmen auch von deiner Wohnung in New York aus zu leiten. Zuerst geht alles bestens. Zwar versucht Bernardo mich noch einige Male zu überreden, zu verkaufen, doch ich lehne ab. Ich reise mit Alessandro nach Amerika, wo du, Natasha, uns mit einem Freund am Flugplatz empfängst, der einen prächtigen Rolls-Royce fährt. Von da an lebe ich bei dir, erledige von deiner Wohnung aus meine Geschäfte, ärgere mich mit Bernardo herum, der weiterhin auf einen Verkauf der Firma dringt, was ich strikt ablehne. Gleichzeitig freunde ich mich allerdings mit dem netten Herrn vom Flugplatz an, einem gewissen Corbett Ewing. Und dann ergibt sich für dich, meine Liebe, die günstige Gelegenheit, mich zu einer Filmpremiere einzuladen«, fuhr Isabella zynisch fort. »Ich sitze natürlich ausgerechnet neben Corbett Ewing, der rein zufällig der Aufsichtsratsvorsitzende des IHI-Konzerns ist, zu dem Farnham-Barnes gehört, der Firma, die San Gregorio aufkaufen möchte. Ein hübscher Zufall, findest du nicht? In den folgenden drei Monaten werde ich geschickt über mein Unternehmen ausgefragt, und dieser Schuft, dieser Ausbeuter macht mir den Hof und gibt vor, in mich verliebt zu sein, nur um endlich an meine Firma heranzukommen. Aber das ist noch nicht genug, er schmeichelt sich auch noch bei meinem Kind ein und nützt meine ›Freunde‹ für seine Zwecke aus. Du lädst ihn natürlich zu jeder Tages- und Nachtzeit ein und bist ›begeistert‹, als wir uns ›verlieben‹. Jetzt interessiert mich nur noch, wie hoch die Summe ist, die du von Corbett kriegst, wenn er mich heiratet und mich zum Verkauf des Hauses San Gregorio überreden kann.«

Natasha starrte Isabella fassungslos an. Dann stand sie betont langsam auf. »Meinst du das alles ernst, Isabella?«

»Jedes Wort«, erwiderte Isabella eiskalt. »Ich bin überzeugt, daß Bernardo die Sache mit der fingierten Entführung arrangiert hat, um mich aus dem Weg zu räumen, dich dazu gebracht hat, mich nach New York zu lotsen, und du hast dann die Sache mit Corbett eingefädelt. Ihr habt euch das alles wirklich sehr geschickt ausgedacht, aber ich spiele nicht mit. Ich verkaufe nie! Niemals, hörst du? Weder an Corbett Ewing noch an sonst jemanden. Ich finde diese Farce einfach widerlich! Du, meine beste Freundin...!« Tränen der Wut und Enttäuschung traten Isabella in die Augen. Natasha wagte jedoch nicht, ihr näher zu kommen.

»Isabella, du irrst dich«, erklärte sie energisch. »Ich habe nichts dergleichen getan. Du bist aus freien Stücken nach New York gekommen..., und du warst diejenige, die unbedingt die Filmpremiere besuchen wollte. Glaubst du eigentlich, ich hätte die gesamte Presse bestochen, dir nachzustellen? Oh, mein Gott!« Natasha setzte sich und fuhr sich mit der Hand durch das lange, zerzauste Haar.

»Ich glaube dir kein Wort! Du lügst! Du lügst genau wie Bernardo... genau wie *er*!«

»Bitte, Isabella, sei vernünftig. Ich weiß, daß das alles in deinen Augen so aussehen muß, aber es war reiner Zufall. Niemand hat das geplant... und am wenigsten Corbett.« Tränen rannen Natasha über die Wangen. »Er liebt dich. Das weiß ich. Als er nach der Filmpremiere erfahren hat, wer du wirklich bist, war er völlig verzweifelt. Am Tag darauf ist er hierhergekommen, um dir reinen Wein einzuschenken, und hat mir alles erzählt. Er hatte von Anfang an Angst, daß so etwas Ähnliches passieren könnte, und jetzt ist es eingetroffen. Trotzdem hat er dir dann doch nichts gesagt. Seine Gründe dafür kenne ich nicht, aber es muß an jenem Abend etwas geschehen sein, das ihn davon abgehalten hat, dir alles zu erzählen. Corbett hatte Angst, dich zu verlieren, bevor er überhaupt eine Chance bekommen würde... Und er hat gehofft, falls du es je erfahren solltest... du ihn verstehen würdest.«

»Verstehen? Was gibt's da zu verstehen? Daß er mit mir geschlafen hat, um in den Besitz meiner Firma zu kommen? Ja, das verstehe ich natürlich.«

»Herrgott, hör doch mit diesem Blödsinn auf!« Natasha hielt sich den Kopf mit beiden Händen. »Corbett liebt dich und wollte dich nicht verlieren. Nachdem er erfahren hatte, wer du bist, hat er seine

Mitarbeiter bei F-B sofort angewiesen, das Angebot zurückzuziehen und seinen Namen bei dieser Angelegenheit unerwähnt zu lassen.«

»Weshalb hat Bernardo dann gerade wieder davon angefangen?« konterte Isabella.

»Hat er von einem neuen oder vom alten Angebot gesprochen?«

»Keine Ahnung. Aber ich bekomme es raus, sobald ich erst in Rom bin. Kann ich übrigens Alessandro bei dir lassen, wenn ich verreise? Was auch geschehen ist, ich habe niemanden, dem ich Alessandro in dieser Situation sonst anvertrauen könnte.«

»Selbstverständlich bleibt Alessandro bei mir. Wann fliegst du?« Natasha konnte ihr Entsetzen kaum verbergen.

»Noch heute abend.«

»Und wie lange willst du fortbleiben?«

»Einen Monat... vielleicht auch zwei. Das hängt davon ab, wie schnell ich alles erledigen kann. Und sorge dafür, daß dieser Schuft mein Kind in Ruhe läßt, solange ich fort bin. Nach meiner Rückkehr suche ich für mich und Alessandro eine eigene Wohnung in New York. Ich bleibe nicht in Rom.«

»Du weißt, daß das nicht nötig ist, Isabella.« Natasha saß niedergeschlagen auf ihrem Stuhl.

»O doch, das ist es.« Sie wandte sich zum Gehen, blieb jedoch auf der Schwelle noch einmal stehen. »Danke, daß du dich um Alessandro kümmerst.« Isabella hatte Natasha trotz allem noch immer gern. Sie hatten so viel gemeinsam erlebt.

Natasha weinte. »Ich mag ihn und ich mag dich. Was willst du Corbett sagen?«

»Dasselbe, was ich dir gerade gesagt habe.«

Daraufhin rief Isabella Corbett an. Eine Stunde später war er da. Er sah bleich und mitgenommen aus.

»Isabella, ich kann dir nur versichern, daß ich oft genug versucht habe, dir alles zu beichten. Aber es ist immer etwas dazwischengekommen.« Er sah sie traurig vom anderen Ende des Zimmers her an und wagte nicht, näher zu kommen. »Daß du es jetzt auf diese Art und Weise erfahren hast... ist entsetzlich.«

»Du hast dir wirklich verdammt viel Mühe gegeben, um mich über meine Arbeit und das Haus San Gregorio auszuhorchen«, entgegnete

Isabella bitter. »Weißt du jetzt endlich genug? Leider nützen dir deine Informationen nichts. Ich verkaufe nicht. Außerdem habe ich Bernardo heute morgen angewiesen, sämtliche Geschäftsverbindungen mit Farnham-Barnes sofort abzubrechen.«

»Wir haben dem Haus San Gregorio seit über drei Monaten kein Kaufangebot mehr gemacht«, murmelte Corbett.

»Davon überzeuge ich mich am liebsten selbst. Es ist auch gar nicht so wichtig. Du bist sicher schlau genug gewesen, Bernardo kein Angebot zu machen, während du... dich so eifrig um mich bemüht hast. Was hattest du eigentlich vor? Wolltest du mich heiraten und mich dann dazu überreden, die Firma zu verkaufen? Corbett, das wäre dir nie gelungen.«

»Was willst du jetzt tun?«

»Ich fliege nach Rom und sorge in meiner Firma für Ordnung.«

»Und danach? Willst du dich weiter hier verstecken? Warum verlegst du nicht die gesamte Firmenleitung des Hauses San Gregorio nach Amerika? Es wäre das einzig Sinnvolle.«

»Kümmere dich nicht um meine Angelegenheiten. Die gehen dich nämlich wahrhaftig nichts an.«

»Dann ist es wohl das beste, wenn ich mich jetzt verabschiede.« Corbett stand auf. »Eines solltest du allerdings wissen, Isabella. Das, was zwischen uns gewesen ist, war keine Farce... Ich habe es verdammt ehrlich gemeint.«

»Es war eine Lüge.«

»Du irrst dich. Ich liebe dich.«

»Das reicht!« Isabella sprang auf und lächelte zynisch. »Nichts dauert ewig, Corbett. Erinnerst du dich? Auch eine Lüge nicht. Du hast mich für deine Zwecke ausgenutzt, mich hintergangen, mir meinen Glauben, mein Herz und meine Liebe gestohlen. Du hast meine Verwundbarkeit benutzt, deinem riesigen Konzern ein weiteres lukratives Unternehmen einzuverleiben. Mich hast du zwar bekommen, aber auf das Haus San Gregorio mußt du verzichten.«

»Dein Unternehmen hat mich nie interessiert«, entgegnete Corbett. »Wenigstens nicht mehr, seit ich dich kennengelernt habe... Danach habe ich keinen einzigen Gedanken mehr an das Haus San Gregorio verschwendet.«

»Das glaube ich dir nie.«

»Na gut. Dann adieu.«

Isabella sah ihm nach, wie er blaß und niedergeschlagen den Raum verließ. Während Corbett unten auf der Straße seinen Wagen mit Chauffeur fortschickte und allein zu seinem Büro zurücklief, packte Isabella in ihrem Zimmer bereits die Koffer.

23

Fünf Minuten nach elf Uhr am darauffolgenden Vormittag landete die Maschine auf dem Flugplatz Leonardo da Vinci. Bernardo holte Isabella in Begleitung von zwei Leibwächtern ab. Isabella begrüßte ihn müde und abgespannt, aber freundlich. Sie hatte während des Flugs kein Auge zugetan, und der Abschied von Alessandro war ihr ebenso schwergefallen wie der von Natasha peinlich gewesen war.

In den ersten Stunden im Flugzeug hatte sie praktisch nur geweint. Sie hatte das Gefühl, von Corbett und allen anderen hintergangen worden zu sein. Bernardo, Amadeo, Corbett und Natasha, denen sie bis dahin blind vertraut hatte, waren ihr in den Rücken gefallen. Allein den Gedanken an Corbetts Betrug konnte sie kaum ertragen. Wie sollte sie nach alledem wieder neu anfangen… weiterleben?

Als Isabella mit ihren beiden kleinen Koffern die Zollkontrolle passiert hatte, sah sie müde Bernardo in die Augen. Sie konnte es kaum glauben, ihn nur fünf Monate lang nicht mehr gesehen zu haben. Es kam ihr wie fünf Jahre vor.

»Ciao, Bellezza.« Bernardo war ein wenig erschrocken über ihr Aussehen. Die fünf Monate in New York schienen ihr nicht gutgetan zu haben. Sie sah noch zerbrechlicher aus als sonst, und ihr Gesicht war bleich und mager. Sie hatte tiefe dunkle Ringe unter den Augen. »Wie fühlst du dich, *Bellezza*?« erkundigte sich Bernardo vorsichtig.

»Danke, ich bin nur müde.« Und Isabella lächelte zum ersten Mal seit vierundzwanzig Stunden.

Bernardo fühlte, unter welchen starken inneren Spannungen sie stand, als sie nebeneinander in der Limousine saßen. Sie war während der Fahrt ungewöhnlich still und starrte nur stumm und unglücklich aus dem Fenster.

»Es hat sich kaum was verändert«, versuchte Bernardo schließlich Konversation zu machen. In der Gegenwart der Leibwächter wollte er nicht über geschäftliche Dinge reden.

»Nein, aber hier ist's wärmer.« Vor dem Abflug in New York hatte sie gefroren.

»Wie geht's Alessandro?«

»Gut, danke.«

Isabella sehnte sich nach der Villa an der Via Appia, doch sie wußte, daß es vorerst besser für sie war, die Penthousewohnung zu beziehen. Für diese Art von Wiedersehen war sie noch nicht gewappnet. Aber es steckte mehr dahinter, als die Angst vor den Erinnerungen. Jetzt, da sie sich Corbett hingegeben hatte, wollte sie nicht in das Bett zurückkehren, das sie mit Amadeo geteilt hatte. Mittlerweile hatte sie auch Amadeo betrogen. Und wofür? Für eine Lüge.

Sie fühlte, wie ihr Herz zu schlagen begann, als der Wagen vor der schwarzen schweren Tür anhielt. Sie wollte laut aufschreien, konnte jedoch nur stumm auf das dunkle Holz starren. Im nächsten Augenblick war sie ausgestiegen und ging mit denselben energischen, selbstbewußten Schritten wie immer auf das Haus San Gregorio zu. Bisher wußte noch niemand von ihrer Rückkehr nach Rom, doch Isabella ahnte, daß sich die Nachricht bis zum Abend in der ganzen Stadt wie ein Lauffeuer verbreitet haben würde. Es war ihr gleichgültig. Sollten die Reporter sie doch mit ihren Kameras verfolgen. Sie scherte sich nicht darum. Isabella konnte nichts mehr erschüttern. Einer langjährigen Gewohnheit folgend steckte sie ihren Schlüssel in das Liftschloß und drückte auf den Knopf zum dritten Stock. Bernardo beobachtete sie unglücklich. Ihm wurde klar, daß sie irgend etwas Schreckliches erlebt haben mußte. Ihre Bewegungen wirkten automatisch wie die einer Marionette. Ihr bleiches, schönes Gesicht, das er so liebte, war maskenhaft starr. So hatte er sie nicht einmal während der schrecklichen Tage der Entführung und nach Amadeos Tod, nicht einmal bei ihrem Abschied von Italien erlebt. Die Isabella, die er früher gekannt hatte, gab es offenbar nicht mehr.

Vom dritten Stock aus stieg Isabella die schmale Treppe in die Penthousewohnung hinauf. Bernardo folgte ihr nachdenklich. Erst dort oben nahm sie ihren Filzhut mit der breiten Krempe ab, ließ sich in einen Sessel sinken und schien sich etwas zu entspannen.

»*Allora, va bene,* Bernardo?«

»Danke, ja, Isabella. Und was ist mit dir? Du kommst nach fünf Monaten wieder nach Hause und behandelst mich wie einen Aussätzigen.«

»Hast du Farnham-Barnes angerufen?« fragte sie, ohne auf seine Bemerkung einzugehen.

Bernardo nickte. »Es hat mich einige Überwindung gekostet, aber ich hab's getan. Ist dir klar, was das für unseren Umsatz bedeutet?«

»Den Verlust machen wir innerhalb eines Jahres wieder wett.«

»Was ist gestern eigentlich passiert?« Bernardo wagte noch nicht, Streit mit ihr anzufangen. Isabella sah so müde und unglücklich aus.

»Ich habe lediglich etwas sehr Interessantes erfahren.«

»Und was ist das gewesen?«

»Ein Freund von Natasha, von dem ich geglaubt hatte, er sei auch mein Freund und ich könne ihm vertrauen, hat versucht, durch mich das Haus San Gregorio in die Hände zu bekommen. Sein Name dürfte dir geläufig sein: Corbett Ewing. Ich habe das allerdings nicht sehr witzig gefunden.«

Bernardo sah sie entsetzt an. »Was soll das heißen, er wollte San Gregorio ›durch dich‹ in die Hände bekommen?«

Isabella ersparte Bernardo Einzelheiten. »Ich hatte keine Ahnung, wer er eigentlich ist. Aber Natasha wußte natürlich Bescheid... Genau wie du! Ich habe allerdings keine Möglichkeit, festzustellen, ob ihr euch diesen Plan gemeinsam ausgedacht habt... ob du mich deshalb überredet hast, Rom zu verlassen. Darauf kommt es jetzt auch nicht mehr an, Bernardo. Ich bin wieder hier. Die Hauptschuld trifft sowieso Ewing. Und die Angelegenheit habe ich erledigt. Ich verkaufe nicht. Und ich habe den Entschluß gefaßt, zu dem ich mich schon längst hätte durchringen sollen.«

Bernardo fragte sich ängstlich, was jetzt kommen würde. Sein Magengeschwür meldete sich schmerzhaft.

»Ich werde fast das gesamte Management der Firma in die Vereinigten Staaten verlegen.« Das war zwar Corbetts Vorschlag gewesen, doch Isabella war zu der Einsicht gelangt, daß er recht gehabt hatte.

»Wie bitte? Jetzt sofort? Wie soll das funktionieren?«

»Einen genauen Plan habe ich noch nicht. Die Haute Couture wird hier in Rom bleiben. Gabriela kann die Leitung übernehmen. Ich werde mehrmals im Jahr nach Rom fliegen, ansonsten hat sie freie Hand. Ich weiß, daß ich diesen Zweig des Hauses nicht ständig überwachen muß... im Gegensatz zum Rest. Es ist die einzige Möglichkeit, Bernardo. Wir beide hätten das sonst nicht länger durchgehalten.« Sie lächelte flüchtig und beobachtete Bernardo, der krampfhaft versuchte, den ersten Schock zu überwinden. »Alles weitere regeln wir in den nächsten Tagen gemeinsam. Aber ich möchte, daß du mit mir nach Amerika kommst. Was auch geschehen sein mag, ich brauche dich. Du bist immer ein Freund gewesen, und ich kann auf deine Mitarbeit nicht verzichten.«

»Gib mir Zeit, darüber nachzudenken. Das alles kommt ein bißchen plötzlich für mich. Ich weiß nicht, Isabella...« Im Grund hatte sie ihm mit diesen Worten nur bestätigt, was er insgeheim längst wußte. Er war nur ein Freund und Mitarbeiter. Mehr würde er ihr nie bedeuten können. Und Bernardo merkte, daß er seltsamerweise darüber erleichtert war. Als Liebhaber wäre er nie mit ihr fertig geworden. Isabella war eine viel zu schwierige und starke Persönlichkeit für ihn.

»Ich kann mit Alessandro nie wieder in Italien leben, Bernardo«, fuhr Isabella fort. »In diesem Punkt hast du recht gehabt. Das Risiko ist zu groß. Und es gibt keinen Grund, weshalb ich unser internationales Management nicht nach New York verlegen sollte. Und...«, sie zögerte, »...ich habe beschlossen, Peroni und Baltare mit nach Amerika zu nehmen. Von unseren vier Direktoren sind sie die einzigen, die fließend englisch sprechen. Den anderen müssen wir vermutlich kündigen. Über Einzelheiten reden wir später.« Isabella seufzte und sah sich in der Wohnung um. »Es ist schön, mal wieder zu Hause zu sein.«

»Trotzdem willst du in Amerika bleiben. Hast du dir das alles gründlich überlegt?«

»Ich habe keine andere Wahl, Bernardo.«

»Ja, möglich. Was wird aus der Villa?«

»Ich behalte sie... wie bisher. Sie gehört Alessandro. Vielleicht möchte er eines Tages nach Italien zurück und dort leben. Aber vorerst ist es Zeit, daß ich ihm in Amerika ein neues Zuhause schaffe. Außerdem hat das Versteckspiel lange genug gedauert. Seit Amadeos Tod sind neun Monate vergangen, Bernardo. Das reicht.«

Bernardo nickte. Neun Monate, dachte er. Und wieviel hat sich inzwischen schon geändert!

»Was ist mit Natasha? Es hörte sich gestern so an, als hättet ihr Krach miteinander.«

»Das kann man wohl sagen.« Über Einzelheiten sprach Isabella nicht.

»Glaubst du wirklich, daß Ewing dich mit sämtlichen Tricks zum Verkauf drängen wollte?«

»Natürlich. Da bin ich meiner Sache sicher. Vielleicht weißt du sogar mehr als ich. In diesem Punkt werde ich wohl nie Gewißheit haben.«

Bernardo erkannte erschrocken, daß Isabella niemandem mehr vertraute. Sie war verbittert und verschlossen. Diese Isabella machte ihm angst.

Und was er in den folgenden drei Wochen erlebte, bestätigte diese Meinung nur noch.

Isabella hatte den Direktoren des Unternehmens ihre Pläne mitgeteilt, gründlich Inventur gemacht und dabei das ganze Haus San Gregorio auf den Kopf gestellt. Danach wußte sie alles, was sie wissen wollte. Die beiden Direktoren, die sie nach Amerika mitnehmen wollte, hatten zugesagt. Isabella war entschlossen, ihnen zwei Amerikaner zur Seite zu stellen. Der Rest der Angestellten sollte zwischen den Vereinigten Staaten und Italien aufgeteilt werden. Gabriela war von Isabellas Vorhaben begeistert. Sie würde in Rom praktisch freie Hand haben, und Isabella vertraute ihr blind. Außer Gabriela genoß jedoch niemand mehr Isabellas Vertrauen. Die einschneidendste Veränderung war allerdings, daß sie sich nicht einmal mehr mit Bernardo stritt. Es war längst nicht mehr so angenehm wie früher, für Isabella di San Gregorio zu arbeiten. Bald wurde sie überall gefürchtet. Sie sah und hörte alles und begegnete den meisten Mitarbeitern mit Skepsis.

»Also, Bernardo, wie sieht es für uns aus?«

Isabella und Bernardo aßen in ihrem Büro zu Mittag. Einen Augenblick lang hatte Bernardo den Wunsch, ihre Hand zu nehmen, sie aus dieser schrecklichen Verzauberung zu befreien, sich selbst und ihr zu beweisen, daß sie noch ein menschliches Wesen war, das sich für Gefühle empfänglich zeigte. Bernardo war sich allerdings nicht sicher, ob es dazu nicht schon zu spät war. Nur noch bei den Telefongesprächen mit Alessandro taute sie ein wenig auf. Sie hatte dem Jungen erst am

Vormittag dieses Tages versprochen, bald nach Amerika zurückzukommen.

»Es sieht sogar sehr gut für uns aus, Isabella«, antwortete Bernardo schließlich und seufzte. »Trotz der zahlreichen tiefgreifenden Veränderungen stehen wir glänzend da. In einem Monat können wir unsere Büros in New York eröffnen.«

»Das wäre dann im August. Gut. Das genügt.« Und dann stellte Isabella die entscheidende Frage beinahe ängstlich und zögernd: »Und du, Bernardo? Wozu hast du dich entschlossen?«

Bernardo schwieg eine Weile und schüttelte den Kopf. »Ich kann nicht mitkommen, Isabella.« Isabella hörte auf zu kauen und legte die Gabel beiseite. In diesem Moment sah sie beinahe wieder wie die Isabella von früher aus, und er war erleichtert.

»Warum nicht?«

»Ich habe lange darüber nachgedacht. Es würde nicht funktionieren, Isabella.« Isabella wartete schweigend, bis er fortfuhr: »Du bist inzwischen längst soweit, die Firma allein führen zu können. Du verstehst mittlerweile mehr von dem Geschäft als ich... oder als Amadeo es je getan hat.«

»Das ist nicht wahr.«

»O doch.« Bernardos Lächeln rührte Isabella. »Außerdem würde ich in New York nicht glücklich werden. Ich bin hier in Rom zu Hause, und da möchte ich bleiben.«

»Aber was willst du dann hier machen?«

»Irgendeine interessante Möglichkeit wird sich schon bieten. Zuerst will ich einen langen Urlaub machen... vielleicht mal einfach ein Jahr in Griechenland leben.«

»Du bist verrückt. Ohne deinen Beruf kannst du nicht existieren.«

»Alles hat einmal ein Ende.«

Isabella sah ihn nachdenklich an. »Nichts dauert ewig.«

»Richtig.«

»Möchtest du es dir nicht noch einmal überlegen?«

Bernardo war versucht, darauf einzugehen, doch dann schüttelte er energisch den Kopf. Es war sinnlos, die Entscheidung aufzuschieben. Es war vorbei. »*No, cara.* Das werde ich nicht tun. Ich möchte in New York nicht leben. Und wie du schon bei deiner Ankunft gesagt hast, es ist genug jetzt.«

»Ich hatte damit nicht dich gemeint.«

»Das weiß ich. Aber für mich ist es Zeit, dieses Kapitel in meinem Leben zu beenden.« Bernardo sah sie an. Tränen glänzten in ihren Augen. Mit ihrer eisernen Selbstdisziplin und bewundernswerten Haltung schien es vorbei zu sein. Bernardo setzte sich neben sie und nahm sie in die Arme. »Wein doch nicht, *Isabellezza*...«

›*Isabellezza*‹... Beim Klang dieses Namens drehte sie sich zu Bernardo um und begann zu schluchzen.

»Oh, Bernardo, die *Isabellezza* gibt es nicht mehr.«

»Für mich wird es sie immer geben. Ich werde diese Zeit nie vergessen, Isabella.«

»Aber damit ist es vorbei. Es hat sich alles geändert.«

»Das war auch notwendig. Du hast richtig gehandelt. Nur du solltest dich nicht verändern, Isabella.«

»Ich bin so durcheinander.« Isabella wischte sich mit Bernardos Taschentuch die Tränen ab.

Bernardo strich ihr zärtlich übers Haar. »Ja, ich weiß. Du traust niemandem mehr. Nach allem, was geschehen ist, ist das auch nicht verwunderlich. Aber jetzt solltest du das überwinden. Denk nicht mehr daran, sonst verändert es dich. Amadeo ist tot, Isabella. Aber du mußt leben.«

»Warum denn nur?« In Isabellas Blick lag Verzweiflung. Sie putzte sich die Nase.

»Weil du eine ganz besondere Frau bist, *Bellezza.* Wenn du so wütend, unglücklich und mißtrauisch bleibst, würde mir das Herz brechen. Bitte versuch wieder Vertrauen zu anderen zu gewinnen.«

Isabella verschwieg Bernardo, daß sie gerade das getan hatte und dann tiefer verletzt worden war, als je zuvor in ihrem Leben.

»Ich weiß nicht, Bernardo. Im vergangenen Jahr hat sich so viel verändert.«

»Es hat alles sein Gutes, Isabella. Das wirst du mit der Zeit erkennen. Dein Entschluß, das Management der Firma nach New York zu verlegen, ist richtig gewesen.«

»Hoffentlich.«

»Was willst du jetzt übrigens mit der Villa in der Via Appia machen?«

»Nächste Woche fange ich dort mit dem Packen an.«

»Nimmst du die gesamte Einrichtung mit in die Staaten?«

»Nein, einen Teil der Sachen lasse ich hier.«

»Kann ich dir dabei nicht helfen?«

Isabella nickte. »Ja, dann wäre es für mich ein wenig leichter. Ich... ich habe Angst davor, allein in die Villa zurückzukehren.«

Bernardo lächelte verständnisvoll, und Isabella wischte sich erneut die Tränen ab.

24

Der Wagen hielt in der Kies-Auffahrt vor dem vertrauten Portal. Isabellas Blick glitt nachdenklich über die Fassade, dann stieg sie aus. Das Haus erschien ihr plötzlich größer, und im Garten war es ungewöhnlich still. Im ersten Moment hatte sie das Gefühl, von einer langen Reise nach Hause zurückgekehrt zu sein. Sie glaubte, jeden Augenblick müsse Alessandros Kindergesicht hinter einem der Fenster auftauchen, und sie müsse seine Schritte hören. Doch nichts geschah. Das Gebäude wirkte wie ausgestorben.

Bernardo folgte Isabella schweigend, als diese auf die Haustür zuging. Während der fünf Wochen, die sie bereits in Rom war, war sie kein einziges Mal zu der Villa hinausgefahren, und so war es eigentlich keine richtige Rückkehr für sie gewesen. Sie war nach Rom gekommen, um ihre Geschäfte in Ordnung zu bringen, und das hier war etwas sehr Privates, ein Stück Vergangenheit. Und Isabella war froh, nicht allein zu sein. Sie sah lächelnd über die Schulter zu Bernardo zurück, doch das Lächeln erreichte ihre traurigen, dunklen Augen nicht. Unglücklich und in Gedanken versunken sah sie sich um. Dann drückte sie auf den Klingelknopf. Sie hatte zwar ihren Schlüssel bei sich, wollte ihn jedoch nicht benutzen. Damit war es, als besuche sie eine Fremde... eine Fremde, die einmal sie selbst gewesen war.

Bernardo sah zu, wie das Hausmädchen die Tür öffnete und Isabella hineinging. Er hatte das verbliebene Personal davon unterrichtet, daß die Signora di San Gregorio nach Hause kommen wollte, und man hatte diese Nachricht ängstlich und erregt aufgenommen. Viele Fragen waren auf Bernardo eingestürmt. War Alessandro bei ihr? Kam sie für immer zurück? Sofort war überlegt worden, welche Räume bewohnbar gemacht, welche Speisen vorbereitet werden sollten. Doch Bernardo hatte den Hoffnungen schnell ein Ende bereitet. Isabella war ohne den Jungen nach Italien gereist und würde nicht bleiben. Alessandro hielt sich noch immer in Amerika auf. Und danach hatte er den Angestellten die vernichtende Mitteilung gemacht, daß Isabella die Villa schließen würde.

Es war sowieso nichts mehr wie früher. Die wichtigsten Persönlichkeiten des Hauspersonals hatten die Villa längst verlassen. Mamma Teresa war seit April nicht mehr da. Sie hatte endlich verstanden, daß ihr Schützling schon zu lange fort war, um je wiederzukommen. Bernardo hatte ganz offen mit ihr gesprochen und ihr die Gefahr, in der Alessandro schwebte, erklärt. Daraufhin hatte Mamma Teresa eine Stelle bei einer Familie in Bologna angenommen, wo sie drei Mädchen und zwei kleine Jungen betreute. Außerdem hatte die Kinderfrau Isabella wohl nie verziehen, daß diese ihr ihren geliebten Schützling praktisch über Nacht und ohne ein erklärendes Wort genommen hatte. Luisa war in einen Haushalt nach San Remo zurückgekehrt, in dem sie schon einmal gearbeitet hatte, und Enzo hatte sich in den wohlverdienten Ruhestand zurückgezogen. Sein Zimmer über der Garage stand leer. Und nachdem die drei Hauptpersonen unter den Angestellten gegangen waren, waren nur noch die Hilfskräfte übriggeblieben.

In der Halle blieb Isabella einen Moment stehen. Es war, als horche sie auf vertraute Geräusche, die es längst nicht mehr gab. Dann fiel ihr Blick auf die Kartons und Schachteln, die Bernardo für den Umzug hatte bereitstellen lassen. Isabella zog ihre leichte Leinenjacke aus und ging langsam den langen Korridor entlang. Ihre Schritte hallten hohl durchs ganze Haus. Waren wirklich erst ein paar Monate seit jener Nacht vergangen, da sie mit Alessandro die Villa verlassen hatte? Erst wenige Monate, seit sie lautlos diesen Korridor entlanggelaufen war, um Gepäck und den schläfrigen Alessandro in roten Hausschuhen zu holen, dem sie flüsternd ein Abenteuer versprochen hatte? ›Fahren wir nach Afrika, Mamma?‹ Seine Worte klangen noch in ihren Ohren. Sie lächelte unwillkürlich, betrat das Wohnzimmer und betrachtete die blaue Fabergé-Uhr, auf der sie die Minuten gezählt hatte, während sie an jenem entsetzlichen Abend auf Amadeo gewartet hatte, um mit ihm das Diner bei der Fürstin besuchen zu können. Isabella setzte sich schließlich auf das Sofa vor dem Fenster und sah Bernardo ausdruckslos an.

»Ich weiß gar nicht, wo ich anfangen soll.« Als Bernardo die Trauer in ihren Augen sah, nickte er verständnisvoll.

»Keine Angst, *Bellezza*. Wir lassen uns Zeit und nehmen uns ein Zimmer nach dem anderen vor.«

»Ich glaube, wir brauchen Jahre, um fertig zu werden«, seufzte sie und starrte in den Garten hinaus, wo mit einer Plane bedeckt Alessandros Karussell stand. Isabella lächelte mit Tränen in den Augen.

Bernardo beobachtete sie aufmerksam. Auch er erlebte in Gedanken noch einmal jenen Weihnachtsabend. Dann griff er in seine Jakkettasche und holte ein Päckchen heraus.

»Ich habe dir das Weihnachtsgeschenk nicht gegeben, weil ich Angst hatte, daß es dich unglücklich machen würde, wenn ich dir etwas schenke.« Weihnachten mit Amadeo war immer ein besonderes Fest mit extravaganten Schmuck-Geschenken, lustigen Kleinigkeiten, kleinen Kostbarkeiten und ungewöhnlichen Büchern gewesen, die Isabella entzückt hatten. Bernardo hätte ihr nie etwas Gleichwertiges bieten können und hatte es deshalb gar nicht erst versucht. Trotzdem hatte er bei Alfredo Paccioli ein Geschenk für sie erstanden, das er ihr jetzt, Monate später, überreichte. »Ich habe mich damals ziemlich elend gefühlt, weil ich dir nichts überreichen konnte.« Bernardo griff unwillkürlich nach der inzwischen vertrauten Taschenuhr, die früher Amadeo gehört hatte. Er trug sie stets bei sich.

Isabella nahm das kleine Päckchen verwundert an sich und öffnete es vorsichtig. Sprachlos und mit Tränen in den Augen starrte sie auf den schmalen Goldring mit dem Siegel des Hauses San Gregorio. Der Stein, in den das Wappen eingraviert war, war ein Onyx, und die elegante Form des Schmuckstücks paßte ausgezeichnet an ihre langen schmalen Finger. Isabella steckte es zu ihrem Ehering an den Ringfinger.

»Bernardo, du bist verrückt. Du hättest mir nichts zu schenken brauchen...« Mehr brachte sie im ersten Moment nicht heraus.

»Unsinn! Gefällt er dir?« Als er sie lächelnd ansah, wirkte er plötzlich sehr jungenhaft und glücklich.

»Er ist einfach wundervoll.« Sie betrachtete den Ring erneut.

»Wenn du ihn nur halb so gern magst, wie ich meine Taschenuhr, bin ich glücklich.«

Schweigend stand sie auf, ging zu ihm hin und umarmte ihn. Bernardo spürte ihr Herz klopfen, als er sie fest an sich drückte.

»Danke.«

»*Va bene, Bellezza.* Nein, du mußt jetzt nicht weinen. Komm, wir haben noch viel zu tun.« Sie lösten sich, und Bernardo zog sein Jackett aus und legte die Manschettenknöpfe ab. »Wo fangen wir an?«

»Am besten in meinem Schlafzimmer«, antwortete Isabella.

Bernardo nickte, und Hand in Hand gingen sie energisch den Korridor entlang. Sie sortierten das Inventar in drei Kategorien: die Möbelstücke, die im Haus bleiben und Alessandro später das Gefühl geben sollten, zu Hause zu sein, falls er sich entschließen würde, die Villa zu beziehen, diejenigen, die sie nach Amerika verschicken und die Gegenstände, die sie einlagern wollte. Letztere Gruppe war die kleinste, denn Isabella fand, das meiste sei mitnehmenswert oder gehöre in die Villa. Den Flügel und anderes voluminöse antike Mobiliar, das Amadeos Famililе gehört, das jedoch beide nicht besonders gemocht hatten, sollte zusammen mit den Teppichen eingelagert werden. Die Teppiche würden in ihre neue Wohnung in New York vielleicht nicht passen. Die Vorhänge blieben an den Fenstern, und auch die Kron- und Kerzenleuchter wurden nicht entfernt. Isabella achtete darauf, daß keine leeren Ecken und gähnenden Lücken in den Zimmern entstanden, sondern daß es überall noch wohnlich und nicht wie in einem Haus aussah, das, nachdem seine Besitzer es fluchtartig verlassen hatten, von Einbrechern heimgesucht worden war.

»*Allora!*« sagte Isabella. »*Avanti!*«

Bernardo gehorchte lächelnd, und sie begannen zu packen. Sie fingen in ihrem Schlafzimmer an, machten in Alessandros Zimmer und schließlich in Isabellas Boudoir weiter. Danach legten sie eine Mittagspause ein. In der Eingangshalle stapelten sich bereits die Kartons. Isabella sah sich zufrieden um. Die Gelegenheit war günstig, die Dinge, an denen ihr wirklich etwas lag, von den Sachen zu trennen, die ihr gleichgültig waren. Bernardo hatte sie den ganzen Vormittag über aufmerksam beobachtet, jedoch keine einzige Träne bei ihr entdecken können, seit sie mit dem Packen begonnen hatten. Sie schien sich wieder in der Hand zu haben.

Als sie schließlich im Garten zu Mittag aßen, fragte Bernardo: »Was willst du mit dem Karussell machen?« Bernardo biß in ein Tomaten-Schinken-Sandwich, und Isabella schenkte zwei Gläser Weißwein ein.

»Mitnehmen kann ich es noch nicht. Ich weiß ja gar nicht, wo wir in Zukunft wohnen werden. Vielleicht haben wir gar keinen Garten.«

»Ruf mich an, wenn du es haben willst. Ich sorge dann dafür, daß es verpackt und nach Amerika geschickt wird.«

»Darüber würde Alessandro sich riesig freuen.« Isabella sah Bernardo in die Augen. »Wirst du uns besuchen?«

»Aber natürlich. Zuerst... zuerst fahre ich allerdings nach Griechenland.« Er stellte triumphierend sein Weinglas ab.

»Du hast dich also endgültig entschlossen, nicht mitzukommen?«

»Ja. Es ist schon alles vorbereitet. Ich habe bereits für ein halbes Jahr ein Haus auf Korfu gemietet.«

»Und was hast du nach Ablauf des halben Jahres vor?« Isabella trank einen Schluck Wein. »Wie wär's, wenn du dann nach New York kommst und dir dort alles mal in Ruhe ansiehst?«

Bernardo schüttelte den Kopf. »Nein, *Bellezza*. Wir wissen doch beide, daß wir die richtigen Entscheidungen getroffen haben. Ich suche mir hier eine neue Aufgabe.«

»Bei der Konkurrenz?« Sie runzelte besorgt die Stirn, doch Bernardo wehrte ab.

»Du hast keine echten Konkurrenten, Isabella. Und ich könnte nach all den Jahren im Haus San Gregorio nur für die zweite Garnitur arbeiten. Ich habe schon fünf derartige Angebote abgelehnt.«

»Donnerwetter, wirklich? Angebote von wem?«

Als Bernardo die Namen aufzählte, lächelte Isabella geringschätzig.

»Die produzieren doch alle nur zweite Wahl, Bernardo. Nein, das ist nichts für dich.«

»Natürlich nicht. Aber vielleicht bietet sich mir noch eine andere Chance. Ein Angebot interessiert mich.« Bernardo erzählte ihr vom Angebot des größten italienischen Designers für Herrenmode, der Ateliers in London und Frankreich unterhielt.

»Würde dich das auf die Dauer nicht langweilen?«

»Vielleicht. Aber sie brauchen dort dringend einen Topmanager. Der alte Feronio ist im Juni gestorben. Sein Sohn ist Arzt in Australien, und die Tochter versteht nichts vom Geschäft.« Bernardo zwinkerte Isabella zu. »Trotzdem wollen sie nicht verkaufen, sondern einen Manager einstellen, der das Unternehmen weiterhin so erfolgreich führt, daß sie getrost in Saus und Braus leben können. Irgendwann verkaufen sie sicher... aber bis dahin vergehen noch mindestens fünf oder zehn Jahre. Mittlerweile hätte ich völlig freie Hand. Und das ist genau das, was ich brauche.« Bernardo lächelte.

»Los, sag's schon! Und es ist etwas, das du bei mir nie gehabt hast, nicht wahr?«

»Ja. Andererseits hätte ich nie so viel Achtung vor dir, wenn du dich mehr im Hintergrund gehalten hättest«, entgegnete Bernardo. »Außerdem hättest du auch keinen Grund für eine solche Zurückhaltung gehabt. Du verstehst mehr vom Modegeschäft als irgendein anderer in Europa.«

»Und in Amerika«, ergänzte Isabella stolz.

»Und in Amerika«, bestätigte Bernardo. »Und wenn du Alessandro nur eine halb so gute Lehrmeisterin bist, dann übersteht das Haus San Gregorio auch noch die kommenden hundert Jahre.«

»Wegen Alessandro mache ich mir manchmal Sorgen. Was ist, wenn er sich überhaupt nicht für die Firma interessiert?«

»Oh, er wird sich dafür interessieren, keine Angst. Er hat es schon im Blut.«

»Woher willst du das wissen?«

»Hast du je mit ihm darüber gesprochen? Das solltest du tun. Du wirst erstaunt sein. Er tritt in deine und Amadeos Fußstapfen. Davon bin ich überzeugt.«

»Hoffentlich hast du recht.« Isabellla nahm sich vor, mit Alessandro nach ihrer Rückkehr in die Vereinigten Staaten öfter über ihre Arbeit zu sprechen. »Ich vermisse meinen Jungen sehr. Er fragt schon dauernd, wann ich nach Hause komme.«

»Und wann wird das sein?«

»In ungefähr einem Monat. Es trifft sich gut, daß Natasha den Sommer über ein Haus in East Hampton gemietet hat. Dort ist Alessandro gut aufgehoben, während ich hier alles regle und in New York eine Wohnung für uns suche.« Sie seufzte.

»Da steht dir einiges bevor. Du mußt erst mal ein provisorisches Büro finden. Deine neue Mannschaft kommt schon drei Wochen nach dir nach Amerika. Und bis du dann erst eine dauerhafte Lösung gefunden hast, ein Innenarchitekt die Räumlichkeiten hergerichtet hat und du eine Wohnung für dich und Alessandro gemietet hast...«

»...während du in Griechenland in der Sonne liegst!«

Bernardo grinste. »Ich hab's mir auch ehrlich verdient, du Sklaventreiber.«

»Komm! Packen wir lieber weiter«, sagte Isabella und stand auf.

Sie arbeiteten an jenem Tag noch bis elf Uhr abends, sortierten das wertvolle Inventar des Wohnzimmers, verstauten, was sie konnten, in Kisten und stellten alles übrige für die Möbelpacker bereit. Rote Aufkleber bezeichneten die Stücke, die Isabella mit nach Amerika nehmen wollte, blaue das Mobiliar, das in Rom bleiben, und grüne das, das eingelagert werden sollte. Darüber hinaus gab es noch eine Menge Dinge, die unvermeidlichen Kleinigkeiten, die immer dann auftauchten, wenn man umzieht. Selbst bei Isabella mit ihren wertvollen Louis-XV-Möbeln, ihren Marmortischen und Fabergé-Uhren gab es zerbrochenes Spielzeug, Bücher, die sie nicht behalten wollte, und angeschlagenes Porzellan.

Bernardo brachte sie am Ende des anstrengenden Abends zum Atelier San Gregorio zurück und holte sie am darauffolgenden Morgen wieder ab. Das ging drei Wochen lang so. Sie beendeten ihre Büroarbeit täglich früher als sonst, fuhren gemeinsam zur Villa hinaus, packten und sortierten Geschirr, Spielzeug und das kleine Mobiliar und kehrten nie vor Mitternacht wieder in die Stadt zurück. In der vierten Woche waren sie endlich fertig.

Isabella stand zum letzten Mal einsam in der Halle zwischen hoch aufgetürmten Kisten und Kartons, die ihr nach New York nachgeschickt werden sollten. Jedes Geräusch in Haus hallte seltsam hohl wider, und die Lichter waren gelöscht. Es war kurz nach zwei Uhr morgens.

»Kommst du?« rief Bernardo, der bereits mit dem Wagen in der Auffahrt wartete.

»Aspetta!« Augenblick noch. Weshalb zögerte sie? Hoffte sie wirklich, seine Schritte zu hören? Die Schritte des Mannes, der seit Monaten tot war? »Amadeo?« flüsterte sie in die Dunkelheit.

Sie wartete, horchte angestrengt in die Stille, als könne er zu ihr zurückkehren, sein Verschwinden als dummen Scherz erklären und sie bitten, alles wieder auszupacken... so als habe es nie eine Entführung gegeben, oder als wäre zumindest ein anderer dabei gestorben. Isabella stand allein und zitternd in der Halle, und die Minuten wurden zu Stunden. Während die Tränen unaufhaltsam über ihr Gesicht rannen, zog sie schließlich die Tür hinter sich zu und schloß ab. Sie hielt den Türknauf ein letztes Mal in ihrer Hand und wußte, daß es ein Abschied für immer war.

25

»Versprichst du mir, mich bald zu besuchen?« Isabella wollte Bernardos Hand in der Abfertigungshalle nicht loslassen. Sie hatten beide Tränen in den Augen. Bernardo trocknete Isabellas Augen mit seinem Taschentuch.

»Ja, das verspreche ich.« Er ahnte, wie nervös und ängstlich sie bei dem Gedanken war, die Firma vom fremden New York aus allein leiten zu müssen. Bernardo hatte jedoch keine Bedenken. Sie würde es schaffen. Immerhin hatte sie Peroni und Baltare, zwei zwar phantasielose, aber dafür verläßliche und intelligente Mitarbeiter. Und Phantasie hatte Isabella selbst genug. »Gib Alessandro einen Kuß von mir.«

Isabella begann erneut zu weinen. »Ja, das werde ich tun.« Sie hatte eine Woche lang Abschied genommen: zuerst von der Villa, dann von Gabriela, die sie allerdings in drei Monaten bei ihrem nächsten routinemäßigen Besuch in Rom wiedersehen würde, und jetzt von Bernardo. Und dieser letzte Abschied war besonders schmerzlich für sie. Er fand zwar diesmal am hellichten Tag und in Gegenwart der gelangweilten Leibwächter auf dem Flugplatz von Rom statt, denn es hatte keine anonymen Anrufe mehr gegeben, doch dafür war der Abschied endgültig. Der Alptraum war vorbei. Selbst Bernardo war der Ansicht gewesen, daß sie sich in New York nicht mehr würde verstecken müssen. Es war kein Geheimnis mehr, daß das Haus San Gregorio seinen Hauptsitz nach New York verlegte. Isabella rechnete mit Presseinterviews und einem Ansturm der Fotografen. Die Kriminalpolizei hatte Isabella allerdings versichert, daß sie nicht mehr unmittelbar in Gefahr war. Natürlich mußte sie auf Alessandro aufpassen, doch das war für eine Frau in ihrer Position nichts Ungewöhnliches. Sie hatte eine harte und schmerzhafte Lehrzeit hinter sich.

Isabella gab Bernardo einen letzten Kuß.

»*Ciao, Isabellezza*«, murmelte er heiser und lächelte unter Tränen. »Paß gut auf dich auf.«

»*Ciao*, Nardo. Vielen Dank für alles. Ich hab' dich gern.«

Sie umarmten sich noch einmal, dann bestieg sie allein und ohne Leibwächter das Flugzeug. Vor Tränen konnte sie kaum noch etwas sehen.

Auf dem Flug nach New York aß Isabella nach einem kurzen Schläfchen zu Abend und bearbeitete dann einige Akten, die sie mitgenommen hatte. Sie freute sich auf das Wiedersehen mit Alessandro, den sie viel zu lange nicht gesehen hatte.

Nach der Landung in New York passierte Isabella schnell und furchtlos die Zollkontrolle. Die Erinnerung daran, wie sie Monate zuvor erschöpft, verzweifelt und den Schmuck in der Handtasche verborgen, mit Alessandro und zwei Leibwächtern nach New York gekommen war, wurde dabei wieder wach. Die Zöllner behelligten sie auch diesmal nicht. Sie bedankte sich und sah sich hinter der Absperrung aufmerksam um.

Dann sah sie Natasha und die Kinder, die sie bereits erwarteten. Isabella lief auf sie zu und nahm Alessandro in die Arme.

»Mamma!... Mamma!« hallte Alessandros Freudenschrei durch die Flughafenhalle. Isabella drückte ihn fest an sich.

»Mein lieber Junge! Ich hab' dich so gern... Wie braun du bist! Ich soll dir übrigens von Bernardo einen Kuß geben.«

»Hast du mein Karussell mitgebracht?« Alessandro sah sie glücklich und erwartungsvoll an.

»Nein, noch nicht«, antwortete Isabella. »Aber sobald wir ein Haus mit Garten für uns gefunden haben, lasse ich es kommen. Allerdings bist du dafür doch eigentlich schon zu groß, weißt du.«

»Nur Babys interessieren sich für Karussells.« Jason hatte die Küsse und Umarmungen geringschätzig beobachtet. Er, der Ältere, fühlte sich über diese Dinge längst erhaben. Dann, als Isabella ihn ebenfalls in den Arm nahm und ihm einen Kuß gab, strahlte er.

»Wartet, ihr beiden, ich habe euch etwas mitgebracht.« Die Kinder begannen aufgeregt durcheinanderzuschreien. Isabella sah Natasha an und wurde plötzlich ernst. »Hallo«, murmelte sie und lächelte zaghaft.

Natasha zögerte einen Augenblick, dann umarmten sie sich. »Du hast mir sehr gefehlt«, gestand Isabella.

»Du mir auch. Ohne dich ist mir meine Wohnung entsetzlich leer vorgekommen.«

Sie lachten beide, und Natasha wußte, daß Isabella ihr nicht mehr böse war. Ihre Züge waren längst nicht mehr so hart und unerbittlich.

»Ich habe meinen Ohren nicht getraut, als du mir erzählt hast, daß du das Management der Firma nach New York verlegen willst. Was haben die in Rom denn dazu gesagt?« erkundigte sich Natasha.

»Die haben mich für verrückt gehalten. Mit Ausnahme von Bernardo. Er fand den Entschluß von Anfang an richtig. Natürlich wird es in den ersten Wochen bei mir zugehen wie in einem Tollhaus, und wahrscheinlich weiß ich vor Arbeit nicht, wo mir der Kopf steht.« Bei dem Gedanken stöhnte sie laut.

»Ich helfe dir.«

»Bleibst du denn nicht in East Hampton?« Die drei sahen braungebrannt und erholt aus.

Natasha nickte. »Aber ich kann die Kinder jederzeit mit Hattie allein lassen.«

Isabella nickte. »Also gut.« Sie hatte bei Natasha einiges wiedergutzumachen. Die Sache mit Corbett war plötzlich nicht mehr so wichtig. Möglicherweise hatte Natasha nur das Beste gewollt. Darauf kam es jedoch jetzt nicht mehr an. Das Thema war für Isabella erledigt.

Diesmal wartete nicht Corbetts Rolls-Royce, sondern ein Mietwagen vor dem Flughafengebäude auf sie, um sie in die Stadt zu bringen. Isabella erkannte den Chauffeur, der sie damals zu der Filmpremiere gefahren hatte. Sie nickte ihm lächelnd zu. Jener Abend schien Jahre zurückzuliegen.

Als sie in der Wohnung am Central Park waren, bekamen die Kinder die mitgebrachten Geschenke, die sie unter lautem Freudengeheul auspackten.

Schließlich überreichte Isabella mit einem scheuen Lächeln auch Natasha ein Paket. »Hier, das ist für dich.«

»Isabella, das ist doch Unsinn.«

»Ach, was! Mach es lieber erst auf.« Der Karton enthielt eines der schönsten Stücke aus Isabellas neuer Winterkollektion, die im Juni dem Publikum vorgestellt worden war: ein blaßblaues Kaschmir-Kleid mit einem passenden azurblauen Mantel. Natasha hielt es sich vor dem Spiegel an und war begeistert.

»Das Komplet ist einfach phantastisch.«

»Es paßt zu deinen Augen. Du kannst es tragen, wenn dich dein Verleger mal zum Mittagessen einlädt.«

»Das wäre reine Verschwendung«, entgegnete Natasha sarkastisch.

»Dann ziehst du es eben an, wenn du mit mir zum Essen ausgehst. Und zwar zu ›Lutece‹«, erklärte Isabella.

Einen Moment lang starrte Natasha Isabella verblüfft an. »Du gehst wieder aus?«

Isabella nickte. »Ja, es ist nicht mehr riskant. Ich habe mich lange genug versteckt.« Corbett hat recht gehabt, dachte Isabella. Ihre Gefangenschaft hatte nicht ewig gedauert. Nur zehn Monate, die ihr allerdings wie zehn Jahre vorkamen.

Am darauffolgenden Morgen kehrte Natasha mit den Kindern nach East Hampton zurück, und Isabella stürzte sich in die Arbeit. Diesmal saß sie jedoch nicht stundenlang am Telefon und sprach mit Rom, sondern klapperte mit vier Immobilienmaklern die Park Avenue mit sämtlichen Seitenstraßen und die Fifth Avenue ab. Eine Woche später hatte sie ein Büro in der besten Gegend gemietet, fünf zweisprachige Sekretärinnen engagiert und Telefone legen lassen. Es war zwar vorerst noch ein Provisorium, doch es war immerhin ein Anfang.

Gegen Ende der zweiten Woche nach ihrer Rückkehr hatte sie dann endlich gefunden, wonach sie gesucht hatte. Das Haus San Gregorio richtete sich in zwei Stockwerken des höchsten Wolkenkratzers von New York ein. Kurze Zeit später entdeckte Isabella auch das Richtige für sich und Alessandro. Es war eine Penthousewohnung an der Fifth Avenue, von deren Fenstern aus man einen herrlichen Blick auf den Central Park, den Hudson River im Hintergrund und die ganze Skyline der City hatte. Die Wohnung war sehr geräumig und hell und bestand aus vier Schlafzimmern, zwei Zimmern für Hausmädchen, einem großen Eßzimmer mit offenem Kamin, einem aus zwei durchgehenden Räumen bestehenden Wohnzimmer und einer großen Diele mit Korridor, die sie vage an das Entree der Villa in Rom erinnerte.

Als der Immobilienmakler Isabella zum ersten Mal in das Penthouse führte, fragte er: »Gefällt es Ihnen?«

»Ich nehme es«, antwortete Isabella prompt. Das Haus wurde von einer ganzen Armee von Portiers und Liftboys betreut und lag nur zwölf Blocks südlich von Natashas Apartmenthaus.

Bereits am darauffolgenden Tag kam Natasha aus East Hampton nach New York, um sich das Penthouse anzusehen. »Mein Gott, Isabella! Die Aussicht ist einfach phantastisch.« Isabella stand stolz neben der Freundin auf der großen Dachterrasse. Hier war selbst Platz für Alessandros Karussell. Vorausgesetzt, es überstand den harten New Yorker Winter, ohne Schaden zu nehmen. »Wann willst du einziehen?«

»Ich habe gestern mit der Umzugsfirma gesprochen. Das Schiff mit unserem Hausrat läuft morgen ein. Bis Samstag könnten wir es also schaffen. Ich möchte offen gestanden alles so schnell wie möglich hinter mich bringen, damit ich wieder ernsthaft arbeiten kann.« Ihre Mitarbeiter aus Rom waren inzwischen in New York eingetroffen, und alle warteten nur darauf, endlich loszulegen.

»So bald schon?« Natasha war plötzlich traurig. Isabella nickte. »Schrecklich«, seufzte Natasha. »Ich werde dich vermissen. Und Jason behauptet, er habe Angst, allein in seinem Zimmer zu schlafen.«

»Er kann jedes Wochenende zu uns kommen.« Isabella lächelte.

»Ich habe fast das Gefühl, zum zweiten Mal geschieden zu werden.«

»Unsinn!«

Es war ein heißer Septembernachmittag, und die beiden Frauen sahen sich eine Weile schweigend an. Isabella entschloß sich in diesem Augenblick, endlich das heikle Thema erneut anzuschneiden. Sie war das der Freundin schuldig.

»Ich muß mich bei dir entschuldigen, Natasha.«

Natasha wußte sofort, worauf Isabella anspielte, schüttelte den Kopf und vermied es, die Freundin anzusehen. »Ach, was!«

»Doch. Ich weiß auch nicht, was damals mit mir losgewesen ist. Ich hätte meine Wut auf Corbett nicht an dir auslassen dürfen. Natürlich habe ich keine Ahnung, ob du wirklich geholfen hast, aber das ist auch vollkommen gleichgültig. Du hast sicher nur das Beste für mich gewollt. Es tut mir aufrichtig leid, daß ich so häßliche Dinge zu dir gesagt habe.«

Natasha sah die Freundin aufmerksam an. »Was Corbett betrifft, bist du übrigens im Irrtum.«

»Die Wahrheit erfahre ich vermutlich nie.«

»Dazu müßtest du einfach mit ihm reden... dir seine Version anhören. Warum gibst du ihm nicht wenigstens diese Chance?«

Isabella schüttelte den Kopf.

»Nichts dauert ewig... weder das Gute noch das Schlechte. Das hat Corbett selbst mir ganz am Anfang mal gesagt. Er hatte recht.«

»Er liebt dich noch immer«, murmelte Natasha.

»Dann hast du also mit ihm gesprochen?« Isabella suchte Natashas Blick.

Natasha nickte. »Er hat Verständnis für das, was vorgefallen ist. Vielleicht sogar mehr, als du ahnst. Er hatte immerhin von Anfang an Angst, daß was Ähnliches passieren würde. Sein einziger Fehler war es, dir nicht gleich die Wahrheit gesagt zu haben.«

»Das ist jetzt doch gleichgültig. Es ist vorbei.«

Natasha wußte, daß es Isabella ernst war. Für Isabella war die Affäre beendet. Doch Corbett oder Alessandro konnten diesen Schlußstrich nicht nachvollziehen. Natasha schwieg, und Isabella erwähnte Corbett erst wieder am Nachmittag.

Sie erzählte Alessandro gerade von der neuen Wohnung und daß sie auf der Dachterrasse das Karussell aufstellen konnten.

»Wirklich, das Karussell?«

»Natürlich. Ich habe schon in Rom angerufen.«

»Mamma!... Mamma! Warte nur, bis Corbett es sieht.« Alessandros Augen glänzten. Einen Moment lang wurde es unheimlich still im Zimmer.

Isabella sah den Jungen mit einem seltsamen Ausdruck in den dunklen Augen an. »Er wird es leider nicht sehen, Alessandro.«

»Doch, natürlich. Er ist mein Freund«, entgegnete Alessandro trotzig. Obwohl niemand mit ihm über das Zerwürfnis zwischen Isabella und Corbett gesprochen hatte, spürte der Junge instinktiv, daß zwischen seiner Mutter und dem Freund etwas nicht stimmte. Alessandro gefiel das gar nicht. Corbett sprach jetzt immer in einem merkwürdigen Ton von der Mutter; so als habe er Angst vor ihr. »Ich lade ihn einfach ein. Dann kann er es sich ansehen.« Alessandro starrte Isabella abwartend an.

»Nein, Alessandro, das wirst du nicht tun.«

»Doch, Mamma. Ich hab's ihm im Sommer versprochen.«

»So? Wann denn genau?«

»Am Strand. Er ist doch auch in East Hampton gewesen.«

Isabella machte auf dem Absatz kehrt und begab sich auf die Suche nach Natasha, die wie immer um diese Zeit mit der Kaffeetasse in der Hand an ihrer Schreibmaschine saß und gerade eine Manuskriptseite durchlas. Isabella schlug die Tür so heftig hinter sich zu, daß Natasha erschrocken zusammenfuhr und verblüfft aufsah.

»Was ist denn jetzt los?« Natasha starrte Isabella verständnislos an. Bevor Natasha noch ahnen konnte, was Isabella bewegte, begann diese wütend:

»Warum hast du mir verschwiegen, daß Corbett den ganzen Sommer über ebenfalls in East Hampton gewesen ist und versucht hat, sich mit Alessandros Hilfe wieder an mich heranzumachen?«

Natasha stand abrupt auf und stemmte die Hände auf die Hüften. Sie war entschlossen, diesmal hart zu bleiben. »Alessandro braucht Corbett, Isabella. Und Corbett versucht überhaupt nicht, sich an dich heranzumachen. Du leidest ja unter Verfolgungswahn. Was ist eigentlich mit dir los? Hast du die fixe Idee, jeder könne dir deine verdammte Firma wegnehmen und dich oder dein Kind für irgendwelche obskuren Zwecke ausnützen? Komm endlich wieder zu dir.«

»Das ist keine fixe Idee, meine Liebe. Meinen Mann haben sie mir doch auch genommen, oder?«

»Das, Isabella, waren geldgierige Verbrecher. Verrückte! Aber das ist vorbei! Hier will dir niemand weh tun.«

»Wie du darüber denkst, ist mir völlig egal. Ich will lediglich, daß dieser Kerl aus Alessandros Leben verschwindet.«

»Du tust ihm unrecht, Isabella. Aber wenn dir was nicht paßt, dann sag es gefälligst Corbett persönlich und nicht mir.«

»Aber du hast es zugelassen, daß Alessandro weiterhin mit ihm zusammenkam. Dabei hast du meine Gefühle ihm gegenüber gekannt.«

»Ich war der Meinung, du würdest in Rom zur Besinnung kommen«, entgegnete Natasha.

»Das bin ich auch. Und zwar in dem Augenblick, als Bernardo seinen Namen genannt hatte. Corbett soll meinen Sohn in Ruhe lassen.« Damit stürmte Isabella in den Korridor, schlug die Tür krachend hinter sich zu, ging in ihr Zimmer und hob mit zitternder Hand den Telefonhörer ab.

Es dauerte nur wenige Sekunden, bis Corbett sich meldete. »Isabella? Ist was passiert?«

»Das kann man wohl sagen. Ich möchte dich sprechen. Hast du Zeit?«

»Ich kann in einer halbe Stunde bei dir sein.«

»Ausgezeichnet. Ich warte unten vor dem Haus auf dich.« Isabella fuhr genau fünfundzwanzig Minuten später mit dem Lift in die Eingangshalle hinunter. Es dauerte vier Minuten, bis Corbetts Rolls-Royce am Straßenrand vor dem Portal anhielt. Corbett öffnete den Wagenschlag für Isabella, und sie stieg ein. Er war allein gekommen. Als er jedoch die Zündung einschalten wollte, machte sie eine abwehrende Handbewegung. Der neue Siegelring von Bernardo glitzerte an ihrem Finger.

Corbett sah ihn und begriff sofort, was er bedeutete. Er wollte ihr sagen, wie sehr der Ring ihm gefiel, wie schön sie war und daß er sie noch immer liebte, doch sie ließ ihn erst gar nicht zu Wort kommen.

»Gib dir keine Mühe, Corbett. Ich fahre mit dir nirgendwohin. Ich wollte nur nicht in der Wohnung mit dir sprechen, weil Alessandro uns nicht hören soll.«

Corbett runzelte besorgt die Stirn. »Was ist denn passiert?«

»Ich möchte, daß du den Jungen in Zukunft in Ruhe läßt. Ist das klar? Ich habe von deinen Spielchen jetzt endgültig genug. Du hast versucht, meine Freunde, meine Mitarbeiter, die ganze Firma... und jetzt auch noch meinen Sohn für dich zu gewinnen. Einem Unternehmer kann ich nicht vorschreiben, wie er seine Geschäfte führt. Das ist allein deine Angelegenheit. Aber wenn du dich in mein Privatleben einmischst, meinen Sohn gegen mich beeinflußt, dann brichst du einen Krieg vom Zaun, den du nie gewinnen kannst. Falls du dich noch mal in seine Nähe wagst, ihm Geschenke schickst oder versuchst, ihn zu besuchen oder anzurufen, oder zuläßt, daß er dich anruft, wende ich mich an die Polizei und meinen Anwalt. Dann kannst du mit einer Anzeige wegen Belästigung rechnen. Im Fall von Belästigung eines Minderjährigen ist dir eine Haftstrafe sicher. Also Hände weg von meinem Sohn!« Sie war so laut geworden, daß der Portier sie gehört hätte, hätte Corbett nicht vorsorglich die Autofenster geschlossen.

Corbett starrte Isabella eine Weile ungläubig an. Dann packte ihn die Wut. »Denkst du das wirklich von mir, Isabella?« fragte er schneidend. »Glaubst du tatsächlich, daß ich Alessandro dazu mißbrauche, wieder Kontakte zu dir zu knüpfen? Wie arrogant und dumm du doch sein kannst. Schon vor Monaten habe ich dir geraten, das Haus San Gregorio nicht zu verkaufen, und ich habe dir gesagt, daß ich meine Angebote an deine Firma längst zurückgezogen hatte. Ich hatte mich in dich verliebt, und du hast mir offen gestanden verdammt leid getan, wie du da in dieser Wohnung eingesperrt leben mußtest und niemandem vertrauen konntest. Du hast einen schweren Schicksalsschlag hinter dir, Isabella... und Alessandro geht es nicht besser. Der Junge hat den Vater verloren. Er ist genauso einsam wie du. Und soll ich dir mal was sagen? Alessandro habe ich sehr gern. Er ist ein verdammt lieber Junge. Und er braucht mich. Er braucht nämlich noch mehr, als du ihm geben kannst. Du bist ein gut funktionierender Automat, Isabella. Deine Arbeit, deine Firma, was anderes interessiert dich gar nicht. Ich kann es schon nicht mehr hören. Und jetzt laß du mich gefälligst in Ruhe! Steig aus!«

Bevor Isabella noch etwas entgegnen konnte, war Corbett aus dem Wagen gesprungen, zur Beifahrerseite gerannt und hatte die Tür für sie aufgerissen. Verblüfft stieg sie aus.

»Ich hoffe sehr, daß ich deutlich genug gewesen bin«, bemerkte sie mit eisiger Miene.

»Vollkommen«, erwiderte Corbett. »Leb wohl.« Damit setzte er sich wieder ans Steuer des Rolls-Royce, und noch ehe Isabella das Portal des Apartmenthauses erreicht hatte, raste der schnelle Wagen davon.

26

Die neue Penthousewohnung war phantastisch eingerichtet, das Management des Hauses San Gregorio arbeitete in New York bereits auf Hochtouren, und das Karussell war gerade aus Italien eingetroffen. Es war September, und Jason und Natasha besuchten Isabella und Alessandro, um das Karussell auszuprobieren. Alessandro hüpfte vor

Freude von einem Bein auf das andere, und Jason fand das neue Spielzeug doch ›gar nicht so schlecht‹.

»Es ist einfach bezaubernd, Isabella«, seufzte Natasha. »Ich möchte für Jason auch so ein Karussell.« Die beiden Freundinnen beobachteten lachend, wie die Kinder Karussell fuhren. Der erste frische Herbstwind hatte die sommerliche Hitze vertrieben, und Isabella lag ausgestreckt in einem der Liegestühle auf der Terrasse ihres neuen Heims und war mit sich und der Welt zufrieden.

Die Wände der Schlafzimmer waren mit wertvollen Stoffen bespannt, in der ganzen Wohnung hingen dekorative Vorhänge, und überall lagen wertvolle Teppiche. Die Badezimmer waren zwar bereits mit Marmor ausgelegt gewesen, doch Isabella hatte sämtliche Armaturen austauschen lassen. Auf die Terrasse führte eine schöne, breite Glastür im Stil englischer Landhäuser.

»Du bist ein Genie«, sagte Natasha und sah sich bewundernd um.

»Nein, einfach eine Designerin. Das hilft schon ein wenig.«

»Was macht die neue Kollektion?«

»Sie nimmt langsam Form an.«

»So geht's mir auch bei meinem neuen Buch.«

»Bei einem Ortswechsel dauert es immer eine Zeit, bis man Tritt faßt. Aber wenn die Ausstattung der neuen Büroetage für die Firma weiter so langsam vorangeht, können wir erst in einem Jahr umziehen.«

»Ach du liebe Zeit! Wann hat der Innenarchitekt denn angefangen? Vor zwei Wochen?« Natasha zog spöttisch die Augenbrauen hoch.

»Vor drei Wochen«, räumte Isabella ein.

»Dann übe dich gefälligst in Geduld.«

»Dazu hatte ich noch nie Talent«, seufzte Isabella.

»Man hört nie auf, dazuzulernen.« Im vergangenen Jahr war Isabella praktisch nichts anderes übriggeblieben, als geduldig zu sein. Natasha hatte es erlebt. »Wie gefällt es dir übrigens, wieder am gesellschaftlichen Leben teilnehmen zu können?«

»Ah, das ist himmlisch.« Isabella wurde ernst. »So richtig wohl fühle ich mich dabei allerdings noch nicht. Ich warte im Unterbewußtsein immer darauf, daß etwas Schreckliches passiert. Es dauert lange, bis man diesen Alptraum vergißt, Natasha. Sehr lange sogar.«

»Ist denn inzwischen irgendwas geschehen, das deine Angst rechtfertigen würde?«

Isabella schüttelte den Kopf. »Nein. Bisher belästigen mich nur die Reporter der Modezeitschriften. Sie wollen einfach alles wissen... was ich esse, was ich anziehe...« Isabella seufzte. Wenigstens wartete sie inzwischen nicht mehr darauf, daß Amadeo abends plötzlich nach Hause kommen könnte. Das hatte sie in einem Jahr gelernt. »Dabei fällt mir ein, daß wir heute abend zusammen irgendwo essen könnten«, wandte sich Isabella erfreulicheren Dingen zu. »Hast du Zeit?«

»Natürlich. Der Mann, an den ich den ganzen Sommer über meine Zeit und Schönheit verschwendet habe, ist zu seiner Frau zurückgekehrt, der Feigling.«

Isabella lächelte. »Nichts dauert ewig«, sagten die Freundinnen beinahe wie aus einem Mund.

»Also, und wohin gehen wir?« erkundigte sich Natasha.

Das gedämpfte Licht schmeichelte wie immer den bekannten Gesichtern in der eleganten Umgebung, die man gewöhnlich nur in Modezeitschriften oder in den Tageszeitungen sah. Es waren Filmstars, Verleger, Buchautoren und bekannte Geschäftsleute anwesend. Sie waren alle versammelt: die Reichen und die Berühmten. Die Tische standen dicht an dicht, und die Kerzen in den Haltern auf den pinkfarbenen Tischtüchern flackerten unruhig in der leichten Brise, die vom Garten hereinwehte, und die Brillanten der anwesenden Gäste schienen noch feuriger zu glitzern. Es wurde geredet und gelacht. Selten war ihnen das Restaurant ›Lutece‹ schöner und eleganter erschienen.

Natasha und Isabella bestellten als Vorspeise Kaviar, dann Filet Mignon und gedünsteten Lachs. Isabella trank dazu eine halbe Flasche Rotwein, während Natasha zum Fisch Weißwein vorzog. Anschließend gab es Palmenherzen- und Endiviensalat und zum Nachtisch frische Erdbeeren. Isabella sah entspannt und glücklich aus. Plötzlich fiel Natashas Blick auf das Kleid der Freundin.

»Ist was?« Isabella sah Natasha fragend an. Die Freundin starrte sie nur stumm an.

»Ein Jahr lang hast du entweder wie eine Nonne oder wie eine Vogelscheuche ausgesehen, und jetzt, da du zum ersten Mal wieder was Anständiges anhast, merke ich es erst nach Stunden.«

Isabella lächelte. Ihre offizielle Trauerzeit war an diesem Abend vorbei. Nach einem Jahr trug sie zum ersten Mal wieder Farben und hatte sich für ein weißes Gabardinekleid entschieden, zu dem eine mauvefarbene Kaschmir-Tunika gehörte. An ihren Ohren funkelten die Ohrringe, die sie einst Natasha geliehen hatte.

»Gefalle ich dir? Das Kleid ist aus meiner neuesten Kollektion.«

»Wie mein blaßblaues Wunder?« Isabella nickte. »Soll ich dir was verraten?« Natasha beugte sich mit einem verschwörerischen Lächeln über den Tisch. »Ich habe gestern in meiner Wohnung die Klimaanlage eingeschaltet, damit ich es wenigstens einmal anprobieren konnte«, beichtete sie.

»Keine Angst. Für Wollensembles ist es hier nur allzubald kalt genug«, erwiderte Isabella und erschauderte unwillkürlich bei dem Gedanken an den langen New Yorker Winter.

»Du siehst phantastisch aus«, sagte Natasha ehrlich begeistert. Natasha stellte jedoch fest, daß der frohe, glückliche Ausdruck von früher noch immer nicht in Isabellas Augen zurückgekehrt war. »Ich bin froh, daß alles vorbei ist, Isabella.« Kaum hatte Natasha diesen Satz ausgesprochen, bereute sie, davon angefangen zu haben. Insgeheim wußte sie ja, daß es noch nicht ganz vorbei war... nie vorbei sein würde. Isabella vermißte Amadeo noch immer.

»Ich kann kaum glauben, daß es schon ein Jahr her ist.« Isabella sah Natasha traurig an. »Manchmal kommt es mir so vor, als sei alles erst gestern gewesen. Trotzdem, hier fällt mir das Vergessen leichter als in Rom.«

»Du hast die richtige Entscheidung getroffen.«

Isabella lächelte. »Das wird erst die Zeit zeigen.«

Die beiden Freundinnen unterhielten sich noch eine weitere Stunde, dann fuhren sie getrennt nach Hause. Natasha kehrte in ihre seltsam leere Wohnung und Isabella in ihr neues Penthouse zurück. Isabella zog sich in ihrem Schlafzimmer aus, schlüpfte in den Morgenmantel, gab Alessandro noch einen Gutenachtkuß und ging ins Bett. Um sechs Uhr morgens weckte sie das Klingeln des Telefons.

»Hallo?«

»Bellezza? Ciao.«

»Bernardo? Weißt du eigentlich, wieviel Uhr es hier ist? Ich habe noch geschlafen! Langweilst du dich schon auf Korfu?« Bernardo war kurz nach Isabellas Rückkehr in die Vereinigten Staaten nach Korfu abgereist.

»Ob ich mich langweile? *Sei pazza.* Du bist verrückt. Es gefällt mir hier ausgezeichnet.« Er wurde schnell wieder ernst. »Hör zu, Isabella... Der Grund, weshalb ich anrufe... Ich muß nach Rom zurück.«

Isabella lachte. »So schnell schon? Willst du doch wieder arbeiten? Na, lange hast du das Faulenzen ja nicht ausgehalten.«

»Nein, du täuschst dich.« Bernardo machte eine Pause, denn er wußte nicht recht, wie er Isabella die Wahrheit beibringen sollte. Er wünschte, bei ihr sein zu können, und nicht Tausende von Kilometern weit entfernt auf einer griechischen Insel, und starrte hilflos auf den Telefonapparat. »Ich habe gestern einen Anruf bekommen... aber da waren sie sich ihrer Sache noch nicht sicher. Heute morgen kam die Bestätigung.«

»Die Bestätigung? Wovon?« Isabella richtete sich schläfrig im Bett auf. Es war Samstag, und sie hatte eigentlich bis mittags ausschlafen wollen.

»Man hat sie geschnappt, Isabella.«

»Wer hat wen geschnappt?« Isabella runzelte die Stirn. Dann begann sie zu begreifen und erstarrte. »Redest du von den Entführern?«

»Ja. Sie haben sie alle. Es waren drei. Einer hat den Mund nicht halten können. Jetzt ist endlich alles vorbei. Es ist zu Ende, *cara.*«

Während sie Bernardo zuhörte, begann Isabella plötzlich zu weinen. Sie schüttelte immer wieder den Kopf. »Vorbei war es schon vor einem Jahr«, schluchzte sie. Sie wußte nicht, ob sie glücklich oder traurig sein sollte. Es war nicht mehr wichtig. Amadeo war tot. Und die Ergreifung der Täter machte ihn auch nicht wieder lebendig.

»Wir müssen nach Rom«, fuhr Bernardo fort. »Die Polizei hat mich angerufen. Sie haben eine Sondervollmacht, das übliche Verfahren zu beschleunigen. Die Gerichtsverhandlung findet in drei Wochen statt.«

»Ich fliege nicht nach Rom.« Isabellas Tränen versiegten. Sie war leichenblaß geworden.

»Das kannst du nicht machen, Isabella. Du mußt vor Gericht erscheinen. Deine Zeugenaussage ist sehr wichtig.«

»Nardo... *no! Non posso. Non posso!* Ich kann nicht.«

»Natürlich kannst du. Ich werde ja bei dir sein, Isabella.«

»Ich will diese Männer nicht sehen!«

»Ich auch nicht. Aber wir sind es Amadeo und uns selbst schuldig, unsere Pflicht zu tun. Wir müssen dafür sorgen, daß diese Kerle hinter Schloß und Riegel kommen und niemandem mehr etwas antun können.«

Bei Bernardos Worten holte Isabella die jüngste, schmerzliche Vergangenheit wieder ein. Corbett hatte sie also auch in diesem Punkt belogen! Es würde immer so weitergehen. Das war nie vorbei! Nie! Sie schluchzte in den Hörer.

»Isabella, hör auf zu weinen. In ein paar Wochen hast du alles endgültig hinter dir.«

»Nein, nie! Es geht nie vorüber!«

»Ich verspreche es dir, *cara.* Glaub mir. Nur noch diese Zeugenaussage, dann kannst du endlich einen Schlußstrich ziehen. Die Kriminalpolizei hat *mich* gebeten, dir diese Mitteilung zu machen, um dich zu schonen«, fuhr Bernardo fort. »Sie vermuten, daß der Prozeß nicht mal eine Woche dauern wird. Solange kannst du im Penthouse in Rom bleiben.«

»Ich fliege nicht«, wiederholte Isabella.

»Doch, Isabella«, widersprach Bernardo energisch. »Du mußt.«

Nachdem sie aufgelegt hatte, saß sie in ihrem Bett, und all die Erinnerungen, die sie endlich verdrängt zu haben glaubte, kehrten mit neuer Intensität wieder: das Warten im grünen Satinkleid im Wohnzimmer der Villa, die Uhr auf dem Kaminsims, Alessandro mit den Plätzchen von Luisa, der Anruf und ihr Besuch bei Alfredo Paccioli, um den Schmuck zu verkaufen, Amadeos Stimme, die sie bat, tapfer zu sein. Isabella schlug die Hände vors Gesicht, um nicht laut zu schreien. Mit zitternden Fingern nahm sie erneut den Telefonhörer ab und wählte Natashas Nummer.

Als sich Natasha mit schläfriger Stimme meldete, befand sich Isabella in einem Zustand der Hysterie.

»Wer ist da?... Isabella? Was ist los? Isabella... sag doch was!« schrie Natasha ins Telefon.

»Sie haben sie gefaßt... Sie haben die Entführer... und ich muß zur Gerichtsverhandlung nach Rom.«

»Ich bin in ein paar Minuten bei dir.«

Isabella legte auf und verbarg ihr Gesicht in den Kissen, um die schrecklichen Bilder der Vergangenheit aus ihrer Erinnerung zu verdrängen.

27

Vom Flugplatz aus fuhren sie mit dem Wagen in schnellem Tempo quer durch Rom zum Stammhaus der Firma San Gregorio. Es war wieder in jener wundervollen Jahreszeit, da das Wetter noch sonnig war, eine kühle Brise wehte und der wolkenlose Himmel in makellosem Blau erstrahlte. Es war Mitte Oktober, für Isabella einst die schönste Zeit des Jahres. Isabella saß schweigend und starr in der großen Limousine. Sie trug ein graues Kostüm mit passendem Hut, dessen breite Krempe ihre Augen verdeckte.

»Morgen beginnt die Verhandlung, *Bellezza*«, sagte Bernardo, der vergeblich versuchte, ihren Blick aufzufangen. »Es ist gut, daß du gekommen bist.«

Endlich sah sie ihn an. Sie wirkte müde, und angesichts der Qual in ihren Augen fühlte Bernardo einen stechenden Schmerz in der Herzgegend. »Ich habe es satt, immer nur meine Pflicht zu tun. Was ändert das jetzt schon?«

»Es ändert vieles. Glaub mir.«

Isabella nahm seine Hand. Die Monate der Trennung, die Differenzen und harten Auseinandersetzungen der Vergangenheit schienen vergessen.

Vor dem Portal des Hauses San Gregorio warteten einige Fotografen, doch Bernardo wehrte sie geschickt ab, führte Isabella in die Halle und zum Lift. Sie fuhren in die Penthousewohnung hinauf, wo Bernardo Isabellas Gepäck absetzte und jedem ein Glas Wein einschenkte.

»Wie war der Flug?«

»Ganz gut, danke.«

»Wie geht's Alessandro?«

»Er ist böse, weil ich ihn schon wieder allein lasse, aber sonst ist mit ihm alles in Ordnung.«

»Hast du ihm gesagt, weshalb du nach Italien mußt?«

Isabella nickte. »Ja, Bernardo. Ich wollte es zuerst nicht, aber Natasha hat mich überredet. Sie meinte, ich sei es ihm schuldig. Jetzt braucht er ja keine Angst mehr zu haben.«

»Und was hat er dazu gesagt?«

Isabella sah überrascht auf. »Oh, er war ganz froh, daß es endlich soweit gekommen ist. Allerdings hat er nicht ganz begriffen, warum ich deshalb nach Rom muß. Und mir geht's genauso.« Isabella trank einen Schluck Wein und betrachtete Bernardo aufmerksam. Er war braungebrannt und sah plötzlich jünger aus. Der Urlaub auf Korfu schien ihm gutzutun.

»Du hast es sehr gut verstanden, Isabella«, widersprach Bernardo. »Was macht die Firma?«

»Es läuft alles bestens.« Isabella lächelte zum ersten Mal seit ihrer Ankunft und nahm den grauen Hut ab.

»Und wie geht es dir?« Bernardo sah sie prüfend an.

»Wie soll es mir schon gehen?«

»Gibt es wieder einen Mann in deinem Leben? Es ist jetzt immerhin ein Jahr her… und Zeit, daß du wieder unter die Leute gehst.« Bernardo hatte sich inzwischen damit abgefunden, daß es zwischen ihm und Isabella nur Freundschaft geben konnte.

»Das geht dich gar nichts an.« Isabella wich seinem Blick aus und starrte auf die Dächer Roms.

»Wirklich nicht? Du mischst dich doch auch in meine Angelegenheiten. Also was ist mit diesem Corbett Ewing?«

»Was soll mit ihm schon sein?« Sie warf Bernardo einen überraschten Blick zu. »Was weißt du über Corbett und mich?«

»Nichts. Aber ich habe mir nur einiges zusammengereimt. Deine übertrieben heftige Reaktion, als ich den Namen Ewing in Verbindung mit dem Angebot von F-B erwähnt habe, hat mir zu denken gegeben. Ich hatte dich noch nie so wütend erlebt.«

Isabella nickte. »Ich bin auch noch nie so wütend gewesen. Ich dachte, er hätte mich absichtlich verführt, um das Haus San Gregorio in die Hände zu bekommen.«

»Und? Glaubst du das noch immer?«

Isabella zuckte mit den Schultern. »Es ist nicht mehr wichtig. Ich habe ihn seither nicht wiedergesehen.«

»Und er hat dich tatsächlich verführt?« fragte Bernardo leise.

»Ach, kümmere dich um deine eigenen Angelegenheiten.« Isabella seufzte, und ihr Ton wurde sanfter. »Ich habe eine Zeitlang geglaubt, wir hätten uns ineinander verliebt. Das war ein Irrtum. Das ist alles. Es wäre sowieso nicht gutgegangen.«

»Und warum nicht?«

»Weil... oh, Bernardo, ich weiß auch nicht. Vielleicht sind wir zu verschieden... vielleicht sind wir eben beide mit unserem Beruf verheiratet. Außerdem wäre es nie so gewesen wie mit Amadeo. Und nur um das endlich zu begreifen, will ich mir nicht unbedingt das Herz brechen.« Isabella starrte traurig aus dem Fenster.

Bernardo schüttelte den Kopf. »Du vergeudest also den Rest deines Lebens? Mit Anfang Dreißig hast du mit der Liebe abgeschlossen, was? Du verlierst Amadeo und gibst prompt auf.«

»Ich habe nicht aufgegeben. Ich habe Alessandro und das Unternehmen.« Sie sah den Freund trotzig an. Doch Bernardo konnte sie nicht täuschen.

»Und das soll ein Leben sein? Hast du Ewing wenigstens die Chance gegeben, dir seine Version der Geschichte darzulegen? Hast du dir wenigstens die Mühe gemacht, die Wahrheit herauszufinden?«

»Ich habe dir doch schon gesagt, daß das jetzt nicht mehr wichtig ist. Außerdem habe ich ihn nach meiner Rückkehr aus Rom noch einmal gesprochen.«

»Und?«

»Es kam nichts dabei raus. Ich habe ihm bei dieser Gelegenheit lediglich verboten, Alessandro wiederzusehen. Ich hatte erfahren, daß Natasha während meiner Abwesenheit zugelassen hatte, daß Corbett Alessandro besucht.« Isabella seufzte und lächelte voller Bitterkeit. »Ich habe ihm klipp und klar gesagt, daß er mit einer Anzeige wegen Belästigung rechnen kann, falls er Alessandro nicht in Ruhe läßt.«

»Bist du verrückt? Wie hat er darauf reagiert?«

»Er hat mich aufgefordert, sofort aus seinem Wagen zu steigen.«

»Damit hatte er mehr als recht. Ich hätte dir dazu noch eine Tracht Prügel verpaßt. Mein Gott, Isabella, was hast du dir dabei nur gedacht?«

»Keine Ahnung... ich... also jedenfalls ist alles längst vorbei. Es wäre wirklich nicht gutgegangen.«

»So wie du dich benimmst, wirklich nicht«, entgegnete Bernardo sarkastisch und schenkte sich ein Glas Wein ein.

»Natasha trifft ihn natürlich hin und wieder. Sie sind alte Freunde.«

»Hat Natasha ihm erzählt, daß jetzt die Gerichtsverhandlung stattfindet?« Bernardo sah Isabella mit einem merkwürdigen Gesichtsausdruck an. Doch Isabella zuckte nur die Achseln.

»Ich weiß nicht. Vielleicht. Jedenfalls stand es am Tag vor meinem Abflug nach Rom in sämtlichen Zeitungen. Diesmal auf einer der hinteren Seiten. Wir sind längst keine Schlagzeile mehr wert. Ich bin verdammt froh, wenn mein Name nur noch in Modezeitschriften auftaucht.«

»Die Zeit kommt auch wieder. Nächste Woche ist alles vorbei. Schlaf jetzt ein wenig. Ich hole dich morgen früh ab.« Er gab ihr einen Kuß auf die Wange und ließ sie allein. Isabella trank langsam ihren Wein aus.

28

»Va bene?« Bernardo musterte Isabella besorgt, als diese aus dem Wagen stieg. Sie trug ein schwarzes Wollkleid mit langen Ärmeln, fleischfarbene Strümpfe, schwarze Krokolederschuhe mit passender Handtasche und einen kleinen dunklen Hut. Ihr einziger Schmuck war eine Perlenkette und der Siegelring, den Bernardo ihr geschenkt hatte.

»Ist wirklich alles in Ordnung?« fragte Bernardo noch einmal. Sie war so bleich, daß er Angst hatte, sie könne jeden Augenblick auf der Treppe vor dem Gerichtsgebäude ohnmächtig werden.

»Va bene«, antwortete Isabella. Es ist alles in Ordnung.

Bernardo nahm sofort ihren Arm, als sich die Meute der Journalisten auf sie stürzte. Fotografen, Kameraleute vom Fernsehen und Reporter bedrängten sie mit Blitzlichtern und Mikrofonen. Es war wieder wie in jenen schrecklichen Wochen und Monaten vor einem Jahr. Isabella hielt Bernardos Hand fest umklammert. Dann waren sie im Gerichtsgebäude, wo man sie in ein kleines Wartezimmer neben dem Raum des Richters führte. Das Gericht hatte dafür gesorgt, daß Isabella sofort dort Zuflucht suchen konnte.

Isabella kam die Zeit des Wartens endlos vor, bis endlich ein Polizist in Uniform erschien und sie aufrief.

Ohne Bernardos Hand loszulassen, folgte Isabella dem Beamten steif und hölzern in den Gerichtssaal. Eisern starrte sie geradeaus, um die Anklagebank mit den drei Männern nicht sehen zu müssen. Bernardo fühlte, wie sie zitterte, als sie sich setzte.

Die Zeugenvernehmung war lange und mühsam. Nacheinander wurden Amadeos Sekretärin, der Portier und schließlich die beiden anderen Angestellten des Modehauses San Gregorio in den Zeugenstand gerufen, die zwei der Entführer hatten ins Gebäude kommen sehen. Es folgten die Aussagen des Gerichtsmediziners und zweier Kriminalbeamter, dann vertagte sich das Gericht bis zum darauffolgenden Morgen, da man angesichts der schmerzlichen Erinnerungen, die die Verhandlung wieder aufleben lassen würde, der Witwe di San Gregorio eine Ruhepause gönnen wollte.

Der Richter gab Anweisungen, die Angeklagten aus dem Gerichtssaal zu bringen. Als die drei Männer aufstanden, um sich abführen zu lassen, hörte Bernardo, wie Isabella geräuschvoll Luft holte.

Die Angeklagten waren einfache Männer, die Isabella nie zuvor gesehen hatte. Plötzlich jedoch konnte sie den Blick nicht mehr von denen wenden, die Amadeos Leben ein so grausames Ende gemacht hatten. Bernardo hielt ihren Arm fest umfaßt. Isabella war noch blasser geworden.

»Schon gut, Isabella. Ganz ruhig«, murmelte er leise, ohne zu wissen, wie er sie hätte trösten sollen. Isabella brauchte jetzt mehr, als er ihr geben konnte. Darüber war er sich plötzlich im klaren. »Komm, gehen wir!«

Willenlos ließ sich Isabella aus dem Saal führen. Draußen vor dem Portal bedrängten sie erneut die Reporter und Fotografen.

»Signora di San Gregorio, haben Sie sie gesehen?... Wie sahen sie aus... Haben Sie sie erkannt?... Können Sie uns sagen, wie...?« Irgend jemand stieß ihr den Hut vom Kopf. Isabella begann blindlings loszulaufen. Sie weinte. Flankiert von zwei Leibwächtern und Bernardo erreichte sie endlich den Wagen. Dort warf sie sich schluchzend in Bernardos Arme. Sie weinte auf der ganzen Rückfahrt. Im Penthouse brachte Bernardo sie ins Wohnzimmer und zwang sie, sich auf die Couch zu legen.

»Soll ich einen Arzt holen?«

»Nein... Bitte, laß mich jetzt nicht allein...«, begann sie. Dann klingelte das Telefon. Isabella richtete sich steil auf der Couch auf und sah Bernardo voll Entsetzen an. »Das Telefon... wer... ich ertrage das jetzt nicht. Sag der Vermittlung, daß ich keine Anrufe entgegennehme.« Bernardo hatte den Hörer bereits abgenommen und sprach leise mit dem Anrufer. Schließlich sah er Isabella lächelnd an, nickte ihr kurz aufmunternd zu und gab ihr den Hörer in die Hand und verließ das Penthouse.

»Isabella?« Zuerst erkannte sie die Stimme nicht.

»Corbett?« fragte sie schließlich ungläubig.

»Ja. Bitte, leg jetzt nicht gleich wieder auf.«

»Wo bist du?« Ihr Gesicht war eine ausdruckslose Maske. Seine Stimme klang, als sei er im Nebenzimmer.

»Ich bin unten im Entree. Aber wenn du mich nicht sehen willst, gehe ich sofort wieder.«

»Aber was machst du hier?« Weshalb ist er ausgerechnet jetzt in Rom, überlegte sie fieberhaft.

»Ich bin gekommen, um dir das Haus San Gregorio abzuluchsen, hast du das vergessen? Erinnerst du dich noch an mich?«

»Selbstverständlich erinnere ich mich. Ich... ich sollte dir wohl Abbitte leisten... Das, was ich neulich im Wagen zu dir gesagt habe, tut mir leid.« Isabella lächelte.

»Du schuldest mir gar nichts. Keine Entschuldigung, kein Unternehmen, gar nichts. Ich möchte nur zehn Minuten von deiner Zeit.«

Isabella kam plötzlich ein Verdacht, der sie verblüffte. Bernardo mußte dahinterstecken! Hatte er Corbett nach Rom gebeten? »Bist du extra nach Rom geflogen, um zehn Minuten mit mir zu reden, Corbett?«

»Ja. Ich weiß, was du jetzt durchmachst, und dachte, du brauchst vielleicht einen Freund.« Corbett machte eine Pause. »Isabella, darf ich raufkommen?«

Kurz darauf öffnete sie ihm die Wohnungstür. Sie sagte kein Wort. Ihre Augen starrten ihn nur groß und ausdruckslos an. Zögernd streckte sie die Hand aus.

»Hallo, Corbett.«

Es war wie ein neuer Anfang. Er schüttelte ihr die Hand und folgte ihr ins Wohnzimmer.

»Darf ich dir ein Glas Wein anbieten?«

Isabella sah ihn lächelnd an, und es kostete Corbett große Überwindung, sie nicht in seine Arme zu nehmen. Corbett schüttelte verwundert den Kopf und sah sich um. »Ist das hier dein Büro?«

»Nein, es ist eigentlich ein Gästeapartment für unsere wichtigen Kunden«, erwiderte Isabella. Dann wurde ihre Miene ernst und traurig, und sie setzte sich mit gesenktem Kopf auf die Couch. »Oh, Corbett, ich wünschte, ich wäre weit weg von hier.«

Corbett nahm neben ihr Platz und sah sie aufmerksam an. »Es tut mir leid, daß du das über dich ergehen lassen mußt, aber das Gute daran ist, daß sie die Kerle endlich gefaßt haben. Von jetzt an brauchst du keine Angst mehr vor ihnen und neuen Anschlägen zu haben.«

»Da hast du vermutlich recht. Aber ich dachte, ich hätte längst alles überstanden.«

Corbett schüttelte nur stumm den Kopf. Er wollte ihr nicht sagen, daß man solche Schicksalsschläge nie völlig vergessen konnte. Derartige Erinnerungen vermochte niemand zu löschen. Der Schmerz wurde mit der Zeit weniger heftig, die Wunden heilten, und andere Menschen füllten die Leere. »Isabella...« Er hielt einen Augenblick inne. »...darf ich dich morgen ins Gericht begleiten?«

Isabella sah Corbett entsetzt an. »Zur Verhandlung?« Corbett nickte. »Aber warum denn?« Ist er neugierig, überlegte Isabella verwirrt. War das sein Beweggrund? War er eben doch nur wie alle anderen? Sie sah ihn mißtrauisch an. Corbett nahm ihre Hand. »Ich möchte in dieser Situation bei dir sein. Deshalb bin ich gekommen.«

Diesmal nickte Isabella verstehend. Sie hielt seine Hand fest.

29

Am darauffolgenden Tag stieg sie flankiert von zwei Leibwächtern, Corbett und Bernardo vor dem Gerichtsgebäude aus dem Wagen. Die vier Männer bahnten für Isabella den Weg durch die Menge. Isabella hielt den Kopf gesenkt. Ihr Gesicht war unter einem breitrandigen, schwarzen Hut kaum sichtbar. Wenige Minuten später waren sie im Gerichtssaal. Nachdem der Richter die Verhandlung eröffnet hatte, wurden als erster Alfredo Paccioli, der Juwelier, in den Zeugenstand gerufen.

»Und Signora di San Gregorio brachte Ihnen ihren gesamten Schmuck?« fragte der Staatsanwalt.

»Ja«, antwortete der Juwelier leise.

»Wieviel haben Sie ihr dafür geboten? Haben Sie ihr überhaupt Geld dafür gegeben?« Die Fragen des Staatsanwalts wurden drängender. Paccioli antwortete erneut mit ja.

»Ich habe Isabella di San Gregorio alles an Bargeld gegeben, was ich im Geschäft hatte und noch weitere dreihunderttausend Dollar bei mir gut bekannten Kollegen aufgetrieben. Außerdem habe ich ihr versprochen, ihr in der darauffolgenden Woche noch einmal denselben Betrag auszuhändigen.«

»Und was hat Signora di San Gregorio dazu gesagt?«

Corbett fühlte, wie Isabella neben ihm leicht zu zittern begann. Er wandte den Kopf und sah sie an. Sie war leichenblaß geworden.

»Sie meinte, es sei zwar nicht genug, aber sie habe keine andere Wahl, als auch das zu nehmen.«

»Hat sie Ihnen verraten, wozu sie das Geld brauchte?«

»Nein.« Paccioli verstummte. Das Sprechen schien ihm schwerzufallen. Schließlich räusperte er sich: »Allerdings hatte ich einen bestimmten Verdacht. Sie... sie schien... verzweifelt... völlig verängstigt zu sein...« Paccioli versagte die Stimme. Tränen traten in seine Augen, und sein Blick schweifte zu Isabella. Sie weinte ebenfalls.

Der Richter unterbrach die Verhandlung für eine kurze Pause.

Die Vernehmung der Zeugen nahm zwei weitere Tage in Anspruch. Am Vormittag des fünften Verhandlungstages rief der Richter dann Isabella in den Zeugenstand.

»Sie sind Isabella di San Gregorio?« begann er in beruhigend väterlichem Ton.

»Ja, die bin ich.« Isabellas Stimme klang leise und brüchig. Ihre dunklen Augen wirkten in dem schmalen Gesicht unnatürlich groß.

»Sind Sie die Witwe von Amadeo di San Gregorio, der am siebzehnten September aus seinem Büro entführt und anschließend ermordet worden ist?«

Isabella nickte. »Ja, das ist richtig.«

»Könnten Sie uns bitte erzählen, was an jenem siebzehnten September geschehen ist? Versuchen Sie so genau wie möglich zu sein. Wann haben Sie Ihren Mann zum letzten Mal gesehen, was haben Sie an diesem Tag gemacht, was ist Ihnen aufgefallen?«

Isabella erlebte bei ihrem Bericht alles noch einmal: ihre Ankunft im Haus San Gregorio am Vormittag, das Gespräch über geschäftliche Dinge, Bernardos Warnung und Amadeos und ihre leichtsinnige Reaktion. Isabella warf Bernardo einen flüchtigen Blick zu. Bernardo hatte Tränen in den Augen und wandte hastig den Kopf ab.

Corbett verfolgte das Geschehen mit schwerem Herzen und wünschte nur inständig, Isabella möge die Kraft haben, das alles durchzustehen. Vier Tage hatte er sie inzwischen beobachtet, der Verhandlung zugehört, sie anschließend in die Penthousewohnung gebracht und mit ihr bis in die späten Abendstunden geredet. Dabei hatte er kein einziges Mal über seine Liebe zu ihr gesprochen, nie versucht, sie zu umarmen oder zu küssen. Er war als Isabellas Freund nach Rom gekommen und wußte, daß sie nach diesen schmerzlichen Tagen, in denen sie alles noch einmal erlebte, endlich frei sein würde. Und ihm war gleichzeitig bewußt, daß es ihr auch das Herz brechen konnte, und sie, auch wenn sie es durchstand, vielleicht kein Interesse mehr an ihm haben würde. Letztere Überlegung hatten ihn jedoch nicht von der Reise nach Rom abhalten können. Er wollte einfach für Isabella dasein.

»Und wann ist Ihnen klargeworden, daß... Ihr Mann offenbar zu spät nach Hause kommen würde?«

»Das... weiß ich nicht mehr genau... vielleicht gegen halb acht Uhr.« Isabella berichtete, wie Alessandro sie abgelenkt hatte und daß sie erst anschließend Bernardo angerufen hatte. Danach waren dann die qualvollen Stunden des Wartens und die erste Angst gekommen, es könne etwas passiert sein. Schließlich begann Isabella vom ersten Telefonat mit dem Entführer zu sprechen. Nach wenigen Sätzen versagte ihr die Stimme. Sie rang nach Luft, versuchte die Selbstbeherrschung wiederzufinden und brach in Tränen aus.

»Sie... sie haben behauptet... meinen Mann entführt zu haben«, stammelte sie schluchzend, »...daß sie ihn umbringen würden..., dann durfte ich mit ihm sprechen, und er hat gesagt...«

Bernardo warf dem Richter einen flehentlichen Blick zu, doch letzterer schüttelte nur beruhigend den Kopf. Es war am besten, Isabella brachte die Angelegenheit ein für allemal hinter sich. Der Prozeß mußte weitergehen.

»Und was haben Sie daraufhin getan?«

»Bernardo... Signore Franco ist zu mir gekommen. Wir haben alles durchgesprochen und später die Polizei alarmiert.«

»Weshalb erst später? Hatten die Entführer Sie gewarnt, sich an die Polizei zu wenden?«

Isabella holte tief Luft und fuhr fort: »Ja, aber das war erst beim nächsten Anruf. Ich hatte allerdings schon von Anfang an davor Angst, die Polizei einzuschalten, denn ich wußte, daß man dann meine Bankkonten sperren würde, um zu verhindern, daß ich das geforderte Lösegeld aufbringen konnte. Und so ist es dann natürlich auch gekommen.« Die letzten Worte sagte Isabella voller Bitterkeit.

»Haben Sie deshalb versucht, Ihren Schmuck zu verkaufen?«

Isabella sah Paccioli an, der in einer der hintersten Zuschauerreihen im Saal saß, und nickte. Der ältere Herr weinte. »Ja. Ich hätte alles getan, um... alles...«

Corbett biß die Zähne zusammen, und Bernardo und er sahen sich ängstlich an.

»Und was geschah, nachdem Sie das Geld von Signor Paccioli erhalten hatten? Haben Sie es den Entführern übergeben, obwohl die Summe weit unter der lag, die gefordert worden war?«

»Das hatte ich vor. Ich wollte es ihnen erklären. Inzwischen war es Montagabend, und sie hatten mir bis Dienstag Zeit gegeben, das Geld zu beschaffen. Aber...«, Isabella begann erneut zu zittern, »...aber sie haben angerufen... Es war... es war...« Entsetzen zeichnete sich auf Isabellas schönem Gesicht ab. Sie suchte Bernardos Blicke. »*Non posso!* Ich kann nicht fortfahren.«

Im Gerichtssaal wurde es unheimlich still. Dann redete der Richter beruhigend auf sie ein und bat sie, ihre Aussage zu Ende zu führen. Isabella brauchte einige Minuten, bis sie sich wieder gefaßt hatte. Der Gerichtsdiener brachte ihr ein Glas Wasser. Sie trank einen Schluck und fuhr dann fort. »Die Zeitungen hatten meinen Besuch bei Alfredo publik gemacht. Irgend jemand mußte den Reportern einen Tip gegeben haben.« Bei diesen Worten erinnerte sich Isabella deutlich an das Gesicht von Alfredo Paccilis Empfangsdame. »Die Entführer wußten dadurch, daß meine Konten gesperrt worden waren, daß wir die Polizei benachrichtigt hatten.« Isabella schloß die Augen.

»Und was haben die Entführer Ihnen bei ihrem nächsten Anruf gesagt?«

»Daß sie ihn umbringen würden«, flüsterte Isabella kaum hörbar.

»War das alles?«

»Nein.« Isabella schlug die Augen auf und starrte ausdruckslos und abwesend ins Leere. Tränen rannen über ihre Wangen. »Sie haben gesagt, daß ich...« Die Stimme versagte ihr. »...daß ich mich von Amadeo verabschieden könne... und... und das habe ich getan. Er hat mich gebeten... gebeten... noch ein bißchen tapfer zu sein... daß... daß alles gut werden würde... und daß er mich liebe. Ich habe geantwortet, daß ich dasselbe für ihn empfinde... und dann...«

Sie starrte blind auf die Zuschauerreihen.

»Und dann haben sie ihn umgebracht. Die Polizei hat ihn am nächsten Tag tot aufgefunden.«

Wie leblos saß Isabella im Zeugenstand, während sie noch einmal jene Augenblicke, ihre Gefühle von damals erlebte und Amadeos Stimme hörte, die mit der ihren zu verstummen schien. Stumm starrte sie zu den drei Männern auf der Anklagebank hinüber, die Amadeo ermordet hatten, und schüttelte weinend den Kopf. Der Richter machte Bernardo hastig ein Zeichen. Isabella hatte ihre Pflicht erfüllt. Sie durfte den Gerichtssaal verlassen.

Bernardo stand sofort auf. Der Anwalt und Corbett folgten ihm, als er zum Zeugenstand ging. Isabella starrte ihn nur verständnislos an. »Sie haben ihn umgebracht... sie haben ihn ermordet, Bernardo...« Ihre Stimme hallte klagend durch den Gerichtssaal. »Er ist tot.«

Isabellas Schrei war selbst in den Gängen vor dem Gerichtssaal zu hören. Als Corbett und Bernardo sie zur Tür führten, wurde diese plötzlich aufgestoßen und Reporter und Fotografen stürmten herein.

»Los weiter, Bernardo!« drängte Corbett energisch, legte die Arme um Isabella und schrie die Journalisten an, sie in Ruhe zu lassen. Bernardo und die beiden Leibwächter bahnten Isabella und Corbett den Weg durch die Menge, während der Richter die Saaldiener wütend aufforderte, die Reporter und Fotografen aus dem Saal zu entfernen. Alles ging drunter und drüber. Isabella war in Tränen aufgelöst. Die Menge beobachtete sie verwundert.

Irgendwie erreichten sie schließlich den Wagen. Die Türen schlugen hinter ihnen zu, und sie zwängten sich zu dritt auf den Rücksitz. Draußen flammten noch zwei Blitzlichter auf, und die Reporter schrien auf Isabella ein, als der Wagen mit quietschenden Reifen davonraste.

Isabella warf sich schluchzend in Corbetts Arme.

»Es ist ja alles vorbei, Isabella«, tröstete Corbett sie. »Es ist vorbei, Liebste.«

Bernardo beobachtete die beiden zerknirscht. Er hatte es längst bereut, Isabella die schrecklichen Stunden im Gerichtssaal zugemutet zu haben. Doch in Corbetts Blick lag kein Vorwurf, als er Bernardo über Isabellas Kopf hinweg ansah und beide die Gruppe von Fotoreportern entdeckten, die bereits auch den Eingang des Hauses San Gregorio belagerten.

Bernardos Augen weiteten sich vor Entsetzen, und Isabella begann erneut zu weinen. Corbett gab angesichts des Gedränges vor dem Portal des Modehauses nur energisch dem Chauffeur den Befehl weiterzufahren. »Nicht anhalten!« Corbett warf Bernardo einen flüchtigen Blick zu. »Bringen Sie uns in mein Hotel.«

Bernardo nickte ernst und wurde sich klar darüber, daß das einzige Intelligente, was er in den vergangenen Wochen getan hatte, der Entschluß gewesen war, Corbett nach Rom zu bitten.

Fünf Minuten später waren sie in Corbetts Suite im Hotel Hassler. Isabella sah ihn erschöpft und müde an.

»Es ist wirklich vorbei«, erklärte Corbett. »So etwas mußt du nie wieder durchmachen.«

Bernardo suchte traurig Isabellas Blick. »Es tut mir leid, *Bellezza.*«

Langsam faßte Isabella sich wieder. Sie beugte sich vor und gab Bernardo einen Kuß auf die Wange. »Es ist halb so schlimm. Vielleicht ist jetzt wirklich alles überstanden. Was geschieht mit diesen drei Männern?«

»Ich schätze, sie kriegen lebenslänglich«, antwortete Bernardo nicht ohne Genugtuung. Corbett nickte, stand auf und ging zum Telefon. Nach wenigen Minuten kam er zurück.

»Ich finde, wir sollten so bald als möglich nach New York zurückfliegen. Hast du hier alles erledigt, Isabella? Kannst du mitkommen?«

Isabella nickte wie betäubt. »Ja. Aber was ist mit meinem Gepäck?«

Bernardo stand sofort auf. »Das erledige ich. Ich hole deine Taschen.«

Corbett nickte dankbar. »Prima. Könnten Sie in etwa einer Stunde am Flugplatz sein?«

Bernardo nickte und sah Isabella an. »Alles in Ordnung, *Bellezza*?«

»Ist der Prozeß für mich jetzt vorüber?« Die beiden Männer nickten. Die wichtigsten Zeugen hatten ihre Aussage gemacht, und über den Ausgang hatte von vornherein kein Zweifel bestanden. Die Anklage lautete auf Mord. Die Männer, die Amadeo getötet hatten, konnten ihrer gerechten Strafe nicht entgehen.

»Es ist vorbei, Isabella. Du kannst nach Hause«, erwiderte Bernardo.

Nach Hause, dachte Isabella. Bernardo hatte New York ihr Zuhause genannt. Und zum ersten Mal wurde Isabella klar, daß es das tatsächlich geworden war. Sie gehörte nicht mehr nach Rom. Vor allem nicht mehr nach dieser Woche. Nachdem Bernardo gegangen war, sah sie Corbett lange und nachdenklich an. Sie beobachtete, wie er seinen Koffer zumachte und sich dann neben sie setzte.

»Danke, daß du mir beigestanden hast. Es... ist so furchtbar gewesen... Aber jetzt, da du hier bist, kann ich alles leichter ertragen. Wer hat dich eigentlich geschickt? Natasha?«

Corbett schüttelte bedächtig den Kopf. Er hatte keinen Grund mehr, ihr irgend etwas zu verschweigen. »Bernardo hat mich angerufen.«

»Bernardo?« Sie sah ihn erstaunt an und nickte dann. »*Capisco.*«

»Bist du böse?«

»Nein«, sagte sie sanft und lächelte.

Corbett erwiderte ihr Lächeln und betrachtete sie lange und eingehend. »Es gibt noch einiges, worüber wir miteinander reden müssen, Isabella. Aber jetzt schlage ich vor, daß wir erst mal zum Flugplatz fahren und mit der nächsten Maschine nach New York fliegen. Hast du deinen Paß bei dir? Falls Bernardo uns verpaßt, kann er dein Gepäck mit der nächsten Maschine nachschicken.«

»Mein Reisepaß ist in meiner Handtasche.«

»Gut, dann fahren wir.« Corbett streckte die Hand aus und half ihr beim Aufstehen. Vor dem Hoteleingang wartete bereits die Limousine auf sie. Von Fotoreportern war weit und breit nichts zu sehen. Niemand interessierte sich für einen Corbett Ewing, der im Hotel Hassler abgestiegen war. Dazu waren die Herren und Damen von der Boulevard-Presse viel zu sehr mit dem Fall San Gregorio beschäftigt.

Eine Stunde später trafen Corbett und Isabella Bernardo auf dem Flugplatz. Fünf Minuten später sollte ihre Maschine nach New York starten. Isabella umarmte Bernardo zum letzten Mal. »*Grazie*, Nardo.« Er drückte sie einen Augenblick fest an sich, dann schob er sie zum Abfertigungsschalter.

»Wir sehen uns dann im März in New York«, rief er ihr zum Abschied zu, als Corbett die Hand hob und ihm zuwinkte.

Während Rom unter ihnen immer kleiner wurde und schließlich ganz aus ihrem Blickfeld verschwand, betrachtete Corbett Isabella nachdenklich, wie sie über die Tragfläche in die Tiefe starrte. Schließlich wandte sich Isabella vom Fenster ab und legte die Hand auf seinen Arm. Corbett konnte jetzt nicht mehr warten. Er sah sie besorgt an. »Ist es noch zu früh, dir zu sagen, wie sehr ich dich liebe?« Seine Stimme war nun ein zärtliches Flüstern.

Isabella blickte zu ihm auf. Ein glückliches Lächeln funkelte in ihren schönen Augen.

»Nein, Liebling, dazu ist es nie zu früh.«

Sie küßten sich lange und leidenschaftlich, während die Stewardeß bereits mit einer Flasche Champagner wartete. Sie schenkte zwei Gläser ein. Isabella nahm ein Glas und sah Corbett lange in die Augen. Dann flüsterte sie zärtlich: »Auf ewig, Geliebter.«... Solange ›ewig‹ eben dauern mochte.

Unter dem Regenbogen

Aus dem Amerikanischen von
Willy Thaler

Titel der Originalausgabe: Changes

Beatrix, Trevor, Todd, Nicky und insbesondere John gewidmet, für alles, was ihr seid, und alles, was ihr mir gegeben habt.

Mit meiner ganzen Liebe D. S.

Und mit ganz besonderem Dank für Dr. Phillip Oyer

Mich verändernd, tanzend, hüpfend, gleitend,
Vom alten Leben in das neue,
Frage ich mich, was ich von dir denke,
Nie geschaute Träume und neugefaßte Pläne,
Zwei Leben, verschlungen, verflochten ineinander,
schließlich verdoppelt,

Und plötzlich, das Herz gefangen,
Kein Zurück, kein Loslassen,
Zum Fliehen zu spät,
Kein sicheres Wissen, wird alles gut.
Doch die Zeit wird es weisen,
In die Nacht ruf' ich leise deinen Namen.
Nichts ist mehr wie zuvor,
Um mich gestaltet sich alles neu,
Rings dreht sich alles,
Wandelt, bewegt und verändert sich.

I

»Dr. Hallam... Dr. Peter Hallam... Dr. Hallam... bitte zur Herz-Intensivstation. Dr. Hallam...« Die Stimme dröhnte blechern weiter, als Peter Hallam bereits durch die Vorhalle des Center-City-Krankenhauses lief und nicht erst stehenblieb, um zurückzurufen, da das Team schon wußte, daß er zu ihm unterwegs war. Er runzelte die Stirn, während er im Lift auf den Knopf Sechs drückte, denn in Gedanken beschäftigte er sich ausschließlich mit den medizinischen Daten, die man ihm vor zwanzig Minuten telefonisch übermittelt hatte. Sie hatten seit Wochen auf diesen Organspender gewartet, es war beinahe zu spät – beinahe! Seine Gedanken rasten, die Fahrstuhltüren öffneten sich, und er ging rasch zu der Schwesternstation mit der Aufschrift »Herz-Intensivbehandlung«.

»Hat man Sally Block schon heraufgebracht?« Die Schwester blickte auf und schien Haltung anzunehmen, als ihr Blick dem seinen begegnete. Immer, wenn sie ihn sah, setzte ihr Herz für den Bruchteil einer Sekunde aus. Der Mann war ungeheuer eindrucksvoll, er war groß, schlank, hatte graues Haar, blaue Augen und sprach immer leise und freundlich. Er sah aus wie die Ärzte in den Frauenromanen. Er hatte etwas grundsätzlich Nettes und Freundliches an sich und wirkte dennoch irgendwie kraftvoll-männlich, fast wie ein in Hochform befindliches Rennpferd, das immer an den Zügeln zerrt und darauf brennt, schneller weiterzulaufen... mehr zu leisten... die Zeit zu überwinden... zu siegen, auch wenn die Chancen hoffnungslos sind... ein einziges Leben dem Tod abzulisten... einen Mann... eine Frau... ein Kind... noch eines. Und oft gewann er. Oft, aber nicht immer. Und das verdroß ihn, mehr noch, es quälte ihn. Das war die Ursache für die Falten um seine Augen, für den Kummer, den man ihm ansah. Es genügte ihm nicht, daß er fast täglich Wunder vollbrachte. Er wollte mehr erreichen, bessere Erfolgschancen haben, er wollte sie alle retten, und das war unmöglich.

»Ja, Doktor.« Die Schwester nickte rasch. »Sie kam soeben herauf.«

»War sie vorbereitet?« Das war die andere Seite an ihm, und die Schwester bewunderte die Frage. Sie wußte sofort, was er mit »vorbereitet« meinte, nicht die intravenöse Spritze in den Arm der Patientin oder das leichte Schlafmittel, das man ihr verabreicht hatte, bevor sie aus ihrem Zimmer in den Operationssaal gerollt wurde. Er wollte wissen, was sie dachte, fühlte, wer mit ihr gesprochen hatte, wer sie begleitete. Er wollte, daß jeder seiner Patienten genau wußte, was ihm bevorstand, wie schwer das Team arbeiten würde, wie sehr es sich bemühen, wie verzweifelt es alles daransetzen würde, um jedes Leben zu retten. Er wollte, daß jeder Kranke bereit war, den Kampf gemeinsam mit ihm aufzunehmen. »Wenn sie nicht glauben, daß sie dort drinnen gute Aussicht auf ein Überleben haben, haben wir sie von Anfang an verloren«, hatte er oft genug seinen Studenten erklärt, und er meinte es ernst. Er kämpfte mit jeder Faser seines Wesens, und es kam ihn teuer zu stehen, aber es lohnte sich. Die Erfolge, die er in den letzten Jahren erzielt hatte, waren erstaunlich, mit wenigen Ausnahmen. Ausnahmen, die für Peter Hallam allerdings schwer wogen. Alles wog bei ihm schwer. Er war ein bemerkenswerter, eifriger und hochbegabter Mensch ... und er sah so ungeheuer gut aus, dachte die Schwester lächelnd, als er an ihr vorbei zu dem kleinen Fahrstuhl im Korridor eilte. Der Lift beförderte ihn rasch ein Stockwerk höher und hielt vor den Operationssälen, in denen er und sein Team Bypasses, Transplantationen und gelegentlich einfachere Herzoperationen durchführten. Meist nahmen Peter Hallam und sein Team große Operationen vor, wie heute abend.

Sally Block war ein zweiundzwanzigjähriges Mädchen, das den größten Teil seines Lebens als Invalide verbracht hatte. Rheumatisches Fieber quälte Sally schon als Kind, und bis jetzt hatte sie auf vier Bypass-Operationen und ein Jahrzehnt medikamentöser Behandlung kaum reagiert. Hallam und seine Kollegen waren sich schon vor Wochen, als sie ins Center City eingeliefert wurde, einig gewesen, daß es für sie nur eine einzige Lösung gab: eine Transplantation. Aber es hatte keinen Organspender gegeben, bis heute um zwei Uhr dreißig nicht, als eine Bande jugendlicher Verbrecher im San Fernando Valley eines ihrer privaten Autorennen beendet hatte; drei der Fahrer waren bei einem Zusammenstoß ums Leben gekommen, und nach den üblichen Formalitäten und Rückfragen des Krankenhauses, in das sie gebracht worden waren, hatte man Peter Hallam angerufen und ihm mitgeteilt, daß ein Spender vorhanden sei. Dr. Hallam hatte alle Krankenhäuser in Südkalifornien davon in Kenntnis gesetzt, daß er einen Organspender für Sally brauchte, und nun hatte er einen – wenn Sally nur die Operation lebend überstehen konnte und ihr Körper das neue Herz nicht ablehnte, das er ihr einsetzen würde.

Hallam schälte sich ohne Umstände aus seinem Straßenanzug, zog den losen, grünen, baumwollenen Chirurgenkittel an, schrubbte sich gründlich die Hände und wurde von Assistenten mit Mantel und Maske versehen. Drei weitere und zwei im Haus wohnende Ärzte taten das gleiche, ebenso eine Schar von Schwestern. Aber Peter Hallam schien sie nicht zu bemerken, als er den Operationsraum betrat. Seine Augen suchten sofort Sally, die stumm und regungslos auf dem Operationstisch lag, ihre Augen schienen durch die hellen Lampen über ihr hypnotisiert zu sein. Sogar in der sterilen Kleidung, das lange blonde Haar unter einer grünen Baumwollmütze versteckt, sah sie hübsch aus. Sie war nicht nur eine schöne junge Frau, sondern auch ein anständiges und menschliches Wesen. Sie sehnte sich verzweifelt danach, Künstlerin zu werden... ein College zu besuchen... auf einen Studentenball zu gehen... geküßt zu werden... Kinder zu bekommen... Sie erkannte Peter sogar mit Mütze und Maske und lächelte benommen durch den Nebelschleier, den die Medikamente in ihrem Gehirn verursachten.

»Hallo!« Ihre Augen wirkten in dem kleinen Gesicht riesig, sie sah zart wie eine zerbrochene Porzellanpuppe aus, die darauf wartete, daß er sie reparierte.

»Hallo, Sally. Wie fühlen Sie sich?«

»Komisch.« Ihre Augen blinzelten einen Augenblick, und sie lächelte den wohlbekannten Augen zu. Sie hatte ihn in den letzten Wochen besser kennengelernt als irgendeinen anderen Menschen innerhalb vieler Jahre. Er hatte ihr Hoffnung gemacht, ihr Freundlichkeit und Aufmerksamkeit geschenkt; und die Einsamkeit und das Ausgeschlossensein, das sie jahrelang erlebt hatte, war ihr endlich weniger schmerzlich vorgekommen.

»Wir werden in den nächsten Stunden ziemlich fleißig sein müssen. Sie hingegen bleiben hier ganz ruhig liegen und machen ein Nickerchen.« Er betrachtete sie wieder, dann warf er einen Blick auf die Kontrollgeräte rundum, ehe er sie wieder ansah. »Angst?«

»Ein wenig.« Aber er wußte, daß sie gut vorbereitet war. Er hatte Wochen damit verbracht, ihr den chirurgischen Eingriff zu erklären, den komplizierten Vorgang, die Gefahren und die medikamentöse Behandlung nachher. Sie wußte jetzt, was sie erwartete, der große Augenblick war für sie gekommen. Es war beinahe wie eine Geburt. Er würde sie zur Welt bringen, fast als würde sie seiner Seele entspringen, seinen Fingerspitzen, während er darum kämpfte, ihr Leben zu retten.

Der Anästhesist rückte näher an ihren Kopf heran, und sein Blick suchte Peter Hallams Augen. Dieser nickte langsam, dann lächelte er wieder Sally zu. »Auf baldiges Wiedersehen.« Nur würde es nicht ganz so bald sein. Es würde fünf bis sechs Stunden dauern, bevor sie wieder langsam zu sich kam, während sie sie im Beobachtungsraum bewachten und bevor man sie in die Intensivstation zurückbrachte.

»Werden Sie anwesend sein, wenn ich aufwache?« Eine ängstliche Falte grub sich in ihre Stirn, und er nickte sofort.

»Sicherlich. Ich werde bei Ihnen sein, wenn Sie aufwachen. Ebenso wie ich jetzt bei Ihnen bin.« Dann nickte er dem Narkosearzt zu, und ihre Augenlider wurden schwer infolge des Schlafmittels, das sie zuvor erhalten hatte. Das Betäubungsmittel wurde ihr intravenös verabreicht; einen Augenblick später schlief Sally Block, und Minuten danach begann die schwierige Operation.

Während der nächsten vier Stunden arbeitete Peter Hallam unermüdlich daran, das fremde Herz zu transplantieren, und auf seinem Gesicht lag ein Ausdruck wundersamen Triumphes, als es zu pumpen begann. Nur den Bruchteil einer Sekunde begegnete sein Blick dem der Schwester, die ihm gegenüberstand, und er lächelte unter der Maske. »Jetzt schlägt es.« Aber sie hatten nur die erste Runde gewonnen, das wußte er nur allzugut. Es blieb abzuwarten, ob Sallys Körper das Herz akzeptieren oder abstoßen würde. Und wie bei allen Transplantationspatienten waren die Chancen nicht sehr groß. Aber sie waren besser, als wenn sie nicht operiert worden wäre. In ihrem Fall wie auch bei den anderen, die er operiert hatte, war es die einzige Hoffnung.

Um neun Uhr fünfzehn an diesem Morgen wurde Sally Block in den Beobachtungsraum geschoben, und Peter Hallam gönnte sich die erste Pause seit vier Uhr dreißig. Es würde eine Weile dauern, bis die Wirkung der Narkose abgeklungen war, und er hatte Zeit für eine Tasse Kaffee und ein paar Augenblicke, um nachzudenken. Operationen wie diese erschöpften ihn vollkommen.

»Das war fabelhaft, Doktor.« Ein junger Arzt des Spitals stand neben ihm, immer noch voll Bewunderung, während Peter sich eine Tasse schwarzen Kaffee einschenkte und sich dem jungen Mann zuwandte.

»Danke.« Peter lächelte und dachte dabei, wie sehr der junge Arzt seinem eigenen Sohn glich. Es hätte ihn unendlich gefreut, wenn Mark Interesse für ein Medizinstudium gezeigt hätte, aber er hatte schon andere Pläne: Wirtschaftsuniversität oder Jura. Er wollte mit der großen Welt in Verbindung stehen, nicht mit dieser kleinen, und hatte im Laufe der Jahre erlebt, wieviel sein Vater von seiner Substanz geopfert und wie sehr es ihn jedesmal seelisch mitgenommen hatte, wenn einer seiner Transplantationspatienten starb. Das war kein Beruf für ihn. Peter kniff die Augen zusammen, während er einen Schluck von dem pechschwarzen Gebräu trank, und dachte, daß es vielleicht so besser war. Dann wandte er sich wieder dem jungen Arzt zu.

»War das die erste Transplantation, die Sie mitgemacht haben?«

»Die zweite. Die erste haben auch Sie vollbracht.« Vollbracht schien irgendwie das passende Wort zu sein. Beide Transplantationen stellten für ihn die spektakulärste Form von Chirurgie dar. In dem Operationssaal herrschte mehr Spannung und Dramatik, als er jemals erlebt hatte, und Peter Hallam beim Operieren zu beobachten war, als ob man Nijinsky tanzen sähe. Er war der Beste, den es gab. »Was glauben Sie, wie diese Operation ausgehen wird?«

»Es ist zu früh, um etwas sagen zu können. Hoffen wir, daß es gutgeht.« Er betete, daß das, was er eben gesagt hatte, wahr würde, während er über den Operationskittel einen weiteren sterilen Mantel zog und den Beobachtungsraum aufsuchte. Er ließ den Kaffee draußen stehen und setzte sich ruhig in einen der Stühle in der Nähe von Sally. Eine Schwester und eine Batterie von Kontrollapparaten beobachteten jeden Atemzug Sallys, und bis jetzt verlief alles gut. Wenn es zu Komplikationen kam, so würden sie wahrscheinlich erst später eintreten, es sei denn, daß der Versuch von allem Anfang an schiefging. Das war auch schon früher vorgekommen. Aber diesmal nicht... diesmal nicht... lieber Gott... nicht jetzt... nicht ihr... sie ist so jung... nicht, daß es ihn persönlich weniger berührt hätte, wenn sie fünfundfünfzig gewesen wäre und nicht zweiundzwanzig.

Es war nicht anders gewesen, als er seine Frau verloren hatte. Jetzt sah er Sally an, versuchte, kein anderes Gesicht zu sehen... keine andere Zeit... und dennoch tat er es immer... sah seine Frau, wie sie in jenen letzten Stunden ausgesehen hatte, als sie weit weg von jedem Kampf, jeder Hoffnung... weit weg von ihm gewesen war. Sie hatte nicht einmal zugelassen, daß er es versuchte. Ganz gleich, was er sagte oder wie verzweifelt er sich bemüht hatte, sie zu überzeugen. Sie hatten sogar einen Organspender gehabt. Aber sie hatte alles abgelehnt. In jener Nacht hatte er in ihrem Zimmer mit den Fäusten an die Wand getrommelt und war mit hundertachtzig Sachen über die Autobahn heimgefahren. Als sie ihn wegen zu schnellen Fahrens aufhielten, war ihm das vollkommen egal. Damals war ihm alles egal gewesen... außer ihr... und der Operation, die sie nicht zulassen wollte. Er hatte so undeutlich geantwortet, als ihn die Autobahnpolizei angehalten hatte, daß sie ihn aussteigen und auf einer geraden Linie gehen ließen. Aber er war nicht betrunken, er war vom Kummer betäubt. Sie ließen es bei einer Mahnung und einer saftigen Geldstrafe bewenden, und er war dann im Haus herumgewandert, hatte an sie gedacht, sich nach ihr gesehnt, nach allem Glück verlangt, das sie ihm geben konnte und ihm nicht mehr geben würde. Er fragte sich, ob er ein Leben ohne sie ertragen konnte. Sogar die Kinder erschienen ihm damals weit entfernt... er konnte an nichts anderes denken als an Anne. Sie war so lange stark gewesen, nur ihr hatte er es zu danken, daß er sich im Laufe der Jahre zu dem Menschen entwickelt hatte, der er heute war. Sie erfüllte ihn mit einer Art zusätzlicher Kraft, aus der er in gleichem Maße schöpfte wie aus seinem eigenen Können. Das war plötzlich alles vorbei. Er hatte in dieser Nacht entsetzt allein und angstvoll dort gesessen wie ein kleines Kind, und dann plötzlich, im Morgengrauen, hatte ihn ein unwiderstehlicher Zwang erfaßt. Er mußte zu ihr zurück ... mußte sie noch einmal in den Armen halten ... mußte ihr die Worte sagen, die er nie zuvor gesagt hatte. Er war in das Krankenhaus zurückgerast und hatte sich leise in ihr Zimmer geschlichen, die Schwester weggeschickt und selbst die Wache übernommen, sanft ihre Hand gehalten und ihr blondes Haar aus der blassen Stirn gestrichen. Sie sah wie eine sehr zerbrechliche Porzellanpuppe aus, und dann, knapp bevor der Morgen graute, schlug sie die Augen auf.

»... Peter ...« Ihre Stimme war kaum mehr als ein Flüstern in der Stille.

»Ich liebe dich, Anne ...« Seine Augen hatten sich mit Tränen gefüllt, und er wollte schreien: »Geh nicht fort!« Das magische Lächeln, das immer sein Herz erfüllte, verklärte ihre Züge, und dann war sie mit einem leichten Seufzer entschlafen, während er hilflos und erschüttert an dem Bett stand und sie anstarrte. Warum kämpfte sie nicht? Warum ließ sie nicht zu, daß er es versuchte? Warum konnte er sich nicht mit ihrer Haltung abfinden, während er doch täglich Menschen von seiner Meinung und Handlungsweise überzeugte? Aber er konnte sich jetzt nicht damit abfinden. Er starrte sie an, schluchzte leise, bis ihn einer seiner Kollegen wegführte. Man hatte ihn dann nach Haus gefahren und zu Bett gebracht. In den nächsten Tagen und Wochen hatte er sich so verhalten, wie man es von ihm erwartete. Aber diese Zeit war wie ein häßlicher Traum, in dem er sich unter Wasser befand und nur dann und wann an die Oberfläche kam, bis ihm schließlich klar wurde, wie verzweifelt seine Kinder ihn brauchten. Langsam war er ins Leben zurückgekehrt, drei Wochen später war er wieder an der Arbeit, doch immer fehlte ihm etwas. Ein Mensch, der ihm alles bedeutete. Und dieser Mensch war Anne. Es gelang ihm immer nur für kurze Zeit, nicht an sie zu denken. Tausendmal am Tag sah er sie vor sich, wenn er zur Arbeit fuhr, wenn er ein Krankenzimmer betrat oder verließ, wenn er in den Operationssaal kam oder am Spätnachmittag zu seinem Wagen zurückging. Und wenn er zu seiner Haustür kam, bohrte sich jedesmal ein Messer in sein Herz, denn er wußte, daß sie nicht da war.

Es war jetzt eineinhalb Jahre her, und der Schmerz hatte nachgelassen, war aber noch nicht vergangen. Peter hegte irgendwie den Verdacht, daß er dieses Erlebnis nie völlig überwinden würde. Er konnte nichts anderes tun, als sich in seine Arbeit stürzen, den Menschen, die sich um Hilfe an ihn wandten, alles geben... und dann gab es natürlich noch Matthew, Mark und Pam. Gott sei Dank hatte er Kinder. Ohne sie hätte er den Schicksalsschlag nie überlebt, aber sie hatten ihm geholfen. Er hatte es soweit geschafft, er würde weiterleben... doch das Leben war jetzt so anders... ohne Anne...

Er saß in der Stille des Beobachtungsraumes, hatte die langen Beine von sich gestreckt, sein Gesicht war angespannt, und er beobachtete, wie Sally atmete, endlich für einen Augenblick die Augen öffnete und sich benommen im Zimmer umsah.

»Sally... Sally, ich bin Peter Hallam... ich bin bei Ihnen, es geht Ihnen gut...« Vorläufig. Aber das sagte er nicht laut, er erlaubte sich nicht einmal, an Komplikationen zu denken. Sie lebte. Sie hatte sich gut gehalten. Sie würde am Leben bleiben. Er würde alles tun, was in seiner Macht stand, um das zu erreichen.

Er saß noch eine Stunde an ihrem Bett, beobachtete sie und sprach zu ihr, wann immer sie zu sich kam; und es gelang ihm sogar, ein leises, schwaches Lächeln auf ihr Gesicht zu zaubern, bevor er sie kurz nach ein Uhr mittag verließ. Er suchte eine Cafeteria auf und aß ein Sandwich, dann begab er sich kurz in sein Büro, bevor er wieder ins Krankenhaus kam, um gegen vier Uhr die Visite bei seinen Patienten zu machen; um halb sechs trat er die Rückfahrt nach Haus über die Autobahn an, wobei seine Gedanken wieder bei Anne weilten. Es fiel ihm immer noch schwer zu glauben, daß sie ihn nicht erwarten würde, wenn er heimkam. Wann gewöhnt man sich eigentlich daran, daß man sie nicht mehr sieht, hatte er vor sechs Monaten einen Freund gefragt. Wann werde ich es endlich begreifen? Der Schmerz, den er in letzter Zeit durchgemacht hatte, hatte Spuren in seinem Gesicht hinterlassen. Sie waren vorher nicht vorhanden gewesen, diese sichtbaren Anzeichen von Verlust, Kummer und Schmerz. Vorher hatte sein Gesicht nur Stärke und Selbstvertrauen ausgedrückt, die Gewißheit, daß ihm nie etwas mißlingen konnte. Er hatte drei vorbildliche Kinder, die ideale Frau, eine Karriere, wie sie nur wenigen

Menschen vergönnt war. Er hatte die Spitze erreicht, nicht mit Gewalt, sondern durch eindrucksvolle Leistungen, und er war damit zufrieden. Und was jetzt? Was blieb ihm noch, wohin konnte er noch gehen und mit wem?

2

Während Sally Block in ihrem Zimmer in der Intensivstation im Center-City-Krankenhaus in Los Angeles lag, strahlten die Scheinwerfer in einem Fernsehstudio in New York mit besonderer Intensität. Sie erzeugten ein so grellweißes Licht, daß sie an Verhörpraktiken in Agentenfilmen erinnerten. Außerhalb ihrer Strahlung war das Studio zugig und kalt, aber in ihrem blendenden Licht konnte man beinahe spüren, wie sich die Haut infolge der Hitze und der gleißenden Strahlen spannte. Es war, als wäre alles in diesem Raum auf den Gegenstand im Scheinwerferlicht ausgerichtet, alles konzentrierte sich immer mehr auf einen Punkt, sogar die Menschen im Studio schienen von dessen Mitte angezogen zu werden, einem schmalen Sims, einer kleinen Bühne, einem leuchtendblauen Hintergrund mit einem einzigen Symbol darauf. Aber es war nicht das Symbol, das die Blicke auf sich lenkte, sondern der thronartige, leere Stuhl, der auf seinen König oder seine Königin wartete. Überall trieben sich Menschen herum: Techniker, Kameraleute, ein Maskenbildner, ein Friseur, zwei Produktionsassistenten, ein Inspizient, die Neugierigen, die Wichtigen, die Notwendigen und die Mitläufer, alle standen möglichst nahe bei der leeren Bühne mit dem blanken Schreibtisch, auf den der unbarmherzige Scheinwerferstrahl fiel.

»Fünf Minuten!« Es war ein vertrauter Hinweis, eine gewohnte Szene, doch in ihrer eigenen, besonderen Weise hatten die Abendnachrichten etwas von Showbusineß an sich. Ein zarter Hauch von Zirkus und Zauber und der Welt der Stars war unter den grellen Lampen spürbar. Ein Dunstkreis von Macht und Geheimnis umgab die Szenerie, die Herzen der Beteiligten schlugen eine Spur rascher bei den Worten »fünf Minuten«, dann »drei!«, dann »zwei!«. Die gleichen Worte, die im Korridor, hinter einer Bühne auf dem Broadway oder in London erklungen wären, wenn die Hauptakteurin auftauchte. Hier war es nicht ganz so zauberhaft. Das Team wartete in Turnschuhen und Jeans, und dennoch wirkte die Atmosphäre, das Flüstern, das Warten geheimnisvoll; Melanie Adams spürte das, als sie rasch auf die Bühne trat. Ihr Auftritt war immer zeitlich exakt berechnet. Sie hatte genau hundert Sekunden, bis sie auf Sendung kam. Hundert Sekunden, um noch einmal einen Blick auf die Notizen zu werfen, vom Gesicht des Regisseurs abzulesen, ob in letzter Minute etwas passiert war, das sie wissen sollte, und zur Beruhigung von eins bis hundert zu zählen.

Es war wie gewöhnlich ein langer Tag gewesen. Sie hatte das letzte Interview für eine Sondersendung über mißhandelte Kinder gemacht, kein erfreuliches Thema, aber sie hatte es in den Griff bekommen. Dennoch fühlte sie sich um sechs Uhr schon arg mitgenommen.

Fünf... der Regieassistent hob die Finger zum abschließenden Countdown... vier... drei... zwei... eins...

»Guten Abend.« Das einstudierte Lächeln wirkte niemals mechanisch, und ihre kupferroten Haare glänzten. »Hier ist Melanie Adams mit den Abendnachrichten.« Der Präsident hatte eine Erklärung abgegeben, in Brasilien gab es einen Militärputsch, die Börsenkurse waren gefallen und ein Lokalpolitiker war am Morgen bei hellichtem Tag überfallen worden, als er sein Haus verließ. Es gab auch noch andere Neuigkeiten zu berichten, und die Sendung lief wie immer glatt. Die Sprecherin wirkte glaubwürdig und kompetent, was die Einschaltziffern in die Höhe trieb und ihr große Popularität verschaffte. Sie war schon weit über fünf Jahre im ganzen Land bekannt – ein Erfolg, den sie ursprünglich gar nicht beabsichtigt hatte. Sie war im letzten Semester ihres Studiums der Staatswissenschaft von der Hochschule abgegangen und hatte mit neunzehn Jahren Zwillingen das Leben geschenkt. Aber das schien unendlich lange her zu sein. Seit langem bedeutete ihre Arbeit beim Fernsehen ihr Leben – der Beruf und die Zwillinge. Es gab noch anderen Zeitvertreib, aber zuerst kamen ihre Arbeit und ihre Kinder.

Sie ordnete die Notizen auf ihrem Tisch, als die Sendung ausgeblendet wurde, und der Regisseur sah wie immer zufrieden aus. »Gute Arbeit, Mel.«

»Danke.« Ihre kühle Reserve überspielte die frühere Schüchternheit und wirkte nun als normale Zurückhaltung. Zu viele Leute wollten alles über sie wissen, würden sie gern anstarren oder peinliche Fragen stellen oder die Nase in ihre Angelegenheiten stecken. Sie war jetzt Melanie Adams, ein Name, der einen gewissen magischen Klang hatte... Ich kenne Sie... Ich habe Sie in den Nachrichten gesehen!... Sie fühlte sich jetzt seltsam, wenn sie Lebensmittel einkaufte, in einer Boutique ein Kleid aussuchte oder auch nur mit ihren Töchtern die Straße entlangging. Plötzlich sahen sie irgendwelche Leute gebannt an, und obwohl Melanie Adams immer beherrscht wirkte, beschlich sie ein merkwürdiges Gefühl.

Mel ging zu ihrem Büro, um sich abzuschminken, dann wollte sie nach Haus gehen, doch der Redakteur winkte sie zu sich. »Kannst du noch einen Augenblick bleiben, Mel?« Er sah wie immer gehetzt und zerstreut aus, und Mel stöhnte innerlich auf. »Einen Augenblick bleiben«, konnte eine Story bedeuten, die sie die ganze Nacht hier festhalten würde. Abgesehen davon, daß sie die Hauptsprecherin der Abendnachrichten war, machte sie normalerweise nur die wichtigen Stories, die großen Neuigkeiten oder die Sondersendungen. Aber Gott allein wußte, was man jetzt wieder für sie auf Lager hatte, und sie war wirklich nicht in der Stimmung dafür. Sie war jetzt schon so sehr Profi, daß sie keine Müdigkeit erkennen ließ, aber die Sondersendung über mißhandelte Kinder hatte sie ziemlich mitgenommen, wie frisch und lebhaft sie auch aussehen mochte.

»Ja? Was gibt es?«

»Ich habe etwas und möchte, daß du es siehst.« Der Redakteur nahm ein Videoband und legte es in einen Vorführapparat ein. »Das haben wir um ein Uhr gebracht. Meiner Meinung nach war es für die Abendnachrichten zu wenig, aber es könnte für dich interessant sein, nachzustoßen.« Mel starrte auf den Monitor, als das Band zu laufen begann, und sie sah ein Interview mit einem neunjährigen Mädchen, das nur mit Hilfe einer Herztransplantation überleben konnte, dessen Eltern jedoch bisher nicht in der Lage waren, ihm eine solche Operation zu ermöglichen. Nachbarn hatten für Pattie Lou Jones eine Sammlung veranstaltet, denn sie war ein reizendes, kleines schwarzes Mädchen, das einen sofort für sich einnahm. Als das Interview zu Ende war, bedauerte Mel fast, daß sie den Film gesehen hatte. Jetzt gab es noch einen weiteren Menschen, der ihr leid tat, um den sie sich kümmern sollte und für den man am Ende doch nichts tun konnte. Die mißhandelten Kinder in ihrem Bericht hatten bei ihr gleichfalls dieses Mitgefühl ausgelöst. Warum konnten sie ihr nicht einen saftigen politischen Skandal als Aufhänger für die anderen Nachrichten geben? Sie konnte dieses neuerliche menschliche Leid nicht verkraften.

»Ja.« Sie richtete ihre müden Augen auf den Mann, der das Band aus dem Apparat nahm. »Also?«

»Ich dachte nur, es könnte eine interessante Sondersendung für dich sein, Mel. Beschäftige dich eine Weile damit und sieh zu, was du daraus machen kannst. Zum Beispiel, wer von den Ärzten am Ort bereit wäre, Pattie Lou zu untersuchen.«

»Um Himmels willen, Jack... Warum denn gerade ich? Was bin ich denn, vielleicht eine neue Fürsorgestelle für Kinder?« Plötzlich sah sie müde und verärgert aus, und die feinen Linien um ihre Augen wurden sichtbar. Es war ein verdammt langer Tag gewesen, und sie war um sechs Uhr früh von daheim weggefahren.

»Hör zu« – er sah genauso erledigt aus wie sie –, »das könnte eine hochinteressante Sache werden. Wir bringen die Fernsehstation dazu, Pattie Lous Eltern bei der Suche nach einem Arzt zu helfen, wir verfolgen die Transplantation mit der Kamera. Verdammt, Mel, das ist ein Knüller!«

Sie nickte langsam. Es war tatsächlich ein Knüller. Aber es war auch makaber. »Hast du mit der Familie darüber gesprochen?«

»Nein, aber ich bin sicher, sie wäre Feuer und Flamme.«

»Das kann man nie wissen. Manchmal kümmern sich die Leute lieber selbst um ihre Angelegenheiten. Vielleicht wären sie gar nicht so erfreut darüber, Pattie dem Moloch Fernsehen vorzuwerfen.«

»Warum nicht? Sie haben heute mit uns gesprochen.« Mel nickte wieder. »Warum hörst du dich nicht morgen bei einigen von den Starchirurgen um, was sie dazu zu sagen haben? Manche von ihnen stehen gern im Blickpunkt der Öffentlichkeit, und danach kannst du morgen die Eltern der Kleinen anrufen.«

»Ich werde sehen, was ich tun kann, Jack. Ich muß noch meinen Bericht über die mißhandelten Kinder abschließen.«

»Ich dachte, du wärst schon damit fertig.« Er runzelte sofort die Stirn.

»Das stimmt, aber ich möchte wenigstens teilweise zuschauen, wie sie ihn fertig machen.«

»Quatsch. Das ist nicht deine Angelegenheit. Mach dich nur an die Arbeit an dem neuen Thema, das wird eine viel heißere Story als die Geschichte mit den mißhandelten Kindern.« Heißer als die Folterung eines zweijährigen Kindes mit brennenden Streichhölzern? Wenn man einem Vierjährigen das Ohr abschneidet? Es gab noch immer Dinge bei dem Geschäft mit den Nachrichten, bei denen ihr schlecht wurde. »Sieh zu, was du daraus machen kannst, Mel.«

»Okay, Jack. Okay. Ich werde sehen, was ich tun kann.« ... Hallo, Doktor, mein Name ist Melanie Adams, und ich möchte wissen, ob Sie eine Herztransplantation an einem neunjährigen Mädchen durchführen würden... wenn möglich, gratis... und dann könnten wir mit dem Aufnahmeteam kommen, die Operation filmen und Sie und das kleine Mädchen in der Nachrichtensendung vorstellen...

Sie ging rasch zu ihrem Büro, tief in Gedanken versunken, und stieß beinahe mit einem hochgewachsenen, dunkelhaarigen Mann zusammen.

»Meine Güte, du siehst heute aber glücklich aus. Die Nachrichtensendung muß ja mächtigen Spaß machen.« Die tiefe Stimme, der man die lange Schulung beim Rundfunk anmerkte, ließ sie vom Boden aufblicken, und sie lächelte, als sie ihren alten Freund erblickte.

»Hallo, Grant. Was tust du um diese Zeit hier?« Grant Buckley moderierte eine Talk-Show, die jeden Abend nach den Spätnachrichten ausgestrahlt wurde, und war eine der umstrittensten Persönlichkeiten bei diesem Sender, er hatte ein Faible für Mel, und sie betrachtete ihn seit Jahren als einen ihrer engsten Freunde.

»Ich mußte noch mal hereinkommen und mir einige Bänder ansehen, die ich bei meiner Sendung verwenden will. Was ist mit dir? Ein bißchen spät für dich, nicht wahr, Kleine?« Sie war für gewöhnlich um diese Zeit nicht mehr im Haus, aber die Geschichte mit Pattie Lou Jones hatte sie eine halbe Stunde gekostet.

»Heute haben sie für mich was Besonderes ausgeheckt. Ich soll eine Herztransplantation an einem Kind arrangieren. Ist ja das übliche, nichts Besonderes.« Einige Wolken verschwanden von ihrer Stirn, als sie ihm in die Augen sah. Er war unwahrscheinlich klug, ein guter Freund, ein attraktiver Mann, und die Frauen im ganzen Sender beneideten sie um die offensichtliche Freundschaft, die die beiden verband. Sie waren nie mehr als gute Freunde gewesen, obwohl es von Zeit zu Zeit Gerüchte gab, von denen aber keines den Tatsachen entsprach. Sie belustigten Grant und Mel nur, wenn sie sich bei ein paar Drinks darüber unterhielten.

»Was gibt es also sonst Neues? Wie ist der Sonderbericht über mißhandelte Kinder gelaufen?«

Sie sah ihn ernst an. »Es war eine mörderische Arbeit, wird aber ein guter Bericht.«

»Du hast eine besondere Begabung dafür, dir die schwierigsten Themen auszusuchen, Kleine.«

»Entweder bin ich dran schuld, oder man schanzt sie mir zu, wie diese Herztransplantation, die ich arrangieren soll.«

»Meinst du es ernst?« Er hatte zuerst geglaubt, sie mache nur Spaß.

»Ich nicht, aber anscheinend ist es Jack Owens ernst damit. Fällt dir dazu etwas ein?«

Er überlegte eine Minute und legte die Stirn in Falten. »Ich habe voriges Jahr eine ähnliche Sache gemacht, es waren einige recht interessante Leute dabei. Ich werde in meinen Akten kramen und die Namen heraussuchen. Zwei fallen mir sofort ein, aber es gab noch zwei. Ich werde mich darum kümmern, Mel. Wie bald brauchst du das Zeug?«

Sie lächelte. »Gestern.«

Er fuhr ihr durch das Haar – er wußte, daß sie nicht mehr vor die Kamera treten mußte. »Willst du einen Hamburger mit mir essen, bevor du nach Haus fährst?«

»Eigentlich nicht. Ich sollte nach Haus zu den Mädchen fahren.«

»Diese beiden.« Er verdrehte die Augen, denn er kannte sie gut. Er hatte selbst drei Töchter, von drei verschiedenen Frauen, aber sie waren nicht so quirlig wie Mels Töchter. »Was haben sie in letzter Zeit angestellt?«

»Das übliche. Val war diese Woche nur viermal verliebt, und Jess versucht in der Schule nur ›Sehr gut‹ zu bekommen. Ihre vereinten Bemühungen sind darauf ausgerichtet, meine roten Haare, die ich noch möglichst lange behalten will, ergrauen zu lassen.« Sie war vor kurzem fünfunddreißig geworden, sah aber bedeutend jünger aus. Und dies trotz der Verantwortung, die sie trug, trotz des aufreibenden Jobs, der sie meist voll forderte, den sie aber liebte, und trotz der verschiedenen Krisen in ihrem Leben, die sie im Lauf der Jahre durchgestanden hatte. Grant wußte von den meisten, und sie hatte sich mehr als einmal an seiner Schulter ausgeweint – über eine Enttäuschung bei ihrer Arbeit oder eine in die Brüche gegangene Liebesaffäre. Es hatte allerdings nicht allzu viele gegeben; sie achtete darauf, mit wem sie zusammenkam, und war darauf bedacht, ihr Privatleben vor der Öffentlichkeit abzuschirmen, vor allem aber hatte sie Angst davor, eine neue Bindung einzugehen, nachdem sie vom Vater der Zwillinge vor der Geburt sitzengelassen worden war. Er hatte ihr gesagt, daß er keine Kinder haben wollte, und er hatte es wörtlich gemeint. Sie hatten sofort nach der Mittelschule geheiratet und hatten gleichzeitig die Columbia-Universität besucht, doch als sie ihm gestand, daß sie schwanger war, wollte er nichts davon hören.

»Laß es dir wegmachen.« Sein Gesicht war steinhart gewesen, und Mel erinnerte sich noch an die Kälte in seinem Ton.

»Ich will nicht. Es ist unser Kind... es wäre falsch...«

»Noch schlimmer wäre es, wenn wir so unser Leben verpfuschen.« Es gelang ihm, lediglich ihr Leben zu verpfuschen. Er war mit einem anderen Mädchen auf Urlaub nach Mexiko gefahren, und als er zurückkam, teilte er ihr mit, daß sie geschieden seien. Er hatte ihre Unterschrift auf den Formularen gefälscht, und sie war so entsetzt, daß sie nicht wußte, was sie dazu sagen sollte. Ihre Eltern wollten, daß sie sich zur Wehr setzte, aber sie war nicht dazu imstande. Was er getan hatte, hatte sie zu schwer getroffen. Die Aussicht, bei der Geburt ihres Kindes allein zu sein, bedrückte sie schwer... und dann wurden es zwei Kinder. Ihre Eltern griffen ihr einige Zeit finanziell unter die Arme, dann machte sie sich selbständig und suchte einen Job; sie nahm zuerst alles, was sich ihr bot, von Sekretariatsarbeit bis zum Hausieren mit Vitaminprodukten. Schließlich war sie Empfangsdame für ein TV-Sendernetz geworden und dann eine von vielen Sekretärinnen, die Texte für die Nachrichten tippten.

Die Zwillinge hatten sich trotz der Schwierigkeiten prächtig entwickelt. Mels Aufstieg war mühsam und langsam, aber als sie Tag für Tag die geistigen Produkte anderer Leute tippte, erkannte sie, was sie tun wollte. Die politischen Sendungen interessierten sie am meisten, sie erinnerten sie an ihre Zeit am College, bevor sich ihr ganzes Leben verändert hatte. Und sie wollte Redakteurin für Nachrichtensendungen werden. Sie bewarb sich unzählige Male um diesen Job und begriff schließlich, daß sie in New York nicht die leiseste Chance hatte. Sie ging zuerst nach Buffalo, dann nach Chicago und schließlich wieder zurück nach New York, wo sie endlich einen Posten in einer Nachrichtenredaktion bekam. Bis zu einem größeren Streik, als die Direktion sie plötzlich entdeckte und jemand mit dem Daumen auf die Bühne zeigte. Sie war entsetzt, hatte aber keine Wahl. Entweder mußte sie zustimmen oder sie flog in hohem Bogen hinaus, und das konnte sie sich nicht leisten. Sie hatte zwei kleine Töchter zu erhalten, deren Vater zum Unterhalt nie auch nur zehn Cents beigesteuert, sondern sich fröhlich aus dem Staub gemacht und es Mel überlassen hatte, sich allein durchzuschlagen. Und das hatte sie auch getan. Aber sie wollte eigentlich nur genug für die beiden haben, sie träumte weder vom Ruhm, noch empfand sie den brennenden Wunsch, die Berichte, die sie schrieb, selbst zu sprechen, und dennoch erschien sie plötzlich auf dem Bildschirm, und das Komische daran war, sie fühlte sich dabei fabelhaft.

Danach wurde sie nach Philadelphia, dann wieder für einige Zeit nach Chicago, Washington und schließlich wieder zurück nach New York versetzt. Man war der Meinung, daß sie jetzt die richtige Vorbereitung hatte, und das stimmte so ziemlich. Sie war verdammt gut – einprägsam, interessant und markant, dazu ein erfreulicher Anblick auf dem Bildschirm. Bei ihr ging absolute Ehrlichkeit mit Mitgefühl und Geist Hand in Hand, so daß man mitunter tatsächlich vergaß, wie ausnehmend gut sie aussah. Mit achtundzwanzig befand sie sich beinahe an der Spitze, sie war mitverantwortlich für die Redaktion der Abendnachrichten. Mit dreißig löste sie ihren Vertrag, wechselte zu einer anderen Station, und plötzlich gelang ihr der Durchbruch. Sie war für die Texte allein verantwortlich und sprach die Abendnachrichten. Die Einschaltziffern erhöhten sich und stiegen seither immer noch weiter an.

Sie hatte von diesem Zeitpunkt an verbissen gearbeitet, und ihr Ruf als Topreporterin war ehrlich verdient – und noch mehr, sie war beliebt. Nun war sie abgesichert. Die Durststrecke lag hinter ihr, das Jonglieren, das Kämpfen, ihre Eltern wären wahnsinnig stolz gewesen, wenn sie noch gelebt hätten, und sie fragte sich dann und wann, was der Vater der Zwillinge dachte, ob er bedauerte, was er getan hatte, ob es ihn überhaupt interessierte. Sie hatte nie wieder etwas von ihm gehört. Aber er hatte ihr Wunden geschlagen, Wunden, die vernarbt, aber mit den Jahren nie ganz verschwunden waren. Wunden, die zur Vorsicht mahnten, wohl auch schmerzten und davor warnten, sich an jemanden zu binden, zu viel zu glauben, jemandem zu viel Gefühl entgegenzubringen ... außer den Zwillingen. Sie war in einige unglückselige Affären geschlittert, mit Männern, die von ihrer Position beeindruckt waren oder ihre kühle Zurückhaltung ausnützten, ein Spiel mit ihr trieben, und beim letztenmal war es ein verheirateter Mann gewesen. Zuerst hatte Mel ihn für den Idealmann gehalten, er wollte nicht mehr als sie. Sie wollte nie wieder heiraten. Sie hatte alles, was sie anstrebte, ohne fremde Hilfe erreicht: Erfolg, Sicherheit, Kinder, ein Haus, an dem sie hing. »Wozu brauche ich eine Ehe?« hatte sie Grant gefragt, aber er war skeptisch geblieben.

»Vielleicht brauchst du sie tatsächlich nicht, aber such dir wenigstens einen Mann, der ledig ist.« Er hatte diese Meinung nachdrücklich vertreten.

»Warum? Wo liegt der Unterschied?«

»Der Unterschied, meine Liebe, wird darin bestehen, daß du schließlich Weihnachten und die Feiertage und Geburtstage und Wochenenden allein verbringen wirst, während er mit seiner Frau und den Kindern glückliche Familie spielt.«

»Möglich. Aber ich bin für ihn etwas Besonderes. Ich bin der Kaviar, nicht die saure Sahne.«

»Du bist vollkommen auf dem Holzweg, Mel. Es wird weh tun.« Er hatte recht behalten wie immer. Irgendwann tat es aus eben den Gründen weh, von denen er gesprochen hatte, und es kam schließlich zu einer schrecklichen Trennung, nach der Melanie wochenlang abgehärmt und unglücklich aussah. »Das nächstemal hör auf Onkel Grant. Ich kenne mich aus.« Er wußte eine Menge über sie, vor allem sah er die Mauern, die sie sorgfältig um sich errichtet hatte. Er kannte sie seit fast zehn Jahren. Sie begegneten sich, als sie auf dem Weg zur Spitze war, und er wußte damals schon, daß er den Aufstieg eines strahlenden Sterns am Himmel der Fernsehnachrichten miterlebte, aber mehr als ihr beruflicher Erfolg interessierte sie ihn als Mensch und als Freundin. Sie interessierte ihn so sehr, daß er die freundschaftliche Beziehung, die sie erreicht hatten, nicht aufs Spiel setzen wollte. Sie hatten beide sorgfältig vermieden, ein Verhältnis einzugehen. Er war dreimal verheiratet gewesen, verfügte über eine Reserve von Betthäschen, mit denen er gern seine Nächte verbrachte, aber Mel war für ihn viel mehr als ein Verhältnis. Sie war seine Freundin, und er war ihr Freund, und Mel gegenüber war es wichtig, ihr Vertrauen nicht zu enttäuschen. Sie war schon einmal im Stich gelassen worden, und er wollte nicht derjenige sein, der ihr wieder weh tat.

»In Wirklichkeit, Liebste, sind die meisten Männer Schweinehunde«, hatte er ihr einmal spät nachts gestanden, nachdem er sie in einer Talkshow interviewt hatte, was ein echter Hit gewesen war. Nachher waren sie auf einen Drink gegangen und hatten bis drei Uhr morgens bei Elaine's gesessen.

»Was veranlaßt dich zu dieser Feststellung?« Plötzlich hatte er Zurückhaltung und Vorsicht in ihren Augen gelesen. Sie kannte jedenfalls einen Mann, auf den die Bezeichnung zutraf, aber es war ein schrecklicher Gedanke, daß alle Männer so waren.

»Weil verdammt wenige Männer bereit sind, so viel zu geben, wie sie bekommen. Sie wollen, daß eine Frau sie von ganzem Herzen und ganzer Seele liebt, aber sie wollen sich nicht allzu sehr engagieren. Was du brauchst, ist ein Mann, der dir so viel Liebe gibt, wie du zu geben bereit bist.«

»Wieso glaubst du, daß mir noch so viel Liebe übriggeblieben ist?« Sie versuchte, belustigt dreinzusehen, aber er ließ sich nicht überzeugen. Der alte Schmerz bohrte noch immer, nicht mehr so quälend, aber er war noch da. Grant fragte sich, ob er jemals nachlassen würde.

»Ich kenne dich zu gut, Mel. Besser, als du dich kennst.«

»Und du glaubst, ich sehne mich noch immer danach, den richtigen Mann zu finden?« Diesmal lachte sie, und er lächelte.

»Nein. Ich glaube, du hast eine Heidenangst davor, den Mann deines Herzens zu finden.«

»*Touché.*«

»Es könnte dir aber guttun.«

»Warum? Ich bin auch allein glücklich.«

»Unsinn. Das ist niemand. Nicht wirklich.«

»Ich habe meine Zwillinge.«

»Das ist nicht dasselbe.«

Sie zuckte die Schultern. »Du bist auch allein und glücklich.« Sie sah ihn an und fragte sich, was sie in seinen Augen lesen würde, und war überrascht, als sie einen Ausdruck der Einsamkeit in ihnen fand. Sie wurde erst nachts deutlicher erkennbar, wie ein Werwolf, der sich tagsüber versteckt. Sogar der begabte Grant war nur ein Mensch.

»Wenn ich allein so überaus glücklich wäre, hätte ich nicht dreimal geheiratet.« Darauf lachten sie beide, sie unterhielten sich weiter, und schließlich setzte er sie mit einem väterlichen Kuß auf die Wange vor ihrer Eingangstür ab. Manchmal fragte sie sich, wie es wäre, mit ihm ein Verhältnis zu haben, aber sie wußte, daß es das Ende ihrer Freundschaft bedeuten würde, und das wollten sie beide vermeiden. So wie es war, war es richtig.

Nun blickte sie im Korridor vor ihrem Büro zu ihm auf, müde, aber erleichtert, weil sie sein Gesicht am Ende eines langen Tages sah. Er gab ihr etwas, das ihr sonst niemand gab.

Die Zwillinge waren noch so jung, daß sie Ansprüche an sie stellten, sie hatten unaufhörlich das Bedürfnis nach Aufmerksamkeit, Liebe, Führung und nach neuen Schlittschuhen oder modischen Jeans. Er jedoch gab ihrer Seele etwas, und das tat wirklich kein anderer.

»Ich komme morgen abend auf das Angebot für die Hamburger zurück.«

»Geht nicht.« Er schüttelte bedauernd den Kopf. »Ich habe eine wichtige Verabredung mit einem sensationellen Superbusen.«

Sie verdrehte die Augen, und er grinste. »Du bist zweifellos der sexversessenste Mann, den ich kenne.«

»Ja.«

»Und auch noch stolz darauf.«

»Du hast verdammt recht.«

Sie lächelte und warf einen Blick auf die Uhr. »Ich muß mich nach Haus trollen, sonst sperrt mich Raquel, die Tyrannin, aus.« Sie hatte seit sieben Jahren dieselbe Haushälterin. Raquel war ein Segen für die Mädchen, aber sie führte ein strenges Regiment. Sie hatte eine grenzenlose Vorliebe für Grant und versuchte seit Jahren erfolglos, Mel zu einem Verhältnis mit ihm zu überreden.

»Beste Grüße an Raquel.«

»Ich werde ihr sagen, daß du an meiner Verspätung schuld bist.«

»In Ordnung, und ich gebe dir morgen die Liste der Herzchirurgen. Wirst du hier sein?«

»Ja, sicherlich.«

»Ich komme vorbei.«

»Danke.« Sie warf ihm eine Kußhand zu, und er ging seines Weges, während sie in ihr Büro trat und mit einem raschen Blick auf die Uhr nach ihrer Handtasche griff. Es war halb acht, und Raquel würde einen Anfall bekommen. Sie lief die Treppe hinunter, winkte einem Taxi, und fünfzehn Minuten später bog der Wagen in die Neunundsiebzigste Straße ein.

»Ich bin schon da!« rief sie in die Stille, während sie durch die vordere Halle ging. Die Tapete hatte ein zartes Blumenmuster, und der Fußboden war aus weißem Marmor. Schon beim Eintreten spürte man die freundliche, gediegene Atmosphäre des Hauses, und die hellen Farben, die großen Blumensträuße und die Tupfen von Gelb und Pastell versetzten einen sofort in angenehme Stimmung. Grant Buckley freute sich immer über das Haus. Es war deutlich spürbar das Heim einer Frau. Man hätte es von Grund auf umgestalten müssen, wenn sich ein Mann hier niedergelassen hätte. In der Vorderhalle befand sich ein großer, antiker Hutständer mit Mels Hüten und den beliebtesten Kopfbedeckungen der beiden Mädchen, die sie dort aufgehängt hatten.

Das Wohnzimmer war in zartem Pfirsichrosa eingerichtet, mit tiefen seidenbezogenen Couchen, die einen dazu einluden, sich in sie zu kuscheln, und Moirévorhängen in zarten Farben und üppigen Falten, und die Wände waren im gleichen zarten Farbton gehalten, mit cremefarbenen Randleisten, und überall befanden sich Pastellbilder. Die Couch, in die sich Melanie zufrieden seufzend fallen ließ, gab den idealen Hintergrund für sie, mit ihrer zarten Haut und ihrem leuchtend roten Haar, ab. Ihr Schlafzimmer war in zarten Blautönen gehalten, in moirierter Seide, das Speisezimmer war weiß, die Küche orange, gelb und blau. Melanies Haus vermittelte ein glückliches Wohlbefinden, das einem Lust machte, es zu betrachten und zu bewohnen. Es war elegant, aber nicht übertrieben, schick, ohne daß man Angst bekam, wenn man darin lebte.

Es war ein kleines Haus, aber hervorragend für ihre Zwecke geeignet, mit dem Wohnzimmer, dem Speisezimmer und der Küche im Erdgeschoß, Mels Schlafzimmer, Arbeitszimmer und Ankleidezimmer ein Stockwerk höher, und darüber lagen zwei große, sonnige Schlafzimmer für die beiden Mädchen. Kein Zoll der Räume war ungenutzt, und schon eine Person mehr im Haushalt wäre zuviel gewesen. Aber für die drei hatte es genau die richtige Größe, das hatte Melanie sofort erkannt, als sie es zum erstenmal gesehen und sich sofort in das Haus verliebt hatte.

Sie ging rasch die Treppe hinauf zu den Zimmern der Mädchen, dabei spürte sie einen leichten Schmerz im Rücken.

Es war ein verdammt langer Tag gewesen. Sie betrat das Arbeitszimmer vorerst nicht, denn sie wußte schon, was sie dort erwartete: ein Haufen Post, die sie jetzt nicht sehen wollte, zumeist Rechnungen von Einkäufen für die Mädchen und von einer Unzahl anderer Ausgaben. Aber das interessierte sie jetzt nicht. Sie wollte die Zwillinge sehen.

Im zweiten Stockwerk stellte sie fest, daß beide Türen geschlossen waren, aber die Musik, die durch sie hindurchdrang, war so laut, daß sie schon auf halbem Weg nach oben ihr Herz vor Ärger heftig schlagen spürte.

»Meine Güte, du lieber Gott!« schrie Melanie. »Dreh doch das Ding leiser!«

»Was?« Das hochgewachsene, magere, rothaarige Mädchen auf dem Bett wandte sich der Tür zu – überall lagen Schulbücher herum – und Jessica drückte den Telefonhörer an das Ohr. Sie winkte ihrer Mutter zu und sprach weiter in die Muschel.

»Hast du denn keine Prüfungen?« Sie nickte stumm, und

Melanie machte ein finsteres Gesicht. Jessica war immer die ernstere der beiden gewesen, aber in letzter Zeit hatte sie in der Schule nachgelassen. Die Schule langweilte sie, und die Liebschaft, die sie das ganze Jahr über unterhalten hatte, war vor kurzem in die Brüche gegangen, aber das war keine Entschuldigung, und sie mußte weiterhin für ihre Prüfungen lernen, jetzt sogar noch mehr. »Los, Jess, leg auf!« Sie lehnte sich mit verschränkten Armen an den Schreibtisch, Jessica sah irgendwie verärgert aus, murmelte etwas Unverständliches in die Muschel und legte auf, wobei sie ihre Mutter ansah, als stellte diese nicht nur übertriebene Ansprüche, sondern wäre ausgesprochen herzlos. »Jetzt dreh das Ding leise.« Jessica schwang die langen schlanken Beine vom Bett und ging zur Stereoanlage, dabei strich sie ihre lange Kupfermähne zurück, die voll auf ihre Schultern herabfiel. »Ich habe gerade eine Pause eingelegt.«

»Seit wann?«

»Um Himmels willen, was soll ich denn jetzt tun? Eine Kontrolluhr stechen?«

»Das ist nicht fair, Jess. Du kannst soviel Freiheit haben, wie du brauchst. Aber deine letzten Noten...«

»Ich weiß, ich weiß. Wie lange muß ich mir das noch anhören?«

»Bis sie besser werden.« Melanie war von dem Protest ihrer Tochter sichtlich unbeeindruckt. Jessica war seit dem Ende ihrer Liebesromanze, mit einem Jungen namens John, ziemlich reizbar. Wahrscheinlich hatte das auch ihre Noten beeinträchtigt, und das war bei Jessica etwas Neues. Aber Melanie hatte schon gespürt, daß es mit Jessica wieder aufwärts ging. Sie wollte noch nicht die Zügel schießen lassen, erst bis sie sicher war. »Wie war dein Tag?« Sie legte dem Mädchen den Arm um die Schultern und streichelte ihr Haar. Die Musik war abgedreht, und der Raum wirkte seltsam still.

»Er war in Ordnung. Wie war deiner?«

»Nicht übel.«

Jessie lächelte, und wenn sie das tat, hatte sie große Ähnlichkeit mit Melanie, als diese ein kleines Mädchen gewesen war. Sie war knochiger als ihre Mutter und schon fünf Zentimeter größer als Mel, aber sie hatte viel von ihrer Mutter an sich, was die seltene Harmonie erklärte, die zwischen den beiden bestand; es gab

Zeiten, zu denen sie keiner Worte bedurften. Zu anderen Zeiten explodierte ihre Freundschaft infolge der Ähnlichkeiten, durch die sie einander fast allzu nahe kamen. »Ich habe deinen Bericht über die Gesetzgebung für die Behinderten in den Abendnachrichten gesehen.«

»Was hältst du davon?« Sie hörte immer gern die Meinung ihrer Töchter, besonders die von Jess. Sie war ein kluger Kopf und sehr direkt in ihrer Ausdrucksweise, im Gegensatz zu ihrer Zwillingsschwester, die konzilianter, weniger kritisch und in vieler Hinsicht weicher war.

»Ich fand es gut, aber nicht scharf genug formuliert.«

»Du bist schwer zufriedenzustellen.« Aber das waren ihre Auftraggeber gleichfalls. Jessica beantwortete ihren Blick mit einem Achselzucken und einem Lächeln. »Du hast mir eingeprägt, in Frage zu stellen, was ich höre, und an die Nachrichten höchste Ansprüche zu stellen.«

»Wirklich?« Die beiden wechselten ein freundliches Lächeln. Mel war stolz auf Jess, doch Jessica war auch stolz auf sie. Das traf auf beide Zwillinge zu. Melanie war eine phantastische Mutter. Sie hatten miteinander ein paar verdammt harte Jahre erlebt. Das hatte sie in bezug auf Rücksichtnahme und Zusammenhalt einander näher gebracht.

Mutter und Tochter tauschten noch einen langen Blick. In gewissem Sinn war Melanie um eine Spur sanfter als ihr älteres Kind. Aber sie entstammte einer anderen Generation, einer anderen Lebenszeit, einer anderen Welt. Und für ihre Zeit hatte Melanie schon viel erreicht. Doch Jessica würde es weiter bringen, mit noch größerer Entschlossenheit ihren Weg gehen als Mel. »Wo ist Val?«

»In ihrem Zimmer.«

Melanie nickte. »Wie geht es in der Schule?«

»Okay.« Aber sie stellte fest, daß Jessica bei ihrer Frage ein wenig zusammengezuckt war; dann ahnte Jess die Gedanken ihrer Mutter und suchte wieder Blickkontakt mit Melanie. »Ich habe heute John gesehen.«

»Wie war das Wiedersehen?«

»Schmerzlich.«

Melanie nickte und setzte sich aufs Bett, dankbar für die gegenseitige Offenheit. »Was hat er gesagt?«

»Bloß, ›hallo‹. Ich weiß nicht, ich habe gehört, daß er mit einem anderen Mädchen geht.«

»Das ist bitter.« Es war jetzt fast einen Monat her, und Melanie wußte, daß es der erste wirkliche Schlag war, den Jessica seit ihrem Schuleintritt hatte hinnehmen müssen. Sie war immer unter den Klassenbesten und von Freundinnen umgeben gewesen, und seit sie dreizehn war, hatten sich die nettesten Jungen in der Schule um sie bemüht. Nun, knapp vor ihrem sechzehnten Geburtstag, hatte sie ihre erste Enttäuschung erlebt, und es schmerzte Melanie fast ebensosehr, mitanzusehen, wie sehr es Jessica getroffen hatte. »Aber weißt du, du hast inzwischen vergessen, daß es auch Zeiten gab, in denen er dir ganz schön auf die Nerven ging.«

»Wirklich?« Jessicas Gesicht zeigte Überraschung.

»Ja, meine Liebe. Erinnerst du dich, wie er um eine Stunde zu spät kam, um dich zu diesem Tanzabend abzuholen? Wie er mit seinen Freunden skilaufen ging, statt mit dir das Fußballmatch zu besuchen? Wie er ...« Melanie schien sich an alles zu erinnern, sie kannte das Treiben ihrer Töchter in- und auswendig, und Jessica grinste.

»Okay, okay, er ist also ein Ekel... ich mag ihn aber trotzdem...«

»Ihn, oder nur, daß jemand da ist?« Einen Augenblick lang war es still im Zimmer, und Jessica blickte sie erstaunt an.

»Weißt du, Mom... ich bin nicht sicher.« Sie war verblüfft. Diese Unsicherheit war eine Offenbarung für sie.

Melanie lächelte. »Du brauchst dich nicht verlassen zu fühlen. Die Hälfte aller Beziehungen in der Welt dauern nur aus Bequemlichkeit an.«

Jessica legte den Kopf schief und sah Mel an; sie wußte, wie streng ihre Maßstäbe waren, wie tief verletzt sie gewesen war, wie sorgsam sie jetzt darauf bedacht war, keine neue Bindung einzugehen. Manchmal bedauerte Jess sie deshalb. Ihre Mutter brauchte einen Mann. Vor langer Zeit hatte sie gehofft, daß es Grant sein würde, aber sie hatte längst erkannt, daß daraus nichts werden würde. Bevor sie noch etwas sagen konnte, ging die Tür auf, und Valerie trat ein.

»Hallo, Mom.« Dann merkte sie, wie ernst die Gesichter der beiden waren.

»Nein.« Melanie schüttelte schnell den Kopf. »Hallo, Kleines.« Valerie beugte sich lächelnd zu ihr hinunter und küßte sie. Sie sah Melanie und Jess so gar nicht ähnlich, daß man sich beinahe fragte, ob sie mit den beiden verwandt war. Sie war kleiner als Melanie und ihre Zwillingsschwester, hatte aber einen sinnlichen Körper, bei dessen Anblick die Männer, wenn sie an ihr vorbeigingen, erstarrten; sie hatte große, volle Brüste, eine schmale Taille, kleine, rundliche Hüften, schöne Beine und eine Fülle von blondem Haar, das ihr fast bis zur Taille reichte. Manchmal zuckte Melanie sichtlich zusammen, wenn sie die Reaktion der Männer auf ihr Kind bemerkte. Sogar Grant war aus der Fassung geraten, als er sie vor kurzem gesehen hatte. »Um Himmels willen, Melanie, stülp dem Kind einen Sack über den Kopf, bis sie fünfundzwanzig ist, sonst macht sie die Nachbarschaft verrückt.« Melanie hatte mit einem bedauernden Lächeln erwidert: »Ich glaube nicht, daß es genügen würde, ihn ihr nur über den Kopf zu ziehen.« Zum Unterschied zu Jess ließ sie Valerie nicht aus den Augen, denn man spürte bei Valerie sofort, daß sie fast allzu offen und sehr naiv war. Val war aufgeweckt, aber nicht so intelligent wie ihre Zwillingsschwester, und ein Teil ihres Charmes bestand darin, daß sie sich ihrer Wirkung selbst fast nicht bewußt war. Sie stürmte mit der unbekümmerten Zwanglosigkeit eines kleinen Kindes in einen Raum und wieder hinaus, während die Männer wie elektrisiert zurückblieben, und ging dann unbeteiligt ihres Weges. In der Schule hatte Jessica auf sie achtgegeben und hatte jetzt ihre Wachsamkeit noch verstärkt. Jessica wußte sehr wohl, wie Valerie wirkte, und somit hatte Valerie zwei Mütter, die auf sie aufpaßten.

»Wir haben dir heute abend bei den Nachrichten zugesehen. Du warst gut.« Im Gegensatz zu Jessica begründete sie ihr Lob nicht, sie analysierte nicht, kritisierte nicht, und komischerweise machten die Denkvorgänge in Jessicas Kopf diese fast noch anziehender als ihre bezaubernde Schwester. Zusammen waren sie ein unvergleichliches Paar, die eine rothaarig, rank und schlank, die andere üppig, geschmeidig und blond. »Wirst du heute mit uns zu Abend essen?«

»Und ob. Ich habe Grants Einladung zum Abendessen abgelehnt, um mit euch zusammen zu sein.«

»Warum hast du ihn nicht mitgebracht?« Val zog sofort ein bekümmertes Gesicht.

»Weil ich mitunter gern mit euch allein bin. Ich kann ihn ja ein andermal treffen.« Val zuckte die Schultern, und Jessica nickte; in diesem Augenblick rief sie Raquel von unten über die Gegensprechanlage an. Val nahm als erste den Hörer ab, sagte »Okay« und legte dann auf; sie wandte sich zu ihrer Mutter und ihrer Schwester um.

»Das Abendessen ist bereit, und Raquel klingt stocksauer.«

»Val!« Melanie machte ein ärgerliches Gesicht. »Sprich nicht so!«

»Warum nicht? Das tun doch alle.«

»Das ist kein Grund, daß du es nachmachst.« Damit ging das Trio nach unten und plauderte darüber, wie sie den Tag verbracht hatten; Mel erzählte ihnen von dem Sonderbericht über Kindesmißhandlungen und sogar von Pattie Lou Jones, die so dringend eine Herztransplantation brauchte, die Mel in die Wege leiten sollte.

»Wie willst du das tun, Mom?« Jess wirkte interessiert. Sie liebte solche Geschichten und fand, daß ihre Mutter die Stories überaus gut brachte.

»Grant will mir einige Namen nennen, er hat im vorigen Jahr eine Sendung über vier große Spezialisten für Herztransplantationen gemacht, und die Nachforschungsleute in der Sendergruppe werden mir ein paar Tips geben.«

»Es müßte eine interessante Aufgabe werden.«

»Ich finde es abstoßend.« Val verzog das Gesicht, während sie ins Speisezimmer gingen, wo Raquel sie anfunkelte.

»Glaubt ihr, ich werde den ganzen Abend warten?« knurrte sie laut und huschte durch die Schwingtür hinaus, während die drei einander anlächelten.

»Sie würde durchdrehen, wenn sie sich nicht über etwas beklagen könnte«, flüsterte Jessica den beiden zu, und sie lachten, doch ihre Gesichter wurden ernst, als Raquel mit einer Platte mit Roastbeef erschien.

»Es sieht herrlich aus, Raquel!« lobte Val rasch, während sie sich als erste bediente.

»Hmmmph.« Raquel schlüpfte wieder hinaus und kam mit

gebackenen Kartoffeln und gedünstetem Broccoli wieder, und die drei begannen einen beschaulichen Abend daheim. Es war der einzige Ort in Mels Leben, an dem sie sich vollkommen von dem Nachrichtenrummel freimachen konnte.

3

»Sally?... Sally?...« Sie war den Tag über immer wieder in Bewußtlosigkeit versunken, und Peter Hallam hatte sie fünf- oder sechsmal besucht. Es war erst ihr zweiter Tag nach der Operation, und es war noch schwierig, vorauszusagen, wie sie sich halten würde, aber er mußte sich selbst gegenüber zugeben, daß er nicht ganz zufrieden war. Endlich schlug sie die Augen auf, erkannte, wer er war, und begrüßte ihn mit einem freundlichen Lächeln, während er einen Stuhl an das Bett zog, sich setzte und ihre Hand ergriff. »Wie fühlen Sie sich heute?«

Sie konnte nur flüsternd mit ihm sprechen. »Nicht sehr gut.«

Er nickte. »Es ist auch noch zu knapp nach der Operation. Sie werden sich jeden Tag etwas kräftiger fühlen.« Er schien ihr durch seine Worte und seine Stimme Kraft einflößen zu wollen, aber sie schüttelte langsam den Kopf. »Habe ich Sie jemals angelogen?«

Sie schüttelte wieder den Kopf und sprach wieder, trotz der unangenehmen Kanüle, die in ihre Nase eingeführt worden war und die sie im Rachen kratzte. »Es wird nicht gelingen.«

»Wenn Sie es wollen, wird es gehen.« Sein Inneres verkrampfte sich. Sie konnte es sich nicht leisten, so zu denken. Nicht jetzt.

»Ich werde es abstoßen«, flüsterte sie wieder. Doch er schüttelte hartnäckig den Kopf, an seinem Kinn straffte sich ein Muskel. Verdammt, warum wollte sie aufgeben... und wieso wußte sie... das hatte er den ganzen Tag befürchtet. Aber sie konnte den Kampf nicht aufgeben... konnte nicht... verdammt, es war wie bei Anne... warum ließen sie plötzlich los? Es war der schwierigste Kampf, den er zu führen hatte. Schlimmer als die Narkotika, das Abstoßen, die Infektionen. Mit all den Schwierigkeiten konnte man fertigwerden, zumindest in einem gewissen Ausmaß, aber nur wenn der Patient noch den Willen besaß zu leben... den

Glauben, daß er am Leben bleiben würde. Ohne diesen Lebenswillen war alles verloren.

»Sally, Sie halten sich ganz fabelhaft.« Er sprach diese Worte bestimmt und ruhig, und er blieb über eine Stunde an ihrem Bett sitzen und hielt ihre Hand. Dann machte er Visite in den Krankenzimmern, konzentrierte seine ganze Aufmerksamkeit auf jeden einzelnen Patienten, ließ sich so lange, wie es notwendig war, Zeit, um den Patienten entweder die chirurgischen Eingriffe zu erklären, die bald durchgeführt werden sollten oder die bereits durchgeführt waren, ließ sich erzählen, was sie fühlten, erläuterte, warum sie es fühlten, was die Medikamente und Steroide bewirkt hatten. Dann kehrte er schließlich in Sallys Zimmer zurück, aber sie schlief wieder, und er beobachtete sie lange. Ihr Aussehen gefiel ihm nicht. Sie hatte recht, er spürte es intuitiv. Ihr Körper stieß das Herz des Spenders ab, und es gab eigentlich keinen Grund, weshalb er so reagierte. Alle Voraussetzungen waren günstig gewesen. Aber er spürte instinktiv, daß die Transplantation für sie zu spät gekommen war, und als er das Zimmer verließ, hatte er das Gefühl einer nahe bevorstehenden Krisis, das wie ein Bleigewicht auf ihm lastete. Er ging zu dem kleinen Raum, den er im Krankenhaus als Büro verwendete, und rief seine Praxis an, um zu erfahren, ob man ihn dort benötigte.

»Alles in Ordnung, Doktor«, meldete seine tüchtige Sprechstundenhilfe. »Sie wurden soeben aus New York angerufen.«

»Von wem?« Er schien sich nicht allzu sehr für den Anruf zu interessieren, wahrscheinlich kam er von einem anderen Chirurgen, der ihn wegen eines schwierigen Falles um Rat fragen wollte, doch seine Gedanken waren mit Sally Block beschäftigt, und er hoffte, daß die Angelegenheit warten konnte.

»Von Melanie Adams, der Nachrichtenmoderatorin von Kanal Vier.« Auch Peter wußte, wer sie war, so sehr er sich manchmal von der Welt abkapselte. Er konnte sich nicht vorstellen, aus welchem Grund sie ihn anrief.

»Wissen Sie, warum?«

»Sie wollte es nicht sagen, zumindest keine Einzelheiten. Sie sagte nur, daß es dringend sei und daß es sich um ein kleines Mädchen handelt.« Er zog eine Braue hoch, sogar Fernseh-Nachrichtenmoderatorinnen hatten Kinder, vielleicht handelte es sich um ihr eigenes Kind. Er notierte die Nummer, die sie hinterlassen hatte, warf einen Blick auf die Uhr und wählte.

Die Telefonistin stellte das Gespräch sofort durch, und Melanie lief durch den halben Nachrichtenraum zu einem Apparat.

»Dr. Hallam?« Ihre Stimme klang atemlos, während seine tief und kräftig war.

»Ja. Es wurde mir ausgerichtet, daß Sie angerufen haben.«

»Das stimmt. Ich hatte nicht erwartet, so bald von Ihnen zu hören. Unsere Recherchierabteilung hat mir Ihren Namen genannt.« Sie hatte ihn ebenfalls gekannt, aber da er an der Westküste lebte, war sie nicht auf den Gedanken gekommen, ihn anzurufen, und die vier Namen, die sie von Grant bekommen hatte, halfen ihr überhaupt nicht weiter. Keiner der Ärzte wollte sich bereit erklären, die Operation für das kleine schwarze Kind gratis durchzuführen, weder mit noch ohne Publicity. Sie hatte auch einen ziemlich bekannten Chirurgen in Chicago angerufen, doch er befand sich gerade auf einer Vortragsreise in England und Schottland. Sie erklärte Dr. Hallam rasch, worum es bei dem kleinen Mädchen ging, und er stellte ihr einige wichtige Fragen, die sie jetzt schon beantworten konnte. Sie hatte bereits in dem einen Tag durch die Gespräche mit den vier anderen Medizinern eine Menge gelernt.

»Das klingt wie ein interessanter Fall.« Dann fragte er unverblümt: »Was springt dabei für Sie heraus?«

Sie holte tief Atem, denn diese Frage war schwierig zu beantworten. »Im wesentlichen eine Story für meine Sendergruppe über einen mitfühlenden Arzt, ein hoffnungslos krankes, kleines Mädchen und darüber, wie die Transplantation durchgeführt wird.«

»Das klingt einleuchtend. Ich bin aber nicht sicher, ob mir die damit verbundene Publicity gefällt. Es ist verdammt schwierig, einen Organspender für ein Kind zu finden. Es wäre hier wahrscheinlich besser, etwas Außergewöhnliches zu versuchen.«

»Was?« fragte Mel fasziniert.

»Das hängt davon ab, wie schwierig der Fall ist. Ich möchte das Kind zuerst einmal sehen. Wir könnten nämlich auch eine tierische Herzklappe einpflanzen, vielleicht von einem Schwein, aber das läßt sich ohne Untersuchung unmöglich sagen.«

Mel zog die Stirn kraus, diese Operation konnte beträchtliches Aufsehen erregen.

»Sind ihre Ärzte der Ansicht, daß ihr die Reise zuzumuten wäre?«

»Das weiß ich nicht. Ich muß mich erkundigen. Würden Sie es tatsächlich übernehmen?«

»Vielleicht. Um ihretwillen, nicht für Ihre Sendung.« Seine Worte klangen unverblümt, aber Mel konnte es ihm nicht übelnehmen. Er bot ihr an, die Operation für das Kind durchzuführen, wollte aber selbst nicht im Mittelpunkt dieser Reportage stehen. Das rechnete sie ihm hoch an.

»Würden Sie uns ein Interview geben?«

»Ja.« Er sprach ohne falsche Scheu. »Ich möchte nur meine Motive deutlich machen. Ich tue als Arzt und Chirurg das, wozu ich verpflichtet bin. Ich bin nicht bereit, für jemanden einen Zirkus zu veranstalten.«

»Das würde ich Ihnen keinesfalls antun.« Er hatte ihre Stories im Fernsehen gesehen und hielt ihr Versprechen für aufrichtig. »Aber ich würde Sie gern interviewen. Und wenn Sie die Transplantation bei Pattie durchführen, würde es mir einen Aufhänger für eine sehr interessante Serie liefern.«

»Worüber? Doch nicht über mich?« Es klang entsetzt, als hätte er nie zuvor an diese Möglichkeit gedacht, und Mel lächelte in den Hörer. War es möglich, daß ihm sein Bekanntheitsgrad nicht bewußt war? Vielleicht war er so von seiner Arbeit in Anspruch genommen, daß er es wirklich nicht wußte oder sich nicht darum kümmerte. Dieser Gedanke beeindruckte sie. »Über Organverpflanzungen im allgemeinen, wenn Ihnen das lieber ist.«

»Das würde ich tatsächlich vorziehen.« Sie hörte ein Lächeln aus seiner Stimme heraus – und fuhr fort:

»Das ließe sich einrichten. Wie steht es nun mit Pattie Lou?«

»Geben Sie mir den Namen des behandelnden Arztes. Ich werde ihn anrufen und sehen, was ich von ihm erfahren kann. Wenn man sie operieren kann, schicken Sie sie hierher, und wir werden dann weitersehen.« Dann fiel ihm noch etwas ein. »Werden ihre Eltern die Einwilligung geben?«

»Ich glaube, ja. Aber ich muß auch mit ihnen sprechen. Ich bin in dieser Angelegenheit eine Art Heiratsvermittlerin.«

»Offenbar. Nun, wenigstens geschieht ja alles für eine gute Sache. Ich hoffe, daß wir dem Kind helfen können.«

»Das hoffe ich auch.« Einen Moment herrschte Stille zwischen ihnen, und Mel hatte das Gefühl, daß sie und Pattie Lou wie durch ein Wunder an den richtigen Menschen geraten waren. »Soll ich Sie zurückrufen oder werden Sie mich verständigen?«

»Ich habe hier im Augenblick einen kritischen Fall. Ich werde sie anrufen.« Plötzlich klang seine Stimme wieder entsetzlich ernst, als würde ihn etwas ablenken. Mel dankte ihm, und unmittelbar danach legte er auf.

An diesem Nachmittag besuchte sie die Jones und ihr hoffnungslos krankes Kind, aber Pattie Lou war ein mutiges kleines Mädchen, und ihre Eltern waren sogar über die vage Hoffnung begeistert, die ihnen Mel bot. Ihre mageren Ersparnisse reichten für das Flugticket nach Los Angeles für Pattie Lou und eine Begleitperson, und der Vater des Kindes entschied sofort, daß seine Frau fliegen sollte. Pattie Lou hatte noch vier Geschwister, die alle älter waren, und Mr. Jones war davon überzeugt, daß sie allein zurechtkommen würden. Mrs. Jones weinte, und die Augen ihres Mannes waren feucht, als sie sich von Mel verabschiedeten. Zwei Stunden, nachdem sie in ihr Büro zurückgekehrt war, rief Dr. Peter Hallam wieder an. Er hatte mit Pattie Lous Arzt gesprochen, und seiner Ansicht nach würde es sich lohnen, das Risiko der Reise einzugehen. Es war ihre einzige Hoffnung. Peter Hallam war bereit, den Fall zu übernehmen.

Da Mel Pattie Lou am Nachmittag gesehen hatte, füllten sich ihre Augen sofort mit Tränen, und ihre Stimme klang kehlig. »Sie sind ein verdammt netter Mensch.«

»Danke.« Er lächelte. »Was glauben Sie, wie bald könnten Sie sie an Bord eines Flugzeugs bringen?«

»Ich weiß nicht. Ich werde die Einzelheiten von einem Mitarbeiter arrangieren lassen. Wann wollen Sie sie drüben haben?«

»Nach dem, was ihre Ärzte sagen, glaube ich nicht, daß morgen zu früh wäre.«

»Ich werde sehen, was sich tun läßt.« Sie warf einen Blick auf ihre Uhr, es war beinahe Zeit für die Abendnachrichten. »Wir werden Sie in ein paar Stunden wieder anrufen... und, Dr. Hallam... ich danke Ihnen...«

»Nicht nötig. Es gehört zu meinem Beruf. Ich hoffe, wir verstehen einander in allen Punkten. Ich werde das Kind ohne Honorar operieren, ich werde aber keine Kameras im Operationssaal dulden. Was für Sie herausschaut, ist ein Interview, nachdem alles vorbei ist. Einverstanden?«

»Einverstanden.« Dann konnte sie nicht anders, sie mußte ein bißchen mehr herausholen. Sie war schließlich der Sendergruppe und auch den Geldgebern verpflichtet. »Könnten wir Sie auch über ein paar andere Fälle interviewen?«

»In welcher Hinsicht?« Seine Stimme klang jetzt ein wenig argwöhnisch.

»Ich möchte sehr gern eine Story über Herztransplantationen machen, während ich drüben bei Ihnen bin, Doktor. Geht das in Ordnung?« Vielleicht hatte er ein Vorurteil ihr gegenüber. Sie hoffte, daß es nicht der Fall war, aber man konnte nie wissen. Vielleicht mißfiel ihm die Art, wie sie die Abendnachrichten gestaltete. Sie wurden ja nach Kalifornien ausgestrahlt, also konnte sie ihm nicht vollkommen fremd sein, und sie war es natürlich auch nicht. Aber ihre Befürchtungen waren unbegründet, denn er nickte.

»Selbstverständlich. Das geht in Ordnung.«

Einen Augenblick wurde es still zwischen ihnen, dann fuhr er mit nachdenklicher Stimme fort. »Es ist merkwürdig, ein Menschenleben als Gegenstand einer Story zu sehen.« Er dachte an Sally, die sich am Anfang einer massiven Abstoßungsreaktion befand. Sie war keine »Story«, sie war ein zweiundzwanzigjähriges Mädchen, ein lebender Mensch, wie dieses Kind in New York.

»Ob Sie es glauben oder nicht, aber nach all den Jahren fällt es auch mir immer noch schwer, es so zu sehen.« Sie holte tief Atem und fragte sich, ob er sie jetzt für gefühllos hielt. Aber der Beruf eines Nachrichtenkommentators wirkte sich manchmal so aus. »Ich werde später mit Ihnen Verbindung aufnehmen und Ihnen mitteilen, wann wir hinüberkommen.«

»Ich werde alle Vorkehrungen treffen, um Sie hier zu empfangen.«

»Danke, Doktor.«

»Das ist meine Pflicht, Sie haben mir nicht zu danken, Miß Adams.«

Mel hielt seine Arbeit für viel edler, als »Stories« zu kommentieren. Sie legte auf und dachte an ihre Äußerungen, während sie begann, die Vorbereitungen für den Flug Pattie Lous und ihrer Mutter nach Kalifornien zu treffen. In weniger als einer Stunde hatte sie alles unter Dach und Fach, angefangen von dem Krankenwagen, der Mutter und Tochter von ihrem Haus zum Flugplatz bringen würde, Spezialservice während des Flugs, eine Krankenschwester, die sie begleiten und vom Sender bezahlt werden würde, ein Kamerateam, das sie von der Abreise bis nach Kalifornien begleitete, ein zweites Team in Los Angeles sowie Hotelzimmer für sie selbst, das Team und Pattie Lous Mutter. Sie mußte nur noch Peter Hallam informieren, und sie hinterließ eine Nachricht auf seinem Tonband. Offensichtlich war er nicht erreichbar, als sie ihn einige Stunden später anrief, und am selben Abend teilte sie den Zwillingen mit, daß sie für ein paar Tage nach Kalifornien reisen würde.

»Wozu?« Wie immer fragte Jessica als erste, und sie erklärte den beiden Mädchen die Geschichte.

»Meine Güte, Mom, aus dir wird noch ein richtiger fliegender Notarzt.« Val sah belustigt aus, und Mel wandte sich mit einem matten Seufzer an sie.

»Genauso fühle ich mich heute abend. Es müßte dennoch eine gute Story werden.« Wieder dieses Wort »Story« in Verbindung mit einem Menschenleben. Wenn es sich um Valerie oder Jessie gehandelt hätte, was dann? Was würde sie dann fühlen? Würde es dann für sie auch nur eine »Story« sein? Es war ihr nicht sehr wohl bei dem Gedanken, und sie hatte noch mehr Verständnis für Peter Hallams Reaktion auf diese Bezeichnung. Sie fragte sich auch, wie ihr Zusammentreffen mit ihm vor sich gehen würde, ob er ein angenehmer Mensch war, ob man leicht mit ihm zusammenarbeiten konnte oder ob er vielleicht schrecklich ichbezogen sein würde. Am Telefon hatte er nicht den Eindruck vermittelt, aber sie wußte, daß den meisten Herzchirurgen Starallüren nachgesagt wurden. Doch er hatte anders geklungen. Seine Art hatte ihr gefallen, ohne daß sie ihn je gesehen hatte, und sie hatte ihm seine Bereitwilligkeit, Pattie Lou Jones zu helfen, hoch angerechnet. Sie fragte sich jedoch, wie die Zuschauer darauf reagieren würden, daß Pattie Lou die Herzklappe eines Schweines eingesetzt wurde.

Manche Leute würde es schockieren. Doch alles war akzeptabel, wenn es nur ein neunjähriges Kind vor dem Tod errettete.

»Du siehst müde aus, Mom.« Jessica hatte sie intensiv beobachtet.

»Ich bin es auch.«

»Um wieviel Uhr fliegst du morgen?« Sie waren an ihr Kommen und Gehen gewöhnt und fühlten sich in Raquels Gesellschaft wohl, wenn sie nicht da war.

»Ich sollte um halb sieben das Haus verlassen. Unser Flugzeug startet um neun, und ich treffe das Kamerateam vor dem Haus der Jones. Ich werde wahrscheinlich um fünf aufstehen.«

»Uff!« Beide Mädchen verzogen das Gesicht, und Mel lächelte ihnen zu.

»Genau! Das Leben ist nicht immer so zauberhaft, wie es scheint, nicht wahr, Kinder?«

»Du brauchst das nicht zweimal zu sagen«, antwortete Val rasch. Beide Mädchen kannten den Hintergrund von Mels Karriere, wieviel harte Arbeit dahinter steckte, wie oft sie vor dem Weißen Haus gestanden und im Schneesturm gefroren hatte, oder Kommentare zu scheußlichen Ereignissen im fernen Dschungel, politischen Morden und anderen Greueltaten verfaßt hatte. Beide Mädchen achteten sie deshalb um so mehr, aber keine von ihnen beneidete sie um ihre Arbeit oder strebte die gleiche Karriere an. Val hatte nur vor, bald zu heiraten, und Jessies Herzenswunsch war, Ärztin zu werden.

Nach dem Abendessen ging sie mit ihnen nach oben, packte ihre Reisetasche für den Flug an die Westküste und ging früh zu Bett. Kaum hatte sie das Licht ausgemacht, rief Grant an und fragte sie, ob ihr seine Liste von Ärzten am Vormittag weitergeholfen hätte.

»Keiner von ihnen war bereit zu helfen, aber die Recherchierabteilung gab mir Peter Hallams Telefonnummer. Ich rief ihn in Los Angeles an, und wir fliegen morgen hinüber.«

»Du und das Mädchen?« fragte er überrascht.

»Und ihre Mutter und eine Krankenschwester und das Kamerateam.«

»Der ganze Zirkus!«

»Ich glaube, diesen Eindruck hatte auch Hallam von uns.« Er hatte nämlich die gleiche Bezeichnung verwendet.

»Ich bin überrascht, daß er dazu bereit war.«

»Er scheint ein netter Mann zu sein.«

»Das hört man allgemein. Die Publicity hat er gewiß nicht nötig, obwohl er weniger bekannt ist als alle anderen. Aber ich glaube, das liegt in seiner Absicht. Wird er euch die Operation filmen lassen?«

»Nein. Aber er versprach mir ein Interview nach der Operation, und man kann nie wissen, vielleicht ändert er seine Meinung, wenn wir erst einmal dort sind.«

»Mag sein. Ruf mich an, wenn du zurückkommst, Kindchen, und bemüh dich, den Schwierigkeiten auszuweichen.« Es war seine übliche Mahnung, und sie lächelte, als sie wenige Minuten später das Licht wieder löschte.

An der Westküste hatte Hallam keinen Grund zum Lächeln. In Sallys Körper war die Immunreaktion weiter fortgeschritten und sie verfiel innerhalb einer Stunde ins Koma. Er blieb bis kurz vor Mitternacht bei ihr, verließ das Krankenzimmer nur, um mit ihrer Mutter zu sprechen, und erlaubte schließlich der bekümmerten Frau, mit ihm an Sallys Bett zu kommen. Es gab keinen Grund, es ihr zu verweigern. Die Möglichkeit einer Infektion spielte keine Rolle mehr, und um ein Uhr morgens, kalifornischer Zeit, starb Sally Block, ohne das Bewußtsein wiedererlangt und ihre Mutter oder den Arzt noch einmal gesehen zu haben, dem sie so sehr vertraut hatte. Ihre Mutter verließ den Raum in hilflosem Schweigen, während ihr langsam Tränen über die Wangen liefen. Sallys Kampf war vorüber. Peter Hallam stellte den Totenschein aus und fuhr nach Haus, wo er sich in völliger Dunkelheit in sein Arbeitszimmer setzte, in die Nacht hinausstarrte, an Sally, Anne und an andere ähnliche Fälle dachte. Er saß noch zwei Stunden später dort, als Mel in New York ihre Wohnung verließ und zur Wohnung der Jones fuhr. In diesem Augenblick dachte Peter Hallam gar nicht an Pattie Lou Jones oder Mel Adams... nur an Sally... das hübsche, zweiundzwanzigjährige blonde Mädchen... das nun gestorben war... gestorben... wie Anne... wie so viele andere. Dann ging er langsam, die drückende Schwere der ganzen Welt auf seinen Schultern fühlend, in sein Schlafzimmer, schloß die Tür und setzte sich auf sein Bett.

»Es tut mir leid...« Er flüsterte die Worte und er wußte

nicht einmal, an wen er sie richtete... an seine Frau... seine Kinder... an Sally... an ihre Eltern... an sich selbst... und dann kamen die Tränen, sie tropften sacht, während er sich im Dunkel niederlegte, zutiefst bekümmert über den Tod, den er diesmal nicht hatte abwenden können... diesmal nicht... aber nächstesmal... nächstesmal... vielleicht nächstesmal... Schließlich fiel ihm Pattie Lou Jones ein. Er konnte nichts anderes tun, als es immer wieder zu versuchen.

4

Das Flugzeug verließ den Kennedy-Flughafen mit Mel, dem Kamerateam, Pattie Lou, der Krankenschwester und Patties Mutter, die sich in einem gesonderten Abteil Erster Klasse eingerichtet hatten. Pattie erhielt eine intravenöse Dauerinfusion, und die Schwester schien eine speziell für Herzpatienten geschulte Kraft zu sein. Sie war von Patties behandelndem Arzt empfohlen worden, und Mel betete nur, daß keine Verschlimmerung eintreten möge, bevor sie Los Angeles erreichten. Mel wußte, daß Pattie Lou sich nach der Landung in Dr. Peter Hallams fähigen Händen befinden würde, doch bis dahin hatte Mel die alptraumhafte Vorstellung, daß sie etwa in Kansas mit einem Kind landen müßten, das einen Herzstillstand erlitten hatte, bevor sie den Arzt in Kalifornien erreichen konnten. Sie konnte nur beten, daß es nicht dazu kommen würde, und trotz ihrer Befürchtungen verlief der Flug bis Los Angeles ohne Komplikationen.

Hallam hatte dafür gesorgt, daß zwei seiner Mitarbeiter und ein Krankenwagen Pattie Lou erwarteten und sie zusammen mit ihrer Mutter zum Center-City-Krankenhaus brachten. Gemäß vorheriger Übereinkunft mit Dr. Hallam sollte Melanie sie nicht begleiten. Er wollte dem Kind Zeit lassen, sich ungestört an die Krankenhausatmosphäre zu gewöhnen, und hatte mit Mel vereinbart, sie um sieben Uhr am nächsten Morgen in der Cafeteria zu treffen. Dort würde er sie über Patties Zustand und über die vorgesehene Behandlung informieren. Sie durfte zu dieser Besprechung einen Notizblock und ein Bandaufnahmegerät mitbringen, aber kein Kamerateam. Das offizielle Interview würde erst später stattfinden. Mel war für die Atempause nach der Anspannung dankbar, fuhr in ihr Hotel, rief die Zwillinge in New York an, duschte, zog sich um und ging in der lauen Frühlingsluft in der Umgebung des Hotels spazieren, wobei ihre Gedanken immer wieder zu Peter Hallam zurückkehrten. Sie war unglaublich neugierig auf das Zusammentreffen mit ihm, stand am nächsten Morgen um sechs Uhr auf und fuhr in ihrem Mietwagen zum Center-City-Krankenhaus.

Melanies Absätze klapperten rhythmisch auf dem Fliesenboden, während sie links in einen schier endlosen Korridor einbog und an zwei männlichen Reinigungskräften vorbeikam, die feuchte Scheuerbesen hinter sich herzogen. Sie sahen ihr bewundernd nach, während sie in der Ferne verschwand, bis sie vor der Cafeteria stehenblieb, das Schild las und die Doppeltür aufstieß. In ihre Nase drang das volle Aroma von frischem Kaffee. Als sie sich in dem hell erleuchteten Raum umsah, staunte sie, wie viele Leute zu so morgendlicher Stunde anwesend waren.

Es gab Tische mit Krankenschwestern, die vor oder nach ihren Diensten Kaffee und Frühstück zu sich nahmen, Ärzte, die eine kurze Pause einlegten, Assistenzärzte, die eine lange Nacht mit einer warmen Mahlzeit oder einem belegten Brot abschlossen, und zwei oder drei Leute, die blaß an Nebentischen saßen und zweifellos die ganze Nacht wachgeblieben waren, um Auskünfte über schwerkranke Verwandte oder Freunde zu erhalten. Eine Frau weinte leise und tupfte ihre Augen mit einem Taschentuch ab, während eine jüngere Frau ihre eigenen Tränen trocknete und sie zu trösten versuchte. Es war eine merkwürdig kontrastreiche Szene, die wortkargen, müden jungen Ärzte, die Heiterkeit und das Plaudern der Schwestern, der Schmerz und die Anspannung der Leute, die Patienten besuchten, und im Hintergrund das Klappern von Tabletts und das Geräusch von Wasser, das in leistungsfähigen Geschirrspülern auf schmutziges Geschirr spritzte. Es sah aus wie die Leitzentrale einer seltsamen,modernen Stadt, die Kommandobrücke eines durch den Weltraum gleitenden Raumschiffes, das vom Rest der Welt völlig getrennt war.

Während sich Melanie umsah, fragte sie sich, welche der Gestalten in weißen Kitteln Peter Hallam war. Es waren ein paar Männer mittleren Alters in gestärkten weißen Mänteln anwesend, die ernsthaft bei Krapfen und Kaffee an einem Tisch berieten, aber irgendwie entsprach keiner von ihnen dem Bild, das sie sich gemacht hatte, und keiner kam auf sie zu. Er würde zumindest wissen, wie sie aussah.

»Miß Adams?« Die Stimme eines Mannes unmittelbar hinter ihr erschreckte sie, und sie drehte sich rasch um und sah ihn an.

»Ja?«

Er streckte ihr die kräftige, kühle Hand hin. »Ich bin Peter Hallam.« Während sie ihm die Hand gab, blickte sie in das scharfgeschnittene, gutaussehende Gesicht eines Mannes mit zahlreichen Fältchen, blauen Augen, grauem Haar und einem Lächeln, das nur in seinen Augen lag, aber die Lippen nicht ganz erreichte. Trotz ihres Telefongesprächs sah er keineswegs so aus, wie sie erwartet hatte. Sie hatte sich ein vollkommen anderes Bild von ihm gemacht. Er war viel größer und sehr kräftig gebaut, seine Schultern spannten deutlich den gestärkten, weißen Kittel, den er über einem blauen Hemd, einem dunklen Schlips und einer grauen Hose trug, so daß man sofort erriet, daß er im College Rugby gespielt hatte. »Warten Sie schon lange?«

»Keineswegs.« Sie folgte ihm zu einem Tisch und hatte sich weniger in der Hand, als ihr lieb war. Sie war daran gewöhnt, einen starken Eindruck auf ihre Umgebung zu machen, und hier hatte sie das Gefühl, einfach in seinem Kielwasser zu schwimmen. Er hatte eine unglaubliche Ausstrahlung.

»Kaffee?«

»Bitte.« Ihre Blicke begegneten einander und blieben haften, beide fragten sich, als was sich der andere entpuppen würde, als Freund oder als Feind, Gleichgesinnter oder Gegner. Aber im Augenblick hatten sie ein Anliegen gemeinsam, Pattie Lou Jones, und Mel konnte es kaum erwarten, ihn nach ihr zu fragen.

»Sahne und Zucker?«

»Nein, danke.« Sie machte eine Bewegung, als wollte sie ihm zu der Schlange der Wartenden folgen, doch er deutete auf einen freien Stuhl.

»Bemühen Sie sich nicht. Ich bin gleich wieder da. Bleiben Sie nur am Tisch.« Dann lächelte er und wirkte in diesem Augenblick sehr sanft. Er schien ziemlich nett zu sein. Kurz darauf kam er mit einem Tablett zurück, auf dem sich zwei dampfende Tassen

Kaffee, zwei Gläser mit Orangensaft und einige Stück Toast befanden. »Ich war nicht sicher, ob Sie schon gefrühstückt haben.« Er machte einen überaus offenen, rücksichtsvollen Eindruck. Sie stellte fest, daß er ihr auf Anhieb sympathisch war.

»Besten Dank.« Sie lächelte ihm zu, dann konnte sie nicht mehr warten. »Wie geht es Pattie Lou?«

»Sie fühlte sich hier gestern abend gleich wie zu Haus. Sie ist ein tapferes kleines Ding und hat nicht einmal nach ihrer Mutter verlangt, damit sie bei ihr bleibt.« Aber irgendwie gewann Mel den Eindruck, daß das die Folge des freundlichen Empfangs war, den ihr Peter Hallam und sein Team bereitet hatten, und sie hatte damit recht. Für ihn war auch das seelische Wohlbefinden seiner Patienten wesentlich; eine Einstellung, die man bei Chirurgen nicht immer antrifft. Er hatte mehrere Stunden bei Pattie Lou verbracht, um sie als Mensch, nicht nur als interessanten Fall kennenzulernen. Da Sally gestorben war, hatte Peter keinen anderen Risikopatienten zu betreuen, und nun dachte er nicht mehr an Sally, sondern nur noch an Pattie.

»Wie stehen ihre Chancen, Doktor?« Mel wollte hören, was er über den Fall dachte, und hoffte, daß die Prognose gut ausfallen würde.

»Ich würde gern sagen, daß sie gut stehen, aber das ist nicht der Fall. Wenn ich sage, leidlich, ist das eine realere Einschätzung der Situation.« Mel nickte ernst und trank einen Schluck Kaffee.

»Werden Sie bei ihr eine Transplantation vornehmen?«

»Wenn wir einen passenden Spender auftreiben, was aber nicht sehr wahrscheinlich ist. Für Kinder findet man selten geeignete Spender, Miß Adams. Mein erster Gedanke war der richtige. Eine andere Art von Transplantation.«

»Die Herzklappe von einem Schwein?« Der Gedanke ging ihr noch immer ein wenig gegen den Strich.

Er nickte. »Allerdings, von einem Schwein oder einem Schaf.«

»Wann?«

Er seufzte, kniff die Augen zusammen und dachte darüber nach, während sie ihn beobachtete. »Wir werden sie heute einer Anzahl von Tests unterziehen und die Operation vielleicht für morgen ansetzen.«

»Ist sie kräftig genug, um es durchzustehen?«

»Ich glaube, ja.« Wieder trafen sich ihre Blicke und blieben aneinander haften. Es gab in diesem Beruf keine Garantie. Es gab nie sichere Erfolge, nur sichere Mißerfolge. Es war eine harte Belastung, Tag für Tag damit zu leben, und sie bewunderte seine Haltung. Sie hatte das Bedürfnis, ihm das zu sagen, doch irgendwie hielt sie es für eine zu persönliche Erklärung, also unterließ sie es und sprach weiter über Pattie Lou und die Fernsehstory. Nach einer Weile sah Peter Mel prüfend an. Sie wirkte so engagiert, so menschlich. Sie war mehr als nur eine Reporterin. »Worin besteht Ihr Interesse an dem Fall, Miß Adams? Ist es nur eine weitere Story oder etwas mehr?«

»Sie ist ein besonderes Mädchen, Doktor. Man muß sie einfach gern haben.«

»Nehmen Sie an allen Menschen in ihren Reportagen so viel Anteil? Das muß Sie ziemlich aufreiben.«

»Trifft das nicht auch auf Sie zu? Nehmen Sie nicht an allen Anteil, Doktor?«

»Fast immer.«

Er war ihr gegenüber vollkommen aufrichtig, und es war leicht, ihm Glauben zu schenken. Der Patient, dem er nicht sein Mitgefühl schenkte, war bestimmt eine sehr, sehr seltene Ausnahme. Das hatte sie schon herausgespürt. Und dann blickte er sie mit einem seltsamen Lächeln an – ihre Hände waren gefaltet, während sie ihn beobachtete. »Sie haben keinen Notizblock mitgebracht. Heißt das, daß Sie das Gespräch auf Band aufnehmen?«

»Nein.« Sie schüttelte ruhig den Kopf und lächelte. »Das ist nicht der Fall. Es ist mir lieber, wir lernen einander erst einmal kennen.«

Diese Antwort verwunderte ihn, und er konnte sich nicht enthalten noch eine Frage zu stellen. »Warum?«

»Weil ich besser über Ihre Arbeit berichten kann, wenn ich mehr über Ihre Person erfahre. Nicht indem ich Papier oder Tonband verwende, sondern indem ich Ihnen zuschaue, zuhöre und Sie kennenlerne.« Sie war tüchtig in ihrem Fach, das spürte er instinktiv. Es war gerecht, daß sie in ihrem Beruf einen guten Namen hatte, sogar ein Star war, sie war wirklich ein echter Profi, und noch dazu ein ungewöhnlich erfolgreicher. Das gefiel Peter Hallam. Es war, als stünde man in einem Wettbewerb einem gleichwertigen Gegner gegenüber, und das vermittelte ihm ein aufregendes Gefühl, das ihn plötzlich dazu veranlaßte, einen Vorschlag zu unterbreiten, den er ihr ursprünglich gar nicht hatte machen wollen.

»Würden Sie mich heute vormittag bei meiner Visite begleiten? Nur zu Ihrer Information.«

Ihre Augen leuchteten auf. Sie freute sich über sein unerwartetes Angebot und hoffte, daß es ein Zeichen seiner Sympathie war, oder noch besser, daß er schon anfing, ihr zu vertrauen. Das war für den glatten Ablauf jeder Story wichtig.

»Ich nehme Ihr Angebot gern an, Doktor.« Er konnte an ihren Augen merken, wie gerührt sie über sein Anerbieten war.

»Nennen Sie mich Peter.«

»Nur, wenn Sie mich Mel nennen.« Sie lächelten einander zu.

»Einverstanden.« Er berührte ihre Schulter, während er aufstand, und sie sprang aufgeregt auf, weil sie ihn bei seinem Rundgang begleiten durfte. Es war eine seltene Gelegenheit, und sie war ihm dankbar. Er wandte sich ihr wieder zu, diesmal mit einem Lächeln, während sie die Cafeteria verließen. »Meine Patienten werden sehr beeindruckt sein, wenn sie Sie hier sehen, Mel. Ich bin sicher, daß Sie schon einmal von allen auf dem Bildschirm gesehen wurden.« Die Bemerkung überraschte sie.

»Das bezweifle ich.« Ihr war eine Bescheidenheit eigen, derentwegen sie alle, die sie näher kannten, besonders Grant und ihre Töchter, immer neckten.

Aber diesmal lachte er. »Sie können hier kaum anonym bleiben, wissen Sie. Und auch Herzpatienten verfolgen die Fernsehnachrichten.«

»Ich nehme immer an, daß die Leute mich ohne das Drumherum im Fernsehstudio nicht erkennen.«

»Ich wette, daß sie es tun.« Wieder lächelte er, und Melanie antwortete mit einem Nicken. Er fand es schön, daß ihr der Erfolg im Laufe der Jahre nicht zu Kopf gestiegen war. Er hatte etwas ganz anderes erwartet.

»Jedenfalls sind hier Sie der Star, Doktor Hallam«, fuhr sie fort, »und das mit Recht.« Ihre Augen glänzten vor ehrlicher Bewunderung, doch diesmal zeigte er sich von der bescheidenen Seite.

»Ich bin kaum als Star zu bezeichnen, Mel.« Er meinte es ernst. »Ich arbeite einfach hier, als Teil eines bemerkenswert guten

Teams. Glauben Sie mir, meine Patienten werden es viel aufregender finden, Sie persönlich zu Gesicht zu bekommen als mich, und das aus gutem Grund. Es wird ihnen guttun, ein neues Gesicht zu sehen.« Er drückte auf den Knopf für den Fahrstuhl, und als er kam, drückte er auf die Sechs; sie traten in eine Gruppe von Ärzten in weißen Kitteln und Schwestern mit freundlichen Gesichtern. Die Schichten wechselten gerade.

»Wissen Sie, ich habe mich immer mit Ihren Ansichten identifizieren können und der Art, wie Sie eine Story gestalten.« Er sprach leise, während der Fahrstuhl in jedem Stockwerk hielt, und Mel bemerkte, daß zwei Schwestern sie unauffällig musterten. »In Ihrer Haltung liegt etwas sehr Direktes und Aufrichtiges. Ich nehme an, das ist der Grund, warum ich einwilligte, bei dieser Sache mitzumachen.«

»Was immer auch Ihr Motiv war, ich bin froh, daß Sie sich dazu bereit erklärt haben. Pattie Lou braucht Sie dringend.« Er nickte, in diesem Punkt konnte er ihr nicht widersprechen. Aber nun ging es um mehr. Er hatte sich ihr für ein Interview bei der Nachrichtensendung ihrer Station zur Verfügung gestellt, und als sie einige Minuten später in seinem kleinen Büro im sechsten Stock saßen, schenkte er Mel reinen Wein ein und versuchte, ihr die Risiken und Gefahren von Organverpflanzungen zu erläutern. Er machte sie darauf aufmerksam, daß sie auch die negativen Seiten eines solchen Eingriffs kennenlernen würde. Es war eine Möglichkeit, an die er gedacht hatte, bevor er sich zu dem Interview entschlossen hatte, aber er war bereit, dieses Risiko einzugehen. Es war besser, wenn man alles zur Sprache brachte, als die Kehrseite der Medaille vor der Presse zu verbergen, und wenn sie die Reportage richtig durchführte, konnte sie mit großem öffentlichem Interesse rechnen, aber sie schien über die Risiken, die er schilderte, und die eingeschränkten Erfolgsaussichten zu erschrecken.

»Meinen Sie, ich könnte möglicherweise zu dem Schluß gelangen, daß Herztransplantationen keine gute Idee sind? Meinen Sie das, Peter?«

»Es wäre denkbar, obwohl das nicht meiner Ansicht entspräche. Die Tatsache bleibt bestehen, daß Transplantationspatienten trotzdem sterben, und zwar relativ früh. Wir geben ihnen nur eine Chance, die noch dazu manchmal nicht sehr groß ist. Das Risiko ist groß, meist sind die Erfolgsaussichten gering, aber es ist eine Chance, und der Patient faßt den Entschluß selbst. Manche Menschen wollen einfach all das nicht durchmachen, was ihnen bevorsteht, und sie entscheiden sich gegen das Risiko. Diese Haltung respektiere ich. Aber wenn sie mich operieren lassen, versuche ich es. Mehr kann man nicht tun. Ich bin nicht dafür, daß jeder Patient eine Transplantation bekommt, das wäre unverantwortlich. Es ist aber so, daß sie für manche Fälle die optimale Lösung ist, und gerade jetzt müssen wir neue Türen aufstoßen. Wir dürfen uns nicht ausschließlich auf die seltenen menschlichen Herzen beschränken, wir brauchen mehr Organe als anfallen, also suchen wir neue Wege, und da setzt der Widerstand der Öffentlichkeit ein. Sie glauben, daß wir Gott spielen wollen, was nicht der Fall ist; wir versuchen, Menschenleben zu retten, und geben dabei unser Bestes; das ist der Stand der Dinge.« Er stand auf, beinahe gleichzeitig mit ihr, und blickte von seiner beträchtlichen Höhe auf sie hinunter. »Sagen Sie mir am Ende des heutigen Tages, was Sie denken, und ob Sie mit den Methoden, die wir anwenden, einverstanden sind.« Er kniff die Augen zusammen, während er sie ansah. »Ihre Meinung würde mich ganz besonders interessieren. Sie sind eine intelligente Frau, jedoch verhältnismäßig wenig bewandert auf diesem Gebiet. Sie nähern sich ihm unbefangen. Sagen Sie mir, ob Sie schockiert, entsetzt oder einverstanden sind.« Während sie das kleine Zimmer verließen, fiel ihm noch etwas ein. »Sagen Sie mir eines, Mel, haben Sie sich schon vorher ein Urteil gebildet?« Er beobachtete ihr Gesicht aufmerksam, während sie nebeneinander hergingen und sie die Stirn runzelte.

»Aufrichtig gesagt, ich bin nicht ganz sicher. Grundsätzlich glaube ich natürlich, daß alles, was Sie machen, seinen guten Grund hat. Ich muß aber zugeben, daß die Risiken, von denen Sie sprechen, mich erschrecken. Die Aussicht, eine auch nur halbwegs ins Gewicht fallende Zeitspanne zu überleben, ist so gering.«

Er blickte sie lange scharf an. »Was Ihnen als unvernünftiger Aufwand erscheinen mag, ist vielleicht für einen Sterbenden, ganz gleich, ob Mann, Frau oder Kind, der letzte Strohhalm, an den er sich klammert. Für sie sind möglicherweise sogar zwei Monate ... zwei Tage ... zwei Stunden länger ein großer Gewinn. Zugegeben, die hohen Sterberaten erschrecken auch mich. Aber welche Wahl bleibt uns? Im Augenblick ist es das Beste, worüber wir verfügen.« Sie nickte und folgte ihm in die Halle; sie dachte an Pattie Lou und beobachtete ihn, während er mit aufmerksamem Gesicht und gefurchter Stirn die Krankengeschichten seiner Patienten prüfte, Fragen stellte, sich Testergebnisse ansah. Immer wieder hörte Melanie die Namen von Medikamenten, sie wußte, daß es stützende Medikamente waren, die den Herztransplantationspatienten verabreicht wurden, um die Immunreaktion des Körpers gegen das neue Herz herabzusetzen. Sie begann, sich Notizen zu machen über Fragen, die sie Peter stellen wollte, wenn er Zeit dazu fand, über die Risiken, die diese Medikamente mit sich brachten, ihre Wirkungen auf die Persönlichkeit und den Geist der Patienten.

Plötzlich sah sie, daß Peter Hallam sich aufrichtete und rasch durch den Korridor ging. Sie folgte ihm ein paar Schritte, dann blieb sie stehen, weil sie nicht wußte, ob ihm ihre Anwesenheit erwünscht war. Als hätte er ihre Unentschlossenheit bemerkt, wandte er sich plötzlich ihr zu und winkte.

»Kommen Sie.« Er zeigte auf einen Stoß weißer Mäntel, die auf einem schmalen Karren aus rostfreiem Stahl lagen, und bedeutete ihr, sich einen davon zu nehmen. Sie tat es im Laufen und holte ihn ein, während sie sich bemühte, den Mantel überzuziehen. Er hatte die Arme voller Krankengeschichten, zwei Ärzte und eine Schwester folgten ihm respektvoll. Peter Hallams Arbeitstag hatte begonnen. Er lächelte Mel einmal zu, stieß die erste Tür auf und sah einen älteren Mann vor sich. Man hatte vor zwei Wochen eine vierfache Bypass-Operation an ihm durchgeführt, und er behauptete, er fühle sich wieder wie ein Junge. Er sah zwar nicht so aus, sondern noch sehr müde, blaß und ein wenig matt, aber nachdem sie das Zimmer verlassen hatten, versicherte Peter, daß der Mann gesund werden würde, und sie gingen weiter zu dem nächsten Zimmer, wo es Melanie plötzlich einen Stich ins Herz versetzte. Sie starrte in das Gesicht eines kleinen Jungen. Er litt an einer angeborenen Herz- und Lungenkrankheit, und man hatte noch keinen chirurgischen Eingriff an ihm vorgenommen. Er keuchte entsetzlich und war so groß wie ein fünf- oder sechsjähriges Kind, aber ein Blick auf sein Krankenblatt verriet Mel, daß er bereits zehn war. Die Ärzte hatten in Betracht gezogen, bei ihm eine Herz-Lungen-Transplantation vorzunehmen, aber bisher hatte man so wenige durchgeführt, daß sie der Ansicht waren, sie hätten zuwenig Erfahrung, um sie bei einem kleinen Kind zu versuchen, und so wurden Überbrückungsmaßnahmen getroffen, um ihn am Leben zu erhalten. Melanie sah zu, während Peter sich neben dem Bett auf einen Stuhl setzte und lange mit dem kleinen Patienten sprach. Mehr als einmal mußte Melanie gegen aufsteigende Tränen ankämpfen, und sie drehte sich so, daß der Junge ihre feuchten Augen nicht bemerken konnte. Peter berührte wieder ihre Schulter, als sie das Zimmer verließen, diesmal zum Trost.

Dann besuchten sie einen Mann, dem man ein künstliches Herz eingepflanzt hatte, das, wie Melanie erfuhr, durch Luft in Gang gehalten wurde. Der Patient litt an einer massiven Infektion, die offenbar das Hauptproblem beim Einsetzen eines künstlichen Herzens war. Dann gab es einen sichtlich komatösen Patienten, und nachdem Peter sich kurz mit der Schwester besprochen hatte, hielt er sich nicht mehr lange in dem Zimmer auf. Dann kamen zwei Männer mit aufgeschwemmten Gesichtern, die im letzten Jahr Herztransplantationen überstanden hatten, und Melanie wußte schon aus den Unterlagen, die sie studiert hatte, daß die Steroide, die diese Patienten einnahmen, oft eine solche Nebenwirkung zeigten, die aber schließlich unter Kontrolle gebracht wurde. Plötzlich wurden aus diesen Fällen für sie Menschen aus Fleisch und Blut. Noch deutlicher kam ihr zu Bewußtsein, wie gering die Überlebenschancen waren. Peter beantwortete jetzt einige Fragen, als sie wieder in seinem kleinen Büro saßen. Als sie auf die Uhr blickte, merkte sie zu ihrer Überraschung, daß es fast zwölf Uhr mittags war. Sie hatten vier Stunden lang Visite gemacht, waren ungefähr in zwanzig Zimmern gewesen.

»Die Chancen?« Er blickte sie über die Kaffeetasse hinweg an. »Patienten mit Herztransplantationen haben eine fünfundsechzigprozentige Chance, nach der Operation noch ein Jahr lang zu leben. Das bedeutet grob gesprochen, daß zwei von drei Patienten es noch ein Jahr lang schaffen.«

»Und darüber hinaus?«

Er seufzte. Er haßte Statistiken. Denn gegen sie kämpfte er Tag für Tag an. »Die längste Überlebenszeit, die wir miterlebt haben, dauerte zwei Jahre.«

»Und danach?« Sie machte sich jetzt Notizen, entsetzt über diese Tatsachen und voll Verständnis für seinen trotzigen Ton.

»Das ist derzeit so ziemlich das Optimum. Bessere Ergebnisse sind momentan nicht zu erzielen.« Er sagte es voll Bedauern, und zugleich dachten sie beide an Pattie Lou und wünschten ihr bessere Aussichten. Sie hatte ein Recht auf ein längeres Leben. Das hatten allerdings alle. Fast war man versucht zu fragen, welchen Sinn es hatte; doch wenn es beispielsweise um einen selbst oder um das eigene Kind ginge, würde man dann nicht doch das Risiko eingehen, um einen Tag oder eine Woche oder sogar ein Jahr zu gewinnen?

»Warum sterben sie so früh?« fragte Mel bedrückt.

»Zumeist ist eine Abstoßungsreaktion dafür verantwortlich. Entweder glatte, totale Immunreaktion oder es kommt zu einer Verhärtung der Arterien, die zu einem Kollaps führt. Eine Transplantation beschleunigt diese Entwicklung gewissermaßen. Das nächste große Problem, dem wir gegenüberstehen, sind die Infektionen; die Medikamente, die die Patienten einnehmen, machen sie dafür nur noch anfälliger.«

»Und es gibt nichts, das Sie dagegen unternehmen können?« Als ob alles von ihm allein abhinge. Sie wies ihm praktisch die Rolle Gottes zu, ebenso wie manche seiner Patienten. Sie wußten beide, daß es nicht fair war, aber die Entscheidung über Tod und Leben schien in seiner Hand zu liegen, auch wenn dem nicht wirklich so war. Irgendwie wollte sie, daß es so wäre. Das hätte alles vereinfacht. Er war ein verantwortungsbewußter Mensch, er würde alles in Ordnung bringen ... wenn er konnte.

»Wir können derzeit nichts tun. Obgleich einige der neuen Arzneimittel eine Besserung bringen. Wir haben in letzter Zeit Cyclosporin angewendet, ein in der Wirkung etwas andersartiges Mittel, und das könnte helfen. Sie dürfen nicht vergessen«, er sprach leicht belehrend zu ihr, als wäre sie ein Kind, »daß diese Menschen ohne ein neues Herz überhaupt keine Überlebenschance hätten. Was immer wir erreichen, ist ein Geschenk für sie. Das begreifen sie. Sie werden sich mit allem einverstanden erklären, wenn sie den Willen zum Leben haben.«

»Was heißt das?«

»Manche sind nicht dazu bereit. Sie wollen einfach diese

schwere Operation nicht durchmachen.« Er wies auf die Krankengeschichten und lehnte sich mit der Kaffeetasse in der Hand zurück. »Es erfordert allerhand Mut, wissen Sie.« Ihr wurde jetzt etwas anderes klar. Es erforderte auch von ihm allerhand Mut. Er war gewissermaßen ein Stierkämpfer, der mit einem Stier namens Tod in die Arena ging und versuchte, ihm Männer, Frauen und Kinder zu entreißen. Sie hätte gern gewußt, wie oft er durch fehlgeschlagene Hoffnungen deprimiert worden war, durch Patienten, die starben und denen er menschlich nähergekommen war. Irgendwie spürte man bei ihm, daß er ein Mann war, dem diese Mißerfolge wirklich nahegingen. Als hätte er ihre Gedanken geahnt, wurde seine Stimme plötzlich leise. »Meine Frau beschloß, das Risiko nicht einzugehen.« Er senkte den Blick, während Mel ihn betrachtete und sich plötzlich an ihrem Stuhl festgenagelt fühlte. Was hatte er gesagt? Seine Frau? Dann blickte er auf, bemerkte ihren Schrecken und sah ihr direkt in die Augen. Seine Augen waren nicht feucht, aber sie erkannte einen Kummer darin, der ihr vieles an seiner Haltung erklärte. »Sie litt ursprünglich unter Lungen-Hypertonie, ich weiß nicht, ob Ihnen das etwas sagt. Es greift zuerst die Lunge und schließlich das Herz an und macht eine Herz-Lungen-Transplantation erforderlich, aber damals waren erst zwei Großoperationen dieser Art in der ganzen Welt durchgeführt worden und keine davon in den USA. Ich hätte die Transplantation natürlich nicht selbst vorgenommen« – er seufzte und beugte sich vor – »sie wäre von einem meiner Kollegen und dem restlichen Team operiert worden, oder wir hätten sie zu irgendeinem der berühmten Chirurgen gebracht, aber sie lehnte ganz ruhig ab. Sie wollte so sterben, wie sie war, und weder sich selbst noch mich noch die Kinder das gleiche Hangen und Bangen durchmachen lassen wie meine Patienten, nur um in sechs Monaten oder einem Jahr oder zwei Jahren sowieso zu sterben. Sie sah mit erschreckender Ruhe ihrem Schicksal entgegen« – und nun merkte Mel, daß seine Augen doch feucht waren –, »ich habe nie eine Frau wie sie gekannt. Sie blieb bis zu ihrem Ende vollkommen ruhig.« Seine Stimme wurde heiser, dann fuhr er fort: »Es war vor anderthalb Jahren. Sie war damals zweiundvierzig.«

Dann blickte er Mel tief in die Augen, ohne Scheu davor, seine Gefühle zu zeigen, und die Stille in dem kleinen Raum wirkte betäubend. »Vielleicht hätten wir ihr Leben verlängern können. Aber nicht für lange.« Jetzt klangen seine Worte weniger persönlich. »Ich habe im letzten Jahr selbst zwei Herz-Lungen-Transplantationen durchgeführt. Aus verständlichen Gründen war ich dabei besonders stark gefühlsmäßig beteiligt. Es gibt keinen Grund, weshalb ein solcher Eingriff nicht gelingen sollte, und meist wird er gelingen.« Für seine Frau war es allerdings zu spät. Aber in seinem Herzen würde er den Kampf nie aufgeben, als könne er sie noch überreden, ihn das beinahe Unmögliche versuchen zu lassen. Mel beobachtete ihn bedauernd, weil er all das durchgemacht hatte; die Hilflosigkeit, die er gefühlt hatte, spiegelte sich noch immer in seinen Augen.

Sie sagte ganz leise: »Wie viele Kinder haben Sie?«

»Drei. Mark ist siebzehn, Pam wird im Juni vierzehn, und Matthew ist sechs.« Peter Hallam lächelte, als er an seinen Sohn dachte. »Sie sind alle prächtige Kinder, aber Matthew ist ein ganz komischer kleiner Junge.« Dann seufzte er und stand auf. »Ihn hat es am meisten getroffen, aber es war für sie alle ein schwerer Schlag. Pam ist in dem Alter, in dem sie ihre Mutter wirklich bräuchte, und ich bin da nur ein schwacher Ersatz. Ich versuche jeden Tag, möglichst früh nach Haus zu kommen, aber immer kommt mir etwas dazwischen. Wenn man allein ist, ist es verdammt schwer, Kindern die Nestwärme zu geben, die sie brauchen.«

»Ich weiß«, sagte sie leise. »Auch ich schlage mich mit diesem Problem herum.«

Er wandte sich um, schien jedoch nicht gehört zu haben, was sie gesagt hatte. »Sie hätte uns zumindest eine Chance einräumen sollen.«

»Sie wäre höchstwahrscheinlich jetzt dennoch nicht mehr am Leben.« Mels Stimme klang jetzt ganz sanft. »Es muß sehr schwierig sein, einen derartigen Verlust hinzunehmen.«

Er nickte bedächtig. »Das stimmt.« Als wäre er plötzlich über seine persönlichen Geständnisse erschrocken, nahm er die Krankengeschichten in die Hände, als wollte er wieder etwas Distanz zwischen sie beide legen. »Entschuldigen Sie, ich weiß nicht, warum ich Ihnen all das erzählt habe.«

Melanie war nicht überrascht, die Leute schütteten ihr häufig ihr Herz aus, es war nur diesmal schneller dazu gekommen. Er versuchte, mit einem Lächeln die bedrückte Stimmung wegzuwischen. »Warum gehen wir nicht durch den Korridor und besuchen Pattie?« Mel nickte, immer noch tief bewegt durch alles, was er gesagt hatte. Es war für sie schwierig, jetzt die richtigen Worte für ihn zu finden, und sie empfand es beinahe als Erleichterung, zu dem Kind zu gehen, das sie aus New York hierher gebracht hatte. Pattie war sichtlich begeistert, sie beide zu sehen, und Mel erinnerte sich daran, weshalb sie hier war. Sie verbrachten eine nette halbe Stunde im Gespräch mit dem Kind, und als Peter die Testergebnisse studierte, wirkte er zufrieden. Schließlich wandte er sich väterlich dem Kind zu.

»Morgen ist unser großer Tag, weißt du.«

»Wirklich?« Sie riß die Augen auf und schien zugleich aufgeregt und unsicher zu sein.

»Wir werden uns dein altes Herz vornehmen, Pattie, dann wird es so gut wie neu sein.«

»Kann ich dann Baseball spielen?« Mel und Peter lächelten bei der Frage.

»Möchtest du denn gern?«

»Ja, Sir!« Sie strahlte.

»Wir werden sehen.« Er erklärte ihr die Vorgänge des nächsten Tages mit Worten, die sie begreifen konnte, und obwohl sie ihn besorgt ansah, war sie offensichtlich nicht verzweifelt oder verängstigt. Es war nicht zu übersehen, daß sie Peter Hallam schon in ihr Herz geschlossen hatte. Es tat ihr leid, als beide ihr Zimmer verließen. Peter sah auf die Uhr, es war halb zwei.

»Was halten Sie von einem Lunch? Sie müssen schon halb verhungert sein.«

»Ich bin nahe dran.« Sie lächelte. »Aber ich war zu vertieft, um ans Essen zu denken.«

Er schien sich darüber zu freuen. »Ich auch.« Dann führte er sie ins Freie, und sie empfanden es als Erleichterung, die frische Luft zu atmen. Peter schlug vor, rasch außerhalb eine Kleinigkeit zu essen, und Mel war damit einverstanden, also gingen sie in Richtung Parkplatz.

»Arbeiten Sie immer so angestrengt?« fragte sie ihn, und er sah belustigt drein.

»Die meiste Zeit.«

»Da können Sie aber nicht viel Freizeit haben. Sie können sich nicht einmal erlauben, dem Krankenhaus nur für einen Tag den Rücken zu kehren. Wie steht es denn mit Ihrem Team? Können Sie die Verantwortung für Ihre Fälle nicht mit ihnen teilen?« Sonst wäre diese Last kaum zu ertragen.

»Natürlich ist das der Fall.« Doch die Art, wie er es sagte, ließ sie an seinen Worten zweifeln. Man hatte den Eindruck, daß er den Großteil der Verantwortung übernahm, und daß er es gern tat.

»Was halten Ihre Kinder von Ihrem Beruf?«

Er dachte einen Moment nach, bevor er antwortete. »Wissen Sie, ich kann das nicht mit Sicherheit sagen. Mark will Jura studieren, Pam ändert ihre Berufswünsche jeden Tag, besonders jetzt, und Matthew ist natürlich noch zu klein, um eine Vorstellung davon zu haben, was er werden will, wenn er einmal groß ist, es sei denn Installateur, wofür er voriges Jahr schwärmte.« Dann lachte er. »Genau das bin ich auch, nicht wahr?« Er grinste Mel an. »Ein Installateur.« Beide lachten in der warmen Frühlingsluft. Die Sonne strahlte auf sie nieder, und Melanie bemerkte, daß er im Freien jünger wirkte. Plötzlich konnte sie ihn sich beinahe im Kreis seiner Kinder vorstellen.

»Wohin gehen wir zum Lunch?« Er lächelte auf sie herab, offenbar fühlte er sich in seinem Reich wohl, aber das war nicht der einzige Grund. Es war mehr. Zwischen ihnen herrschte jetzt ein neues, freundschaftliches Verhältnis. Er hatte ihr sein Innerstes offenbart und ihr von Anne erzählt. Deshalb fühlte er sich plötzlich zum erstenmal seit langer Zeit freier. Beinahe hätte er Lust gehabt, diese neuerworbene Leichtigkeit zu feiern, die er im Herzen fühlte. Mel erfaßte intuitiv seine Stimmung. Es war ein eigenartiger Gedanke, daß er über Leben und Tod entschied und daß sie nach Los Angeles gekommen war, um ihm ein schwer krankes Kind anzuvertrauen. Dennoch waren sie gemeinsam in diese Aufgabe eingespannt, waren noch immer jung und wurden langsam Freunde – eigentlich gar nicht so langsam. Etwas an seiner Art erinnerte sie an das sofortige Vertrauen, das sie hatte, als sie Grant kennenlernte, und doch war ihr klar, daß ihr Gefühl für diesen Mann tiefer ging. Er hatte möglicherweise eine außergewöhnliche Wirkung auf sie – seine Kraft, seine Freundlichkeit, seine Verwundbarkeit, seine Aufgeschlossenheit, seine Bescheidenheit, verbunden mit seinem ungeheuren Erfolg. Er war ein ungewöhnlicher Mensch, und Peter Hallam, der sie beobachtete, dachte in vieler Hinsicht ähnlich von ihr. Er war froh, daß er sie zum Lunch eingeladen hatte. Sie hatten sich eine Pause verdient. Sie waren beide Menschen, die hart arbeiteten und ihren Verpflichtungen nachkamen, und es war durchaus angebracht, daß sie jetzt gemeinsam ein wenig abschalteten. Mel sagte sich, daß es für das Interview gut sein würde.

»Kennen Sie Los Angeles?« fragte er.

»Nicht sehr gut. Ich komme immer nur beruflich hierher und jage von einem Stadtteil in den anderen, bis ich wieder abreise. Ich habe nie viel Zeit für gemütliche Mahlzeiten.« Er lächelte, so ging es ihm ebenfalls, aber heute erschien ihm eine Ruhepause richtig. Er hatte auch das Gefühl, eine neue Freundin gefunden zu haben.

Sie fragte: »Ich nehme an, Sie gehen für gewöhnlich nicht zum Lunch außer Haus, nicht wahr?«

Er grinste. »Hier und da. Für gewöhnlich esse ich dort.« Er zeigte auf das Krankenhaus hinter ihnen und blieb bei seinem Wagen stehen. Es war ein großer, geräumiger, silbergrauer Mercedes, was sie überraschte. Der Wagen paßte eigentlich nicht zu seinem Lebensstil, und er erriet ihre Gedanken.

»Ich habe den Wagen vor zwei Jahren Anne geschenkt«, erklärte er ruhig, aber diesmal klang seine Stimme weniger schmerzlich. »Ich fahre meist meinen eigenen Wagen, einen kleinen BMW, aber der ist im Moment beim Service. Und den Kombi lasse ich zu Hause, den fahren meine Haushälterin und Mark.«

»Haben Sie eine Hilfe im Haushalt?« Sie waren jetzt nichts als zwei Bekannte, die gemeinsam zum Wilshire Boulevard fuhren.

»Eine fantastische Person. Ohne sie wäre ich wirklich verloren. Sie ist eine Deutsche, die wir aufnahmen, als Pam geboren wurde. Anne befaßte sich selbst mit Mark, aber als Pam zur Welt kam, hatte sie schon mit ihrer Herzschwäche zu kämpfen, und wir engagierten diese Frau, um das Baby zu betreuen. Sie sollte eigentlich nur sechs Monate bleiben, und das war vor vierzehn Jahren. Sie ist jetzt ein Geschenk des Himmels für uns« – er zögerte nur kurz –, »da Anne nicht mehr ist.« Er gewöhnte sich allmählich an solche Worte.

Mel nahm das angeschnittene Thema rasch auf und verbreitete

sich darüber. »Ich habe eine wunderbare Haushaltshilfe aus Mittelamerika, die sich um meine Mädchen kümmert.«

»Wie alt sind sie?«

»Fast sechzehn. Im Juli.«

»Beide?« Er sah sie überrascht an, und diesmal lachte Mel.

»Ja. Es handelt sich um Zwillinge.«

»Eineiig?«

»Nein, zweieiig. Eine ist ein schlanker Rotkopf, von ihr behaupten die Leute, daß sie mir ähnlich sieht, aber ich glaube es nicht recht. Von der anderen weiß ich, daß sie nichts von mir hat, sie ist eine üppige Blondine, bei der ich jedesmal, wenn sie ausgeht, aus den Ängsten nicht herauskomme.« Sie lächelte, und Peter lachte.

»Ich bin in den letzten zwei Jahren zu dem Schluß gelangt, daß es leichter ist, Söhne aufzuziehen.« Sein Lächeln schwand, als er an Pam dachte. »Meine Tochter war zwölfeinhalb, als Anne starb. Der Verlust der Mutter fiel mit dem Einsetzen der Pubertät zusammen, und das war fast zu viel für sie.« Er seufzte. »Ich nehme nicht an, daß die Jugendzeit für irgendein Kind leicht ist, aber Mark war in ihrem Alter viel unbeschwerter. Er hatte zu dieser Zeit natürlich noch beide Eltern.«

»Das macht viel aus.« Eine lange Pause entstand.

»Sie leben mit den Zwillingen allein?« Sie hatte doch etwas Ähnliches gesagt, oder?

Mel nickte nur. »Ich bin allein für sie verantwortlich, seit sie auf die Welt kamen.«

»Ist ihr Vater gestorben?« Er sah aus, als empfände er Mitleid mit ihr. Das war ihr so noch selten bei einem Mann begegnet.

»Nein. Er hat mich verlassen. Er wollte keine Kinder und meinte es damit ernst. Sobald ich ihm mitteilte, daß ich schwanger sei, war es zwischen uns aus. Er hat die Zwillinge nie gesehen.«

Peter Hallam war empört. Er konnte sich nicht vorstellen, daß jemand so handelte. »Wie schrecklich für Sie, Mel. Sie müssen dazu noch sehr jung gewesen sein.«

Sie nickte. Es schmerzte eigentlich nicht mehr. Jetzt war es nur noch eine ferne Erinnerung. Einfach ein Kapitel ihres Lebens. »Ich war neunzehn.«

»Mein Gott, wie haben Sie es allein geschafft? Haben Ihnen Ihre Eltern geholfen?«

»Eine Zeitlang. Als die Mädchen geboren wurden, hörte ich mit dem College auf, fand schließlich einen Arbeitsplatz, genauer verschiedene Jobs, dann landete ich als Empfangsdame bei einer Fernsehstation in New York und danach als Bürokraft in der Nachrichtenabteilung; das übrige kennen Sie vermutlich.« Sie dachte jetzt ohne Bitterkeit an diese Zeit zurück, aber er spürte, wie schwer ihr Aufstieg gewesen sein mußte, und empfand es als besonders positiv, daß dies alles ihr nicht geschadet hatte. Sie war weder verbittert noch verhärtet, sie sprach ganz objektiv über die Vergangenheit, und sie hatte schließlich den ganz großen Erfolg geschafft. Sie stand auf der Spitze des Berges und hatte die Mühen des Aufstiegs zum Großteil vergessen.

»Das klingt jetzt schrecklich einfach, aber es muß zeitweise ein Alptraum gewesen sein.«

»Das dürfte stimmen.« Sie seufzte und sah zu, wie die Straßenzüge vorbeiglitten. »Es fällt mir tatsächlich schwer, mich jetzt daran zu erinnern. Es ist komisch, wenn man mittendrin steckt, glaubt man zeitweise, daß man es nicht überleben wird, aber irgendwie gelingt es einem doch, und wenn man zurückblickt, erscheint es einem nicht mehr so schlimm.« Während er ihr zuhörte, fragte er sich, ob er eines Tages in ähnlicher Weise über den Verlust von Anne denken würde, aber er bezweifelte es.

»Wissen Sie, Mel, mich belastet das Bewußtsein schwer, daß ich meinen Kindern nie die Mutter ersetzen kann. Sie brauchen beide Elternteile, besonders Pam.«

»So viel können Sie von sich auch nicht erwarten. Sie sind nur ein Mensch, und Sie geben sicherlich Ihr Bestes. Mehr können Sie nicht tun.«

»Das nehme ich an.« Aber es klang nicht überzeugt. »Sie haben nie daran gedacht, den Mädchen zuliebe wieder zu heiraten?« Aber ihre Lage war anders, überlegte er, sie hatte nicht mit der Erinnerung an einen geliebten Menschen fertigzuwerden, oder vielleicht hatte sie ihn geliebt, aber sie konnte sich an ihrem Zorn aufrichten und war auf diese Weise freier als er, außerdem lag es für sie auch viel länger zurück.

»Ich glaube, ich bin nicht für die Ehe geschaffen, und die Mädchen verstehen mich jetzt. Früher haben sie mich deshalb oft gequält. Als sie noch jünger waren. Es gab wirklich Zeiten, in denen ich mich auch schuldbewußt fühlte. Aber es ging uns allein besser, als wenn ich mit dem falschen Mann zusammengelebt hätte, und das Komische ist, manchmal gefällt es mir so besser. Ich weiß nicht, ob ich mich jetzt damit abfinden würde, daß jemand die Zuneigung der Mädchen mit mir teilt. Vielleicht ist es schrecklich, so etwas zuzugeben, aber mitunter habe ich dieses Gefühl. Ich bin vermutlich ihnen gegenüber sehr besitzergreifend geworden.«

»Das ist verständlich, wenn Sie so lange mit ihnen allein gelebt haben.«

Er lehnte sich zurück und sah sie an.

»Möglich. Jessica und Val stellen die positiven Werte in meinem Leben dar. Sie sind zwei wunderbare Kinder.« Als sie dies sagte, war sie ganz Mutter. Er stieg aus, um ihr den Wagenschlag zu öffnen. Sie glitt von ihrem Sitz und sah zu ihm auf. Sie befanden sich im vornehmen Beverly Hills, nur zwei Blocks von dem berühmten Rodeo Drive entfernt. Melanie sah sich um. Das Bistro »Gardens« war ein schönes Restaurant, das in Art Deco möbliert war, und eine Menge Blattpflanzen säumten den Weg zu dem äußeren Patio. Wo Mel auch hinblickte, sah sie die Schicken, Reichen und Eleganten. Alle waren noch beim Lunch. Sie bemerkte an mehreren Tischen die Gesichter bekannter Filmstars, eine alternde Fernsehdiva, einen berühmten Schriftsteller, der ständig in den Bestsellerlisten an der Spitze lag, und dann nahm sie plötzlich, während sie sich umsah, wahr, daß die Leute ihrerseits sie musterten, daß zwei Frauen einer dritten etwas zuflüsterten, und als der Oberkellner lächelnd auf Peter zutrat, schloß er auch Melanie in die Begrüßung ein.

»Hallo, Doktor, hallo, Miß Adams, nett, Sie wieder einmal zu sehen.« Sie konnte sich nicht erinnern, ihm je zuvor begegnet zu sein, aber er wußte offensichtlich, wer sie war, und wollte es ihr zeigen. Sie lächelte belustigt, während sie ihm zu einem Tisch unter einem Sonnenschirm im Freien folgte und Peter ihr einen fragenden Blick zuwarf.

»Erkennen die Leute Sie immer?«

»Nicht immer. Es hängt davon ab, wo ich mich befinde. Ich nehme an, in einem solchen Lokal wissen viele, wer ich bin. Es gehört zu ihrem Beruf.« Sie warf einen Blick auf die gut besetzten Tische rundum, das Bistro »Gardens« war die Futterkrippe der

Vermögenden, der Schickeria, der Prominenz, der Arrivierten, der allgemein Bekannten. Dann lächelte sie wieder Peter zu. »Es ist genauso, als wenn man in Begleitung von Dr. Hallam im Krankenhaus herumgeht, wo alle Sie anstarren. Es hängt im wesentlichen davon ab, in welchem Milieu man sich bewegt.«

»Das nehme ich auch an.« Er hatte noch nie bewußt festgestellt, daß die Menschen ihn anstarrten. Er sah jetzt etliche Leute, die Melanie genau beobachteten, und es machte ihr offensichtlich nichts aus. Sie schien die neugierigen Blicke nicht zu bemerken.

»Das ist ein wunderbares Lokal.« Sie stieß einen Seufzer aus und drehte den Kopf so, daß die Sonnenstrahlen auf ihr Gesicht fielen. Man spürte hier in der milden Luft wirklich den Sommer und hatte nicht das Gefühl, in einer Stadt gefangen zu sein, wie es ihr in New York manchmal vorkam. Sie schloß die Augen und genoß die Sonne. »Es ist genau richtig.« Dann öffnete sie die Augen wieder. »Ich danke Ihnen, daß Sie mich hierher gebracht haben.«

Er lehnte sich zurück. »Ich fand, daß die Cafeteria nicht zu Ihnen paßt.«

»Ach, wissen Sie, meistens reicht meine Zeit nur für einen schnellen Imbiß. Das macht dann den Besuch eines Restaurants zu einem echten Genuß. Wenn ich arbeite, habe ich nicht viel Zeit zum Essen oder zum vollen Auskosten der Annehmlichkeiten eines so vorzüglichen Lokals.«

»Ich auch nicht.«

Sie lächelten einander an, und Melanie zog eine Braue hoch. »Nehmen Sie an, Doktor, daß wir beide zuviel arbeiten?«

»Den Verdacht hege ich. Aber ich habe auch den Eindruck, daß wir beide unsere Arbeit lieben. Das ist gewissermaßen ein Ausgleich.«

»Sicherlich.« Sie blickte ihn ruhig an, und er fühlte sich behaglicher, als jemals während der letzten beiden Jahre.

Als sie ihn beobachtete, fiel ihr wieder auf, daß sie ihn bewunderte. »Werden Sie heute noch einmal ins Krankenhaus zurückkehren?«

»Selbstverständlich. Ich will mich genau mit Pattie vertraut machen.« Mel runzelte die Stirn und dachte an das Kind.

»Wird es sehr schwer für sie sein?«

»Wir werden es ihr so angenehm wie möglich machen. Die Operation ist wirklich ihre einzige Chance.«

»Und Sie werden wirklich die Schweineherzklappe verwenden?«

»Vermutlich. Wir hatten seit Wochen keine Organspender, die für sie in Frage kämen, und es kann noch Monate dauern, bis wir einen Spender auftreiben. Es gibt schon sehr wenig geeignete Spender für Erwachsene, für die man aber noch leichter Organe beschaffen kann. Im Durchschnitt nehmen wir fünfundzwanzig bis dreißig Transplantationen im Jahr vor. Wie Sie bei unserer Krankenvisite heute gesehen haben, wenden wir meistens Bypass-Chirurgie an. Alles andere sind ganz spezielle Operationen, und wir führen nicht viele davon durch, obwohl man natürlich vor allem von diesen Fällen in der Presse berichtet.«

»Peter.« Sie sah verwirrt aus und nahm einen Schluck von dem Weißwein, den der Kellner gebracht hatte. Sie war von seiner Arbeit fasziniert, und unabhängig von der Story, die sie hier drehen sollte, wollte sie mehr darüber erfahren. »Warum können Sie nicht eine Klappe aus Plastik verwenden?«

»Bei tierischen Klappen brauchen wir keine gerinnungshemmenden Mittel. In Patties Fall ist das ein großer Vorteil.«

»Könnten Sie das ganze tierische Herz verwenden?«

Er schüttelte den Kopf. »Ausgeschlossen. Es würde sofort abgestoßen werden. Der menschliche Körper ist ein merkwürdiges kleines Wunder.«

Sie nickte in Gedanken an das kleine dunkelhäutige Mädchen. »Ich hoffe, Sie können ihr helfen.«

»Das hoffe ich auch. Wir haben derzeit drei weitere Patienten, die auf Organspender warten.«

»Wie entscheiden Sie, wer die erste Chance erhält?«

»Wir untersuchen, zu wem das Organ am besten paßt. Der Gewichtsunterschied zwischen Organspender und Empfänger sollte nicht mehr als dreißig Pfund betragen. Man kann das Herz eines neunzig Pfund schweren Mädchens nicht einem zweihundert Pfund schweren Mann einpflanzen oder umgekehrt. Im ersten Fall wäre das Herz zu schwach, und auch im zweiten Fall würde es nicht passen.«

Sie schüttelte den Kopf, von großer Ehrfurcht vor seiner Arbeit ergriffen. »Was Sie zuwege bringen, ist erstaunlich, mein Freund.«

»Ich wundere mich selbst immer wieder. Nicht so sehr über meine Rolle dabei, wie über das Wunder der Technik. Ich liebe meine Arbeit, ich nehme an, das hilft mir.« Sie musterte ihn einen Augenblick lang forschend und dann die eleganten Gäste im Restaurant. Er trug einen marineblauen Blazer über einem hellblauen Hemd, und sie fand, daß er zwanglos, aber vornehm wirkte.

»Es ist ein schönes Gefühl, wenn man seine Arbeit liebt, nicht wahr?« Er lächelte bei ihren Worten. Offensichtlich verlieh ihr ihre Arbeit dasselbe Gefühl. Plötzlich dachte Melanie an Anne.

»War Ihre Frau berufstätig?«

»Nein.« Er schüttelte den Kopf, erinnerte sich aber an die stetige Unterstützung, die sie ihm gegeben hatte. Sie war eine ganz andere Art von Mensch gewesen als Melanie, aber damals hatte er genau so eine Frau wie sie gebraucht.

»Nein, sie hat nicht gearbeitet. Sie blieb zu Haus und kümmerte sich um die Kinder. Dadurch war ihr Tod für die Kinder ein noch härterer Schlag.« Aber jetzt war er neugierig auf Mels Leben.

»Glauben Sie, daß Ihre Töchter auf Ihre Arbeit eifersüchtig sind, Mel?«

»Hoffentlich nicht.« Sie bemühte sich, zu ihm vollkommen aufrichtig zu sein. »Vielleicht manchmal, aber ich glaube, sie sind mit meinem Beruf einverstanden.« Sie lächelte und sah aus wie ein junges Mädchen. »Wahrscheinlich beeindruckt es ihre Freundinnen, und das genießen sie.« Er lächelte ebenfalls. Es beeindruckte sogar ihn.

»Warten Sie, bis meine Kinder erfahren, daß ich mit Ihnen geluncht habe.« Sie lachten beide, und er bezahlte die Rechnung. Sie standen ungern auf und bedauerten, daß sie weggehen und das anregende Gespräch beenden mußten. Sie streckte sich, bevor sie in den Wagen stieg.

»Ich fühle mich so richtig faul. Man hat hier das Gefühl, daß Sommer ist.« Es war erst Mai, aber sie hätte sich gern an einem Swimming-pool ausgestreckt.

Während er den Motor startete, eilten seine Gedanken bereits voraus. »Wir fahren heuer, wie gewöhnlich, nach Aspen. Was unternehmen Sie im Sommer, Mel?«

»Wir fahren jedes Jahr nach Marthas Vineyard.«

»Wie ist es dort?«

Sie kniff die Augen zusammen und stützte das Kinn in die Hand. »Es ist ein bißchen so, als wäre man ein kleines Kind oder spielte Huckleberry Finn. Man läuft den ganzen Tag in Shorts und barfuß herum, die Kinder treiben sich am Strand herum, und die Häuser sehen aus, als wohnte die Großmutter oder die Großtante dort. Mir gefällt es, denn ich muß bei niemandem Eindruck schinden, während ich dort Ferien mache. Ich muß mich nicht zurechtmachen oder Leute treffen, wenn ich nicht will, ich kann einfach im Sand liegen und mich gehenlassen. Wir verbringen jedes Jahr zwei Monate dort.«

»Können Sie Ihre Arbeit so lange im Stich lassen?« Er schien überrascht.

»Ich habe es jetzt ausdrücklich in meinem Vertrag. Früher war es nur ein Monat, aber seit drei Jahren sind es zwei.«

»Nicht übel. Vielleicht wäre es die Erholung, die ich brauchte.«

»Zwei Monate im Vineyard?« Sie schien von der Idee begeistert. »Es würde Ihnen sehr gefallen, Peter! Es ist ein wirklich wunderbarer, zauberhafter Ort.«

Ihr Gesichtsausdruck gefiel ihm, und plötzlich bemerkte er, wie dicht ihr Haar war. Es glänzte in der Sonne wie Satin, und er hätte gern gewußt, wie es sich anfühlte. »Ich meinte einen Vertrag für meine Arbeit.« Er versuchte, seine Gedanken und seine Augen von ihrem kupferrot schimmernden Haar zu lösen. Ihre Augen waren von einem Grün, das er noch nie gesehen hatte, fast smaragd mit goldenen Tupfen in der Iris. Sie war eine schöne Frau, und tief in seinem Inneren wurde eine Saite angeschlagen. Er brachte sie zum Krankenhaus zurück und versuchte, das Gespräch auf Pattie Lou zu konzentrieren. Sie waren einander in den letzten Stunden nahe genug gekommen, fast zu nahe, das bereitete ihm Sorgen. Er hatte den Eindruck, daß er durch sein Mitgefühl für Mel Anne verraten hatte. Während sie zum Krankenhaus gingen, fragte sich Mel, warum er plötzlich so kühl zu ihr war.

5

Am nächsten Morgen verließ Mel ihr Hotel genau um halb sieben und fuhr ins Center-City-Krankenhaus, wo Patties Mutter auf einem Stuhl vor dem Zimmer ihrer Tochter saß. Sie schwieg angespannt, während Mel ruhig auf den Stuhl neben sie glitt. Die Operation war für halb acht angesetzt.

»Kann ich Ihnen eine Tasse Kaffee bringen, Pearl?«

»Nein danke«, antwortete die Frau mit leiser Stimme, sie sah aus, als laste das Gewicht der Welt auf ihren zarten Schultern. »Ich möchte Ihnen für alles danken, was Sie für uns getan haben, Mel. Ohne Sie wären wir gar nicht hergekommen.«

»Das haben Sie nicht mir zu verdanken, sondern der Fernsehgesellschaft.«

»Davon bin ich nicht überzeugt.« Sie sah Mel an. »Soviel ich weiß, haben Sie Peter Hallam angerufen und Sie haben uns auch hierher gebracht.«

»Ich hoffe nur, er kann ihr helfen, Pearl.«

»Das hoffe ich auch.« Die Augen der schwarzen Frau standen voll Tränen, und sie wandte sich ab, während Mel ihr sanft über die Schultern strich.

»Kann ich etwas für Sie tun?« Pearl Jones schüttelte nur den Kopf und trocknete ihre Augen. Sie hatte Pattie Lou schon an diesem Morgen gesehen, und nun bereitete man sie für die Operation vor. Nur zehn Minuten später kam Peter Hallam durch den Korridor, er sah trotz der frühen Stunde konzentriert und sehr wach aus.

»Guten Morgen, Mrs. Jones, Mel.« Mehr sagte er nicht und verschwand gleich in Patties Zimmer. Einen Augenblick später hörten sie von drinnen einen leisen Schrei, Pearl Jones verkrampfte sich sichtlich und sagte fast zu sich selbst:

»Sie haben mir erklärt, daß ich nicht im Krankenzimmer sein darf, während sie sie vorbereiten.« Ihre Hände zitterten, und sie begann, ein Taschentuch zusammenzudrehen, als Mel fest eine ihrer Hände ergriff.

»Sie wird gesund werden, Pearl. Bleiben Sie ruhig hier sitzen.« Noch während sie sprach, rollten die Schwestern das Kind auf einem fahrbaren Bett heraus, und Peter Hallam ging neben ihr her. Sie hatten schon mit der intravenösen Infusion begonnen und ihr einen bedrohlich aussehenden Schlauch durch die Nase in den Magen eingeführt. Pearl nahm sich zusammen, während sie rasch zu ihrer Tochter ging, sich niederbeugte und sie küßte. Ihre Augen glänzten vor Tränen, aber sie sprach mit lauter, ruhiger Stimme zu ihrer Tochter:

»Ich liebe dich, mein kleines Baby. Wir sehen einander bald wieder.« Peter Hallam lächelte beiden zu, tätschelte Pearls Schulter und warf Mel einen raschen Blick zu. Einen Augenblick lang sprang ein kurzer, elektrischer Funke von ihm zu ihr, dann wandte er wieder seine volle Aufmerksamkeit Pattie zu. Sie war leicht betäubt durch die Spritze, die man ihr soeben verabreicht hatte, und sah Peter, Mel und ihre Mutter matt an. Hallam winkte den Schwestern, und das Krankenbett rollte langsam durch den Korridor. Peter hielt Patties Hand, und Mel und Pearl gingen hinterher. Einen Augenblick später wurde sie in den Fahrstuhl zum Operationssaal im Stockwerk darüber gerollt, während Pearl hilflos die Türen anstarrte und sich dann mit zuckenden Schultern zu Mel umdrehte. »O mein Gott.« Dann hielten die beiden Frauen einander lange in den Armen und kehrten schließlich zu ihren Stühlen zurück, um auf Nachrichten über Pattie zu warten.

Der Vormittag zog sich endlos hin: mit Schweigen, kurzen Gesprächen, zahllosen Papierbechern voll schwarzem Kaffee, langen Wanderungen durch den Korridor und Warten. Warten ... unendlichem Warten ... bis schließlich Peter Hallam wieder erschien, und während Mel den Atem anhielt, in seinem Gesicht forschte, erstarrte die Frau neben ihr in Erwartung des Ergebnisses. Er kam lächelnd auf sie zu, und als er Pattie Lous Mutter erreichte, strahlte er.

»Die Operation ist wunderbar verlaufen, Mrs. Jones. Es geht Pattie Lou sehr gut.« Sie begann wieder zu zittern und glitt plötzlich in seine Arme, während sie in Tränen ausbrach.

»O mein Gott ... mein Baby ... mein Gott ...«

»Es ist wirklich sehr gut gegangen.«

»Sie glauben nicht, daß ihr Körper die Klappe abstoßen wird, die Sie eingesetzt haben?« Sie sah besorgt zu ihm auf.

»Das glaube ich nicht. Es ist natürlich zu früh, um absolut sicher zu sein, aber im Augenblick sieht alles sehr gut aus.« Mel wurden die Knie schwach, während sie die beiden beobachtete, und sie ließ sich erschöpft auf einen Stuhl fallen. Sie hatten viereinhalb Stunden gewartet, und ihr waren sie wie die längsten ihres Lebens erschienen. Sie hatte das kleine Mädchen wirklich liebgewonnen. Als ihr Blick dann dem Peters begegnete, der begeistert und glücklich aussah, setzte er sich neben sie.

»Ich wünschte, Sie hätten zuschauen können.«

»Ich auch.« Aber er hatte es ihr verboten und unnachgiebig darauf bestanden, daß er kein Kamerateam im Operationssaal zulassen würde.

»Vielleicht ein andermal, Mel.« Er verzichtete langsam auf alle Reserviertheit ihr gegenüber. »Was halten Sie davon, wenn wir unser Interview heute nachmittag durchführen?« Er hatte versprochen, es nach der Operation an Pattie Lou zu geben, hatte aber keinen bestimmten Zeitpunkt genannt.

»Ich werde das Team zusammentrommeln.« Dann sah sie ihn besorgt an. »Sind Sie sicher, daß es Ihnen nicht zuviel ist?«

»Verdammt noch mal, nein.« Er grinste wie ein Junge, der soeben ein Fußballmatch gewonnen hat. Dies Lächeln wog alle Enttäuschungen auf. Mel hoffte nur, daß Pattie Lous Körper die neue Herzklappe nicht abstoßen und all ihre Hoffnungen wieder zunichte machen würde. Pearl war zum Telefon gelaufen, um ihren Mann in New York anzurufen, und Mel und Peter blieben allein zurück. »Es ist wirklich ohne jede Komplikation abgegangen, Mel.«

»Ich freue mich so.«

»Ich mich auch.« Er warf einen Blick auf seine Uhr. »Ich werde jetzt lieber meine Visite machen, dann rufe ich mein Büro an, aber ich könnte gegen drei für die Aufnahme bereit sein. Paßt Ihnen diese Zeit für das Interview?«

»Ich werde sehen, wie schnell das Kamerateam herkommen kann.« Sie hatten zwei Tage lang im Hintergrund gewartet, und Mel war ziemlich sicher, daß es sich bewerkstelligen ließ. »Ich glaube nicht, daß es Probleme geben wird. Welchen Raum schlagen Sie vor?«

Er überlegte einen Augenblick. »In meinem Büro?«

»Ausgezeichnet. Das Kamerateam wird wahrscheinlich gegen zwei kommen und mit den Vorbereitungen beginnen.«

»Wie lange wird es Ihrer Ansicht nach dauern?«

»So lange Sie Zeit haben. Halten Sie zwei Stunden für zu viel?«

»Nein, das wird genau richtig.«

Dann fiel ihr etwas ein. »Wie steht es mit Pattie Lou? Wäre es möglich, heute ein paar Minuten bei ihr zu drehen?«

Er runzelte die Stirn und schüttelte den Kopf. »Ich glaube nicht, Mel. Aber vielleicht morgen einige Minuten, wenn es ihr weiterhin so gut geht, wie ich nach ihrem jetzigen Zustand annehme. Das Team wird sterile Mäntel tragen müssen, und die Drehzeit muß kurz sein.«

»In Ordnung.« Mel kritzelte noch ein paar Notizen auf einen Block, den sie immer in ihrer Handtasche trug. Sie hatte an diesem Nachmittag ein Interview mit Pearl Jones arrangiert, dann mit Peter, und am nächsten Morgen mit Pattie Lou, und das Kamerateam sollte dann noch ein paar Meter Backgroundaufnahmen machen, damit war die Sache dann erledigt. Sie konnte morgen noch den letzten Flug nach New York erreichen. Ende der Story. Und in einem Monat könnten sie vielleicht ein längeres Interview mit Pattie Lou darüber aufnehmen, wie sie sich gefühlt hatte und wie es ihr dann ging. Es war aber sicherlich verfrüht, darüber nachzudenken. Der Hauptteil der Story konnte jetzt erledigt werden, und es würde bestimmt einen eindrucksvollen Bericht für die Abendnachrichten darstellen. Sie blickte Peter an. »Ich würde gern einmal einen Talkshow mit Ihnen machen.«

Er lächelte freundlich und wirkte immer noch glücklich über die gelungene Operation an dem Kind. »Vielleicht ließe sich das gelegentlich bewerkstelligen. Ich hatte für derlei Publicity nie viel übrig.«

»Ich halte es für wichtig, daß die Leute erfahren, worum es sich bei Organverpflanzungen handelt.«

»Ich auch. Aber es muß in der richtigen Form geschehen und zum richtigen Zeitpunkt.« Sie nickte zustimmend, er tätschelte ihre Hand und stand auf. »Auf Wiedersehen in meinem Büro gegen zwei, Mel.«

»Wir werden Sie nicht vor drei stören. Sagen Sie nur Ihrer Sekretärin, wo wir uns aufstellen sollen, und wir werden uns daran halten.«

»In Ordnung.« Er hastete zur Schwesternstation, griff sich dort ein paar Krankengeschichten und verschwand gleich darauf, während Mel allein sitzen blieb, an die lange nervenzermürbende Wartezeit dachte, die Pearl und sie durchgemacht hatten, und tiefe Erleichterung empfand. Dann ging sie zu einer Reihe von Telefonzellen und winkte Pearl zu, die in der Zelle nebenan zugleich weinte und lachte.

Sie bestellte das Kamerateam für ein Uhr zu einem Interview mit Pearl. Das konnten sie in einer Ecke des Vestibüls im Krankenhaus abdrehen, so würde sie nicht allzu weit von Pattie Lou entfernt sein. Mel blickte auf ihre Uhr und arbeitete im Geist alles aus. Um zwei würden sie dann zu dem Trakt des Krankenhauses hinübergehen, in dem sich Peters Büro befand, und das Gespräch mit ihm vorbereiten. Sie erwartete keine Probleme bei den Interviews und dachte allmählich schon an den Rückflug und das Wiedersehen mit den Zwillingen am nächsten Abend. Es würde eine gute Story werden, und sie war nur drei Tage weggeblieben, obwohl sie eher das Gefühl hatte, es hätte sich um Wochen gehandelt.

Sie ging ins Erdgeschoß, um auf das Kamerateam zu warten. Es traf pünktlich ein und filmte die zutiefst dankbare, äußerst gerührte Pearl Jones. Mel hatte sich die Fragen vorher zurechtgelegt, während sie rasch ein Sandwich verschlang und mit einer Tasse Tee hinunterspülte, und alles verlief reibungslos. Um zwei fuhren sie in Peters Büro und waren um drei für die Aufnahme bereit. Der Raum, in dem er während des Interviews saß, war an zwei Wänden mit Regalen voll medizinischer Bücher verstellt und mit warmem, rötlichem Holz getäfelt. Er saß hinter einem mächtigen Schreibtisch und sprach ernst mit Mel über die Fallstricke seiner Arbeit, die Gefahren, die realistischen Befürchtungen und über die Aussichten, die sich den Patienten boten. Er erwähnte offen sowohl die Risiken als auch die Erfolgsaussichten, aber da die Leute, an denen er Transplantationen vornahm, sowieso keine andere Hoffnung besaßen, schien es sinnvoll, die Risiken einzudämmen, und darüber hinaus war für sie eine geringe Chance besser als gar keine.

»Und was ist mit den Leuten, die sich dafür entscheiden, dieses Risiko nicht einzugehen?« fragte sie sanft in der Hoffnung, daß die Frage nicht allzu persönlich klang und bei ihm nicht alte Wunden aufreißen würde.

Er antwortete ebenso sanft. »Sie sterben.« Nach einer kurzen

Pause sprach er wieder über Pattie Lou im besonderen. Er zeichnete Diagramme, um zu erklären, wie er vorgegangen war, und wirkte äußerst sicher, als er die Operation vor der Kamera und Mel beschrieb.

Es war fünf Uhr, als sie das Gespräch endlich beendeten, und Peter wirkte sichtlich erleichtert. Es war ein langer Tag für ihn gewesen, und das zweistündige Interview hatte ihn ermüdet.

»Sie machen ihren Job ausgezeichnet, meine Liebe.« Der Ausdruck, den er verwendete, gefiel ihr. Der Kameramann schaltete die Scheinwerfer ab. Das Team war mit dem Ergebnis zufrieden. Peter würde gut ankommen, und Mel wußte instinktiv, daß sie genau den Bericht erhalten hatte, den sie im Anschluß an die Abendnachrichten brauchte. Das Interview sollte als fünfzehnminütige Information über ein Spezialthema gesendet werden, und Mel wartete schon ungeduldig darauf, die Bandaufzeichnung zu sehen. Peter Hallam hatte sich als redegewandt und bemerkenswert unbefangen erwiesen.

»Ich würde sagen, Sie machen es auch sehr routiniert. Sie waren sehr gut.«

»Ich hatte befürchtet, ich würde zu sehr fachsimpeln oder mich allzu persönlich beteiligt zeigen.« Er runzelte die Stirn, und sie schüttelte den Kopf.

»Es war genau richtig.« Ebenso wie das Interview mit Pearl. Sie hatte geweint und gelacht und dann sachlich erklärt, wie das Leben ihres Kindes in den letzten neun Jahren verlaufen war. Wenn der Eingriff so erfolgreich war, wie Peter erwartete, hatte sie sehr viel Hoffnung. Die Herzen der Zuschauer würden ihr sicherlich zufliegen, wie die Sympathie Mels und auch Peters. Es war sowieso unmöglich, nicht mit kranken Kindern zu fühlen, und Pattie Lou verfügte über eine geradezu magische Anziehungskraft, vielleicht, weil sie so lange krank gewesen war, oder vielleicht lag es in ihrer Art. In den vergangenen neun Jahren war sie mit Liebe sehr verwöhnt worden.

Peter beobachtete Mel, während sie dem Kamerateam Anweisungen erteilte, und in seinen Augen lag offene Bewunderung, genauso wie in den ihren, wann immer sie ihn beobachtet hatte. Doch sein Gedankengang wurde unterbrochen, als eine der Schwestern eintrat. Sie sprach leise zu ihm, er runzelte sofort die

Stirn, gerade als sich Mel umdrehte; ihr Herz wurde schwer. Sie konnte nicht anders, sie mußte zu ihnen hinübergehen und sie fragen, ob Pattie Lou etwas zugestoßen war.

Doch Peter schüttelte sofort den Kopf. »Nein, es geht ihr gut. Einer meiner Kollegen hat sie erst vor einer Stunde besucht, hier handelt es sich um etwas anderes. Soeben ist eine weitere Transplantationspatientin eingeliefert worden. Ein äußerst dringender Fall. Sie braucht sofort einen Organspender, aber wir haben nichts für sie.« Er war sofort von dem neuen Problem in Anspruch genommen, das er zu lösen hatte. Er warf Mel einen raschen Blick zu. »Ich muß leider gehen.« Dann folgte er einer plötzlichen Eingebung und wandte sich Mel zu. »Wollen Sie mitkommen?«

»Um die Patientin mit Ihnen zu besuchen?« Sie freute sich über sein Angebot, und er nickte.

»Sicherlich. Nur verraten Sie niemandem, wer Sie sind. Ich kann Sie immer als Ärztin von einem Krankenhaus im Osten vorstellen, die zu Besuch hier ist. Es sei denn, Sie werden erkannt. Ich möchte nur nicht, daß die Familie außer Fassung gerät oder glaubt, daß ich den Fall ausschlachten will.« Es war einer der Gründe, weshalb er immer vor Publicity zurückgeschreckt war.

»Sicherlich. Das geht in Ordnung.« Sie griff nach ihrer Handtasche, gab dem Team ein paar Anweisungen und lief mit ihm zu seinem Wagen. Bald darauf waren sie wieder im sechsten Stockwerk des Center-City-Krankenhauses und hasteten durch den Korridor zu dem Zimmer der Patientin.

Als Peter Mel die Tür aufhielt, war sie über das Bild, das sich ihr bot, überrascht: ein bemerkenswert schönes Mädchen Ende Zwanzig.

Sie hatte ganz hellblondes Haar und große, traurige Augen, die zarteste, milchigweiße, bläulich durchäderte Haut, die Melanie je gesehen hatte, und als sie ihr vorgestellt wurde, schien sie sich jeden von ihnen einzuprägen, als wollte sie keines der Gesichter, der Augenpaare jemals vergessen. Dann lächelte sie, wirkte dadurch jünger, als sie war, und Melanie fühlte sich zu ihr hingezogen. Was machte dieses schöne Wesen in dieser schrecklichen Umgebung? Sie trug schon einen dicken Verband an einem Arm, der die Stelle bedeckte, an der Ärzte tiefe Stiche gemacht hatten, um die Venen zu erreichen, aus denen sie große Mengen

Blut entnahmen, und der andere Arm war schwarz und blau, von einer Infusion, die sie vor wenigen Tagen erhalten hatte. Doch man vergaß das alles, wenn man sie sprechen hörte. Sie hatte eine melodiöse, fröhliche Stimme, das Atmen fiel ihr sichtlich schwer, und dennoch schien sie sich zu freuen, sie alle um sich versammelt zu sehen; sie sagte etwas Lustiges zu Mel, als sie einander vorgestellt wurden, und sie neckte Peter leichthin. Plötzlich betete Melanie im stillen um ein Ersatzherz für sie. Wieso konnten alle diese Menschen in eine so verzweifelte Situation geraten, und wie kam das Unrecht in diese Welt, daß die einen so schwer getroffen wurden und infolge ihrer schwachen Herzen langsam dahinsiechten, während andere Gräben aushoben, auf Berge kletterten, tanzen gingen, skifuhren? Warum waren sie so benachteiligt, während sie noch jung waren? Es erschien Mel ungerecht. Dennoch war in dem Gesicht des Mädchens keine Bitterkeit zu erkennen. Sie hieß Marie Dupret, und sie erzählte, daß ihre Eltern Franzosen gewesen waren.

»Ein schöner Name«, lächelte Peter. Doch sie war mehr als das, sie war ein schönes Mädchen.

»Danke, Dr. Hallam.«

Bei diesen Worten merkte Mel, daß sie die leicht gedehnte Sprechweise der Südstaatler hatte, und unmittelbar darauf erwähnte Marie, daß sie in New Orleans aufgewachsen war, aber seit fast fünf Jahren in Los Angeles lebte. »Ich würde gern einmal nach New Orleans zurückfahren« – sie sprach es so aus, daß die Melodie ihrer Sprache dem Ohr schmeichelte – »nachdem der gute Onkel Doktor hier mich wieder zusammengeflickt hat.« Dann sah sie ihn fragend an, und man erkannte allmählich ihre Sorge und ihren Schmerz. »Was glauben Sie, wie lange wird es dauern?« Eine Frage, auf die niemand eine Antwort geben konnte, außer Gott, wie sie alle, Marie eingeschlossen, wußten.

»Wir hoffen, bald.« Schon der Ton seiner Stimme war zuversichtlich, und er beruhigte sie auch bezüglich anderer Ängste und erklärte ihr, was sie an diesem Tag mit ihr tun würden. Sie schien sich vor den endlosen Untersuchungen nicht zu fürchten, wollte aber immer auf die wesentliche Schicksalsfrage zurückkommen; ihre großen blauen Augen waren flehend auf ihn gerichtet, wie die eines Delinquenten auf dem Weg zum Schafott, der um Gnade für ein Verbrechen bittet, das er nicht begangen hat. »Sie werden in den nächsten Tagen sehr beschäftigt sein, Marie.« Er tätschelte ihren Arm. »Morgen schaue ich wieder herein, und wenn Ihnen noch etwas unklar ist, können Sie mich danach fragen.« Sie dankte ihm, er verließ mit Mel das Zimmer, und Mel war wieder darüber betroffen, wie jeder Patient unter einer ungeheuren Belastung stand, weil alle dem Schrecken am Ende allein die Stirn bieten mußten. Sie fragte sich, wen Marie wohl hatte, der ihre Hand halten würde, und sie spürte instinktiv, daß die junge Frau im Leben allein stand. Wenn nicht, wären doch ihr Mann oder ihre Familie anwesend gewesen. In anderen Zimmern gab es stets Besuche von Ehemännern oder zumindest Freunden, hier aber nicht, und deshalb schien sie viel stärker von Peter abhängig zu sein als alle anderen, oder vielleicht war der Grund für ihre Einsamkeit auch nur, daß sie neu eingeliefert war. Während sie langsam durch den Korridor gingen, hatte Melanie das unbestimmte Gefühl, daß sie Marie jetzt im Stich ließen. Melanie sah Peter traurig an.

»Was wird mit ihr geschehen?«

»Wir müssen einen Organspender finden, und zwar bald.« Er schien ebenso gedankenverloren wie besorgt, dann erinnerte er sich an Mel. »Ich bin froh, daß Sie mitgekommen sind.«

»Ich auch. Sie scheint ein nettes Mädchen zu sein.« Er nickte; für ihn waren alle gleich, die Männer, die Frauen, die Kinder. Und sie waren alle so verzweifelt auf ihn angewiesen. Es hätte ihn erschreckt, wenn er zu sehr darüber nachgegrübelt hätte. Aber das war selten der Fall. Er tat einfach, was er für sie tun konnte. Obwohl es manchmal verdammt wenig war, was er an Hilfe anbieten konnte. Mel fragte sich schon seit Tagen, wie er die Last der Verantwortung tragen konnte. Mit so vielen Menschenleben und so wenig Hoffnung auf ein Ersatzorgan, und dennoch vermittelte der Mann nicht den Eindruck von Trostlosigkeit. Er schien beinahe selbst der Quell aller Hoffnungen zu sein, und wieder war sich Melanie bewußt, wie sehr sie ihn bewunderte.

»Es war kein leichter Tag, nicht wahr, Mel?« fragte er lächelnd, während sie nebeneinander hinausgingen.

»Ich verstehe nicht, wie Sie das jeden Tag durchhalten. Ich wäre in zwei Jahren total erledigt. Nein, schon in zwei Wochen. Mein

Gott, Peter, die Verantwortung, die Beanspruchung. Sie gehen vom Operationssaal zum Krankenbett, ins Büro und wieder zurück, und es handelt sich dabei nicht nur um Menschen mit Hühneraugen, bei jedem von ihnen geht es um Leben und Tod.« Sie dachte wieder an Marie Dupret.

»Das eben macht es der Mühe wert. Wenn man Erfolg hat.« Beide dachten zugleich an Pattie Lou, der letzte Befund des Tages war noch immer gut gewesen.

»Ja, aber es ist unglaublich hart für Sie. Und zu allem übrigen haben Sie mir noch ein zweistündiges Interview gegeben.«

»Das hat mir allerdings Vergnügen bereitet.« Er lächelte, aber seine Gedanken waren noch mit Marie beschäftigt. Er hatte sich die Krankengeschichte angesehen, seine Kollegen betreuten sie inzwischen. Das Hauptproblem bestand darin, ob sie rechtzeitig einen Organspender finden würden, und diesbezüglich konnte er nichts tun, nur beten. Auch Mel stellte fest, daß sie nur daran dachte.

»Glauben Sie, daß Sie einen Organspender für Marie finden werden?«

»Ich kann darauf leider keine Antwort geben. Ich hoffe aber, wir finden einen. Sie hat nicht mehr viel Zeit.« Das hatte allerdings keiner von ihnen. Und das war das Schlimmste daran. Sie warteten darauf, daß jemand starb und ihnen das Geschenk des Überlebens machte, ohne daß sie zum Tod verurteilt waren.

»Ich hoffe es auch.« Sie zog die Frühlingsluft in ihre Lunge und blickte zu ihrem Mietwagen hinüber. »Nun« – sie streckte die Hand aus –, »ich denke, das wäre alles für heute. Für mich jedenfalls. Hoffentlich können Sie sich nach einem anstrengenden Tag wie diesem etwas ausruhen.«

»Das gelingt mir immer, wenn ich zu meinen Kindern nach Haus fahre.«

Darauf lachte sie offen heraus. »Ich weiß nicht, ob Sie das mit Berechtigung sagen können, denn dann müssen sie wesentlich anders sein als meine. Jedesmal, wenn ich nach einem absolut mörderischen Achtzehnstundentag auf allen vieren nach Haus gekrochen komme, kann Val sich nicht zwischen zwei Jungen entscheiden, über die sie unbedingt mit mir sprechen muß, und Jess hat einen fünfzig Seiten langen wissenschaftlichen Entwurf gefunden, den ich noch am selben Abend durchlesen soll. Beide reden zugleich auf mich ein, und ich explodiere und habe das Gefühl, eine Egoistin zu sein. Das ist die harte Seite des Alleinseins, daß man niemanden hat, der die Last mit einem teilt, wie müde man auch heimkommt.«

Das klang vertraut. »Es ist etwas Wahres dran an dem, was Sie sagen, Mel. Bei mir zu Haus sind es hauptsächlich Matt und Pam. Mark ist nun schon ziemlich selbständig.«

»Wie alt ist er?«

»Siebzehn.« Dann kam ihm plötzlich eine Idee. Er sah Melanie mit einem unmerklichen Lächeln an. Es war Viertel nach sechs. »Wie wäre es, wenn Sie mit zu mir kämen? Sie könnten noch rasch ein wenig im Pool schwimmen und dann mit uns zu Abend essen.«

»Das kann ich nicht.« Aber sie war durch die Einladung gerührt.

»Warum nicht? Es ist nicht lustig, in ein Hotelzimmer zurückzukehren, Mel. Warum kommen Sie nicht zu mir? Wir essen nicht spät zu Abend, und Sie könnten um neun wieder im Hotel sein.«

Sie wußte nicht genau warum, aber der Gedanke war verlokkend. »Glauben Sie nicht, daß Ihre Kinder lieber mit Ihnen allein wären?«

»Nein. Ich glaube, sie würden Sie sehr gern kennenlernen.«

»Überschätzen Sie mich nicht.« Aber die Idee gefiel ihr immer besser. »Sie sind bestimmt nicht zu müde?«

»Keineswegs. Kommen Sie, Mel, es wird Ihnen Spaß machen.«

»Ganz bestimmt. Soll ich Ihnen mit meinem Wagen nachfahren?«

»Warum lassen Sie ihn nicht einfach hier stehen?«

»Dann müssen Sie mich wieder zurückbringen. Aber ich könnte auch ein Taxi nehmen.«

»Ich werde Sie wieder herbringen. Dann kann ich auch noch einen Blick auf Pattie Lou werfen.«

»Schalten Sie nie ab?« Sie setzte sich in seinen Wagen und freute sich, ihn nach Haus zu begleiten.

»Nein. Und Sie wohl auch nicht.« Er sah ebenso erfreut aus wie sie, während sie aus dem Parkplatz herausfuhren und die Richtung nach Bel-Air einschlugen.

Melanie lehnte sich seufzend zurück.

»Hier ist es so angenehm.« Es war, als würde man über Land fahren, während die Straße Kurven beschrieb und den Blick auf abseits liegende, palastartige Villen freigab.

»Mir gefällt es hier. Ich weiß nicht, wie Sie es in New York überhaupt aushalten können.«

»Der wilde Trubel macht den ganzen Reiz aus.«

»Gefällt es Ihnen wirklich, Mel?«

»Sehr. Ich liebe mein Haus, meinen Beruf, die Stadt, meine Bekannten. Ich bin der Stadt einfach verfallen, und ich glaube nicht, daß ich anderswo leben könnte.« Während sie sprach, wurde ihr plötzlich klar, daß es gar kein so schlechter Gedanke war, morgen nach Haus zu fliegen. Sie gehörte nach New York, wie sehr ihr auch Los Angeles gefiel, und wie sehr sie ihn bewunderte. Als er sie wieder ansah, wirkte sie entspannter, und da bog er auch schon nach links ab, in eine gepflegte Einfahrt, die zu einem großen, schönen Haus in französischem Stil führte, das von ordentlich geschnittenen Bäumen und gepflegten Blumenbeeten umgeben war. Es sah aus wie auf einer französischen Ansichtskarte, und Melanie blickte sich überrascht um. Das Anwesen war keineswegs, wie sie es erwartet hatte. Irgendwie hatte sie angenommen, er würde in einem ländlicheren Haus wohnen. Aber das Gebäude machte einen sehr eleganten Eindruck.

»Es ist schön, Peter.« Sie schaute zu dem Mansardendach hinauf und erwartete, seine Kinder zu erblicken, aber es war weit und breit niemand zu sehen.

»Sie sehen überrascht aus.« Er lachte.

»Nein.« Sie errötete. »Es entspricht nur gar nicht Ihrem Wesen.«

»Das war von Anfang an so. Es entstand nach Annes Plänen. Wir ließen es bauen, knapp bevor Matthew zur Welt kam.«

»Es ist wirklich eine prachtvolle Villa, Peter.« Das war sie in der Tat, und nun lernte sie ihn von einer ganz anderen Seite kennen.

»Kommen Sie weiter.« Er öffnete die Wagentür und sah einen Augenblick zu ihr zurück. »Gehen wir hinein, ich werde Ihnen die Kinder vorstellen. Wahrscheinlich sind sie mit einem Dutzend Freunden beim Swimming-pool. Machen Sie sich auf das Schlimmste gefaßt.« Damit stiegen sie beide aus dem Wagen, und Melanie sah sich um. Es war ganz anders als ihr Stadthaus in New York, aber es interessierte sie, zu sehen, wie er wohnte. Sie folgte ihm hinein und war ein bißchen befangen vor der Begegnung mit seinen Kindern, und doch war sie neugierig, ob sie sich von ihren Zwillingen sehr unterscheiden würden.

6

Peter schloß die Eingangstür auf und trat in eine Vorhalle, deren Boden aus schwarzweißem Marmor in gleichmäßigem Rankenmuster bestand und an deren Wänden Kristalleuchter befestigt waren. Sie enthielt auch einen Tisch aus schwarzem Marmor mit vergoldeten Louis-XIV.-Beinen, auf dem eine herrliche, mit frischen Schnittblumen gefüllte Kristallvase stand, die die Luft mit süßem Frühlingsduft erfüllten. Melanie sah sich um. Der Eindruck war irgendwie ganz anders, als sie erwartet hatte. Peter wirkte immer so gelöst und so ungekünstelt in seiner ganzen Art, daß sie nie daran gedacht hatte, er könnte in einem Haus wohnen, das wertvolle französische Antiquitäten enthielt. Es vermittelte keinen protzigen, verschwenderischen Eindruck, sondern war eindeutig kostbar eingerichtet, und als sie einen Blick in das Wohnzimmer warf, sah sie, daß dort die Stoffbezüge auf den zierlichen Fauteuils zumeist aus cremefarbenem Brokat bestanden. Die Wände waren in verschieden hellen Beigetönen gehalten, wobei die Leisten in helleren Abstufungen und die verschlungenen Stukkaturen auf der Decke in Eierschalenfarbe, weiß und einem zarten, pastellfarbenen Grauton schimmerten. Mels Gesichtsausdruck zeigte Überraschung, während sie sich umblickte und Peter sie in sein Arbeitszimmer führte, wo er sie aufforderte, Platz zu nehmen. Dort war alles in tiefem, sattem Rot gehalten, die antiken englischen Stühle, eine lange Ledercouch, sowie Stiche von Jagdszenen an den Wänden, alles schön gerahmt.

»Sie sehen so überrascht aus, Mel.« Er schien leicht belustigt, sie lachte und schüttelte den Kopf.

»Nein, ich habe Sie mir nur in einem ganz anderen Rahmen vorgestellt. Aber es ist ein prachtvolles Heim.«

»Anne hat zwei Jahre lang die Sorbonne besucht und hielt sich danach noch zwei Jahre in Frankreich auf. Ich glaube, das hat ihren Geschmack nachhaltig beeinflußt. Aber ich kann mich nicht beklagen. Das Haus ist in den oberen Stockwerken weniger aufwendig eingerichtet. Ich werde es Ihnen etwas später zeigen.« Er setzte sich an seinen Schreibtisch, warf einen Blick auf die Notizen auf dem Schreibblock, dann wandte er sich ihr zu und schlug sich mit der flachen Hand gegen den Kopf. »Verdammt, ich vergaß, bei Ihrem Hotel vorbeizufahren, damit Sie sich einen Badeanzug holen.« Dann kniff er die Augen zusammen und sah sie an. »Vielleicht kann Pam Ihnen aushelfen. Möchten Sie gern ein wenig schwimmen?« Es war erstaunlich. Sie hatten den ganzen Tag im Krankenhaus und mit dem Interview verbracht, er hatte Pattie Lou operiert, und nun sprachen sie vom Schwimmen, als hätten sie die ganze Zeit über nichts anderes getan. Es war verblüffend, und dennoch schien es in dieser Umgebung normal. Vielleicht konnte er auf diese Art und Weise das alles bewältigen, dachte sie.

Peter stand auf und ging voraus zu einem Stein-Patio, der einen großen, ovalen Swimming-pool umgab, und dort fühlte sich Mel schon eher zu Haus. Es liefen mindestens ein Dutzend Teenager und ein kleiner Junge umher, die klitschnaß waren und aus vollen Kehlen brüllten. Merkwürdigerweise hatte sie den Lärm vorher nicht bemerkt, aber jetzt erschien er ihr um so lauter, und sie begann zu lachen, als sie ihre Späße beobachtete; die Jungen gaben an, stießen einander ins Wasser, spielten am anderen Ende des Beckens Wasserball, trugen einander auf den Schultern und plumpsten ins Wasser. Mehrere gut gewachsene junge Mädchen sahen ihnen zu. Peter stand an der Seite, wurde angespritzt, als er in die Hände klatschte, aber niemand achtete auf ihn, und plötzlich lief der kleine Junge zu ihm und umfaßte Peters Beine mit seinen Armen, wobei er dort nasse Flecke auf Peters Hose hinterließ, wo er sie angefaßt hatte. Peter blickte grinsend zu ihm hinunter.

»Hallo, Dad. Komm doch auch!«

»Hallo, Matt. Darf ich mich zuerst noch umziehen?«

»Sicherlich.« Die beiden tauschten einen liebevollen Blick miteinander. Er war ein bezauberndes, schelmisch dreinblickendes Kind mit blondem, von der Sonne gebleichtem Haar, und seine Vorderzähne fehlten.

»Ich möchte dich einer Freundin von mir vorstellen.« Peter

wandte sich zu Mel um, und sie trat näher. Der kleine Junge sah genauso aus wie Peter; er war das netteste Kind, das sie je zu Gesicht bekommen hatte. »Matthew, das ist meine Freundin Melanie Adams. Mel, das ist Matt.« Das Kind zog die Stirn kraus, und Peter grinste. »Verzeihung, Herr Matthew Hallam.«

»Guten Tag.« Er streckte ihr eine patschnasse Hand entgegen, und sie schüttelte sie feierlich, wobei ihr blitzartig einfiel, wie ihre Zwillinge in diesem Alter gewesen waren. Das lag schon zehn Jahre zurück, aber es gab Zeiten, da hatte sie den Eindruck, es wäre erst gestern gewesen.

»Wo ist deine Schwester, Matt?« Peter sah in die Runde. Um den Swimming-pool waren anscheinend nur Marks Freunde versammelt, aber es war ihm noch nicht gelungen, die Aufmerksamkeit seines ältesten Sohnes zu erregen, der zwei Mädchen zugleich ins Wasser warf und dann einen weiteren Freund untertauchte. Sie unterhielten sich jedenfalls blendend, während Mel amüsiert zusah.

»Sie ist in ihrem Zimmer.« Matthew machte ein mißbilligendes Gesicht. »Wahrscheinlich telefoniert sie.«

»An einem solchen Tag?« fragte Peter erstaunt. »War sie den ganzen Tag im Haus?«

»So ziemlich.« Dann verdrehte er die Augen und blickte seinen Vater und Mel an. »Sie ist fürchterlich albern.« Er hatte es nicht leicht mit Pam, das wußte Peter. Das ging zeitweise allen so mit ihr, aber sie machte eben ein schwieriges Stadium durch, besonders in einer Familie, in der die Männer in der Überzahl waren.

»Ich gehe hinein und sehe mal nach, was sie so treibt. Bitte, sei hier draußen vorsichtig.«

»Ich passe schon auf.«

»Wo ist Mrs. Hahn?«

»Soeben hineingegangen, aber ich passe auf, Dad. Wirklich.« Als wolle er diese Behauptung illustrieren, sprang er mit einem Anlauf ins Wasser und spritzte sie beide vom Kopf bis zu den Füßen an, während Melanie auflachte und zurücksprang und Peter sie entschuldigend ansah, als Matthew wieder auftauchte.

»Matthew, wirst du bitte nicht...« Aber der kleine Kopf verschwand wieder unter der Wasserfläche, und er schwamm wie ein kleiner Fisch unter Wasser zu den anderen, gerade als Mark seinen Vater erblickte, ihm etwas zurief und winkte. Er hatte genau die gleiche Figur wie sein Vater, seine Größe, seinen Charme und die langen Gliedmaßen.

»Tag, Dad!« Peter zeigte auf seinen jüngsten Sohn, der auf Mark zuschwamm; der ältere Junge nickte verständnisvoll, erwischte den Kleinen bei den Armen, als er auftauchte, und sagte ihm, er solle an den Rand des Bassins gehen, wo er nicht so leicht verletzt werden konnte. Jetzt fand Peter, daß alles in Ordnung war, und sie gingen zurück ins Haus, wo er sich Mel zuwandte.

»Sind Sie naß geworden?« Sie gab es zu, aber es machte ihr nichts aus. Es war ein angenehmer Ausgleich zu dem Ernst des vergangenen Teils des Tages.

»Mein Kleid wird schon wieder trocknen.«

»Manchmal habe ich es schon bereut, daß ich diesen Swimming-pool bauen ließ. Die halbe Nachbarschaft verbringt ihre Wochenenden hier.«

»Für die Kinder muß es aber herrlich sein.«

Er nickte. »Das ist es. Aber ich komme nicht oft dazu, ruhig zu schwimmen, außer wenn sie in der Schule sind. Mitunter komme ich zum Lunch nach Haus, wenn ich Zeit habe.«

»Wann ist das schon der Fall?« Jetzt neckte sie ihn. Plötzlich hatte man das Gefühl, daß die Fröhlichkeit auch auf ihn anstekkend wirkte.

»Ungefähr einmal im Jahr.«

»Das dachte ich mir.« Dann erinnerte sie sich an Matt und sein zahnloses, lachendes Gesicht. »Mir scheint, ich habe mich in Ihren kleinen Jungen verliebt.«

»Er ist ein braves Kind.« Peter schien sich über das Kompliment zu freuen, dann dachte er an seinen älteren Sohn. »Mark auch. Er ist sehr verantwortungsbewußt, manchmal direkt beängstigend.«

»Ich habe auch so eine Tochter. Jessica, die ältere Zwillingsschwester.«

»Welche ist das?« fragte Peter neugierig. »Die, die Ihnen so ähnlich sieht?«

»Wieso haben Sie sich das gemerkt?« Mel war überrascht.

»Ich merke mir alles, Mel. In meinem Beruf ist das sehr wichtig. Ein kleines vergessenes Detail, ein Hinweis, ein Anhaltspunkt. Es hilft einem, wenn man ständig Lebensaussichten gegen den Tod abwägt. Ich kann es mir nicht leisten, etwas zu vergessen.« Es war die erste offene Anspielung auf sein außergewöhnliches Können, und Mel betrachtete ihn wieder mit Interesse, während sie ihm in ein großes, sonniges Zimmer voller großer weißer Korbstühle, Korbcouches, einer Stereoanlage, einem riesigen Fernsehapparat und drei Meter hohen Palmen, die mit ihren Wedeln bis zur Decke reichten, folgte. Es schien ein Raum zu sein, der sich dazu eignete, dort einen sonnenheißen Tag zu verbringen. Hier sah Melanie plötzlich ein halbes Dutzend silbergerahmter Fotos von Anne im ganzen Zimmer verteilt, Anne beim Tennis, mit Peter vor dem Louvre, mit einem winzigen Baby, und eines mit allen Kindern vor dem Weihnachtsbaum. Es war, als ob plötzlich die Zeit stillstünde, und Melanie war von ihrem Gesicht, ihrem blonden Haar, den großen blauen Augen beinahe hypnotisiert. Sie war eine attraktive Frau mit einer langen, schlanken, sportlichen Figur. Irgendwie sahen sie und Peter einander ähnlich. Auf den Fotos wirkte sie wie seine ideale Ergänzung. Melanie wurde plötzlich klar, daß Peter neben ihr stand und auch auf eines der Fotos blickte.

»Es ist schwer zu glauben, daß sie nicht mehr am Leben ist«, sagte er leise.

»Das glaube ich.« Melanie wußte nicht recht, was sie sagen sollte. »Aber irgendwie lebt sie weiter. In Ihrem Herzen, in Ihren Gedanken, durch die Kinder, die sie zurückgelassen hat.« Sie wußten beide, daß es kein tatsächliches Fortleben war, aber es war alles, was von ihr geblieben war. Das und dieses Haus, das so sehr von ihrem Geschmack geprägt war. Melanie sah sich wieder im Zimmer um. Es bildete einen interessanten Gegensatz zu dem antiken Wohnzimmer und dem Arbeitszimmer, die sie zuerst gesehen hatte. »Wozu verwenden Sie diesen Raum, Peter?« Melanie war neugierig. Es war deutlich das Zimmer einer Frau.

»Die Kinder lungern hier gern herum. Sie können hier nicht viel Schaden anrichten, obwohl es größtenteils in Weiß gehalten ist.« Dann bemerkte Melanie eine Sitzgruppe, von der aus man den Blick auf den Swimming-pool hatte. »Dort hat sie viel gesessen. Ich verbringe den größten Teil meiner Zeit, wenn ich zu Haus bin, in meiner Bude oder im Oberstock.« Dann machte er eine Handbewegung zur Halle hin. »Kommen Sie, ich werde Sie im Haus herumführen. Vielleicht können wir Pam finden.«

Im Oberstock war wieder alles konventionell im französischen Stil gehalten. Der Boden des Korridors war aus hellbeigem Kunststein mit dazu passenden Wandtischen an beiden Enden und einem schönen französischen Kerzenleuchter aus Messing. Hier befand sich auch wieder ein kleineres, aber elegantes Wohnzimmer in zarten Blautönen. Die Bezüge waren aus Samt und Seide, außerdem gab es einen Marmorkamin, Wandleuchter und einen Kristallüster, hellblaue Seidenvorhänge mit hellgelben und blauen Randborten, die von schmalen Messingspangen zusammengehalten wurden und den Blick auf den Swimming-pool freigaben. Hinter dem kleinen Salon befand sich ein kleiner, in Altrosa gehaltener Arbeitsraum, aber Peters Blick verfinsterte sich, als sie durch ihn gingen, und Melanie spürte sofort, daß er derzeit nicht benützt wurde. Nicht nur das, sondern daß es Annes Zimmer gewesen war.

Dahinter lag die schöne Bibliothek, die in Dunkelgrün gehalten war, sichtlich Peters Wohnzimmer. Die Wände waren mit Bücherregalen bedeckt, ein paar Bücher lagen unordentlich auf dem Schreibtisch; an einer Wand hing ein Ölporträt von Anne, und eine doppelte Glastür führte zu ihrem gemeinsamen Schlafzimmer, das Peter nun allein benützte. Es war ganz mit beiger Seide tapeziert, mit französischen Kommoden, einer schönen Chaiselongue, üppigen Vorhängen und Wandleuchtern und einem weiteren schönen Deckenleuchter ausgestattet. Trotzdem hatte das Zimmer etwas an sich, das einen dazu verführte, die beengenden Kleider auszuziehen, herumzutanzen und sich über die Förmlichkeit und Feierlichkeit des Raumes hinwegzusetzen. Die Einrichtung des Hauses war fast zu erlesen, ganz gleich, wie schön es war, und je mehr Melanie zu sehen bekam, desto deutlich wurde in ihr das Gefühl, daß es einfach nicht seinem Geschmack entsprach.

Dann stiegen sie noch eine Treppe höher, und im nächsten Stockwerk war alles in lebhaften Farben und heiter. Durch die offenen Türen sah man drei große, sonnige Kinderzimmer. Auf dem Fußboden von Matts Raum lag Spielzeug verstreut, hinter Marks halb geschlossener Tür ahnte man das totale Chaos; die dritte Tür war nur angelehnt, Mel konnte nur ein riesiges, weißes Himmelbett und den Rücken eines Mädchens sehen, das neben dem Bett auf dem Boden lag. Als Pam ihre Schritte im Korridor hörte, wandte sie sich um, stand auf, flüsterte etwas ins Telefon und legte auf. Melanie war darüber erstaunt, wie groß und erwachsen das Mädchen aussah. Wenn das Peters mittleres Kind war, konnte man nur schwer glauben, daß sie erst vierzehn war. Sie war lang, schlank und blond, hatte eine weizenblonde Mähne wie Val und große schmachtendblaue Augen.

»Was treibst du da eigentlich?« Peter sah ihr voll ins Gesicht, und Mel spürte die Spannung zwischen ihnen.

»Ich wollte eine Freundin anrufen.«

»Das hättest du auch vom Telefon beim Swimming-pool aus bewerkstelligen können.«

Zuerst antwortete sie nicht, dann zuckte sie die Schultern. »Na und?«

Er ignorierte die Bemerkung und wandte sich an Mel. »Ich möchte Ihnen meine Tochter Pam vorstellen. Pam, das ist Melanie Adams, die Nachrichtenmoderatorin aus New York, von der ich dir erzählt habe.«

»Ich weiß, wer sie ist.« Pamela rührte zuerst keinen Finger, doch Mel streckte ihre Hand aus, und Pamela schüttelte sie schließlich, während ihr Vater anfing wütend zu werden. Es belastete ihn, daß das Verhältnis zwischen ihnen so gespannt war, und er konnte es doch nicht verhindern. Sie verhielt sich immer wieder so, daß er sich ärgerte, zeigte sich zu seinen Bekannten unhöflich, war betont abweisend, auch wenn sie keinen Grund dazu hatte. Warum, verdammt noch mal, warum? Sie waren alle unglücklich darüber, daß Anne gestorben war, aber warum mußte sie ihren Kummer an ihm auslassen? Sie benahm sich seit anderthalb Jahren so, und jetzt war es noch schlimmer als am Anfang. Er redete sich ein, daß es die Pubertät, eine vorübergehende Phase war, aber manchmal war er sich dessen nicht so sicher.

»Pam, ich habe gedacht, du könntest Mel vielleicht einen von deinen Badeanzügen leihen. Sie hat ihren im Hotel gelassen.«

Wieder zögerte sie den Bruchteil einer Sekunde. »Sicherlich. Natürlich kann ich. Obwohl sie« – sie zögerte bei dem Wort. Mel war keineswegs kräftig, aber auch nicht so gertenschlank wie Pam – »größer ist als ich.« Es gab noch etwas, Peter und Mel hatten einen Blick getauscht, der Pam nicht gefallen hatte. Oder besser gesagt, die Art, wie ihr Vater Mel ansah, behagte ihr nicht.

Mel begriff schnell und lächelte dem Mädchen freundlich zu. »Es macht nichts, wenn du nicht gern etwas verleihst.«

»Nein, es geht schon in Ordnung.« Sie betrachtete Mels Gesicht sehr genau. »Sie sehen anders aus als auf dem Bildschirm.«

»Wirklich?« Sie lächelte dem ein wenig verlegenen, aber sehr reizvollen Mädchen zu. Sie sah Peter gar nicht und den Fotos von Anne nur wenig ähnlich. Aber es lag noch ein unbestimmter kindlicher Ausdruck in ihrem Gesicht, trotz der langen Beine, der vollen Büste und des Körpers, der über ihr wahres Alter hinaus entwickelt war. »Meine beiden Töchter behaupten immer, ich sehe auf dem Fernsehschirm ›erwachsener‹ aus.«

»Ja. Irgendwie ernster.«

»Das wollen sie vermutlich damit sagen.«

Die drei standen in dem hübschen weißen Zimmer, und Pam starrte Melanie weiter an, als suche sie in ihrem Gesicht nach einer Antwort auf eine Frage. »Wie alt sind Ihre Töchter?«

»Sie werden im Juli sechzehn.«

»Beide?« fragte Pam verwirrt.

»Sie sind Zwillinge.«

»Wirklich? Das ist toll! Sehen sie einander ähnlich?«

»Gar nicht. Sie sind zweieiige Zwillinge. Das heißt, daß sie nicht erbgleiche Zwillinge sind.«

»Wie sehen sie aus?« Sie war von Mels Zwillingen fasziniert.

»Wie sechzehnjährige Mädchen so aussehen.« Mel lachte. »Sie halten mich auf Trab. Eine ist rothaarig wie ich, die andere ist blond. Sie heißen Jessica und Valerie, sie gehen gerne tanzen und haben eine Menge Freunde.«

»Wo leben Sie?« Peter verfolgte das Gespräch aufmerksam, äußerte sich aber nicht dazu.

»In New York. In einem kleinen Stadthaus. Es ist in seiner Art ganz anders als dieses. Ihr habt ein schönes Haus, und es muß herrlich sein, einen eigenen Swimming-pool zu haben.«

»Er ist ganz in Ordnung.« Sie zuckte die Schultern ohne sichtliche Begeisterung. »Entweder belegen ihn die abscheulichen Freunde meines Bruders mit Beschlag, oder Matthew pinkelt ins Wasser.« Sie klang verärgert, und Mel lachte, aber auf Peter wirkte diese Äußerung nicht belustigend.

»Pam! So etwas sagt man nicht, und es ist auch nicht wahr.«

»Es stimmt aber, der kleine Balg hat es erst vor einer Stunde getan, sobald Mrs. Hahn ins Haus gegangen war. Noch dazu vom Beckenrand aus. Er hätte es wenigstens beim Herumschwimmen tun können.« Mel mußte ein Lachen verbeißen, und Peter wurde rot.

»Ich werde mit Matt ein ernstes Wort reden.«

»Wahrscheinlich sind Marks Freunde auch nicht besser.« Es war offensichtlich, daß sie keinen der Jungen mochte. Sie machte sich dann auf die Suche nach einem Badeanzug für Mel und kam mit einem weißen Einteiler zurück, von dem sie annahm, er könnte in der Größe passen. Mel dankte ihr und sah sich wieder um.

»Du hast wirklich ein hübsches Zimmer, Pam.«

»Meine Mutter hat es für mich eingerichtet, kurz bevor...« Ihre Worte verklangen, und es lag etwas von Verzweiflung und Trauer in ihren Augen, dann sah sie Peter trotzig an. »Es ist das einzige Zimmer in diesem Haus, das ganz mir gehört.« Es war merkwürdig, daß sie diese Tatsache so betonte, und sie tat Mel leid. Sie schien so unglücklich und mit der ganzen Welt zerfallen. Es war, als könnte sie den anderen ihren Schmerz nicht zeigen, und war auf alle zornig, als wären sie dafür verantwortlich, daß sie ihre Mutter verloren hatte.

»Es muß nett sein, mit Freundinnen in diesem Zimmer zusammen zu sein.« Mel dachte an ihre eigenen Töchter und deren Freundinnen, die in ihren Zimmern auf dem Fußboden saßen, Platten hörten, sich über Jungen unterhielten, lachten, kicherten und Geheimnisse austauschten, die sie schließlich doch Mel erzählten. Sie kamen ihr ganz anders vor als dieses schlaksige, bockige Mädchen mit dem Körper einer Frau und dem Geist eines Kindes. Es war offensichtlich eine sehr schwierige Zeit für sie, und Mel sah ein, daß Peter mit ihr viele Probleme hatte. Kein Wunder, daß er versuchte, jeden Tag zeitig nach Haus zu kommen. Ein sechsjähriges Kind, das besonders liebevolle Zuneigung brauchte, ein Teenager mit siebzehn, den man beaufsichtigen mußte, und ein junges Mädchen, das so unglücklich war – die Familie brauchte mehr als nur die Betreuung durch eine Haushälterin, sie brauchte einen Vater und auch eine Mutter. Nun verstand sie, warum Peter so verzweifelt bestrebt war, für sie alle da zu sein, und warum er manchmal das Gefühl hatte, daß er der Aufgabe nicht gewachsen war. Alle brauchten ihn, am meisten wohl dieses Mädchen. Am liebsten hätte Melanie nach ihr gegriffen, sie an sich gezogen und ihr gesagt, daß schließlich alles wieder gut werden würde. Als hätte Pam Mels Gedanken geahnt, trat sie zurück.

»Dann sehe ich dich also bald unten.« Es war ein Hinweis für die beiden, sie alleinzulassen. Peter bewegte sich langsam auf die Tür zu.

»Kommst du hinunter, Pam?«

»Ja.« Aber es klang eher beiläufig.

»Ich glaube nicht, daß es vernünftig ist, wenn du den Nachmittag in deinem Zimmer verbringst.« Das klang entschieden, aber sie schien die Absicht zu haben, ihm zu widersprechen, und Mel beneidete ihn nicht um seine Vaterrolle bei ihr. Sie war kein leicht lenkbares Kind, zumindest nicht in ihrer augenblicklichen Entwicklungsphase.

»Wirst du bald nachkommen?«

»Ja!« Sie sah noch streitbarer aus, und Mel und Peter verließen das Zimmer, Mel folgte ihm hinunter zu seinem Zimmer, und er öffnete eine Tür auf der gegenüberliegenden Seite des Korridors zu einem hübschen, blauweiß eingerichteten Gästezimmer.

»Hier können Sie sich umziehen, Mel.« Er verlor kein Wort über Pam, und als Melanie zehn Minuten später umgezogen herauskam, sah er bedeutend ruhiger aus als zuvor und führte sie wieder in das große Gartenzimmer mit den weißen Korbmöbeln. Dort befand sich, hinter weiß lackierten Türen verborgen, ein Kühlschrank; er nahm zwei Bierdosen heraus und reichte ihr eine, während er mit einer Hand zwei Gläser von einem Regal herunterholte und ihr dann bedeutete, sich zu setzen. »Wir können ebensogut ein paar Minuten warten, bis die Kinder genug haben.« Einige verließen schon den Swimming-pool, während Melanie hinausblickte. Dann bemerkte sie, wie gut Peter in der dunkelblauen Badehose, einem französischen T-Shirt und mit bloßen Füßen aussah. Er hatte beinahe gar keine Ähnlichkeit mit dem Mann, den sie während der beiden letzten Tage bei der Arbeit beobachtet hatte, sondern schien total verwandelt. Jetzt war er ein gewöhnlicher Sterblicher. Dann wurde sein Gesicht bei dem Gedanken an das Kind im Oberstock ernst. »Pam ist ein kompliziertes Kind. Sie war es schon, als ihre Mutter noch lebte. Aber jetzt durchläuft sie alle Spielarten ihres verletzten Gefühls, von Besitzanspruch auf mich bis zum Haß gegen die gesamte Familie. Sie glaubt, daß niemand versteht, was sie durchmacht, und benimmt sich meist so, als lebte sie inmitten von Feinden.« Er seufzte und trank sein Bier. »Mitunter ist es auch für die Jungen nicht ganz leicht.«

»Sie braucht wahrscheinlich sehr viel Zuwendung von euch allen, besonders von Ihnen.«

»Ich weiß. Aber sie schiebt uns für alle ihre Schwierigkeiten die Schuld zu. Und, nun ja...« Es schien ihm schwerzufallen, seine Gedanken auszusprechen. »Manchmal macht sie es einem schon recht schwer, sie zu lieben. Ich verstehe sie ja, aber die Jungen haben kein Verständnis für sie, zumindest nicht immer.« Es war das erstemal, daß er Mel gestand, was für ein Problem sie für ihn darstellte.

»Sie wird schon wieder anders werden. Lassen Sie ihr Zeit.«

Peter seufzte wieder. »Dieser Zustand hält schon beinahe zwei Jahre an.« Doch Melanie wagte nicht, ihn darauf aufmerksam zu machen, daß er auch Fehler machte. Seit Annes Tod waren eineinhalb Jahre vergangen, und dennoch standen ihre Fotos noch überall herum, nichts in dem Haus war seither verändert worden, und Peter benahm sich so, als wäre sie erst diese Woche gestorben. Wie konnte man von dem Kind erwarten, sich an die neue Lage anzupassen, wenn er selbst noch nicht soweit war? Er machte sich noch immer Vorwürfe wegen der Operation, zu der er Anne nicht hatte überreden können, als ließe sich jetzt noch etwas daran ändern. Mel sagte nichts, während sie seine Augen beobachtete, die er nicht von ihr abwandte. »Ich weiß, was Sie denken. Auch ich komme nicht von der Vergangenheit los.«

»Wenn Sie die Tür zur Vergangenheit schließen, wird vielleicht auch sie es tun«, sagte Mel sanft, und Peters Augen wanderten unbewußt zum nächsten Foto von Anne. Plötzlich stellte Mel eine Frage, die sie eigentlich hatte für sich behalten wollen. »Warum ziehen Sie nicht um?«

»Weg von hier?« Er sah entsetzt aus. »Warum denn?«

»Um Ihren Kindern einen neuen Beginn zu bieten. Es würde für Sie alle eine Erleichterung bedeuten.« Doch er schüttelte rasch den Kopf.

»Das glaube ich nicht. Ich meine, es würde mehr zerstören als helfen, wenn wir in ein neues Haus umzögen. Wir haben es hier wenigstens behaglich und sind glücklich.«

»Sind Sie das?« Mel schien nicht überzeugt. Sie wußte, daß er sich weiter an das Vergangene klammern würde und Pam ebenso, und sie fragte sich, wie es mit den anderen diesbezüglich stand. Während sie überlegte, kam eine stämmige Frau in weißer Arbeitskleidung ins Zimmer und blickte beide an, insbesondere Mel. Ihr Gesicht war vor der Zeit gealtert, und ihre Hände waren von langen Jahren harter Arbeit runzlig, doch ihre Augen leuchteten und schienen alles zu erfassen.

»Guten Tag, Doktor.« Sie sprach »Doktor« so aus, als meinte sie »Gott«. Mel wußte sofort, wer sie war, und Peter stand auf, um sie Mel vorzustellen. Sie war die unschätzbare Haushälterin, von der er so begeistert gesprochen hatte, die unersetzbare Mrs. Hahn, die Mels Hand fast schmerzhaft schüttelte. Ihre Augen musterten den hübschen Rotschopf in dem geliehenen weißen Badeanzug, den sie sofort als Pams Eigentum erkannte. Sie wußte alles, was in dem Haus vorging, wer kam, wer ging, wohin und warum. Sie ging besonders vorsichtig mit Pam um. Es hatte mit ihr im Jahr nach dem Tod ihrer Mutter schon genug Schwierigkeiten gegeben, als sie zuerst sechs Monate lang kaum einen Bissen essen wollte und sich dann monatelang nach jeder Mahlzeit übergab. Aber jetzt war wenigstens dieses Problem unter Kontrolle, und es ging Pam viel besser als früher. Hilda Hahn wußte jedoch, daß das Mädchen eine schwere Zeit durchgemacht hatte und das wachsame Auge einer Frau brauchte, und dazu war ja Mrs. Hahn da. Sie sah sich Mel jetzt sorgfältig an und fand, daß sie alles in allem wie eine nette Frau aussah. Sie wußte, wer sie war, und daß sie eine Fernsehsendung über die Arbeit des Doktors machte, aber sie hatte erwartet, daß sie wegen ihrer Position ziemlich hochnäsig sein würde, und das schien nicht zuzutreffen. »Es ist nett, Sie kennenzulernen, Ma'am.« Sie benahm sich förmlich und wortkarg, ohne Melanies Lächeln zu erwidern, während diese beinahe gelacht hätte, als sie an den Gegensatz zu Raquel dachte. So ziemlich alles an ihren beiden Haushalten war völlig verschieden, von den Hausangestellten bis zur Einrichtung, zu den Kindern, und dennoch hatte sie das Gefühl, mit Peter eine Menge Interessen gemeinsam zu haben. Es war deshalb eigenartig, wie unterschiedlich ihre Lebensweisen waren. »Möchten Sie eine Tasse geeisten Tee?« Mrs. Hahn warf einen mißbilligenden Blick auf die Biergläser, und Mel hatte das Gefühl, ein ungeratenes Kind zu sein.

»Nein, danke vielmals.« Sie lächelte wieder, doch es nützte nichts, und Hilda Hahn verschwand mit einem kurzen Nicken in ihr Reich hinter den Schwingtüren, durch die man zu der Küche, dem Frühstückszimmer, der Vorratskammer und ihrer kleinen Wohnung auf der Hinterseite kam. Sie fühlte sich hier äußerst wohl. Als Mrs. Hallam das Haus plante, hatte sie Hilda eine eigene kleine Wohnung versprochen, und die bewohnte sie jetzt. Mrs. Hallam war eine wunderbare Frau gewesen, das betonte Hilda immer wieder und würde es bei jeder sich bietenden Gelegenheit wiederholen; sie lobte Anne auch später noch einmal in Mels Gegenwart, bevor sie das Abendessen auftrug. Melanie hatte bemerkt, wie Pams Augen sich verschleierten, als Hilda den Namen ihrer Mutter erwähnte. Es war, als kämpften sie alle noch darum, sich von ihr zu lösen, und dieser Zustand hielt schon so lange an. Fast war man versucht, die Fotos wegzuräumen, sie einzupacken und die Familie in ein anderes Haus zu übersiedeln. Sie hingen alle noch immer so sehr an Anne, als warteten sie darauf, daß sie heimkäme, und man hätte ihnen am liebsten deutlich klargemacht, daß sie nie mehr zurückkommen würde. Sie mußten ihr Leben ohne sie weiterführen, jeder einzelne von ihnen. Die beiden Jungen schienen sich allerdings mit dem Tod ihrer Mutter besser abgefunden zu haben. Matthew war so klein gewesen, als sie starb, daß seine Erinnerungen an sie schon verblaßten; er kletterte bereitwillig auf Mels Schoß, nachdem sie zusammen geschwommen waren, und sie erzählte ihm von ihren Töchtern. Er fand es ebenso wie Pam äußerst interessant, daß sie Zwillinge waren, und wollte wissen, ob sie wirklich ganz gleich aussähen. Mark schien ein heiterer, unbeschwerter Junge von siebzehn Jahren zu sein; in seinen Augen lag ein Ausdruck von größerer Reife, als man in seinem Alter vermuten würde, und dennoch schien er ausgeglichen, während er mit Peter und Mel plauderte. Er wurde nur einmal ärgerlich, als Pam sich darüber beschwerte, daß seine Freunde sich noch immer am Swimmingpool herumtrieben. Ein Streit zwischen ihnen schien unvermeidlich zu sein, bis Peter sich einmischte.

»Schluß, ihr beiden. Wir haben heute einen Gast. Mit euren Freunden eigentlich mehrere.« Er blickte Pam streng an, dann wanderte sein Blick wieder zu den letzten noch anwesenden Freunden Marks. Es waren nur noch zwei Jungen und ein Mädchen, und sie saßen ruhig in der Nähe auf dem Beton und trockneten ihre Haare. Doch es schien Pam zu stören, daß außer Peter, den Jungen und Mrs. Hahn sich noch jemand im Haus befand. Sie war mit dem Problem Mel fertiggeworden, indem sie sie, seit sie zum Swimming-pool gekommen war, vollkommen übersah, ausgenommen ein paar verstohlene, neugierige Blicke von Zeit zu Zeit, hauptsächlich, wenn sich Peter mit Mel unterhielt. Als ob sie sichergehen wollte, daß Mels Besuch nichts zu bedeuten hatte, obwohl ein Instinkt tief in ihrem Inneren ihr sagte, daß hier eine Gefahr lauerte.

»Das stimmt doch, Pam?« Peter hatte von ihrer Schule gesprochen, aber sie hatte Mel gebannt angestarrt und nicht gehört, was er gesagt hatte.

»Was?«

»Ich sagte, daß das Sporttraining dort hervorragend ist und du voriges Jahr zwei Laufwettbewerbe gewonnen hast. Und sie haben auch sehr gute Pferde.« Das war wieder ganz anders als die Schule, die ihre Mädchen besuchten, die eine mehr auf den Erwerb von Wissen ausgerichtete städtische Schule war. Der Lebensstil in Los Angeles war viel mehr auf die Natur eingestellt als im Osten.

»Gefällt es dir in deiner Schule, Pam?« fragte Mel sie freundlich.

»Sie ist soweit ganz in Ordnung. Ich habe nette Freundinnen.«

Darauf verdrehte Mark die Augen, um sofort seine gegenteilige Meinung zu zeigen, worauf Pam den Fehdehandschuh aufgriff. »Was soll das heißen?«

»Es heißt, daß du dich mit einem Haufen blöder, nervöser, appetitloser Mädchen herumtreibst.« Solche Redensarten brachten sie noch immer auf die Palme.

»Ich bin nicht appetitlos, du verdammter Lümmel!« Sie sprang auf, ihre Stimme wurde schrill, und Peter sah allmählich abgespannt aus.

»Hört endlich auf, ihr beiden!« Dann sagte er zu Mark: »Das war unnötig aggressiv!«

Mark nickte reumütig. »Tut mir leid.« Er wußte, daß das Wort jetzt tabu war, war aber noch immer nicht davon überzeugt, daß sie ganz normal aß. Sie erschien ihm unnatürlich mager, ganz gleich, was sie und Vater auch behaupteten. Mark sah Mel um Verzeihung bittend an, schlenderte davon und unterhielt sich mit seinen Freunden, während Pam ins Haus zurückkehrte, gefolgt von Matthew, der auf der Suche nach etwas Eßbarem war. Peter starrte längere Zeit in den Swimming-pool, dann wandte er sich an Mel.

»Nicht gerade eine sehr friedliche Familienszene, nehme ich an.« Er schien durch die Unbeherrschtheit seiner Kinder betroffen zu sein, als fühlte er sich für ihre Unausgeglichenheit und ihren Schmerz verantwortlich. »Es tut mir leid, wenn es für Sie peinlich war, Mel.«

»Keineswegs. Mit meinen ist es auch nicht immer ein Honiglekken.« Obwohl sie sich nicht erinnern konnte, wann die Zwillinge das letztemal miteinander gestritten hatten, aber diese Familie befand sich offenbar in einer Krise, und Pam war sichtlich ein sehr unglückliches Mädchen.

Er seufzte und lehnte seinen Kopf an die Stuhllehne, während er auf den Swimming-pool blickte. »Ich nehme an, sie werden sich schließlich alle einmal beruhigen. Mark kommt nächstes Jahr aufs College.« Aber das Hauptproblem war Pam und nicht Mark, das wußten sie beide. Sie würde ihm noch lange zur Last fallen. Peter sah Mel wieder an. »Von allen Kindern hat Pam unter dem Tod ihrer Mutter am schwersten gelitten.« Das sagte sich so leicht, aber für Peter war es noch schwerer, und er hatte noch immer daran zu tragen. Sie spürte, daß er eine Frau anstelle von Anne brauchte, die seine Sorgen mit ihm teilte. Und zwar sowohl für sich wie für seine Kinder. Die Vorstellung, daß er so viel allein war, schmerzte. Er war intelligent und gutaussehend, tüchtig und stark, er konnte jeder Frau eine Menge bieten. Während sie neben ihm saß, dachte sie lächelnd an Raquel und ihre Mädchen. Fast konnte sie hören, wie sie fragten: »Was ist mit dir, Mom? ... War er nett? ... Warum bist du nicht mit ihm ausgegangen? ...« Er hatte sie allerdings nicht eingeladen. Unvermittelt fragte sie sich, ob sie mit ihm eine Verabredung treffen würde, wenn sie Gelegenheit dazu bekäme. Es war ein komischer Gedanke, während sie so nebeneinander am Swimming-pool saßen. Er war vollkommen anders als die anderen Männer, die sie kannte. Die Männer, die sie sich früher ausgesucht hatte, waren alle für eine feste Bindung nicht in Frage gekommen, das hatte ihr eigentlich behagt. Aber Peter bildete da eine Ausnahme, er war offen und wirklichkeitsbezogen und ein passender Partner für sie, und was ausschlaggebend war, er gefiel ihr sehr. Er würde für sie ein Problem darstellen, wenn ihre Abreise nicht für den nächsten Tag festgelegt gewesen wäre.

»Woran dachten Sie eben?« Seine Stimme klang in der Spätnachmittagssonne leise, und sie riß sich zusammen.

»An nichts Besonderes.« Sie hatte keinen Grund, ihm von den Männern in ihrem Leben zu erzählen oder auch, was sie von ihm hielt. Es bestand kein persönliches Verhältnis zwischen ihnen, und doch gab es eine unbestimmte Spannung, die sie spürte, wenn sie sich in seiner Nähe befand. Es vermittelte ihr die Illusion, daß sie ihn besser kannte, als es tatsächlich der Fall war. Aber dieser Mann hatte auch etwas sehr Verwundbares an sich, wodurch sie sich ihm näher fühlte. Trotz seiner ausgeprägten Persönlichkeit und seiner gehobenen Stellung war er sehr menschlich geblieben, und nun, da sie ihn in seiner häuslichen Umgebung sah, gefiel er ihr noch besser.

»Sie waren eben mit Ihren Gedanken eine Million Meilen weit weg.«

»Nein, nicht ganz so weit. Ich dachte an meine Aufgabe in New York... meine Arbeit... die Mädchen...«

»Es muß hart für die beiden sein, wenn Sie wegen Ihrer Arbeit wegfahren müssen.«

»Manchmal. Aber sie verstehen es. Außerdem sind sie es schon gewöhnt. Und Raquel gibt auf sie acht, während ich abwesend bin.«

»Was ist sie für ein Mensch?« Er war unaufhörlich begierig, etwas über ihr Leben zu erfahren, und Melanie wandte sich ihm lächelnd zu.

»Ganz anders als Mrs. Hahn. Vorher dachte ich nämlich daran, wie vollkommen verschieden unser Lebensstil ist, zumindest äußerlich.«

»Wieso?«

»Zum Beispiel unsere Häuser. Ihres ist viel konservativer als meines. Meines ist sozusagen eine Art Hühnerstall. Es sieht deutlich wie das Haus einer Frau aus.« Sie warf einen Blick auf sein Haus. »Ihres ist viel stilvoller eingerichtet als meines. Das gilt auch für Mrs. Hahn. Raquel sieht aus, als hätte sie nie gelernt, sich zu kämmen, ihr Arbeitskittel ist immer falsch zugeknöpft, und sie widerspricht beinahe fortwährend. Aber wir lieben sie, und sie hat ein wunderbares Verhältnis zu den Mädchen.« Er lächelte über ihre Beschreibung Raquels.

»Wie sieht Ihr Haus aus?«

»Hell, heiter und klein, es ist für mich und die Mädchen maßgeschneidert. Ich habe es vor ein paar Jahren erstanden, der Preis hat mir damals eine Heidenangst eingejagt, aber ich bin froh, daß ich mich zu dem Kauf entschlossen habe.« Er nickte und dachte an die große Verantwortung, mit der sie allein fertigwurde. Das war eine der Eigenschaften, die er an ihr bewunderte. Es gab vieles in ihrer Art, das ihm gefiel. Und sie interessierte ihn um so mehr, weil sie ganz anders war als Anne. »Sie müssen mich einmal in New York besuchen«, lud sie ihn ein.

»Eines Tages.« Aber im selben Augenblick wünschte er sich, daß sich diese Gelegenheit bald ergeben möge; er wußte nicht genau, aus welchem Grund, er war sich nur darüber klar, daß sie seit langem der erste Mensch war, dem gegenüber er offen war. Bevor er weitersprechen konnte, kam Matthew mit einem neuen Tablett mit Backwerk zurück, nahm zwanglos neben Mel Platz und machte sich erbötig, das Backwerk mit ihr zu teilen. Das Gesicht und seine dicken Händchen waren voller Krümel, und er verstreute den Rest über sich und sie, aber es schien sie nicht zu stören. Kleine Jungen waren für sie eine neue Erfahrung. Sie begann ein ernsthaftes Gespräch mit ihm über seine Schule und seinen besten Freund, während Peter zuhörte und sie dann allein ließ, um ein wenig zu schwimmen; als er nach einer Weile zurückkam, waren sie noch in ihr Gespräch vertieft; Matthew war auf ihren Schoß geklettert und schmiegte sich an sie, er schien vollkommen glücklich zu sein.

Als Peter aus dem Swimming-pool stieg, blieb er einen Augenblick auf der obersten Sprosse der Leiter stehen und sah beide mit einem melancholischen Lächeln an. Der Junge brauchte ein mütterliches Wesen wie sie, und zum erstenmal seit fast zwei

Jahren, kam ihm zu Bewußtsein, was in seinem Leben fehlte. Doch kaum, daß ihm der Gedanke durch den Kopf ging, wies er ihn auch schon von sich, ging mit raschen Schritten auf die beiden zu, nahm ein Handtuch von einem Tisch, gesellte sich zu ihnen und rubbelte sein Haar, als wollte er diese neuen Gedanken aus seinem Kopf verjagen. In diesem Moment verabschiedeten sich Marks Freunde, der Junge trat zu Melanie und Matthew und setzte sich in Peters leeren Stuhl.

»Ich hoffe, meine Freunde haben Sie nicht gestört.« Er lächelte ihr verlegen zu. »Sie sind mitunter ein bißchen ausgelassen.«

Sie lachte, weil sie an Vals und Jessies Freunde dachte, die gelegentlich nahe daran waren, ihr Haus in Trümmer zu schlagen, und sicherlich nicht weniger übermütig waren als Marks Freunde. »Ich hatte eigentlich nichts gegen sie einzuwenden.«

»Erklären Sie das einmal meinem Vater«, bat Mark dankbar und versuchte, nicht zu bemerken, wie anziehend Mel im Badeanzug seiner Schwester aussah.

»Wie war das? Hast du meinen Namen genannt?«

Mark sah ihn triumphierend an. Die neue Freundin seines Vaters gefiel ihm, und die Mädchen waren überaus beeindruckt gewesen, weil die berühmte Melanie Adams vom Fernsehen sich an ihrem Swimming-pool »herumtrieb«.

»Miß Adams findet, daß meine Clique gar nicht so übel ist.«

»Das sagt sie nur aus Höflichkeit. Glaub kein Wort davon.«

»Das stimmt nicht. Sie sollten einmal Val und Jessies Freunde erleben. Sie haben einmal eine Party gegeben, und einer der Besucher hatte den Einfall, einen Stuhl in Brand zu setzen.«

»Du meine Güte.« Peter war entsetzt, und Mark lächelte. Er mochte Mel. Sie war so einfach, offen und natürlich, gar nicht, wie man sich einen Fernsehstar vorstellt, und wenn sie seine Gedanken hätte lesen können, hätte sie herzlich gelacht. Sie dachte nie an ihre Popularität, und die Zwillinge ebenfalls nicht. »Was geschah danach?«

»Ich habe den Mädchen zwei Monate lang Beschränkungen auferlegt, ihnen aber nach einem Monat schon wieder die Zügel schießen lassen.«

»Sie hatten Glück, daß sie nicht in einer Besserungsanstalt gelandet sind.« Mark und Mel wechselten angesichts von Peters strenger Haltung verschwörerische Blicke, und Matthew, den all das nicht berührte, schmiegte sich ein wenig enger an sie, damit sie ihn nicht vergaß. Sie streichelte sanft über sein Haar, und es machte ihm offensichtlich nichts aus, daß sie sich nicht mehr mit ihm unterhielt, denn er wußte, daß sie ihm auf ihre Art noch immer Beachtung schenkte. In genau diesem Moment blickte Melanie zum Haus hinauf und sah Pam, die hinter ihrem Schlafzimmerfenster stand und auf sie herunterblickte. Ihre Blicke kreuzten einander, und einen Augenblick später verschwand Pam. Mel fragte sich, warum sie nicht zum Swimming-pool zurückkam. Fast schien es, als wollte sie vergessen werden. Oder vielleicht wollte sie Peter für sich allein haben und ihn weder mit ihr noch mit den beiden Jungen teilen. Sie wollte Peter gegenüber eine diesbezügliche Bemerkung machen, entschloß sich aber dann, sich nicht einzumischen. Statt dessen plauderten sie weiter, bis eine leichte Brise aufkam und ihnen kalt wurde. Es war schon nach sechs Uhr, Mel warf einen Blick auf ihre Armbanduhr und stellte fest, daß sie bald aufbrechen mußte. Es war beinahe Zeit zum Abendessen, und Peter hatte ihren Blick auf die Uhr bemerkt.

»Sie sind noch gar nicht geschwommen, Mel. Warum springen Sie nicht für eine Minute ins Wasser? Dann werden wir essen. Mrs. Hahn wird ungehalten, wenn wir zu spät kommen.« Der Tagesablauf schien so vollkommen organisiert, bis ins letzte geordnet, und Mel wußte, ohne daß man es ihr gesagt hatte, daß all das eine Einführung von Anne war, die ihren Haushalt wie ein gut geöltes Uhrwerk hatte abschnurren lassen. Das war nicht nach Mels Geschmack, aber es war überaus eindrucksvoll. Und es hatte bewirkt, daß das Familienleben auch nach ihrem Tod in gleichbleibenden Bahnen verlief, obwohl es ihnen allen wahrscheinlich gut getan hätte, einiges daran zu ändern, falls sie dazu imstande waren. Doch alte Gewohnheiten waren schwer abzulegen, besonders für Peter und Mrs. Hahn. Im nächsten Augenblick verschwanden die Kinder, und Mel hechtete mit einem eleganten Sprung ins Wasser, während ihr Peter zusah. Es war so angenehm, sie in der Nähe zu wissen, und so erfreulich, sie anzusehen. In ihm stieg Verlangen auf, während sie geschickt und mühelos durch das Wasser glitt, schließlich schwamm sie an den Beckenrand, ihr Haar war tropfnaß, ihre Augen glänzten, auf ihrem Gesicht lag ein glückliches Lächeln, das ganz allein für ihn bestimmt war. »Sie hatten recht. Es war genau die Erfrischung, die ich gebraucht habe.«

»Ich habe immer recht. Auch das Dinner hier brauchen Sie.«

Sie beschloß, vollkommen aufrichtig zu sein. »Ich hoffe, daß es den Kindern nicht allzuviel ausmacht.« Sie hatte in Pams Augen schon eine Andeutung von Eifersucht gelesen – mehr als Peter recht gewesen wäre.

»Ich glaube nicht, daß sie genau wissen, was sie von meiner Anwesenheit hier halten sollen.«

Ihre Blicke begegneten einander, er näherte sich dem Becken und setzte sich hin; er war außerstande, seine Gefühle oder seine Gedanken für sich zu behalten. »Ich auch nicht. Aber müssen wir uns schon jetzt eine endgültige Meinung bilden?« Er war jetzt über seine Worte verblüfft, und Mel machte plötzlich ein erschrockenes Gesicht.

»Peter...« Sie hatte jetzt das Gefühl, daß sie ihm mehr über sich selbst erzählen sollte, über ihre alte Wunden, ihre Angst, sich allzu sehr an einen Mann zu binden. Und doch spürten sie beide, daß mit ihnen eine merkwürdige Veränderung vor sich ging. »Es tut mir leid. Es war unbedacht, so persönlich zu werden.«

»Ich bin nicht sicher, daß es sich darum gehandelt hat... aber... Peter...« Und während sie von ihm wegblickte, nach Worten suchte, bemerkte sie wieder Pam kurz am Fenster, die gleich darauf verschwand. »Ich will mich nicht in Ihr Leben eindrängen.« Sie zwang sich, ihm wieder ins Gesicht zu sehen.

»Warum nicht?«

Sie holte tief Atem und zog sich auf dem Beckenrand in die Höhe. Er atmete schwer, als er ihre langen schlanken Glieder und das weiße Badekostüm vor sich sah. Diesmal blickte er weg, spürte aber eine Welle der Erregung, die ihn überlief. Ihre Stimme klang beinahe zu sanft, als sie wieder sprach. »Hat es seit Anne in Ihrem Leben eine andere Frau gegeben?«

Er wußte, was sie damit meinte, und schüttelte den Kopf. »Nein. Nicht in diesem Sinn.«

»Warum sollten wir dann alle durcheinanderbringen?«

»Wer ist durcheinander?« fragte Peter erstaunt, und Mel entschloß sich, diesmal direkt zu antworten.

»Pam.«

Daraufhin seufzte Peter. »Das hat bestimmt nichts mit Ihnen zu tun, Mel. Die letzten beiden Jahre waren für sie äußerst schwierig.«

»Das verstehe ich. Aber ich lebe schließlich fünftausend Kilometer von hier entfernt, und es ist sehr wahrscheinlich, daß wir einander lange Zeit nicht wiedersehen werden. Was wir wegen des Interviews über Ihre Tätigkeit und durch Pattie erlebt haben, war für uns beide interessant. Wenn Menschen solche Gemeinsamkeiten haben, passieren eben oft merkwürdige Dinge. Es ist, als treibe man auf einem Schiff dahin, man kommt einander erstaunlich nahe. Aber morgen ist das Interview abgeschlossen, und ich fliege nach Haus.« In ihrem Blick lag ein Anflug von Betrübnis.

»Kann das Abendessen deshalb Schaden anrichten?«

Sie saß lange nachdenklich neben ihm. »Ich weiß nicht. Ich will nur nicht etwas Unüberlegtes tun.« Wieder sah sie ihm in die Augen und stellte fest, daß auch er traurig aussah. Es war verrückt. Sie mochten einander, fast zu sehr, aber welche Zukunft hatten sie?

»Ich glaube, Mel, Sie messen den Reaktionen der Kinder zuviel Bedeutung bei.« Seine Stimme klang tief und beinahe etwas unfreundlich.

»Wirklich?« Ihr Blick ließ den seinen nicht los.

»Nein. Vielleicht liegt es an mir. Ich glaube, ich mag Sie sehr, Mel.«

»Ich mag Sie auch. Das schadet nichts, solange wir uns nicht zu etwas Unvernünftigem verleiten lassen.« Doch plötzlich wünschte sie sich, sie würden über ihren Schatten springen können. Es war wirklich verrückt, neben dem Swimming-pool zu sitzen und Gedanken auszusprechen, für die es nie eine Grundlage gegeben hatte und nie geben würde, und dennoch hatte sich zwischen ihnen etwas angesponnen. Mel konnte nicht entscheiden, ob es sich nur um eine Illusion, als Folge von zwei Tagen enger Zusammenarbeit, oder ob es sich um eine wirkliche Leidenschaft handelte. Es war unmöglich, das nach so kurzer Zeit zu beurteilen, und am nächsten Tag würde sie abfliegen. Vielleicht schadete ein Dinner letzten Endes wirklich nicht, und es wurde ja von ihr erwartet, daß sie blieb.

Peter sah sie wieder an und sagte leise: »Ich freue mich, daß ich Sie in meiner Nähe habe, Mel.« Es klang so, als hätte es Matt gesagt.

»Ich auch.« Längere Zeit trennten sich ihre Blicke nicht voneinander, Mel spürte einen Schauer ihren Rücken hinauflaufen. Peter stand auf und streckte ihr die Hand hin. Er sah fast schüchtern aus, und sie folgte ihm ins Haus, wobei sie sich beglückwünschte, daß sie sich entschlossen hatte zu bleiben. Sie ging in das Gästezimmer, zog sich um, wusch den Badeanzug aus und ging nach oben, um ihn Pam zurückzugeben; sie hatte ihr nasses Haar im Nacken zu einem Knoten zusammengefaßt, die Wimpern leicht getuscht und Lippenstift aufgelegt. Es gab nicht viele Frauen in ihrem Alter, die mit so wenig Aufwand so gut aussahen. Pam saß in ihrem Zimmer und hörte mit verträumtem Gesichtsausdruck Musik. Sie wirkte fast erschrocken, als sie sich plötzlich Mel gegenübersah, die an die offene Tür klopfte und eintrat.

»Hallo, Pam. Danke für den Badeanzug. Soll ich ihn in dein Badezimmer legen?«

»Sicherlich... okay... danke.« Sie stand auf, war wegen Mels Anwesenheit verlegen, und Mel empfand plötzlich den gleichen überwältigenden Drang, das junge Mädchen, so groß und erwachsen es wirkte, in die Arme zu schließen. Ihrem Wesen nach war es immer noch ein einsames, unglückliches kleines Mädchen.

»Das ist eine nette Kassette. Val hat sie auch.«

»Welche ist das?« fragte Pam, wieder neugierig geworden.

»Die Blondine.«

»Ist sie nett?«

Mel lachte. »Das hoffe ich. Vielleicht kommst du einmal mit deinem Dad nach dem Osten, dann könntest du beide kennenlernen.«

Pam setzte sich wieder auf das Bett. »Ich würde gern einmal nach New York fliegen, aber es ergibt sich kaum jemals, daß wir wegfahren. Dad kann seine Arbeit nicht im Stich lassen. Es gibt immer jemanden, für den er dasein muß. Außer während der zwei Wochen im Sommer, und da spielt er verrückt, wenn er das Krankenhaus verläßt und ruft alle zwei Stunden dort an. Wir fahren immer nach Aspen.«

Sie sagte es gelangweilt, und Mel beobachtete dabei ihre Augen, die wie zerbrochene Spiegel wirkten. Sie sah so aus, als brauchte sie etwas Schwung, neue Anregungen, ein wenig mehr Freude am Leben. Mel hatte den Eindruck, daß eine Frau an dem Mädchen Wunder wirken konnte. Das Kind sehnte sich nach Anne, und wie sehr sie sich auch gegen eine neue Bezugsperson wehren mochte, sie brauchte sie dringend. Diese spröde pedantische Deutsche in der Küche konnte ihr keine Liebe geben, und Peter tat sein Bestes, aber sie brauchte weibliche Anteilnahme.

»Aspen muß doch nett sein.« Mel bemühte sich, die Schranken zwischen sich und dem Mädchen zu überwinden. Ein- oder zweimal dachte sie schon, einen Hoffnungsschimmer zu sehen, aber dann verblaßte er wieder.

»Ja, es ist soweit in Ordnung, aber es langweilt mich, immer in dem gleichen Ort Ferien zu machen.«

»Wohin würdest du statt dessen lieber fahren?«

»An die Küste ... Mexiko ... Europa ... New York ... irgendwohin, wo etwas los ist.« Sie lächelte Mel verlegen an. »Irgendwohin, wo es interessante Leute gibt, nicht nur Naturapostel und Bergwanderer.« Sie verzog das Gesicht. »Bääh.«

Mel lächelte. »Wir fahren jeden Sommer nach Marthas Vineyard. Das liegt am Strand. Es ist nicht toll, aber sehr nett. Vielleicht könntest du uns einmal dort besuchen?« Doch daraufhin sah Pam sie wieder argwöhnisch an, und bevor Mel noch weiterreden konnte, stürmte Matthew ins Zimmer.

»Raus mit dir, du Wichtigtuer!« Sie sprang schnell auf, um ihre Intimsphäre zu verteidigen.

»Du bist ein Ekel.« Matthew sah eher verärgert als verletzt aus und blickte Mel eifersüchtig an. »Dad sagt, das Dinner steht bereit, und wir sollen hinunterkommen.« Er wartete, um sie nach unten zu begleiten, und Mel hatte keine Möglichkeit mehr, mit Pam allein zu sein und ihr zu versichern, daß die Einladung nur ein freundliches Anerbieten von ihr war und kein schlimmes Omen dafür, daß sie sich zwischen ihren Vater und sie drängen würde.

Mark schloß sich ihnen auf der Treppe an, und er und Pam tauschten die ganze Zeit bissige Bemerkungen aus, während Matthew mit Mel vorauslief. Peter wartete schon im Speisezimmer; als alle das Zimmer betraten, sah Mel einen Schatten über sein Gesicht huschen, doch er zog rasch vorbei. Es mußte die

Erinnerung an einen vertrauten Anblick gewesen sein, den er lange nicht mehr erlebt hatte.

»Haben sie Sie oben als Geisel festgehalten? Das hatte ich nämlich befürchtet.«

»Nein. Ich unterhielt mich nur mit Pam.«

Er schien sich darüber zu freuen, alle nahmen ihre Plätze ein, während Mel zögerte und nicht ganz sicher war, wo sie sich setzen sollte. Peter zog schnell den Stuhl zu seiner Rechten unter dem Tisch hervor, worauf Pam schockiert dreinsah und sich halb vom Stuhl erhob. Sie saß am anderen Ende des Tisches, Peter gegenüber, die beiden Jungen auf einer Seite. »Das ist...«

»Schon gut!« Seine Stimme klang bestimmt, und Mel wußte sofort, was er angerichtet hatte. Er hatte sie auf dem Stuhl seiner verstorbenen Frau Platz nehmen lassen, und sie wünschte, er hätte es unterlassen. Es entstand eine lange, drückende Stille im Zimmer, und Mrs. Hahn erstarrte, als sie hereinkam, während Mel Peter flehentlich ansah. »Es ist schon so in Ordnung, Mel.« Er schaute sie beruhigend an und warf einen Blick in die Runde, dann setzte die Unterhaltung wieder ein. Gleich darauf war das Speisezimmer von dem üblichen Lärm erfüllt, und alle begannen Mrs. Hahns kalte Brunnenkressesuppe zu löffeln.

Der weitere Verlauf des Dinners war angenehm, und Peter hatte bei der Platzverteilung richtig entschieden. Es war unnötig, daraus eine Staatsaffäre zu machen. Er und Mel tranken, als sie die Mahlzeit beendet hatten, in seinem Arbeitszimmer Kaffee, die Kinder gingen nach oben, und Mel sah sie erst wieder, als sie sich zum Weggehen anschickte. Pam schüttelte ihr ziemlich förmlich die Hand, sie war deutlich erleichtert, weil Mel wieder aus ihrem Leben verschwand. Mark bat sie um ein Autogramm, Matthew legte ihr die Arme um den Hals und bat sie zu bleiben.

»Ich kann leider nicht. Aber ich verspreche dir, daß ich dir aus New York eine Ansichtskarte schicke.«

Seine Augen füllten sich mit Tränen. »Das ist nicht das gleiche.« Er hatte recht, aber mehr konnte sie nicht tun. Sie hielt ihn lang umschlungen, dann küßte sie ihn sanft auf die Wange und streichelte über sein Haar.

»Vielleicht wirst du mich einmal in New York besuchen.« Als er ihr in die Augen sah, wußten sie beide, daß es wahrscheinlich lange nicht dazu kommen würde, wenn überhaupt, und er tat ihr schrecklich leid. Als sie schließlich abfuhren, winkte Matthew weiter, während der Wagen den Häuserblock entlangfuhr. Mel war den Tränen nahe. »Ich fühle mich so unwohl, weil ich ihn verlasse.« Sie sah Peter an, er war gerührt über die Zärtlichkeit, die er in ihren Augen las, und tätschelte ihre Hand. Es war das erstemal, daß er sie zärtlich berührte, und er spürte, wie die Erregung seinen Arm elektrisierte. Er zog die Hand rasch zurück, während sie aus dem Fenster blickte. »Was für ein prima Kind er ist... sie alle...« Sogar Pam. Sie mochte sie alle und fühlte mit ihnen. Sie seufzte leise. »Ich bin froh, daß ich zum Abendessen geblieben bin.«

»Ich auch. Sie haben uns allen gutgetan. Wir hatten seit Jahren keine so harmonische Mahlzeit wie diese.« Auch ihr war es bewußt. Sie hatten in einer Gruft gelebt, und wieder dachte sie daran, daß er das Haus verkaufen sollte; sie wagte aber nicht, es ihm vorzuschlagen, sondern wandte sich an ihn und dachte wieder an seine Kinder.

»Ich danke Ihnen, daß Sie mich heute nachmittag zu sich eingeladen haben.«

»Ich bin froh, daß Sie die Einladung angenommen haben.«

»Auch ich bin froh.«

Sie kamen viel zu schnell beim Parkplatz des Krankenhauses an und standen verlegen vor ihrem Wagen, nach Worten suchend. »Ich danke Ihnen, Peter. Die Zeit, die ich mit Ihnen verbrachte, war wunderbar.« Sie nahm sich vor, am nächsten Tag Blumen zu schicken und vielleicht ein kleines Geschenk speziell für die Kinder, falls sie Zeit hatte, vor ihrem Abflug noch einzukaufen. Sie mußte auch noch ein Mitbringsel für die Zwillinge kaufen.

»Ich bin Ihnen Dank schuldig, Mel.« Er blickte ihr lange in die Augen, dann schüttelte er ihr die Hand. »Dann also auf Wiedersehen morgen.« Sie würde vor ihrem Abflug noch eine kurze Passage mit Pattie Lou drehen, und das würde ihre letzte Möglichkeit sein, mit ihm zusammenzukommen. Er begleitete sie zu ihrem Wagen, dort standen sie noch einen Augenblick, bevor sie einstieg.

»Ich danke Ihnen nochmals.«

»Gute Nacht, Mel.« Er ging ins Krankenhaus, um noch einen Blick auf Pattie zu werfen.

7

Am nächsten Tag verlief das kurze Filmen von Pattie Lou in der Intensivstation glatt. Trotz der Operation und der Sonden sah sie bereits wesentlich gesünder aus als vorher, und Melanie war überrascht. Vielleicht waren Transplantationen doch eine Wunderkur, und sie dachte nicht darüber nach, wie lang dieser Zustand anhalten würde. Sogar wenn es ihr nur für einige Jahre Erleichterung verschaffte, war es besser als ein paar Tage des Leidens. Mit Pattie Lou als lebendem Beweis seines Könnens hatte Peter Hallam sich vollkommen Mels Herz erobert.

Sie sah ihn, kurz nachdem sie Pattie Lou verließ, noch einmal im Vestibül. Das Team war schon gegangen, und sie war im Begriff, sich von Pearl zu verabschieden. Sie mußte sich noch im Hotel abmelden und hatte in Beverly Hills einiges zu besorgen, darunter ein Geschenk, das sie den Mädchen mitbringen wollte. Mel brachte ihnen möglichst immer etwas von ihren Reisen mit. Es war eine Art Tradition, die sich im Lauf der Jahre ergeben hatte. Sie würde sich also jetzt eine Stunde Zeit nehmen, um auf dem Rodeo Drive einzukaufen.

»Hallo.« Er sah gut und erholt aus, als ob er den ganzen Tag noch nicht gearbeitet hätte. »Was haben Sie heute vor?«

»Abschied nehmen. Ich war eben bei Pattie Lou. Sie sieht glänzend aus.«

»Ja, das stimmt.« Er strahlte, stolz wie ein Hahn. »Ich habe sie heute morgen auch besucht.« Eigentlich hatte er zweimal bei ihr hineingesehen, aber das erwähnte er Mel gegenüber nicht. Er wollte in ihr nicht die Befürchtung wecken, daß es zu einer Komplikation gekommen war.

»Ich wollte Sie heute nachmittag anrufen, um Ihnen für das Dinner gestern abend zu danken. Ich habe mich bei Ihnen sehr wohl gefühlt.« Sie forschte unmerklich in seinen Augen und fragte sich, was sie in ihnen lesen würde.

»Die Kinder haben sich gefreut, Sie kennenzulernen, Mel.«

»Es war auch nett, ihnen zu begegnen.« Aber sie hätte gern gewußt, ob es mit Pam vielleicht einen Auftritt gegeben hatte, als er wieder nach Haus gekommen war.

Dann bemerkte sie, daß er sie gedankenvoll betrachtete, und

fragte sich, ob er etwas auf dem Herzen hatte. Er schien zu zögern, dann fragte er: »Sind Sie in Eile?«

»Eigentlich nicht. Mein Flug geht heute abend um zehn Uhr.« Sie erwähnte ihren geplanten Geschenkkauf für die Mädchen auf dem Rodeo Drive nicht, das wirkte in dieser Umgebung viel zu nebensächlich angesichts des Kampfes um Menschenleben. »Warum?«

»Ich fragte mich, ob Sie wieder einen kurzen Besuch bei Marie Dupret machen würden.« Sie merkte, daß ihm das Mädchen schon ans Herz gewachsen war. Sie war sein neuester kranker Schützling.

»Wie geht es ihr heute?« Mel sah ihm in die Augen und wunderte sich, daß ein Mann sich so viel Sorgen machen konnte. Das war eindeutig aus seiner Mimik und seinen Worten herauszulesen.

»Ziemlich unverändert. Es wird aber immer dringender, daß wir einen Organspender für sie finden.«

»Hoffentlich haben Sie dabei Glück.« Wieder bedrückte sie der Gedanke an den allgegenwärtigen Tod, während sie Peter zu Maries Zimmer folgte.

Das Mädchen wirkte bleicher und schwächer als am Vortag, und Peter setzte sich ruhig zu ihr und sprach mit ihr auf freundschaftliche Art, ohne auf alle anderen im Zimmer anwesenden Personen zu achten. Man gewann den Eindruck, daß es eine starke persönliche Bindung zwischen ihnen gab, und nur den Bruchteil eines Augenblicks fragte sich Mel, ob er sich vielleicht zu ihr hingezogen fühlte. Aber sein Verhalten Marie gegenüber hatte nichts Leidenschaftliches an sich, er war nur sehr um sie besorgt, und man hatte das Gefühl, daß sie einander seit Jahren kannten, was natürlich nicht der Fall war. Es war ein bemerkenswertes Beispiel eines ungewöhnlichen seelischen Gleichklangs zwischen zwei Menschen. Nach kurzer Zeit schien Marie ruhiger zu sein als zu Beginn und blickte zu Mel hinüber.

»Ich danke Ihnen, daß Sie mich wieder besuchen, Miß Adams.« Sie sah so schwach und blaß aus, man hatte das Gefühl, daß sie ohne die dringend nötige Operation nicht mehr am Leben bleiben würde. Ihr Zustand schien sich seit dem Vortag verschlechtert zu haben, es versetzte Mel einen Stich ins Herz, als sie ans Bett der jungen Frau trat.

»Ich fliege heute abend zurück nach New York, Marie. Aber ich freue mich darauf, gute Nachrichten über Sie zu bekommen.«

Die junge, durchscheinend blasse Frau sagte lange Zeit kein Wort, dann lächelte sie fast traurig. »Ich danke Ihnen.« Dann ließ sie sich, während Peter sie beobachtete, von ihrer Angst überwältigen, und zwei Tränen liefen ihr über die Wangen. »Ich weiß nicht, ob sich rechtzeitig ein Organspender findet.«

Peter trat wieder näher. »Dann werden Sie eben noch ein wenig bei uns bleiben müssen, nicht wahr?« Seine Augen waren beinahe hypnotisch auf dieses Mädchen gerichtet, so daß man fast den Eindruck hatte, er wolle mit seinem Willen erzwingen, daß sie am Leben blieb, und Mel glaubte die kraftvolle Verbindung zu spüren, die zwischen ihnen bestand.

»Es wird bestimmt gutgehen.« Melanie berührte Maries Hand und war erschrocken, wie kalt sie war. Bei dem Mädchen hatte die Blutzirkulation beinahe völlig ausgesetzt, was ihre bläuliche Blässe verursachte. »Ich weiß, es wird gelingen.«

Die Kranke sah daraufhin Mel an und schien fast zu schwach zu sein, um sich zu bewegen. »Wirklich?« Melanie nickte und kämpfte gegen ihre Tränen an. Sie hatte das schreckliche Gefühl, daß das Mädchen nicht so lange durchhalten würde, und sie betete im stillen für sie, als sie das Zimmer verließen. Im Vestibül sah sie Peter besorgt an.

»Kann sie durchhalten, bis Sie operieren können?« Mel bezweifelte es jetzt, und auch Peter schien unsicher zu sein. Plötzlich wirkte er durch die große Anspannung erschöpft, das war nicht typisch für ihn.

»Ich hoffe es. Alles hängt davon ab, wie bald wir einen Organspender finden.« Melanie stellte die naheliegende Frage nicht: »Und wenn nicht?«, weil sich die Antwort darauf aus dem Allgemeinzustand der Patientin zwangsläufig ergab. Sie war das schwächste, zarteste Mädchen, das Melanie je gesehen hatte, und es war allein schon ein Wunder, daß Marie überhaupt noch am Leben war. »Ich hoffe, daß sie es durchsteht.«

Peter sah sie aufmerksam an, dann nickte er. »Ich auch. Manchmal sind gefühlsbedingte Motivationen sehr hilfreich. Ich werde später wiederkommen und nach ihr sehen, und die Schwestern beobachten sie ebenfalls sehr genau, nicht nur über die Monitoren. Das Problem besteht darin, daß sie weder Familie noch andere Verwandte hat. Manchmal mangelt es so alleinstehenden Menschen an dem festen Willen, am Leben festzuhalten. Wir müssen ihnen diesen Lebenswillen so gut wie möglich einimpfen. Aber die Entscheidung hängt nicht allein von mir ab.« War es also Maries Entscheidung? Mußte dieses zarte Mädchen aus eigener Kraft den Willen zum Leben aufbringen? Es schien, als wäre das Mädchen mit der Mobilisierung ihres Überlebenswillens überfordert, und Melanie schwieg, während sie Peter fast schluchzend zur Schwesternstation folgte. Sie hatte keinen Grund mehr, sich im Krankenhaus aufzuhalten. Peter hatte zu tun, und sie mußte weiter, wie schwer es ihr auch fiel. Eigentlich wollte sie jetzt dort bleiben, Pattie Lou beobachten, mit Pearl sprechen, für Marie beten, die anderen Patienten besuchen, die sie kennengelernt hatte. Aber ihr hauptsächliches Motiv war keiner von den Kranken, das ahnte sie jetzt. Es war Peter selbst. Sie wollte ihn um keinen Preis verlassen. Das schien auch er deutlich zu spüren. Er verließ die Schwestern und die Krankengeschichten und trat zu ihr.

»Ich werde Sie ins Foyer bringen, Mel.«

»Danke.« Sie lehnte nicht ab. Sie wollte mit ihm allein sein, war sich aber ihrer Beweggründe nicht sicher. Vielleicht war es seine Art, die ihr so gefallen hatte, sein Eingehen auf die Patienten, seine Herzlichkeit, doch sie wußte, daß es im wesentlichen ein tieferes Gefühl war. Der Mann zog sie ungewöhnlich an, aber hatte es einen Sinn, sich enger zu binden? Sie lebte in New York, und er in Los Angeles. Würde es etwas ändern, wenn sie in derselben Stadt lebten? Sie war sich dessen nicht sicher, als er sie zu ihrem Wagen auf dem Parkplatz begleitet hatte, und sie wandte sich ihm wieder zu. »Ich danke Ihnen für alles.«

»Wofür?« Er lächelte freundlich.

»Für die Rettung von Pattie Lous Leben.«

»Das tat ich für Pattie Lou, nicht für Sie.«

»Dann für alles übrige, für Ihr Interesse, Ihre Zeit, Ihre Mitarbeit, das Dinner, den Lunch ...« Plötzlich fehlten ihr die Worte, und er lachte belustigt.

»Wollen Sie noch etwas hinzufügen? Kaffee in der Halle?«

»Schon gut, schon gut ...« Sie lächelte, und er ergriff ihre Hand.

»Ich sollte Ihnen danken, Mel. Sie haben mir viel mehr gegeben. Sie sind die erste Person seit zwei Jahren, der gegenüber ich aus mir herausgegangen bin. Dafür danke ich Ihnen.« Und dann, ehe sie antworten konnte. »Dürfte ich Sie einmal in New York anrufen, oder fänden Sie das aufdringlich?«

»Keineswegs. Ich würde mich sogar sehr freuen.« Ihr Herz klopfte heftig, und sie fühlte sich wie ein ganz junges Mädchen.

»Dann werde ich Sie anrufen. Ich wünsche Ihnen noch einen guten Heimflug.«

Er drückte ihr wieder die Hand, dann drehte er sich um, winkte noch einmal und war verschwunden. So rasch und glatt ging das. Während sie zum Rodeo Drive fuhr, konnte sie den Gedanken daran nicht loswerden, ob sie ihn jemals wiedersehen würde.

8

Während Mel an diesem Nachmittag ihre Einkäufe erledigte, stellte sie fest, daß sie Peter Hallam immer wieder aus ihrem Gedächtnis verdrängen mußte. Es war nicht vernünftig, daß sie so viel an ihn dachte. Was bedeutete er schließlich für sie? Ein interessanter Mann, ein interessantes Thema für ein Interview, mehr nicht, wie anziehend er auch sein mochte. Sie versuchte, nur an Val und Jess zu denken, und plötzlich drängte Peter sich wieder dazwischen. Sie beschäftigte sich noch mit ihm, als sie um acht Uhr ihre Reisetasche in ein Taxi stellte und zum Flughafen fuhr. Plötzlich sah sie vor ihrem geistigen Auge kristallklar Pam, ein bekümmertes, einsames, untröstliches Mädchen.

»Scheiße«, murmelte sie laut, und der Fahrer warf ihr einen erstaunten Blick zu.

»Etwas nicht in Ordnung?«

Sie mußte über sich lachen und schüttelte den Kopf. »Verzeihen Sie, ich war mit meinen Gedanken weit weg.«

Er nickte verblüfft. Er hatte den Ausruf schon oft gehört, aber alles, was ihn wirklich interessierte, war ein anständiges Trinkgeld, und das gab sie ihm. Mehr brauchte er nicht.

Im Flughafen gab sie ihre Reisetasche beim Schalter auf, checkte sich ein, kaufte drei Illustrierte und setzte sich in die Nähe des Ausgangs, um auf den Aufruf zu ihrem Flug zu warten. Es war schon neun Uhr, und in zwanzig Minuten würde sie an Bord gehen. Sie sah sich um und stellte fest, daß die Maschine voll sein würde, da sie aber wie gewöhnlich erster Klasse flog, würde es wahrscheinlich nicht allzu schlimm werden. Sie blätterte die Magazine durch und wartete darauf, daß ihr Flug aufgerufen wurde, wobei sie mit einem Ohr auf die Flugnummer horchte. Es war der letzte Flug des Tages nach New York, den man scherzhaft »Rotes Auge« nannte, denn am nächsten Morgen um sechs Uhr kamen die Passagiere rotäugig und erschöpft an, aber man verlor wenigstens keinen ganzen Tag.

Während sie auf die Durchsagen hörte, schreckte sie plötzlich zusammen. Sie glaubte ihren Namen verstanden zu haben, sagte sich aber, sie müsse sich geirrt haben. Dann kam ihr Flug an die Reihe, und sie wartete den ersten Ansturm von Passagieren ab, um an Bord zu gehen, dann nahm sie ihren Aktenkoffer und die Handtasche, stellte sich mit ihrem Ticket und ihrer Bordkarte in der Hand an und hörte im Lautsprecher wieder ihren Namen. Doch diesmal war sie sicher, daß es keine Einbildung war.

»Melanie Adams, bitte kommen Sie zum weißen Kundentelefon ... Melanie Adams ... weißes Kundentelefon bitte ... Melanie Adams ...« Sie warf einen Blick auf die Uhr, um zu sehen, wieviel Zeit ihr noch blieb, dann stürzte sie zu dem weißen Telefon an der gegenüberliegenden Wand, nahm den Hörer ab und meldete sich bei der Telefonistin.

»Hallo, hier spricht Melanie Adams. Ich glaube, Sie haben mich ausgerufen.« Sie stellte ihre Tasche auf den Boden neben ihre Füße und horchte aufmerksam.

»Ein Dr. Peter Hallam hat Sie gesucht. Sie möchten bitte sofort zurückrufen, wenn es Ihnen möglich ist.« Dann gab sie Mel seine Privatnummer. Sie wiederholte sie immer wieder, während sie zur nächsten Telefonzelle rannte, in ihrer Handtasche nach einem Zehncentstück suchte und die große Wanduhr im Auge behielt. Sie hatte noch genau fünf Minuten Zeit, um an Bord ihrer Maschine zu kommen, sie durfte sie auf keinen Fall verpassen. Sie mußte am nächsten Morgen in New York sein. Sie steckte das Geldstück in den Schlitz des Telefons und wählte die Nummer.

»Hallo?« Ihr Herz klopfte, als er sich meldete. »Hier Mel. Ich habe bis zum Abflug nur ein paar Minuten Zeit.«

»Ich habe auch nicht mehr Zeit.« Seine Stimme klang überdeutlich. »Wir haben soeben einen Organspender für Marie Dupret bekommen. Ich fahre jetzt ins Krankenhaus. Ich wollte es Ihnen nur mitteilen, falls Sie vielleicht doch noch hierbleiben wollen.« Ihre Gedanken rasten, während sie ihm zuhörte, und sie war nur den Bruchteil einer Sekunde lang enttäuscht. Sie hatte gedacht, er habe angerufen, um sich noch einmal von ihr zu verabschieden, doch nun war sie sehr aufgeregt, als sie an die Transplantation dachte. Jetzt hatte Marie eine Chance. Sie hatten ein Herz für sie gefunden! »Ich wußte nicht, ob das ein ausreichender Grund ist, Ihre Pläne zu ändern, wollte es Ihnen aber für alle Fälle mitteilen. Ich war nicht einmal sicher, mit welcher Fluglinie Sie fliegen, und habe einfach geraten.« Er hatte richtig geraten.

»Sie haben mich gerade noch erreicht.« Dann runzelte sie die Stirn. »Könnten wir die Transplantation filmen?« Das würde eine sensationelle Ergänzung der Story sein und würde einen weiteren Tag in Los Angeles rechtfertigen.

Es folgte eine lange Pause. »In Ordnung. Können Sie das Kamerateam sofort ins Krankenhaus beordern?«

»Ich kann es versuchen. Ich muß aber zuerst von New York das Okay erhalten, länger zu bleiben.« Und die Zeit, die sie brauchte, um anzurufen, konnte sie den Flug kosten. »Ich weiß nicht, was ich erreichen kann. Auf jeden Fall werde ich Ihnen im Krankenhaus eine Nachricht hinterlassen.«

»Ausgezeichnet. Ich muß jetzt fahren. Bis später.« Er sprach geschäftsmäßig und kurz angebunden und legte ohne ein weiteres Wort auf, während Melanie noch einen Augenblick in der Telefonzelle stehenblieb, um ihre Gedanken zu sammeln. Als erstes mußte sie an der Sperre mit dem Boden-Steward reden. Das hatte sie schon früher gemacht, und mit etwas Glück würde er den Abflug um fünf oder zehn Minuten hinausschieben, so daß sie Zeit hatte, New York anzurufen. Sie hoffte nur, daß sie in New York einen ihrer Vorgesetzten erreichen konnte, um das Okay zu erhalten. Sie griff nach Aktenkoffer und Handtasche und lief zu der Sperre, wo sie eine Stewardeß fand, der sie erklärte, wer sie war und die Pressekarte der Sendergruppe zeigte.

»Können Sie meinen Flug zehn Minuten zurückhalten? Ich muß meinen Sender in New York wegen einer großen Sache anrufen.« Die Stewardeß war nicht sonderlich begeistert, aber Leuten von Mels Rang erwiesen die Fluggesellschaften oft besondere Gefälligkeiten, indem sie für sie Plätze in eigentlich ausgebuchten Flügen auftrieben, sogar wenn sie dafür einen ahnungslosen Passagier von der Liste streichen mußten oder einen Flug knapp vor dem Start zurückhielten wie in diesem Fall.

»Ich gebe Ihnen zehn Minuten Zeit, aber nicht mehr.« Es kostete die Fluglinien ein Vermögen, solche Ausnahmen zu machen und den Abflug zu verzögern. Sie wandte sich von Mel ab und sprach in das kleine Funkgerät, während Mel zum Telefon zurückrannte und den Anruf anmeldete. Man verband sie sofort mit der Nachrichtenzentrale, aber es dauerte vier kostbare Minuten, bis man einen stellvertretenden Produktionsleiter und einen Chefredakteur herbeiholte, die mit Mel verhandelten.

»Was ist los?«

»Eine großartige Gelegenheit. Einer meiner Interviewpartner war eine Patientin, die auf eine Transplantation wartet. Ich wurde eben von Hallam angerufen. Sie haben einen Organspender gefunden und werden sie jetzt operieren. Kann ich hier bleiben und mit einem Kamerateam ins Center-City-Krankenhaus fahren, um die Operation zu filmen?« Sie war atemlos vor Aufregung und weil sie zum Telefon gelaufen war.

»Haben Sie ihn noch nicht im Operationssaal gefilmt?«

»Nein.« Sie hielt den Atem an, denn sie wußte, das konnte der entscheidende Punkt sein.

»Dann bleiben Sie. Aber morgen abend müssen Sie zurückkommen!«

»Ja, Sir.« Sie grinste, während sie auflegte und zur Sperre zurückhastete.

Sie teilte der Stewardeß mit, daß sie nicht flog, dann rief sie die lokale Sendestation an und forderte ein Kamerateam an. Danach lief sie hinaus zu einem Taxi und hoffte nur, daß die Fluglinie ihre Reisetasche in New York aufbewahren würde, wie ihr versprochen worden war.

Als sie im Krankenhaus ankam, erwartete das Kamerateam sie im Vestibül, und sie fuhren sofort hinauf zum Operationssaal.

Alle mußten sich schrubben, Masken und Mäntel überziehen, und man wies ihnen eine winzige Ecke in dem Raum zu, in der sie ihre Ausrüstung unterbringen mußten. Mel bestand energisch darauf, daß sie die für den OP geltenden Vorschriften einhielten, denn sie war Peter dankbar, daß er sie überhaupt dort arbeiten ließ, und wollte sein Entgegenkommen nicht mißbrauchen.

Schließlich erschien Marie, sie wurde auf einer Trage mit hochgezogenem Geländer in den Raum gerollt, hatte die Augen geschlossen und war totenbleich. Sie rührte sich überhaupt nicht, bis Peter in Maske und Mantel hereinkam und beruhigend auf sie einsprach. Er schien Mel gar nicht zu bemerken, obwohl er einmal einen Blick auf das Kamerateam warf und mit ihrem Standort zufrieden zu sein schien. Dann geriet alles in Bewegung, während Mel fasziniert zusah.

Peter blickte ständig auf die Monitoren und erteilte seinem Team laufend Anweisungen. Sie bewegten sich in vollkommener Übereinstimmung wie ein präzise einstudiertes Ballett, während ihm Instrumente von einem riesigen Tablett zugereicht wurden.

Melanie schaute weg, als Peter den ersten Schnitt machte, doch dann war sie gebannt von dem Geschehen und sah Stunde um Stunde zu, während sie still für Maries Leben betete und das Ärzteteam unermüdlich arbeitete, um ihr sterbendes Herz durch das neue der jungen Frau zu ersetzen, die nur Stunden zuvor gestorben war. Es war faszinierend, wie sie das alte Herz aus Maries Brust nahmen und es auf ein Tablett legten, und Melanie schnappte nicht einmal nach Luft, als sie das neue in die Höhlung des Brustkorbes senkten; Herzklappen, Arterien und Venen wurden angeschlossen, während sich die Hände unermüdlich über der Brust der Frau bewegten; Melanie hielt den Atem an, denn plötzlich erwachten die Monitoren wieder zum Leben, das Geräusch des Herzschlags dröhnte im Raum wie eine Trommel, und das Operationsteam jubelte laut. Es war wirklich erstaunlich. Das seit dem Tod der Organspenderin erschlaffte Herz erwachte in Maries Körper wieder zum Leben.

Die Operation dauerte danach noch weitere zwei Stunden, und endlich wurde die letzte Naht geschlossen, Peter trat zurück, sein Kittel war an Rücken und Brust schweißnaß, seine Arme schmerzten von der Anstrengung, und er beobachtete Marie gespannt, während man ihr Bett wieder aus dem Raum in eine Zelle in der Nähe rollte, wo sie mehrere Stunden lang beobachtet werden würde. Er würde sich während der nächsten sechs oder acht Stunden selbst in der Nähe aufhalten, um sich zu vergewissern, daß es keine Komplikationen gab, doch im Augenblick schien alles unter Kontrolle zu sein, und er ging hinaus in den Korridor, wo er tief Luft holte. Melanie folgte ihm mit zitternden Knien. Es war ein außerordentliches Erlebnis gewesen, ihm bei der Arbeit zuzuschauen, und sie war ihm für seinen Anruf zutiefst dankbar. Er plauderte kurz mit seinen Mitarbeitern, immer noch in Mütze und Mantel, die Maske hatte er auf einen Tisch gelegt, und Mel unterhielt sich mit dem Kamerateam. Sie waren bereit, heimzufahren, und ungeheuer beeindruckt von dem medizinischen Wunder, das sie miterlebt hatten.

»Mein Gott, ist der Mann gut.« Der Kameramann zog den blauen Kittel aus und zündete sich eine Zigarette an. Plötzlich fragte er sich, ob das vernünftig war, aber er konnte nur an das Unglaubliche denken, das sie im Film festgehalten hatten, die sich unaufhörlich bewegenden Hände, die paarweise arbeiteten, manchmal mehrere gleichzeitig, die kleine Gewebeteilchen ergriffen und Venen versorgten, die kaum stärker waren als ein Haar. »Da beginnt man wirklich, an Wunder zu glauben, wenn man so etwas sieht.« Er blickte Mel beeindruckt an und schüttelte ihr die Hand. »Es war interessant, mit Ihnen zu arbeiten.«

»Ich danke Ihnen, daß Sie so schnell hierher kamen.« Sie lächelte, und sie sprachen ein paar Notizen durch. Er versicherte ihr, er würde den Film am nächsten Tag in New York abliefern, um ihn an den ersten Teil anzufügen, dann entfernte er sich mit seinem Team, und sie kleidete sich um. Zu ihrer Überraschung tauchte Peter im Straßenanzug auf. Sie hatte irgendwie angenommen, daß er in Operationskleidung dort bleiben würde, wußte aber nicht, warum sie auf diese Idee gekommen war. Es war jedenfalls merkwürdig, ihn in der Kleidung eines gewöhnlichen Sterblichen wiederzusehen. »Wie steht es mit ihr?« fragte sie ihn, als sie zusammen ins Vestibül hinausgingen. Es war, als hätte sie nie wegfahren wollen, und tief in ihrem Inneren saß die Freude, ihn wiederzusehen.

»Bis jetzt verläuft alles normal. Die nächsten vierundzwanzig

Stunden werden für sie entscheidend sein. Wir können nur abwarten, wie sie sich hält. Sie war schrecklich schwach, als wir anfingen. Haben Sie dieses Herz gesehen? Es war hart wie ein Stück Stein, es besaß überhaupt keine Kontraktionsfähigkeit mehr. Ich glaube nicht, daß sie auch nur noch vierundzwanzig Stunden durchgehalten hätte. Sie hatte verdammtes Glück, daß wir diese Organspenderin rechtzeitig bekamen.« »Organspender« ... Organspender ... kein Gesicht ... kein Name ... keine Vergangenheit ... einfach »Organspender«, ein anonymes Herz in einem Körper, den man kannte, mit dem Gesicht von Marie. Es bereitete ihr noch immer Schwierigkeiten, damit fertigzuwerden. Sogar nachdem sie die vier Stunden dauernde Operation verfolgt hatte. Mel blickte auf die Uhr und staunte, daß es schon weit nach sechs Uhr war; als sie hinausblickte, sah sie, daß die Sonne inzwischen aufgegangen war. Die lange Nacht war vorüber, und Marie war noch am Leben. »Sie müssen todmüde sein.« Er sah sie prüfend an und bemerkte die dunklen Schatten unter ihren Augen. »Wenn man nur dabeisteht und zusieht, nimmt es einen weit mehr her, als wenn man selbst operiert.«

»Das bezweifle ich.« Sie gähnte unwillkürlich und fragte sich, wie sich Marie fühlen würde, wenn sie aus der Narkose aufwachte. Das war das Schlimmste. Melanie bedauerte sie. Sie würde jetzt noch eine Menge durchzustehen haben, sogar mehr, als sie vorher erduldet hatte. Sie mußte Medikamente einnehmen, sie mußte gegen die Abstoßungsreaktion ihres Körpers und gegen Infektionen kämpfen, und sie mußte die Schmerzen der Operationswunden ertragen. Mel schauderte es bei dem Gedanken; Peter merkte, daß sie blaß wurde, und verfrachtete sie ohne weitere Umstände in einen Stuhl. Er hatte die Anzeichen dafür schon früher kommen sehen, noch bevor Mel selbst merkte, daß sie ohnmächtig wurde. Er drückte ihren Kopf mit seinen kräftigen Händen nach unten zu den Knien, und Mel war zu überrascht, um ein Wort herauszubringen.

»Atmen Sie langsam, tief ein und durch den Mund aus.« Sie wollte noch eine vorwitzige Bemerkung machen, stellte jedoch plötzlich fest, daß ihr so schlecht war, daß sie nicht sprechen konnte, und als sie sich wieder erholt hatte, sah sie ihn verwundert an.

»Ich habe nicht einmal gespürt, daß mir schlecht wird.«

»Offensichtlich nicht, meine Liebe, aber Sie bekamen etwa eine Minute lang einen interessant grünen Teint. Sie müssen unten etwas essen, dann fahren Sie zurück in Ihr Hotel und legen sich schlafen.« Da fiel ihm ein, daß sie aus dem Hotel ausgezogen war und kein Zimmer mehr hatte, und er hatte eine Idee. »Warum fahren Sie nicht zu mir nach Haus? Mrs. Hahn kann Sie im Gästezimmer unterbringen, und die Kinder werden gar nicht wissen, daß Sie dort sind.« Er sah auf seine Uhr, es war ein paar Minuten vor sieben. »Ich rufe sie an.«

»Nein, tun Sie das nicht, ich kann wieder in mein Hotel fahren.«

»Unsinn. Warum sollten Sie sich Umstände machen, wenn Sie bei mir zu Haus schlafen können? Den ganzen Tag über wird Sie niemand stören.« Es war ein großzügiges Angebot, aber sie war nicht sicher, ob sie es annehmen sollte. Doch als sie aufstand, war sie zu müde, um zu widersprechen oder auch nur das Hotel anzurufen, um ein Zimmer zu bestellen. Und während er zu einem Tisch ging und einen Telefonhörer abhob, sah sie ihm zu wie ein willenloses Kind. Er kam zu ihr zurück, sah ebenso frisch aus wie am vergangenen Morgen, obwohl auch er in dieser Nacht nicht geschlafen hatte, aber er schien daran gewöhnt zu sein und war angeregt durch seinen Erfolg. »Mrs. Hahn wird Sie erwarten. Die Kinder werden erst um acht aufstehen, nur Mark ist jetzt schon weg.« Er sah sich um, sprach rasch mit einer Schwester und kam dann zu Mel zurück. »Marie geht es ausgezeichnet, ich werde Sie hinunterbegleiten und Sie selbst in ein Taxi setzen, dann komme ich hierher zurück, um mir Marie anzusehen.«

»Sie brauchen wirklich nicht ... es ist lächerlich ...« Das war es auch, sie hatte Reportagen von Massenmorden und Straßenschlachten gemacht, aber jetzt hatte sie plötzlich das Gefühl, daß sich ihr ganzer Körper auflöste, und war dankbar für seinen kräftigen Arm, auf den sie sich stützte, als er sie nach unten führte. »Anscheinend werde ich alt.« Sie lächelte kläglich, während sie auf das Taxi wartete. »Ich dürfte nicht so müde sein.«

»Die Spannung läßt nach. So geht es uns allen. Es hat mich nur noch nicht erwischt.«

»Was tun Sie dann?«

»Ich bleibe in der Nähe und schlafe hier, wenn ich kann, ein paar Stunden. Gestern abend, nachdem ich Sie angerufen hatte, habe ich mit meiner Sekretärin telefoniert, sie wird alle meine Verabredungen für heute absagen. Heute vormittag wird jemand vom Team mich vertreten, und ich werde am Nachmittag die Visite machen.« Sie wußte, daß er jetzt todmüde sein mußte, obwohl man es ihm nicht ansah. Er war ebenso dynamisch und lebendig wie vor Stunden. Er sah sie freundlich an, während er sie ins Taxi setzte. »Wann fliegen Sie nach New York zurück?«

»Ich muß heute abend abreisen. Sie wollen mich keinen Tag länger hierbleiben lassen.«

Er nickte zufrieden, daß er sie am Abend zuvor erreicht hatte. »Es wird sowieso nichts mehr für Sie zu filmen geben, Mel. Von nun an beobachten wir, jonglieren mit der Dosierung der Medikamente, bis wir einen Punkt erreichen, den die Patientin vertragen kann. Sie haben in der letzten Nacht alles gesehen, was es zu sehen gibt.« Sie schaute ihm wieder in die Augen.

»Ich danke Ihnen, daß Sie uns erlaubt haben, dabei zu sein.«

»Es war gut, Sie in der Nähe zu haben. Fahren Sie jetzt und legen Sie sich schlafen.« Er gab dem Fahrer seine Adresse und schloß die Tür. Der Wagen tauchte im Verkehr von Los Angeles unter und verschwand in Richtung Bel-Air. Während er ihr nachsah, war er plötzlich dankbar dafür, daß sie noch da war und daß er sie in wenigen Stunden wiedersehen würde. Er war sich über seine Gefühle ebenso im unklaren, wie Mel über die ihren. Aber er empfand etwas für sie. Das war sicher.

9

In dem Haus in Bel-Air stand Mrs. Hahn am Fenster und erwartete Mel, begrüßte sie knapp und führte sie hinauf ins Gästezimmer. Mel dankte ihr und sah sich um, sie war hungrig und erschöpft und sehnte sich nach einem warmen Bad, war aber zu müde, um sich damit zu befassen. Sie ließ Aktenkoffer und Handtasche neben das Bett fallen und fragte sich, ob sie ihr Reisegepäck in New York wiederbekommen würde, doch im Augenblick war es ihr wirklich gleichgültig. Sie legte sich angekleidet auf das Bett, dachte an Peter und Marie und war im Begriff einzuschlafen; in diesem Augenblick hörte sie ein leises Klopfen an der Tür. Sie drehte sich überrascht um und zwang sich, wieder zu sich zu kommen. »Ja?«

Es war Mrs. Hahn mit einem kleinen Tablett. »Der Doktor meinte, Sie sollten etwas zu essen bekommen.« Mel fühlte sich wie eine Patientin, als sie den Teller mit dampfenden Rühreiern und Toast, sowie die Tasse heiße Schokolade sah. »Ich habe Ihnen keinen Kaffee gebracht, damit Sie schlafen können.«

»Ich danke Ihnen vielmals.« Es war ihr peinlich, sich bedienen zu lassen, aber das Essen duftete wunderbar. Sie setzte sich auf den Bettrand; ihre Jacke war zerknittert, die Bluse voller Falten, und ihr Haar zerrauft. Ohne ein weiteres Wort stellte Mrs. Hahn das Tablett auf ein Tischchen neben dem Bett und verließ wieder das Zimmer.

Während Mel, die plötzlich heißhungrig war, die Eier und den Toast verschlang, hörte sie über sich leise Geräusche und fragte sich, ob es Matthew und Pam waren, die sich für die Schule fertigmachten. Aber sie hatte nicht die Kraft, höflich zu sein, hinaufzugehen und sie zu begrüßen. Sie trank die heiße Schokolade, aß das letzte Stück Toast und legte sich gesättigt, erschöpft und zufrieden mit ihrer nächtlichen Arbeit wieder nieder; sie drehte sich auf den Rücken, schloß die Augen, legte den Kopf auf die verschränkten Arme, und als sie wieder erwachte, war es drei Uhr nachmittags. Sie warf erschrocken einen Blick auf ihre Uhr und sprang auf, doch dann fiel ihr ein, daß keinerlei Pflichten auf sie warteten. Sie fragte sich, was Mrs. Hahn dazu sagen würde, daß sie den ganzen Tag verschlafen hatte, und die Kinder mußten jeden Augenblick nach Haus kommen. Als sie schlafen gegangen war, waren sie gerade aufgestanden, um zur Schule zu gehen. Sie ging im Zimmer herum und dachte darüber nach, wie es Marie in den letzten Stunden ergangen war. Sie sah ein Telefon auf dem Schreibtisch an der gegenüberliegenden Wand, ging in Strümpfen hinüber und musterte dabei die zerknitterten Kleider, die sie trug. Sie wählte die Nummer des Krankenhauses, verlangte die Herzabteilung und dann Peter selbst, doch die Frau, mit der sie sprach, sagte ihr, daß man ihn nicht ans Telefon holen konnte. Melanie hoffte, daß er sich ebenfalls hingelegt hatte.

»Ich möchte wissen, wie es der Transplantationspatientin Marie Dupret geht.« Am anderen Ende blieb es still. »Hier spricht Melanie Adams. Ich war gestern nacht im Operationssaal.« Sie mußte keine weiteren Erklärungen abgeben. Alle im Krankenhaus wußten, wer sie war, und daß sie eine Story über Peter Hallam und Pattie Lou drehte.

»Einen Augenblick bitte.« Die Stimme war energisch; Mel wurde verbunden, und sofort darauf hörte sie eine vertraute Stimme.

»Sie sind wach?«

»Noch nicht ganz, aber ich bin etwas entsetzt, daß ich den ganzen Vor- und Nachmittag geschlafen habe.«

»Unsinn. Sie haben Ruhe gebraucht. Sie waren einer Ohnmacht nahe, als Sie von hier wegfuhren. Hat Ihnen Mrs. Hahn etwas zu essen gegeben?«

»Und ob. Ich befinde mich im besten Hotel der Stadt.« Sie sah sich in dem behaglichen, schön eingerichteten Zimmer um und stellte sich vor, daß auch hier alles von Anne geplant worden war. »Wie geht es Marie?«

»Ausgezeichnet.« Er klang zufrieden. »Ich konnte mir gestern abend nicht die Zeit nehmen, es Ihnen zu erklären, aber wir haben eine neue Technik versucht, und es hat funktioniert. Ich werde Ihnen später ein paar Skizzen machen, aber im Augenblick müssen Sie sich mit der Feststellung begnügen, daß bis jetzt alles in Ordnung ist. Noch kein Anzeichen von Abstoßung.«

»Wie lange dauert es, bis sie über den Berg ist?«

»Eine Weile.« Den Rest ihres Lebens, das wußte Mel, aber sie meinte die schrecklichen Momente unmittelbar nach der Transplantation, wenn die größte Wahrscheinlichkeit dafür bestand, daß eine Reaktion einsetzte. »Wir glauben, daß sie es schaffen wird. Sie hat alle Voraussetzungen, die für einen Erfolg maßgebend sind.«

»Ich hoffe, es bleibt weiterhin so.«

»Das tun wir auch.« Sie staunte wieder darüber, wie wenig Verdienst er für sich in Anspruch nahm, und konnte ihn wieder nur bewundern.

»Haben Sie auch geschlafen?«

Seine Antwort klang vage. »Ein wenig. Ich beschloß, die Visite heute vormittag selbst zu machen, und habe mich danach für eine Weile hingelegt. Wahrscheinlich komme ich heute abend zum Dinner nach Haus. Ich kann später jemand anderem die Aufsicht hier überlassen.« Dann fiel ihm etwas ein. »Bei dieser Gelegenheit werde ich Sie wiedersehen, Mel.« Er klang so freundlich und herzlich, daß sie es plötzlich nicht mehr erwarten konnte, ihn zu sehen.

»Ihre Kinder werden sehr bald genug von mir haben.«

»Das bezweifle ich. Sie werden begeistert sein, weil Sie noch hier sind, mir geht es nicht anders. Um welche Zeit geht Ihre Maschine, oder haben Sie noch nicht daran gedacht?«

»Ich werde den gleichen Flug nehmen wie gestern.« Sie fühlte sich genügend ausgeruht, um mit dem »Rotauge« fertigzuwerden, nachdem sie den ganzen Tag geschlafen hatte. »Ich müßte um acht Uhr von hier wegfahren.«

»Das trifft sich gut. Mrs. Hahn serviert uns das Abendessen für gewöhnlich um sieben Uhr, und ich werde, wenn hier alles glattgeht, um sechs zu Haus sein. Sollte sich etwas ereignen, rufe ich Sie an.« Einen Augenblick lang dachte sie daran, daß er diese Worte bestimmt oft zu Anne gesagt hatte, und es war ein merkwürdiges Gefühl, ihm zuzuhören, als hätte sie die Absicht, den Platz der toten Frau einzunehmen, doch sie schalt sich albern, während sie sich verabschiedeten. Er hatte ganz normal mit ihr gesprochen, und sie ärgerte sich darüber, daß sie sich so einen Unsinn dachte. Als wollte sie den Gedanken an ihn wegwaschen, warf sie ihre Kleider auf das Bett und ging unter die Dusche, drehte sie voll auf und blieb unter dem dampfenden Wasser stehen.

Ihr kam der Gedanke, daß sie eigentlich auch den Swimmingpool benützen konnte, aber sie wollte noch nicht ins Freie gehen. Sie brauchte einige Zeit, um aufzuwachen und einen klaren Kopf zu bekommen, es war eine lange Nacht gewesen, und als sie aus dem Badezimmer kam, fiel ihr ein, daß sie das Studio in New York und dann Raquel anrufen mußte. Sie hatte am Abend zuvor den Chefredakteur gebeten, bei ihr zu Haus Bescheid zu sagen, und sie hoffte, daß er es getan hatte. Als sie endlich durchkam, war Raquel tatsächlich schon auf dem laufenden. Die Mädchen waren enttäuscht, daß sie nicht wie vorgesehen nach Haus gekommen war, sie versprach ihnen aber, daß sie am nächsten Morgen daheim sein würde. Dann rief sie ihre Redaktion an und berichtete, daß alles gutgegangen war. Sie versicherte, daß die Transplantation ein Riesenerfolg gewesen sei und daß sie jede Einzelheit im Kasten hatten.

»Es wird eine phantastische Sache, Jungs. Ihr werdet schon sehen.«

»Fein. Wir werden uns freuen, Sie wieder hier zu haben, Mel.«

Doch so fein war es gar nicht. Sie hatte es nicht eilig, Los Angeles oder Peter zu verlassen, es gab so viele Gründe dafür, daß sie hierblieb. Pattie Lou, Marie... alles Ausreden, aber sie wollte nicht fort.

Sie legte den Hörer auf, zog sich an und verließ dann ihr Zimmer, um Mrs. Hahn zu suchen. Sie fand sie in der Küche, wo sie Rinderbraten für das Abendessen zubereitete. Sie dankte ihr noch einmal für das Frühstück, das sie ihr gebracht hatte, und entschuldigte sich, weil sie den ganzen Tag geschlafen hatte.

Mrs. Hahn war unbeeindruckt. »Der Doktor sagte, daß er Sie deshalb hierher geschickt hat. Möchten Sie etwas essen?« Sie war tüchtig, aber nicht herzlich, und wie sie sprach und sich bewegte, machte sie irgendwie einen einschüchternden Eindruck. Sie war ganz eindeutig nicht die Art Frau, die Mel für ihre Kinder engagiert hätte, und es wunderte sie, daß sie Peter zusagte. Sie hielt ihn für einen warmherzigen Menschen, und wenn keine Mutter da ist... doch wieder erinnerte sich Mel, daß Mrs. Hahn von Anne engagiert worden war. Immer wieder Anne...

Mel lehnte das Angebot, etwas zu essen, ab, begnügte sich mit einer Tasse schwarzen Kaffee und röstete sich selbst eine Scheibe Toast. Sie setzte sich in das helle Gartenzimmer mit den weißen Korbstühlen.

Mel fand, daß es der sonnigste Raum im Haus war und der, in dem sie sich am behaglichsten fühlte. Die Förmlichkeit der übrigen Räume störte sie, doch hier war eine andere Atmosphäre. Sie legte sich auf eine Chaiselongue, aß ihren Toast und blickte hinaus auf den friedlichen Innenhof. Sie hörte die Schritte nicht und hatte keine Ahnung, daß sie nicht allein war, bis sie die Stimme hörte.

»Was machen Sie hier?«

Sie fuhr erschrocken hoch, verschüttete etwas Kaffee auf ihr

Bein, doch dank der schwarzen Gabardinehose verbrannte sie sich nicht. Als sie sich umwandte, sah sie Pam. »Hallo. Du hast mich aber erschreckt.« Sie lächelte, aber Pam erwiderte das Lächeln nicht.

»Ich dachte, Sie wären in New York.«

»Ich war es beinahe. Aber ich blieb hier, um gestern nacht deinem Vater zuzusehen, während er eine Transplantation durchführte. Es war fabelhaft.« Ihre Augen leuchteten, als sie sich an Peters geschickte Hände erinnerte, aber Pam sah unbeeindruckt und verärgert aus.

»Ach so.«

»Wie war die Schule, Pam?«

Sie starrte Mel an. »Das war der Lieblingsraum meiner Mutter.«

»Das kann ich verstehen. Er gefällt mir auch, es gibt hier so viel Sonnenschein.« Die Bemerkung hatte das Unbehagen zwischen ihnen verstärkt, und genau das hatte Pam beabsichtigt. Sie setzte sich langsam Mel gegenüber und blickte hinaus. »Sie pflegte jeden Tag hier zu sitzen und mir zuzuschauen, wenn ich am Swimmingpool spielte.« Das Zimmer eignete sich dafür ausgezeichnet und war überdies ein angenehmer Aufenthaltsort. Mel beobachtete das Gesicht des Mädchens, erkannte die Traurigkeit, die in ihm lag, und beschloß, den Stier bei den Hörnern zu packen.

»Sie muß dir sehr fehlen.«

Pams Gesicht verhärtete sich, und sie antwortete lange nicht. »Eine Operation hätte sie gerettet, aber sie hatte nicht genügend Vertrauen zu meinem Vater, um sie von ihm durchführen zu lassen.« Es war eine brutale Feststellung, und wenn Pam wirklich so zu Annes Entschluß stand, tat sie Mel zutiefst leid.

»Ich glaube nicht, daß es so einfach war.«

Pam sprang auf. »Was wissen Sie denn davon, außer dem, was er Ihnen erzählt hat?«

»Sie hatte das Recht, ihre eigene Entscheidung zu treffen.« Mel wußte, daß sie sich auf schwankendem Boden bewegte. »Manchmal fällt es einem schwer, zu verstehen, warum die anderen gewisse Dinge tun.«

»Er hätte sie sowieso nicht retten können.« Sie ging nervös im Zimmer umher und schaute Mel zu. »Sie wäre jetzt nicht mehr am

Leben, nicht einmal mit einem transplantierten Herzen.« Mel nickte bedächtig, höchstwahrscheinlich stimmte es.

»Was hätte sie deiner Ansicht nach tun sollen?«

Pam zuckte die Achseln, wandte sich ab, und Mel sah, wie ihre Schultern zitterten. Ohne zu überlegen, trat sie zu ihr. »Pam...« Sie drehte sie langsam zu sich um und sah die Tränen über das Gesicht des jungen Mädchens fließen; daraufhin nahm sie sie sanft in die Arme und ließ sie weinen. Pam lehnte sich einige Minuten an Mel, während ihr Mel liebevoll über das Haar strich. »Es tut mir so leid, Pam...«

»Ja. Mir auch.« Sie trat zurück, setzte sich wieder nieder, wischte sich das Gesicht mit dem Ärmel ab und sah Mel unglücklich an. »Ich habe sie so geliebt.«

»Ich bin sicher, daß sie dich auch geliebt hat.«

»Warum hat sie es dann nicht versucht? Sie wäre zumindest länger hier gewesen.«

»Die Antwort darauf kenne ich nicht, vielleicht kennt sie niemand. Ich glaube, dein Vater fragt sich die ganze Zeit dasselbe, aber du mußt weitermachen. Du kannst nichts anderes tun, wie sehr es auch schmerzt.«

»Ich habe eine Zeitlang aufgehört zu essen. Ich glaube, ich wollte auch sterben.« Zumindest hatte es der Psychiater behauptet. »Mark meint, ich hätte es nur getan, um Dad zu ärgern, aber das stimmt nicht. Ich konnte nicht anders.«

»Dein Vater versteht dich. Ist dir jetzt besser als damals?«

»Manchmal. Ich weiß nicht...« Sie sah sehr unglücklich aus, und es gab so wenig, was Mel sagen konnte, um sie zu trösten. Man konnte nichts anderes tun, als für sie da sein. Sie hatte zwei Brüder, von denen ihr keiner viel zu helfen vermochte, eine hartgesottene deutsche Haushälterin, die ihr keinerlei Wärme gab, und einen Vater, der damit beschäftigt war, anderen Menschen das Leben zu retten. Dieses Kind brauchte zweifellos noch jemanden, aber wen? Einen Augenblick lang hatte Mel das Bedürfnis, ihr zur Seite zu stehen, aber sie mußte in fünftausend Kilometer Entfernung ihr eigenes Leben führen, hatte ihre eigenen Kinder, ihre Probleme, ihre Arbeit.

»Es wäre schön, Pam, wenn du mich einmal in New York besuchtest.«

»Ihre Töchter würden mich wahrscheinlich für dumm halten. Das tun meine Brüder auch.« Sie schnüffelte wieder laut und sah aus wie ein kleines Mädchen.

Mel lächelte ihr freundlich zu. »Ich hoffe, daß sie nicht so unvernünftig sind, und Jungen begreifen so etwas nicht immer. Mark ist damit beschäftigt, erwachsen zu werden, und Matt ist zu klein, um eine große Hilfe zu sein.«

»Nein, das bin ich nicht«, piepste eine dünne Stimme. Keine von beiden hatte ihn ins Zimmer kommen hören. Er war gerade von der Schule nach Haus gekommen, wo ihn der Bus abgesetzt hatte, mit dem er jeden Tag fuhr. »Ich mache mein Bett, ich bade ganz allein, und ich kann Suppe kochen.« Sogar Pam mußte darüber lachen, und Mel lächelte ihm zu.

»Ich weiß, du bist ein phantastischer Junge.«

»Du bist zurückgekommen?« Er schien sich zu freuen, ging zu ihr und setzte sich hin.

»Nein, ich reise nur ein wenig später ab, als ich vorhatte. Wie hast du den Tag verbracht, mein Freund?«

»Recht gut.« Dann starrte er Pam an. »Wie kommt es, daß du schon wieder weinst?« Bevor sie antworten konnte, wandte er sich an Mel. »Sie weint immer. Mädchen sind dumm.«

»Nein, das sind sie nicht. Alle weinen. Sogar große Männer.«

»Mein Dad weint nie.« Er stellte es mit gewaltigem Stolz fest, und Mel hätte gern gewußt, ob Peter ihm das erzählt hatte.

»Ich wette, daß er es tut.«

»Nein«, behauptete er entschieden, aber Pam mischte sich ein.

»Doch, er tut es. Ich habe es einmal gesehen. Nachdem ...« Aber sie sprach es nicht aus. Es war unnötig. Sie verstanden es alle, und Matt funkelte sie an.

»Das ist nicht wahr. Er ist hart. Mark ebenfalls.« In diesem Augenblick kam Mrs. Hahn ins Zimmer und zerrte Matthew weg, um ihm Hände und Gesicht zu waschen. Er versuchte sich zu wehren, aber sie ließ nicht locker, und Mel war wieder mit Pam allein.

»Pam« – sie berührte ihre Hand –, »wenn es jemals etwas gibt, das ich für dich tun kann, wenn du eine Freundin brauchst, ruf mich an. Ich lasse dir meine Nummer hier, wenn ich abreise. Du kannst mich jederzeit mit R-Gespräch anrufen. Ich bin eine recht gute Zuhörerin, und New York ist gar nicht so weit weg.« Pam sah sie aufmerksam an, dann nickte sie.

»Danke.«

»Ich meine es ernst. Jederzeit.«

Pam nickte wieder und stand auf. »Ich muß jetzt meine Hausaufgaben machen. Reisen Sie bald ab?« Es war halb hoffnungsvoll, halb nicht, so gemischt wie ihre übrigen Gefühle für Mel.

»Ich fliege heute abend nach New York. Wahrscheinlich werde ich bis acht Uhr hier bleiben.«

»Essen Sie mit uns?« Sie sah verärgert aus, und Mel erinnerte sich daran, was sie gesagt hatte.

»Vielleicht, ich bin nicht sicher. Macht es dir so viel aus?«

»Nein, es ist in Ordnung.« Als sie schon im Türrahmen stand, wandte sie sich noch um und fragte: »Wollen Sie sich meinen Badeanzug noch einmal ausleihen?«

»Heute vermutlich nicht, aber jedenfalls besten Dank.«

»Okay.« Pam nickte wieder und ging, und ein paar Minuten später hüpfte Matthew wieder ins Zimmer und brachte zwei Bücher mit, die sie ihm vorlesen sollte. Es war klar, daß sie beide sowohl nach Aufmerksamkeit als auch nach Liebe ausgehungert waren, und er beschäftigte und unterhielt sie, bis Peter nach Hause kam und Mel sah, daß der Tag schließlich seinen Tribut gefordert hatte. Er sah blaß und müde aus und tat ihr leid. Es gab auch hier so viel für ihn zu tun, die Kinder hatten so unterschiedliche Bedürfnisse, und seine Arbeit verbrauchte so viel von seiner Energie und Zeit. Es war ein Wunder, daß überhaupt noch etwas für die Kinder übrigblieb, aber er schaffte es, ihnen zumindest ein bißchen von sich zu geben.

»Wie geht es Marie?« Ihre Augen waren voller Sorge, und er lächelte müde.

»Es geht ihr gut. Hat Matthew Sie den ganzen Nachmittag zum Wahnsinn gebracht?«

»Gar nicht. Und mit Pam habe ich angenehm geplaudert.« Er schien überrascht.

»Das ist allerhand. Wollen Sie auf ein Glas Wein mit in mein Zimmer kommen?«

»Gern.« Sie folgte ihm durch das Haus, und als sie zu seinem

Zimmer kamen, entschuldigte sie sich noch einmal, weil sie sich in seinem Haus niedergelassen hatte.

»Das ist lächerlich. Sie haben eine anstrengende Nacht hinter sich. Warum sollten Sie nicht einen Tag lang hier wohnen?«

»Es war schrecklich nett von Ihnen.«

»Gut.« Er reichte ihr ein Glas Wein. »Das sind Sie auch.« Er war ihr gegenüber wieder herzlicher und benahm sich ähnlich wie seine Tochter, er behandelte sie abwechselnd herzlich und zurückhaltend, aber auch Mel hatte einander widersprechende Gefühle und war keineswegs sicher, wie sie damit fertigwerden sollte. Sie blickte ihm in die Augen und trank den Wein, sie plauderten wieder über das Krankenhaus, das ihr jetzt fast wie ein zweites Zuhause vorkam, und bevor sie das zweite Glas ausgetrunken hatten, klopfte Mrs. Hahn energisch an die Tür.

»Das Dinner ist serviert, Doktor.«

»Danke.« Er stand auf, Mel folgte ihm und ging neben ihm ins Speisezimmer, wo Pam, Matt und auch Mark gleich darauf auftauchten, der vor kurzem ebenfalls nach Haus gekommen war, und Mel plauderte wieder angeregt mit ihnen. Sie fühlte sich in ihrer Gesellschaft erstaunlich wohl, und als es Zeit wurde, wegzufahren, damit sie das Flugzeug erreichte, tat es ihr ehrlich leid, daß sie gehen mußte. Sie umarmte Pam, gab Matt einen Abschiedskuß, schüttelte Mark die Hand, bedankte sich bei Mrs. Hahn und hatte wirklich das Gefühl, alte Freunde zu verlassen. Dann wandte sie sich an Peter und schüttelte auch ihm die Hand.

»Ich danke Ihnen noch einmal. Heute war wirklich der beste Tag von allen.«

Sie sah seine Kinder an, die neben ihnen standen, und dann wieder ihn. »Jetzt werde ich aber ein Taxi rufen, sonst haben Sie mich noch eine Nacht am Hals.«

»Machen Sie sich nicht lächerlich. Ich werde Sie selbst zum Flughafen bringen.«

»Das kommt nicht in Frage. Sie waren ebenfalls die ganze Nacht auf. Und Sie haben nicht wie ich den ganzen Tag geschlafen.«

»Ich habe genug geschlafen. Kommen Sie, machen Sie jetzt keinen Unsinn.« Seine Stimme klang fast scharf. »Wo ist Ihre Reisetasche?«

Mel lachte. »In New York, hoffentlich wartet sie dort auf mich.« Er sah sie verdutzt an, und sie erklärte. »Sie war gestern abend schon für den Flug eingecheckt, als Sie anriefen.« Er lachte ebenfalls.

»Sie sind wirklich keine Spielverderberin.«

»Zerknittert, aber keine Spielverderberin, und ich hätte diese Gelegenheit um nichts in der Welt versäumen wollen.«

Sie blickte auf die verdrückte Seidenbluse hinunter, die sie in den letzten Stunden vergessen hatte. Der Zustand ihrer Kleidung schien hier nicht sehr wichtig zu sein. »Aber seien Sie nicht dickköpfig. Lassen Sie mich ein Taxi rufen.« Sie sah auf die Uhr. Es war acht Uhr fünfzehn. »Ich muß wirklich fort.«

Er nahm die Autoschlüssel aus der Tasche und schwenkte sie. »Kommen Sie, gehen wir.« Er wandte sich zu den Kindern und Mrs. Hahn. »Wenn das Krankenhaus anruft, ich werde in einer oder zwei Stunden zu Haus sein. Ich habe mein Funkgerät dabei, sie können mich also erreichen, wenn es unbedingt notwendig ist.« Zur Sicherheit rief er noch, bevor sie weggingen, im Krankenhaus an und erkundigte sich nach Marie und Pattie Lou, doch der diensthabende Assistenzarzt berichtete, daß es ihnen gutging; danach begleitete er Mel zur Tür, sie winkte den Kindern ein letztesmal zu und stieg in den Wagen. Sie hatte das Gefühl, daß ihr alle Entscheidungen abgenommen wurden, aber es war eine angenehme Abwechslung von dem Zwang, selbst auf alles achten zu müssen.

»Sie haben etwas Besonderes an sich, Doktor. Sie scheinen für mich die Entschlüsse zu fassen, und ich kann nicht einmal behaupten, daß es mich stört.«

Er lachte. »Ich bin es gewohnt, die ganze Zeit über Anordnungen zu treffen, die auch befolgt werden.«

»Ich auch.« Sie lächelte. »Aber es ist irgendwie angenehm, zur Abwechslung von jemandem Anordnungen entgegenzunehmen, sogar wenn es um etwas so Einfaches wie ein Taxi geht.«

»Es ist das mindeste, was ich tun kann. Sie waren in den letzten vier Tagen mein Schatten und haben, nehme ich an, etwas absolut Wunderbares zustande gebracht.«

»Sagen Sie das erst, wenn Sie den fertigen Film sehen.«

»Ich erkenne es an der Art, wie Sie arbeiten.«

»Sie haben viel Vertrauen. Ich bin nicht sicher, daß ich es verdiene.«

Er sah sie wieder an. »Davon bin ich überzeugt.« Dann runzelte er die Stirn. »Übrigens, wie war Ihr Gespräch mit Pam?«

Mel seufzte. »Rührend. Sie ist kein sehr glückliches Kind, nicht wahr?«

»Leider ist das nur allzu wahr.«

»Sie quält sich selbst wegen Anne.« Es fiel ihr schwer, den Namen seiner Frau auszusprechen, er hinterließ auf ihren Lippen ein unangenehmes Gefühl. »Ich glaube, sie wird mit der Zeit darüber hinwegkommen. Vor allem braucht sie jemanden, mit dem sie sprechen kann.«

»Ich schicke sie zum Psychiater.« Es klang verteidigend.

»Sie braucht mehr. Und...« Sie zögerte, dann entschloß sie sich, offen zu sprechen. »Mrs. Hahn scheint nicht sehr warmherzig zu sein.«

»Das ist sie nicht, zumindest nicht äußerlich, aber sie liebt die Kinder. Und sie ist darüber hinaus außerordentlich tüchtig.«

»Pam braucht jemanden, mit dem sie sich aussprechen kann, Peter, und Matt ebenso.«

»Und was würden Sie diesbezüglich vorschlagen?« Seine Stimme klang jetzt bitter. »Daß ich mir nur ihretwegen eine neue Frau suche?«

»Nein. Wenn Sie ein normales Leben führen, werden Sie mit der Zeit ganz von selbst eine finden.«

»Das habe ich aber nicht vor.« Sie merkte, daß er die Zähne zusammengebissen hatte, und begriff, daß sie beide abgespannter waren, als ihnen bewußt war.

»Warum nicht? Sie waren doch früher sehr glücklich verheiratet, Sie würden also kein großes Risiko eingehen.«

»Es würde nie wieder so werden, wie es war.« Er blickte Mel traurig an. »Ich will wirklich keine Ehe mehr eingehen.«

»Sie können nicht den Rest Ihres Lebens allein bleiben.«

»Warum nicht? Sie haben auch kein zweitesmal geheiratet. Warum sollte ich es also tun?« Es war ein treffendes Argument.

»Ich gehöre nicht zu den Frauen, die darauf aus sind, zu heiraten. Sie sind dafür bestimmt.«

Er lachte laut. »Sie sind mir schon eine! Warum denn nicht?«

»Ich bin einfach nicht dafür geschaffen. Ich bin zu sehr mit meinem Beruf verheiratet, um daneben noch eine Bindung einzugehen.«

»Das glaube ich nicht. Ich vermute, Sie haben Angst davor.« Fast wäre sie zusammengezuckt, als er das sagte; er hatte sie an einer empfindlichen Stelle getroffen.

»Angst?« Nichtsdestoweniger klang ihre Frage erstaunt. »Wovor?«

»Bindung, Liebe, zu vertraut sein. Ich bin nicht sicher. Ich kenne Sie dazu nicht gut genug.« Aber er hatte sie sehr eingehend beobachtet. Sie zögerte lange mit der Antwort, starrte eine Weile in die Nacht hinaus, und dann erst wandte sie sich ihm zu.

»Sie haben wahrscheinlich recht. Aber ich bin schon zu alt, um mich jetzt noch grundlegend zu ändern.«

»Mit zwei-, vier-, fünfunddreißig, oder wie alt Sie sind? Das ist doch Unsinn.«

»Nein, das stimmt nicht. Ich bin fünfunddreißig. Mir gefällt mein Leben so, wie es ist.«

»Das wird sich ändern, wenn Ihre Töchter nicht mehr bei Ihnen wohnen.«

»Darüber müßten auch Sie sich Gedanken machen. Aber in Ihrem Fall brauchen Ihre Kinder jetzt eine weibliche Bezugsperson, und Sie ebenfalls.« Dann fing sie plötzlich zu lachen an. »Das ist schon eine verrückte Situation, wir drängen einander, daß wir wieder heiraten sollten. Und wir kennen einander kaum.«

Er sah sie mit einem komischen Gesichtsausdruck an. »Das Merkwürdige ist, daß ich nicht das Gefühl loswerde, wir würden einander recht gut kennen. Als lebten Sie seit Jahren hier.«

Sie wurde nachdenklich. »Dieses Gefühl habe ich seltsamerweise auch, und es ist mir vollkommen unverständlich.«

Dann trafen sie viel zu rasch beim Flughafen ein; sie standen in der Menschenmenge und im hellen Licht. Er hatte einem Träger Trinkgeld gegeben, so daß er seinen Wagen am Gehsteigrand stehen lassen und Melanie in das Flughafengebäude folgen konnte; es tat ihm leid, daß sie nicht mehr Zeit gehabt hatten, ungestört miteinander zu sprechen. Nach der letzten Nacht fühlte er sich ihr noch mehr verbunden als zuvor. Sie hatten ein besonderes Ereignis gemeinsam erlebt, die Rettung des Lebens einer Frau. Als wären sie Kampfgenossen gegen den Tod oder über die Gemeinsamkeit beruflicher Interessen hinaus aneinander interessiert, und es tat ihm noch mehr leid als am Vortag, daß sie abflog.

»Lassen Sie mich wissen, wie Ihr Film geworden ist.« Sie standen verlegen an dem Gate, während ihr Flug aufgerufen wurde, und sie sehnte sich plötzlich danach, daß er sie in seine Arme nahm.

»Das verspreche ich. Geben Sie auf sich acht. Und grüßen Sie die Kinder.« Sie hatte den Eindruck, daß sie diese Szene schon einmal erlebt hatte, aber es war schmerzlicher als früher. »Auch Marie und Pattie Lou.«

»Passen Sie auf sich auf, Mel. Arbeiten Sie nicht zuviel.«

»Das gleiche gilt noch mehr für Sie.« Sein Blick ruhte auf ihr, doch er fand keine Worte für die Verwirrung seiner Gefühle, und er wußte nicht, wie er sich verhalten sollte. Man konnte hier nicht ungestört sprechen, und er wußte noch nicht, wie er zu ihr stand.

»Danke für alles.« Darauf tat sie etwas vollkommen Unvorhergesehenes, sie drückte ihm schnell einen Kuß auf die Wange, ging unmittelbar danach durch den Ausgang, winkte noch einmal, dann war sie verschwunden, während er verblüfft vor sich hinstarrte; sein Funkgerät, das er immer bei sich trug, piepste, und er mußte zum nächsten Telefon laufen. Er konnte nicht warten, bis die Maschine abhob. Er rief im Krankenhaus an, und der Assistenzarzt fragte wegen Marie an, sie hatte ein wenig Temperatur, und er wollte wissen, ob Peter der Meinung war, daß man die Dosierung ihrer Medikamente ändern sollte. Er erteilte die erforderlichen Anweisungen und ging zu seinem Wagen zurück, dachte aber nicht an Marie, sondern an Mel, deren Maschine eben startete; der silberne Riesenvogel erhob sich in die Luft. Mel starrte hinunter auf die unzähligen Parkplätze und fragte sich, wo er wohl in der Menge stand und ob sie ihn oder seine Kinder je wiedersehen würde. Jetzt hatte sie keinen Zweifel mehr über ihre Gefühle. Sie war traurig, weil sie wegflog, und noch trauriger, weil es nach Haus ging. An diesem Abend versuchte sie nicht einmal, sich einzureden, daß das nicht wahr war. Sie starrte nur aus dem Fenster, dachte an ihn und die letzten vier Tage, wußte, daß sie ihn sehr gern hatte, es aber zu nichts führen würde.

Jeder lebte sein Leben in seiner Welt, in verschiedenen Städten, die fünftausend Kilometer voneinander entfernt waren, und so war es eben. Daran würde sich nie etwas ändern.

10

Der Flug nach New York verlief ohne Zwischenfall, Mel machte sich Notizen über die letzten Tage, solange ihr die Ereignisse noch frisch im Gedächtnis waren. Es gab etliche Punkte, auf die sie in ihrem Kommentar während der Sendung zu sprechen kommen wollte. Dann endlich fühlte sie sich hinlänglich müde, klappte den Block zu, lehnte den Kopf an die Rückenlehne und schloß die Augen. Die Stewardeß hatte ihr mehrmals Cocktails, Wein oder Champagner angeboten, aber Mel hatte abgelehnt. Sie wollte ihren Gedanken ungestört nachhängen, und nach einer Weile schlief sie für die letzten Stunden des Fluges ein. Die Reise von Westen nach Osten verlief immer zu schnell, um sich wirklich ausruhen zu können, die Flugzeit betrug weniger als fünf Stunden bis New York. Mel wachte auf, als die Landung der Maschine angekündigt wurde und eine Stewardeß leicht ihren Arm berührte und sie ersuchte, sich anzuschnallen.

»Danke.« Sie blinzelte die Stewardeß schläfrig an und unterdrückte ein Gähnen, während sie ihren Sicherheitsgurt festzog und dann ihre Handtasche öffnete, um einen Kamm herauszunehmen. Sie hatte das Gefühl, daß sie seit Tagen in denselben Kleidern steckte, und fragte sich wieder, ob sie ihre Reisetasche in New York vorfinden würde. Es schienen Ewigkeiten vergangen zu sein, seit sie vor dreißig Stunden in Los Angeles beinahe an Bord des Flugzeugs gestiegen wäre und durch Peters Anruf aufgehalten worden war. Wieder mußte sie an ihn denken, sah sein Gesicht vor sich, als sie die Augen schloß, dann zwang sie sich, sie wieder zu öffnen, während die Maschine auf der Landebahn in New York aufsetzte. Sie war daheim. Sie hatte einen Berg Arbeit vor sich – für die Nachrichtensendung und für den Film, den sie von Peter und Pattie Lou gedreht hatte, und sie hatte auch mit ihren beiden Töchtern eine Menge zu besprechen. Sie hatte ihre eigenen Probleme, aber dennoch wurde sie ein ganz merkwürdiges Gefühl des Bedauerns über ihre

Rückkehr nicht los. Sie wäre gern länger in Los Angeles geblieben, aber das war nicht erforderlich gewesen, und sie hätte es der Fernsehgesellschaft in New York nicht erklären können.

Sie fand ihre Reisetasche am Gepäckaufbewahrungsschalter, nahm sie an sich, ging hinaus und winkte einem Taxi, das sie in rasantem Tempo nach New York brachte. Um halb sieben Uhr morgens war das Verkehrsaufkommen noch sehr gering, und die Sonne schoß goldene Pfeile vom Himmel, der sich in den Glasfassaden der Wolkenkratzer spiegelte, die ihren Weg säumten. Als sie über die Brücke kamen und auf dem East River Drive nach Süden fuhren, erfaßte sie ein heimatliches Gefühl. Der Anblick von New York löste bei ihr immer eine Art Erregung aus. Es war eine herrliche Stadt. Plötzlich kam es ihr gar nicht mehr so übel vor, wieder zu Haus zu sein. Sie gehörte hierher. Es war ihre Stadt. Sie bemerkte, daß sie der Fahrer im Rückspiegel mit merkwürdigem Gesichtsausdruck betrachtete. Sie kam ihm bekannt vor, und er wußte im Augenblick nicht woher, etwas Ähnliches hatte sie schon öfter erlebt. Vielleicht hatte er sie schon einmal in seinem Taxi befördert, dachte er, oder sie war die Frau eines bedeutenden Mannes, eines Politikers oder eines Filmstars, und er hatte sie in der Nachrichtensendung gesehen. Er wußte, daß er ihr Gesicht kannte, aber nicht woher.

»Waren Sie lange fort?« Er kramte weiter in seinem Gedächtnis, während er sie forschend anblickte.

»Nur ein paar Tage an der Westküste.«

»Ja.« Er nickte, bog bei der Neunundsiebzigsten nach rechts ab und fuhr nach Westen. »Ich war auch einmal dort drüben. Aber es gibt kein zweites New York.«

Sie lächelte. Die New Yorker waren eine Rasse für sich, immer loyal, trotz Hundedreck, Ruinen, Verbrechen auf offener Straße, Luftverschmutzung, Überbevölkerung und einer Unzahl weiterer Laster einer Großstadt. Dennoch hatte New York etwas an sich, was man nirgends sonst fand, eine prickelnde, elektrische Spannung, die jeden bis ins tiefste Innere ergriff. Melanie spürte sie sogar jetzt, da die Stadt langsam zum Leben erwachte, während sie durch die Straßen fuhren.

»Es ist eine großartige Stadt.« Wieder war die Liebe zu seiner Heimatstadt unüberhörbar, und Mel nickte.

»Und ob.« Plötzlich war sie richtig begeistert, wieder daheim zu sein, und ein Glücksgefühl erfüllte sie, als das Taxi vor ihrem Haus hielt. Sie dachte voll freudiger Erregung daran, daß sie in wenigen Augenblicken ihre Töchter wiedersehen würde. Sie bezahlte das Taxi, trug ihre Reisetasche ins Haus und stellte sie in der Vorhalle ab, dann lief sie nach oben, um die Mädchen zu sehen. Beide schliefen noch, sie ging auf Zehenspitzen in Jessicas Zimmer, setzte sich auf den Bettrand und sah sie an. Ihr feuerrotes Haar war rings um ihren Kopf auf dem Kissen wie ein Tuch ausgebreitet; als sie die Stimme ihrer Mutter hörte, bewegte sie sich und schlug ein Auge auf. »Hallo, du Faulpelz.« Sie beugte sich nieder, küßte sie auf die Wange, und Jessica lächelte.

»Hallo, Mom. Du bist also wieder da.« Sie setzte sich auf und umarmte ihre Mutter noch ganz verschlafen. »Wie war die Reise?«

»Okay. Es ist ein schönes Gefühl, wieder bei euch zu sein.« Diesmal meinte sie, was sie sagte. Sie hatte Kalifornien hinter sich gelassen, samt Peter Hallam und Marie Dupret und dem Center-City-Krankenhaus und allen ihren Erlebnissen, seit sie New York verlassen hatte. »Wir haben einen tollen Film gedreht.«

»Hast du beim Operieren zugeschaut?« Jessie war sofort interessiert. Sie hätte alles dafür gegeben, selbst so etwas mitansehen zu können, während ihre Zwillingsschwester schon bei dem Gedanken daran blaß geworden wäre.

»Ja. Ich bin gestern nacht noch dort geblieben, um einer Organverpflanzung zuzuschauen... nein, die Nacht vorher...« Ihr Zeitgefühl war jetzt ganz durcheinander geraten, und sie lächelte. »Wann immer es war, es war ein voller Erfolg. Ein außerordentliches Erlebnis, Jess.«

»Kann ich den Film sehen?«

»Selbstverständlich. Du kannst in die Fernsehstation kommen, bevor wir die Story senden.«

»Danke, Mom.« Sie kletterte langsam aus dem Bett, ihre langen Beine wirkten unter dem kurzen rosa Nachthemd noch länger, und Melanie verließ das Zimmer, um den zweiten Zwilling zu besuchen. Valerie lag zusammengerollt im Bett, schlief wie ein Murmeltier, und es waren mehrere sanfte Stöße und Klapse erforderlich. Schließlich mußte ihr Melanie die Decke wegziehen und an den Laken zupfen, bis Val endlich mit schläfrigem Knurren erwachte.

»Gib doch endlich Ruhe, Jess...« Dann schlug sie die Augen auf und erblickte statt dessen Mel. Sie sah erstaunt und verwirrt aus und vergaß, daß ihre Mutter schon überfällig war. »Wie kommt es, daß du hier bist?«

»Das ist aber eine nette Begrüßung. Soviel ich weiß, wohne ich hier.«

Valerie lächelte schläfrig und wälzte sich auf die andere Seite. »Ich vergaß ganz, daß du heute zurückkommen solltest.«

»So, was hast du denn für heute vorgehabt? Den ganzen Tag schlafen und die Schule schwänzen?« Sie machte sich nicht ernstlich Sorgen darüber, bei keiner von den beiden, obwohl Valerie manchmal weniger gewissenhaft war.

»Das ist eine gute Idee. Schließlich sind ja doch bald Ferien.«

»Dann könntest du eigentlich die paar Wochen auch noch durchhalten, findest du nicht?«

»Oh, Mom...« Sie versuchte wieder einzuschlafen, und Melanie hinderte sie daran, indem sie sie kitzelte. »Hör auf!« Sie setzte sich kreischend auf und wehrte, so gut sie konnte, Mels flinke Hände ab. Mel kannte alle Stellen, an denen Valerie besonders empfindlich war, und eine Minute später lachten sie beide, und Valerie kreischte immer noch, als Jessica ins Zimmer kam; sie hüpfte mit einem Sprung ins Bett und unterstützte Mel, so daß es zu einer regelrechten Kissenschlacht kam, da Valerie begann, sich mit ihrem Kissen zu verteidigen; nach einer Weile lagen alle drei lachend und atemlos auf dem Bett, und Melanie schwelgte in höchster Glückseligkeit. Was immer sie auch unternahm, wohin sie auch reiste, es war immer wunderbar, wieder nach Haus zu kommen. Noch während sie sich diesem Gefühl überließ, fiel ihr Pam in Los Angeles ein, wie anders ihr Leben verlief als das ihrer Kinder. Wie gut ihr die Unbeschwertheit der Zwillinge täte, und wie einsam sie war. Nachdem sich die Mädchen angekleidet hatten, beschrieb Mel ihnen beim Frühstück die Hallam-Kinder, besonders Pam, und sie bemitleideten sie offenbar, als Mel ihnen von Annes Tod erzählte.

»Das muß wirklich ein schwerer Schlag für sie gewesen sein.« Die empfindsamere der beiden, Val, reagierte als erste mitfühlend, dann lächelte sie. »Und wie sieht ihr Bruder aus? Ich wette, großartig.«

»Val...«, mahnte Jessie mit einem tadelnden Blick. »Du denkst nur noch an das eine.«

»Na und? Ich wette, er sieht gut aus.«

»Wen interessiert das schon? Er lebt nicht hier. Es gibt wahrscheinlich jede Menge gutaussehender Jungen in Los Angeles. Was hast du schon hier in New York davon?« Jessie warf Val einen ärgerlichen Blick zu, worüber sich Mel amüsierte.

Während ihre jüngere Tochter den Tee austrank, wandte sich Mel an sie. »Soll das heißen, daß du alle jungen Männer in New York schon vernascht hast?«

Val lachte. »Es gibt in meinem Herzen immer noch Platz für einen mehr.«

»Ich verstehe nicht, wie du ihre Namen auseinanderhalten kannst.«

»Ich glaube auch nicht, daß sie es schafft«, warf Jessica rasch ein. In dieser Beziehung mißbilligte sie Vals Verhalten. Sie war eher nach ihrer Mutter geraten, unabhängig, kühl, zu überlegt, um sich mit dem erstbesten Jungen einzulassen – mitunter zu reserviert –, und das bereitete Mel sogar gelegentlich Sorgen. Ihr Beispiel hatte der älteren Zwillingsschwester deutlich seinen Stempel aufgeprägt. Vielleicht sogar beide beeinflußt. Möglicherweise war das der Grund, weshalb Val immer so ängstlich bestrebt war, nie ohne Verehrer zu sein. Sie wollte nicht in einer Sackgasse enden wie Mel. »Sie lächelt allen Jungen in den Schulkorridoren mit vielen Ahs und Ohs zu, und ich glaube nicht einmal, daß es ihnen etwas ausmacht, wenn sie ihre Namen verwechselt.« Das Motiv dieser Standpauke war eher Mißbilligung als Eifersucht, das wußte Mel. Vals gesteigertes Interesse am anderen Geschlecht erschien Jess reichlich oberflächlich, da sie selbst wichtigere Ziele intellektueller oder wissenschaftlicher Art verfolgte, aber sie hatte auch ihren Anhang von Freunden, woran Mel sie sanft erinnerte, als Val das Zimmer verließ, um ihre Schulbücher zu holen. »Ich weiß. Aber sie benimmt sich, als besäße sie keinen Funken Verstand. Sie denkt an nichts anderes, Mom.«

»In ein paar Jahren hat sie dieses Stadium überwunden.«

»Tja.« Jessie zuckte die Schultern. »Vielleicht.« Dann hasteten sie in die Schule in der einundneunzigsten Straße, einer Nebenstraße der Fifth Avenue, zehn Häuserblocks weit entfernt, und Melanie blieb zurück, versuchte ihre Gedanken zu ordnen und packte aus. Sie wollte möglichst früh in die Fernsehstation kommen, um ihre Notizen zu vervollständigen, und sie kam um zehn Uhr gerade aus der Dusche, als das Telefon läutete; sie hob, noch triefendnaß, den Hörer ab. Es war Grant, und sie freute sich, seine Stimme zu hören.

»Du bist also zurück. Ich hatte schon den Verdacht, du seist uns untreu geworden.«

»So dramatisch war es gar nicht. Obwohl der letzte Tag, wenn auch in anderer Weise, ziemlich dramatisch verlief. Der Arzt fand eine Organspenderin für eine Patientin, deren Leben nur noch an einem Faden hing; ich ließ mein Flugzeug sausen und fuhr zurück, um bei der Operation dabeizusein.«

»Dein Magen ist anscheinend widerstandsfähiger als meiner.«

»Da bin ich nicht so sicher, aber es war faszinierend, das Operationsteam zu beobachten.« Wieder huschte ihr wie eine Vision das Bild von Peter durch den Kopf. »Alles in allem war es eine interessante Reise, und wie geht es dir?«

»Unverändert gut. Ich habe die Mädchen ein paarmal angerufen, um mich zu erkundigen, wie sie sich fühlen und ob alles in Ordnung ist. Leider kann ich bei ihrem gesellschaftlichen Leben nicht mithalten.«

»Ich auch nicht. Aber es war nett von dir, anzurufen.«

»Ich habe es dir ja versprochen.« Es schien ihn zu freuen, daß er wieder ihre Stimme hörte, und das beruhte auf Gegenseitigkeit. »Wie geht es dem kleinen Mädchen?«

»Großartig. Sie schien ein neuer Mensch zu sein, als ich sie das letztemal sah. Es ist einfach erstaunlich, Grant.«

»Und der gute Onkel Doktor, der das alles bewerkstelligte? War er auch erstaunlich?« Es war, als erriete er bereits, was in ihr vorging, aber sie fand es albern, ihm ihre Gefühle zu gestehen. Dafür war sie nun doch zu alt. Solche plötzlich aufflammenden Verliebtheiten paßten besser zu Val.

»Er war ein hochinteressanter Mann.«

»Das ist alles? Einer der führenden Herzchirurgen im Land, und das ist alles, was du über ihn zu sagen hast?« Dann plötzlich grinste er. Dafür kannte er sie zu gut. »Oder steckt mehr dahinter?«

»Es steckt nicht mehr dahinter. Es waren nur ein paar sehr hektische Tage.« Sie wollte ihre Gefühle für Peter Hallam nicht preisgeben. Es hatte keinen Sinn, sie einem Außenstehenden mitzuteilen, auch nicht Grant. Höchstwahrscheinlich würde sie Peter nie wiedersehen, und somit war jedes Wort überflüssig.

»Schön, Mel, wenn du wieder einigermaßen zur Ruhe gekommen bist, ruf mich an, und wir genehmigen uns ein paar Drinks.«

»Steht schon in meinem Terminkalender.« Aber sie hatte im Augenblick überhaupt keine Lust dazu. Sie war noch in ihrer Privatsphäre und verspürte nicht den Wunsch, sie zu verlassen.

»Bis später, Kleine.« Und nach einer kurzen Pause. »Ich freue mich, daß du zurück bist.«

»Danke, es geht mir genauso.« Das war eine Lüge. Diesmal überwog nicht einmal das erregende Bewußtsein, wieder in New York zu sein.

Als sie das Haus verließ, warf sie einen Blick auf die Uhr und stellte fest, daß es elf Uhr war. Nun würde Peter schon im Operationssaal arbeiten. Plötzlich empfand sie den überwältigenden Wunsch, das Krankenhaus anzurufen und sich nach dem Befinden von Marie zu erkundigen, aber sie mußte jetzt in ihr Berufsleben zurückkehren. Sie konnte nicht alle Probleme der anderen zu ihren eigenen machen, Maries Herz, Peters Kinder, Pams unausgefülltes, einsames Leben, Matthew mit den großen, blauen Augen ... plötzlich hatte sie wieder Sehnsucht nach ihnen. Doch dann verdrängte sie diese Erinnerungen energisch aus ihren Gedanken, nahm ein Taxi und fuhr in das Zentrum; sie sah die Stadt, die sie liebte, vorbeigleiten, Leute hasteten zu Bloomingdale's und hinunter zur U-Bahn, sie winkten Taxis heran, oder sie verschwanden auf dem Weg zur Arbeit in den Wolkenkratzern, verschwanden oder kamen heraus. Man hatte das Gefühl, als agiere man in einem Film. Obwohl sie kaum geschlafen hatte, war Mel heiter und beschwingt, als sie mit einem fröhlichen Lächeln auf den Lippen die Nachrichtenredaktion betrat.

»Was ist mit dir los?« knurrte der Chefredakteur, der mit zwei Filmrollen an ihr vorbeistürzte.

»Ich bin froh, wieder bei euch zu sein.«

Er schüttelte den Kopf, knurrte »total übergeschnappt«, und verschwand.

Sie fand einen Haufen Post auf ihrem Schreibtisch vor, Notizen, Zusammenfassungen von wichtigen Nachrichten, die sie versäumt hatte, während sie fort gewesen war. Sie ging hinaus in die Halle, um sich die Fernschreiben anzusehen, die hereinkamen. Es hatte ein Erdbeben in Brasilien gegeben, eine Überschwemmung in Italien mit hundertvierundsechzig Toten, der Präsident reiste für ein langes Wochenende auf die Bahamas, um dort zu angeln. Die Tagesneuigkeiten sahen weder besonders schlecht noch besonders gut aus, und als ihr ihre Sekretärin sagte, es sei ein Anruf für sie da, ging sie in ihr Büro zurück und hob den Telefonhörer ans Ohr, ohne sich hinzusetzen; sie meldete sich geistesabwesend, während sie die Notizen auf ihrem Schreibtisch überflog.

»Hier Adams.«

Es folgte eine kurze Pause, als hätte sie jemanden mit den brüsk hervorgestoßenen Worten erschreckt, dann hörte sie das typische Summen von Ferngesprächen. Sie hatte nicht einmal Zeit, sich zu fragen, wer der Anrufer war. »Sind Sie zur Zeit zu sehr beschäftigt?« Sie erkannte die Stimme sofort und setzte sich, überrascht, weil Peter sich bei ihr meldete. Er hatte inzwischen Zeit gehabt nachzudenken, und vielleicht machte er sich Gedanken wegen der Sendung.

»Keineswegs. Wie geht es Ihnen?« Ihre Stimme war sanft, und er empfand über die weite Entfernung hinweg die gleiche geheimnisvolle Erregung wie in dem Augenblick, als sie einander kennengelernt hatten.

»Ausgezeichnet. Ich war heute im OP früher fertig und dachte mir, ich rufe Sie einmal an, um mich zu vergewissern, daß Sie gut angekommen sind. Haben Sie Ihr Gepäck in New York vorgefunden?« Er klang irgendwie nervös, und sie freute sich über seinen Anruf.

»Ja. Wie geht es Marie?« Vielleicht hatte er angerufen, um ihr von eingetretenen Komplikationen zu berichten.

»Es geht ihr ausgezeichnet. Sie hat nämlich heute nach Ihnen gefragt. Pattie Lou ebenfalls. Sie ist eigentlich der Star hier.«

In Mels Augen brannten Tränen, und unvermittelt meldete sich der gleiche Schmerz wie im Flugzeug, sie wollte in Los Angeles sein und nicht in New York. »Übermitteln Sie ihr meine besten Grüße. Vielleicht werde ich sie anrufen, wenn es ihr ein wenig bessergeht.«

»Sie würde sich sicherlich sehr freuen. Und wie geht es Ihren Töchtern?« Er schien nach einem Gesprächsthema zu suchen, und Mel war gleichermaßen verwirrt und gerührt.

»Es geht ihnen ausgezeichnet. Ich glaube, Valerie hat sich, während ich weg war, noch ein paarmal verliebt, und Jessica ist schrecklich neidisch, weil ich bei der Transplantation zuschauen durfte. Sie ist die ernstere von den beiden.«

»Sie will Medizin studieren, wenn ich nicht irre, nicht wahr?« Melanie war überrascht, daß er sich an ihre beiläufige Bemerkung erinnerte.

»Ja, das stimmt. Sie hat ihrer Schwester heute morgen eine Standpauke gehalten, weil sie sich sechsmal pro Woche verliebt.«

Peter lachte in seinem winzigen Büro im Krankenhaus an der Westküste. »Wir hatten das gleiche Problem mit Mark, als er in Pams Alter war. Aber er ist in den letzten Jahren wesentlich ruhiger geworden.«

»Warten Sie nur, bis Matt soweit ist!« scherzte Mel. »Er wird der größte Ladykiller aller Zeiten werden.«

»Ich habe den leisen Verdacht, daß Sie recht behalten könnten.« Es entstand eine Pause, die Mel überbrückte.

»Wie geht es Pam?«

»Soweit ganz gut. Nichts Neues.« Er seufzte. »Wissen Sie, ich glaube, es hat ihr gutgetan, mit Ihnen zu sprechen. Allein die Möglichkeit, sich mit jemandem anderen als Mrs. Hahn zu unterhalten, war für sie viel wert.« Mel wagte nicht, ihm zu sagen, was sie von der gefühlskalten Frau hielt. Sie fand, es stehe ihr nicht zu.

»Auch mir hat das Gespräch mit ihr viel gegeben.« Ihr Defizit an Streicheleinheiten war nicht zu übersehen, und außerdem schien sich eine Menge Dampf angestaut zu haben, den sie ablassen mußte. Mel konnte nicht anders, sie mußte fragen: »Haben die Kinder die Päckchen schon erhalten, die ich ihnen geschickt habe?«

»Päckchen?« fragte er verwundert. »Sie haben ihnen doch hoffentlich keine Geschenke geschickt? Das hätten Sie nicht tun sollen.«

»Ich konnte nicht widerstehen. Ich fand etwas Passendes für Pam und wollte Matthew und Mark nicht leer ausgehen lassen. Außerdem waren sie sehr tolerant, was meine Anwesenheit betrifft. Sie haben nach ihren eigenen Worten nicht viele Besucher erlebt, seit... in den letzten anderthalb Jahren« – sie beeilte sich, über ihr peinliches Stocken hinwegzugleiten –, »es muß ihnen also ziemlich merkwürdig vorgekommen sein, daß ich bei Ihnen auftauchte. Ich mußte ihnen doch wenigstens eine kleine Überraschung als Dank für ihre Gastfreundschaft übersenden.«

Er war gerührt über ihre Aufmerksamkeit. »Das hätten Sie nicht tun dürfen, Mel. Es hat uns wirklich Freude bereitet, Sie bei uns zu haben.« Seine Worte streichelten fast ihr Gesicht, und sie errötete. Dieser Mann behielt sogar am Telefon seine Ausstrahlung, hatte auf fünftausend Kilometer Entfernung eine ungeheuerliche Anziehungskraft, und wider Willen dachte sie auf eine viel zu gefühlsbetonte Art und Weise an ihn. Es war beinahe unmöglich, sich seinem Charme zu entziehen. Er war verwundbar und zugleich kraftvoll, tolerant und freundlich und doch so erfüllt von seiner medizinischen Kunst, mit der er beinahe Wunder vollbrachte. Sie hatte immer etwas für starke Männer übrig gehabt und war dennoch allzu oft vor ihnen zurückgeschreckt. Es war bequemer, sich mit geringeren Persönlichkeiten zu beschäftigen.

»Die Zusammenarbeit mit Ihnen war wirklich sehr angenehm, wissen Sie.« Sie wußte nicht, was sie noch sagen sollte, und ebensowenig, warum er angerufen hatte.

»Sie haben mir die Worte aus dem Mund genommen. Ich rief Sie an, um Ihnen das auch noch einmal zu sagen. Ich hatte anfänglich Bedenken, weil ich Ihnen leichtfertigerweise ein Interview zugesagt hatte, aber jetzt bin ich froh, daß es zustande gekommen ist. Alle freuen sich, daß Sie diese Reportage gemacht haben.« Aber nicht in dem Maß wie er selbst, doch das verschwieg er ihr.

»Warten Sie nur, bis Sie das Kunstwerk im Fernsehen sehen. Ich hoffe, es gefällt Ihnen dann noch ebenso.«

»Da bin ich vollkommen sicher.«

»Ich danke Ihnen für Ihr Vertrauen.« Es freute sie wirklich, aber sie glaubte noch etwas in seinem Tonfall zu hören, was sie nicht genau analysieren konnte.

»Es handelt sich nicht allein darum, Mel. Ich...« Er wußte nicht recht, wie er seinen Gefühlen Ausdruck verleihen sollte, und stellte sich plötzlich die Frage, ob es sinnvoll gewesen war, sie anzurufen. Sie war eine bekannte Persönlichkeit, die Autogramme gab und im Fernsehen auftrat. »Ich mag Sie einfach sehr.« Er war so verlegen wie ein fünfzehnjähriger Junge, und sie lächelten beide, er in Los Angeles und sie in New York.

»Ich mag Sie ebenfalls.« Vielleicht drückten diese einfachen Worte alles aus. Warum wehrte sie sich so heftig gegen ihre Gefühle? »Es machte mir Spaß, mit Ihnen zu arbeiten, Ihre Kinder kennenzulernen, Ihr Haus zu sehen.« Dann begriff sie noch etwas. »Ich glaube, es hat mich besonders berührt, daß Sie mir Zutritt zu Ihrem Privatleben gestatteten.«

»Ich hatte den Eindruck, daß ich es bei Ihnen gefahrlos wagen könnte. Das war von vornherein nicht beabsichtigt. Eigentlich hatte ich mir vorgenommen, daß ich Ihnen keine Details über mein Privatleben erzähle... oder etwa über Anne...« Wieder wurde seine Stimme ganz leise.

Mel antwortete nicht sofort.

»Ich bin aber sehr froh, daß Sie es taten.«

»Ich auch. Ich fand, daß Sie die Story über Pattie Lou sehr wirkungsvoll realisiert haben.«

»Schönen Dank für die Blumen, Peter.« Sein Lob schmeichelte ihr. Widerstrebend mußte sie sich eingestehen, daß er ihr immer mehr gefiel. Dann hörte sie ihn seufzen. »Ich sollte Sie eigentlich weiterarbeiten lassen. Ich war gar nicht sicher, ob Sie nach dem Flug mit dem ›Rotauge‹ einsatzfähig sein würden.«

Sie lachte leise. »Das Leben geht weiter. Um sechs Uhr habe ich die Nachrichtensendung zu machen. Ich habe mir eben die Fernschreiben angesehen, als Sie anriefen.«

»Ich hoffe, daß ich Sie bei der Arbeit nicht unterbrochen habe«, entschuldigte er sich zerknirscht.

»Nein, eine kleine Pause tut ganz gut. Nach einer Weile nimmt man sowieso nicht mehr auf, was man liest. Bis jetzt ist jedenfalls noch kein Knüller aufgetaucht.«

»Hier ist auch nichts Besonderes los. Ich gehe jetzt in mein Büro, wo ich eine Menge Papierkram aufzuarbeiten habe, nachdem ich die letzten Tage Marie und Pattie Lou gewidmet habe.« Sie waren beide zu ihrem alltäglichen Leben, ihrer Arbeit, ihren Kindern, ihren Pflichten an entgegengesetzten Küsten zurückgekehrt, und sie spürte wieder, wieviel sie mit ihm gemeinsam hatte. Er trug ebenso allein die Last der Verantwortung auf seinen Schultern wie sie, in gewisser Hinsicht sogar noch mehr. Es war tröstlich zu wissen, daß es noch andere Menschen auf der Welt gab, die wie sie eine schwere Bürde zu tragen hatten.

»Wissen Sie, es ist irgendwie beruhigend, jemanden zu kennen, der ebenso hart arbeitet wie man selbst.« Er hörte ihr mit einem seltsamen Gefühl zu. Er hatte von Anfang an das gleiche von ihr gedacht. Sogar im Zusammenleben mit Anne hatte es ihn manchmal gestört, daß sie eigentlich keine andere Aufgabe hatte, als das Haus einzurichten und Antiquitäten zu kaufen, im Elternverein mitzuarbeiten und die Kinder mit dem Wagen dahin und dorthin zu bringen. »Das soll nicht anmaßend klingen, weil es zum Beispiel nicht zu meiner Tätigkeit gehört, Menschenleben zu retten, dennoch ist mein Beruf verdammt aufreibend, und das verstehen Außenstehende nur schwer. An manchen Abenden, wenn ich hier Schluß mache, bin ich wie zerschlagen. Zu Haus könnte ich dann zu keiner lebenden Seele ein vernünftiges Wort sagen, selbst wenn mein Leben davon abhinge.«

Dies war einer der vielen Gründe, warum sie nie in Versuchung gekommen war, wieder zu heiraten. Sie glaubte nicht, daß sie den Anforderungen einer Ehe neben ihrem Beruf noch gerecht werden konnte.

Er fühlte sich durch ihr Geständnis ebenso erleichtert wie sie. »Ich kann sehr gut nachfühlen, was Sie meinen. Andererseits ist es jedoch manchmal schwer, niemanden zu haben, dem man sich mitteilen kann.«

»Das konnte ich nie richtig. Seit ich diesen Job habe, bin ich allein, jedenfalls mehr oder minder. Ich glaube, man schafft es so leichter.«

»Ja« – aber das klang nicht überzeugt – »nur gibt es dann auch niemanden, mit dem man seine Erfolge feiern kann.« In dieser Hinsicht war Anne immer für ihn da gewesen, sie zeigte auch Anteilnahme an Kummer und Tragödien. Natürlich war ihr Leben nie so ausgefüllt gewesen wie das seine, aber vielleicht hatte ihr gerade das die Kraft gegeben, ihn moralisch zu unterstützen. Er konnte sich nur schwer eine berufstätige Frau an seiner Seite vorstellen, obwohl er immer die Ehepaare bewunderte, bei denen beide arbeiteten, Ärzte, die mit Ärztinnen, Rechtsanwälte, die mit weiblichen Bankmanagern, Professorinnen oder Wissenschaftlerinnen verheiratet waren. In solchen Verbindungen schienen die Partner sich gegenseitig anzuspornen und einander immer wieder neue Anregungen zu geben, obwohl die Belastung mitunter sehr groß sein mußte. »Ich habe auch kein Patentrezept für solche Probleme, meine Liebe. Ich weiß nur, daß es nicht immer leicht ist, allein zu leben.«

»Ebensowenig wie ständig beisammen zu sein.« Das war ihre feste Überzeugung.

»Nein. Aber eine Partnerschaft hat auch ihre guten Seiten.« Dessen war er sich sicher, besonders wenn er an seine Kinder dachte.

»Ich nehme an, Sie haben recht. Ich bin mir darüber nicht ganz im klaren. Ich weiß nur, daß es guttut, mit jemandem zu sprechen, der versteht, was es heißt, zu arbeiten wie ein Verrückter und dann nach Haus zu kommen und die Aufgaben von zwei Elternteilen ganz allein zu erfüllen.« Es hatte im Lauf der Jahre Zeiten gegeben, in denen sie so erschöpft war, daß sie glaubte, diese Doppelbelastung nicht länger bewältigen zu können, es war ihr aber schließlich doch gelungen, und sogar recht gut. Sie hatte eine gesicherte Stellung, Erfolg, und ihre Kinder waren glücklich und gut.

»Sie haben gute Arbeit geleistet, Mel.« Da dieses Lob von ihm kam, bedeuteten ihr diese Worte besonders viel.

»Sie aber auch.« Ihre Stimme war Musik in seinen Ohren.

»Aber ich habe es nur eineinhalb Jahre lang allein schaffen müssen. Sie sind schon seit fünfzehn Jahren in dieser Lage. Das will wirklich etwas heißen.«

»Dafür habe ich ein paar graue Haare mehr.« In diesem Augenblick machte ihr einer der Redakteure ein Zeichen. Sie bedeutete ihm, daß sie in wenigen Minuten kommen würde, worauf er wieder verschwand. »Es sieht so aus, als wollten meine Kollegen, daß ich wieder arbeite. Soeben hat einer der Redakteure bei mir hereingeschaut. Ich hoffe, daß unser Film aus Los Angeles eingetroffen ist.«

»So schnell?«

»Das Verfahren ist zwar kompliziert, aber die Computer

arbeiten schnell, und so können die Filme innerhalb eines Tages überspielt werden. Ich lasse Sie wissen, wie das Ganze geworden ist.«

»Ich freue mich darauf.«

Sie war glücklich, seine Stimme gehört zu haben. »Ich danke Ihnen noch für Ihren Anruf, Peter. Ihr fehlt mir wirklich alle.« Das Wort »alle« entschärfte die spontane Äußerung etwas. Es bedeutete, daß ihr nicht nur er allein fehlte. Sie benahm sich wie Val und Jessie, wenn sie sich am Telefon mit ihren Freunden Wortgefechte lieferten, schalt sie sich selbst und lächelte dann. »Ich melde mich bald bei Ihnen.«

»Sehr gut. Sie fehlen uns auch.« »Uns« statt »mir«. Sie spielten das gleiche Spiel, und keiner von ihnen hätte sagen können warum, offenbar waren beide noch nicht bereit, sich ihre Gefühle einzugestehen. »Geben Sie acht auf sich.«

»Ja, Sie auch.« Sie legten auf, Mel blieb noch eine Weile an ihrem Schreibtisch sitzen und dachte an Peter. Es war verrückt, aber sie war aufgeregt, weil er angerufen hatte, aufgeregt wie ein kleines Mädchen. Sie lief durch den Korridor zu den Filmlabors, dabei lächelte sie unwillkürlich. Sie strahlte immer noch, bis sie den Film vorgeführt bekam. Sie sah sich selbst, wie sie Peter anblickte, und Pattie Lou und Pearl und auch Marie während der Operation in der Nacht; Mels Herz klopfte jedesmal wild, wenn er sprach, jedesmal, wenn die Kamera auf sein Gesicht gerichtet war und sie sein Pflichtbewußtsein und seine Sorge darin lesen konnte. Sie war beinahe außer Atem, als endlich das Licht angeschaltet wurde. Es war ein geradezu sensationeller Film.

Im Rohzustand dauerte der Film mehrere Stunden, er würde also noch viel Schneide- und Redaktionsarbeit erfordern. Aber als sie den Raum verließ, galten all ihre Gedanken nur Peter...

11

An diesem Abend moderierte Melanie wieder die Nachrichtensendung, und alles lief so glatt ab wie immer. Sie beendete die Sendung mit dem freundlichen gewohnheitsmäßigen Lächeln, das die Leute überall in den Vereinigten Staaten kannten, und als sie das Studio verließ, hatte sie keine Ahnung, daß Peter ihr in seinem Zimmer in Los Angeles aufmerksam zugeschaut hatte und Pam etwa zur Mitte der Sendung ins Zimmer gekommen war, vor dem Fernsehapparat gestanden und gebannt auf den Bildschirm gestarrt hatte. Peter hatte sie nicht kommen hören.

»Hat jemand den Präsidenten erschossen oder dergleichen, Dad?«

Er sah sie ärgerlich an, er hatte einen langen Tag hinter sich und wollte lediglich Mel sehen. Er hatte die Sendung schon früher manchmal angeschaut, aber der Eindruck war nie so gewesen wie heute. Er kannte Mel nun persönlich, und es war wichtig für ihn, sie nach ihrem Telefonat an diesem Tag vor sich zu sehen. »Ich komme bald zu dir hinauf. Ich möchte mir nur die Nachrichten in Ruhe ansehen.«

Pam blieb eine Weile im Türrahmen stehen, wobei ihre Gefühle zu Mel zwischen Ärger und Zuneigung schwankten. Mel hatte ihr gefallen, als sie einander kennengelernt hatten, doch die Art, wie ihr Vater Mel auf dem Bildschirm anschaute, mißfiel ihr. »Ja, sicherlich ... okay ...« Aber er sah ihren Gesichtsausdruck nicht, als sie das Zimmer verließ, weil er auf den Fernseher starrte, während Mel ihre Sendung beendete. Er blieb noch eine Weile sitzen, dann schaltete er den Apparat aus und ging hinauf zu seinen Kindern, er war wirklich todmüde. Er hatte an diesem Nachmittag zwei Stunden im Krankenhaus bei Marie verbracht. Sie schien eine Infektion zu bekommen, und unerwünschte Reaktionen auf die ihr verabreichten Medikamente setzten ein. Obwohl er darauf vorbereitet war, würde es Schwierigkeiten geben.

In New York fuhr Mel nach der Nachrichtensendung nach Haus, aß mit den Mädchen zu Abend und fuhr dann wieder ins Studio zur Elf-Uhr-Show, nach der sie mit Grant zum erstenmal nach ihrer Rückkehr wieder zusammentraf. Er erwartete sie im Studio, als sie ausgeblendet wurde.

»Du warst heute abend gut in Form.« Er sah sie freundlich lächelnd an und merkte dann erst, wie müde sie aussah. Aber er bemerkte noch etwas: eine Art Leuchten, das er noch nie an ihr gesehen hatte. »Wie hältst du das nur durch, ohne zu schlafen?«

»Ich bin hundemüde«, gab sie zu, freute sich aber trotzdem, ihn zu sehen.

»Dann fahr nach Haus und leg dich aufs Ohr.«

»Ja, Dad.«

»Ich bin alt genug, um dein Dad zu sein, also nimm dir meine Worte zu Herzen.«

»Ja, Sir.« Sie salutierte schneidig, ging wenige Minuten später weg und döste bereits im Taxi vor sich hin.

Sie stieg die Treppe zu ihrem Zimmer hinauf, zog sich aus und ließ die Kleider neben dem Bett auf den Boden fallen; fünf Minuten später schlief sie ein, nackt und entspannt, zwischen ihren kühlen Laken, endlich konnte sie abschalten. Sie rührte sich erst wieder am Mittag des nächsten Tages, als das Telefon klingelte; es war wieder Peter.

»Guten Morgen. Ist es zu früh für einen Anruf?«

»Keineswegs.« Sie unterdrückte ein Gähnen und blickte auf die Uhr. Für ihn an der Westküste war es Viertel nach zehn. »Wie ist das Leben in Los Angeles?«

»Hektisch. Ich habe heute zwei dreifache Bypasses auf dem Programm.«

»Wie geht es Marie und Pattie Lou?« Sie setzte sich im Bett auf und sah sich in ihrem Zimmer um.

»Es geht beiden gut. Pattie Lou besser als Marie.« Die Operation war wirklich ein voller Erfolg gewesen. »Was noch wichtiger ist, wie geht es Ihnen?«

»Darf ich aufrichtig sein? Ich bin tot.«

»Sie sollten sich ausruhen. Sie arbeiten zuviel, Mel.«

»Ausgerechnet Sie sagen das?« Sie versuchte sich einzureden, daß dieser Anruf nichts zu bedeuten hatte, freute sich aber insgeheim sehr. »Ich mache sowieso bald ein wenig Urlaub.«

»Wirklich?« staunte er, sie hatte dies ihm gegenüber noch nicht erwähnt, aber wann hatten sie in den paar Tagen in Los Angeles Zeit dafür gehabt? »Wohin geht es?«

»Auf die Bermudas.« Es klang erwartungsvoll. Sie freute sich schon lange darauf. Eine Fernsehproduzentin, die sie kannte, wollte ihr ihr Haus für ein paar Tage vermieten, und da die Zwillinge noch keine Ferien hatten, hatte sie einfach beschlossen, allein hinzufahren.

Er fragte ein wenig irritiert: »Fahren Sie mit Bekannten hin?«

»Nein. Ganz allein.«

»Wirklich?« Es klang erstaunt und zugleich erleichtert. »Was für ein selbständiges Mädchen Sie doch sind.« Er bewunderte sie deshalb. Er war noch nicht soweit, einen Urlaub allein anzutreten. Ohne die Kinder wäre er sich verloren vorgekommen, da Anne nicht mehr bei ihm war. Aber Mel lebte schon länger allein als er.

»Ich dachte mir, es wäre einmal etwas anderes. Die Mädchen sind übrigens ziemlich neidisch. Aber sie haben eine Menge Bekannte und sind zu einem großen Collegeball eingeladen.«

»Ich bin auch neidisch.«

»Sie haben keine Ursache. Wahrscheinlich wird es stinklangweilig sein.« In seiner Gesellschaft wäre das allerdings nicht der Fall. Sie verdrängte den Gedanken. »Aber es wird mir guttun.«

»Das stimmt.« Er gönnte es ihr von Herzen. Er wäre nur gern mit ihr dort hingefahren, so verrückt der Gedanke auch war. Sie waren einander dazu noch viel zu fremd, wenn auch bei weitem nicht mehr so fremd, wie bei ihrer ersten Begegnung.

Sie plauderten noch eine Weile, dann wurde er in den Operationssaal gerufen, und Mel wollte im Studio nachsehen, wie weit sie mit ihrem Film waren.

12

Das Telefon läutete, als sie am Mittwochmorgen das Haus verlassen wollte. Sie war in Eile, denn sie wollte zu Bloomingdale's. Sie brauchte für den Aufenthalt auf den Bermudas unbedingt neue Badekleidung. Sie hatte ihre Sommergarderobe durchgesehen und bemerkt, daß ihre Badeanzüge abgetragen, ausgeleiert und verschossen waren. Sie trug sie nahezu zwei Monate ununterbrochen, so daß sie jedes Jahr sehr strapaziert wurden.

»Hallo.«

»Ich bin es«, meldete sich Grant.

»Was ist los? Ich war im Begriff fortzugehen, um mir neue Badeanzüge für meinen Urlaub zu kaufen.« Allmählich freute sie sich auf die Abwechslung; in zwei Tagen wollte sie abreisen. »Soll ich dir etwas mitbringen? Ich gehe zu Bloomie's.«

»Nein, danke, ich hatte ganz vergessen, daß du wegfährst. Brauchst du einen Butler oder einen Sekretär, während du Ferien machst?«

»Nein, danke.« Ihm fiel auf, daß er sie kaum gesehen hatte, seit sie von Los Angeles zurück war.

»Ich wollte dich nur etwas bezüglich Marcia Evans fragen.« Das war die *grande dame* des Theaters, und Mel hatte sie vor sechs Monaten interviewt. »Sie kommt heute zu meiner Talkshow.«

Mel zuckte zusammen. »Viel Glück. Sie ist ein Drachen.«

»Verdammt. Ich hatte so eine Ahnung. Und der Produktionsleiter hatte mir noch gesagt, ich müsse mir keine Sorgen machen. Hast du Tips für mich, damit ich die Sendung lebend überstehe?«

»Bring ein Serum gegen Schlangenbisse mit. Sie hat die giftigste Zunge, die ich kenne. Gib nur acht, daß du sie nicht in Rage bringst. Denn dann kannst du dich auf etwas gefaßt machen.«

»Danke für die Warnung.« Er schien sich nicht sonderlich zu freuen und war wütend auf den Produzenten, der ihm das eingebrockt hatte.

»Ich werde beim Einkaufen über das Interview nachdenken und dich anrufen, wenn ich wieder zu Haus bin.«

»Willst du heute abend mit mir essen gehen, um mir Mut zu machen?«

»Warum kommst du nicht bei mir vorbei und besuchst die Mädchen?«

»Ich werde es versuchen – falls mir nicht etwas anderes dazwischenkommt.«

»Du und dein Harem, Grant.« Sie lachte.

»Ich kann es nicht ändern, ich werde bei jeder gleich schwach. Ich rufe dich später an, Kleines.«

»Okay.« Er legte auf, sie warf einen Blick in den Spiegel und nahm ihre Handtasche. Sie trug ein weißes Leinenkleid, dazu eine schwarze Seidenjacke und schwarz-weiße Lackschuhe, die sie im vergangenen Jahr in Rom gekauft hatte. Sie sah sehr elegant aus und fühlte sich gut. Eine Woche harter Arbeit an dem Film über

Peter Hallam und Pattie Lou lag hinter ihr, und während des Schneidens hatte ihr die Reportage immer besser gefallen, denn die Story war immer dichter geworden. Kurz bevor sie das Haus verließ, läutete das Telefon noch einmal, und sie war versucht, sich nicht zu melden. Wahrscheinlich war es der verdammte Redakteur, der unbedingt wollte, daß sie ins Studio kam, aber diesmal brauchte sie dringend Zeit für ihre Einkäufe. Es klingelte aber so schrill und so hartnäckig, daß sie doch ins Wohnzimmer ging und sich an dem weißen Apparat meldete, der dort in einer Nische versteckt stand.

»Ja?« Sie befürchtete, die Stimme des Redakteurs zu hören. Aber es war nicht der Redakteur, sondern Peter Hallam. Er rief sie oft an.

»Hallo, Mel.« Er zögerte etwas wegen ihres unfreundlichen Tons, mit dem sie sich gemeldet hatte, und sie war verlegen.

»Hallo, Peter, tut mir leid, daß ich geknurrt habe, ich war im Weggehen, aber ...« Sie fühlte sich wieder jung und aufgeregt wie bei seinem letzten Anruf. Er übte eine merkwürdige Anziehungskraft auf sie aus, die sie ihren Erfolg und ihr Selbstbewußtsein vergessen ließ. Wenn sie mit ihm sprach, war sie »nur« eine Frau. »... es ist nett, wieder von Ihnen zu hören.« Er hatte ein paar Tage nicht angerufen. »Wie geht es Marie?« Plötzlich befürchtete sie, daß er anrief, um ihr eine schlechte Nachricht zu übermitteln, doch er beruhigte sie schnell.

»Viel besser. Wir standen gestern abend vor einem Problem, und ich dachte schon, daß sich eine größere Abstoßungsreaktion ankündigte, aber alles ist wieder unter Kontrolle. Wir haben die Dosierung der Medikamente geändert. Wir glauben sogar, daß sie in wenigen Wochen nach Haus gehen kann.« Melanie hätte gern ihre Entlassung gefilmt, aber das war kein ausreichender Grund für einen Ausflug nach dem Westen, und ihr Produzent hätte ihr nie die Genehmigung dazu erteilt.

»Und die Kinder?«

»Es geht ihnen gut. Ich wollte hauptsächlich wissen, wie es Ihnen geht. Ich versuchte zuerst, Sie im Büro zu erreichen, aber man teilte mir mit, daß Sie nicht im Haus sind.«

»Ich schwänze.« Sie lachte, heiter und beschwingt. »Dieses Wochenende fliege ich doch auf die Bermudas, und ich muß noch einiges besorgen.«

»Klingt ja verlockend. Wir bleiben über das lange Wochenende hier, Mark spielt bei einem Tennisturnier mit, und Matt geht zu einer Geburtstagsparty.«

»Die Mädchen besuchen den Collegeball und fahren dann mit einer Freundin und deren Eltern nach Cape Cod.« Sie schienen hinter ihrem Gespräch über ihre Kinder allerhand zu verbergen, und Mel hätte gern gewußt, wie es Peter ging, nicht Pam, Mark und Matthew. Dann beschloß sie, ihn direkt zu fragen. »Geht es Ihnen gut, Peter? Arbeiten Sie nicht zu viel?«

»Natürlich tue ich das«, lachte er, freute sich aber über ihre Besorgnis. »Ich wüßte nicht, was ich sonst tun sollte, und Sie wohl auch nicht.«

»Das stimmt. Wenn ich alt und runzlig bin und in Pension gehen muß, werde ich um alles in der Welt nicht wissen, was ich anfangen soll.«

»Es wird Ihnen schon etwas einfallen.«

»Ja, vielleicht Gehirnchirurgie.« Sie lachten beide, sie setzte sich hin und vergaß Bloomingdale's und ihre Badeanzüge vollkommen. »Eigentlich würde ich dann gern ein Buch schreiben.«

»Worüber?«

»Meine Memoiren«, scherzte sie.

»Nein, wirklich?«

Es kam nicht oft vor, daß sie jemandem ihre geheimen Wünsche preisgab, aber es war so angenehm, mit ihm zu plaudern. »Ich weiß nicht, ich glaube, ich würde gern ein Buch darüber schreiben, wie es einer Journalistin ergeht. Der Anfang war sehr schwer, wenn mir die Arbeit auch jetzt infolge der Routine viel leichter fällt, aber auch nicht immer. Die Leute nehmen es einem übel, wenn man Erfolg hat. Halb freuen sie sich, halb sind sie sauer. Es war eine Herausforderung, damit fertigzuwerden, und ich glaube, über den Weg zum Erfolg könnten viele Frauen Interessantes erzählen, egal welchen Beruf sie ausüben. Der springende Punkt ist der lange und mühsame Weg zur Spitze, und ich kenne ihn, weiß, wieviel Arbeit es erfordert und wie man sich fühlt, wenn man angelangt ist.«

»Das hört sich an wie ein sicherer Bestseller.«

»Vielleicht auch nicht, aber ich würde es gern versuchen.«

»Ich wollte schon immer ein populärwissenschaftliches Buch über Herzchirurgie schreiben, was man sich davon erwarten kann, was man von seinem behandelnden Arzt verlangen soll, welche Risiken man in speziellen Situationen eingeht. Ich weiß nicht, ob es irgend jemanden interessieren würde, aber zu viele Leute sind uninformiert und werden von ihren Ärzten nicht entsprechend beraten.«

»Das ist eine gute Idee.« Sie war beeindruckt, für ein solches Buch bestand bestimmt Bedarf, es wäre interessant, wie er das Thema behandeln würde.

»Vielleicht sollten wir uns gemeinsam in den Südpazifik absetzen und an unseren Büchern arbeiten – wenn die Kinder erwachsen sind«, fügte er einschränkend hinzu.

»Warum sollen wir warten?« Es war eine amüsante Vorstellung, es erinnerte sie plötzlich an ihren Urlaub auf den Bermudas. »Ich war noch nie im Südpazifik.« Auf den Bermudas war sie schon gewesen. Die Vegetation dort war tropisch, und es lag weit weg, aber es war entschieden nicht aufregend – oder vielleicht lag das daran, daß sie allein dort war? Wäre es mit Peter anders? Sie hatte eine gewisse Scheu, dieser Frage auf den Grund zu gehen.

»Ich wollte immer schon nach Bora Bora fliegen«, gestand er, »aber ich kann mich nie von meinen Patienten losreißen.«

»Vielleicht wollen Sie nicht wirklich.« Das hatte ihn auch Anne immer wieder gefragt, und möglicherweise hatten beide recht.

»Kann sein.« Irgendwie fiel es ihm leicht, Mel gegenüber ehrlich zu sein. »Ich werde mir diesen Traum bewahren, bis ich pensioniert werde.« Es gab vieles, was er sich bis dahin aufgehoben hatte, aber nun, da Anne nicht mehr am Leben war, würde niemand gemeinsam mit ihm diese Pläne verwirklichen. Er hatte so viel auf »später« verschoben – das bedauerte er jetzt –, es gab kein »Später« mehr, zumindest nicht für Anne und ihn. Es wunderte ihn selbst, daß er immer noch daran dachte, was er in Zukunft alles unternehmen wollte. Was, wenn ihn der Schlag träfe, wenn er sterben würde...? »Vielleicht fahre ich auch schon früher.«

»Das sollten Sie. Sie sind sich selbst einiges schuldig.« Aber was? Alles, was er sich wünschte, war Mel.

»Haben Sie Reisefieber, Mel?«

»Ja und nein.« Sie hatte schon öfter allein Ausflüge in romantische Gegenden unternommen, so eine Reise ohne Begleitung hatte jedoch auch ihre Schattenseiten.

»Schreiben Sie mir eine Postkarte?«

»Ja.«

»Besser nicht. Rufen Sie mich an, wenn Sie wieder zurück sind, und erholen Sie sich lieber!«

»Erholung hätten Sie auch dringend nötig, wahrscheinlich mehr als ich.«

»Das bezweifle ich.«

Sie schaute nach der Uhr und fragte sich, wo er sich gerade befand – es war in Kalifornien halb zehn. »Sind Sie im Krankenhaus?«

»Nein. Am letzten Mittwoch jeden Monats haben wir eine Konferenz, um das Team über die technischen Neuerungen auf dem laufenden zu halten. Wir besprechen die im ganzen Land gemachten Erfahrungen und was wir im vergangenen Monat im Operationssaal an neuen Erkenntnissen gewonnen haben.«

»Schade, daß ich davon nichts gewußt habe. Das hätte ich gern im Film festgehalten.« Aber sie hatte ohnehin genügend Material.

»Wir beginnen um zehn Uhr. Und ich habe meine Visite schon hinter mir.« Nun klang auch er jungenhaft. »Mit Ihnen zu plaudern, ist ein Genuß, auf den ich mich schon seit Tagen gefreut habe.« Es war leichter, solche Geständnisse am Telefon abzulegen, und er profitierte auf diese Art von der Entfernung, die zwischen ihnen lag.

»Ich fühle mich geschmeichelt.« Er wollte ihr gestehen, daß sie allen Grund hatte, stolz zu sein, denn er hatte seit seiner Heirat mit Anne kein derartiges Gespräch mit einer Frau geführt, aber er sagte nichts. »Ich dachte auch ein paarmal daran, Sie anzurufen, um mich über den Gesundheitszustand von Marie zu erkundigen, aber wegen des Zeitunterschieds hat es nie geklappt.«

»Mir ist es auch so ergangen. Ich bin jedenfalls froh, daß ich Sie noch erreicht habe. Ich wünsche Ihnen ein schönes Wochenende auf den Bermudas.«

»Danke. Das wünsche ich Ihnen auch. Ich werde Sie anrufen, sobald ich zurück bin.« Es war das erstemal, daß sie ein Versprechen abgab, und sie freute sich tatsächlich schon darauf. »Übrigens, unser Film scheint eine kleine Sensation zu werden.«

»Das freut mich.« Aber das zu hören, war nicht der eigentliche Grund seines Anrufs. »Passen Sie gut auf sich auf, Mel.«

»Ich melde mich im Laufe der nächsten Woche.« Plötzlich wußte sie, daß ihre Beziehung enger geworden war als vorher, und während sie zu Bloomingdale's ging, fühlte sie sich jung, beschwingt und sorglos.

Sie probierte zwei blaue Badeanzüge, einen schwarzen und einen roten, doch rot hatte nie zu ihrem Haar gepaßt, und sie kaufte schließlich einen königsblauen und den schwarzen. Sie waren ein wenig gewagt, aber sie war heute in extravaganter Stimmung. Während sie an der Kasse stand und mit ihrer Scheckkarte und den beiden Badeanzügen in der Hand wartete, bis sie an die Reihe kam, sah sie eine Frau, die mit tränenüberströmtem Gesicht auf sie zugelaufen kam. »Man hat auf den Präsidenten geschossen!« schrie sie jedem zu, der es hören wollte. »Er wurde in Brust und Rücken getroffen und liegt im Sterben.« Plötzlich schien das ganze Kaufhaus vor elektrischer Spannung zu knistern, die Leute schrien einander die Neuigkeit zu und begannen zu laufen, als könnten sie mit ihrer plötzlich ausbrechenden Geschäftigkeit etwas bewirken. Mel handelte ohne zu denken, ließ die Badeanzüge auf den Ladentisch fallen, lief die drei Stockwerke hinunter und durch die Tür hinaus. Sie sprang in das erste Taxi, das anhielt, gab dem Fahrer atemlos die Adresse des Studios und bat ihn, das Radio einzuschalten. Sie hörten beide schweigend die Nachrichten. Niemand schien schon mit Sicherheit zu wissen, ob der Präsident noch am Leben war oder nicht. Er hatte einen Tag in Los Angeles verbracht, wo er mit dem Gouverneur und verschiedenen führenden Politikern der Stadt verhandelt hatte. Er war lebensgefährlich verletzt mit einem Krankenwagen ins Krankenhaus gebracht worden, zwei Männer des Geheimdienstes waren sofort tot. Mel war blaß, sie drückte dem Fahrer einen Zehndollarschein in die Hand und rannte durch die Schwingtüren in das Gebäude der Fernsehanstalt. Dort war vom Vestibül bis zum Nachrichtenstudio das vollkommene Chaos ausgebrochen, und als sie sich zum Schreibtisch des Chefredakteurs durchgekämpft hatte, sah er sie erleichtert an.

»Mein Gott, ich hatte gehofft, daß Sie gleich hierherkommen, Mel.«

»Ich bin praktisch von Bloomingdale's bis hierher gerannt.« Auf alle Fälle fühlte sie sich wie nach einem langen Lauf, zu dem sie auch bereit gewesen wäre, wenn sich die Notwendigkeit ergeben hätte. Sie wußte, daß man sie jetzt hier brauchte.

»Ich möchte Sie sofort mit einem Sonderbericht auf Sendung gehen lassen.« Er musterte routinemäßig ihre Kleidung und war zufrieden, aber es wäre ihm im Augenblick verdammt gleichgültig gewesen, wenn sie nackt vor die Kamera getreten wäre. »Legen Sie noch etwas Make-up auf.«

»Weiß man schon etwas Neues?«

»Noch nicht. Er ist noch im Operationssaal, und es sieht böse aus, Mel.«

»Verdammt.« Sie lief in ihr Büro, wo sie ihr Schminkzeug aufbewahrte, und war fünf Minuten später zurück, bereit, auf Sendung zu gehen. Der Produktionsleiter folgte ihr ins Studio und reichte ihr einen Stoß Papiere, die sie schnell durchlesen sollte. Sie überflog sie und sah ihn ernst an. »Es steht nicht gut, nicht wahr?« Der Präsident war dreimal in die Brust getroffen worden und seine Wirbelsäule schien dabei verletzt worden zu sein. Selbst wenn er am Leben blieb, konnte er gelähmt oder, noch schlimmer, geistig behindert bleiben. Er befand sich im Center-City-Krankenhaus und lag im Augenblick auf dem Operationstisch. Plötzlich fragte sich Mel, ob Peter Hallam darüber informiert war, hatte aber keine Zeit, ihn anzurufen, bevor sie auf Sendung ging.

Sie ging rasch zu ihrem Schreibtisch und begann einfach im Scheinwerferlicht vor der Kamera zu improvisieren und die Nachrichten zu verlesen. Sämtliche normalen Programme waren abgesetzt worden, damit man dem Publikum jederzeit Neuigkeiten übermitteln konnte, aber es lag noch nicht viel Konkretes vor. Sie mußte fast den ganzen Nachmittag allein gestalten und konnte erst nach drei Stunden eine Pause einlegen, als sie vom Sprecher der Wochenschau abgelöst wurde. Alle Verantwortlichen der Redaktion waren anwesend, es gab zwischen den Berichten der Reporter von der Westküste endlose Diskussionen und Vermutungen über das Ereignis. Immer wieder wurden Berichterstatter von Los Angeles eingeblendet, die im Vestibül des Center-City-Krankenhauses standen, das Mel so vertraut war. Sie wäre am liebsten dort gewesen, während sie den Nachrichten zuhörte. Aber um sechs Uhr gab es noch immer nichts Neues, außer, daß der Präsident noch lebte und die Operation gut überstanden hatte.

Sie würden warten müssen ebenso wie die First Lady, die sich im Flugzeug nach Los Angeles befand, wo sie in einer Stunde ankommen sollte.

Mel brachte ihre übliche Sendung um sechs Uhr und berichtete fast ausschließlich über das Ereignis in Los Angeles; als ihre Sendung zu Ende war, erwartete sie der Produktionsleiter, um sich mit ihr zu beraten.

»Mel.« Er sah sie bekümmert an und überreichte ihr wieder ein Bündel Papiere. »Ich will, daß Sie hinüberfliegen.« Einen Moment lang war sie verblüfft. »Fahren Sie nach Haus, holen Sie Ihre Sachen, kommen Sie hierher zurück, geben Sie die Elf-Uhr-Nachrichten durch, und dann bringen wir Sie zum Flughafen. Eine Maschine wird Ihretwegen später starten, und Sie können dann gleich morgen früh beginnen, von dort aus zu berichten. Gott allein weiß, was sich bis dahin ereignet!« Der Mann, der auf den Präsidenten geschossen hatte, war schon verhaftet worden. Immer wieder konnte man Berichte über seine abenteuerliche Vergangenheit und Interviews mit bedeutenden Chirurgen hören, die ihre Ansichten über die Überlebenschancen des Präsidenten äußerten. »Können Sie das übernehmen?« Sie wußten beide, daß es eine rein rethorische Frage war. Mel hatte keine Wahl. Dafür wurde sie schließlich bezahlt, und die Berichterstattung über nationale Ereignisse gehörte zu ihrem Ressort. Sie überdachte kurz ihren Zeitplan. Aus Erfahrung wußte sie, daß Raquel sich um die Mädchen kümmern würde, und sie konnte noch mit ihnen sprechen, wenn sie zwischen den beiden Nachrichtensendungen nach Haus fuhr, um zu packen.

Zu Haus fand sie die Zwillinge und Raquel in Tränen aufgelöst vor dem Fernseher. Jessica wandte sich als erste an sie: »Was wird jetzt geschehen, Mom?« Raquel putzte sich geräuschvoll die Nase.

»Wir wissen es noch nicht.« Dann erzählte sie ihnen von ihrer neuen Aufgabe. »Ich muß heute nacht noch nach Kalifornien fliegen. Werdet ihr es allein schaffen?« Sie wandte sich an Raquel, wußte jedoch genau, wie die Antwort lauten würde.

»Selbstverständlich.« Sie sah fast beleidigt drein.

»Ich komme zurück, sobald der Wirbel vorüber ist.«

Sie küßte alle, dann fuhr sie zur Sendeanstalt, um die Nachrichten zu verlesen, und sobald sie damit fertig war, folgte sie den beiden Polizisten, die auf sie gewartet hatten, zu ihrem Einsatzwagen. Sie hörten zu dritt gespannt die Radionachrichten, während sie mit heulenden Sirenen zum Flugplatz rasten. Es war eine Gefälligkeit, die die Polizei der Fernsehgesellschaft gelegentlich erwies. Sie erreichten den Kennedy-Flughafen Viertel nach zwölf, und die Maschine hob zehn Minuten, nachdem Mel an Bord gegangen war, ab. Die Stewardessen brachten ihr mehrmals Bulletins, die den Piloten von Kontrolltürmen und Fluglotsen per Funk übermittelt wurden, während sie den Kontinent überflogen. Der Präsident war noch am Leben, Genaueres war jedoch nicht bekannt. Die Nacht schien kein Ende zu nehmen, und als Mel schließlich in Los Angeles aus dem Flugzeug stieg, war sie wirklich erschöpft. Auf dem Flughafen erwartete sie wieder eine Polizeieskorte, und sie beschloß, gleich ins Center-City-Krankenhaus zu fahren, bevor sie ihr Hotel aufsuchte, um ein wenig zu schlafen. Sie würde um sieben im Studio beginnen müssen, und es war schon vier Uhr morgens in Los Angeles. Aber als sie ins Krankenhaus kamen, gab es keine Neuigkeiten, und sie traf kurz vor fünf Uhr in ihrem Hotel ein. Sie rechnete damit, noch etwa eine Stunde schlafen zu können, bevor sie mit der Arbeit begann. Sie würde eben eine Menge schwarzen Kaffee trinken müssen; dann bat sie noch die Telefonistin im Hotel, sie zu wecken, damit sie nicht verschlief. Der Sender hatte ihr ein Zimmer in einem Hotel reserviert, in dem sie noch nie gewohnt hatte, aber es befand sich in der Nähe des Center-City-Krankenhauses. Und plötzlich wurdeihr klar, was es bedeutete, daß sie schon so bald wieder in Los Angeles war, und sie fragte sich, ob sie Zeit haben würde, Peter zu sehen. Vielleicht, wenn alles vorbei war – außer natürlich, wenn der Präsident starb. Dann mußte sie gleich mit der *Air Force One* zum Begräbnis nach Washington fliegen, und dann würde sie Peter wahrscheinlich nicht mehr treffen können. Natürlich hoffte sie für den Präsidenten, daß es nicht dazu kommen würde, ganz abgesehen davon, daß sie in den nächsten Tagen mit Peter zusammengekommen wäre. Sie hätte gern gewußt, ob er ahnte, daß sie in seiner Nähe war.

Sie erwachte beim ersten Klingeln des Telefons, alle ihre Sinne waren angespannt, obwohl ihre Glieder schmerzten und sie das Gefühl hatte, keine Minute geschlafen zu haben. Sie mußte sich auf ihre Nervenkraft verlassen und sich irgendwie auf den Beinen halten. Sie hatte solche Anstrengungen schon öfter überstanden und wußte, daß es ihr auch diesmal gelingen würde. Sie zog rasch ihr dunkelgraues Kleid und schwarze Schuhe mit hohen Absätzen an, verließ um halb sieben das Hotel und kam zehn Minuten später in einem Streifenwagen im Krankenhaus an, wo sie die neuesten Einzelheiten erfuhr und dann auf Sendung ging. In New York war es fast zehn Uhr, und der Osten der USA hungerte seit Stunden nach Neuigkeiten.

Sie sah das Kamerateam, mit dem sie schon einmal gearbeitet hatte und das mit mindestens fünfzig anderen Kameraleuten und zwei Dutzend Reportern um den besten Platz kämpfte. Sie kampierten im Vestibül, und ein Sprecher des Krankenhauses gab ihnen jede halbe Stunde ärztliche Bulletins durch. Endlich um acht Uhr, eine Stunde, nachdem Mel mit ernstem Gesicht auf dem Bildschirm erschienen war, erreichte sie die erste gute Nachricht. Der Präsident war bei Bewußtsein, und seine Wirbelsäule war nicht verletzt. Wenn er überlebte, würde er also nicht gelähmt bleiben, und es war auch zu keiner Gehirnverletzung gekommen. Er schwebte jedoch noch immer in Lebensgefahr, seine Überlebenschancen waren noch nicht gesichert. Drei Stunden später traf die First Lady ein und sprach ein paar Worte zu der Bevölkerung. Mel gelang es, sie für drei Minuten vor die Kamera zu bekommen; die arme Frau sah bekümmert und erschöpft aus, doch sie sprach mit Mel voller Würde und mit fester Stimme. Als ihre Augen sich mit Tränen füllten, wandten sich ihr alle Sympathien zu, doch ihre Stimme bebte kein einzigesmal. Mel ließ sie sprechen, stellte nur wenige Fragen und versicherte ihr, daß die ganze Nation für das Leben des Präsidenten betete, dann gelang es ihr, wie durch ein Wunder, kurz mit dem Chirurgen des Präsidenten zu sprechen. Bis sechs Uhr abends kamen keine weiteren Nachrichten herein, und Mel wurde von einem Sprecher der lokalen Fernsehstation abgelöst. Sie bekam fünf Stunden frei, um in ihr Hotel zu fahren, sich zu erholen und möglichst zu schlafen. Inzwischen war sie aber schon so aufgeputscht, daß sie nicht mehr schlafen konnte, als sie in ihr Zimmer kam. Sie legte sich in der Dunkelheit nieder, während ihr tausend Dinge durch den Kopf gingen, und plötzlich griff sie nach dem Telefon und wählte eine Ortsnummer.

Mrs. Hahn meldete sich, und Mel verlangte ohne höfliche Einleitung Peter, der gleich darauf an den Apparat kam.

»Mel?«

»Hallo! Ich weiß gar nicht, ob ich noch vernünftig rede, ich habe ein gewaltiges Schlafdefizit, aber ich wollte trotzdem anrufen und Ihnen melden, daß ich in Ihrer Nähe bin.«

Ihre Stimme klang erschöpft. Er lächelte. »Erinnern Sie sich noch an mich? Ich arbeite auch im Center-City-Krankenhaus. Ganz zu schweigen von der Tatsache, daß wir hier einen Fernsehapparat besitzen. Ich habe Sie heute schon zweimal gesehen, aber Sie mich nicht. Können Sie durchhalten?«

»Es wird gehen. Ich bin an derlei Streß gewöhnt. Nach einer Weile muß man seinen Körper auf Automatik umstellen und hoffen, daß man nicht auf der Suche nach der Badezimmertür gegen eine Wand stößt.«

»Wo sind Sie im Augenblick?« Sie gab ihm den Namen ihres Hotels an, und es beglückte ihn, daß sie ihm wieder so nahe war. Er mußte trotz des entsetzlichen Anlasses zugeben, daß ihm das sehr recht war, obgleich er bezweifelte, daß es ihm möglich sein würde, sie zu treffen. »Kann ich etwas für Sie tun?«

»Im Augenblick nicht. Aber wenn es der Fall ist, werde ich auf Ihr Angebot zurückkommen.«

Die nächste Frage kam ihm geradezu idiotisch vor, aber er mußte sie einfach stellen. »Besteht irgendeine Möglichkeit, daß ... ich Sie irgendwann treffen kann? Ich meine, nicht gerade in einem von Reportern überfüllten Vestibül?«

»Das kann ich jetzt noch nicht sagen.« Sie war ihm gegenüber aufrichtig. »Es hängt von den Ereignissen in den nächsten Stunden ab.« Dann seufzte sie. »Was glauben Sie, wie wird es weitergehen, Peter? Wie stehen seine Überlebenschancen wirklich?« Sie hätte ihn schon früher fragen sollen, aber sie war so müde, daß sie erst jetzt auf den naheliegenden Gedanken gekommen war.

»Günstig. Hängt davon ab, in welcher allgemeinen physischen Verfassung er sich befindet. Sein Herz ist nicht in Gefahr, sonst hätte man mich hinzugezogen. Ich war dabei, als sie operierten, für alle Fälle. Aber ich wurde nicht gebraucht.« Den Statements hatte sie das nicht entnehmen können, wohl aber geahnt, daß eine Reihe von Informationen zurückgehalten wurde. Einzig über den

Attentäter wußte man alles. Er war ein dreiundzwanzigjähriger Mann, der die letzten fünf Jahre in einer geschlossenen Anstalt verbracht und seiner Schwester vor zwei Monaten mitgeteilt hatte, er würde den Präsidenten umbringen. Niemand hatte ihn ernstgenommen, denn er hielt seinen Zimmergenossen in der Klinik für den lieben Gott und die Oberschwester für Marilyn Monroe. Niemand kam auf die Idee, daß er tatsächlich wußte, wer der Präsident war. Aber er erkannte ihn immerhin so genau, daß er ihn beinahe erschossen hatte, und es würde sich erst herausstellen, ob das Attentat vielleicht doch gelungen war. »Morgen werden wir bedeutend mehr wissen, Mel.«

»Würden Sie mich bitte anrufen, falls Sie direkte Informationen erhalten?«

»Gern. Warum gehen Sie eigentlich nicht schlafen, bevor Sie meine nächste Patientin werden?«

»Ich werde es versuchen, aber ich bin so verdammt aufgekratzt, daß ich nicht einschlafen kann.«

»Versuchen Sie es nur. Schließen Sic einfach die Augen und bleiben Sie ruhig liegen, denken Sie nicht an Schlafen.« Seine Stimme klang beruhigend, und sie war froh, daß sie ihn angerufen hatte. »Soll ich Sie morgen ins Krankenhaus fahren?«

»Morgen?« Sie lachte. »Ich habe heute um elf Uhr abends wieder eine Sendung.«

»Das ist ja unmenschlich!« Er war empört.

»Genauso unmenschlich wie der Mordanschlag auf den Präsidenten.« Sie waren sich einig, und sie legte auf. Melanie hoffte nur, daß sie zusammenkommen konnten, bevor sie Los Angeles wieder verließ.

13

Am Freitag verbrachten Mel und die übrigen Presseleute einen langen, bewegten Tag im Vestibül des Center-City-Krankenhauses. Ein halbes Dutzend Laufburschen waren angewiesen, ihnen belegte Brote und Kaffee zu bringen. Die Journalisten übermittelten in regelmäßigen Abständen den einzelnen Sendestationen die neuesten ärztlichen Bulletins über den Zustand des Präsidenten. Es änderte sich von sechs Uhr morgens bis sieben Uhr abends jedoch nichts. Mel hatte sich am Donnerstag abend um elf Uhr zum Dienst gemeldet und verließ das Krankenhaus erst am Freitagabend um acht Uhr; sie war so erschöpft, daß ihr Kopf dröhnte und ihre Augen brannten. Sie ging hinaus auf den Parkplatz, und als sie sich an das Lenkrad des Wagens setzte, den man ihr am vorhergehenden Abend zur Verfügung gestellt hatte, sah sie alles so verschwommen, daß sie Angst bekam, den Zündschlüssel zu drehen, und in ihr Hotel zurückzufahren. Da hörte sie eine Stimme, die aus dichtem Nebel zu kommen schien; sie drehte sich nach dem Mann um, der neben dem Wagen stand und sie ansprach.

»Sie sind nicht in der Lage, einen Wagen zu lenken, Miß Adams.« Zuerst glaubte sie, es handle sich um einen Polizisten, aber als sie die Augen zusammenkniff, sah sie ein vertrautes Gesicht vor sich und lehnte den Kopf erleichtert an die Rückenlehne. Das Fenster war ganz hinuntergekurbelt. Sie hatte möglichst viel Luft bekommen wollen, um auf der Fahrt ins Hotel nicht einzuschlafen.

»Sieh mal einer an. Was machen Sie denn hier?« Obwohl sie einem Zusammenbruch nahe war, konnte sie erkennen, daß seine Augen tief blau waren, und es war wunderbar beruhigend, ihn in der Nähe zu wissen.

»Ich arbeite hier, oder haben Sie das schon wieder vergessen?«

»Aber ist es nicht reichlich spät für Sie, noch im Dienst zu sein?«

Er nickte und blickte sie an. Sie war glücklich über ihren rettenden Engel, aber sie war zu erledigt, um auch nur den kleinen Finger zu rühren. »Rücken Sie auf den Beifahrersitz, ich werde Sie in Ihr Hotel fahren.«

»Seien Sie nicht komisch. Ich bin in Topform. Ich muß nur ...«

»Hören Sie, Mel, denken Sie doch mal in Ruhe nach. Wenn Sie sich, während der Präsident im Krankenhaus liegt, in diesem Wagen um einen Baum wickeln, wird man Ihnen in der Unfallstation nicht einmal einen Notverband anlegen. Alle im Haus kümmern sich um ihn. Also zerbrechen wir uns nicht weiter den Kopf, sondern lassen Sie zu, daß ich Sie ins Hotel bringe. Einverstanden?« Sie hatte nicht mehr genügend Kraft, um mit ihm zu streiten. Sie lächelte nur wie ein müdes Kind, nickte und rückte zur Seite. »So ist's brav.« Er blickte zu ihr hinüber, um zu sehen, ob sie etwas gegen den Ausdruck einzuwenden hatte, und war erleichtert, als sie nicht reagierte. Sie starrte nur mit glasigen Augen vor sich hin und schien keine Einwände dagegen zu haben, daß er die Initiative ergriff. Er lenkte den Wagen geschickt durch den Verkehr, der zu dieser Tageszeit in Los Angeles noch immer sehr stark war, und blickte sie von Zeit zu Zeit an. Endlich fragte er: »Alles in Ordnung, Mel?«

»Ich bin nur kaputt. Ich brauche ein wenig Schlaf, dann bin ich wieder auf dem Damm.«

»Wann müssen Sie wieder zur Sendung?«

»Erst morgen früh um sechs, Gott sei Dank.« Dann richtete sie sich auf. »Wissen Sie etwas über den Zustand des Präsidenten, das für mich wichtig wäre?« Er schüttelte nur den Kopf. »Verdammt, ich hoffe, daß er es schafft.«

»Das hoffen alle anständigen Menschen im ganzen Land und ich auch. Man steht einer solchen Situation so schrecklich hilflos gegenüber. Eigentlich hat er dabei noch ziemliches Glück gehabt. Er hätte auch gleich tot sein können. Nach den Röntgenaufnahmen ist er verdammt knapp davongekommen. Um Haaresbreite hätte er das Leben oder den Verstand oder zumindest die Fähigkeit verlieren können, sich vom Hals abwärts zu bewegen. Wenn die Kugel nur in einem minimal veränderten Winkel eingedrungen wäre...« Er beendete den Satz nicht. Die Ärzte, die den Präsidenten behandelt hatten, waren alle seine Freunde, und er war daher über jedes Detail auf dem laufenden.

»Mir tut seine Frau so verdammt leid. Sie hält sich so tapfer, und sie sieht aus, als klammerte sie sich an den letzten Strohhalm.« Sie war keine junge Frau mehr, und die letzten zwei Tage waren eine schreckliche Zerreißprobe für sie gewesen.

»Sie hat mit ihrem Herzen Probleme. Sie sind nur leichter Art, aber diese ungeheuerliche Beanspruchung ist natürlich Gift für sie.«

Mel sah ihn mit einem müden Lächeln an. »Sie sind wenigstens zur Stelle, falls sie Hilfe braucht.« Sie war sehr froh darüber, daß er auch für sie selbst da war. Ihr war inzwischen klargeworden, daß sie die Rückfahrt zu ihrem Hotel auf der vollen Schnellstraße kaum unfallfrei geschafft hätte. Das gestand sie ihm auch, als sie vor dem Hotel hielten.

»Übertreiben Sie nicht gleich, ich hätte Sie auf keinen Fall in diesem Zustand fahren lassen.«

»Es war ein Glück, daß Sie zur Stelle waren, als ich herauskam.« Sie fühlte sich ein wenig besser, aber kaum spürbar. Sie hatte noch nicht begriffen, daß er auf sie gewartet hatte, weil er einen Zusammenbruch kommen sah. Er wollte etwas für sie tun und war froh, daß er ihr hatte helfen können. »Ich danke Ihnen vielmals, Peter.« Sie kletterte aus dem Wagen.

»Werden Sie es noch bis ins Hotel schaffen?« fragte er.

Sie lächelte über die Aufmerksamkeit, die er ihr gegenüber zeigte. Seit Jahren, wenn überhaupt jemals in ihrem Leben, hatte sich niemand auf diese Weise ihrer angenommen. »Das geht schon. Gehen kann ich noch. Nur mit dem Autofahren hätte es gehapert.« Sie hätte es dennoch versucht, wenn es notwendig gewesen wäre.

»Morgen werde ich Sie abholen. Um Viertel vor sechs?«

»Das kann ich nicht von Ihnen verlangen.«

»Warum denn nicht? Normalerweise fange ich um halb sieben im Krankenhaus an. Was macht eine halbe Stunde denn schon aus?«

»Ehrenwort, ich kann selbst fahren.« Sie geriet durch sein Angebot fast in Verlegenheit, aber er gab nicht nach.

»Ich sehe nicht ein, weshalb Sie selbst fahren müssen.«

Plötzlich fiel ihr etwas ein. »Wie kommen Sie eigentlich von hier nach Haus?«

»Machen Si[illegible] deswegen keine Sorgen. Ich werde mit einem Taxi zum Par[illegible]z zurückfahren und meinen Wagen holen. Ich bin ja hellwach, nur Sie schlafen beinahe schon im Stehen.«

»Ach, Peter, ich hatte nicht die Absicht...« Aber sie mußte so ausgiebig gähnen, daß sie nicht weitersprechen konnte, und er lachte.

»Ja? Gibt es noch etwas, das Sie Ihrem Publikum mitteilen wollen?« Er neckte sie, und es tat ihr leid, daß sie durch ihren langen Arbeitstag so benommen war.

»Ich sage vorläufig nur danke.« Sie blickten einander in die Augen. »Es ist schön, Sie wiederzusehen.«

»Nein, das stimmt nicht, denn Sie können gar nicht sehen, und eigentlich hat Sie ein völlig Fremder ins Hotel gefahren.« Er führte sie vorsichtig zum Eingang und begleitete sie bis in die Halle.

»Alle Fremden sollten so nett sein wie Sie«, murmelte sie.

»Seien Sie jetzt lieb, fahren Sie hinauf in Ihr Zimmer und gehen Sie schlafen. Haben Sie etwas im Magen?«

»Ausreichend. Ich brauche nur mein Bett. Eigentlich genügt mir jedes Bett.« Sogar der Fußboden begann einladend auszusehen. Er drückte auf den Fahrstuhlknopf, schob sie dann sanft in die Kabine und trat zurück, bevor sie noch etwas sagen konnte.

»Auf Wiedersehen morgen früh.«

Sie hätte ihm widersprochen, aber die Türen schlossen sich, und der Fahrstuhl setzte sie in ihrem Stockwerk ab. Nun mußte sie nur noch zu ihrem Zimmer gehen, die Tür öffnen, sie hinter sich schließen und bis zu ihrem Bett tappen. Sie bewegte sich wie in Trance. Sie zog sich nicht einmal aus, rief nur vor dem Einschlafen die Telefonistin an, um sich um fünf Uhr früh wecken zu lassen; dann wußte sie nichts mehr, bis sie das Telefon klingeln hörte.

»Fünf Uhr, Miß Adams.«

»Schon?« Ihre Stimme klang heiser, und sie schlief noch halb. Sie mußte sich mit Gewalt wachhalten, während sie sich mit dem Hörer in der Hand aufsetzte. »Haben Sie Nachrichten gehört? Ist der Präsident noch am Leben?«

»Ich glaube schon.« Wenn er gestorben wäre, hätte man sie bestimmt aus dem Krankenhaus oder von der Sendestation in Los Angeles angerufen.

Mel legte auf und wählte die lokale Fernsehstation. Der Präsident lebte noch, und es gab keine neuen Bulletins. Sein Zustand war unverändert, aber noch immer kritisch. Sie ging unter die Dusche. Es war noch zu früh, um Kaffee zu bestellen. Zwanzig Minuten vor sechs fuhr sie ins Erdgeschoß und wartete vor dem Hotel; dabei wurde sie das Gefühl nicht los, daß sie am Abend vorher darauf hätte bestehen müssen, daß Peter sie nicht abholte. Er hatte keinen Grund, ihren Chauffeur zu spielen. Es war wirklich vollkommen unnötig. Doch genau um fünf Uhr fünfundvierzig war er zur Stelle und öffnete ihr den Wagenschlag (er sah hellwach aus). Als sie auf den Beifahrersitz glitt, reichte er ihr eine Thermosflasche voll Kaffee.

»Du meine Güte, das ist der beste Taxiservice, den ich je erlebt habe.«

»In dieser Tüte sind belegte Brote.« Er zeigte auf eine braune Papiertüte auf dem Boden. »Guten Morgen.« Er hatte erraten, daß sie am Vorabend nichts mehr gegessen hatte, und bei Mrs. Hahn belegte Brote bestellt, um sie ihr mitzubringen.

»Es ist wirklich großartig, wenn man einen Freund hat.« Sie biß kräftig in ein Putensandwich und lehnte sich dankbar mit einer Tasse Kaffee in der Hand an die Rückenlehne. »So läßt es sich leben.« Dann blickte sie ihn schüchtern lächelnd an. »Als ich vor zwei Wochen von hier abflog, dachte ich wirklich nicht, daß wir einander wiedersehen würden. Oder zumindest nicht so schnell.«

»Das dachte ich auch. Es tut mir leid, daß es bei einem so ernsten Anlaß geschehen mußte. Aber ich bin richtig froh, daß Sie hier sind, Mel.«

»Wissen Sie was?« Sie trank noch einen Schluck von dem dampfenden Kaffee. »Ich auch. Es klingt zwar schrecklich, wenn man bedenkt, aus welchem Grund ich hier bin. Aber ich weiß nicht...« Sie blickte einen Moment zum Fenster hinaus und dann wieder zu ihm hin. »Ich habe viel an Sie denken müssen, seit ich nach Haus flog, und ich war mir nicht im klaren warum. Vielleicht wird das Wiedersehen mir helfen, das herauszufinden.«

Er nickte. Ihn hatte das gleiche Problem beschäftigt. »Ich kann Ihnen meine Gefühle nur schwer schildern. Ich hatte immer das Bedürfnis, Sie anzurufen, um Ihnen von den Ereignissen hier zu erzählen, Ihnen die letzten Neuigkeiten über Marie mitzuteilen... oder über eine Operation, die wir durchgeführt haben... oder über einen Ausspruch eines meiner Kinder.«

»Ich glaube, Sie waren in der letzten Zeit schrecklich allein, und ich habe eine Tür geöffnet. Jetzt wissen Sie nicht, ob Sie den Schritt ins Freie wagen sollen.« Mel überlegte eine Weile. »Das Komische ist, daß auch ich im Zweifel bin. Sie haben auch für mich eine Tür geöffnet, und ich dachte in New York immer wieder an Sie. Ich war so froh, als Sie mich das erstemal anriefen.«

»Mir blieb keine Wahl. Es war fast eine Art Zwang.«

»Warum?« Beide suchten nach Antworten, die sich ihnen noch verschlossen.

»Ich weiß nicht, Mel. Es war wirklich eine große Erleichterung für mich, zu wissen, daß Sie wieder in meiner Nähe waren. Vielleicht kann ich diesmal aussprechen, was ich sagen will...« oder vielleicht werde ich es auch nicht wagen...

Mel hatte den Mut, die heikelste Frage zu stellen. »Haben Sie Angst davor?«

»Ja.« Seine Stimme zitterte beinahe, und er sah sie dabei nicht an, sondern blickte auf die Fahrbahn. »Ich habe wirklich Angst.«

»Wenn es Sie tröstet, mir ergeht es ebenso.«

»Warum?« fragte er überrascht. »Sie haben dort drüben seit Jahren allein gelebt. Sie kennen diesen Zustand also genau. Ich noch nicht.«

»Das ist der springende Punkt. Ich war fünfzehn Jahre lang allein. Nie ist mir ein Mann allzu nahe gekommen. Wenn es soweit war, brach ich die Verbindung ab. Aber Sie haben etwas an sich... ich weiß nicht, was ich von Ihnen halten soll, und bei meinem letzten Aufenthalt hier übten Sie eine verdammte Anziehung auf mich aus.«

Er stoppte den Wagen auf dem Parkplatz des Center-City-Krankenhauses und wandte sich ihr zu. »Sie sind seit zwanzig Jahren die erste Frau, meine Frau selbstverständlich ausgenommen, die mich interessiert. Das beunruhigt mich sehr, Mel.«

»Warum?«

»Ich weiß nicht. Aber es ist eine Tatsache. Ich habe mich seit Annes Tod versteckt. Jetzt bin ich plötzlich nicht mehr sicher, ob ich diesen Zustand aufrechterhalten will.« Sie blieben lange schweigend sitzen, dann brach Mel das Schweigen.

»Warum warten wir nicht einfach, um zu sehen, was sich daraus entwickelt? Man soll nichts erzwingen. Keiner von uns hat bis jetzt etwas investiert. Sie haben ein paarmal bei mir angerufen, und ich bin hier, weil auf den Präsidenten geschossen wurde. Mehr ist vorläufig nicht geschehen.« Sie versuchte, sich ebenso zu beruhigen wie ihn, aber es gelang ihr nicht so recht.

»Sind Sie sicher, daß nicht mehr dahintersteckt?«

»Nein, das ist ja der Haken. Aber wenn wir behutsam vorgehen, werden wir einander vielleicht eine Enttäuschung ersparen.«

»Ich hoffe, ich erschrecke Sie nicht mit meiner Offenheit, Mel. Ich mag Sie zu sehr, um Sie vor den Kopf zu stoßen.«

»Ich jage mir selbst mehr Schrecken ein, als Sie je könnten. Ich wollte nie wieder verletzt werden oder von einem Mann abhängig sein, nur von meiner eigenen Tüchtigkeit. Ich habe eine Mauer um mich errichtet, und wenn ich jemanden hereinlasse, könnte er zerstören, was ich aufgebaut habe, und ich habe so verdammt lange dazu gebraucht, bis ich etwas erreicht hatte.« Es war die ehrlichste Antwort, die sie ihm geben konnte, und sie hatte Tränen in den Augen stehen.

»Ich werde Sie niemals verletzen, Mel, wenn ich es irgendwie vermeiden kann. Wenn möglich, möchte ich Ihnen einen Teil Ihrer Last von den Schultern nehmen.«

»Ich bin nicht sicher, daß ich meine Selbständigkeit aufgeben will.«

»Und ich bin nicht sicher, ob ich bereit bin, die Verantwortung auf mich zu nehmen.«

»Das geht in Ordnung. So ist es besser.« Sie lehnte sich noch einen Moment zurück, bevor sie sich von ihm trennen mußte. »Nur eines ist schade, daß wir räumlich so weit voneinander entfernt sind. Sie leben im Westen, ich lebe im Osten. Bei dieser Distanz werden wir einander nie gründlich kennenlernen.«

»Vielleicht gelingt es uns, während Ihres jetzigen Aufenthaltes«, meinte er hoffnungsvoll doch sie schüttelte den Kopf.

»Das ist ziemlich unwahrscheinlich, weil ich so intensiv beschäftigt bin.«

Er wollte sich nicht entmutigen lassen. Noch nicht. Er mußte sich über seine Gefühle zu dieser Frau klarwerden, die ihm so gut gefiel. Er blickte ihr in die großen, grünen Augen, die ihm so großen Eindruck gemacht hatten. »Als Sie das letztemal hier waren, haben Sie meine Arbeit beobachtet. Gestatten Sie mir, Ihnen diesmal zur Verfügung zu stehen, soweit es meine Zeit erlaubt. Vielleicht finden wir Gelegenheit, uns miteinander zu unterhalten.«

»Das wäre mir sehr recht. Aber Sie sehen ja, wie es hier zugeht. Ich arbeite praktisch Tag und Nacht.«

»Warten wir ab. Ich werde versuchen, Sie später, wenn ich im OP und mit der Visite fertig bin, im Vestibül aufzustöbern. Vielleicht können wir zusammen eine Kleinigkeit essen.« Der Gedanke gefiel ihr, aber sie hatte keine Ahnung, ob sie sich freimachen konnte.

»Ich werde mich bemühen wegzukommen. Aber Sie müssen dafür Verständnis haben, Peter, daß es mir vielleicht nicht gelingen wird.«

»Natürlich.« Dann berührte er ihre Hand. »In Ordnung, Mel. Ich bin im Haus. Ich verlasse es nicht.« Möglicherweise mußte aber sie weg. Beide hofften im stillen, daß sie bleiben können würde.

Sie lächelte ihm zu; es tat ihr gut, seine Hand auf der ihren zu spüren. »Danke für die Fahrt, Peter.«

»Stets zu Diensten, Ma'am.« Er öffnete ihr die Tür, und gleich darauf wurden sie von der Menge im Vestibül verschluckt. Er drehte sich einmal nach ihr um, aber sie war bereits in ein Gespräch mit den Presseleuten vertieft, die die Nacht im Vestibül verbracht hatten, und die Fahrstuhltüren gingen hinter ihm zu, bevor sie nach ihm schauen konnte.

Die Neuigkeiten, die Mel erfuhr, waren vielversprechend. Der Präsident war noch am Leben, und vor einer halben Stunde hatte ein Sprecher des Krankenhauses den Journalisten mitgeteilt, daß sich der Zustand des Präsidenten gebessert hatte.

Um acht Uhr kam die First Lady wieder. Sie wohnte im Hotel Bel Air und war von Geheimdienstleuten umgeben, die sich einen Weg durch das Vestibül bahnten. Es war unmöglich, sich ihr zu nähern, obwohl Mel und eine Menge anderer es versuchten. Die arme Frau sah verstört und matt aus, und sie tat Mel leid. Um halb neun ging Mel auf Sendung und um neun noch einmal, für die Mittagsnachrichten in New York. Sie konnte der Bevölkerung nur mitteilen, daß der Präsident noch am Leben war. Sie sammelte während des ganzen Tages weiterhin Bulletins, ohne einen Moment an sich selbst oder an Peter Hallam zu denken.

Sie traf ihn erst um drei Uhr wieder, als er plötzlich neben ihr auftauchte; er sah in dem gestärkten, weißen Mantel beeindrukkend aus, und plötzlich drängten sich eine Menge Reporter um ihn. Sie nahmen an, daß er ihnen Neuigkeiten bringen wollte, und es war fast unmöglich, den Lärm zu überschreien und zu erklären, daß er kein behandelnder Arzt des Präsidenten war, sondern nur eine Freundin besuchte. Schließlich flüchtete er mit Mel in eine Ecke, und mehrere Presseleute glaubten, daß Melanie Adams ihnen eine Sensation wegschnappte. Peter zog verzweifelt den weißen Kittel aus und schob ihn hinter einen Abfallkorb im Vestibül.

»Mein Gott, ich glaubte schon, sie würden mich umbringen.«

»Das würden sie tun, wenn es nur irgendwie möglich wäre. Es tut mir leid.« Sie lächelte ihm müde zu. Sie hatte neun Stunden durchgearbeitet und nichts gegessen, außer dem Sandwich, das er ihr im Wagen gegeben hatte, wenn sie auch den ganzen Tag literweise Kaffee getrunken hatte.

»Haben Sie gegessen?«

»Noch nicht.«

»Können Sie jetzt fort?«

Sie sah auf die Uhr. »Ich muß in zehn Minuten hineingehen und die Sechs-Uhr-Nachrichten für New York sprechen. Aber danach müßte ich mich freimachen können.«

»Wie lange müssen Sie noch bleiben?«

»Noch ein paar Stunden. Ich werde wahrscheinlich gegen sechs Uhr abends fort können. Ich kann notfalls immer noch um acht wiederkommen, um die Elf-Uhr-Nachrichten für New York zu sprechen. Wahrscheinlich wird mir ohnehin nichts anderes übrigbleiben. Aber dann bin ich hoffentlich fertig, es sei denn, es zeichnet sich etwas Neues ab.«

Er überlegte. »Am besten wäre es, wenn ich jetzt gehe und Sie um sechs Uhr abhole. Wir können irgendwo in Ruhe zu Abend essen, ich bringe Sie rechtzeitig hierher zurück, damit Sie die Elf-Uhr-Nachrichten durchgeben können, und anschließend fahre ich Sie in Ihr Hotel.«

»Wahrscheinlich werde ich bis dahin eine wandelnde Leiche sein und womöglich beim Dinner einschlafen.«

»Das stört mich nicht. Es ist mir schon früher gelungen, andere beim Dinner einzuschläfern. Diesmal kann ich mich wenigstens damit trösten, daß etwas anderes daran schuld ist.« Er hätte sie am liebsten in die Arme genommen.

»Ich würde gern heute mit Ihnen ausgehen.«

»Gut. Dann also auf Wiedersehen um sechs.« Er kehrte in sein Büro zurück und kam genau drei Stunden später wieder. Inzwischen hatte Mel dunkle Ringe unter den Augen, und als sie in den Wagen stieg, sah er, daß sie vollkommen erschöpft war. Sie sah ihn müde lächelnd an.

»Wissen Sie, Peter, falls Sie jetzt etwas mit mir anfangen wollen, läuft es auf Leichenschändung hinaus.«

Er lachte gequält über die entsetzliche Vorstellung und verzog das Gesicht.

»Ich fühle mich wirklich tot. Und wie war Ihre Arbeit?«

»Gut. Wie geht es dem Präsidenten heute abend?« Er nahm an, daß sie jetzt mehr darüber wußte als er. Er war zu sehr mit seinen eigenen Patienten beschäftigt, um sich über jemand anderen Sorgen zu machen.

»Er hält sich gut. Allmählich glaube ich, daß er es schaffen wird, wenn er so lange durchgehalten hat. Was meinen Sie?«

»Sie könnten recht haben.« Dann lächelte er. »Ich hoffe nur, daß er nicht morgen früh aus dem Bett springt, so daß Sie gleich nach Haus fliegen müssen.«

»Ich glaube nicht, daß diese Gefahr sehr groß ist. Und Sie?«

»Ehrlich gesagt, nein.« Er sah zu ihr hinüber, während er mit ihr zu einem in der Nähe gelegenen Restaurant fuhr.

»Übrigens, wie geht es den Kindern?«

»Gut. Sie wissen, daß Sie hier sind, weil sie die Nachrichten gesehen haben, aber ich hatte noch keine Zeit, ihnen zu erzählen, daß ich mit Ihnen gesprochen habe.«

Sie schwieg einen Augenblick. »Vielleicht sollten Sie es nicht tun.«

»Warum nicht?« fragte er erstaunt.

»Vielleicht würde es sie auch nervös machen. Kinder haben außerordentlich gute Antennen. Ich weiß es von meinen Kindern. Besonders Jess. Val kann man eine Zeitlang täuschen, weil sie immer so von sich selbst in Anspruch genommen ist. Aber Jessica spürt die Dinge fast, bevor sie passieren.«

»Auch Pam ist manchmal so. Die Jungen sind anders.«

»Das stimmt. Und Pam muß mit genügend Schwierigkeiten in ihrem Leben fertigwerden, ohne sich auch noch meinetwegen Sorgen zu machen.«

»Wie kommen Sie auf die Idee, daß sie sich Sorgen macht?«

»Wie kommen Sie auf die Idee, daß sie es nicht tut? Bedenken Sie doch, daß ihre ganze Welt in den letzten zwei Jahren auf den Kopf gestellt wurde, aber sie weiß wenigstens, daß sie Sie hat. Und es gab keine Frauen, mit denen sie konkurrieren mußte, zumindest ihrer Meinung nach. Dann trete ich auf den Plan und stelle sofort eine Bedrohung dar.«

»Warum glauben Sie das?«

»Ich bin eine Frau. Sie ist ein Mädchen, und Sie sind ihr Vater. Sie gehören ihr.«

»Der Umstand, daß ich mich für jemanden interessiere, würde nichts daran ändern.«

»Doch, fast unmerklich, in gewisser Hinsicht. Ich bin sicher, daß Ihre Beziehung zu Pam anders war, als Ihre Frau gelebt hat. Sie hatten weniger Zeit für sie, Sie hatten anderes zu tun. Jetzt plötzlich gehören Sie ganz ihr oder beinahe. Sie würde sich bestimmt nicht freuen, wenn sich dieser Zustand ändern würde, noch dazu wegen einer Fremden.«

Er hielt nachdenklich vor einem kleinen italienischen Restaurant. »So habe ich das nie gesehen. Bis jetzt hatte ich auch keinen Grund, mir darüber Gedanken zu machen. Vielleicht sollte ich ein wenig vorsichtig sein, wenn ich ihr etwas erzähle.«

»Das wäre gut. Verdammt, vielleicht werden Sie in den nächsten paar Tagen beschließen, mich nie wiederzusehen. Sie werden mich sehr bald von meiner schlechtesten Seite kennenlernen. Wenn ich lange genug nicht schlafe, beginne ich mich aufzulösen.«

»Tun wir das nicht alle?«

»Sie sehen nicht so aus. Trotz Ihrer vielen Arbeit halten Sie sich wunderbar.«

»Auch ich habe meine Grenzen.«

»So wie ich, und ich habe die meinen vor zwei Tagen erreicht.«

»Kommen Sie, jetzt werden Sie etwas essen. Das wird Ihnen helfen.« Sie betraten das Lokal, und der Oberkellner führte sie zu einem ruhigen Tisch. »Wein, Mel?« Sie schüttelte sofort den Kopf.

»Ich würde über meinem Teller einschlafen.« Sie lachte und bestellte ein kleines Steak. Sie war nicht einmal mehr hungrig, wußte aber, daß ihr etwas Warmes guttun würde. Sie genossen die Mahlzeit und das Plaudern, sie wunderte sich, wie wohl sie sich in seiner Gesellschaft fühlte. Er schien sich für ihre Arbeit zu interessieren, und sie wußte schon ziemlich viel über die seine. Es war eine gemütliche, aber anregende Unterhaltung, und sie lehnte sich schließlich mit einer Kaffeetasse in der Hand zufrieden und gesättigt zurück. »Sie sind mir von Gott gesandt. Wissen Sie das?«

»Ich genieße unser Zusammensein auch.«

»Ich war eigentlich auf etwas ganz anderes gefaßt, als ich nach Los Angeles flog.«

»Ich weiß. Sie sollten jetzt schon auf den Bermudas sein.«

»War das für heute geplant?« Sie hatte den Überblick über die Zeit verloren und seit ihrer Ankunft nicht einmal mit den Mädchen telefoniert, wußte aber, daß sie Verständnis dafür haben würden. Außerdem waren die Zwillinge sowieso über das lange Wochenende in Cape Cod. Es war ihr gar nicht zu Bewußtsein gekommen, daß das Wochenende längst begonnen hatte. Sie hatte das Gefühl, schon seit Wochen in Los Angeles zu sein. Merkwürdigerweise hätte sie nichts dagegen gehabt. Es war eine vollkommen neue Erfahrung für sie. Für gewöhnlich stand New York im Mittelpunkt ihres Lebens, aber jetzt nicht, jetzt war sie mit Leib und Seele in Los Angeles.

»Es tut mir leid, daß Sie Ihre Reise nicht unternehmen konnten, Mel.«

»Mir nicht.« Sie sah ihn offen an. »Ich bin viel lieber hier.« Er wußte nicht genau, was er darauf antworten sollte, deshalb griff er nach ihrer Hand.

»Ich freue mich. Ich bin glücklich, daß Sie wieder hier sind, Mel. Ich bedaure nur, daß Sie so hart arbeiten müssen.«

Sie sah ihn tiefernst an. »Ein geringer Preis dafür, daß ich Sie sehen kann.«

Peters Gedanken wanderten zu dem Mann, dem er Mels Anwesenheit verdankte. »Ich bin sicher, daß der Präsident nicht dieser Ansicht ist.« Sie wurden beide für einen Moment ernst, dann sah Mel bedauernd auf die Uhr. Es war Zeit für sie, zu ihrem Arbeitsplatz zurückzukehren. Peter bot ihr an, sie zum Krankenhaus zurückzubringen und zu warten, aber sie protestierte. »Ich kann ein Taxi nehmen, nachdem ich die Nachrichten durchgegeben habe.« In Los Angeles war es dann erst acht Uhr.

»Ich sagte Ihnen doch, daß ich für die Dauer Ihres Aufenthaltes Ihr Chauffeur bin.« Dann meinte er verlegen: »Außer Sie wollen lieber nicht …«

Diesmal griff sie nach seiner Hand. »Es gibt nichts Schöneres für mich.«

»Gut.«

Er bezahlte die Rechnung, und sie fuhren zum Center-City-

Krankenhaus, von wo aus sie den Zuschauern in New York mitteilte, daß der Präsident leichtes Fieber hatte, das jedoch nicht überraschend kam. Eine halbe Stunde später brachte sie Peter zu ihrem Hotel zurück, ließ sie aussteigen und versprach ihr, am nächsten Morgen um Viertel vor sechs wiederzukommen. Sie fuhr zu ihrem Zimmer hinauf und stieg wieder ins Bett, aber an diesem Abend brauchte sie länger, um einzuschlafen, und war noch wach, als Peter eine halbe Stunde später anrief.

»Hallo?« Sie befürchtete, daß jemand eine schlechte Nachricht über den Präsidenten durchgab.

»Ich bin es.« Es war Peter, sie stieß einen Seufzer der Erleichterung aus und sagte ihm, warum. »Tut mir leid, daß ich Sie erschreckt habe.«

»Schon gut. Ist etwas passiert?«

»Nein.« Er zögerte, und sie konnte ihn atmen hören. »Ich wollte Ihnen nur sagen, daß ich Sie phantastisch finde.« Er war selbst über seine Offenheit erschrocken und spürte, wie sein Herz rascher klopfte; Melanie setzte sich nervös und zugleich erfreut im Bett auf.

»Schon als ich das letztemal hier war, habe ich das gleiche von Ihnen gedacht.«

Er errötete, kam sich albern vor, und sie plauderten eine Zeitlang. Schließlich legten sie auf, waren aufgeregt, ängstlich und glücklich wie zwei Teenager. Sie begaben sich mit winzigen Schritten in eine gefährliche Situation, und es war noch nicht zu spät zur Umkehr, aber der Balanceakt wurde jeden Tag schwieriger, und keiner von beiden konnte sich vorstellen, was geschehen würde, wenn Mel nach New York zurückflog, doch es war noch zu früh, um sich deshalb Sorgen zu machen. Im Augenblick genossen sie es, einfach weiter zu balancieren.

Gute Nacht, Mel, bis morgen ... sie hatte noch den Klang seiner Stimme in den Ohren, während sie im Dunkel lag und einzuschlafen versuchte ... es kam ihr vor, als hätte der aufregendste Junge in der Gegend sie soeben zum Abschlußball im College eingeladen ... es war komisch, wie jung sie sich wieder fühlte, wenn sie mit ihm beisammen war ...

14

Am nächsten Morgen holte Peter sie wieder ab und brachte sie zum Krankenhaus, wo sie erfuhr, daß es dem Präsidenten etwas besser ging. Zum erstenmal seit Tagen hatte sie etwas Zeit für sich, rief, einer plötzlichen Eingebung folgend, die Herzstation an und fragte, ob sie Marie besuchen könnte. Sie fuhr mit dem Fahrstuhl zum sechsten Stockwerk; Marie saß im Bett, sah hübsch, aber ein wenig blaß aus, und ihr Gesicht wirkte jetzt etwas voller. Melanie erkannte bekümmert, daß sie infolge der Medikamente aufgedunsen war, wie alle Transplantations-Patienten, aber Maries Augen strahlten, und sie freute sich, Mel zu sehen.

»Was tun Sie hier?« Sie sah Melanie verwundert an, als sie ins Zimmer trat. In ihren Armen steckten noch Kanülen, aber sie sah gesünder aus als vor der Transplantation.

»Ich bin gekommen, um Sie zu besuchen. Aber leider nicht aus New York. Ich bin wegen des Präsidenten schon seit einigen Tagen hier im Vestibül.« Marie nickte ernst.

»Was für eine schreckliche Sache. Geht es ihm besser?«

»Heute ein wenig. Aber er ist noch nicht über den Berg.« Dann fiel ihr ein, daß diese Bemerkung taktlos war, denn auch Marie war noch nicht über den Berg. Sie lächelte der jungen Frau freundlich zu, die nur um wenige Jahre jünger war als sie und deren Leben nur an einem seidenen Faden hing. »Er hat nicht so viel Glück wie Sie, Marie.«

»Weil er nicht Peter Hallams Patient ist.« Ihre Augen leuchteten, als sie seinen Namen aussprach, und Mel begriff allmählich. Peter Hallam war für dieses Mädchen eine Art Gott geworden, und Mel ahnte, daß sie in ihn verliebt war. Es war zu erwarten gewesen, weil Marie von diesem Mann abhängig war und er ihr durch die Organverpflanzung das Leben gerettet hatte. Aber erst als Peter etwas später ebenfalls das Zimmer betrat und bei Mels Anblick rot wurde, erkannte sie noch etwas. Die starke Beziehung zwischen Arzt und Patientin. Er setzte sich an ihr Bett, sprach mit seiner ruhigen, tröstenden Stimme zu ihr, und es war, als wäre außer den beiden niemand im Raum.

Mel kam sich wie ein Eindringling vor, verabschiedete sich kurz darauf und kehrte zu den Presseleuten zurück, die noch im

Vestibül herumlungerten. Sie sah Peter erst wieder, als er sie am Abend ins Hotel zurückbrachte. Wie am Abend zuvor hatte sie zwei Stunden Pause, dann mußte sie um acht Uhr zurück ins Krankenhaus, um für die Elf-Uhr-Nachrichten in New York eine Live-Sendung zu machen. Als sie zum Dinner fuhren, erwähnte sie ihm gegenüber Marie.

»Sie betet Sie einfach an, Peter.«

»Reden Sie keinen Unsinn. Sie ist nicht anders als jede andere Patientin.« Aber er wußte, was Melanie meinte, zwischen ihm und jedem seiner Patienten bestand eine besondere Bindung, die vielleicht in Maries Fall stärker war, weil sie niemanden sonst hatte, der ihr zur Seite stand. »Sie ist ein nettes Mädchen, Mel, und sie braucht jemanden, mit dem sie sprechen kann, während sie all das durchmacht. Da liegt man den ganzen Tag im Bett und denkt nach, manchmal zuviel. Sie braucht jemanden, bei dem sie ihren Kummer abladen kann.«

»Und Sie sind so unendlich geduldig.« Sie fragte sich, wie er das schaffte. Er gab und gab, beinahe über alle Maßen, von seinem Können, seinem Herzen, seiner Zeit, seiner Geduld. Es war unglaublich, daß er durchhielt.

Während des Dinners meldete sich sein Funkgerät, und er mußte zu einem Notfall zurück ins Krankenhaus.

»Marie?« fragte Mel besorgt, während sie zum Wagen liefen.

Er schüttelte den Kopf. »Nein, ein Mann, der vorige Woche eingeliefert wurde. Er braucht dringend ein Herz, und wir haben noch keinen Spender.« Das war offensichtlich sein Hauptproblem, daß er nicht immer ein Herz zur Verfügung hatte, wenn es dringend gebraucht wurde.

»Wird er durchkommen?«

»Ich weiß nicht. Hoffentlich.« Er bahnte sich geschickt einen Weg durch den Verkehr, und sie waren in weniger als zehn Minuten im Krankenhaus; an dem Abend sah sie ihn nicht mehr. Bevor sie auf Sendung ging, überbrachte man ihr im Vestibül die Nachricht, daß Dr. Hallam mehrere Stunden im Operationssaal beschäftigt sein würde, und sie hätte gern gewußt, ob das bedeutete, daß sie einen Organspender gefunden hatten, oder ob Peter inzwischen versuchte, den Patienten irgendwie am Leben zu erhalten. Sie fuhr allein im Taxi ins Hotel und stellte erstaunt fest, wie sehr er ihr fehlte. Sie nahm ein warmes Bad, starrte auf die Fliesenwand und bedauerte, daß sie ihm Fragen über Marie gestellt hatte. Als das Mädchen Peters Namen erwähnte, war Mel ihr Gesichtsausdruck aufgefallen – und er hatte in so vertrautem Ton mit Marie gesprochen. Dieser Eindruck nagte an Mel, und sie fragte sich, ob Peter die Situation richtig einschätzte. Sie war einfach erschöpft. Um halb zehn lag sie im Bett, schlief tief bis zum Weckruf am nächsten Morgen um fünf und war wie immer um halb sechs unten. An diesem Morgen sah Peter müde aus.

»Hallo!« Sie setzte sich rasch in den Wagen, und einen Augenblick lang wollte sie sich zu ihm beugen und ihm einen Kuß auf die Wange drücken, besann sich aber im letzten Moment. Sie suchte seine Augen und begriff sofort, daß etwas nicht stimmte. »Alles in Ordnung?« fragte sie.

»Mir geht es gut.«

Sie glaubte ihm nicht. »Was war gestern nacht?«

»Er ist gestorben.« Er ließ den Motor an, und Mel betrachtete Peters Profil. In seinen Augen lag ein harter, einsamer Ausdruck. »Wir taten unser Bestes, aber er war nicht mehr zu retten.« Plötzlich begriff Mel, was in ihm vorging.

»Sie müssen mich nicht überzeugen.« Ihre Stimme war sanft. »Ich weiß, wie sehr Sie sich bemüht haben.«

»Ja. Vielleicht muß ich mich selbst überzeugen.«

Sie berührte seinen Arm. »Peter ...«

»Es tut mir leid, Mel.« Er sah sie mit müdem Lächeln an, und sie hätte so gern etwas für ihn getan, doch sie wußte nicht was.

»Quälen Sie sich nicht selbst.«

»Ja« – dann: »Er hatte eine junge Frau und drei kleine Kinder.«

»Hören Sie auf, sich selbst Vorwürfe zu machen.«

»Wem denn sollte ich sie machen?« Er wandte sich ihr mit plötzlich aufwallendem Zorn zu.

»Sind Sie jemals auf die Idee gekommen, daß Sie nicht Gott sind? Daß Sie nicht dafür verantwortlich sind? Daß nicht Sie das Geschenk des Lebens verleihen?« Es waren harte Worte, aber sie sah, daß er zuhörte. »Es liegt nicht in Ihren Händen, so geschickt Sie auch sind.«

»Es wäre ein idealer Kandidat für eine Organverpflanzung gewesen, wenn wir einen Spender gehabt hätten.«

»Den hatten Sie aber nicht. Und es ist vorbei. Denken Sie nicht mehr daran.« Sie hielten auf dem Parkplatz des Krankenhauses, und er sah sie an.

»Sie haben recht, und ich weiß es. Ich sollte mich nach all den Jahren nicht mehr quälen, tue es aber immer wieder.« Er seufzte leise. »Haben Sie Zeit für eine Tasse Kaffee?« Ihre Anwesenheit hatte etwas Tröstendes, und er brauchte Trost.

Sie sah auf die Uhr und runzelte die Stirn. »Sicherlich. Ich muß mich nur melden. Wahrscheinlich gibt es nichts Neues.« Doch als sie hineinging, gab es etwas Neues. In drei Minuten sollte ein Bulletin gesendet werden. Der Zustand des Präsidenten war nicht mehr kritisch. Als die Nachricht verkündet wurde, ertönte im Vestibül Jubelgeschrei. Für die meisten Mitglieder der Presse bedeutete es, daß sie bald nach Haus reisen konnten und nicht mehr im Vestibül des Center-City-Krankenhauses kampieren mußten.

Mel ging auf Sendung, um dem Osten die Neuigkeit mitzuteilen, und Peter sah zu. Das ganze Land würde sich freuen, doch sie und Peter waren merkwürdig deprimiert. Ihre Blicke trafen sich, als sie ausgeblendet wurde.

»Müssen Sie jetzt nach Haus fliegen?« flüsterte er besorgt.

»Noch nicht. Ich habe soeben eine Nachricht erhalten. Ich soll heute ein Interview mit der First Lady machen, wenn ich es bekommen kann.« In diesem Augenblick piepste Peters Funkgerät, und er mußte sie verlassen.

Mel schickte eine Nachricht zur Frau des Präsidenten hinauf, die im Zimmer neben dem des Präsidenten geschlafen hatte. Wenig später kam die Antwort. Die First Lady würde Mel zu Mittag in einem Privatzimmer im dritten Stock ein Exklusiv-Interview gewähren, was jede Hoffnung auf einen Lunch mit Peter zunichte machte, aber das Interview verlief gut, und Mel war froh; an diesem Nachmittag wurde erneut ein hoffnungsvolles Bulletin herausgegeben. Der Präsident war über den Berg. Als Peter mit ihr am Abend zum Dinner fuhr, hatte sich die gespannte Atmosphäre wesentlich beruhigt.

»Wie war Ihr Tag?« Sie ließ sich auf den Sitz fallen und sah ihn lächelnd an. »Meiner hat mich beinahe umgebracht, aber die Lage wird allmählich besser.«

»Ich habe den ganzen Tag pausenlos gearbeitet. Marie läßt Sie grüßen.«

»Auch ich lasse sie grüßen.« Ihre Gedanken waren jedoch weit weg. Sie fragte sich, wann sie abreisen mußte. Es hieß, daß der Präsident in wenigen Tagen nach Washington ins Walter-Reed-Krankenhaus gebracht werden sollte, doch die First Lady hatte es nicht bestätigen können oder wollen.

»Worüber denken Sie nach, Mel?« Sie bemerkte, daß er weniger deprimiert aussah als am Morgen.

»Über zehntausend Dinge zugleich. Angeblich wird man den Präsidenten bald nach Washington verlegen. Glauben Sie, daß man ihm den Flug wirklich zumuten kann?«

»Im Augenblick wäre es riskant, aber wenn sein Zustand sich weiterhin bessert, wäre es möglich. Sie könnten die gesamte Ausrüstung, die sie brauchen, auf dem *Air Force One* unterbringen.« Die Neuigkeit bereitete ihm anscheinend keine Freude, Mel auch nicht, doch beim Dinner dachten sie nicht mehr daran; Peter erzählte lustige Geschichten von Matt, als er zwei oder drei Jahre alt gewesen war, und komische Episoden, die sich während seiner klinischen Ausbildung im Krankenhaus ereignet hatten. Sie waren so erschöpft, daß sie wie zwei alberne Kinder kicherten, und als er vor acht Uhr mit ihr zum Krankenhaus zurückfuhr, fiel es ihr schwer, die Nachrichten mit ernstem Gesicht zu bringen; erstaunlicherweise waren beide noch in gehobener Stimmung, als sie eine halbe Stunde später das Center-City-Krankenhaus verließen. Wenn sie beisammen waren, gab ihnen das Gefühl, das sie verband, Auftrieb und machte das Leben lebenswert.

»Wollen Sie auf einen Drink zu mir kommen?« Er wollte sie wirklich noch nicht verlassen, und plötzlich wurde ihm klar, daß sie vielleicht in wenigen Tagen fort sein würde. Er wollte jeden Augenblick ihrer Anwesenheit genießen.

»Ich glaube nicht, daß es vernünftig wäre. Meiner Ansicht nach würde es Ihre Kinder aus der Fassung bringen.«

»Und wer denkt an mich? Habe ich nicht das Recht, eine Freundin einzuladen?«

»Sicherlich, aber jemanden nach Haus mitzunehmen, kann ein folgenschwerer Entschluß sein. Wie würde Pam denn reagieren, wenn sie mich wiedersieht?«

»Sie wird ihre Einstellung einmal ändern müssen.«

»Sind die paar Tage eine solche Aufregung wirklich wert?« Mel war nicht dieser Ansicht. »Warum kommen Sie nicht lieber auf einen Drink in mein Hotel? Es ist häßlich wie die Sünde, aber die Bar sieht halbwegs annehmbar aus.« Keiner von ihnen hatte Lust, etwas zu trinken. Sie wollten nur beisammensitzen und stundenlang plaudern, bis sie nahe daran waren, vor Erschöpfung umzufallen.

»Wissen Sie, ich könnte die ganze Nacht mit Ihnen sprechen.« Er wunderte sich noch immer darüber, wie viele einander widersprechende Gefühle er für sie empfand, Verlangen, Achtung, Bewunderung, Angst, Abstand und alles gleichzeitig. Aber was immer das bedeutete, er konnte anscheinend nicht genug von ihr bekommen. Er war offensichtlich danach süchtig, daß er Mel Adams bei sich hatte. Er hing an der Angel und wußte nicht, was er jetzt anfangen sollte.

»Mir geht es genauso, und das Komische ist, daß wir einander kaum kennen und es mir vorkommt, als würde ich mit Ihnen seit Jahren befreundet sein.« Sie hatte sich noch nie so gern mit jemandem unterhalten, und es machte ihr ein wenig Angst, wenn sie darüber nachdachte. Es war ein Thema, über das keiner von ihnen sprach, an das aber beide dachten. Heute abend faßte sie Mut, als sie ihn über ihren zweiten Irish Coffee hinweg ansah. Das Getränk schien beide in Schwung zu bringen und gleichzeitig den Dingen die Schärfe zu nehmen, die Mischung von Kaffee und Whisky brachte das zuwege, und die berauschende Wirkung, die sie aufeinander hatten, verstärkte ihre Gefühle. »Wenn ich zurückfliege, werden Sie mir irrsinnig fehlen.«

Er sah sie eindringlich an. »Sie mir auch. Ich dachte heute morgen daran, als ich Sie ins Krankenhaus fuhr. Was Sie über den Patienten sagten, war sehr vernünftig. Sie holten gewissermaßen meinen Tag aus dem Graben und richteten mich wieder auf. Ich war im Begriff abzusacken. Es wird mir komisch vorkommen, wenn ich Sie nicht mehr jeden Morgen um sechs von Ihrem Hotel abholen werde.«

»Vielleicht werden Sie wieder ein bißchen Zeit für sich selbst finden und auch mit Ihren Kindern beisammensein können. Beschweren sie sich schon?«

»Sie scheinen von ihrem eigenen Leben in Anspruch genommen zu sein.«

»Wie die Zwillinge.« Sie sollten an diesem Abend aus Cape Cod zurückkommen. »Ich muß sie anrufen, sobald ich kann. Wenn ich aufwache, sind sie schon zur Schule gegangen, und wenn ich nach Haus komme, schlafen sie.«

»Sie werden bald zu Haus sein, Mel.« In seiner Stimme lag ein schmerzlicher Unterton, und sie antwortete eine Zeitlang nicht.

»Ich führe ein verrücktes Leben, Peter.« Sie sah ihm gerade in die Augen, als fragte sie ihn, was er davon halte.

»Aber es füllt Sie aus, nehme ich an. Wir scheinen beide pausenlos zu arbeiten, aber es ist nicht so schlimm, wenn einem gefällt, was man tut.«

»Dieser Ansicht war ich immer.« Sie griff über den Tisch nach seiner Hand. Das war die einzige Berührung, die sie sich jemals gestattet hatten, aber jetzt war es eine wohltuende Geste. »Ich danke Ihnen für alles, was Sie für mich getan haben, Peter.«

»Wofür? Daß ich Sie ein paarmal zum Krankenhaus und wieder zurück gefahren habe? Das ist kaum eine großartige Leistung.«

»Es war aber sehr nett.«

»Das war es auch für mich. Es wird seltsam sein, wenn Sie nicht mehr hier sind.«

Sie lachte. »Wahrscheinlich werde ich jeden Morgen um Viertel vor sechs vor meinem Haus in New York stehen und darauf warten, daß Sie mit Ihrem Mercedes um die Ecke biegen.«

»Ich wünschte...« Dann schwiegen sie, und die Rechnung kam. Er zahlte, und sie gingen langsam ins Vestibül. Es war spät, beide mußten am nächsten Morgen früh aufstehen, und als sie sich voneinander verabschiedeten, wünschte Melanie, daß sie es nicht tun müßten.

»Auf Wiedersehen bis morgen, Peter.« Er nickte und winkte, während sich die Fahrstuhltüren schlossen, dann fuhr er nach Haus und fragte sich, wie das Leben ohne Mel sein würde. Er wollte gar nicht daran denken, während er sich auskleidete. Mel stand lange in ihrem Hotelzimmer, starrte aus dem Fenster, dachte an Peter und die Dinge, die sie einander in den letzten Tagen gesagt hatten, und ohne Warnung überfiel sie das Bewußtsein ihrer Einsamkeit stärker denn je. Plötzlich wollte sie nicht zurück nach

New York. Aber das war verrückt. Sie hatte das gleiche bei ihrem ersten Aufenthalt in Los Angeles empfunden, nur war es diesmal stärker. An diesem Abend ging sie mit dem unangenehmen Gefühl zu Bett, daß Peter Hallam ihr näherstand, als ihr recht war. Doch wenn sie mit ihm zusammen war, dachte sie nicht daran. Sie unterhielt sich mit ihm so ungezwungen, als würde sie ihn seit Jahren kennen. Dieses Gefühl vermittelte er ihr jedesmal, wenn sie mit ihm beisammen war, und sie fragte sich einen Moment, ob er sich vielleicht ihr gegenüber genauso verhielt wie seinen Patienten. Sie schlief in dieser Nacht schlecht und war erleichtert, als sie ihn am nächsten Morgen sah. Sie schlüpfte rasch in seinen Wagen, und sie plauderten ungezwungen während der nun schon gewohnten Fahrt zum Krankenhaus, dann plötzlich wandte sich Peter ihr zu.

»Es ist so, als wären wir verheiratet, nicht wahr?«

Sie spürte, wie sie blaß wurde. »Was ist so?«

»Daß wir jeden Tag zusammen zur Arbeit fahren.« Er machte ein verlegenes Gesicht. »Ich muß Ihnen etwas gestehen. Ich mag Routine. Ich bin ein Gewohnheitsmensch.«

»Das bin ich auch.« Sie fühlte sich wieder besser. Einen Augenblick war sie erschrocken gewesen. Sie lehnte sich zurück und sah das Krankenhaus näher kommen. »Ich möchte wissen, welche Neuigkeiten mich erwarten.« Der Zustand des Präsidenten hatte sich weiter gebessert, und man wartete nur auf die Nachricht, daß er nach Washington verlegt würde.

Nichtsdestoweniger war sie bestürzt, als bekanntgegeben wurde, daß der Präsident schon am nächsten Tag mit einem Ärzteteam an Bord der *Air Force One* nach Washington fliegen würde, und hatte das Gefühl, daß ihr jemand einen Schlag in die Magengrube versetzt hatte. Sie stieß keuchend ein einziges Wort aus – ein kaum hörbares »Nein«. Aber es war wahr. Er reiste ab. Wieder herrschte im Vestibül Chaos. Bulletins wurden durchgegeben, Interviews mit Ärzten, Mel mußte ein dutzendmal in New York anrufen. Ihre Redaktion versuchte durchzusetzen, daß sie den Flug an Bord der *Air Force One* mitmachte, doch bisher war nur bekannt, daß sechs Mitglieder der Presse in das Flugzeug zugelassen würden. Mel betete stumm den ganzen Tag darum, nicht dabei zu sein, erhielt jedoch um fünf Uhr einen Anruf aus New York. Sie war eine der sechs Journalisten. Sie würden am nächsten Tag gegen zwölf Uhr mittag abfliegen. Sie sollte um neun Uhr im Krankenhaus sein und über sämtliche Vorbereitungen berichten. Als sie an diesem Abend Peter auf dem Parkplatz traf, sank sie in sich zusammen, sobald sie im Wagen saß.

»Was ist los, Mel?« Er sah sofort, daß etwas nicht stimmte. Er hatte selbst einen schweren Tag hinter sich, an dem er in einer vierstündigen Operation ein Plastikherz eingepflanzt hatte, was er anfänglich nicht hatte tun wollen. Aber in diesem speziellen Fall hatte es keine andere Lösung gegeben. Alle anderen Versuche waren fehlgeschlagen, und es war kein Organspender für eine Transplantation in Sicht. Er wußte aber, wie groß das Risiko einer Infektion war. Auch Marie hatte ihn heute vor einige Probleme gestellt. Davon erzählte er jedoch Mel nichts, als sie sich ihm mit unglücklichem Gesicht zuwandte.

»Ich reise morgen ab.«

»Verdammt.« Er starrte sie lange an, dann nickte er. »Wir wußten ja, daß Sie nicht ewig hierbleiben würden.« Er brauchte einige Minuten, bis er sich wieder gefaßt hatte, dann startete er den Motor. »Müssen Sie heute abend noch zurückkommen?«

Sie schüttelte den Kopf. »Ich habe bis neun Uhr früh frei.«

Daraufhin lächelte er unternehmungslustig. »Dann schlage ich Ihnen etwas vor: gehen Sie in Ihr Hotel, ruhen Sie sich eine Weile aus und kleiden Sie sich um, wenn Sie wollen, und wir gehen zum Abendessen in ein nettes Lokal. Was halten Sie davon?«

»Wunderbar. Sind Sie sicher, daß Sie nicht zu müde sind?« Sie merkte jetzt, daß er abgespannt aussah.

»Absolut. Ich würde mich freuen. Gehen wir wieder ins Bistro?«

»Ja. Der einzige Ort, zu dem ich nicht zurückkehren will, ist New York. Ist das nicht schrecklich?« Sie war jetzt eine Woche fort, hatte aber das Gefühl, daß es ein Jahr war, und plötzlich tauchte ihr Leben in New York vor ihr auf. Die Sechs- und die Elf-Uhr-Nachrichten, die Zwillinge, ihre tägliche Routine. Im Augenblick erschien ihr nichts davon begehrenswert, und sie war noch immer deprimiert, als sie nach oben ging, um sich umzuziehen. Ihre Stimmung besserte sich erst, als Peter sie um halb acht abholte. Er trug einen dunkelgrauen, doppelreihigen Flanellanzug, und sie fand, daß er noch nie so gut ausgesehen hatte. Sie hatte nur ein beiges Seidenkleid und eine schwere, cremefarbene Seidenjacke, die sie für die Sendung mitgenommen, aber noch nicht einmal ausgepackt hatte, dabei.

Sie sahen sehr vornehm aus, als sie das Bistro betraten. Der Oberkellner führte sie zu einem schönen Tisch. Peter bestellte Drinks, und der Kellner brachte die schwarze Tafel zu ihrem Tisch, auf der das Menü mit Kreide geschrieben stand. Mel war nicht hungrig. Sie wollte nur mit Peter sprechen und bei ihm sein, und im Lauf des Abends stellte sie mehrmals fest, daß sie sich an ihn klammern wollte. Schließlich bestellte er nach dem Schokoladensoufflé und dem Kaffee für beide Brandy und blickte sie traurig an.

»Es wäre schön, Mel, wenn Sie hierbleiben könnten.«

»Das wäre wirklich schön. Es klingt verrückt, aber es war eine wundervolle Woche, trotz all der harten Arbeit.«

»Sie werden wiederkommen.« Aber Gott allein wußte, wann. Sie war seit über einem Jahr nicht in Los Angeles gewesen, bevor sie den Auftrag bekommen hatte, ihn zu interviewen. Es war Zufall gewesen, daß sie dann so bald wiederkommen konnte.

»Wenn wir nur nicht so weit voneinander entfernt lebten«, sagte sie traurig wie ein kleines Mädchen, das sich von seiner besten Freundin trennen muß, und er legte ihr lächelnd den Arm um die Schultern.

»Sie sprechen mir aus dem Herzen.« Und dann: »Ich werde Sie anrufen.« Aber was dann?

Es war unmöglich, eine Antwort zu finden, sie lebten an entgegengesetzten Enden des Landes, mit Kindern, Häusern, Karrieren und Freunden. Nichts davon konnte man in einem Koffer verstauen und mitnehmen. Die Telefonanrufe und gelegentlichen Besuche mußten Mel und Peter genügen. Sich damit abzufinden, war fast mehr, als Mel ertragen konnte. Nach dem Dinner gingen sie den Rodeo Drive entlang.

»Warum sind unsere Leben nicht anders verlaufen, Peter?«

»Möchten Sie das wirklich?« Er schien überrascht. »Wie?«

»Wir könnten zumindest in derselben Stadt leben.«

»Da bin ich Ihrer Meinung. Aber sonst würde ich sagen, daß wir eigentlich Glück gehabt haben, weil wir einander kennenlernten. Es hat mein Leben bereichert.«

»Meines ebenfalls.« Ihre Hände schlossen sich fester umeinander, beide waren eine Weile in Gedanken versunken.

Er sah zu ihr hinunter, ohne ihre Hand loszulassen. »Es wird ohne Sie hier verdammt einsam sein.« Er hörte sich sprechen und konnte nicht glauben, daß er das gesagt hatte, aber er hatte es getan, und jetzt machte es ihm kaum noch Angst. Der Brandy half ihm, und eine Woche in ihrer Gesellschaft war wie ein Geschenk gewesen, das er nie erwartet hatte. Er hatte sich jeden Tag mehr in sie verliebt, und daß sie ihn jetzt verließ, stimmte ihn trauriger, als er erwartet hatte.

Schließlich kehrten sie langsam zu dem Wagen zurück, und er brachte sie zu ihrem Hotel. Dort blieben sie im Auto sitzen und blickten einander im Licht der Straßenlampen an. »Werde ich Sie morgen noch sehen, Mel?«

»Ich muß erst um neun dort sein.«

»Ich bin für sieben im Operationssaal angesagt. Um wieviel Uhr startet das Flugzeug des Präsidenten?«

»Um die Mittagszeit.«

»Dann müssen wir jetzt wohl Abschied nehmen.« Er beugte sich wortlos zu ihr, nahm ihr Gesicht in die Hände und küßte sie. Sie schloß die Augen und spürte, wie ihre Lippen mit den seinen verschmolzen. Sie fühlte sich leicht benommen, als er sie wieder ansah, und klammerte sich noch lange an ihn, dann blickte sie ihm in die Augen, ihre Finger betasteten sein Gesicht und dann seine Lippen, während er ihre Fingerspitzen küßte. »Sie werden mir sehr fehlen, Mel.«

»Mir geht es genauso.«

»Ich werde Sie anrufen.« Und wie sollte es weitergehen? Keiner von ihnen wußte eine Antwort auf diese Frage.

Ohne ein weiteres Wort zog er sie an sich und hielt sie lange fest, schließlich begleitete er sie ins Vestibül und küßte sie noch einmal, bevor sie im Fahrstuhl verschwand. Dann ging er gedankenverloren zu seinem Wagen und fuhr weg. Seit Anne von ihm gegangen war, lastete auf seinem Herzen ein schweres Gewicht. Er hatte vermeiden wollen, je wieder so verletzt zu werden. Es erschreckte ihn, daß Mel ihm so viel bedeutete.

15

Als Mel am nächsten Tag ins Krankenhaus kam, durfte sie mit einem Zwei-Mann-Kamerateam nach oben gehen und kurz mit der First Lady sprechen, während Vorbereitungen für den Transport des Präsidenten getroffen wurden. Es war geplant, daß er das Krankenhaus um zehn Uhr verlassen und am Internationalen Flughafen von Los Angeles kurz vor elf eintreffen würde, um so bald wie möglich abzufliegen. Dem Präsidenten ging es den Umständen entsprechend gut, aber seine Frau war offensichtlich in größter Sorge. Sein Zustand war stabil, aber es war schwer vorauszusagen, wie er den Flug vertragen würde. Dessenungeachtet wollte er nach Washington zurückkehren, und seine Ärzte waren damit einverstanden.

Mel beendete das Interview und wartete im Vestibül, bis der Präsident fünfundvierzig Minuten später auf einer Trage vorbeigefahren wurde. Er winkte den Schwestern und Technikern zu, lächelte tapfer und murmelte Grußworte, war aber noch immer totenblaß, dick verbunden, und in seinem Arm steckte eine Kanüle. Die Trage war von einem Schwarm von Geheimdienstmännern, Ärzten und Schwestern umgeben, die ihn auf dem Flug nach Washington begleiten würden. Mel folgte ihnen in respektvollem Abstand und fuhr mit einem anderen Fahrstuhl ins Erdgeschoß, wo sie sich der Handvoll sorgfältig gesiebter Reporter anschloß, die an Bord der *Air Force One* nach Osten fliegen würden. Für sie war eine eigene Limousine reserviert worden; als sie sie bestieg, warf sie einen Blick zum Center-City-Krankenhaus zurück. Sie hätte gern eine Botschaft für Peter beim Portier hinterlassen, bevor sie abfuhr, hatte aber weder Gelegenheit noch Zeit dazu gehabt, und kurz darauf jagten sie zum Flughafen.

»Wie finden Sie, daß er aussah?« fragte sie der Reporter neben ihr kurz und überprüfte einige Notizen, während er sich mit einer Hand eine Zigarette anzündete. Sie waren eine Gruppe abgebrühter Profis, dennoch lag ein leises Prickeln in der Luft. Es war für sie alle eine endlose Woche gewesen, und sie freuten sich darauf, nach Haus zu kommen und sich zu erholen. Die meisten von ihnen würden, gleich nachdem sie Washington erreicht hatten, nach Haus zurückkehren, und die Sendeanstalt hatte für Mel bereits einen Platz für den Flug nach New York um zehn Uhr am selben Abend gebucht. Man würde sie um elf im La Guardia abholen und nach Haus fahren. Sie hatte das unbestimmte Gefühl, von einem anderen Planeten zur Erde zurückzukehren. Sie war keineswegs sicher, ob sie sich auf zu Haus freute, und ihre Gedanken waren ganz bei Peter, sie dachte an seine Worte, sein Gesicht und seine Lippen.

»Hm?« Sie hatte die an sie gerichtete Frage des Reporters überhört.

»Ich fragte, wie er aussah.« Der ältere Reporter machte ein ärgerliches Gesicht, Mel kniff die Augen zusammen und rief sich das Bild des Präsidenten, wie er auf der Trage gelegen hatte, ins Gedächtnis.

»Miserabel. Aber er lebt.« Wenn auf dem Flug nach dem Osten nicht etwas Dramatisches passierte oder sich eine ernste Komplikation einstellte, würde er wahrscheinlich wieder gesund werden. Er hatte sehr viel Glück gehabt, das wurde bei den Sendungen immer wieder betont, dieses Attentat hätte weitaus schlimmer enden können.

Auf der Fahrt zum Flughafen gab es das unter Reportern übliche Gequatsche, unanständige Witze, Klatschgeschichten und alte Erlebnisse wurden zum besten gegeben. Keiner ließ sich je eine aktuelle Neuigkeit entreißen, aber dieser Flug war für sie alle nicht mehr so spannungsgeladen wie der nach Los Angeles. Mel überdachte die Woche vorher, und wie sie Peter kennengelernt hatte. Jetzt fragte sie sich, wann sie ihn wiedersehen würde. Sie konnte sich nicht vorstellen, daß sich in naher Zukunft noch eine solche Gelegenheit ergeben würde, und diese Erkenntnis deprimierte sie.

Der neben ihr sitzende Reporter sah sie an. »Es sieht ganz so aus, Mel, als wäre die letzte Woche für Sie zuviel gewesen.«

»Nein.« Sie schüttelte den Kopf und wandte den Blick ab. »Ich bin nur müde, nehme ich an.«

»Wem von uns geht es anders?«

Eine halbe Stunde später gingen die Journalisten an Bord des Flugzeugs und nahmen im Passagierabteil Platz. Für den Präsidenten war vorne eine Art Krankenzimmer eingerichtet worden, dem sich keiner von ihnen nähern durfte. Während des Fluges kam jede

Stunde der Pressesprecher zu ihnen und verlas ein Bulletin über den Gesundheitszustand des Präsidenten; es war für alle ein ereignisloser Flug; sie erreichten Washington in viereinhalb Stunden, eine Stunde später war der Präsident im Walter-Reed-Krankenhaus untergebracht, und plötzlich wurde Mel klar, daß ihre Aufgabe damit beendet war. Der Washington-Korrespondent der Sendergruppe hatte sie auf dem Flughafen erwartet, und nachdem sie zusammen mit den anderen Berichterstattern, die aus Los Angeles gekommen waren, den Präsidenten zum Krankenhaus begleitet und dann noch einmal kurz die First Lady gesehen hatte, ging sie hinaus zu der auf sie wartenden Limousine und fuhr wieder zum Flughafen. Sie hatte eine Stunde Zeit bis zu ihrem Abflug nach New York; als sie sich in der Wartehalle hinsetzte, fühlte sie sich wie in Trance. Allmählich erschien ihr die vergangene Woche unwirklich wie ein Traum, sie fragte sich, ob sie Peter und die Zeit, die sie mit ihm verbracht hatte, nur in ihrer Vorstellung erlebt hatte.

Langsam ging sie zu einer Telefonzelle bei dem nächsten Gate, steckte ein Zehncentstück in den Schlitz und meldete ein R-Gespräch nach Haus an. Jessie meldete sich, und einen Moment traten Mel Tränen in die Augen; erst jetzt merkte sie, wie übermüdet sie war.

»Hallo, Jess.«

»Hallo, Mom, bist du in New York?« Sie klang wieder wie in ihrer Kinderzeit, in ihrer Stimme schwang Aufregung mit.

»Beinahe, Liebling. Ich bin auf dem Flughafen in Washington. Ich müßte gegen halb zwölf zu Haus sein. Mein Gott, es kommt mir so vor, als wäre ich ein Jahr weggewesen.«

»Wir haben dich ganz schlimm vermißt.« Sie machte ihrer Mutter nicht einmal Vorwürfe, weil sie nicht angerufen hatte. Sie wußte, wie unmöglich ihr Zeitplan gewesen war. »Geht es dir gut?«

»Ich bin am Boden zerstört. Ich kann es nicht erwarten, nach Haus zu kommen. Aber bleibt nicht auf. Ich werde mich ins Haus schleichen und gleich ins Bett fallen.« Es war nicht nur die Müdigkeit, die jetzt immer stärker wurde. Sie wurde sehr traurig, als ihr bewußt wurde, wie weit weg sie von Peter war. Das war zwar reichlich albern, aber anscheinend konnte sie ihre Gefühle nicht mehr unter Kontrolle halten.

»Machst du Witze?« Jess war richtig empört. »Wir haben dich

eine Woche lang nicht gesehen! Natürlich warten wir auf dich. Wenn wir müssen, werden wir dich ins Schlafzimmer tragen.«

Mel lächelte unter Tränen ins Telefon. »Ich liebe dich, Jess. Wie geht es Val?«

»Gut. Du hast uns beiden gefehlt.«

»Ihr mir noch mehr, mein Liebling.« In Kalifornien hatte sie sehr viel Wichtiges erlebt. Jetzt mußte sie über vieles nachdenken und sich über manches Klarheit verschaffen, und die einzigen Menschen, die sie jetzt um sich haben oder mit denen sie sprechen wollte, waren ihre Zwillinge.

Als sie zu Haus ankam, erwarteten sie sie im Wohnzimmer, umarmten sie nacheinander voll Freude, sie wieder bei sich zu haben; als Mel sich so umsah, empfand sie beim Anblick des Hauses und ihrer Kinder ein Glücksgefühl wie nie zuvor.

»Mein Gott, Kinder, ist es schön, wieder zu Haus zu sein!« Doch eine leise Stimme in ihr widersprach. Eine leise Stimme in ihr sagte, daß sie eigentlich lieber in fünftausend Kilometer Entfernung mit Peter zu Abend essen wollte. Aber das lag jetzt alles weit hinter ihr, und sie mußte es vergessen, zumindest für den Augenblick.

»Es muß schrecklich gewesen sein, Mom. Nach den Nachrichten im Fernsehen hatten wir den Eindruck, daß du nie aus dem Vestibül des Krankenhauses hinausgekommen bist.«

»Beinahe nicht, außer für ein paar Stunden Schlaf dann und wann...« Und die Zeit, die sie mit Peter verbracht hatte... Sie schaute ihre Töchter an, fast erwartete sie, daß ihnen eine Veränderung an ihr auffallen würde. Aber das war kaum möglich. Ihr Äußeres hatte sich nicht verändert, nur ihre Gefühle waren anders geworden, und die verbarg sie sorgfältig. »Habt ihr beiden euch die ganze Woche anständig aufgeführt?« Val brachte ihr eine Coca-Cola, und sie lächelte ihr dankbar zu. »Danke, Liebling.« Dann grinste sie. »Hast du dich inzwischen wieder einmal verliebt, kontaktfreudige junge Dame?«

»Noch nicht.« Sie lachte. »Aber bald ist es wieder soweit.« Mel verdrehte die Augen, dann plauderten sie lange, so daß es ein Uhr morgens war, als sie alle schlafen gingen. Sie gaben ihrer Mutter vor ihrem Schlafzimmer einen Gutenachtkuß und gingen ein Stockwerk höher in ihre Zimmer, während Mel ihre Reisetasche auspackte und duschte; als sie wieder auf die Uhr sah, war es schon zwei Uhr morgens ... elf Uhr an der Westküste ... plötzlich war sie sehr neugierig, wo Peter eben war und was er im Augenblick machte. Sie fühlte sich total zerrissen. Das Leben würde kompliziert werden, zumindest im Augenblick, und sie mußte noch herausfinden, welchen Stellenwert das alles für sie hatte ... was Peter Hallam ihr bedeutete ... doch insgeheim wußte sie genau, was sie fühlte.

16

Am nächsten Tag rief Grant sie knapp vor zwölf Uhr mittags an und weckte sie; sie wälzte sich im Bett auf die andere Seite und blickte in den strahlend sonnigen Junitag hinaus.

»Willkommen daheim, altes Mädchen. Wie war es in Los Angeles?«

»Ach, reizend.« Sie streckte sich. »Ich habe mich die ganze Zeit am Swimming-pool geräkelt und Sonne und frische Luft getankt.« Beide lachten, sie wußten, was für eine Hetzjagd sie hinter sich hatte. »Wie ist es dir ergangen?«

»Streß, Tohuwabohu, das Übliche. Und dir?«

»Was meinst du, wenn dort drüben der Teufel los ist?«

»Du mußt todmüde sein.« Aber sie klang nicht übel.

»Du hast recht. Ich bin bereits tot.«

»Kommst du heute ins Büro?«

»Am Abend, für die Sechs-Uhr-Nachrichten. Ich glaube, früher schaffe ich es nicht.«

»Das müßte reichen. Ich werde nach dir Ausschau halten. Du hast mir gefehlt, Kleines. Wirst du Zeit für einen Drink haben?«

Zeit, ja, aber keine Lust. Sie wollte allein sein, um mit sich selbst ins reine zu kommen. Sie sah keine Veranlassung, Grant im gegenwärtigen Stadium etwas über Peter zu erzählen. »Nicht heute abend, mein Lieber. Vielleicht nächste Woche.«

»Okay. Bis später, Mel.«

Sie stieg aus dem Bett, streckte sich und dachte an Grant. Sie hatte Glück, einen Freund wie ihn zu haben, und gerade als sie ins

Badezimmer ging, um zu duschen, hörte sie das Telefon klingeln; ob er wohl etwas vergessen hatte? Nicht viele Leute riefen sie zur Mittagszeit zu Haus an, und dazu wußte noch kaum jemand, daß sie zurück war. Das würde erst bekannt werden, wenn sie heute abend wieder auf dem Bildschirm erschien. Mel, die nackt vor dem Schreibtisch stand und auf den Garten hinter dem Haus blickte, nahm den Hörer mit gerunzelter Stirn ab. »Hallo?«

»Hallo, Mel.« Die Stimme klang etwas nervös, doch als sie sie erkannte, tat ihr Herz einen riesigen Sprung. Es war Peter, sie hörte das bei einem Ferngespräch typische Summen. »Ich war nicht sicher, ob Sie zu Haus sein würden, und ich habe auch nur ein paar Minuten Zeit, aber ich wollte es doch versuchen. Sind Sie gut nach Haus gekommen?«

»Ja ... sehr gut ...« Die Worte gingen ihr nicht glatt von den Lippen, und sie schloß die Augen, während sie ihm zuhörte.

»Wir haben heute zwischen den Operationen eine kleine Pause eingelegt, und ich wollte Ihnen nur sagen, wie sehr Sie mir fehlen.« Dieser kleine Satz ließ ihr Herz kurzzeitig aussetzen, daher antwortete sie nicht sofort. »Mel?«

»Ja ... ich dachte nur nach ...« Dann ließ sie alle Vorsicht fahren und setzte sich mit einem Seufzer an den Schreibtisch. »Sie fehlen mir auch. Sie bringen mein Leben ganz schön durcheinander, Doktor.«

»Ich?« Es klang erleichtert. Er selbst war auch ziemlich verwirrt und hatte in der letzten Nacht kaum ein Auge zugemacht, aber nicht gewagt anzurufen, um sie nicht aufzuwecken. Er wußte, wie erschöpft sie gewesen war, als sie abreiste. »Ist Ihnen klar, wie verrückt wir sind, Peter? Gott weiß, wann wir einander wiedersehen werden, und wir verlieben uns ineinander wie zwei Teenager.« Aber sie strahlte wieder vor Glück, während sie sich unterhielten. Sie hatte sich danach gesehnt, seine Stimme zu hören.

Er lachte über ihre Ausdrucksweise. »Stimmt das? Verliebt? Ich möchte es genau wissen.«

»Was glauben Sie?« Sie war nicht sicher, was sie von ihm hören wollte, und hatte ein bißchen Angst, wie seine Reaktion ausfallen würde. Sie konnte ihm noch keine ernsthafte Liebeserklärung machen, und er war auch noch nicht soweit. Sie hatte sich noch in der Hand. Doch das Schlimmste daran war, daß sie nicht einmal wußte, ob sie das überhaupt noch wollte.

»Ich glaube, das ist so ziemlich die richtige Formulierung, Mel. Ich bin in Sie verliebt, das sagt man doch in diesem Fall?« Beide lachten, und Mel fühlte sich wieder wie ein Backfisch. Er übte jedesmal die gleiche Wirkung auf sie aus. »Übrigens, wie geht es den Zwillingen?«

»Gut. Und Ihrer Rasselbande?«

»Es geht. Matthew beklagte sich gestern abend, daß er mich nie zu Gesicht bekommt. Wir werden dieses Wochenende angeln fahren oder ein Picknick machen, wenn ich mich freimachen kann. Aber es hängt davon ab, wie die heutige Operation verläuft.«

»Was ist es denn?«

»Ein dreifacher Bypass, aber es sollte eigentlich keine Komplikationen geben.« Dann sah er auf die Uhr in seinem winzigen Büro, aus dem er anrief. »Übrigens, ich muß zurückgehen und meine Hände schrubben. Ich werde dabei an Sie denken, Mel.«

»Besser nicht. Denken Sie lieber an Ihren Patienten. Vielleicht sollte ich von nun an die Nachrichten mit ›Gute Nacht, Peter, wo immer Sie sich aufhalten‹ abschließen.«

»Sie wissen doch, wo ich bin.« Seine Stimme klang so sanft, daß es beinahe schmerzte.

»Ja. Fünftausend Kilometer weit weg.«

»Warum kommen Sie nicht auf ein Wochenende herüber?«

»Sind Sie verrückt? Ich bin eben erst hier angekommen.« Aber die Idee gefiel ihr, so unmöglich ihre Ausführung auch war.

»Das war etwas anderes, Sie haben hier gearbeitet. Nehmen Sie sich ein paar Tage frei und kommen Sie zu Besuch hierher.«

»Einfach so?«

»Sicherlich. Warum nicht?« Aber sie hatte den Verdacht, daß es sie beide erschrecken würde, wenn sie etwas dergleichen unternähme, und sie war auch nicht bereit, ihm einen so großen Schritt entgegenzugehen.

»Vielleicht ist es neu für Sie, Dr. Hallam, aber ich lebe hier und habe zwei Kinder.«

»Und Sie nehmen jedes Jahr den Juli und den August frei. Das haben Sie mir selbst erzählt. Schicken Sie die Mädchen nach Disneyland oder sonst wohin.«

»Warum besuchen Sie uns nicht in Marthas Vineyard?« Sie trieben ein Spiel miteinander und wußten es beide, aber es gefiel ihnen.

»Zuerst, meine Liebe, muß ich meinen dreifachen Bypass hinkriegen.«

»Viel Glück; und danke für den Anruf.«

»Ich werde Sie später noch mal anrufen, Mel. Sind Sie heute abend zu Haus?«

»Ich werde zwischen den Nachrichtensendungen zu Haus sein.«

»Ich melde mich.« Er hielt Wort, und wieder tat ihr Herz einen kleinen Sprung. Sie hatte soeben mit den Mädchen zu Abend gegessen, und er war gerade vom Büro nach Haus gekommen. Sein Anruf versetzte sie in Nervosität, bis sie zu den Elf-Uhr-Nachrichten wegfuhr, und sie schalt sich wegen ihrer lächerlichen Reaktion. Sie zwang sich mit Gewalt, nur an die Sendung zu denken, und während sie die Nachrichten sprach, blieb sie konzentriert, bis sie ausgeblendet wurde, aber als sie mit Grant vor seinem Studio zusammentraf, sah sie vollkommen zerstreut aus.

»Hallo, Mel. Stimmt etwas nicht?« Seine Sendung begann in fünfzehn Minuten, und sie hatten nicht viel Zeit, miteinander zu sprechen.

»Nein. Warum?«

»Du siehst ganz eigenartig aus. Fühlst du dich nicht wohl?«

»Doch. Bestens.« Aber in ihren Augen lag ein träumerischer Blick, und er spürte, daß sie mit ihren Gedanken weit weg war. Dann ging ihm plötzlich ein Licht auf. Er hatte schon früher einen solchen Ausdruck in ihren Augen wahrgenommen, doch damals hatte sie nicht so mitgenommen ausgesehen wie jetzt. Er hätte gern gewußt, um wen es sich handelte, und konnte sich nicht vorstellen, wann sie dazu Zeit gefunden hatte – oder wo. In New York oder Los Angeles? Er war erstaunt, und Mel machte den Eindruck, als lebe sie in einer anderen Welt.

»Am besten ist, du fährst nach Haus und legst dich schlafen, Kleines. Du siehst aus, als wärst du noch halb benommen.«

»Ich glaube, du hast recht.« Sie blickte ihm nach, als er ins Studio ging, dann machte sie sich auf den Weg. Sie war sich bewußt, daß sie Peters Anrufe über das normale Maß hinaus beschäftigten. Wie in aller Welt sollte sie sich da auf ihre Arbeit konzentrieren? Sie konnte keinen vernünftigen Gedanken fassen.

Sie fuhr mit einem Taxi nach Haus. Die Mädchen waren schon zu Bett gegangen; Raquel hatte sich zum Ausgleich für die Mehrarbeit in der letzten Woche ein paar Tage freigenommen; Mel streckte sich auf der Couch im Wohnzimmer aus und grübelte. Sie erwog Peters Vorschlag, nach Los Angeles zu kommen, aber ein solches Unternehmen wäre verrückt. Das einzig Vernünftige war, die nächsten paar Wochen in New York zu bleiben und dann wie jedes Jahr nach Marthas Vineyard zu fahren. Vielleicht konnte sie dort einen klaren Kopf bekommen. Dort würde sie in der Sonne, am Meer und bei dem völlig unbeschwerten Leben, das sie in den Ferien führte, ihre Ausgeglichenheit wiederfinden.

17

»Seid ihr alle soweit?« rief Melanie aus der Vorhalle im Erdgeschoß nach oben und blickte sich ein letztesmal um. Sie schloß das Haus in New York für den Sommer, die zwei großen Koffer standen schon in der Halle, ebenso drei Tennisschläger, zwei große Strohhüte, die den Mädchen gehörten – Mel hatte ihren aufgesetzt –, und Raquels kleiner grüner Kunstlederkoffer. Sie fuhr jedes Jahr für sechs Wochen mit ihnen weg, nahm sich die letzten zwei Wochen frei und kehrte nach New York zurück, um allein Urlaub zu machen. »Kommt schon, alle miteinander! Wir müssen in einer halben Stunde auf dem Flughafen sein!« Sie fuhren nur zum La Guardia und mußten sich also noch nicht so sehr beeilen.

Wie jedes Jahr herrschte eine wunderbar gehobene Stimmung bei ihrer Abreise, und Mel fühlte sich immer wieder wie ein junges Mädchen, wenn sie nach Marthas Vineyard flogen. Sie hatte sich bei den Nachrichten am Abend zuvor von den Zuschauern verabschiedet, und Grant war nach seiner Show mit ihr auf einen Drink gegangen, um ihre vorübergehende Freiheit zu feiern; beide waren entspannt, aber er hatte an ihren Augen erkannt, daß ihre

Gedanken abschweiften, und sie wirkte auch in letzter Zeit müde und nervös. Sie hatte viele Stunden in der Sendestation gearbeitet, den Bericht über den Herzchirurgen in Kalifornien und zwei große Interviews sowie ein Feature fertiggestellt, bevor sie in Urlaub ging, damit man diese Beiträge während des Sommers senden konnte. Sie war wie immer sehr konzentriert, und es schien sie mehr angestrengt zu haben als sonst, aber Grant hegte den Verdacht, daß die Ursache dafür die gefühlsmäßige Verwirrung war, in der sie sich befand, obwohl er noch immer nichts Näheres darüber wußte. Peter rief sie nach wie vor jeden Tag an, und Melanie hatte noch immer keine Ahnung, wie sich ihre Beziehung entwickeln würde, wenn man überhaupt für die Zukunft planen konnte. In letzter Zeit hatte sie sich auch Sorgen wegen ihres Vertrags gemacht, der im Oktober erneuert werden mußte. Es gab eine Menge politisch bedingter, personeller Veränderungen in der Station, es wurde auch von einem Wechsel der Sendeleitung gemunkelt, und Gott allein wußte, was das für Auswirkungen haben würde. Doch Grant versicherte ihr, als sie gemeinsam ausgingen, daß sie sich deswegen absolut keine Sorgen machen müsse, und Peter war derselben Meinung, als sie ihm ihre Bedenken mitteilte. Dennoch belastete es sie, und nun konnte sie das alles für zwei Monate abschütteln und vergessen. Sie würde weder an ihre Arbeit noch an Peter oder Grant denken. Sie reiste mit ihren Töchtern nach Marthas Vineyard, um sich zu entspannen. Aber nun sollten sie sich doch beeilen, sagte sie sich, während sie mit Raquel in der Vorhalle wartete; endlich polterten die Kinder mit verschiedenen Spielen, Büchern und Taschen in den Armen die Treppe herunter. Valerie trug einen riesigen Teddybär im Arm.

»Val... um Himmels willen...«

»Ich muß, Mom. Josh hat ihn mir vorige Woche geschenkt, und seine Eltern haben ein Haus in Chappaquiddick, er wird zu uns herüberkommen und uns besuchen, und wenn ich nicht...«

»Schon gut, schon gut. Nehmt bitte euren ganzen Kram zusammen, wir müssen uns endlich in ein Taxi setzen und zum Flughafen fahren, sonst werden wir nie ankommen.« Es war immer chaotisch, mit den Mädchen auf eine Reise zu gehen. Aber der Taxifahrer brachte tatsächlich alles im Gepäckraum des Wagens unter. Sie fuhren endlich ab, Mel und die Mädchen auf dem Rücksitz, Val mit dem riesigen Teddybären im Arm, und Raquel saß vorne beim Fahrer von den Hüten und den Tennisschlägern eingekeilt. Während sie zum La-Guardia-Flughafen rasten, ging Mel im Geist eine lange Liste durch und vergewisserte sich, daß sie die Gartentür abgesperrt, alle Fenster verschlossen, die Glocke der Alarmanlage eingeschaltet, das Gas abgedreht hatte... immer hatte sie das unangenehme Gefühl, etwas vergessen zu haben. Aber als sie an Bord des Flugzeugs gingen, waren die vier glänzender Laune, und als sie abhoben, empfand Mel eine Erleichterung wie seit Wochen nicht, als hätte sie ihre verwirrten Gefühle in New York zurückgelassen und würde in Marthas Vineyard Frieden und Ruhe finden.

Peter hatte sie täglich ein-, manchmal sogar zweimal angerufen, und so sehr sie diese Gespräche genoß, beunruhigten sie sie auch. Was war der eigentliche Grund seiner Anrufe? Wann würden sie einander wiedersehen? Und schließlich, was für einen Sinn hatte es? Er bekannte, gleichermaßen beunruhigt zu sein wie sie, aber sie brachten es jeder für sich nicht fertig, den einmal eingeschlagenen Pfad zu verlassen, der sie zu einem unsichtbaren Ziel führte, das sie beide in Unruhe versetzte und das sie nicht zu erwähnen wagten. Sie blieben bei unverfänglichen Themen, nur dann und wann gaben sie zu, wie sehr sie einander fehlten. Aber warum, fragte sich Mel nur allzuoft, warum fehlt er mir? Die präzise Antwort darauf wußte sie noch immer nicht und wollte sie auch nicht wissen.

»Glaubst du, Mom, daß mein Fahrrad noch fahrbereit oder schon verrostet ist?«

Valerie starrte ins Leere, drückte den Teddy an sich und sah vollkommen glücklich aus, weil ein Mann auf der anderen Seite des Mittelgangs sie mit den Augen verschlang. Mel war nur froh, daß sie ihr nicht erlaubt hatte, die kurzen, blauen, französischen Shorts zu tragen, die sie zum Frühstück angehabt hatte. Sie hatte sie unbedingt auf dem Flug tragen wollen.

»Ich weiß nicht, Liebling. Wir werden alles sehen, wenn wir hinkommen.« Die Frau, von der sie jedes Jahr das Haus mieteten, erlaubte ihnen, ein paar Gegenstände im Keller zu deponieren.

In Boston nahmen sie einen Leihwagen und fuhren nach Woods

Hole, dort setzten sie mit der Fähre zum Vineyard Haven über. Die Fahrt mit der Fähre war jener Teil der Reise, der ihnen allen am besten gefiel. Sie vermittelte einem den Eindruck, daß man die Alltagswelt weit hinter sich ließ und damit auch alle Verantwortung los war. Melanie stand einige Minuten allein an der Reling, ließ ihr Haar im Wind fliegen – seit Monaten hatte sie sich nicht mehr so frei gefühlt. Plötzlich wurde ihr klar, wie dringend sie einen Urlaub gebraucht hatte. Sie genoß die wenigen Momente des Alleinseins, bevor die Mädchen sie aufstöberten. Die beiden hatten Raquel, die in ein Gespräch mit einem Mann auf dem unteren Deck vertieft war, verlassen, und als die Haushälterin dann wieder zu ihnen stieß, neckten sie sie. Mel mußte plötzlich lachen, als sie an Peters Mrs. Hahn dachte, sie konnte sich kaum vorstellen, daß jemand sie neckte und schon gar nicht, daß sie auf einer Fähre mit einem Mann flirtete. Aber die Zwillinge liebten Raquel trotz ihrer unabhängigen Art, und Mel freute sich, weil Jess sie einmal umarmte, bevor sie an Land gingen. Sogar Raquel lächelte. Der Vineyard war für sie alle ein Zufluchtsort, und als sie das vertraute Haus in Chilmark erreichten, liefen die Mädchen gleich barfuß hinunter zum Strand und jagten hintereinander her, so weit sie konnten, während Mel ihnen dabei belustigt zusah.

Wie jedes Jahr machte es großen Spaß, sich einzurichten, und als es Abend wurde, sahen alle vier aus, als wohnten sie schon einen Monat hier, und sie fühlten sich auch so. Sie hatten durch die wenigen Stunden, die sie am Nachmittag am Strand verbracht hatten, rosige Wangen bekommen, sie hatten ausgepackt, und der Teddybär saß im Schaukelstuhl in Vals Zimmer. Das Haus war äußerst behaglich eingerichtet, aber durchaus nicht elegant. Es sah aus wie ein Haus aus Großmutters Zeiten, mit einer Veranda, einem Schaukelstuhl aus Rohr und mit geblümtem Chintz in allen Räumen. Zuerst herrschte in den Zimmern immer ein muffiger Geruch, den sie nach einigen Tagen nicht mehr bemerkten. Er gehörte einfach zu Chilmark. Die Mädchen waren schon als kleine Kinder hergekommen, und wie Mel Peter erklärte, als er am Abend anrief, betrachteten sie Chilmark als ihr Heim.

»Es gefällt ihnen hier, und mir auch.«

»Es klingt sehr nach New England, Mel.« Er versuchte sich nach ihrer Beschreibung ein Bild von ihrem Leben dort zu machen.

Lange Strände, weißer Sand, alles ganz zwanglos, Shorts, Sweatshirts, bloße Füße, eine Reihe von Intellektuellen, die von Zeit zu Zeit zu Hummerdinners und Muschelsuppen zusammenkamen. »Wir fahren jedes Jahr in die Berge, nach Aspen.« Das war allerdings ganz anders als Marthas Vineyard, klang aber auch einladend, als er es beschrieb. »Warum kommen Sie nicht einmal hin und bringen die Mädchen mit? Wir sind während der ersten zehn Augusttage dort.«

»Sie könnten die beiden nicht für eine Million Dollar oder eine Verabredung mit ihrem bevorzugten Rockstar von hier weglokken. Das heißt...« Sie dachte über ihre letzten Worte noch einmal nach, und sie lachten beide. Sie hielten über Telefon eine ungezwungene Verbindung aufrecht, die aber zeitweise unwirklich erschien. Sie waren nur noch körperlose Stimmen, die Abend für Abend per Telefon zusammen –, aber einander nie näherkamen.

»Ich nehme an, daß ich Sie auch nicht weglocken könnte.«

»Das stimmt.« Es folgte eine unerwartete Stille, und Mel lauschte, sie hätte zu gern gewußt, was er dachte, doch als er wieder sprach, klang es, als wollte er sie nur aufziehen.

»Das ist wirklich schade.«

»Was ist schade?« Es klang unbestimmt, und sie war nach dem Abendessen wunderbar entspannt. Sie wollte am Telefon keine Spielchen treiben, er jedoch war offensichtlich dazu aufgelegt.

»Daß Sie von dort nicht wegwollen.«

»Warum?« Ihr Herz begann unruhig zu klopfen. Er machte sie merkwürdig nervös.

»Weil ich aufgefordert wurde, zu einer Konferenz nach New York zu kommen, um vor einer Gruppe von Chirurgen von der Ostküste zu sprechen. Sie werden sich im Columbia Presbyterian versammeln.« Einen Moment lang antwortete sie nicht und hielt den Atem an, dann sprach sie rasch.

»Wirklich? Und Sie haben angenommen?«

»Ich könnte es auf alle Fälle einrichten. Normalerweise würde ich ablehnen, vor allem zu dieser Jahreszeit. New York im Juli ist kein Vergnügen, aber ich dachte, vielleicht unter gewissen Umständen...« Er errötete, und Mel schnappte nach Luft.

»Peter! Sie kommen?«

Er lachte leise, belustigt über ihr beiderseitiges Verhalten. Sie waren wirklich wie zwei Kinder. »Heute nachmittag um drei habe ich ihnen zugesagt. Was ist jetzt mit Ihnen und Marthas Vineyard?«

»Verdammt« – sie sah sich lachend im Zimmer um –, »wir sind gerade erst angekommen.«

Er fragte sofort: »Wäre es Ihnen lieber, wenn ich nicht käme? Ich kann noch absagen.«

»Um Himmels willen, seien Sie nicht komisch. Wie lange, glauben Sie, kann das noch so weitergehen? Daß wir einander zweimal täglich anrufen und nie zusammenkommen?« Es war erst dreieinhalb Wochen her, daß sie Kalifornien verlassen hatte, aber es schien beiden eher wie drei Jahre, und sie mußten sich wieder einmal treffen, um sich wenigstens über einige ihrer Gefühle klar zu werden.

»Das dachte ich mir auch. Also …«

»Wann kommen Sie an?«

»Nächsten Dienstag.« Dann fügte er leise hinzu: »Ich wünschte, es wäre schon morgen.«

»Ich auch.« Ihr Gesicht wurde ernst. Dann stieß sie einen Pfiff aus. »Das ist ja schon in sechs Tagen.«

»Ich weiß.« Er grinste aufgeregt wie ein Schuljunge. »Man hat für mich ein Zimmer im Plaza reserviert.« Doch während er sprach, kam Mel eine Idee. Sie zögerte, sie auszusprechen, weil sie befürchtete, daß die Situation für beide peinlich werden könnte, aber wenn sie die richtige Einstellung zueinander fanden, konnte es gutgehen.

»Warum wohnen Sie nicht in meinem Haus? Die Mädchen werden nicht dort sein, und Sie könnten ein ganzes Stockwerk für sich allein haben. Es wäre viel behaglicher für Sie als im Hotel.«

Er schwieg einen Augenblick und überlegte jedes Für und Wider – wie sie, bevor sie das Angebot gemacht hatte. Daß sie unter einem Dach wohnten, konnte unter Umständen Komplikationen mit sich bringen, und es beinhaltete eine gewisse Verpflichtung … aber in getrennten Stockwerken … »Es würde Ihnen nichts ausmachen? Es wäre angenehmer, aber ich möchte Ihnen nicht zur Last fallen oder …« Er geriet ins Stottern, sie lachte und streckte sich auf dem Bett aus, ohne den Hörer vom Ohr zu nehmen.

»Es beunruhigt mich wahrscheinlich ebenso wie Sie, aber, zum

Teufel, wir sind doch erwachsen und können mit Unvorhergesehenem fertigwerden.«

»Können wir?« Er war sich nicht so sicher. »Und Sie können die Mädchen allein lassen?«

»Nein, aber Raquel ist bei ihnen, da gibt es keine Schwierigkeiten.« Plötzlich geriet sie aus dem Häuschen, weil er kommen wollte. »Ach Peter, ich kann es kaum erwarten!«

»Ich auch nicht.«

Die nächsten sechs Tage zogen sich für beide unerträglich in die Länge. Sie unterhielten sich zwei- und dreimal am Tag per Telefon miteinander, und Raquel begriff schließlich, daß die Anrufe für Mel wichtig waren, aber die Mädchen schienen nichts davon zu bemerken. Am Sonntagabend erwähnte Mel nebenbei, daß sie für ein paar Tage nach New York fahren müsse, sie würde am Dienstagmorgen abreisen; die Ankündigung wurde mit langen Gesichtern und erstaunten Blicken aufgenommen. Sie war noch nie aus irgendeinem Grund während der Ferien weggefahren, außer damals, als Jess sich den Arm gebrochen hatte und Mel wollte, daß sie sich von einem Orthopäden in New York den Gips anlegen ließ. Aber sie waren nur zwei Tage weggeblieben, und es war aus einem wichtigen Grund geschehen. Diesmal sagte Mel, sie würde Freitag nachmittag zurückkommen, das bedeutete, daß sie vier Tage wegblieb. Sie konnten kaum glauben, daß sie wirklich nach New York wollte, aber sie erklärte, es gebe ein Problem bei einer ihrer in Arbeit befindlichen Features, sie müsse hinfahren und beim Schnitt dabeisein. Die Mädchen rätselten noch immer herum, als sie am Abend zum Strand gingen, um einige Freunde zu treffen und ein Lagerfeuer zu machen, aber Raquel sah Mel verschwörerisch an, als sie den Tisch abräumte.

»Diesmal ist es ernst, wie?«

Mel wich ihrem Blick aus und trug einen Stoß Teller in die Küche. »Was denn?«

»Mich können Sie nicht hinters Licht führen. Sie haben einen neuen Mann.«

»Das ist nicht wahr. Mit dem Mann, den Sie meinen, habe ich nur ein Interview gemacht.« Sie konnte Raquel dabei nicht in die Augen sehen, und sie wußte, daß sie sie auch mit dem größten Aufwand an Worten nicht überzeugen konnte. »Geben Sie nur acht auf die Mädchen, während ich fort bin, insbesondere auf Val. Ich habe bemerkt, daß der Junge von Jacobs schon vollkommen erwachsen ist und ihm jedesmal das Wasser im Mund zusammenläuft, wenn er sie sieht.«

»Er wird ihr schon nichts tun. Ich werde sie nicht aus den Augen lassen.« Dann sah Raquel zu, wie Mel auf ihr Zimmer ging, und begab sich amüsiert lächelnd mit einer Zigarette in die Küche. Sie war ganz bestimmt keine perfekte Haushälterin wie Mrs. Hahn, sondern eine kluge ältere Frau, und sie liebte die drei.

Am Dienstagmorgen fuhr Mel mit der Fähre zum Festland und flog dann von Boston nach New York. Um vier Uhr nachmittags war sie schon zu Haus, dadurch hatte sie noch reichlich Zeit, die Zimmer zu lüften, die Klimaanlage einzuschalten, frische Blumen und Lebensmittel einzukaufen, was sie so für die nächsten Tage brauchen würden; dann kam sie zurück und machte sich fertig, um Peter abzuholen. Sein Flugzeug sollte um neun landen; sie fuhr vorsichtshalber schon um halb acht los, und das war richtig, denn der Verkehr war ungemein stark, die Wagen überholten rechts und links, und sie kam erst um Viertel vor neun beim Flughafen an. Sie hatte gerade noch genügend Zeit, um herauszufinden, an welchem Gate er ankommen würde, und dorthin zu laufen, stand trotzdem eine halbe Stunde herum und klopfte nervös mit dem Fuß auf den Boden, weil die Maschine fünfzehn Minuten Verspätung hatte. Um neun Uhr fünfzehn rollte der große Silbervogel zu dem Gate, und die Passagiere begannen über die Gangway herunterzukommen. Sie beobachtete aufmerksam den Strom der Reisenden: von der kalifornischen Sonne gebräunt, mit Strohhüten, nackten, goldfarbenen Beinen, Seidenhemden, die bis zur Taille offen standen, und Goldketten, dann erblickte sie plötzlich einen Mann, der deutlich aus der Menge hervorstach; er trug einen beigefarbenen Leinenanzug, ein blaues Hemd und einen korrekten marineblauen Schlips, sein Haar war nur leicht von der Sonne gebleicht und sein Gesicht war braungebrannt. Er sah so ungemein seriös aus, als er auf Mel zukam und aus seiner Höhe auf sie hinunterblickte, dann beugte er sich ohne weiteres zu ihr und küßte sie. Es kam ihnen sehr lange vor, daß sie dort standen, während die Ankömmlinge um sie herumwirbelten wie ein Fluß, der um einen Felsen strömt, dann sah er sie an und lächelte.

»Hallo.«

»Wie war der Flug?«

»Bei weitem nicht so nett wie mein Empfang.« Er grinste, dann holten sie Hand in Hand sein Gepäck vom Transportband und Mels Wagen aus dem Parkhaus. Doch immer wieder blieben sie stehen und küßten einander, während sie sich langsam aus dem Flughafengelände bewegten, und Mel fragte sich, wie sie jemals ohne ihn hatte leben können. »Du siehst wunderbar aus, Mel.« Sie war braungebrannt, was ihre grünen Augen und das kupferrote Haar noch besser zur Geltung brachte; sie trug ein weißes Seidenkleid mit einer Blume im Haar und weiße Sandalen mit hohen Absätzen. Sie sah sommerlich luftig, gesund und glücklich aus, und ihre Augen schienen sich an den seinen festzusaugen, als hätte sie ein ganzes Leben lang auf diesen Moment gewartet.

»Ich war jahrelang nicht mehr in New York.« Während sie in die Stadt fuhren, sah er auf die häßliche Umgebung, die vorbeizog, und schüttelte den Kopf. »Ich habe immer abgelehnt, aber diesmal dachte ich mir ...« Er zuckte die Schultern und beugte sich zu ihr, um sie wieder zu küssen. Sie hatte nicht erwartet, daß er sich so natürlich benehmen oder sie selbst sich dabei so unbeschwert fühlen würde. Aber die endlosen Gespräche am Telefon hatten eine Atmosphäre der Ungezwungenheit geschaffen, die vorher nicht zwischen ihnen geherrscht hatte. Sie kannten einander erst seit zwei Monaten, hatten aber das Gefühl, es seien bereits zwei Jahre oder auch doppelt so viel.

»Ich bin froh, daß du diesmal nicht abgelehnt hast. Bist du eigentlich hungrig?«

»Nicht sehr.« Für ihn war es erst Viertel vor sieben, aber in New York war es schon kurz vor zehn.

»Ich habe zu Haus eine Kleinigkeit zu essen, aber wenn es dir lieber ist, können wir auf einen Happen in ein Lokal gehen.«

»Dein Wille geschehe.« Er konnte den Blick nicht von ihr wenden, an nichts anderes denken, während er nach ihrer Hand griff. »Ich bin so glücklich, dich wiederzusehen, Mel.« Sie konnten es kaum glauben, daß sie wieder beisammen waren.

»Es ist beinahe wie ein Traum, nicht wahr?« fragte sie lächelnd.

»So empfinde ich es auch. Der schönste Traum seit Jahren.« Sie schwiegen wieder, während sie in die Stadt hineinfuhren.

Er berührte mit der Hand ihren Hals. »Ich war dir doch zumindest einen Besuch im Osten schuldig, nachdem du schon zweimal in Los Angeles warst.« Er hatte trotz allem einen Anlaß, eine Begründung sich selbst gegenüber gebraucht, um zu kommen. Er konnte nicht einfach das nächste Flugzeug nehmen, um sie zu besuchen. Doch so war es für beide leichter, sie hatten die Möglichkeit, einander so wie früher allmählich näherzukommen. »Der Präsident ist wirklich erstaunlich rasch genesen.«

»Es ist erst fünf Wochen her, und er geht schon herum und arbeitet bereits einige Stunden täglich.« Mel schüttelte den Kopf, immer noch verwundert über die rasche Besserung; dann fiel ihr etwas anderes ein. »Wie geht es übrigens Marie?«

»Leidlich.« Er runzelte kurz die Stirn, schüttelte jedoch seine Besorgnis ab. »Ich habe zwei Kollegen mit ihrer Überwachung betraut, während ich fort bin. Es geht ihr gut, aber sie hatte ziemliche Schwierigkeiten mit den Medikamenten. Jetzt ist ihr Gesicht aufgedunsen wie ein Vollmond, und wir können vorläufig nichts dagegen unternehmen. Wir haben schon alles mögliche versucht. Und sie beklagt sich nie.« Er blickte Mel unglücklich an. »Ich wünschte, die Rekonvaleszenz würde problemloser verlaufen.« Einen Moment lang versuchte Mel, sich Marie vorzustellen, doch sie konnte eigentlich nur an ihn denken. Ihr tägliches Leben erschien beiden unendlich fern. Kinder, Patienten, Fernsehshows – wichtig waren nur Peter und Mel.

Sie fuhr die Schnellstraße entlang, bog bei der Neunundsiebzigsten Straße ab, und Peter sah zu, wie die Straßenzüge an ihnen vorbeiglitten, er war neugierig, wo sie wohnte, wie ihr Haus aussah; es interessierte ihn alles, was sie betraf. In mancher Hinsicht wußte er so genau, was sie fühlte und dachte, und andererseits so wenig, vor allem über ihre Lebensumstände.

Sie fanden dem Haus gegenüber einen Parkplatz, und sie lächelte insgeheim bei der Erinnerung daran, wie sie das Haus in Bel-Air das erstemal besichtigt hatte und über dessen konventionelles Aussehen erstaunt gewesen war. Sie wußte, daß er ihr Haus ganz anders beurteilen würde, und sie behielt damit recht. Er war begeistert, als er eintrat und die frischen Blumen roch, die sie gekauft hatte, die lebhaften Farben überall sah und durch die Fenster in den hübschen kleinen Garten blickte. Er wandte sich ihr mit einem entzückten Lächeln zu. »Dieses Haus entspricht ganz deinem Wesen. Ich wußte, daß es so und nicht anders aussehen würde.« Er legte ihr die Arme um die Taille.

»Gefällt es dir?« Aber das war eine rhetorische Frage, und er nickte sogleich. »Ich liebe es.«

»Komm, ich zeige dir alles übrige.« Sie ergriff seine Hand und führte ihn nach oben, blieb im Türrahmen ihres Schlaf- und ihres Arbeitszimmers stehen, dann ging sie mit ihm hinauf zu den Zimmern der Mädchen, wo sie alles für seine Ankunft vorbereitet hatte. Frische Blumen auf dem Schreibtisch und an seinem Bett eine silberne Thermosflasche mit Eiswasser, ein Stoß flauschiger Handtücher im Badezimmer, und die Lampen verbreiteten einladendes Licht, als sie die Treppe hinaufgingen. Mel hatte ihn in Jessicas Zimmer untergebracht, weil Jessie ordentlicher war und es daher leichter wurde, es ihm dort gemütlich zu machen.

»Das ist wirklich reizend.« Er setzte sich an den Schreibtisch, blickte sich entzückt um, dann wandte er sich wieder Mel zu. »Du besitzt ein so bemerkenswertes Fingerspitzengefühl.« Sie sprach ihm das gleiche Einfühlungsvermögen zu, obwohl es in seinem Haus nicht so deutlich wahrnehmbar war, weil es den etwas unpersönlichen Stempel Annes trug. Als er die Hand jetzt nach ihr ausstreckte, las sie so viel Liebe in seinen Augen. Sie ging langsam auf ihn zu, und er ergriff ihre Hand. »Ich freue mich immer so, dich zu sehen, Mel.« Dann zog er sie auf seinen Schoß, küßte sie wieder. Sie war ganz außer Atem, als sie zurück ins Erdgeschoß gingen. Sie setzten sich an den Küchentisch und plauderten stundenlang, wie sie es in den letzten Wochen täglich am Telefon getan hatten; es war fast zwei Uhr, als sie wieder hinaufgingen, einander mit einem endlosen Kuß vor Mels Zimmer Gute Nacht sagten, und dann verschwand er, lächelnd und winkend, über die Treppe zu dem Zimmer ihrer Tochter. Als Mel ihr Zimmer betrat, wiederholte sie sich im Geist jedes Wort, das er an diesem Abend und vorher zu ihr gesagt hatte, und wieder empfand sie ganz deutlich, wie glücklich sie mit ihm war. Er bemühte sich rührend um sie und streckte ihr die Hand entgegen. Während sie sich die Zähne putzte und sich auskleidete, mußte sie unaufhörlich an ihn denken, dann glitt sie ins Bett und freute sich, daß er unter dem gleichen Dach mit ihr wohnte. Offensichtlich gestaltete sich ihr Zusammenleben problemlos, es gefiel ihr, daß sie ihn über sich herumgehen hörte. Infolge der Zeitverschiebung war er noch nicht müde, und seltsamerweise ging es ihr ebenso. Sie konnte nur still an ihn denken; es kam ihr vor, als wären Stunden vergangen, als sie hörte, wie er leise die Treppe nach unten und an ihrem Zimmer vorbeischlich. Sie horchte, hörte, wie die Küchentür geschlossen wurde, stand lächelnd auf und folgte ihm nach unten. Er saß am Küchentisch, aß ein Sandwich mit Schinken und Käse und trank Bier dazu.

»Ich sagte dir doch, wir sollten etwas essen.« Sie holte sich eine Limonade.

»Warum bist du noch munter, Mel?«

»Ich kann nicht einschlafen. Nur überdreht, nehme ich an.« Sie setzte sich ihm gegenüber.

»Ich auch. Ich könnte die ganze Nacht hier sitzen und mit dir plaudern, aber dann schlafe ich morgen früh ein, wenn ich meinen Vortrag halten soll.«

»Hast du eine Rede vorbereitet?«

»Mehr oder minder.« Er erklärte ihr das Thema seines Vortrags. Er verwendete Dias von verschiedenen Operationen, darunter auch einige von Marie. »Und wie läuft es bei dir? Was machst du diese Woche?«

»Absolut nichts. Ich brauche zwei Monate lang nicht zu arbeiten, werde also einfach faulenzen und rumsitzen, während du hier bist. Könnte ich dir zuhören, wenn du sprichst?«

»Morgen nicht. Aber am Freitag schon. Möchtest du kommen?«

»Selbstverständlich.« Er sah sie erstaunt an, und sie lachte. »Erinnerst du dich noch an mich? Ich bin die Reporterin, die im Center-City-Krankenhaus das Interview mit dir gemacht hat.«

Er schlug sich überrascht mit der Hand an die Stirn. »Also die bist du! Ich wußte, daß wir einander schon einmal begegnet sind, konnte mich aber nicht erinnern, wo.«

»Dummkopf.« Sie knabberte an seinem Ohr, und er gab ihr einen Klaps auf ihre Kehrseite. Es war so gemütlich, mitten in der Nacht beisammen zu sitzen; schließlich gingen sie nebeneinander die Treppe hinauf, hielten einander an den Händen, als lebten sie schon seit Jahren zusammen, und als sie vor ihrem Zimmer stehen blieben, beugte er sich nieder und küßte sie wieder.

»Gute Nacht, kleine Freundin.«

»Gute Nacht, mein Liebling.« Die Worte entschlüpften ihr einfach, sie sah ihn mit weit geöffneten, leicht erschrockenen Augen an, er nahm sie wieder in die Arme, und sie fühlte sich in ihnen geborgen.

»Gute Nacht.« Er flüsterte das Wort, küßte sie noch einmal auf die Lippen und verschwand nach oben, während sie in ihr Zimmer schlüpfte, das Licht ausmachte und ins Bett stieg; sie dachte wieder an ihn und an jenes Wort, das sie eben gesagt hatte. Das Erstaunliche daran war, daß sie wußte, daß sie die richtige Bezeichnung gewählt hatte. Und auch er wußte mit Bestimmtheit, daß er sie liebte.

18

Als Mel am nächsten Morgen erwachte, war Peter schon aus dem Haus; sie stand langsam auf und ging nach oben, um sein Bett zu machen, stellte aber fest, daß das Zimmer tadellos in Ordnung war, und als sie in die Küche kam, fand sie eine Nachricht vor, die er für sie zurückgelassen hatte.

»Ich bin um sechs wieder hier. Wünsche dir einen angenehmen Tag. In Liebe, P.« Sie lächelte bei den einfachen Worten, aber da sie von ihm stammten, hatten sie für sie eine besondere Bedeutung. Sie fühlte sich den ganzen Tag, als ginge sie auf Wolken. Sie suchte Bloomingdale's auf, kaufte einige Kleinigkeiten für sich, das Haus und die Mädchen, und als sie nach Haus zurückkam, empfand sie das wundervolle Gefühl, daß sie in wenigen Stunden nicht mehr allein sein würde.

Sie setzte sich ins Wohnzimmer, stellte eine Flasche Wein kalt und wartete auf ihn; als er endlich eintraf, sah er zerknittert und müde aus und freute sich dennoch sehr, Mel zu sehen. Sie sprang auf und lief ihm entgegen. »Hallo, Liebster, wie war dein Tag?«

»Jetzt ist er wundervoll.« Er betrat das Wohnzimmer. Das Zimmer war in strahlenden Sonnenschein getaucht. »Wie war es bei dir?«

»Ohne dich endlos.« Daß sie das zugab, war sehr ehrlich; sie setzte sich wieder hin und deutete neben sich auf die Couch. »Komm, setz dich zu mir und erzähle mir, was du heute gemacht hast.« Es war eine angenehme Abwechslung, am Ende eines Tages mit jemand anderem zu sprechen als mit den Zwillingen. Sie erzählte ihm, was sie eingekauft hatte, wohin sie gegangen war, und gestand ihm dann schüchtern, daß sie buchstäblich die Stunden bis zum Wiedersehen mit ihm gezählt hatte, was ihn natürlich freute.

»Mir ging es genauso. Ich konnte an nichts anderes denken als an dich. Es klingt verrückt, nicht wahr?« Damit legte er ihr einen Arm um die Schultern, zog sie an sich, und dann plötzlich fanden sich ihre Lippen, sie küßten einander, bis sie diesmal beide außer Atem gerieten, und als sie sich voneinander lösten, fehlten ihnen die Worte. Sie wollten einander nur wieder küssen.

»Vielleicht sollte ich etwas zum Abendessen herrichten oder mich hausfraulich betätigen?« Mel wollte offensichtlich ihn und sich ablenken.

»Wie wäre es mit einer kalten Dusche *à deux*?« schlug er vor.

»Kalte Dusche ist eine gute Therapie, aber das *›à deux‹* würde die heilsame Wirkung wieder aufheben.« Sie stand auf und ging im Raum herum, doch er zog sie wieder in die Arme.

»Ich liebe dich, Mel.« Dann schien die Welt für sie beide stillzustehen. Das hatte er außer Anne noch keiner Frau gesagt, und Mel hatte sich seit Jahren eingeredet, daß sie diesen Satz nie wieder hören oder selbst aussprechen wollte. Doch diesmal bedeuteten die einfachen Worte für beide alles, und als er sie wieder küßte, spürte sie, wie eine heiße Flamme in ihrem Körper hochstieg, sie klammerte sich an ihn, als würde sie ertrinken, wenn sie ihn losließ. Er küßte ihr Gesicht, ihre Lippen, ihren Hals, ihre Hände und dann stand Mel plötzlich auf, ohne lange zu überlegen, und führte ihn hinauf in ihr Zimmer. Dort wandte sie sich ihm zu.

»Ich liebe dich auch.« Sie sprach so leise, daß er die Worte fast von ihren Lippen ablesen mußte.

»Du brauchst keine Angst zu haben, Mel ... bitte ...« Er trat zu ihr und öffnete vorsichtig den Reißverschluß ihres Kleides, während sie langsam sein Hemd aufknöpfte, und als sie nackt war, legte er sie vorsichtig auf das Bett, seine Hände glitten langsam über ihre seidige Haut, bis sich schließlich ihr Körper ihm entgegenwölbte und sie sich eng aneinander drückten; sie genossen jeden Augenblick, bevor er in sie eindrang, und sie stöhnte – es schien ihm fast, als könne er sie schnurren hören, bis sie endlich aufschrie und er stöhnte, dann lagen sie schwer atmend still, während die Sonnenstrahlen helle Kringel auf den Fußboden zeichneten. Als Peter auf sie niederblickte, flossen lautlos Tränen aus ihren Augen. »O Liebling, es tut mir leid... ich...« Er war erschrocken, doch sie schüttelte den Kopf und küßte ihn wieder.

»Ich liebe dich so sehr, daß es mir manchmal Angst bereitet.«

»Auch mich ängstigt es.« Aber er hielt sie in dieser Nacht so fest umschlungen, während sie nebeneinander lagen, daß es unwahrscheinlich war, daß sie jemals etwas anderes als Freude aneinander finden würden.

Um neun Uhr gingen sie splitternackt Hand in Hand hinunter. Sie machte Sandwiches, dann kehrten sie nach oben zurück, sahen sich das Fernsehprogramm an und lachten. »Ganz wie alte Eheleute«, neckte er sie, sie verdrehte die Augen, tat, als würde sie in Ohnmacht fallen, und er tätschelte sie liebevoll. Mel war noch nie mit einem Mann so glücklich gewesen. In dieser Nacht schliefen sie gemeinsam in ihrem Bett, wachten mehrmals auf und liebten sich, und als er aufstehen mußte, um wieder zu seiner Konferenz zu fahren, ging sie in die Küche und machte ihm Kaffee und Rühreier. Als er fort war, setzte sie sich nackt und allein in die Küche und sehnte sich schon wieder nach dem Augenblick, da er zur Tür hereinkommen würde.

19

Am Freitag ging Mel mit Peter zu der Konferenz, hörte seinen Vortrag, war fasziniert von den Ausführungen und freute sich über die positive Reaktion der Zuhörer. Seine Kommentare, Dias und Erläuterungen von den neuesten Operationstechniken wurden mit anhaltendem Applaus aufgenommen, und nachher umringten ihn seine Kollegen fast eine Stunde lang, während sich Mel diskret im Hintergrund hielt und ihn stolz beobachtete.

»Was hältst du von meinem Vortrag?« fragte er, als sie am

Abend wieder allein waren. Sie hatten sich entschlossen, das Abendessen daheim einzunehmen, da er am nächsten Tag zurückflog und sie die verbleibende Zeit allein verbringen wollten.

»Ich finde dich einmalig«, strahlte sie glücklich, während sie eine FlascheWeißwein öffnete. Sie hatte große Maine-Hummer für den Abend gekauft, um ihm zu zeigen, was sie in Marthas Vineyard gegessen hätte. Sie wollte sie kalt, mit Salat und Knoblauchbrot servieren und dazu gekühlten Pouilly-Fumé reichen. »Ich fand auch, daß die Reaktion außerordentlich gut war.«

Er lächelte zufrieden. »Das fand ich auch.« Dann beugte er sich zu ihr und küßte sie sanft auf die Lippen. »Ich freue mich, daß du dabei warst.«

»Ich auch.« Dann dachte sie an den nächsten Tag, wenn er wieder fort sein würde, und ein Schatten huschte über ihr Gesicht. Sie hatten beschlossen, zusammen um acht Uhr morgens zum Flughafen zu fahren. Sein Flugzeug ging um zehn, er würde um ein Uhr Ortszeit wieder in Los Angeles sein, rechtzeitig, um Pam zu sehen und einige Zeit mit ihr zu verbringen, bevor sie am nächsten Tag ins Ferienlager fuhr. Und Mel würde wieder nach Marthas Vineyard zu ihren Töchtern fahren.

»Was ist los, Liebste?« Er ergriff ihre Hand. »Du hast eben so bekümmert ausgesehen.« Er fragte sich zum hundertstenmal, seit sie einander geliebt hatten, ob sie bedauerte, daß sie sich mit ihm eingelassen hatte. Er reiste ja doch wieder ab, und beide wußten nicht, wann sie einander wiedersehen würden. Mit dieser Ungewißheit mußten sie sich wohl für immer abfinden.

»Ich dachte nur an den morgigen Tag, wenn du abreist.«

»Daran denke ich auch.« Er stellte sein Weinglas hin, danach auch das ihre und ergriff ihre Hand. »Wir führen ein ganz schön verrücktes Leben, du und ich.« Sie nickte. »Aber wir werden uns eine Lösung einfallen lassen.« Dann beschloß er, eine Idee weiterzuspinnen, die er schon früher gehabt hatte. »Wie wäre es, Mel, wenn du mit deinen Töchtern nach Aspen kämst? Wir werden in etwa drei Wochen dorthin fahren, und Valerie und Jessica wären sicherlich begeistert, Mel. Es ist ein wunderbarer Ferienaufenthalt für Kinder ... für uns ... eigentlich für alle.« Als er daran dachte, leuchteten seine Augen. »Außerdem würde es uns die Möglichkeit verschaffen, wieder beisammen zu sein.«

»Aber nicht so wie hier.« Sie seufzte. »Unsere Kinder würden wahrscheinlich verrückt spielen, wenn sie herausfänden, wie wir beide zueinander stehen.« Das träfe zumindest auf seine Tochter zu, aber sie wußte, daß es auch ihre Töchter irritieren würde. Sie hatte überhaupt keine Zeit gehabt, sie seelisch darauf vorzubereiten. Peter war für die Zwillinge ein Fremder, ein Name, den sie selten gehört hatten, und wenn, dann nur im Zusammenhang mit ihrer Arbeit. Und dann stellte sie sie plötzlich vor vollendete Tatsachen: »Wißt ihr was, Mädchen, wir fahren mit Doktor Hallam und seinen Kindern nach Aspen!« Melanie wußte, daß die beiden hysterische Anfälle bekommen würden.

»Sie werden sich daran gewöhnen. Sie müssen schließlich nicht in alle Einzelheiten eingeweiht werden.« Er sprach so überzeugend, daß Mel sich zurücklehnte und ihn mit einem langen, müden, glücklichen Lächeln ansah. Für einen Mann, der in den letzten zwanzig Jahren keine andere Frau gekannt hatte als seine eigene, und überhaupt keine Liebschaften gehabt hatte, seit sie gestorben war, wirkte er jetzt bemerkenswert selbstsicher, und Mel überlegte, ob es ein Hinweis auf die Stärke seines Gefühls für sie war oder einfach der Ausdruck seiner Gelassenheit.

»Du bist diesbezüglich ja ungeheuer optimistisch, geliebter Pascha.«

Er lächelte über ihre Worte. »Ich habe mich noch nie so wohl gefühlt, Mel. Aber die ganze Entwicklung erscheint mir folgerichtig.« Zumindest unter den günstigen Verhältnissen in New York, in ihrem hübschen, sonnigen Haus, allein mit ihr. Vielleicht würde alles anders aussehen, wenn sie von Kindern umgeben waren, aber das nahm er eigentlich nicht an. »Ich glaube, unsere Kinder werden damit fertigwerden. Glaubst du nicht?«

»Wenn ich nur genauso sicher wie du sein könnte. Wie wird sich Pam dazu stellen?«

»Du hast auf sie Eindruck gemacht, als sie dich in Los Angeles kennenlernte. Und in Aspen ist jeder von uns beschäftigt mit Wandern, Spazierengehen, Schwimmen, Tennisspielen, Angeln, den Musikfestivals am Abend. Die Kinder treffen dort alte Freunde. In gewisser Hinsicht würden sie uns dort weniger genau beobachten, weil sie ihren eigenen Bekanntenkreis haben.« Aber Mel klang diese Darstellung zu einfach, und sie fragte sich, ob sie der Wirklichkeit standhalten konnte. »Außerdem« – er rückte näher zu ihr und zog sie an sich – »glaube ich nicht, daß ich länger als ein paar Wochen ohne dich überstehen kann.«

»Sieht aus wie echte Liebe, oder?« Ihre Stimme war weich und traurig, während sie den Kopf an seine Brust lehnte und spürte, wie seine Körperwärme sie einhüllte. »Aber ich weiß trotzdem nicht, ob wir nach Aspen kommen sollen, Peter. Das hieße, den Kindern sehr viel auf einmal zuzumuten.«

»Was? Daß wir befreundet sind?« Seine Frage klang überrascht und ärgerlich. »Du machst dir unnötige Sorgen, weil sie nichts bemerken werden.«

»Sie sind doch nicht blind, Peter. Sie sind praktisch erwachsen, ausgenommen Matt. Sie lassen sich nicht so einfach hinters Licht führen.«

»Wer will sie denn hintergehen?« Er rückte einen Moment von ihr weg, um ihr in die Augen zu blicken. »Ich liebe dich, Mel.« Jedesmal, wenn er ihr Gesicht sah, jedesmal, wenn sie ein Zimmer betrat ... wann immer er an sie dachte, hatte daneben nichts anderes Platz.

»Willst du, daß sie es erfahren.«

»Irgendwann einmal.«

»Und was dann? Wir gehen getrennte Wege, führen jeder sein Leben, fünftausend Kilometer voneinander entfernt, und sie wissen, daß wir ein Verhältnis hatten? Überlege doch mal, was für einen Eindruck das auf sie machen muß.« Sie dachte einen Moment nach und sah Pams gequältes Gesicht vor sich. »Vor allem auf Pam.«

Sie meinte es offensichtlich ehrlich, und er seufzte. »Du denkst zuviel nach.«

»Ich gehe den Problemen auf den Grund.«

»Nimm es nicht so schwer. Komm einfach nach Aspen, und wir verbringen zwei schöne Wochen miteinander, ohne uns der Kinder wegen Sorgen zu machen. Sie werden sich bestimmt wohl dabei fühlen. Vertraue mir.«

Seine Ahnungslosigkeit bedrückte Mel. Manchmal staunte sie über seine Naivität den Kindern gegenüber. Aber sie mußte zugeben, daß ihr trotz der Bedenken wegen des gemeinsamen Ferienaufenthalts daran gelegen war, ihn wiederzusehen, und

Aspen würde eine ausgezeichnete Gelegenheit dazu bieten, wenn sie die Zwillinge dazu überreden konnte, sich für eine oder zwei Wochen von Marthas Vineyard zu trennen. Sie runzelte die Stirn, während sie überlegte, wie sie es ihnen beibringen konnte, wenn sie zu ihnen zurückkam.

»Mach dir nicht so viele Sorgen, Mel. Versuch es einfach einmal.«

Sie küßten einander, dann nippte sie nachdenklich an ihrem Wein. »Ich weiß nur nicht, wie ich die Mädchen dazu bringen soll, den Aufenthalt in Marthas Vineyard zu unterbrechen.«

»Erklär ihnen einfach, daß die Berge ihrer Gesundheit zuträglicher sind.«

Sie lachte und sah ihn mit schief geneigtem Kopf an. »Magst du das Strandleben nicht?«

»Doch, sicherlich, aber ich liebe die Berge. Die gute Luft, die herrliche Landschaft, die schönen Wanderungen.« Sie hatte sich ihn nie im Freien vorgestellt, aber es war verständlich, daß er nach seiner angestrengten Arbeit einen entsprechenden Ausgleich brauchte. Den boten ihm die Berge, sie aber liebte den Strand schon seit ihrer Kindheit, und Marthas Vineyard war genau der Ferienort, den sie sich für den Urlaub mit ihren Töchtern wünschte.

»Ich könnte den beiden von Mark erzählen, das würde Val auf jeden Fall überzeugen, aber diese zusätzlichen Sorgen brauchen wir wirklich nicht.«

Darauf lachte er.

»Vielleicht sollte ich ihm von deinen Zwillingen erzählen, bevor wir auf Urlaub fahren.« Er wagte nicht, sie am selben Abend noch einmal zu fragen, ob sie sich dazu entschlossen hatte, aber am nächsten Morgen, als sie beim Kaffee saßen, wollte er Gewißheit haben. In einer Stunde würden sie zum Flughafen fahren, seine Reisetasche war schon gepackt und ihr kleiner Koffer auch. Sie hatte die Absicht, bis September nicht mehr in die Stadt zurückzukommen. »Also, Mel, werdet ihr kommen?«

»Wenn ich das nur wüßte.«

Er stellte seine Tasse hin, beugte sich zu ihr und küßte sie. »Wirst du Ende des Monats nach Aspen kommen, Mel?«

»Ich werde es versuchen. Ich muß es mir überlegen.« Sie hatte es sich immer wieder durch den Kopf gehen lassen, war aber noch unentschlossen. Aber wenn sie nicht hinfuhren, würde sie seine Gegenwart wieder monatelang entbehren müssen, und das wollte sie auch nicht.

Mit einem Seufzer stellte sie ihre Tasse ab und sah ihm in die Augen. »Ich weiß einfach nicht, ob es eine gute Idee ist, wenn wir unsere Kinder mit unserer neuen Beziehung konfrontieren.«

»Warum nicht?« fragte er aufgebracht.

»Weil sie damit vielleicht nicht fertigwerden könnten.«

»Ich glaube, da unterschätzt du unsere Kinder.«

»Was willst du deinen dreien erzählen, weshalb wir kommen?«

»Muß ich es ihnen überhaupt erklären?«

»Um Himmels willen, was glaubst du denn? Natürlich ist es notwendig. Warum solltest du es ihnen nicht erklären?«

»Schon gut, schon gut. Wir werden es also klarstellen. Wir werden ihnen einfach sagen, daß wir alte Freunde sind.«

»Sie wissen aber verdammt genau, daß das nicht stimmt.« Es schien, als ob sie langsam wütend wurde. Er warf einen Blick auf die Uhr. Es war halb acht, in einer halben Stunde mußten sie zum Flughafen fahren. Es blieb ihm nicht mehr viel Zeit, um sie zu überzeugen. Und wenn sie nicht nach Aspen kam, wußte Gott allein, wann er sie wiedersehen würde.

»Es ist mir gleichgültig, was du ihnen sagst, Mel, deinen Kindern oder meinen. Aber ich will, daß du nach Aspen kommst.« Er wurde allmählich starrköpfig, und das ärgerte sie.

»Ich muß es mir überlegen.«

»Nein, das mußt du nicht.« Unbeweglich wie eine Marmorsäule stand er da und sah von seiner Höhe auf sie hinunter. »Du triffst deine Entschlüsse seit so verdammt langer Zeit allein, daß du nicht mehr deinem Gefühl folgen und dich jemand anderem anvertrauen kannst.«

»Das hat damit überhaupt nichts zu tun.« Ihre Stimmen wurden lauter. »Deine Vorstellungen von der Reaktion unserer Kinder sind naiv.«

»Und wenn schon, verdammt noch mal. Haben wir nicht auch das Recht auf ein eigenes Leben? Habe ich nicht das Recht, dich zu lieben?«

»Doch, aber wir haben nicht das Recht, unsere Kinder wegen

eines Verhältnisses, das keine Zukunft hat, einem seelischen Druck auszusetzen, Peter.«

»Wie kommst du denn auf die Idee?« Jetzt schrie er. »Hast du vielleicht andere Pläne?«

»Zufällig lebe ich in New York und du lebst in Los Angeles, oder hast du das vergessen?«

»Das weiß ich genau, und deshalb wollte ich, daß wir uns in drei Wochen auf halbem Weg treffen, oder ist das zuviel verlangt?«

»Ach, um Himmels willen ... in Ordnung!« sie schrie ebenfalls. »Also gut! Ich werde nach Aspen kommen.«

»Gut!« Er sah wieder auf die Uhr. Es war fünf Minuten nach acht, und plötzlich zog er Mel an sich. Die Zeit verrann rasch. Sie hätten vor fünf Minuten wegfahren sollen, und er konnte sich nicht so von ihr trennen. Er küßte sie auf die Stirn, streichelte ihr Haar und lächelte über seine Gedanken. »Ich glaube, wir hatten eben unseren ersten Streit. Du bist aber auch eine verdammt eigensinnige Frau, Mel.«

»Ich weiß. Es tut mir leid.« Sie sah zu ihm auf, und er küßte sie. »Ich möchte nur gern das Richtige tun, und ich will unsere Kinder nicht durcheinanderbringen.«

Er nickte. »Ich weiß. Aber wir müssen jetzt auch einmal an uns denken.«

»Ich habe schon lange nicht mehr an mich allein gedacht. Außer um sicherzugehen, daß meine Gefühle nicht verletzt wurden.«

»Ich werde dich niemals verletzen, Mel.« Seine Stimme klang traurig, der Gedanke bedrückte ihn, daß sie vielleicht glaubte, sich auch gegen ihn verteidigen zu müssen. »Ich hoffe, verdammt noch mal, daß ich das nie tun werde.«

»Das kannst du nicht vermeiden. Wenn Menschen einander lieben, werden sie sich unweigerlich auch einmal weh tun. Es sei denn, man hält sich immer in sicherer Entfernung.«

»Das ist kein Leben.«

»Nein, aber so geht man kein Risiko ein.«

»Zum Teufel mit dem Risiko.« Er sah sie ernst an. »Ich liebe dich.«

»Ich liebe dich auch.« Es fiel ihr noch immer nicht leicht, das auszusprechen. »Wie schön wäre es, wenn wir uns noch nicht trennen müßten.« Sie würden sich unglaublich beeilen müssen, um sein Flugzeug noch zu erreichen; er blickte auf die Uhr, dann auf sie. »Ich habe einen Vorschlag.«

»Und zwar?«

»Ich rufe in der Klinik an und bestelle eine Vertretung für noch einen Tag. Wenn sie bis jetzt ohne mich ausgekommen sind, können sie auch noch einen weiteren Tag zurechtkommen. Was meinst du?«

Sie lächelte wie ein kleines Mädchen und lehnte sich an ihn. »Ich finde, es klingt wunderbar.« Dann fiel ihr etwas ein. »Was ist mit Pam? Willst du sie nicht sehen, bevor sie ins Lager fährt?«

»Ja, aber ich könnte vielleicht zum erstenmal seit fast zwei Jahren zur Abwechslung das tun, was ich will. Ich werde sie in drei Wochen sehen, wenn sie nach Haus kommt. Sie wird auch ohne meinen Abschiedskuß auskommen.«

»Bist du sicher?«

Er sah sie überrascht an. »Wie steht es mit dir? Kannst du erst morgen nach Vineyard zurückfahren?«

»Ist das dein Ernst, Peter?« Sie wandte sich ihm zu, erstaunt über seinen überraschenden Entschluß. Doch sie merkte sofort, daß er wirklich entschlossen war, zu bleiben.

»Ja, ich will dich nicht verlassen. Verbringen wir noch das Wochenende zusammen.« Langsam trat ein Lächeln in ihre Augen, und sie drückte ihn an sich.

»Du bist der ungewöhnlichste Mann, den ich je kannte.«

»Verliebt in die bemerkenswerteste Frau. Ich würde sagen, wir sind ein beeindruckendes Paar, nicht wahr?«

»Allerdings«, flüsterte sie. »Da du ohnehin nicht gleich abreist, was hältst du davon, Dr. Hallam, wenn wir uns für eine Weile nach oben zurückziehen?«

»Ausgezeichnete Idee, Miß Adams.« Sie ging hinauf, und er folgte ihr etwas später. Er blieb nur so lange in der Küche, um seinen Kollegen anzurufen, der ihn derzeit in Los Angeles vertrat, und ihn zu fragen, ob es ihm etwas ausmachen würde, noch zwei Tage für ihn einzuspringen. Sein Vertreter neckte ihn natürlich deswegen, doch es schien ihm gar nichts auszumachen, und zwei Minuten später lief Peter die Treppe hinauf, nahm mit seinen langen Beinen zwei Stufen auf einmal und stürzte mit jungenhaftem Grinsen in Melanies Zimmer. »Ich kann bleiben!«

Sie sagte kein Wort, ging nur auf ihn zu und zog ihm ein Kleidungsstück nach dem anderen aus, dann fielen sie aufs Bett und gaben sich einander vollkommen rückhaltlos hin – sie waren sich noch einen Schritt nähergekommen.

20

»Wieso kommst du denn nicht nach Haus?« Pam war dem Weinen nahe, als Peter sie vor dem Lunch anrief. »Du hast doch keine Patienten in New York!« Sie war zugleich verärgert und gekränkt, und ihre Stimme klang vorwurfsvoll.

»Ich wurde hier bei der Konferenz aufgehalten, Pam. Morgen abend komme ich nach Haus.«

»Aber ich fahre schon morgen früh ins Lager.«

»Ich weiß. Mrs. Hahn kann dich ja zum Bus bringen. Es ist doch nicht das erstemal, daß du wegfährst.« Es ist merkwürdig, daß man sich gegen seine Kinder verteidigen muß, fand Mel, die danebenstand und zuhörte. »Das ist schon dein viertes Ferienlager. Du solltest inzwischen ein Profi sein, Pam. Und in drei Wochen bist du ja wieder zu Haus.«

»Ja.« Ihre Stimme klang zurückhaltend und traurig, er fühlte sich schuldbewußt, um so mehr, als sein Entschluß schon gefaßt war und er gerade zwei Liebesstunden mit Mel verlebt hatte. Es kam ihm jetzt weniger dringend vor, zu bleiben, und Pam brachte ihm seine Verantwortung seiner Familie gegenüber wieder zu Bewußtsein. »Okay.« Pam wandte sich von ihm ab, und das tat ihm leid.

»Liebling, es ließ sich wirklich nicht vermeiden.« Aber es hätte sich bewerkstelligen lassen, und das verstärkte sein Schuldgefühl. War es falsch gewesen, zu bleiben? Verdammt noch mal, hatte er denn kein Recht auf ein eigenes Leben und ein wenig Zweisamkeit mit Mel?

»Schon gut, Daddy.« Doch er hörte, wie verzagt und deprimiert sie war, und er wußte aus Erfahrung, wie unklug es war, sie so aus der Fassung zu bringen.

»Hör zu, ich werde dich am nächsten Wochenende besuchen.«

Das Lager befand sich in der Nähe von Santa Barbara, er konnte von Los Angeles leicht hinfahren, doch dann fiel ihm ein, daß er das ganze Wochenende Dienst machen würde. »Verdammt, ich kann nicht. Dann also übernächstes Wochenende.«

»Macht nichts. Laß es dir nur gutgehen.« Sie hatte es plötzlich eilig, das Gespräch zu beenden. Mel beobachtete Peters Gesicht, es war nicht schwer, seine Empfindungen zu erraten. Als er auflegte, setzte sie sich zu ihm.

»Du kannst noch immer den Nachmittagsflug erreichen.«

Doch er schüttelte verbissen den Kopf. »Ich glaube nicht, daß es richtig wäre, Mel. Was ich vorher sagte, meine ich ernst. Wir haben ein Recht darauf, einige Zeit zusammen zu verbringen.«

»Aber Pam braucht dich auch, und du fühlst dich auch nicht wohl in deiner Haut.« Man mußte kein Psychoanalytiker sein, um seine Gefühle zu erkennen, und er nickte.

»Irgendwie bringt sie es immer fertig, daß ich mich schuldbewußt fühle. Das geht schon seit Annes Tod so. Es sieht so aus, als würde sie mich auch dafür verantwortlich machen und erwarten, daß ich den Rest meines Lebens meine Sünden wiedergutmache, ohne es natürlich jemals zu schaffen.«

»Das ist eine schwere Belastung für dich. Falls du bereit bist, sie auf dich zu nehmen.«

»Was bleibt mir sonst übrig?« fragte er unglücklich. »Seit dem Tod ihrer Mutter hat sie alle gefühlsbedingten Reaktionen durchgespielt, die es gibt, von Appetitlosigkeit über Akne bis zu Alpträumen.«

»Früher oder später muß jeder von uns mit einem Trauma fertigwerden. Sie wird sich mit den Tatsachen abfinden müssen, Peter. Sie kann dich nicht ewig für etwas büßen lassen.« Sie schien es jedoch vorzuhaben. Zumindest hatte Mel diesen Eindruck, doch sie äußerte sich Peter gegenüber nicht mehr zu diesem Thema. Er war entschlossen zu bleiben, und Pam mußte lernen, solche Entscheidungen zu akzeptieren. Etwas später rief Mel die Zwillinge und Raquel im Haus in Chilmark an.

Beide Zwillinge waren hörbar enttäuscht, weil sie nicht nach Haus kam, Jessica mehr als Val, aber beide erklärten sich damit einverstanden, Mel am nächsten Abend zu sehen, dann gaben sie den Hörer an Raquel weiter, die wartete, bis die

Mädchen das Zimmer verlassen hatten, bevor sie ihre Meinung äußerte.

»Du meine Güte, der muß aber ein Kerl sein!«

»Wer?« Mels Gesicht zeigte keinerlei Reaktion, da Peter zusah.

»Ihr neuer Freund in New York.«

»Was für ein Freund?« Doch nun errötete sie. »Raquel, Sie können anscheinend nur an das eine denken. Wie geht es den Mädchen?«

»Gut. Val hat einen neuen Freund, den sie gestern am Strand kennengelernt hat, und ich glaube, es gibt auch einen jungen Herrn, der sich für Jessica interessiert, aber sie zeigt sich nicht allzu beeindruckt von ihm.«

»Das klingt ja so, als ginge alles seinen normalen Gang. Wie ist das Wetter?«

»Wunderbar. Ich sehe aus, als käme ich aus Jamaica.« Beide Frauen lachten, und Mel schloß die Augen und stellte sich den Vineyard vor. Wie schön wäre es, wenn sie und Peter dort sein könnten und nicht an einem Sonnabend im Juli in New York säßen. Sie wußte, daß es ihm gefallen würde, auch wenn er noch so ein Bergfan war.

»Auf Wiedersehen, bis morgen, Raquel. Und wenn Sie mich brauchen, erreichen Sie mich immer wieder hier im Haus.«

»Das wird nicht nötig sein.«

»Danke.« Es war immer beruhigend zu wissen, daß sich die Mädchen in guten Händen befanden, sie legte auf und versuchte, sich den Verlauf eines solchen Gesprächs mit Peters Haushälterin Mrs. Hahn auszumalen. Es überstieg ihre Vorstellungsgabe, und sie erzählte es ihm lachend.

»Du hast deine Haushälterin sehr gern, nicht wahr?« fragte er.

Mel nickte. »Ich bin ihr verdammt dankbar für alles, was sie für uns getan hat. Mitunter kann sie auch ganz schön ruppig sein, aber sie hängt an meinen Kindern und sogar an mir.«

»Das ist kein Kunststück.« Er küßte Mel auf den Mund, lehnte sich zurück und betrachtete sie. Sie erzog ihre Kinder anders als er die seinen, sprach mit ihrer Haushälterin auf eine Art, die ihm nie in den Sinn gekommen wäre, und ihr Leben schien dabei bemerkenswert reibungslos zu verlaufen. Er fragte sich einen Augenblick, ob er vielleicht nur ein störendes Element war, und sie sah seinen Gesichtsausdruck, als sie aufstand und sich streckte. Sie hatten einen wunderbaren Vormittag verbracht, dazu kamen die geschenkten Stunden der Zweisamkeit, die an Wert gewannen, da sie nicht vorgesehen waren.

»Woran hast du eben gedacht, Peter?« Sie wollte jeden einzelnen seiner Gedanken kennen, war immer äußerst interessiert, wenn er sie ihr erzählte.

»Ich dachte, wie gut organisiert dein Leben ist und wie lange schon alles in geregelten Bahnen verläuft. Ich frage mich, ob mein Eindringen in dein Leben eher eine Störung als eine Bereicherung darstellt.«

»Wie meinst du das?« Sie lag nackt auf der Chaiselongue in ihrem Zimmer, und er spürte, daß er sie schon wieder begehrte, wurde gewahr, daß sein Körper immer aufs neue nach ihrem verlangte.

»Ich glaube, daß ich nicht vernünftig denken kann, wenn ich dich ohne alle Hüllen sehe.«

»Mir geht es genauso.« Sie grinste und winkte ihn mit einem Finger zu sich heran, er ging zu ihr und legte sich neben sie, gleich darauf wandte er sich zu ihr und zog ihre lange, schlanke Gestalt auf seinen Körper.

»Ich bin ganz verrückt nach dir, Mel.«

Sie konnte kaum atmen, so sehr erregte er sie wieder. »Ich auch ...« Dann liebten sie einander und vergaßen alle ihre Probleme, Schuldgefühle und Verantwortung, sogar ihre Kinder.

Es war halb zwei, als sie endlich geduscht und sich angezogen hatten; Melanie sah aus wie eine zufriedene Katze, als sie aus dem Haus in den heißen Sonnenschein hinausschlenderte. »Wir sind wirklich faul.«

»Warum nicht? Wir arbeiten beide so verdammt hart. Ich kann mich nicht erinnern, je ein solch schönes Wochenende erlebt zu haben.«

»Ich auch nicht. Sonst wäre ich für meine Arbeit zu müde.«

»Sehr gut. Vielleicht muß ich dafür sorgen, daß du zu müde zum Arbeiten bist, damit du nicht die ganze Zeit an deinen verrückten Job denkst.«

Seine Bemerkung überraschte sie. »Tu ich das wirklich?« Sie war sich nicht bewußt, daß sie die ganze Zeit über auch nur einen

Augenblick an ihre Arbeit gedacht hatte, und fragte sich, was er damit meinte.

»Eigentlich nicht, aber ich spüre bei dir das Bewußtsein, daß es für dich noch etwas anderes gibt außer deinen Kindern und deinem Haus, und einem Ehemann.«

»Aha.« Sie begriff allmählich. »Du meinst, ich bin kein Hausmütterchen. Stört dich das?«

»Nein.« Er schüttelte langsam den Kopf, dachte in Ruhe darüber nach, während sie ziellos durch die Lexington Avenue schlenderten. Es war ein heißer, sonniger Tag, und sie beide waren glücklich, ihn gemeinsam genießen zu können. »Es macht mir nichts aus. Ich bin von deinen Leistungen sehr beeindruckt und achte, was du in deinem Beruf erreicht hast. Aber es ist anders, als wenn du nur...«, er suchte nach den Worten, »... eine gewöhnliche Sterbliche wärst.«

»Unsinn. Was ändert das schon?«

»Du könntest zum Beispiel nicht in sechs Monaten mit mir nach Europa reisen, oder?«

»Nein, mein Vertrag würde sich nämlich nicht in Luft auflösen, jedenfalls nicht ohne einen saftigen Prozeß. Aber du könntest es ja auch nicht tun.«

»Das ist etwas anderes. Ich bin schließlich ein Mann.«

»Ach, Peter!« jammerte sie. »Du bist ein gemeiner Chauvinist.«

»Ja« – er sah sie stolz an –, »das bin ich in der Tat. Aber ich achte dennoch deine Leistungen. Solange du dabei so weiblich bleibst, wie du bist, und auch keine deiner weiblichen Pflichten vernachlässigst.«

»Was heißt das schon wieder?« Plötzlich amüsierte sie sich königlich über ihn. Von jemand anderem hätte sie sich das nicht sagen lassen, aber von ihm klang es komisch. »Du meinst, Fußböden schrubben und Käsekuchen backen?«

»Nein, eine gute Mutter sein, Kinder kriegen, für einen Mann sorgen, ohne die eigene Arbeit in den Vordergrund zu stellen. Ich war immer glücklich, daß Anne nicht berufstätig war, weil es bedeutete, daß sie immer nur für mich da war. Es würde mich stören, wenn es bei der Frau, die ich liebe, nicht der Fall wäre.«

»Niemand ist die ganze Zeit über für den anderen da, Peter. Keine Frau und kein Mann. Wenn dir wirklich an jemandem gelegen ist, kannst du deine Arbeit die meiste Zeit so einteilen, daß du verfügbar bist, wenn man dich wirklich braucht. Es ist nur eine Frage der Organisation und der richtigen Einschätzung der Dringlichkeiten. Ich war zumeist im richtigen Augenblick für die Mädchen da, eigentlich fast immer.«

»Das weiß ich.« Das hatte er von Anfang an gespürt. »Aber für einen Mann wolltest du nicht da sein.«

»Das stimmt.« Sie war ihm gegenüber vollkommen aufrichtig.

»Und jetzt?« Er stellte die Frage beinahe ängstlich, wie ein kleiner Junge, der Angst hat, sich verlaufen zu haben.

»Warum fragst du mich das, Peter?« Plötzlich entstand eine Stille zwischen ihnen. Es gab eine Möglichkeit, an die sie beide dachten, die sie aber noch beunruhigte, aber Peter brachte eher den Mut auf, darauf hinzuweisen, und nun wollte er plötzlich wissen, welchen Standpunkt Mel einnahm, wollte sie aber von vornherein nicht abschrecken. Vielleicht war es auch noch zu früh, diese Frage zu stellen. Sie spürte seine Bedenken und beugte sich zu ihm. »Mach dir nicht so viel unnötige Sorgen.«

»Ich möchte nur manchmal wissen, was dir unsere Gemeinsamkeit bedeutet.«

»Das gleiche wie dir. Sie ist etwas Schönes, Wunderbares, das ich noch nie erlebt habe. Aber wenn du wissen willst, wohin es führen wird: das kann ich dir heute noch nicht sagen.«

Er nickte. »Ich weiß. Genau das stört mich. Es ist wie bei einer Operation, ich will nichts beschleunigen, ich will nur wissen, wohin ich gehe, was der nächste Schritt ist.« Er lächelte ihr zu. »Ich bin ein Planer, Mel.«

»Das bin ich auch. Aber wo es um Gefühle geht, kann man nicht planen.« Die Spannung zwischen ihnen ließ nach.

»Warum nicht?« neckte er sie jetzt, und sie feixte.

»Was willst du von mir, mich unter Vertrag nehmen?«

»Klar. Einen Vertrag über die Besitzrechte an deinem herrlichen Körper, der mir jederzeit zur Verfügung stehen muß, wenn ich will.«

Sie hielten sich an den Händen, und Mel sah ihn glücklich an. »Ich bin so froh, daß du über das Wochenende bleibst.«

»Ich auch.«

Sie gingen zum Central Park, spazierten bis fünf Uhr darin

herum, schlenderten dann die Fifth Avenue hinauf zum Stanhope-Hotel und nahmen einen Drink im Café im Freien. Dann legten sie die wenigen Blocks bis zu ihrem Haus zurück und schlossen sich wieder in ihrem behaglichen kleinen Refugium ein. Sie lagen auf dem Bett, liebten einander, bewunderten um acht Uhr den Sonnenuntergang, duschten ausgiebig und gingen zum Abendessen zu Elaine. Das Lokal war überfüllt, und Mel kannte die Hälfte der Anwesenden, obwohl die meisten ihrer Bekannten die Stadt gewöhnlich zum Wochenende verließen. Man spürte sofort, daß dies einen großen Teil ihres Lebens ausmachte; die Prominenten, die sie kannte und die sie kannten, das Sehen und Gesehenwerden und das ganze prickelnde Gesellschaftsleben von New York schienen ihr am Herzen zu liegen. Es war ein bestimmter Kreis, wie es ihn auch in Los Angeles gab, aber Peter hatte sich nie in seinem Leben darin bewegt. Er war viel zu sehr mit seinen Angelegenheiten, seiner Familie und seinen Patienten beschäftigt.

»Also, Doktor, was halten Sie von New York?« Sie gingen Arm in Arm durch die Second Avenue zu ihrem Haus.

»Ich glaube, du liebst es, und es liebt dich.«

»Ich denke, du hast recht.« Sie lächelte glücklich. »Aber zufällig liebe ich auch dich.«

»Auch wenn ich kein Gast bei deiner Talkshow, kein Politiker oder Schriftsteller bin?«

»Du bist besser als sie alle zusammen, Peter. Du bist eine Persönlichkeit.«

»Danke. Aber das sind die anderen doch auch.«

»Sie halten einem Vergleich mit dir nicht stand. Sie berühren nur eine Hälfte meiner Existenz, Peter. Es gibt einen anderen Teil, dem sie nie nahe kommen. Ich habe bisher noch nie jemanden gefunden, der beide Hälften meines Lebens gewürdigt hätte. Mein Familienleben und mein Berufsleben sind beide für mich wichtig, und sie sind gerade in meinem Fall völlig verschieden.«

»Du scheinst beides zu meistern.«

Sie nickte. »Aber es ist nicht immer leicht.«

»Was ist schon leicht?« Er dachte plötzlich an die Reaktion seiner Tochter auf sein längeres Ausbleiben in New York und hatte den Verdacht, daß sie es ihn fühlen lassen würde, wenn er sie wiedersah. Das war so ihre Art.

Aber Mel sah ihn lächelnd an; sie bogen nach Westen in die Einundachtzigste Straße ein, gingen zu ihrem Haus, legten sich ins Bett und plauderten bis zwei Uhr morgens.

Am nächsten Morgen gingen sie zum Brunch in die Tavern-on-the-Green und dann ins Greenwich Village zu einem Jahrmarkt. Im Sommer war in New York nicht besonders viel los, doch das schien keinen von beiden zu stören. Sie wollten nur beisammen sein, gingen stundenlang spazieren, sprachen über ihre Vergangenheit, ihr jetziges Leben, ihre Arbeit, ihre Kinder, über sich selbst. Es war, als wollten sie einander bis ins kleinste Detail kennenlernen; um fünf Uhr mußten sie zu ihrem großen Bedauern zurück in Mels Haus, wo sie einander zum letztenmal liebten. Um sieben nahmen sie ein Taxi zum Flughafen. Und plötzlich begann die Zeit rasend schnell zu laufen. Einige Augenblicke später mußten sie sich voneinander verabschieden, sie hielten sich am Gate noch ein letztesmal umschlungen.

»Du wirst mir so sehr fehlen.« Er sah auf sie nieder, unendlich glücklich, daß er sich entschlossen hatte, nach New York zu kommen. Er fühlte, daß der Aufenthalt hier sein ganzes Leben verändert hatte, und er hatte gar keine Angst mehr vor der Zukunft. Er legte seinen Zeigefinger unter ihr Kinn und hob ihr Gesicht zu sich empor. »Versprichst du mir, daß du nach Aspen kommst?«

Sie lächelte und unterdrückte die Tränen, die in ihrer Kehle hochstiegen. »Wir werden hinkommen.« Aber sie wußte noch immer nicht, wie sie es den Zwillingen begreiflich machen sollte.

»Das solltest du wohl.« Er hielt sie fest und küßte sie ein letztesmal, dann winkte er ihr von der Gangway aus noch einmal zu. Als er abflog, hatte Mel das Gefühl, als hätte er ihr Herz mit sich genommen.

Die Reise nach Marthas Vineyard war an diesem Abend lang und einsam; sie kam erst nach Mitternacht im Haus in Chilmark an, und alle schliefen schon. Sie war darüber erleichtert. Sie wollte im Augenblick mit niemandem auf der ganzen Welt sprechen, außer mit Peter Hallam, und der saß noch in einem Flugzeug, das nach Westen, nach Los Angeles, flog.

In dieser Nacht saß Mel lange auf der Veranda des Hauses,

lauschte dem Geräusch der Brandung und spürte die sanfte Brise auf ihrem Gesicht. Es war ein wunderbares, friedliches Gefühl, sich einfach dieser Stimmung überlassen zu können, und es tat ihr nur leid, daß Peter sie nicht gemeinsam mit ihr erleben konnte. Aber für den Augenblick war es auch so beglückend. Sie hatten die Zweisamkeit gebraucht. Wenn sie beide mit ihren Kindern nach Aspen kamen, würde es sowieso nicht immer leicht sein. Sie hatte sich noch immer nicht entschieden, zu welchem Zeitpunkt und auf welche Weise sie es den Mädchen sagen sollte, fand jedoch am nächsten Morgen beim Frühstück, daß es das Beste wäre, ihnen möglichst viel Zeit zu lassen, um sich mit dem Gedanken anzufreunden. Sie hatten Vineyard noch nie mitten im Sommer verlassen, und sie wußte, daß sie es merkwürdig finden würden. Mehr als das. Sie würden dahinter etwas vermuten.

»Aspen?« Jessica starrte sie verwundert an. »Warum sollten wir nach Aspen fahren?«

Mel versuchte äußerlich gelassen zu wirken, spürte jedoch, wie ihr Herz rascher schlug. Teils, weil sie sie in Verlegenheit brachten, und teils, weil sie ihnen eine Lüge erzählen mußte. »Weil es eine sehr interessante Einladung ist und wir noch nie dort waren.« Raquel schnaubte wütend, während sie in die Küche ging, um den Ahornsirup zu holen, und Val starrte ihre Mutter entsetzt an.

»Aber wir können doch nicht weg von hier. Hier ist so viel los, und in Aspen kennen wir keinen Menschen.«

Mel blickte die jüngere Zwillingsschwester ruhig an. Sie würde sich leichter überreden lassen als ihre Schwester. »Alles nur mit der Ruhe, Val, auch in Aspen gibt es junge Männer.«

»Aber das ist etwas anderes. Hier kennen wir außerdem alle!« Sie sah aus, als würde sie zu weinen beginnen, doch Mel blieb ungerührt.

»Ich glaube, es ist eine Gelegenheit, die wir uns nicht entgehen lassen sollten.« Oder meinte sie »ich«? Sie fühlte sich schuldbewußt, weil sie ihnen den eigentlichen Grund verschwieg.

»Warum?« Jessica beobachtete jede ihrer Bewegungen. »Was gibt es denn so Besonderes in Aspen?«

»Nichts ... ich meine ... ach, um Himmels willen, Jess, benimm dich doch nicht wie bei einem Verhör. Es ist ein fabelhafter Urlaubsort, die Berge sind herrlich, es gibt eine Unmenge von jungen Leuten und Unterhaltungsmöglichkeiten wie Ausflüge, Reiten, Spaziergänge, Angeln ...«

»Bäääähh!« unterbrach sie Valerie angeekelt. »Ich hasse all das Zeug!«

»Es wird dir guttun.«

Doch diesmal mischt sich die immer praktisch denkende Jessica ein. »Aber das bedeutet, daß uns ein Teil des Sommeraufenthalts hier entgeht. Und wir haben das Haus für volle zwei Monate gemietet.«

»Wir werden nur zwei Wochen fort sein. Euch bleiben noch immer ganze sechs Wochen hier.«

»Ich verstehe diese plötzliche Änderung einfach nicht.« Jessica stand offensichtlich verärgert auf, Val brach in Tränen aus und rannte aus dem Zimmer.

»Ich komme nicht mit! Das ist der schönste Sommer, den ich hier je erlebt habe, und du versuchst, ihn mir zu vermiesen!«

»Ich versuche nicht –« Aber die Tür wurde zugeschlagen, bevor Mel den Satz zu Ende sprechen konnte, und sie sah sichtlich gereizt Raquel an, die den Tisch abräumte.

»Es muß ernst sein.« Sie schüttelte vielsagend den Kopf.

Mel stand auf und stöhnte verärgert. »Verdammt noch mal, Raquel!«

»Schon gut, schon gut. Erzählen Sie mir nichts. Aber warten Sie nur ab, in sechs Monaten werden Sie verheiratet sein, ich habe noch nie erlebt, daß Sie Vineyard im Sommer verlassen haben.«

»Es wird ein ganz wundervoller Aufenthalt in Aspen werden.« Sie versuchte, alle zu überzeugen, sich selbst eingeschlossen, und wünschte nur, es fiele ihr ein wenig leichter.

»Ich weiß. Und was ist mit mir? Muß ich auch mitkommen?« Sie zeigte ebenso wenig Begeisterung wie die Mädchen.

»Warum nehmen Sie nicht zu der Zeit Ihren Urlaub, statt auf das Sommerende zu warten?«

»Damit wäre ich einverstanden.«

So war Mel wenigstens eine Sorge los. Val vergrub sich zwei Stunden lang in ihrem Zimmer, dann erschien sie mit verweinten Augen und roter Nase, um ihre Freunde am Strand zu treffen, sie würdigte ihre Mutter keines Wortes. Eine halbe Stunde später fand Jessica Mel allein auf der Veranda, sie beantwortete einige Briefe. Jess setzte sich auf die Stufen zu Mels Füßen und wartete, bis ihre Mutter aufblickte.

»Wie kommt es, daß wir plötzlich nach Aspen fahren, Mom?« Sie schaute Mel direkt in die Augen, und es war schwer, ihr die Wahrheit zu verschweigen... weil ich mich in diesen Mann verliebt habe und er den Sommerurlaub dort verbringt.

»Ich dachte, es könnte eine nette Abwechslung für uns werden, Jess.« Doch sie sah an Jessica vorbei und merkte daher nicht, wie scharf diese ihre Mutter beobachtete.

»Gibt es noch einen weiteren Grund?«

»Zum Beispiel?« Sie suchte Zeit zu gewinnen und hielt die Feder über das Papier.

»Ich weiß nicht. Ich verstehe nur nicht, warum du aus heiterem Himmel nach Aspen fahren willst.«

»Wir wurden von Freunden eingeladen.« Das war wenigstens schon die halbe Wahrheit, aber alles zu erzählen, würde sich, wie Mel zu Recht befürchtet hatte, als ziemlich schwierig erweisen, und wenn Peter der Meinung war, daß es ihm bei seiner Familie leichter fallen würde, war er verrückt.

»Was für Freunde?« Jessica blickte sie noch forschender an, und Mel holte tief Luft. Es hatte keinen Sinn, ihr etwas vorzumachen, sie würde es sowieso bald genug herausfinden.

»Ein Mann namens Peter Hallam und seine Familie.«

Jessica war verblüfft. »Der Arzt, den du in Kalifornien interviewt hast?« Mel nickte. »Warum sollte er uns nach Aspen einladen?«

»Weil wir beide mit unseren Kindern allein sind; es war sehr nett, ihn zu interviewen, und wir sind Freunde geworden. Er hat drei Kinder, zwei davon sind ungefähr in eurem Alter.«

»Na und?« Jessicas Frage klang jetzt noch mißtrauischer.

»Ich glaube, es könnte ganz amüsant werden.«

»Für wen?« *Touché*. Jetzt war Jess ehrlich empört, und Mel fühlte sich plötzlich ganz matt. Vielleicht war es unsinnig, ihnen wegen Aspen gut zuzureden.

»Hör zu, Jess, ich will einfach nicht mehr mit dir darüber streiten. Wir fahren, und damit basta.«

»Was soll das?« Jess stand auf, stützte die Hände in die Hüften und starrte ihre Mutter an. »Haben wir eine Diktatur oder eine Demokratie?«

»Nenn es, wie du willst. Wir fahren jedenfalls in drei Wochen nach Aspen, ich hoffe, es wird euch gefallen, wenn nicht, betrachtet es meinetwegen als zwei verlorene Wochen in einem sehr langen, schönen Sommer. Ich darf dich daran erinnern, daß ihr euch hier verdammt gut unterhaltet, fast zwei Monate lang vollkommene Freiheit genießt, und daß du und Val nächste Woche eine ganz großartige Geburtstagsparty geben werdet. Ich glaube nicht, daß ihr einen Grund habt, euch zu beklagen.« Doch Jessica war anscheinend gegenteiliger Ansicht, denn sie stürmte verärgert davon, ohne ein weiteres Wort an ihre Mutter zu richten.

In den nächsten drei Wochen entspannte sich die Lage nicht sehr, trotz des Picknicks am Strand für fünfundsiebzig Jugendliche anläßlich von Jessies und Vals sechzehntem Geburtstag. Es war eine wunderbare Party, und alle unterhielten sich glänzend, was die Zwillinge noch wütender darüber machte, daß sie in der darauffolgenden Woche abreisen mußten. Mel hatte es schon gründlich satt, sich immer anhören zu müssen, wie sie sich über die Unterbrechung ihres Badeaufenthaltes beklagten.

»Wie steht es bei dir, Liebster?« Sie lag eines Abends auf ihrem Bett und sprach mit Peter. Sie telefonierten noch immer zweimal täglich und fühlten sich trotz der Gesellschaft ihrer Kinder allein.

»Ich habe es ihnen noch nicht beigebracht. Es hat ja noch Zeit.«

»Machst du Witze? Wir treffen euch nächste Woche!« Sie war entsetzt. Seit vierzehn Tagen hörte sie sich die Vorwürfe der Zwillinge an, und Peter hatte seiner Familie noch nicht einmal eine Andeutung gemacht, daß sie in Aspen Besuch erwarteten.

»Solche Ankündigungen muß man ganz beiläufig machen«, meinte er unbekümmert, und Mel war der Überzeugung, er sei nicht ganz bei Trost.

»Du mußt ihnen Zeit geben, sich an den Gedanken zu gewöhnen, Peter, daß wir dort mit euch zusammenkommen, sonst werden sie schrecklich überrascht sein und sich wahrscheinlich überrumpelt fühlen.«

»Es wird schon klappen. Jetzt erzähl mir von dir.« Sie erzählte ihm, was sie getan hatte, und er berichtete über eine neue

Operationstechnik, die sie an dem Morgen im Operationssaal angewendet hatten. Marie ging es überaus gut, trotz einer geringfügigen Immunreaktion; sie sollte das Krankenhaus in wenigen Tagen verlassen, später als ursprünglich geplant, aber dafür in bester Laune.

»Ich kann es nicht erwarten, dich wiederzusehen, Liebster.«

»Ich auch nicht.« Er lächelte bei der Vorstellung, und sie plauderten noch eine Weile. Aber er lächelte nicht mehr, als vier Tage später Pam vor ihm stand.

»Was meinst du damit, daß wir dieses Jahr Bekannte nach Aspen eingeladen haben?« Sie sah ihn über den Tisch hinweg an und wurde blaß. Er hatte es Mark am Abend zuvor gesagt, und dieser war sichtlich überrascht gewesen, hatte aber keine Zeit gehabt, sich dazu zu äußern. Und Peter hatte vor, es auch Matt zu sagen, nachdem er es Pam mitgeteilt hatte. Aber Pam sah ihren Vater an, als wäre sie im Begriff, in die Luft zu gehen. »Was für Bekannte?«

»Eine Familie, über die ihr euch bestimmt freuen werdet.« Er spürte, wie er aus allen Poren zu schwitzen begann, und ärgerte sich über seine übertriebene Reaktion. Warum ließ er sich von ihr nur so in die Enge treiben? »Es sind zwei Mädchen in deinem Alter dabei.« Er versuchte Zeit zu gewinnen, das wußten sie beide, aber er hatte Angst vor dem Geständnis, daß es sich um Mel und ihre Töchter handelte.

»Wie alt sind sie?«

»Sechzehn«, antwortete er hoffnungsvoll, doch er erhielt sofort eine kalte Dusche.

»Wahrscheinlich sind sie ekelhaft und werden mich geringschätzig behandeln, weil ich jünger bin als sie.«

»Das bezweifle ich.«

»Ich fahre nicht mit.«

»Pam... um Himmels willen...«

»Ich bleibe hier bei Mrs. Hahn.« Pam war hart wie Granit.

»Sie geht auf Urlaub.«

»Dann begleite ich sie. Ich fahre nicht mit dir nach Aspen, außer du wirst diese Leute los. Wer sind sie überhaupt?«

»Mel Adams und ihre Zwillinge.« Einmal mußte er damit herausrücken, und Pam riß die Augen weit auf.

»Sie? Ich komme nicht mit!« Endlich wurde ihm bewußt, in was für einem Ton sie zu ihm sprach, er schlug wütend mit der Faust auf den Eßtisch.

»Du wirst tun, was ich dir sage, hast du verstanden? Und wenn ich sage, du fährst nach Aspen, wirst du fahren! Ist das klar?« Sie schwieg, ergriff ihren leeren Teller und warf ihn an die Wand; er zersplitterte auf dem Fußboden in unzählige Scherben, während sie aus dem Zimmer rannte. Wenn Anne noch am Leben gewesen wäre, hätte sie Pam gezwungen, zurückzukommen und Ordnung zu machen, aber Peter hatte nicht das Herz, so streng mit ihr zu sein – sie war ein Kind, das keine Mutter hatte. Er saß also im Speisezimmer und starrte auf seinen Teller; kurz darauf verließ er den Raum und schloß sich in seinem Zimmer ein. Er brauchte eine halbe Stunde, bis er den Mut fand, Mel anzurufen. Er mußte einfach ihre Stimme hören, erzählte ihr aber nichts von der Szene mit Pam. Am Morgen kam Pam nicht zum Frühstück, und Matthew, der am Abend zuvor nach dem Abendessen vom Besuch bei seiner Großmutter zurückgekommen war, fragte ihn neugierig:

»Wer kommt mit uns nach Aspen, Dad?«

Peter blickte ihm herausfordernd in die Augen. »Miß Adams. Die Dame, die einmal am Abend bei uns gegessen hat, und ihre beiden Töchter.« Er wartete kampfbereit auf die Explosion, denn bis jetzt war dies die erste Reaktion gewesen, doch Matthews Gesicht strahlte bei der Neuigkeit.

»Wirklich? Großartig! Wann kommt sie?«

Peter lehnte sich lächelnd und entspannt zurück und sah sein jüngstes Kind erleichtert an. Gott sei Dank, eines von ihnen nahm es positiv auf. Von Mark hatte er noch nichts gehört, aber vielleicht würde er sich ebenso merkwürdig benehmen wie Pam, obwohl das unwahrscheinlich war. Mark war derzeit zu sehr mit seinem eigenen Leben beschäftigt, um Schwierigkeiten zu machen. »Wir treffen sie in Aspen. Alle drei.«

»Hurra! Warum kommt sie nicht her, und wir fliegen zusammen hin?«

»Wohin fliegen?« Mark trat schlaftrunken ins Zimmer. Er war am vorhergehenden Abend spät heimgekommen und mußte sich beeilen, hatte aber einen Bärenhunger. Er hatte schon Mrs. Hahn um Spiegeleier mit Speck, Toast, Orangensaft und Kaffee gebeten.

»Wir sprachen über Aspen.« Peter sah Mark abwehrbereit an und wartete auf die Ablehnung, die jetzt kommen mußte. »Er meinte, daß Mel Adams und ihre Töchter hier mit uns zusammenkommen sollten.« Es erfolgte keine sofortige Reaktion, und er wandte sich wieder an Matt. »Aber sie kommen aus dem Osten, und es ist leichter für sie, nach Denver und von dort nach Aspen zu fliegen.«

»Sind sie hübsch?«

»Wer?« Peter sah Mark verständnislos an. Er konnte zur Zeit nicht mit seinen Kindern Schritt halten und war noch immer wegen Pams Reaktion am Abend zuvor verstört. Sie war noch nicht aus ihrem Zimmer aufgetaucht, ihre Tür war am Abend zuvor versperrt gewesen, als er mit ihr sprechen wollte, und sie hatte nicht geantwortet, als er ihren Namen gerufen hatte. Er beschloß, sie einen Tag in Ruhe zu lassen, damit sie sich beruhigte. Am Abend würde er mit ihr reden, wenn er aus dem Krankenhaus nach Haus kam.

»Sind ihre Töchter hübsch?« Marks Gesichtsausdruck verriet deutlich, daß er seinen Vater für ausgesprochen schwer von Begriff hielt. Peter lehnte sich lachend zurück, und im gleichen Augenblick traf Marks üppiges Frühstück ein.

»Gütiger Gott, für wen ist das alles?«

»Für mich. Also, sind sie hübsch?«

»Ob sie was sind? Ach, verzeih ... ich weiß nicht. Ich nehme es an. Sie sieht gut aus, also sollten ihre Töchter auch hübsch sein.«

»Hmmm ...« Mark war unschlüssig, ob er sich mit dem Frühstück befassen oder weitere Informationen über Mels Töchter einholen sollte. »Hoffentlich sind sie keine Vogelscheuchen.«

»Du bist ein Witzbold.« Matt sah ihn empört an. »Wahrscheinlich sind sie super.«

Darauf erhob sich Peter grinsend. »Und in diesem Sinne, meine Herren, wünsche ich euch einen guten Morgen. Wenn ihr eure Schwester seht, grüßt sie von mir. Auf Wiedersehen bis heute abend. Wirst du zu Haus sein, Mark?«

Mark nickte, schluckte ein halbes Stück Toast, sah mit einem Auge auf die Uhr und befürchtete, daß er noch mehr Verspätung haben würde. »Ich glaube schon, Dad.«

»Vergiß nicht, Mrs. Hahn zu sagen, was du vorhast.«

»Ich werde daran denken.« Damit verschwand Peter und fuhr ins Krankenhaus, um seine Visite zu machen. An diesem Morgen operierten sie nicht. Sie hielten wieder ihre monatliche Konferenz über Neuerungen ab, und sprachen auch über Peters neueste Methode, die er am Nachmittag Mel in allen Einzelheiten erklärte, als er sie anrief. Als er damit fertig war, beschloß er, ihr ehrlich von Pams Reaktion zu berichten.

»Sie wird sich beruhigen. Ich glaube, sie empfindet es im Augenblick als Bedrohung.«

»Willst du immer noch, daß wir kommen?«

»Machst du Witze?« fragte er entsetzt, daß sie die Frage auch nur stellte. »Ich würde gar nicht in Betracht ziehen, ohne dich hinzufahren. Was ist mit deinem Nachwuchs? Gewöhnen sie sich schon an den Gedanken?«

»Widerwillig.«

Die »beiläufige« Ankündigung, von der er sich so viel versprochen hatte, war gründlich fehlgeschlagen. Mel hatte recht gehabt, zumindest was Pam betraf. »Matt ist begeistert. Und ich fürchte, daß Mark schon ganz begierig ist, die Zwillinge in Augenschein zu nehmen. Aber er ist harmlos.«

»Sag das nicht!« lachte Mel. »Warte, bis du Val siehst.«

»Sie kann gar nicht so exotisch sein.« Mel erwähnte immer die üppige Figur des Mädchens und wie verführerisch sie sei. Aber wahrscheinlich war sie als Mutter alles andere als objektiv.

»Peter.« Mel sprach in sehr entschiedenem Ton. »Valerie ist nicht exotisch, sondern schlicht und einfach sexy. Du solltest Mark lieber jetzt schon Beruhigungsmittel ins Essen tun.«

»Der arme Junge. Ich glaube, er hat noch keine sexuellen Erfahrungen und bemüht sich verzweifelt, diesen Zustand zu ändern. Nächste Woche wird er achtzehn, im September kommt er aufs College, und dann will er auf keinen Fall mehr unberührt sein.«

»Schön, aber er soll bei jemand anderem üben, nicht bei meiner Tochter.«

»Einverstanden, solange ich bei ihrer Mutter üben kann.« Sie lachten beide und freuten sich auf Aspen, trotz ihrer Kinder.

»Meinst du, daß wir dieses Treffen überleben werden, Peter?«

»Ich habe nicht den geringsten Zweifel daran, mein Liebling. Wir werden uns alle großartig unterhalten.«

»Du glaubst, daß Pam sich damit abfinden wird?«

»Ich bin davon überzeugt. Wir müssen einmal auch an uns denken. Ich liebe dich, Mel.« Sie beteuerte das gleiche, dann legten sie auf.

Als sie einige Tage später in Los Angeles an Bord der Maschine nach Denver gingen, mußte er jedoch einsehen, daß seine Diagnose bezüglich Pams Gemütszustand doch zu optimistisch war.

»Komm schon, Meckerziege, wir müssen an Bord gehen.« Mark fand Pam unerträglich, wenn sie so trotzte wie in den letzten Tagen. Sie sprach nicht einmal mehr mit ihrem Vater. »Du wirst dafür sorgen, daß wir einen unvergeßlichen Urlaub erleben, nicht wahr?«

»Du kannst mich...« Sie sprach zu ihrem älteren Bruder in einem Ton, bei dem jedem Zuhörer die Haare zu Berge gestanden wären, und Mark sah aus, als hätte er sie am liebsten geschlagen.

»Kommt jetzt, ihr beiden.« Peter trug ein kariertes Hemd, hatte sich einen roten Pullover über die Schultern gehängt und hatte einen kleinen Rucksack auf dem Rücken. Er hielt in einer Hand die Bordkarten der Familie und mit der anderen Matt fest. Matthew war so aufgekratzt, daß er Pams Laune wieder wettmachte. Pam fand einen einzelnen freien Sitz für sich auf der anderen Seite des Ganges, während die drei Männer nebeneinander saßen, Matthew am Fenster, damit er hinaussehen konnte, Peter am Mittelgang, um Pam im Auge zu behalten, aber sie wandte das Gesicht ab und blickte während der ersten Hälfte des Fluges aus dem Fenster. Dann las sie ein Buch, bis der Lunch serviert wurde, aber sie stocherte nur im Essen herum, und das Tablett wurde wieder abgeholt. Peter verbarg seine Besorgnis. Als er später die Süßigkeiten herausholte, die er für die Kinder mitgebracht hatte, und sie auch ihr anbot, lehnte sie ab, ohne ihn anzusehen.

»Sie benimmt sich wirklich idiotisch«, flüsterte Mark seinem Vater zu, bevor sie in Denver landeten.

»Sie wird sich schon beruhigen. Mels Töchter werden sie ablenken. Wahrscheinlich fühlt sie sich nur bedroht, weil sie für eine Weile nicht die Bienenkönigin spielen kann. Sie ist es gewohnt, das einzige Mädchen unter Männern zu sein, und jetzt kommen drei neue Frauen dazu. Das muß für sie ein Schock sein.«

»Sie will einfach, daß alles nach ihrem Kopf geht. So führt sie sich seit Moms Tod auf.« Er sah seinen Vater vorwurfsvoll an. »Mom hätte ihr das niemals durchgehen lassen.«

»Vielleicht nicht.« Sogar dieser Vorwurf verletzte Peter. Er gab sich so verdammt viel Mühe und bekam immer nur zu hören, daß Anne alles viel besser gemacht hatte.

Doch dann erforderte Matthew seine Aufmerksamkeit, als sie landeten und laufen mußten, um die andere Maschine nach Aspen zu erreichen. Es war ein kurzer, böiger Flug über die Berge, und der Pilot vollführte eine spektakuläre Landung, indem er zwischen den Bergen zu dem kleinen, mit Lear-Jets und kleinen Privatflugzeugen überfüllten Flughafen hinabtauchte. Aspen war Treffpunkt für die Superreichen und verschiedene interessante Leute. Es schien hier alles zu geben, alle möglichen Menschen, das war einer der Gründe, weshalb Aspen Peter gefiel. Er hatte mit Anne immer hier Urlaub gemacht und behielt die Tradition weiterhin bei, weil sie dort im Winter und Sommer glückliche Zeiten verbracht hatten.

»Wir sind da!« sagte er freudig erregt, die vier stiegen aus und mieteten auf dem Flughafen einen Wagen, um zu einem Apartmenthaus zu fahren, das sich kaum von dem unterschied, in dem sie in den letzten fünf Jahren eine Wohnung gemietet hatten. Diesmal hatten sie gefunden, daß es Zeit für eine Abwechslung war, und sogar Pam vergaß ihre schlechte Laune, als sie sich der Stadt näherten. Es hatte sich nichts verändert, und wie gewöhnlich war die Aussicht auf die Berge spektakulär. Sie hatten gerade noch Zeit, sich einzurichten und auszupacken sowie im Supermarkt Lebensmittel einzukaufen, bevor Peter zum Flughafen fahren und Mel abholen mußte. Er musterte die Gruppe, die die Einkaufstasche auspackte, und machte eines seiner scheinbar beiläufigen Angebote. »Will jemand mitkommen?«

»Ich komme mit.« Mark ließ alles fallen, was er gerade in der Hand hatte, und fuhr mit den nackten Füßen in Sandalen. Er trug Khakishorts und ein rotes T-Shirt, und sogar Peter fiel auf, daß der Junge mit seiner tiefen Sonnenbräune und dem von der Sonne gebleichten Haar auffallend gut aussah. Mels Zwillinge würden dahinschmelzen, und wenn nicht, stimmte mit ihnen etwas nicht; vor Stolz auf seinen ältesten Sohn grinste er in sich hinein.

»Ich auch!« quiekte Matt und griff nach seinem geliebten Weltraumgewehr.

»Brauchst du das Ding?« fragte Peter mit einem Blick auf die Waffe, die einen Lärm verursachte, der ihn verrückt machte.

»Sicherlich, wir könnten von Geschöpfen aus dem Weltraum überfallen werden.«

»Sie kommen mit dem nächsten Flugzeug«, bemerkte Pam bissig, und Peter funkelte sie an. »Jetzt reicht's mir. Eigentlich« – er sah Pam wütend an – »finde ich, daß du auch mitkommen solltest. Wir sind eine Familie, und wir unternehmen alles gemeinsam.«

»Wie rührend.« Sie stand unbeweglich in der Küche. »Ich glaube, ich bleibe hier.«

»Komm schon, du blödes Ding.« Mark stieß sie zur Tür, sie stieß zurück, und Peter brüllte.

»Verdammt noch mal! Benimm dich endlich einmal!« Das Gebrüll ihres Vaters beeindruckte Pam offenkundig, und die vier fuhren schweigend zum Flughafen, während Peter sich Sorgen darüber machte, wie sich Pam Mel und ihren Töchtern gegenüber verhalten würde. Aber als er Mel aus dem Flugzeug steigen sah, konnte er nur daran denken, wie sehr er sie liebte und wie verzweifelt er sich danach sehnte, sie in die Arme zu schließen. Sie mußten sich jedoch vor den Kindern beherrschen. Sie kam auf ihn zu, ihr rotes Haar war zu einem losen Knoten zusammengefaßt, ein Strohhut schützte ihre Augen, und sie trug ein hübsches, cremefarbenes Leinenkleid und Sandalen. »Es ist schön, dich zu sehen, Mel.« Er ergriff ihre Hand, während die Kinder zusahen, sie gab ihm einen leichten Kuß auf die Wange und wandte sich sofort seinen Kindern zu. Sie mußte sich mit Gewalt zurückhalten, um ihn nicht auf den Mund zu küssen.

»Hallo, Pam, es ist nett, dich wiederzusehen.« Sie berührte leicht ihre Schulter, beugte sich hinunter und küßte Matt, der ihr die Arme um den Hals schlang, dann wandte sie sich zu Mark und begrüßte ihn, doch er starrte unverwandt auf eine junge Frau hinter ihr. »Ich möchte euch meine Töchter vorstellen. Das ist Jessica.« Es war an ihrem roten Haar leicht zu sehen, daß sie Mutter und Tochter waren, aber es war Valerie, die Marks Aufmerksamkeit auf sich gezogen hatte. »Und das ist Valerie.«

Beide Mädchen sagten leise »Hallo«, und Mel machte sie mit Peter bekannt, dem es sichtlich schwerfiel, nicht laut zu lachen. Sein ältester Sohn sah aus, als würde er Val ohnmächtig zu Füßen sinken, und während er und Mel das Gepäck holten, schüttelte er grinsend den Kopf.

»Du hattest recht. Ich glaube, daß nicht einmal ein Beruhigungsmittel genützt hätte.« Das Mädchen besaß eine sinnliche Ausstrahlung, die jeder Beschreibung spottete und dadurch verstärkt wurde, daß sie so frisch und naiv aussah. »Du solltest sie nicht auf die Straße gehen lassen, Mel.«

»Ich versuche es, Liebster, ich versuche es. Wie geht es dir? Wie war der Flug?«

»Sehr gut.«

»Wie geht es Pam?« Sie blickte aus den Augenwinkeln zu ihr hinüber und sah, daß Jessica mit ihr sprach, während Matt Jessica in sprachloser Bewunderung anstarrte. »Ich würde annehmen, daß sich einiges positiv auswirken wird.« Val und Mark unterhielten sich angeregt, und Pam schien Jessica zu antworten, die Matts kleine Hand in der ihren hielt und während der Gesprächspausen das Weltraumgewehr bewunderte. »Sie sind alle brave Kinder, das wird dazu beitragen, daß sie die Schwierigkeiten überbrücken.«

»Wie ihre Mutter.«

»Ich liebe dich«, flüsterte sie mit dem Rücken zu den Kindern, und er hätte sie am liebsten umarmt.

»Ich liebe dich auch«, sagte er dicht an ihrem Ohr. Ein Träger half ihnen mit dem Gepäck. Es war gut, daß sie einen Kombiwagen hatten. Mit sieben Personen und den Reisetaschen der Adams war der Wagen bei der Heimfahrt randvoll. Alle schienen zugleich zu reden, sogar Pam streckte allmählich den Kopf aus ihrem Schneckenhaus, weil Jessica sich ihr voll widmete.

Sie erhob nicht einmal die heftigen Einwände, die Peter befürchtet hatte, als er die Einteilung der Schlafzimmer verkündete. Pam, Jess und Val würden den Raum mit den beiden Stockbetten benützen. Sie hatten zwar wenig Platz, aber es schien den Mädchen nichts auszumachen. Pam konnte wieder lachen, als Jessica sie neckte. Die beiden Jungen schliefen in einem Zimmer mit Doppelbett, während Peter und Mel die beiden kleinsten Zimmer nahmen, die nur je ein Bett enthielten. Für gewöhnlich hatte jedes von Peters Kindern sein eigenes Zimmer, doch dieses Jahr hatte er sich etwas einfallen lassen müssen, um alle unterzubringen und getrennte Schlafzimmer für ihn selbst und Mel zu schaffen, was auf diesem ersten Urlaub mit den Kindern unerläßlich war.

»Alle gut untergebracht?«

»Ausgezeichnet«, antwortete Valerie sofort, sah Peter bewundernd an und flüsterte später ihrer Mutter zu: »Er ist nett«, worauf Mel lachte. Leider war nicht zu übersehen, daß Mark Val noch besser gefiel als der Vater. Mel hatte sie zwar darauf aufmerksam gemacht, daß eine neue Liebelei während der nächsten zwei Wochen allen zusätzliche Probleme aufhalsen würde. Während des Flugs nach Denver hatte Val noch dazu pflichtgemäß genickt, aber als sie am Abend alle gemeinsam das Essen kochten, wobei Val und Mark für den Salat und die gebackenen Kartoffeln zuständig waren, gab Mel allmählich die Hoffnung auf, daß sie eine beginnende Liebelei im Keim ersticken konnte. Sie hoffte nur, daß sie einander in den nächsten zwei Wochen gründlich satt bekommen würden. Vals Liebeleien waren nie von langer Dauer, wie Jessica Pam gegenüber erwähnte, als sie am Kamin saßen, nachdem Jessica Pam geholfen hatte, Matt zu Bett zu bringen. Sie hatte sichtlich für Pams verletzte Gefühle Verständnis. »Ich glaube nicht, daß Mark sie auch nur einen Augenblick aus den Augen gelassen hat, seit ihr beiden hier seid«, meinte Peter grinsend; er war der älteren Zwillingsschwester dankbar, weil sie sich bemühte, seine Tochter zu beruhigen. Sie schien ein ganz besonderes Mädchen zu sein, und er erinnerte sich an alles, was Mel über sie erzählt hatte. Es war lustig, die Zwillinge zu sehen, nachdem er so viel über sie gehört hatte, aber sie waren genauso, wie Mel sie beschrieben hatte, auch Val, die man sich tatsächlich eher auf der Mittelseite des *Playboy* vorstellen konnte als in der ersten Klasse der Mittelschule. Doch das Mädchen hatte trotz ihres sensationellen Körperbaus etwas wohltuend Unschuldiges an sich. »Wie ich höre, willst du Medizin studieren, Jess.« Ihre Augen leuchteten bei dieser Frage auf, und Pam machte ein gelangweiltes Gesicht.

»Wie abstoßend.«

»Ich weiß.« Sie sah Pam beschwichtigend an. »Alle reagieren so. Ich will Gynäkologin oder Kinderärztin werden.«

»Beides sind gute Spezialfächer, aber sehr anspruchsvoll.«

»Ich möchte Modell werden.« Pam gab sich reserviert, und Jess lächelte.

»Das würde ich natürlich auch gern tun, aber ich sehe nicht so gut aus wie du.«

Das stimmte nicht, aber Jessica glaubte es wirklich. Sie hatte zu lange in Vals Schatten gelebt.

»Du kannst alles werden, was du willst.« Mel saß entspannt am Kamin und war glücklich, wieder in Peters Nähe zu sein. Es schien tausend Jahre her zu sein, seit sie ihn zuletzt gesehen hatte.

»Hat jemand Lust zu einem Spaziergang?« Mark kam mit dem Vorschlag hereingestürmt, und nachdem er allen eine Zeitlang zugeredet hatte, war die ganze Gruppe damit einverstanden, außer Matt, der in seinem Bett tief und fest schlief.

»Können wir ihn alleinlassen?« fragte Mel besorgt, und Peter nickte.

»Zweifellos. Er schläft wie ein Murmeltier. Die Bergluft wirkt immer so auf ihn. Anne sagte immer ...« Er brach ab und wurde blaß. Mel lief es eiskalt über den Rücken. Es war seltsam, in Annes Fußstapfen zu treten, mit ihren Kindern hier zu sein. Sie fragte sich, ob Pams Reaktion damit zusammenhing, und nahm sich vor, mit ihr darüber zu sprechen, während sie in der kühlen Bergluft spazierengingen, doch Pam wollte ganz eindeutig lieber mit Jessica plaudern. Sie wanderten etwa eine halbe Stunde lang durch die Gegend, und zwar paarweise: Val und Mark, Jessie und Pam, und Melanie und Peter.

»Siehst du, es klappt ausgezeichnet, nicht wahr?« meinte Peter stolz.

»Verteil das Fell des Bären noch nicht, wir sind eben erst angekommen.«

»Sei nicht albern. Was sollte jetzt noch passieren?«

Sie tat, als ducke sie sich vor dem Zorn der Götter, dann sah sie Peter an. »Machst du Witze? Alles mögliche kann passieren. Wir wollen nur hoffen, daß es nach diesem kleinen Abenteuer keine Morde, gebrochene Knochen oder unerwünschte Schwangerschaften gibt.«

»Du bist wirklich eine Optimistin.« Er zog sie hinter einen Baum und küßte sie schnell, ohne daß die Kinder es sahen, sie kicherten leise und gingen weiter. Es war herrlich, wieder beisammen zu sein, und es war nett, ihre Kinder zusammen zu sehen, ganz gleich, welche Greuel Mel voraussagte.

Endlich kehrten sie zu dem Haus zurück, waren glücklich, entspannt und müde nach der Reise und dem Auspacken, und jeder zog sich in sein Zimmer zurück. Jedes Zimmer besaß ein eigenes Badezimmer, sie mußten nicht zum Zähneputzen anstehen, und Mel hörte die Mädchen in ihrem Zimmer kichern, nachdem das Licht ausgemacht worden war. Sie sehnte sich danach, auf Zehenspitzen durch den Korridor zu Peter zu schleichen, hielt es aber nicht für klug. Noch nicht. Nicht, wenn die Kinder in der Nähe waren. Als sie im Bett lag und an ihre gemeinsame Zeit in New York dachte, sah sie, wie die Tür sich öffnete und ein Schatten das Zimmer durchquerte; sie setzte sich überrascht auf, in dem Augenblick, als er unter ihre Decke schlüpfte.

»Peter!« rief sie erstaunt.

»Woher weißt du das?«

»Du solltest nicht... was ist, wenn die Kinder...«

»Kümmre dich nicht um die Kinder... die Mädchen sind zu beschäftigt und glauben, wir hören sie nicht, und Mark ist wahrscheinlich ebenso taub für die Welt wie Matt... jetzt haben wir Zeit für uns, Kleines.« Er umarmte sie und schob die Hand unter ihr Nachthemd, während sie sich bemühte, kein Geräusch zu machen. »Gott, wie du mir gefehlt hast.«

Mel sprach kein Wort, zeigte ihm jedoch deutlich, daß auch sie ihn vermißt hatte. Ihre Körper verschmolzen für Stunden in köstlicher Lust, dann verließ er sie widerstrebend. Sie schlich auf Zehenspitzen zur Tür, um ihm einen Gutenachtkuß zu geben, und sah ihm nach, als er auf leisen Sohlen durch den Korridor huschte. Aus den Zimmern der Kinder kam kein Geräusch. Sie schliefen alle tief, und Mel konnte sich nicht erinnern, je so glücklich gewesen zu sein. Sie schlich leise zum Bett zurück, das noch den süßen Duft ihrer Leidenschaft trug, und schlief ein.

21

Am nächsten Tag machten sie eine acht Kilometer lange Wanderung und picknickten unterwegs. Sie machten bei einem kleinen Bach Rast, in dem sie wateten, und Matt fing eine Schlange für Mark, worauf alle drei Mädchen sich schreiend zu Peter und Mel flüchteten, die sie auslachten. Schließlich ließ Matthew die Schlange wieder frei, und die große Familie wanderte weiter bis zum späten Nachmittag, dann kehrten sie zum Haus zurück, um im Pool zu schwimmen; die Kinder tollten herum wie alte Freunde, aber Mel bemerkte, daß Pam jedesmal, wenn Jessica sich nicht mit ihr unterhielt, nach ihr und Peter schielte.

»Sie bilden eine nette Gruppe, nicht wahr, Mel?«

Das ließ sich nicht leugnen. Und auch eine gutaussehende. Sie waren alle hübsche Kinder, aber in Pams Augen lag noch immer der unglückliche Ausdruck, besonders wenn sie Mel und ihren Vater zusammen sah. Mel war Jessie besonders dankbar, weil sie Pam ablenkte. Valerie und Mark waren selbstverständlich seit dem Frühstück unzertrennlich. »Auch sie bilden ein nettes Paar«, gab Mel mit müdem Lächeln zu. »Aber eines, das überwacht werden muß.«

»Fängst du schon wieder davon an? Worüber machst du dir jetzt Sorgen?« Ihre Reaktionen amüsierten ihn. Sie schien immerfort ein wachsames Auge auf ihre gemeinsame Nachkommenschaft zu haben, aber auch das gefiel ihm an ihr. Es war nicht zu übersehen, daß sie eine wunderbare Mutter war.

»Ich mache mir über nichts Sorgen. Aber ich behalte die Dinge im Auge.« Sie schmunzelte, und Peter blickte auf Val und Mark.

»Ich glaube, sie sind harmlos. So viel Energie und junges Fleisch, aber zum Glück sind beide noch nicht ganz sicher, was sie miteinander unternehmen könnten. Nächstes Jahr würden wir vielleicht nicht so viel Glück haben.«

»Meine Güte« – Mel verdrehte die Augen –, »hoffentlich stimmt das nicht. Warum habe ich dieses Kind nicht verheiratet, als es zwölf war? Ich glaube nicht, daß ich es noch vier oder fünf Jahre durchhalte, auf sie achtzugeben.«

»Ich glaube nicht, daß du das tun mußt. Sie ist ein schrecklich nettes Mädchen.«

Mel nickte, blieb jedoch vorsichtig. »Aber viel zu vertrauensselig. Sie ist ganz anders als Jessica.«

Er nickte zustimmend. Das hatte er schon bemerkt. »Pam scheint von Jess sehr eingenommen zu sein.«

»Sie versteht sich gut mit jüngeren Mädchen.«

»Ich weiß.« Er war seit zwei Jahren nicht mehr so glücklich gewesen. »Matt betet sie an.« Dann senkte er die Stimme und beugte sich zu Mels Ohr nieder. »Und ich bete dich an. Glaubst du, daß wir für immer hier bleiben könnten?«

»Liebend gern.« Aber auch das stimmte nicht ganz. Sie sehnte sich eigentlich nach der Zeit, die sie zu zweit in New York verbracht hatten. Hier konnte sie nicht tun und lassen, was sie wollte. Sie mußte auf die Kinder aufpassen und scheute sich nicht, energisch zu werden, wenn sie mußte. Sie ließ die vier Älteren am Abend ins Kino gehen, während sie mit Peter und Matt zu Haus blieb, aber als Mark und Val allein ausgehen wollten, nachdem sie Jessie und Pam nach Haus gebracht hatten, legte Mel unbarmherzig ein Veto ein. »Es wäre den anderen gegenüber nicht richtig, wir sind als Gruppe hier.« Es gab auch noch andere Gründe, auf die sie nicht einging. Gründe, weshalb sie jeden Tag genau achtgab, wenn sie spazierengingen, ausritten und auf blumenübersäten Wiesen Picknicks veranstalteten. Die beiden, Mark und Val, wirkten so natürlich und sinnlich, die engen T-Shirts, die kurzen Shorts, die knappen Badeanzüge – dazu die frische Bergluft und das ständige Beisammensein im Haus. Sie hatte noch nie erlebt, daß Val von einem Jungen so eingenommen war, und sie machte sich deshalb mehr Sorgen, als sie Peter gestand. Sie sprach mit Jessie darüber, als sie einmal allein waren; Jessica hatte es ebenfalls bemerkt.

»Meinst du, daß sie okay ist, Mom?« Zwischen den Zwillingen bestand eine starke Bindung, und Jessica machte sich immer Sorgen um ihre Schwester.

»Ja. Aber man muß auf sie aufpassen.«

»Glaubst du, daß sie...« Jessica beschuldigte ihre Schwester nur ungern der Mutter gegenüber. »Ich glaube nicht, daß sie...«

»Ich glaube auch nicht, daß sie es tun würde, aber ich glaube, daß man sich auf Wiesen voller wilder Blumen, zwischen schneebedeckten Bergen oder nachts, wenn man allein ist, leicht dazu hinreißen lassen kann. Ich halte Mark für gefühlsbetonter als viele der Jungen, die sie kennt. Ich will nur sicher sein, daß sie nichts Unüberlegtes anstellt. Ich glaube eigentlich nicht, daß sie es tun würde, Jess.«

»Im Augenblick erzählt sie mir nicht viel, Mom«; das war für Val sehr ungewöhnlich. Normalerweise sprachen die beiden über alles, was sich in ihrem Leben abspielte, insbesondere was Jungen betraf. Aber in bezug auf Mark verhielt Val sich merkwürdig still.

»Vielleicht hält sie es für etwas Ernsteres, als es eigentlich ist. Erste Liebe.«

»Wenn sie nur keine Dummheiten anstellt.«

»Das wird sie schon nicht.« Mel vertraute ihrer eigenen Wachsamkeit und der Klugheit ihrer Tochter. »Was ist mit Pam? Was hältst du von ihr?« Für sie war nicht das Urteil Außenstehender maßgebend, sondern das ihrer Tochter; Peter bildete zwar eine Ausnahme, aber er war seiner einzigen Tochter gegenüber kaum objektiv.

»Um es vorsichtig auszudrücken: Ich glaube nicht, daß sie ein wirklich glückliches Mädchen ist. Wir haben über alles mögliche gesprochen, manchmal ist sie sehr offenherzig, dann wieder bleibt sie verschlossen. Ich glaube, ihre Mutter fehlt ihr wirklich, vielleicht mehr als den anderen. Mark ist älter und Matthew war noch sehr klein, als sie starb, aber Pam verlor damals ihre einzige Bezugsperson. Manchmal wird sie deshalb auf ihren Vater böse.«

»Hat sie dir das gesagt, Jess?« Mels Stimme war leise und voller Besorgnis.

»Mehr oder minder. Ich glaube, sie ist vor allem verwirrt. Es ist kein einfaches Alter, Mom.« Jess wirkte älter und weiser, als sie wirklich war, und Mel war gerührt.

»Ich weiß. Und du bist sehr nett zu ihr. Ich danke dir, Jess.«

»Ich mag sie.« Sie meinte es ehrlich. »Sie ist ein wirklich aufgewecktes Mädchen. Mitunter ein bißchen verdreht, aber verdammt klug. Ich habe sie eingeladen, uns einmal in New York zu besuchen, und sie hat ja gesagt.« Mel sah sie überrascht an. »Macht es dir etwas aus?«

»Keineswegs. Jeder Hallam ist mir jederzeit willkommen.«

Jess schwieg einen Augenblick, dann sah sie ihre Mutter an. »Was spielt sich zwischen dir und Dr. Hallam ab, Mom?«

»Nicht viel. Wir sind gute Freunde.« Aber sie hatte das Gefühl, daß Jessica schon viel mehr wußte. »Ich mag ihn, Jess.«

»Sehr?« Jessica sah Mel in die Augen, und sie wußte, daß sie dem Kind gegenüber aufrichtig sein mußte.

»Ja.«

»Liebst du ihn?«

Mel hielt den Atem an. Was bedeuteten diese Worte? Was wollte Jess wissen? Die Wahrheit, sagte sie sich. Sie mußte ihr die Wahrheit sagen. »Ja, ich glaube schon.« Jessica sah aus, als hätte sie einen Schlag bekommen.

»Oh.«

»Bist du überrascht?«

»Irgendwie ja und irgendwie nicht. Ich habe es geahnt, war aber nicht sicher. Wenn es jemand ausspricht, geht es einem schon nahe.« Dann seufzte sie und sah Mel an. »Ich mag ihn.«

»Das freut mich.«

»Glaubst du, daß ihr heiraten werdet?«

Doch diesmal schüttelte Mel den Kopf. »Nein, das glaube ich nicht.«

»Warum nicht?«

»Weil wir zu weit voneinander entfernt leben. Ich kann meinen Job nicht aufgeben und nach Los Angeles übersiedeln, und er kann sich nicht in New York niederlassen. Jeden von uns hält zu vieles dort fest, wo wir wohnen.«

»Das ist traurig. Glaubst du, daß ihr heiraten würdet, wenn ihr in derselben Stadt lebtet?«

»Das weiß ich nicht. Dieses Problem stellt sich uns nicht. Deshalb versuchen wir, die Zeit zu genießen, die uns zur Verfügung steht.« Mel berührte die Hand ihrer Tochter. »Ich liebe dich, Jess.«

»Ich liebe dich auch, Mom. Und ich bin froh, daß wir doch hierher gefahren sind. Es tut mir leid, daß ich es dir so schwer gemacht habe.«

»Schon gut. Ich bin froh, daß alles so gut klappt.«

»Störe ich euch?« Peter trat ins Zimmer und sah, daß Mutter und Tochter einander an der Hand hielten, doch Mel schüttelte den Kopf.

»Wir hatten soeben ein angenehmes Gespräch.«

»Das ist schön.« Er freute sich sichtlich darüber. »Wo sind die anderen?«

»Ich weiß es nicht.« Es war ungefähr fünf Uhr, und Mel war gerade vom Supermarkt zurückgekommen, bevor sie sich mit Jess unterhalten hatte. Sie nahm an, daß die übrigen Kinder um diese Zeit beim Swimming-pool waren, wie jeden Tag während der letzten Woche.

»Val und Mark sind mit Matt spazierengegangen.«

»Wirklich?« fragte Mel überrascht. »Wo ist denn Pam?«

»In unserem Zimmer. Sie schläft. Sie hatte am Nachmittag Kopfschmerzen. Ich dachte, du wüßtest es.« Mel war noch immer erstaunt, und Peter tätschelte ihren Arm.

»Mark wird auf Val und Matt gut achtgeben. Mach dir ihretwegen keine Sorgen, Mel.« Aber als sie um sieben noch nicht zurück waren, war Mel ernstlich besorgt, und Peter sah nicht mehr so zuversichtlich aus wie zuvor.

Er suchte Jess und Pam in ihrem Zimmer auf. »Wißt ihr, wohin sie gegangen sind?« Jessica schüttelte den Kopf, und Pam sah ihn ausdruckslos an.

»Ich habe geschlafen, als sie weggingen.«

Er nickte und kehrte zu Mel zurück. Draußen war es noch hell, aber er wollte sich umsehen. »Ich bin bald wieder da.« Doch als auch er nach einer Stunde nicht auftauchte, war Mel ebenso bestürzt wie die Mädchen.

»Was glaubst du, daß passiert ist, Mom?« flüsterte Jessica. Pam saß mit bleichem Gesicht in ihrem Zimmer.

»Ich weiß es nicht, Liebling. Peter wird sie finden.« Doch er wanderte auf den Hügeln hinter dem Haus ziellos umher, ging querfeldein und rief laut ihre Namen. Es war schon dunkel, als er endlich Val und Mark fand, die zerkratzt, verängstigt und allein waren.

»Wo ist Matt?« Er wandte sich direkt an seinen Sohn, in seiner Stimme lagen Angst und Unruhe, er bemerkte, daß Vals Gesicht von Tränen und Kratzern bedeckt war.

Mark sah aus, als wäre er ebenfalls den Tränen nahe. »Wir wissen es nicht.«

»Wann habt ihr ihn zuletzt gesehen?« Peters Kiefer verkrampfte sich.

»Vor ungefähr zwei oder drei Stunden. Wir schlenderten einfach durch die Gegend, dann drehten wir um, und er war auf einmal nicht mehr da.« Val begann unvermittelt zu weinen, während sie ihre Version der Geschichte erzählte, und Peter sah, daß Mark noch immer ihre Hand hielt und ahnte allmählich, was geschehen war und warum sie Matthew aus den Augen verloren hatten.

»Habt ihr beiden miteinander geschmust?« Seine direkte Ausdrucksweise löste bei Val einen neuen Tränenstrom aus, und Mark ließ verlegen den Kopf hängen, und sein Vater versetzte ihm eine Ohrfeige. »Du kleiner Mistkerl, du bist für deinen Bruder verantwortlich, wenn du ihn mitnimmst!«

»Ich weiß, Dad.« Nun liefen auch über sein Gesicht Tränen. Sie setzten die Suche noch eine Stunde lang fort, doch sie blieb ergebnislos, und Peter führte die beiden zu dem Weg zurück, den sie verlassen hatten, und dann zu dem Haus unten am Berghang. Sie mußten den Sheriff anrufen und eine Suchaktion nach Matthew in die Wege leiten. Mel saß blaß mit den Mädchen in deren Zimmer, und als Peter nur mit Val und Mark zurückkam, brachen die drei Frauen in Tränen aus. Er ging rasch zum Telefon, Mel begleitete ihn, und der Suchtrupp kam knapp eine halbe Stunde später mit Seilen und einer Tragbahre, einem Notarztteam und riesigen Scheinwerfern.

»Wenn wir ihn heute nacht nicht finden, setzen wir die Suche morgen mit Hubschraubern fort.« Aber Peter wollte nicht, daß Matt die ganze Nacht allein im Freien verbrachte, er befürchtete, daß das Kind in eine Schlucht gestürzt war und sich ein Bein gebrochen hatte oder daß etwas Schlimmeres geschehen war. Vielleicht war Matt sogar ohnmächtig. Peter verließ das Haus gemeinsam mit dem Suchtrupp, und die Mädchen blieben mit Mel und Mark zu Haus. Der Junge weinte jetzt, ohne sich zu verstekken, während Mel versuchte, ihn zu beruhigen; er war jedoch viel zu schuldbewußt, und Mel hatte es fertiggebracht, beinahe überhaupt nicht mit Val zu sprechen. Es war nach zehn Uhr, es gab noch immer keine Spur von dem Kind, und Pam explodierte plötzlich und schrie Val an.

»Du bist ganz allein schuld daran, du geiles Miststück, wenn du nicht mit Mark gebumst hättest, hätte sich mein kleiner Bruder nicht verirrt.« Darauf fand Val keine Antwort, sie sank hysterisch schluchzend Jessie in die Arme, und in diesem Augenblick vernahm Mel Geschrei und Hornsignale hoch oben auf dem Berg; Scheinwerfer wurden eingeschaltet, und kurz darauf kam der ganze Trupp triumphierend herunter. Sie trugen Matthew, während Peter Tränen der Erleichterung unterdrückte und ihnen zuwinkte.

»Ist er verletzt?« Mel lief zu Peter, und endlich ließ er den Tränen freien Lauf. Er hielt Mel lange schluchzend umschlungen. Einer der Männer des Sheriffs kam endlich mit Matthew in den Armen in Sicht. Sie hatten ihn verängstigt, durchgefroren und unverletzt beim Eingang einer Höhle gefunden. Er behauptete, daß er eine Zeitlang auf eigene Faust herumgeschweift war und sich verirrt hatte. Er wollte sogar einen Bären gesehen haben.

»Ach, Mel« – Peter konnte sie nicht loslassen –, »ich dachte schon, wir hätten ihn verloren.«

Sie nickte, ihr liefen Tränen über das Gesicht. »Gott sei Dank, er ist unverletzt.« Dann sah sie Matt, er wurde hereingetragen, war ganz mit Schmutz bedeckt, sein Gesicht zerkratzt und seine Kleidung zerrissen; es war offensichtlich, daß er mehrmals gestürzt war, doch er wirkte sehr aufgeregt wegen der Gehilfen des Sheriffs und trug den Hut eines von ihnen. Mel nahm ihn in die Arme und ließ ihn nicht mehr los. »Du hast uns einen schönen Schrecken eingejagt, Matt.«

»Mir geht es gut, Mel.« Plötzlich wirkte er sehr erwachsen und tapfer.

»Das freut mich aber.« Sie küßte ihn auf die Wange, dann reichte sie ihn seinem Vater, der den Männern des Sheriffs dankte, und endlich kehrten sie alle ins Haus zurück und brachen im Wohnzimmer förmlich zusammen. Mark drückte seinen kleinen Bruder an die Brust, Valerie weinte noch, lachte aber zwischendurch, und sogar Pam hatte erleichtert geweint; jetzt bemühten sich alle um Matt, und es wurde Mitternacht, bevor sich die Kinder beruhigten und Pam sich bei Val entschuldigt hatte, während Mark schwor, daß sie nie wieder allein auf und davon gehen würden. Während alle vor dem Kamin saßen und die Hamburger verzehrten, die Mel für sie gemacht hatte, hielt Peter eine Ansprache.

»Eines möchte ich jetzt klarstellen. Ich glaube, der heutige Tag hat uns alle etwas gelehrt.« Er blickte Val und Mark vielsagend an, dann Matt und schließlich Jessica und Pam. »Der Aufenthalt hier kann für uns alle wunderschön werden. Aber ihr dürft euch nicht allein herumtreiben, ihr könnt euch im Wald verirren, ihr könnt von Schlangen gebissen werden, und weiß Gott was noch. Ich will, daß sich jeder für die übrigen Angehörigen der Gruppe verantwortlich fühlt. Von nun an will ich euch fünf zusammen sehen. Wenn einer von euch irgendwohin geht, muß er unbedingt Bescheid sagen. Ist das klar?« Er blickte dabei seinen ältesten Sohn scharf an, der schuldbewußt nickte. Mark war so eifrig damit beschäftigt gewesen, seine Zunge in Vals Mund und seine Hand in ihre Shorts zu schieben, daß er Matthew vollkommen vergessen hatte. Als sie wieder Atem geschöpft hatten, war der Kleine verschwunden. »Wenn ich sehe, daß sich jemand absetzt, fährt er noch am selben Tag nach Haus, und es ist mir gleichgültig, um wen es sich handelt.« Alle wußten, daß er Val und Mark meinte. »Jetzt geht alle zu Bett und schlaft, es war ein aufregender Abend für uns alle.« Die Kinder verzogen sich schnell in ihre Zimmer, doch nun bestand zwischen ihnen eine neue Kameradschaft; Mel bemerkte, daß sich Val wieder enger an Jess, und Pam an Mark, ja sogar Pam an Val anschlossen, und Matt war ihnen allen nähergekommen, da sie befürchtet hatten, er wäre für immer verloren. Dieses Ereignis war für alle eine gute Lehre gewesen, aber Mel und Peter wollten eine solche Angst nicht noch einmal durchstehen.

»Mein Gott, Mel, ich dachte dort draußen im Wald, wo ich nicht die geringste Spur von Matt fand, daß ich so etwas Schreckliches nicht überleben würde.« Er lag in dieser Nacht in ihrem Bett, überdachte noch einmal das grauenvolle Erlebnis, sie drückte ihn fest an sich und spürte, daß er immer noch zitterte:

»Es ist alles vorbei, Liebster. Er ist in Sicherheit, und es wird nicht wieder vorkommen.«

In dieser Nacht liebten sie einander nicht mehr. Sie hielten einander fest umfangen, und Mel lag den größten Teil der Nacht wach neben ihm, betrachtete ihn, wie er schlief, bis der Himmel im ersten Schein der Morgendämmerung heller wurde. Dann weckte sie ihn sanft, er ging in sein Bett zurück, und nun schlief auch sie endlich ein. Doch die ganze Nacht hatte sie nur daran gedacht, wie sehr sie ihn und Pam und Mark und Matt liebte und wie verzweifelt sie sich wünschte, daß keinem von ihnen jemals wieder etwas Schreckliches zustoßen solle. Es war das erstemal, daß ihr klar wurde, wie sehr sie alle in ihr Herz geschlossen hatte. Als sie am nächsten Tag beim Frühstück saßen, wirkten sie wirklich wie eine große Familie. Die fünf Kinder waren von nun an unzertrennlich, und obwohl Mel häufig sah, wie Mark Vals Hand in der seinen hielt oder ihr mit einem Blick in die Augen sah, der ihr Gesicht aufleuchten ließ, gingen sie nie mehr allein weg, und die zweite Woche verging allen viel zu rasch.

An ihrem letzten Abend gingen alle zusammen aus, sie unterhielten sich großartig, lachten und plauderten wie alte Freunde. Wenn man sie so sah, hätte man nie vermutet, daß sie nicht unter einem Dach aufgewachsen waren, und niemand hätte vermutet, daß sie sich anfangs sehr gegen den gemeinsamen Urlaub gewehrt hatten. Es waren sehr schöne Ferien geworden, trotz der einen gräßlichen Nacht, in der sie Matt gesucht hatten, doch sogar diesen Schrecken hatten sie fast vergessen.

Sie saßen bis spät in die Nacht am Kamin, sogar Matt, der schließlich auf Jessicas Schoß einschlief, die ihn mit Pams Hilfe zu Bett brachte. Als sie sich an diesem letzten Abend trennten, bedauerten sie, daß ihre glückliche Zeit zu Ende war; Mel und Peter lagen in dieser Nacht noch stundenlang wach, beide waren wegen der bevorstehenden Trennung traurig.

»Ich kann nicht glauben, daß ich dich wieder verlassen muß.« Er stützte sich auf einen Ellbogen und blickte auf sie nieder, nachdem sie einander geliebt hatten.

»Da kann man nichts machen.« Plötzlich hatte sie einen Einfall und sah ihn mit hoffnungsvollem Lächeln an.

»Warum verbringt ihr nicht alle das Wochenende und den Labour Day mit uns in Marthas Vineyard?«

»Das ist eine verdammt weite Reise für nur drei Tage, Mel.« Er zögerte, wollte sich aber noch nicht endgültig dagegen entscheiden.

»Dann bleibt eben eine Woche. Bleibt einen Monat ... bleibt ein Jahr ...«

»Das kann ich nicht.«

»Aber die Kinder könnten doch bleiben.« Mel war von dem Gedanken begeistert.

»Pam und Matt könnten bleiben, und bis dahin würde Mark

mit seinem Job auch fertig sein. Er könnte zum Wochenende zu euch hinüberfliegen. Die beiden anderen könnten schon früher kommen.«

»Das ist eine gute Idee.« In Wirklichkeit dachte er dabei weniger an die Kinder als an sich. Er wollte um jeden Preis mit Mel zusammensein, doch das war unmöglich. »Ich liebe dich so sehr, Mel.«

»Ich liebe dich auch.« Wieder lagen sie einander in den Armen und liebten sich bis zum Morgengrauen. Als sie am nächsten Morgen in ihren getrennten Zimmern aufstanden, sahen sie beide bedrückt aus. An diesem Abend würde es kein Liebesspiel mehr geben, keine Spaziergänge in den Wäldern oder auf den blumenübersäten Wiesen. Es war Zeit, wieder nach Haus zu fliegen. Zurück zum Alltag, mit der einzigen Verbindung: das Telefon. Sie erwähnte ihren Plan für den Labour Day, und die Kinder jubelten. »Damit ist es entschieden.« Sie blickte Peter triumphierend an, und er lachte. Auch er freute sich auf diesen Kurzurlaub.

»In Ordnung. Du hast gewonnen. Wir kommen.«

»Hurra!« Man konnte den Jubel bis zur halben Höhe der Berglehne hören, und sie plauderten während des Flugs von Aspen nach Denver darüber. Die Kinder belegten eine ganze Sitzreihe, Peter und Mel saßen zum letztenmal allein nebeneinander. In Denver waren alle traurig, Peter sah Mel in die Augen und flüsterte ihr zu:

»Ich liebe dich, Mel. Vergiß das nicht.«

»Denke daran, daß auch ich dich liebe.« Die Kinder taten so, als sähen sie nicht hin, doch Val und Mark lächelten wissend, und Pam wandte sich ab, um nichts mitzubekommen, aber sie und Jessica hielten einander an den Händen, was für Pam tröstlich war. Matt gab Mel einen saftigen Lebewohlkuß.

»Ich liebe dich, Mel.«

»Ich liebe dich auch.« Sie riß ihren Blick von ihm los, küßte jedes der Kinder und sagte zu Pam: »Kümmre dich um deinen Vater.« Am liebsten hätte sie gesagt: »Für mich«.

»Das werde ich tun.« In Pams Stimme lag eine bei ihr neue Freundlichkeit; alle waren recht schweigsam, als sich ihre Wege trennten; Matthew weinte hemmungslos, als ihn sein Vater zum Flugzeug führte.

»Ich will, daß sie mit uns kommen.«

»Du wirst sie bald wiedersehen.«

»Wann?«

»In ein paar Wochen, Matt.« Peter warf Mark einen Blick zu und bemerkte den verträumten Ausdruck auf seinem Gesicht. Er fragte sich, was alles zwischen ihm und Val vorgefallen war, hatte aber den Eindruck, ihre Beziehung sei eher harmloser Natur gewesen. In der Maschine, die fast zur gleichen Zeit nach Boston abging wie die nach Los Angeles, sprachen Jessica und Val kaum ein Wort, während Mel aus dem Fenster blickte und doch nichts anderes vor sich sah als Peters Gesicht. Die drei Wochen bis zum Labour Day erschienen ihr endlos, und was kam danach? Ein endloses Jahr, bis sie sich wieder in Aspen trafen? Es war ein Wahnsinn, den sie sich aufbürdeten, aber Mel wußte ebensogut wie Peter, daß es für sie beide jetzt zu spät war, um einen anderen Weg einzuschlagen.

22

Die Wochen in Marthas Vineyard wollten kein Ende nehmen, als die drei von Aspen zurückkehrten. Alles war ganz anders als im Juli, als sie sich voll und ganz in die Sommervergnügungen gestürzt hatten. Jetzt wußte Val mit ihrer Zeit nichts anderes anzufangen, als ins Leere zu starren, Mel saß meist beim Telefon, und Jessica neckte beide.

»Du meine Güte, ihr beide seid ja wirklich sehr unterhaltsam.« Valerie rannte jeden Tag in gestrecktem Galopp zum Postkasten, um nach Briefen von Mark zu sehen, und jedesmal, wenn Mel aus dem Haus ging, kam sie zurück und fragte nebenbei: »Hat jemand angerufen?«, worauf beide Mädchen in Lachen ausbrachen. Nur Raquel schien das verliebte Getue für eine ernste Krankheit zu halten, die in ihrem Haushalt ausgebrochen war. Sie machte alle immer wieder darauf aufmerksam, daß sie in sechs Monaten... schon sehen würden! Sie beendete ihre Warnungen nie, aber sie klangen so viel bedrohlicher, und Mel hörte ihr immer belustigt zu.

»Aber Raquel, nehmen Sie es nicht zu schwer!«

»Diesmal ist es ernst, Mrs. Mel.«

»Ja, das stimmt. Aber ernst und endgültig ist nicht das gleiche.«

Grant rief auch einmal an, um sich nach ihrem Befinden zu erkundigen. Er war verrückt nach der Dame von der Wettervorhersage auf Kanal 5, es gab auch einen hübschen kleinen, rothaarigen weiblichen Jockey in White Plains, ganz zu schweigen von einer unerhört aufregenden Kubanerin. Mel neckte und ermahnte ihn, sich der Würde seines Alters entsprechend aufzuführen, und erzählte ihm schließlich von Peter, oder vielmehr die Mädchen taten es. Als Grant daraufhin wieder mit Mel sprach, klang er ziemlich beleidigt.

»Hättest du mir das nicht selbst schonend beibringen können? Ich dachte, wir wären Freunde.«

»Sind wir auch, aber ich brauche ein wenig Zeit, um mit mir ins reine zu kommen.«

»Ist es so ernst?« fragte Grant überrascht.

»Es könnte ernst werden, aber das Problem mit der Entfernung steht uns im Wege.«

»Entfernung?« Dann fiel der Groschen. »Du kleines Luder, es ist also der Herzchirurg von der Westküste, oder?«

Sie kicherte ins Telefon.

»Du verrücktes Huhn. Was werdet ihr jetzt anfangen? Du bist hier, er ist dort!«

»Ich habe noch keine befriedigende Lösung gefunden.«

»Was gibt es da groß zu lösen? Du hast es wieder einmal fertiggebracht und den ›Unmöglichen Traum‹ gefunden. Keiner von euch wird seinen Job aufgeben, und ihr seid beide dort einzementiert, wo ihr wohnt. Meine Liebe, du hast es wieder geschafft, dich in eine Sackgasse zu manövrieren. Du triffst auch immer mit Sicherheit daneben.«

Seine Worte machten sie noch lange nachdenklich, nachdem sie aufgelegt hatte, und sie verbrachte die Tage damit, zu überlegen, ob Grant mit seiner Ansicht richtig lag. War sie wirklich wieder in eine aussichtslose Affäre verwickelt?

Als wollte sie ihre Gefühle bestätigt bekommen, wählte sie Peters Nummer in Kalifornien.

Er berichtete aufgeregt über die Fortschritte, die Maries Genesung machte, er hatte sie heute gesehen, und es ging ihr ausgezeichnet. Mel betete, daß in der nächsten Woche kein neuer Transplantationspatient eingeliefert würde, sonst könnte er zum Labour Day nicht kommen.

Er berichtete, daß Pam und Matt für den Flug bereit waren und Matthew so aufgeregt war, daß er kaum ansprechbar war.

»Wie steht es mit Pam?«

»Sie ist äußerlich ruhiger als Matt, aber sie freut sich ebenso wie er.«

»Meine Mädchen freuen sich auch. Sie können es kaum erwarten, daß ihr herkommt.« Sie hatten Dutzende Pläne gemacht, um Pam besser in der Gruppe zu verankern, und Mel würde sich um Matthew kümmern. Sogar Raquel freute sich auf den bevorstehenden Besuch, obwohl sie so tat, als beschwere sie sich über die zusätzliche Arbeit. Die vier hatten Stunden damit verbracht, die Bettverteilung zu planen. Schließlich beschlossen sie, Mark auf der Couch im Wohnzimmer in einem Schlafsack unterzubringen. Pam würde auf einem Klappbett im Zimmer der Zwillinge nächtigen, und Matt im Doppelbett in Raquels Zimmer; wenn Peter kam, würde er das Gästezimmer erhalten. Es hatte einiger Vorbereitungen bedurft, aber das Haus würde allen Platz bieten.

Als Pam und Matthew eintrafen, herrschte im ganzen Haus Feststimmung, und alle Kinder gingen hinunter an den Strand, während Mel zusah, wie die Besucher mit den anderen Bekannten ihrer Mädchen zusammenkamen. Der Junge, den Val zu Beginn der Sommerferien aufgegabelt hatte, interessierte sie nicht mehr, und es gab ein halbes Dutzend anderer, die verrückt nach Jess waren, die jedoch keinen von ihnen auch nur grüßte. Einige fanden, daß Pam ein auffallend hübsches Mädchen war, und keiner wollte glauben, daß sie nicht älter als vierzehn war. Sie war ziemlich groß und sah um etliches älter aus, und Mel fühlte sich die ganze Zeit mit ihren nunmehr vier Kindern glücklich, sie erstattete Peter zweimal täglich Bericht.

»Wenn du nur schnell herkommen könntest.«

»Ich tue mein Bestes. Marks Nerven sind zum Zerreißen gespannt vor Erwartung.«

In der Nacht, bevor Peter und Mark Los Angeles verlassen sollten, passierte jedoch etwas, das die ganze Reise beinahe ins

Wasser fallen ließ. Eine junge Frau wurde vier Monate nach einer Operation mit einer Abstoßungsreaktion auf das Transplantat sowie mit einer schweren Infektion ins Krankenhaus gebracht. Mel hörte die Nachricht mit einem flauen Gefühl im Magen, aber sie drängte Peter nicht zu der Reise und bat ihn auch nicht, die Frau unter der Obhut seiner überaus tüchtigen Kollegen zu lassen. Die arme Frau starb jedoch noch vor Morgengrauen. Peter rief Mel am nächsten Tag sehr deprimiert an.

»Wir konnten nichts mehr für sie tun.« Aber es bedrückte ihn trotzdem.

»Davon bin ich überzeugt. Es wird dir guttun, jetzt ein wenig von deiner Klinik wegzukommen.«

»Wahrscheinlich.« Aber der Reiz des Fluges ging zu einem Gutteil verloren, und er war ziemlich still, als er mit Mark nach Boston flog. Doch auf der zweiten Etappe der Reise schien er aufzuleben und plauderte mit Mark über Mel und ihre Töchter.

»Sie sind wirklich sehr nett, Dad.« Mark errötete, als er versuchte, gleichgültig zu wirken.

»Ich freue mich darüber, daß du diesen Eindruck hast, ich mag sie auch sehr.« Es würde wunderbar sein, Mel wiederzusehen, plötzlich konnte er an nichts anderes mehr denken. Während die kleine Maschine auf der schmalen Landebahn aufsetzte, stürzte er hinter Mark aus dem Flugzeug, der wie ein Wirbelwind aus der Tür und über die klappernde Gangway hinunterrannte, dann knapp vor Val zum Stehen kam und nicht wußte, ob er ihr die Hand schütteln, sie küssen oder nur Hallo sagen sollte. Er war förmlich zu dem Wiedersehen gestolpert und errötete heftig. Val wurde auch puterrot, und Peter umarmte Mel stürmisch und hielt sie fest, dann küßte er pflichtschuldig Pam, Jess und Val, und schließlich Matt; Val und Mark gingen zusammen zum Gepäckband; Peter sah, wie Mark verstohlen Vals Hand ergriff, und lächelte Mel zu. »Es geht schon wieder los.«

Sie warf einen Blick auf die beiden Unzertrennlichen, die weit vor ihnen gingen. »Hier können sie sich wenigstens nicht im Gebirge verirren.« Aber die beiden setzten sich während des Wochenendes meist mit einem Segelboot ab, und Peter mußte sie wieder an die Gruppenregeln erinnern, auf deren Einhaltung er in Aspen bestanden hatte.

»Hier gelten die gleichen Spielregeln.«

»Ach, Dad«, protestierte Mark fast flehend, was er seit Jahren nicht mehr getan hatte, er sehnte sich so sehr danach, mit Val allein zu sein. Sie hatten einander so viel zu erzählen. »Wir wollen nur miteinander reden.«

»Dann tu es in Gesellschaft der anderen.«

»Lächerlich.« Pam verdrehte die Augen und rümpfte die Nase. »Du solltest den Schmus hören, den sie verzapfen.« Aber Mel hatte bemerkt, daß es weiter unten am Strand einen vierzehnjährigen Jungen gab, den Pam nicht ausgesprochen »lächerlich« fand. Nur Jess und Matthew schienen ihren gesunden Menschenverstand über das ganze Wochenende beizubehalten. Jessica dachte schon an den ersten Schultag, und Matt war bei Mel und seinem Vater so glücklich, daß es mit ihm überhaupt keine Schwierigkeiten gab. Er hatte sich seit Jahren nach dieser Art von Sicherheit gesehnt, ohne zu wissen, was ihm fehlte. Peter lächelte stillvergnügt über Raquel, der er sichtlich gefiel und die ihm immer wieder erklärte, was für ein Glückspilz er war, an Mel geraten zu sein, daß sie nur einen anständigen Mann brauche und jetzt heiraten sollte. Mel war entsetzt, als er es ihr am Sonntag am Strand erzählte.

»Willst du mich auf den Arm nehmen? Hat sie das wirklich gesagt?«

»Ja. Vielleicht hat sie recht. Vielleicht brauchst du wirklich nur das eine! Einen guten Mann, damit du barfuß herumlaufen und Kinder bekommen kannst.« Er schien sich darüber zu amüsieren, und es machte ihm Spaß, zu beobachten, wie die Kinder ihren Übermut auslebten. Er behielt Mark scharf im Auge. Er wollte nicht, daß er bei Val zu weit ging, und merkte deutlich, daß die beiden ziemlich durcheinander waren. Peter wandte sich Mel zu und dachte an Raquels Worte. »Was meinst du dazu?«

»Ich bin sicher, daß meine Fernsehgesellschaft begeistert wäre.« Sie amüsierte sich über diese Vorstellung, hielt sie aber für keine ernstliche Bedrohung. Im Augenblick war ihr nur daran gelegen, das Wochenende mit Peter zu genießen. Über die Zukunft würde sie später nachdenken, wie sie es anstellen würden, um einander wiederzusehen, und zu welchem Zeitpunkt. Dann fiel ihr noch etwas ein. »Du hast mich jetzt an etwas erinnert. Nächste Woche muß ich meinen Anwalt anrufen.«

»Warum denn?«

»Mein Vertrag läuft im Oktober ab, und ich möchte früh genug darauf hinweisen, wie ich mir den nächsten vorstelle.« Er bewunderte die Art, wie sie sich in ihrem Beruf durchzusetzen verstand, und es gab noch viel mehr, was er an ihr bewunderte.

»Du müßtest doch schon in der Lage sein, deine Bedingungen zu stellen.«

»Bis zu einem gewissen Grad. Nicht ganz. Aber jedenfalls will ich mich mit ihm in den nächsten paar Wochen zusammensetzen und mir seine Meinung anhören.«

Peter hatte das Gefühl, daß die mit dem Sommerende einsetzende Hektik allmählich auf sie alle übergriff. »Warum gibst du deinen Job nicht einfach auf.?«

»Und was soll ich dann tun?« Sie fand die Idee gar nicht so lustig wie er.

»Nach Kalifornien übersiedeln.«

»Und am Strand gefüllte Tortillas verkaufen?«

»Nein, du wirst es nicht glauben, aber wir haben dort auch Fernsehsender, die sogar Nachrichten ausstrahlen.« Er lächelte, und sie fand, daß er nie besser ausgesehen hatte.

»Wirklich? Wie interessant.« Aber sie nahm das Ansinnen keinen Augenblick ernst, bis er ihren Arm berührte und sie merkwürdig ansah.

»Du könntest es in Erwägung ziehen, weißt du.«

»Was?« Trotz des strahlenden Sonnenscheins und des warmen Wetters lief es ihr eiskalt über den Rücken.

»New York den Rücken zu kehren und nach Kalifornien zu übersiedeln. Es würde sich dort schon jemand finden, der dich beim Fernsehen arbeiten läßt.«

Sie setzte sich kerzengerade auf und starrte auf ihn hinunter, während er vor ihr im Sand lag. »Hast du eine Ahnung, wie viele Jahre ich gebraucht habe, die Position zu erreichen, die ich hier im Fernsehbetrieb habe? Hast du auch nur die leiseste Ahnung, wie ich in Buffalo bei dreißig Grad unter Null oder in Chicago geschuftet habe? Ich habe mich für diesen Job halbtot gearbeitet, und ich werde ihn nicht jetzt aufgeben, also bitte mach keine Späße darüber, Peter. Niemals.«

Sie war immer noch aufgebracht, als sie sich wieder neben ihn in den Sand legte. Sie fand den Vorschlag nicht im geringsten amüsant. »Warum gibst du nicht deine Praxis auf und eröffnest eine neue in New York?«

Er sah sie aufmerksam an, und sie bedauerte, daß ihr Ton so scharf gewesen war. Er schien gekränkt zu sein. »Wenn es mir möglich wäre, würde ich es tun, Mel. Ich würde alles unternehmen, um in deiner Nähe zu sein.« Damit wollte er ausdrücken, daß er ihr mangelnde Bereitschaft vorwarf.

»Verstehst du denn nicht, daß es für mich um nichts leichter wäre?« Ihre Stimme klang jetzt freundlicher. »Wenn ich New York verlasse, ganz gleich wohin ich gehe, bedeutet das für mich einen sozialen Abstieg.«

»Sogar in Los Angeles?« Er sah plötzlich traurig aus. Ihr Problem war anscheinend unlösbar. Dann folgte eine kurze Pause, in der sie aufs Meer hinausstarrten und ihre Positionen überdachten. »Wir müssen trotzdem einen Weg finden, um zusammenzukommen.«

»Was schlägst du vor? Gemeinsame Wochenenden in Kansas City?« Diesmal klang Peters Frage ärgerlich und bitter, seine blauen Augen blitzten. »Wozu soll das führen, Mel? Zu einer Ferienliebschaft? Sollen wir an langen Wochenenden gemeinsam mit unseren Kindern zusammenkommen?«

»Mir fällt kein vernünftiger Vorschlag ein. Ich kann gelegentlich nach Los Angeles fliegen, und du kannst mich besuchen.«

»Du weißt doch, wie selten es vorkommt, daß ich meine Patienten allein lassen kann.« Auch sie konnte die Zwillinge nicht die ganze Zeit sich selbst überlassen, das wußten sie beide.

»Was willst du damit ausdrücken? Daß ich jetzt aufgeben soll? Willst du das?« Plötzlich erschrak sie über die Wendung, die ihr Gespräch nahm. »Ich weiß darauf keine Antwort, Peter.«

»Ich auch nicht. Und ich habe das Gefühl, daß du keine finden willst.«

»Das ist nicht wahr. Aber wir nehmen nun einmal beide unseren Beruf an entgegengesetzten Enden des Landes sehr ernst, und keiner von uns kann einfach seine Stellung im Stich lassen und übersiedeln, und wir wären auch noch nicht dazu bereit.«

»Wirklich nicht?« fragte er wieder ärgerlich. »Warum nicht?«

»Weil wir einander erst seit vier Monaten kennen, und ich

kenne deine Meinung dazu nicht, aber mir erscheint der Zeitraum zu kurz für eine endgültige Entscheidung.«

»Ich hätte Anne fünf Minuten, nachdem ich sie kennengelernt hatte, geheiratet, und ich hatte recht damit.«

»Das war eben Anne.« Jetzt schrie sie, aber sie waren glücklicherweise allein am Strand. Die Kinder spielten irgendwo Volleyball, und Matt suchte mit Raquel Muscheln. »Ich bin nicht Anne, Peter, ich bin ich. Und ich werde nicht deinetwegen in ihre verdammten Fußstapfen treten. Auch wenn du mich nach Aspen eingeladen hast, wo du jedes Jahr mit ihr Urlaub machtest.«

»Na und, verdammt noch mal. Hat es dir dort nicht gefallen?«

»Doch. Aber erst nachdem ich das unheimliche Gefühl überwunden hatte, das mich jedesmal überkam, wenn ich dachte, daß du mit ihr in jedem Winkel dieses Ortes gewesen bist und wahrscheinlich mit ihr sogar im selben Bett geschlafen hast.«

Er war jetzt aufgestanden, und sie auch. »Vielleicht interessiert es dich, daß ich diesmal eine andere Wohnung gemietet habe. Ich bin nicht so gefühllos, wie Sie zu glauben scheinen, Miß Adams.« Danach standen sie beide stille, und plötzlich ließ Melanie den Kopf hängen.

»Verzeih mir... ich wollte dich nicht kränken...« Sie blickte ihn wieder an. »Manchmal ist es schwierig für mich, wenn ich denke, wie sehr du an ihr gehangen hast.«

Peter zog sie langsam an sich. »Ich war achtzehn Jahre mit ihr verheiratet, Mel.«

»Ich weiß... aber ich habe das Gefühl, daß du mich immer mit ihr vergleichst. Die vollkommene Gattin. Die vollkommene Frau. Ich bin nicht vollkommen, ich bin eben ich.«

»Wer vergleicht dich?« fragte er erschrocken. Nie hatte er auch nur andeutungsweise so etwas erwähnt. Aber das war auch nicht nötig gewesen.

Mel zuckte die Schultern, während sie sich wieder in den Sand setzten. »Du... die Kinder... vielleicht Mrs. Hahn.«

Peter beobachtete sie sehr genau. »Du magst Mrs. Hahn nicht, stimmt's? Warum?«

»Vielleicht, weil sie Annes Haushälterin war – oder weil sie so gefühlskalt ist. Ich glaube, sie mag mich auch nicht.« Mel dachte an Raquel, und Peter lachte, weil er ihre Gedanken erriet.

»Nein, sie ist sicherlich keine Raquel, aber das ist niemand, außer Raquel selbst.« Auch er fand sie sympathisch, war aber nicht sicher, ob er auf die Dauer ihre lose Zunge in seiner Nähe vertragen würde. Ihm gefiel Mrs. Hahns Zurückhaltung und die Gewissenhaftigkeit, mit der sie die Kinder beaufsichtigte. Raquel war eher wie eine Freundin, die in der einen Hand den Besen und in der anderen ein Mikrophon hielt.

»Hast du im Ernst gemeint, Peter, daß ich nach Kalifornien übersiedeln soll?« Ihr Gesicht war bekümmert, als sie die Frage stellte, und er schüttelte langsam den Kopf.

»Eigentlich nicht. Ich habe nur vor mich hingeträumt. Ich weiß, daß du deinen Job nicht aufgeben kannst. Ich würde es auch gar nicht von dir verlangen. Aber ich wünschte, es gäbe eine Möglichkeit für uns, zusammenzubleiben. Es wird jedenfalls eine Belastung sein, immer hin und her zu pendeln.«

Grants Worte hallten in ihren Ohren... Sackgasse... Sackgasse... Sie wollte nicht, daß es dazu kam.

»Ich weiß, es ist nicht leicht für dich, hierherzukommen. Ich werde mein Bestes tun, um zu dir zu fliegen, sooft ich nur kann.«

»Ich werde mich auch bemühen.« Aber es war beiden bewußt, daß sie häufiger zu ihm fliegen mußte als umgekehrt. Sie sah keine andere Möglichkeit. Sie konnte die Zwillinge leichter allein lassen als er seine Patienten, und manchmal könnte sie die beiden auch mitnehmen. Wie um die Situation zu veranschaulichen, erhielt er spät am Sonntagabend einen Anruf. Einer seiner früheren Transplantationspatienten hatte einen schweren Herzanfall erlitten, und er erteilte telefonisch alle notwendigen Ratschläge. Die Organverpflanzung war bereits vor zwei Jahren erfolgt, und die Überlebenschancen des Mannes waren nicht groß, ob Peter nun bei ihm war oder nicht; dennoch blieb Peter die ganze Nacht wach und machte sich Sorgen wegen seines Patienten; er fühlte sich schuldbewußt, weil er die Behandlung nicht am Krankenbett überwachen konnte. »Ich habe eine Verantwortung diesen Menschen gegenüber, Mel. Sie erlischt nicht mit dem Augenblick, in dem ich nach der Operation die Maske und den Kittel ablege. Sie bleibt bestehen, solange sie am Leben sind. Zumindest ist das meine Auffassung von der Pflicht eines Arztes.«

»Deshalb bist du auch so erfolgreich.« Mel saß neben ihm auf der Veranda, die Arme um die Knie geschlungen, und sah zu, wie die Sonne aufging; eine Stunde später wurde aus der Klinik angerufen, daß sein Patient gestorben war. Dann unternahmen sie einen langen Spaziergang am Strand, schwiegen die meiste Zeit, und Mel hielt seine Hand; als sie zurückkehrten, fühlte er sich besser. Ihre tröstliche Gegenwart würde ihm vor allem fehlen, wenn er wieder zurückflog. Er brauchte sie an seiner Seite.

Montag war ihr letzter gemeinsamer Tag im Vineyard. Die Kinder hatten Pläne für den ganzen Tag, und Raquel machte das Haus sauber, bevor sie es übergaben. Mel hatte alle aufgefordert, am Tag vorher zu packen, damit sie nicht ihren letzten Ferientag damit vergeudeten. Es war schon beschlossene Sache, daß sie erst am Dienstagmorgen abreisen würden. Peter und seine Kinder würden um sieben Uhr morgens abfliegen, so daß sie um neun Uhr in Boston eine Maschine erreichten, die am nächsten Morgen in Los Angeles eintraf. Die Zeitdifferenz wirkte sich zu ihren Gunsten aus, und Peter konnte direkt vom Flughafen ins Krankenhaus fahren und seine Visite abhalten, nachdem er die Kinder daheim abgesetzt hatte. Für Pam und Matthew begann die Schule erst eine Woche später, und Mark hatte sogar noch drei Wochen Ferien, bevor er ins College mußte.

Mel und die Zwillinge würden die Fähre nach Woods Hole benützen, nach Boston fahren, ihren Mietwagen zurückgeben und dann nach New York fliegen, so daß sie sogar später zu Haus sein würden als Peters Familie. Doch als sie am Montagabend an die Abreise dachten, wurden alle recht still. Es war traurig, einander wieder verlassen zu müssen, sie waren jetzt wirklich zu einer Gemeinschaft geworden. Pam gab als erste zu, wie traurig sie darüber war, daß sie sich trennen mußten, und Mark pflichtete sofort seiner Schwester bei, wobei er Valeries Hand festhielt; daran hatten sich alle allmählich gewöhnt.

»Kannst du die beiden nicht irgendwie auseinanderbringen?« Peter machte sich noch immer ein wenig Sorgen, aber Mel entspannte sich langsam, während sie in ihrer letzten Nacht nebeneinander im Bett lagen.

»Sie sind schon in Ordnung. Ich glaube, je weniger Aufhebens wir davon machen, desto schneller wird es ihnen langweilig.«

»Wenn nur nichts Ernsthaftes passiert.«

»Keine Sorge, ich behalte Val im Auge, und Jess tut es auch. Offen gestanden glaube ich, daß Mark in dieser Hinsicht sehr verantwortungsbewußt ist. Ich glaube nicht, daß er Vals Zuneigung jemals ausnützen wird. Nicht einmal, wenn sie ihn verführen sollte, und ich hoffe sehr, daß sie es bleiben läßt.«

»Hoffentlich schätzt du ihn nicht zu hoch ein, Mel.« Er legte ihr den Arm um die Schultern und überdachte noch einmal das Wochenende. Dann blickte er sie zärtlich an. »Wann kommst du also zu uns?«

»In zwei Tagen nehme ich meine Arbeit wieder auf, laß mich erst sehen, was auf mich zukommt, dann können wir ja Pläne machen. Vielleicht können wir uns zum übernächsten Wochenende oder eine Woche später treffen.« Es klang hoffnungsvoll, doch er sah traurig aus.

»Das heißt, praktisch erst im Oktober.«

»Ich werde mein Bestes tun.«

Er nickte, denn er wollte zum Abschied nicht mit ihr streiten, aber was sie als ihr Bestes bezeichnete, war noch immer nicht das Optimum, das er anstrebte. Er wollte sie die ganze Zeit bei sich haben, sah aber im Augenblick keine Möglichkeit, dieses Ziel zu verwirklichen. Er war jedoch auch nicht bereit, die Flinte ins Korn zu werfen. Im letzten Monat war in ihm das Gefühl übermächtig geworden, daß er ohne sie nicht mehr leben konnte. Er wußte, daß es verrückt war, aber er konnte nicht dagegen ankämpfen. Er brauchte sie nahe bei sich, um die Freuden und Belastungen seines täglichen Lebens mit ihr zu teilen; Matts komische Aussprüche, die Patienten, die starben, die Tränen, die Pam vergoß, die Schönheit der Welt, seine Sorgen, einfach alles. Ohne sie bedeutete ihm das alles nichts, aber er sah keine Möglichkeit, sie nach Los Angeles zu bekommen. Als sie sich in dieser Nacht liebten, wollte er in ihren Geist eintauchen und in ihrer Seele ertrinken und sich jeden Winkel, jeden Zentimeter ihres Körpers unauslöschlich einprägen.

»Ist es endgültig, daß du nicht mit mir kommst?« flüsterte er, bevor er an Bord der Maschine nach Boston ging.

»Wenn ich es nur könnte. Aber ich werde dich bald besuchen.«

»Ich rufe dich noch heute abend an.« Doch schon der Gedanke, sie wieder nur anzurufen und nicht sehen zu können, deprimierte ihn. Er hatte endlich die Frau fürs Leben gefunden, und er konnte sie nicht ständig bei sich haben, nicht weil sie einem anderen Mann gehörte, sondern weil eine Fernsehgesellschaft sie für sich beanspruchte, und was noch schlimmer war, sie hatte nichts dagegen. Dennoch wußte er, daß sie ihn liebte. Es war eine ausweglose Situation, doch er hoffte, daß sich mit der Zeit eine Lösung abzeichnen würde. Vielleicht würde auch sie zu dem Schluß gelangen, daß sie ohne ihn nicht leben konnte. »Ich liebe dich, Mel.«

»Ich liebe dich noch mehr«, flüsterte sie, und sie sahen aus den Augenwinkeln, wie Val und Mark einander küßten und ihre Körper aneinanderdrückten und was für ein abweisendes Gesicht Pam machte.

»Greulich. Ich finde sie ekelhaft.« Der Junge, der ihr am Strand gefallen hatte, war aber auch erschienen, um sich von ihr zu verabschieden, und sie errötete heftig, als sie ihm Lebewohl sagte. Nur Matt bildete eine Ausnahme in dieser romantischen Szene, und alle küßten ihn immer wieder zum Abschied, Raquel, Mel, die Zwillinge. Dann küßten Mel und Peter einander wieder.

»Komm bald zu mir.«

»Ich verspreche es.«

Die beiden Familien winkten einander zu, während die Kalifornier an Bord des kleinen Flugzeugs gingen und versuchten, ihre Tränen zurückzuhalten; dann stiegen die Adams in ihren Wagen und fuhren zur Fähre, wobei die Zwillinge mit Taschentüchern winkten und unverhohlen weinten, während Mel versuchte, ihren Liebeskummer zu verbergen.

23

Das Interview, das Mel mit Peter aufgenommen hatte, als sie sich kennenlernten, wurde in der ersten Septemberwoche ausgestrahlt und als einer der gelungensten Dokumentarfilme in der Geschichte des Fernsehens gefeiert. Alle waren überzeugt, daß Mel dafür einen Preis erhalten würde, und plötzlich redete alle Welt über Dr.

Peter Hallam. Was noch mehr wog, Pattie Lou war seit der Operation aufgeblüht. Ein kurzer Film über ihren Heilerfolg sollte als Ergänzungssendung gedreht werden.

Peter wurde von allen möglichen Leuten angerufen, die ihm immer wieder versicherten, was für ein interessantes Interview er gegeben hatte und wie wichtig es für eine erfolgreiche Aufklärung über Herztransplantationen und für ein größeres Verständnis in der Öffentlichkeit sei.

Doch Peter betonte wiederholt Mels Verdienst bei der Gestaltung der Sendung und hob hervor, welch hervorragende Regiearbeit sie geleistet hatte. Das hatte zur Folge, daß sie schließlich am letzten Wochenende im September nach Los Angeles kam und das gesamte Personal des Krankenhauses sie wie eine alte Bekannte behandelte, ebenso wie Matthew und Mark; Pam gab sich noch ein wenig zurückhaltend, und Mrs. Hahn war kein bißchen freundlicher als früher.

»Es ist fast, als käme ich nach Haus, Peter«, strahlte sie glücklich, während er sie in ihr Hotel brachte. Sie stieg im Bel-Air ab, weil es in der Nähe seines Hauses lag und sie gern Ruhe hatte; er wollte die Nacht mit ihr verbringen, und sie konnten es kaum erwarten. Sie fühlten sich wie zwei junge Liebesleute, die sich heimlich in ein Hotel zurückzogen, und Mel kicherte bei dem Gedanken. Er würde seinen Kindern am nächsten Tag erklären, daß er bei einem Patienten im Krankenhaus geblieben war, aber dort wußte man, wo er sich aufhielt, für den Fall, daß er während der Nacht gebraucht wurde. »Es tut gut, wieder hier zu sein.« Sie stolzierte durch das geräumige, freundliche Zimmer, zog ihr Kleid aus, setzte sich nur im Slip aufs Bett und betrachtete Peter. Es war dreieinhalb Wochen her, seit sie ihn das letztemal gesehen hatte; es war ihr nicht gelungen, früher zu kommen, obwohl sie sich sehr nach ihm gesehnt hatte. In der Fernsehstation war ein unvorhergesehenes Ereignis eingetreten, Jessica war krank geworden, und es hatte länger gedauert, als sie angenommen hatte, bis sich ihr Leben im Herbst wieder normalisiert hatte. Das war zwar immer so, aber dieses Jahr stand sie noch mehr unter Druck als gewöhnlich. Sie wünschte sich ganz schrecklich, mit ihm beisammen zu sein.

»Es ist so schön, Mel, dich wiederzusehen. Es ist furchtbar, fünftausend Kilometer von dir getrennt zu leben.«

»Ich weiß.« Aber dafür gab es vorläufig keine Lösung, das wußten sie. Sie ließen das Abendessen aufs Zimmer kommen, genossen es, zu zweit zu sein. Nachdem sie sich leidenschaftlich geliebt hatten, fragte Peter vorsichtig, wie es mit dem Entwurf ihres neuen Vertrags stand. »Wir wissen zumindest, was wir wollen. Die Frage ist jetzt, ob wir es bekommen werden.« Bei diesen Worten mußte er an seine Schwierigkeiten mit ihr denken, und er küßte sie sanft auf die Lippen.

»Sie sind verrückt, wenn sie dir nicht alles bewilligen, was du verlangst. Du bist ihr bestes Stück, und das wissen sie auch.«

Mel lächelte bei dem freigebig gespendeten Lob. »Vielleicht hätte ich dich anstelle meines Anwalts mit meiner Vertretung betrauen sollen.«

»Wann trittst du ernstlich in die Verhandlungen ein?«

»In ungefähr zwei Wochen.«

Er machte ein trauriges Gesicht und war beinahe bereit zu resignieren. »Das bedeutet, daß ich dich wieder einen Monat lang nicht zu Gesicht bekomme, nehme ich an.«

Sie konnte ihn nicht trösten. Während der Vertragsverhandlungen war sie immer sehr nervös, und sie wollte jederzeit verfügbar sein. Sie würde keine Lust haben auszugehen, wahrscheinlich wollte sie nicht einmal ihn sehen. »Kannst du zur Abwechslung einmal in den Osten kommen?«

Er schüttelte den Kopf. »Das bezweifle ich. Wir haben im letzten Monat an zwei Patienten Herztransplantationen vorgenommen« – das war ihr schon bekannt – »und erwarten noch eine Herz-Lungen-Verpflanzung. Ich werde für einige Zeit nicht in der Lage sein, irgendwohin zu reisen.«

»In der Lage schon«, erinnerte sie ihn, »aber nicht dazu bereit. Das ist ein Unterschied.« Aber sie akzeptierte seine Gründe. Sie waren beide durch Verantwortung, den Beruf und ihre Kinder an einen Ort gebunden. Es war ein verrückter Zustand, es war beinahe, als wäre jeder von ihnen mit einem anderen Partner verheiratet und als müßten sie jede Gelegenheit ergreifen, die sich ihnen bot.

Mel sah seine Kinder erst am Sonntagnachmittag wieder, bevor sie am Abend das »Rotauge« bestieg. Peter und sie hatten sich im Bel-Air beinahe versteckt. Sie wollten jeden sich bietenden Augenblick zusammen genießen, und Mel hielt es für das Beste, wenn sie nicht allzuviel mit den Kindern zusammenkam. Sie spürte, daß Pam jetzt, da sie sich wieder auf eigenem Grund und Boden befand, ihr gegenüber nicht mehr so aufgeschlossen war. Sie hatte hier mehr Rückhalt und beanspruchte ihren Vater wieder für sich. Die Jungen dagegen hatten ihre Haltung nicht geändert. Mark fragte sie bis zur Erschöpfung über Val aus, und Matt wollte immer nur auf ihrem Schoß sitzen und sie liebkosen. Der Nachmittag und der Abend waren zu schnell vorbei, und es schienen nur Stunden seit ihrer Ankunft vergangen zu sein, als sie wieder mit Peter auf den Flughafen kam und mit Tränen in den Augen auf ihre Maschine wartete. Sie wollte ihn nicht verlassen, aber es blieb ihr nichts anderes übrig.

»Das ist schon ein verrücktes Leben, das wir da führen, nicht wahr?«

»Ja, das ist richtig.« Da meldete sich sein Funkgerät, und er lief zur nächsten Telefonzelle. Es gab eine Komplikation mit einem seiner Transplantationspatienten, und er mußte sofort in die Klinik fahren. Einen Moment lang erinnerte ihn die Situation an die Nacht, in der er Marie operiert und Mel im Flughafen angerufen hatte, bevor sie an Bord ihres Flugzeugs ging. Aber diesmal war sie unaufgefordert hier, sie drehte auch kein Feature, sie mußte am nächsten Morgen in New York sein. Er konnte nicht einmal auf ihren Abflug warten. Er gab ihr rasch noch einen Kuß und mußte dann durch die lange Halle des Flughafengebäudes laufen, wandte sich noch ein- oder zweimal um und winkte, bevor er verschwand und sie allein zurückließ. Das Verhängnis war, daß sie beide so anspruchsvolle Positionen einnahmen, dachte sie, als sie zu ihrem Platz in der Ersten Klasse des Flugzeugs ging, und sie beschloß, jedem, der sie um ein Autogramm bat, sofort den Arm zu brechen. Sie war ganz und gar nicht in der Stimmung, zu irgend jemandem nett zu sein. Doch zum Glück sprach sie von Los Angeles bis New York niemand an, und als sie am nächsten Morgen um halb sieben ihr Haus betrat, fühlte sie sich müde und abgespannt. Als sie Peter im Krankenhaus anrufen wollte, teilte man ihr mit, er sei soeben wieder in den OP gegangen. Sie waren beide zum Alleinsein verurteilt, doch dagegen ließ sich nichts unternehmen. Wie sich später herausstellte, konnte sie ihn im Oktober überhaupt nicht besuchen. Die Verhandlungen für den neuen Vertrag gestalteten sich hitzig und schwierig.

»Hast du mich schon vollkommen vergessen, oder besteht eine vage Hoffnung, daß wir uns im nächsten Monat sehen?« Peter beschwerte sich täglich am Telefon, und Mel war davon überzeugt, daß sie bei dem nächsten geblümten Briefumschlag von Mark an Val einen Schreikrampf bekommen würde. Er mußte sämtliche Kitschpostkarten im Staat Kalifornien aufgekauft haben, und sie konnte sie nicht mehr sehen, doch Val gefielen sie.

»Ich verspreche hoch und heilig, ich werde dich noch diesen Monat besuchen.«

»Genau dasselbe hast du im vergangenen Monat auch gesagt.«

»Es ist wegen des verdammten Vertrags, und außerdem weißt du, daß ich an zwei Wochenenden gearbeitet habe.« Als der sowjetische Premierminister und seine Frau zu einem unerwarteten Besuch eingetroffen waren, war Mel nach Washington geschickt worden, um die russische First Lady zu interviewen, und sie hatte ihr gefallen. Am nächsten Wochenende wurde ein Ergänzungs-Interview über die Genesung des Präsidenten gedreht. »Es ließ sich nicht vermeiden, Peter.«

»Ich weiß, aber ich habe niemand anderen, bei dem ich mich beklagen kann.«

Sie lächelte. Es gab Zeiten, da dachte sie, daß er der einzige Gesprächspartner für seine Patienten war. »Ich verspreche aber, nächstes Wochenende zu dir zu kommen.« Sie hielt tatsächlich Wort, er verbrachte aber den größten Teil ihres Aufenthalts in der Klinik bei Marie, der es plötzlich schlechter ging. Sie hatten sie im letzten Monat zweimal operiert, aber sie bekam alle möglichen für Transplantationen typische Komplikationen. Mel verbrachte den größten Teil des Wochenendes damit, Einkäufe zu machen und mit Peters Kindern zusammen zu sein. Sie nahm Pam mit, als sie Mitbringsel für die Zwillinge einkaufte, sie lunchten in der Polo Lounge im Beverly-Hills-Hotel, das Pam sehr gut gefiel, obwohl sie es nicht zugeben wollte, und ihre Augen wurden so groß wie Untertassen, wann immer jemand ein Autogramm von Mel erbat, was vier- oder fünfmal vorkam, bevor sie ihren Lunch beendet hatten. Dann nahm sie Matt ins Kino mit. Endlich verbrachte sie am Sonntag einige Zeit mit Peter, der aber sehr zerstreut war, immer mit einem Ohr auf das Telefon horchte und die ganze Zeit an Marie dachte.

»Weißt du, wenn sie nicht so verdammt krank wäre, wäre ich eifersüchtig.«

Sie versuchte, mit ihm darüber zu scherzen, doch keiner von beiden hatte ernstlich Lust dazu.

»Sie ist sehr krank, Mel.«

»Das weiß ich doch. Aber es ist bitter, daß ich deine Zeit mit ihr teilen muß, wenn wir noch dazu so lange von einem Besuch zum nächsten warten müssen.« Das erinnerte ihn wieder an eine Frage, die er ihr hatte stellen wollen.

»Was ist mit Thanksgiving?«

»Was soll damit sein?« Sie sah ihn verständnislos an.

»Ich wollte dich fragen, ob du mit den Zwillingen herkommen kannst. Wir feiern jedes Jahr Thanksgiving, wie es sich gehört, und würden euch schrecklich gern dazu einladen. Es wäre dann für uns ein richtiges Familienfest.«

»Das ist in drei Wochen, nicht wahr?« Er sah auf seinen Kalender und nickte. »Bis dahin sollte der Vertrag unter Dach und Fach sein.«

»Wird denn alles von ihm beeinflußt, Mel, sogar die Feiertage?« Er sah sie entrüstet an, und sie versuchte ihn mit einem Kuß zu beschwichtigen.

»Ich stehe zur Zeit sehr unter Druck, das ist alles. Aber bis dahin müßten wir ihn in der Tasche haben.«

»Dann werdet ihr also kommen?«

»Ja.« Zuerst strahlte er, dann wurde er besorgt.

»Wenn ihr aber den Vertrag bis dahin nicht abgeschlossen habt, was dann?«

»Dann kommen wir trotzdem. Wofür hältst du mich? Für ein Ungeheuer?«

»Nein, für eine verdammt vielbeschäftigte Dame.«

»Liebst du mich trotzdem?« Gelegentlich befürchtete sie, daß der derzeitige Zustand ihm zu sehr auf die Nerven gehen und er das Handtuch werfen würde. Es hatte sie immer mit Sorge erfüllt, daß ihr beruflicher Erfolg sie die Liebe eines respektablen Mannes kosten könnte.

Doch er umarmte sie und drückte sie fest an sich. »Ich liebe dich mehr denn je.« Als er sie an diesem Abend zum Flugzeug brachte, wartete er, bis es startete.

Als sie am nächsten Morgen Jess und Val von dem bevorstehenden Besuch erzählte, stieß Val einen Freudenschrei aus und rannte nach oben, um Mark rasch eine Nachricht zukommen zu lassen, bevor sie zur Schule ging, während Mel ärgerlich auf die Treppe starrte und dann ihre ältere Tochter fragte:

»Denkt sie denn an nichts anderes?«

»Kaum«, antwortete Jessica wahrheitsgemäß.

»Ich bin schon sehr neugierig auf ihre Noten in diesem Semester.« Jessica erwiderte darauf nichts, denn sie wußte genau, wie schlecht sie sein würden. Das unaufhörliche Briefeschreiben an Mark hatte die Arbeit für die Schule sehr beeinträchtigt.

»Es wird ein Riesenspaß sein, zu Thanksgiving nach Kalifornien zu fliegen.«

»Hoffentlich«, meinte Mel abgekämpft, küßte die Mädchen, als sie zur Schule gingen, und rief ihren Anwalt an, bevor sie auspackte. Sie wußte, daß er jeden Morgen vor acht ins Büro fuhr, aber die Neuigkeiten, die er ihr berichtete, waren alles andere als gut. Die Fernsehanstalt hielt sie immer noch bezüglich des Vertrages hin und hoffte, daß sie nachgeben und einen Teil ihrer Forderungen streichen würde. Der Anwalt erinnerte Mel jedoch daran, daß sie nicht nachgeben mußte, daß die Fernsehleute wahrscheinlich ohnehin ihre Ansprüche erfüllen würden, und wenn nicht, würde sie in kürzester Zeit ein Dutzend neuer Angebote bekommen, wenn sie nur eine Andeutung machte, daß sie sich für etwas anderes interessierte.

»Das will ich keineswegs. Ich will dort bleiben, wo ich bin.«

»Dann bleiben Sie hart.«

»Das habe ich vor. Besteht eine Möglichkeit, daß wir vor Thanksgiving damit fertig sind?«

»Ich werde mein Bestes tun.«

Doch wie sich herausstellte, genügte sein Bestes nicht. Als sie drei Wochen später das Flugzeug nach Los Angeles bestieg, war nichts Entscheidendes geschehen. Mels Anwalt behauptete steif und fest, sie stünden vor dem Abschluß, aber der Vertrag war noch nicht unterzeichnet, und das machte sie wahnsinnig. Peter merkte an der nervösen Art, wie sie aus der Maschine stieg, daß es sie belastete, doch sie würden nun vier Tage miteinander verbringen, und er hoffte, daß sie sich in dieser Zeit erholen würde. Er betete nur, daß niemand auf den Präsidenten schießen und auch niemand während dieser Tage eine Organverpflanzung brauchen würde. Und siehe da, seine Gebete wurden erhört. Sie verbrachten ein friedliches Fest, alle fünf Kinder waren glücklich, wieder vereint zu sein, und Mrs. Hahn übertraf sich selbst mit einem Festmahl, nach dem alle kaum mehr fähig waren, sich vom Tisch zu erheben.

»Meine Güte, ich kann mich nicht mehr rühren.« Val starrte verzweifelt auf ihren Bauch, Mark kam ihr zu Hilfe und zog sie von ihrem Stuhl in die Höhe, während Pam und Jess nach oben gingen, um Schach zu spielen. Matthew rollte sich in der Nähe des Kamins in seine Lieblingsdecke und schlief mit seinem Teddybär im Arm ein. Peter und Mel zogen sich in das Arbeitszimmer zurück, um sich auszuruhen und zu plaudern. Sie hatte das Gefühl, daß sie nach Haus gekommen war. Peter hatte darauf bestanden, daß sie in seinem Haus die Gästezimmer benutzten. Und da Jess sich mit Pam befaßte, spürte Mel, daß diese nicht so irritiert reagieren würde, wenn sie dort wohnten. Jess war eigentlich die Garantie für einen harmonischen Ablauf des Besuchs.

»Es war ein herrliches Abendessen, Peter.«

»Ich bin sehr froh, daß ihr alle bei mir seid, Mel.« Er sah sie forschend an und bemerkte die müden Fältchen um ihre Augen. Vor der Kamera waren sie vom Make-up verdeckt, aber er wußte um ihr Vorhandensein, und sie beunruhigten ihn. Sie sollte nicht so angestrengt arbeiten, auch nicht unter so viel Streß stehen. »Du hast dich überanstrengt, mein Liebes.«

»Wie kommst du darauf?« Sie streckte die Beine zum Feuer.

»Du hast abgenommen und siehst müde aus.«

»Das kann stimmen... Es ist ein hartes Brot.« Sie wußte, daß auch er eine arbeitsreiche Zeit hinter sich hatte, mit zwei neuen Transplantationspatienten und Marie, die wieder Probleme hatte, der es aber wieder etwas besser ging.

»Nichts Neues mit dem Vertrag?«

»Mein Anwalt meint, es handelt sich nur noch um Stunden. Sie sollten ihn unterschreiben, wenn ich zurückkomme.«

Peter schwieg lange, dann blickte er Mel an. Er wußte nicht, wie er sein Anliegen formulieren sollte, aber er sagte sich: jetzt oder nie. Vielleicht war es seine endgültig letzte Chance oder zumindest die letzte für lange Zeit. Er mußte. »Mel...«

»Hmmm?« Sie hatte ins Feuer gestarrt, nun sah sie ihn lächelnd an, sie entspannte sich endlich nach Wochen voll Streß und Hetze. »Ja, Doktor?«

Er wollte näher zu ihr rücken, unterließ es aber. »Ich muß dich etwas fragen.«

»Etwas Unangenehmes?« Vielleicht etwas über Pam, aber die war in letzter Zeit ziemlich ausgeglichen gewesen. Sicherlich mehr als Val, deren Noten, wie Mel festgestellt hatte, noch nie so schlecht gewesen waren. Aber darüber wollte sie mit Peter später sprechen. Sie würden den beiden Unzertrennlichen doch gewisse Einschränkungen auferlegen müssen, bevor Val ganz aus der Schule flog, und Mel brauchte dazu Peters Unterstützung. Aber es hatte noch keine Eile. »Was ist los, Liebster?«

»Es gibt etwas, worüber ich schon lange mit dir sprechen wollte: über deinen Vertrag.«

Sie sah ihn überrascht an. Bis jetzt hatte er es strikt vermieden, ihr bezüglich ihrer Arbeit Ratschläge zu erteilen, und das war ihr nur recht gewesen. Er wußte über ihren Beruf um nichts besser Bescheid als sie über den seinen, und sie konnten sich nur moralisch unterstützen, was beiden guttat. »Was ist mit ihm?«

»Was wäre, wenn du ihn nicht unterschreibst?«

Sie lächelte. »Es liegt nicht an mir, sondern an ihnen. Ich würde sofort unterschreiben, wenn die Kerle mit allen unseren Bedingungen einverstanden wären. Ich glaube auch, daß sie es tun werden. Bis jetzt war es nur ein Nervenkrieg.«

»Das weiß ich. Aber wenn du nicht unterschreibst...«, er hielt den Atem an und fuhr im nächsten Augenblick fort, »sondern mit jemand anderem einen Vertrag abschließt?«

»Vielleicht werde ich das tun müssen, wenn meine Forderungen nicht erfüllt werden.« Aber sie hatte den springenden Punkt seiner Frage noch nicht erfaßt. »Warum? Worauf willst du hinaus?« Er wollte ihr sichtlich etwas beibringen, sie verstand aber nicht, was es war.

Er sah ihr in die Augen und sagte ein einziges Wort. »Heirat.«

Ihr Gesicht verlor jeden Ausdruck, dann erschrak sie, wurde blaß und starrte ihn an.

»Was meinst du?« Ihre Stimme war kaum ein Flüstern.

»Ich meine, daß ich dich heiraten will, Mel. Ich will schon seit Monaten all meinen Mut zusammennehmen, um dich zu fragen, aber ich wollte deiner Karriere nicht im Wege stehen. Doch da es so lange dauert, bis dein Vertrag unterzeichnet wird, dachte ich mir... ich frage mich...« Sie stand auf, ging durch das Zimmer, blieb mit dem Rücken zu ihm vor dem Kamin stehen und drehte sich dann langsam um.

»Ich weiß nicht, Peter, was ich dir darauf antworten soll.«

Er versuchte zu lächeln, hatte aber so schreckliche Angst, daß es ihm nicht gelang. »Ein einfaches Ja würde genügen.«

»Das kann ich nicht. Ich kann nicht alles aufgeben, was ich mir mühevoll in vielen Jahren aufgebaut habe. Ich kann einfach nicht...« Ihre Augen füllten sich mit Tränen. »Ich liebe dich, aber das kannst du nicht von mir verlangen...« Sie begann am ganzen Körper zu zittern, er trat zu ihr und nahm sie in die Arme, sie konnte die Tränen nicht sehen, die seine Augen verschleierten.

»Schon gut, Mel. Ich verstehe dich. Aber ich mußte dir diese Frage stellen.«

Sie löste sich von ihm und sah ihn voll an, und über ihre Wangen liefen Tränen, ebenso wie über die seinen. »Ich liebe dich... o Gott, verlang nicht von mir, daß ich das tue, Peter. Zwing mich nicht, etwas zu beweisen, das ich dir nicht beweisen kann.«

»Du mußt mir gar nichts beweisen, Mel.« Er wischte sich die Wangen ab und setzte sich auf die Couch. Es hatte andererseits keinen Sinn, daß sie sich etwas vormachten, sie konnten nicht immerfort einen ganzen Kontinent überfliegen, um zusammenzutreffen. Das Ende ihrer Affäre war unvermeidlich, das wußten beide. Seine Augen bohrten sich förmlich in die ihren, und er schüttelte langsam den Kopf. »Ich dachte immer, daß wir beide so glückliche Menschen sind, brave Kinder haben, hoch auf der Karriereleiter stehen und einander gefunden haben.« Er lächelte trübselig. »Nun glaube ich nicht mehr, daß wir so glücklich sind.«

Mel antwortete nicht, schließlich putzte sie sich die Nase und wischte die Tränen von ihren Wangen. »Ich weiß nicht, Peter, was ich sagen soll.«

»Sag lieber gar nichts. Du sollst nur wissen, wenn du es dir einmal anders überlegst, daß ich immer für dich da bin und dich liebe. Ich will dich heiraten. Ich werde mit allem einverstanden sein, was du vorschlägst, solange es Hand und Fuß hat. Du könntest bei jeder Fernsehgesellschaft in Los Angeles so hart und so viel arbeiten, wie du willst.«

»Aber Los Angeles ist nicht New York.« Er wollte sie schon fragen, ob New York ihr mehr bedeute als er, aber das war keine faire Frage, das wußte er.

»Das weiß ich. Darüber müssen wir nicht mehr sprechen. Ich mußte dir aber diese Frage einmal stellen.«

»Es sieht so aus, als würde ich mich für meinen Beruf entscheiden und gegen dich, und das kommt mir so häßlich vor.«

»Die Wahrheit ist manchmal häßlich.« Damit mußten sie sich abfinden.

»Wirst du unsere Beziehung aufrechterhalten wollen... mit uns... mit mir... wenn ich meinen neuen Vertrag unterschreibe und in New York bleibe?« Sie zitterte bei der Frage. Was würde ihr bleiben, wenn sie ihn verlor? Nichts.

»Ja, wir werden so weiterleben, solange wir beide es aushalten. Aber es kann nicht ewig so weitergehen, und das ist uns beiden wohl bewußt. Wenn es zu Ende geht, Mel, werden wir beide unsere wunderbare Liebe verlieren, die wir beide verzweifelt nötig haben. Ich habe nie jemanden so sehr geliebt wie dich.« Wieder flossen Tränen über ihre Wangen, und sie konnte es nicht länger ertragen. Sie ging hinaus, um frische Luft zu atmen, und Peter folgte ihr nach einer Weile. »Jetzt tut es mir leid, daß ich dich überhaupt gefragt habe, Mel. Ich wollte dich nicht unglücklich machen.«

»Das hast du ja nicht getan. Nur manchmal« – ihre Augen füllten sich erneut mit Tränen, und ihre Stimme wurde heiser –, »nur manchmal legt uns das Leben solch verdammt schwierige Entscheidungen auf. Ich wollte nur einen besseren Vertrag erreichen, und jetzt habe ich das Gefühl, daß ich dir das Herz breche, wenn ich ihn unterschreibe.«

»Das tust du nicht.« Er drückte sie an sich. »Du tust, was du für deine Karriere tun mußt, Mel, und das ist für dich schrecklich wichtig. Das respektiere ich.«

»Warum, zum Teufel, müssen wir solches Pech haben?« Sie schluchzte hemmungslos. »Warum konnten wir nicht beide in derselben Stadt leben?«

Jetzt fand er sich mit seinem Los ab. Sie war von allem Anbeginn in ihrem Beruf verwurzelt gewesen, und er hatte unrecht daran getan, diesen Zustand ändern zu wollen. »Weil das Leben voll immer neuer Herausforderungen ist, Mel. Wir werden es schaffen. Zum Teufel, und wenn ich fünfmal so weit reisen müßte, würde ich dennoch alles daran setzen, dich wieder zu sehen.« Dann sah er sie im Dunkeln wieder an. »Wirst du zu Weihnachten wieder hierher kommen?«

»Ja, wenn ich nicht zu arbeiten habe.«

»Okay.« Er bemühte sich, sich damit zufriedenzugeben, aber es gelang ihm nicht. Doch es blieb ihm keine Alternative, und während sie in dieser Nacht nebeneinander lagen, dachten sie beide über ihre Probleme nach, und der nächste wie auch der übernächste Tag waren von einer schwermütigen Stimmung überschattet.

Die Kinder trugen auch nicht zu ihrer Aufheiterung bei. Val und Mark schienen jeden Augenblick ihres gemeinsamen Wochenendes vorgeplant zu haben, Jess, Pam und Matthew gingen ins Kino, besuchten Freunde, machten Besorgungen. Diesmal bestand Peter nicht einmal darauf, daß sie alle zusammenblieben, er war zu sehr mit sich selbst beschäftigt. Und Mel sah bei ihrer Abreise noch abgespannter aus als bei ihrer Ankunft, und ein Anruf ihres Anwalts am nächsten Morgen trug nichts dazu bei, ihre Stimmung zu ändern.

»Wir haben es geschafft.« Er schrie fast vor Freude über seinen Triumph, als er an diesem Morgen um elf anrief. Sie war ruhig im Zimmer umhergegangen und hatte an Peters Gesicht in dem Augenblick gedacht, da sie ihn verlassen hatte. Er sah niedergeschmettert aus, und sie fühlte sich noch schuldiger, aber es gab keine andere Lösung, das wußte er.

»Was geschafft?« Mel war an dem Vormittag fast zu überdreht, um klar denken zu können. Sie hatte die Mädchen trotz ihres Rückflugs mit dem »Rotauge« in die Schule geschickt.

»Mein Gott, Mel, was haben Sie in Kalifornien getrieben? Das ganze Wochenende mit Hasch oder LSD high gewesen? Sie haben

Ihren Vertrag!« Er war ebenso nervös und erschöpft wie sie. Diesmal hatte es einen langen Kampf gegeben, aber es hatte sich gelohnt. Sie hatte den Mut gehabt durchzuhalten, und hatte alle ihre Ansprüche vertraglich zugesichert bekommen. Nicht allzu viele seiner Klienten hatten das Zeug, das durchzustehen, aber Mel gehörte dazu. »Wir unterschreiben heute mittag. Können Sie rechtzeitig kommen?«

»Zum Teufel, ja.« Es war das, worauf sie zwei Monate gewartet hatte, doch als sie auflegte, stellte sie fest, daß sie keine Freude darüber empfinden konnte. Der Triumph verlor jetzt, dank Peter, von seinem Glanz. Wenn sie den Vertrag unterzeichnete, würde sie das Gefühl haben, daß sie ihn verraten hatte.

Aber sie fuhr mittags zur Fernsehgesellschaft, wo der Anwalt und alle leitenden Angestellten auf sie warteten. Es waren zehn Leute im Raum, Mel kam als letzte, sie trug ein schwarzes Diorkleid, einen Nerzmantel über dem Arm und einen schwarzen Hut mit Schleier, der zu ihrer Stimmung paßte. Sie sah aus wie eine Witwe in einem alten Film, die der Verlesung eines Testaments beiwohnt. Ihr Auftritt war melodramatisch, und die Leute von der Fernsehstation zeigten sich zufrieden. Sie kamen bei Mel Adams immer auf ihre Kosten und respektierten sie sogar wegen des langen Kampfes. Sie verschenkte Lächeln rund um den Raum wie Reis bei einer Hochzeit, setzte sich und warf ihrem Anwalt einen Blick zu. Dieser nickte zurück. Er konnte es kaum erwarten, die Presse anzurufen und ihnen das Ereignis bekanntzugeben. Es war ein umwerfender Sondervertrag für Mel, das wußten alle Anwesenden, einschließlich Mel. Sie überflog, mit der Feder in der Hand, die Punkte. Die Leiter der Fernsehanstalt hatten schon unterschrieben, es fehlte nur noch ihre Unterschrift über der gestrichelten Linie. Sie nahm die Feder und spürte, wie ihre Handflächen feucht wurden, ihr Gesicht wurde blaß, während sie plötzlich Peters Gesicht vor sich sah. Sie hielt inne, schwieg, überlegte, wurde blaß und sah den Anwalt an. Er nickte wieder.

»Alles ist in Ordnung, Mel.« Er lächelte, sah dabei siegessicher aus, und sie wußte plötzlich, daß sie es nicht tun durfte. Sie stand auf, die Feder noch immer in der Hand, und schüttelte mit einem Blick auf die Männer, für die sie gearbeitet hatte, den Kopf.

»Es tut mir leid, ich kann es nicht unterschreiben.«

»Was ist denn nicht in Ordnung?« Alle waren verblüfft. War Melanie Adams verrückt geworden? Wenn man sie gefragt hätte, hätte sie mit ja geantwortet. »Wir haben alles darin aufgenommen, Mel. Alles, was Sie verlangt haben.«

»Ich weiß.« Sie setzte sich wieder hin und sah sie verzweifelt an. »Ich kann es Ihnen nicht erklären. Aber ich kann den Vertrag nicht unterschreiben.«

Ihre Gesichter sahen aus, als wären sie mit Masken bedeckt, auch das ihres Anwalts. »Was, zum Teufel...«

Sie sah, noch immer zitternd, jeden einzelnen von ihnen an, Tränen brannten in ihren Augen, aber sie konnte jetzt nicht weinen. Sie wollte den Vertrag mit aller Macht, daß sie es förmlich körperlich spürte, aber ihr war etwas anderes wichtiger, das ein Leben lang dauern würde, nicht nur ein Jahr. Peter hatte recht. Sie konnte auch in Kalifornien ihren Beruf ausüben. Ihre Karriere würde nicht zu Ende sein, nur weil sie New York verließ. Sie stand wieder auf und sagte mit lauter Stimme: »Meine Herren, ich übersiedle nach Kalifornien.«

Die Menschen im Raum schwiegen wie gelähmt. »Haben Sie schon bei der dortigen Fernsehanstalt unterschrieben?« Jetzt wußten sie, daß sie verrückt war. Man konnte ihr dort unmöglich mehr Geld geboten haben. Oder doch? Diese verflixten Mistkerle. Aber Mel hatte doch immer Charakter gezeigt. Keiner begriff, was geschehen war, am wenigsten von allen Mels Anwalt. Sie schluckte und verkündete den Anwesenden:

»Ich werde heiraten.« Dann verließ sie ohne ein weiteres Wort den Raum, ging schnell zum Fahrstuhl und verließ das Gebäude, bevor sie jemand zurückholen konnte. Sie legte den ganzen Weg nach Haus zu Fuß zurück, und als sie ankam, fühlte sie sich ein wenig besser. Sie hatte soeben ihre ganze Karriere zum Teufel gejagt, aber sie fand, daß Peter diesen Verzicht wert war. Sie hoffte nur, daß es kein Fehler war, während sie den Telefonhörer abhob, seine Nummer wählte, die Telefonistin im Krankenhaus Peter über Lautsprecher rief und ihn endlich fand. Er meldete sich nach etwa einer Minute, in Eile und mit Gedanken bei der Arbeit, aber glücklich über den Anruf.

»Geht es dir gut?« Er hörte nur halb auf ihre Antwort.

»Nein, nicht gut.«

Dann horchte er auf und erkannte, wie merkwürdig ihre Stimme klang. Mein Gott, es war etwas passiert. So hatte es geklungen, als Anne starb ... die Zwillinge ... »Was ist los?« Sein Herz klopfte, während er auf ihre Antwort wartete.

»Ich ging zur Fernsehanstalt, um den Vertrag zu unterschreiben ...« Ihre Stimme klang dumpf. »Und ich habe es dann doch nicht getan.«

»Was hast du nicht getan?«

»Ich habe ihn nicht unterschrieben.«

»Was hast du?« Seine Knie wurden weich. »Bist du verrückt?«

»Das haben meine Bosse auch gesagt.« Plötzlich wurde sie von Panik erfaßt, befürchtete, daß er es sich überlegt hatte und es zu spät war. Sie hatte alle Brücken hinter sich abgebrochen. Sie flüsterte fast: »Bin ich es?«

Dann erst erfaßte er den vollen Umfang ihrer Entscheidung, während ihm Tränen in die Augen traten. »Ach, Liebste, das hatte ich nicht erwartet ... doch, du bist verrückt ... o Gott, ich liebe dich. Ist es dein voller Ernst?«

»Ich glaube ja. Soeben habe ich ein Verdienst von einer Million Dollar zum Fenster hinausgeworfen. Ich glaube, da liegt die Vermutung nahe, daß es mir ernst sein muß.« Sie setzte sich hin und begann zu lachen, dann konnte sie nicht mehr aufhören, und er auch nicht. Sie nahm Hut und Schleier ab und warf beides in die Luft. »Dr. Hallam, vom einunddreißigsten Dezember an, das ist zufällig Silvester, bin ich arbeitslos. Eine Landstreicherin!«

»Phantastisch. Ich wollte immer schon eine Landstreicherin heiraten.«

Mels Lachen verklang. »Willst du es noch immer?«

Seine Stimme war sehr sanft. »Ja. Willst du mich heiraten, Mel?« Sie nickte, während er erschrocken wartete. »Ich kann dich plötzlich nicht mehr hören.«

»Ich habe genickt.« Und dann, verzweifelt, nervös: »Glaubst du, sie werden mich in Los Angeles beim Fernsehen anstellen?«

»Soll das ein Witz sein?« Er lachte wieder. »Ab heute abend werden sie dir die Tür einrennen.« Aber er dachte an etwas anderes. »Mel, laß uns schon zu Weihnachten heiraten.«

»Bewilligt.« Sie war noch halb betäubt, und alles erschien ihr jetzt in einem rosigen Licht. »Wann zu Weihnachten?« Es war wie ein Traum, und sie konnte nicht mit Sicherheit feststellen, seit wann sie träumte. Sie erinnerte sich an einen Raum voller Männer in dunklen Anzügen und daran, daß sie sich geweigert hatte, einen Vertrag zu unterschreiben, aber danach hatte sie alles nur in Trance erlebt, außer diesem Telefonanruf. Sie konnte sich jetzt zum Beispiel kaum daran erinnern, wie sie nach Haus gekommen war. War sie zu Fuß gegangen? Hatte sie ein Taxi genommen? War sie geflogen?

»Was hältst du vom Heiligen Abend?«

»Das geht sicherlich. Wann ist das?«

»In ungefähr dreieinhalb Wochen. Einverstanden?«

»Ja.« Sie nickte in Gedanken versunken. »Peter, glaubst du, daß ich verrückt bin?«

»Nein. Ich glaube, du bist die mutigste Frau, der ich jemals begegnet bin, und ich liebe dich gerade deswegen besonders.«

»Ich habe aber eine Heidenangst.«

»Dazu hast du keinen Grund. Du wirst hier eine prima Stellung bekommen, und wir werden sehr glücklich sein. Alles läuft wie am Schnürchen.« Sie hoffte, daß er recht hatte. Im Augenblick konnte sie nur an die möglichen Folgen denken, die sich daraus ergeben konnten, daß sie sich geweigert hatte, den Vertrag zu unterschreiben, aber wenn man sie noch einmal vor diese Entscheidung gestellt hätte, hätte sie genauso gehandelt. Sie hatte die Weichen ihres Lebens neu gestellt, nun würde sie auch alle Konsequenzen tragen müssen, wie immer sie ausfielen, und das stand noch in den Sternen geschrieben.

»Was soll ich mit meinem Haus anfangen?«

»Verkauf es.«

»Kann ich es nicht vermieten?« Bei dem Gedanken, es für immer aufzugeben, hatte sie kein gutes Gefühl. Sie mußte jetzt so wichtige Entscheidungen treffen.

»Hast du die Absicht, je wieder dort zu wohnen?«

»Selbstverständlich nicht, außer du bist dafür.«

»Warum solltest du es also behalten? Verkauf es, Mel. Du kannst das Geld hier anders anlegen.«

»Werden wir ein neues Haus kaufen?« Sie spürte, wie sie allmählich von Unsicherheit erfaßt wurde, während sie ins Leere starrte, sie hörte, daß ihre Türglocke läutete, öffnete aber nicht. Es war Raquels freier Tag, und sie wollte jetzt niemanden sehen, vor allem keine Reporter, falls sie die Neuigkeit schon erfahren hatten.

»Wir brauchen kein neues Haus, Mel. Wir haben doch meines.« Er klang so glücklich, doch während sie ihm zuhörte, wurde ihr bewußt, daß sie dort nicht wohnen wollte. Denn es war Annes Haus... das Haus der beiden... nicht ihr Haus... aber vielleicht konnte sie zunächst... »Hör zu, entspann dich. Mach dir einen Drink oder etwas Ähnliches. Ich muß jetzt zur Arbeit zurück. Ich rufe dich später noch mal an. Und vergiß nicht. Ich liebe dich.«

»Ich liebe dich auch.« Aber ihre Stimme war nur ein Flüstern, und sie rührte sich eine Stunde lang nicht von dem Stuhl, während sie versuchte, einen klaren Gedanken zu fassen, und als der Anwalt anrief, versuchte sie ihm ihren Entschluß zu erklären. Er sagte ihr, daß er sie für verrückt hielt, aber er respektierte ihre zutiefst persönliche Entscheidung. Er erklärte sich bereit, bei den Fernsehanstalten in Los Angeles vorzufühlen; bis zum Abend hatte sie drei Angebote, und in der folgenden Woche hatte sie einen Vertrag mit dem gleichen Einkommen, das sie in New York verlangt hatte und auf dessen Bewilligung sie zwei Monate gewartet hatte, in Aussicht. Die Empörung, die sie ausgelöst hatte, nahm ungeheure Ausmaße an, und es war natürlich kein Vergnügen, unter diesen Bedingungen zu arbeiten. Man hatte sie ersucht, bis zum 15. Dezember zu bleiben, dann konnte sie zwei Wochen vor Ablauf ihres Vertrags ausscheiden. Sie wurde aber überall wie eine Verräterin behandelt, sogar Grant hielt ihr vor Augen, daß sie verrückt war, nie zurechtkommen würde, daß sie als Spitzenkraft an die Verhältnisse in New York gewöhnt war und die Situation in Kalifornien nicht kannte, und daß eine Ehe nicht zu ihrem Lebensstil paßte. Sie hatte das Gefühl, daß sie in einem Alptraum lebte, und die Zwillinge sahen sie vorwurfsvoll an, als hätte sie sie im Stich gelassen.

»Hast du schon lange gewußt, daß du es tun wirst?« fragte Jess, als Mel ihnen mitteilte, daß sie Peters Antrag annehmen würde. Aber es klang fast so, als fragte Jess ihre Mutter, ob sie vorgehabt habe, einen Mord zu begehen.

»Nein, das war ein schneller Entschluß.«

»Wann hat er dir denn den Antrag gemacht?«

»Am letzten Wochenende.« Jedesmal, wenn Jess ihre Mutter ansah, war der Vorwurf in ihren Augen unübersehbar, und Valerie war so nervös, daß sie immer, wenn Mel sie anblickte, aussah, als müsse sie erbrechen, und nicht einmal sie schien sich über die Übersiedlung wirklich zu freuen. Sie mußten mitten im Schuljahr die Schule wechseln, von ihrem Heim, ihren Freundinnen Abschied nehmen. Als Mel das Haus zum Verkauf anbot, dachte sie, es würde ihr Tod sein. Der Hausverkauf wurde sehr rasch perfekt, und als sie es erfuhr, setzte sie sich auf die Treppe und weinte. Alles ging viel zu schnell. Nur Raquel schien die Situation zu übersehen, während sie unzählige Kisten für Kalifornien packte.

»Ich hab' es Ihnen ja gesagt, Mrs. Mel... letzten Sommer habe ich es gesagt... in sechs Monaten ...«

»Ach, um Himmels willen, Raquel, halten Sie den Mund.« Während Mel packte, wurde es ihr klar, daß sie nicht wußte, was aus Raquel werden würde. In Peters Haus gab es keinen Platz für sie, und die Frau war jahrelang bei ihr gewesen. Eines Abends rief Mel in einer Panikstimmung Peter um Mitternacht in Kalifornien an.

»Was soll ich mit Raquel machen?«

»Ist sie krank?« Als sie ihn anrief, war er schon am Einschlafen gewesen.

»Nein. Es geht um die Frage, ob wir sie mitnehmen sollen.«

»Du kannst sie nicht mitnehmen, Mel.«

»Warum nicht?« Sie lehnte sich auf.

»Wir haben hier keinen Platz für sie, und Mrs. Hahn würde sie umbringen.«

»Mir persönlich wäre es lieber, wenn Raquel Mrs. Hahn umbrächte.«

»Mrs. Hahn hängt an meinen Kindern.« Es war das erstemal, daß er in einem bestimmenden Ton mit ihr sprach, und das paßte Mel überhaupt nicht.

»Raquel hängt an meinen. Also was?«

»Sei doch vernünftig.« Wie vernünftig mußte sie denn noch sein? Sie hatte einen Job aufgegeben, ein Haus, ihre Kinder hatten ihre Freunde und ihre Schule verlassen, worauf sollte sie eigentlich noch verzichten? Auch auf Raquel?

»Wenn sie nicht mitkommen kann, Peter, kommen ich und die Kinder auch nicht.«

»Ach, um Himmels willen.« Dann fand er, daß es zu spät war, um darüber zu streiten. »In Ordnung. Wir werden eben eine Wohnung für sie mieten.«

»Danke.« Mel teilte Raquel die Neuigkeit am nächsten Morgen mit, immer noch über Peters Halsstarrigkeit verärgert, doch diesmal sorgte Raquel für eine Überraschung.

»Nach Kalifornien? Sind Sie noch bei Trost? Ich bin hier zu Haus, in New York.« Doch sie lächelte Mel zu und küßte sie auf die Wange. »Aber ich danke Ihnen. Sie werden mir fehlen, aber ich will nicht nach Kalifornien übersiedeln. Sie werden ab jetzt ein schönes Leben haben, Sie bekommen einen guten Ehemann. Ich habe hier einen Freund. Vielleicht werde ich auch früher oder später heiraten.« Sie sah hoffnungsvoll in die Zukunft und war felsenfest entschlossen, nicht nach Kalifornien zu ziehen.

»Sie werden uns sehr fehlen.« So würde sich ihr vertrauter Kreis auf die Familie selbst reduzieren. Sogar ihre altvertrauten Möbel wurden eingelagert. In Peters Haus gab es keinen Platz für sie. Mel wurde im Lauf der Zeit klar, daß es nicht leicht sein würde.

Am 15. Dezember, zwei Wochen vor Ablauf ihres Vertrages, sprach sie die Elf-Uhr-Nachrichten zum letztenmal aus New York. Sie wußte, daß sie ein paar Wochen später von einer anderen Fernsehanstalt aus wieder in Erscheinung treten würde, aber der mit New York verknüpfte Abschnitt ihres Lebens war zu Ende. Für immer. Sie weinte, als sie das Mikrophon weglegte, verließ das Studio, und draußen wartete Grant. Er umarmte sie, sie lehnte ihren Kopf schluchzend an seine Brust, er schüttelte über ihren Gefühlsausbruch wie ein verwunderter Vater den Kopf, aber gleichzeitig war er auch mächtig stolz auf sie. Sie hatte eine gute Wahl getroffen, und er war froh darüber. Peter Hallam war ein großartiger Mensch. Grant hoffte nur, daß sie alle Probleme meistern würde: die Karriere, die Kinder, die Übersiedlung. Es war ein bißchen viel auf einmal, aber wenn jemand es schaffen konnte, dann war es Mel.

»Viel Glück, Mel. Du wirst uns fehlen.« Ihre Mitarbeiter hatten eine Party veranstalten wollen, doch das hatte Mel abgelehnt. Sie konnte es nicht ertragen. Ihre seelischen Wunden waren jetzt noch zu frisch. Sie versprach, daß sie wieder einmal zu Besuch kommen und Peter vorstellen würde. Allen kam diese Romanze wie ein Märchen vor. Sie war zu einem Interview gereist und hatte sich in den gutaussehenden Doktor verliebt. Noch schmerzte Mel alles: die Kollegen zu verlassen, das Haus in fremde Hände zu geben, von New York wegzuziehen.

»Lebwohl, Grant. Halt die Ohren steif.« Sie küßte ihn auf die Wange, und Tränen liefen ihr über das Gesicht, während sie sich rasch umwandte und wegging. Sie ließ alles hinter sich, was ihr vertraut war, alle ihre alten Freunde; fünf Minuten später verließ sie auch das Gebäude, in dem sie so viel gearbeitet und auch so viel erreicht hatte. Als sie an diesem Abend nach Haus kam, sah sie nur einen großen Berg von Kisten. Die Spediteure würden erst am nächsten Morgen kommen, und das war auch Raquels letzter Arbeitstag. Sie würden das Wochenende über im Carlyle-Hotel wohnen, am Montag das Haus übergeben, Mel würde das weiße Bill-Blass-Kleid holen, das sie bei Bendel's gekauft hatte, und am Tag darauf, am 19. Dezember, würden sie nach Los Angeles fliegen, fünf Tage vor ihrer Hochzeit... ihrer Hochzeit... sie setzte sich in der Dunkelheit auf und fühlte, wie die Sorgen sie von allen Seiten bedrängten. Sie würde heiraten...

»O mein Gott.« Sie saß im Bett und blickte auf das Chaos ringsum, während sie sich fragte, auf welchen Wahnsinn sie sich eingelassen hatte. Nicht einmal der Gedanke an Peter, der sie erwartete, war ein Trost.

24

Sonnabend, den 16. Dezember, stand Mel zum allerletztenmal in ihrem Schlafzimmer an der Einundachtzigsten Straße. Die Speditionsangestellten hatten zwei Tage lang das Haus beherrscht, und der letzte Lastwagen war soeben durch die Straße davongerumpelt, um ihr »Hab und Gut«, wie sie es nannte, nach Kalifornien zu bringen, wo alles außer ihren Kleidern und ein paar kleinen Erinnerungsstücken, an denen sie hing, eingelagert werden würde. Peter hatte gemeint, daß die Möbel einfach nicht zu seiner Einrichtung paßten.

Die Mädchen erwarteten Mel mit Raquel unten in der Vorhalle, aber sie hatte noch ein letztesmal den Ausblick von ihrem Schlafzimmer genießen wollen. Nie wieder würde sie am Morgen im Bett liegen, aus dem Fenster sehen und die Vögel in dem kleinen Garten zwitschern hören. In Kalifornien würde es andere Vögel geben, einen anderen Garten und auch ein ganz anderes Leben. Sie konnte einfach nicht vergessen, wieviel dieses Haus für sie bedeutet hatte, als sie es seinerzeit gekauft hatte. Es war schon sehr viel, was sie für den Mann, den sie liebte, aufgeben mußte, und dennoch war es schließlich nur ein Gebäude.

»Mom?« rief Val aus der Vorhalle. »Kommst du?«

»Ich komme gleich«, rief sie zurück, ihre Augen schweiften ein letztesmal durch das Zimmer, dann lief sie rasch über die Treppe nach unten, wo sie schon erwartet wurde, die Kinder hatten die Arme voller Geschenke, die sie von Raquel bekommen hatten, und standen neben den Koffern, die sie ins Hotel mitnehmen würden. Als Mel hinausging, um ein Taxi zu rufen, merkte sie, daß Schnee gefallen war. Sie brauchte beinahe eine halbe Stunde, um ein Taxi aufzutreiben, und als sie zurückkam, um die Mädchen zu holen, lagen diese in Tränen aufgelöst in Raquels Armen.

»Ihr werdet mir alle fehlen«, sagte Raquel unter Tränen lächelnd. »Aber Sie haben die richtige Wahl getroffen, Mrs. Mel. Er ist ein sehr netter Mann.«

Mel nickte, fand einen Augenblick keine Worte, dann küßte sie Raquel auf die Wange und sagte zu den Zwillingen: »Das Taxi wartet draußen, Kinder, warum stellt ihr euer Zeug nicht auf den Vordersitz?« Sie stapften in Stiefeln, Parkas, Jeans und warmen Schals ins Freie, und Mel dachte, daß sie diese Ausrüstung auch nicht mehr benötigen würden, außer sie würden irgendwo skifahren.

»Raquel« – Mels Stimme klang heiser vor Erregung –, »wir haben Sie ins Herz geschlossen, vergessen Sie das nicht. Wenn Sie jemals etwas brauchen oder sich vielleicht doch noch entschließen, nachzukommen ...« Ihre Augen füllten sich mit Tränen, und die beiden Frauen fielen einander in die Arme.

»Alles wird gutgehen, viel Glück... Sie werden dort drüben glücklich sein... weinen Sie nicht...« Aber sie weinte selbst. Sie hatten so viele Jahre miteinander verbracht und die Mädchen gemeinsam aufgezogen. Das gehörte jetzt der Vergangenheit an. Mel hatte für ihr neues Leben sehr viel aufgegeben, darunter auch Raquel.

»Sie werden uns so sehr fehlen.« Draußen erklang eine Hupe, Mel umarmte Raquel schnell noch einmal und sah sich in dem verdunkelten Haus um. Sie würde es am Montag übergeben, die neuen Besitzer wollten am folgenden Tag mit der Renovierung beginnen und alles ändern. Sie würden das ganze Haus frisch ausmalen und tapezieren, die Küche umbauen, einige Wände versetzen lassen. Sie schauderte bei dem Gedanken, während Raquel sie aufmerksam beobachtete.

»Kommen Sie, Mrs. Mel, gehen wir.« Sie faßte Mel behutsam bei der Hand, sie gingen hinaus, Mel drehte sich um und schloß zum letztenmal die Eingangstür ab, sie spürte, wie sie sich verkrampfte. Aber es war ihr freier Wille, und es gab jetzt kein Zurück mehr.

Sie standen nebeneinander auf dem Gehsteig, Raquel in dem neuen Mantel, den Mel ihr zu Weihnachten geschenkt hatte und den sie dieses Jahr vor dem Heiligen Abend ausgepackt hatte, dann ging Mel zum Taxi. Mel hatte Raquel auch einen Scheck übergeben, der ihr finanziell über die nächsten Monate hinweghelfen sollte, und ein Empfehlungsschreiben, das ihr überall Tür und Tor öffnen würde. Sie zog den Schlag des Taxis auf, glitt neben die Mädchen und winkte Raquel zu, während sie wegfuhren, alle drei weinten auf dem Rücksitz, und Raquel schluchzte und winkte im herabrieselnden Schnee.

Im Hotel angekommen, waren die Mädchen von der herrlichen Suite begeistert. Sie schalteten den Fernsehapparat ein und telefonierten mit ihren Freundinnen; endlich kam Mel ein wenig zur Ruhe. Sie rief Peter vom zweiten Anschluß in ihrem Zimmer aus an.

»Hallo, Liebster.«

»Deine Stimme klingt müde. Fühlst du dich auch gut?«

»Ja, es ist mir schrecklich schwergefallen, von Raquel Abschied zu nehmen.«

»Du wirst bald hier bei uns sein und hast dann den ganzen Trubel hinter dir, Mel.« Er erzählte ihr, daß er am Vormittag einen Haufen Papiere von der Fernsehgesellschaft für sie bekommen hatte. Sie sollte am ersten Januar anfangen und sofort nach ihrer Ankunft kurz in das Funkhaus kommen.

»Ich werde sie am Dienstag anrufen, sobald ich bei dir bin.«

»Das habe ich ihnen auch gesagt. Geht es dir gut, Schatz?« Er wußte, wie schwer es ihr fiel, New York zu verlassen, und er bewunderte sie wegen des mutigen Schrittes, zu dem sie sich entschlossen hatte. Obwohl er ihr einen Heiratsantrag gemacht hatte, hatte er fast nicht zu hoffen gewagt, daß sie sich dazu durchringen würde ihn anzunehmen. Das Ganze war ihm wie ein Traum erschienen, und nun wurde dieser Traum Wirklichkeit.

»Mir geht es gut, Liebster. Ich bin nur müde.« Und deprimiert, aber das wollte sie ihm nicht sagen. Sie würde sich besser fühlen, sobald sie wieder mit ihm zusammen war, dann würde der Trennungsschmerz nicht mehr ganz so heftig sein wie jetzt. »Was macht deine Arbeit?«

»Im Augenblick bin ich sehr intensiv beschäftigt. Wir haben die Klinik voll mit Patienten, für die kein Organspender vorhanden ist. Es ist wie bei einem Jongleurkunststück, bei dem man zehn Bälle gleichzeitig in der Luft halten soll.« Doch sie wußte, wie gut er damit fertigwurde, und erkannte wieder, wie sehr sie ihn vermißt hatte. Sie hatte ihn seit ihrem Besuch zu Thanksgiving nicht mehr gesehen, nicht einmal, nachdem sie seinen Antrag angenommen hatte.

»Wie geht es Marie?«

»Wieder besser. Ich glaube, sie hat die Krise überstanden.« Er war sichtlich gehobener Stimmung, und auch Mel fühlte sich besser, als sie den Hörer auflegte. An diesem Abend bestellten sie und die Mädchen das Abendessen auf das Zimmer und gingen früh zu Bett, und als sie am nächsten Tag erwachten, lagen draußen fünfundzwanzig Zentimeter Schnee.

»Schau, Mom!« Diesmal vergaß Jessica ihren Abschiedsschmerz und freute sich wie ein kleines Kind. »Gehen wir doch in den Park und machen wir eine Schneeballschlacht.« Genau das taten sie, und nachher schlug Mel vor, daß sie sich Schlittschuhe ausleihen sollten; sie liefen auf dem Wollman Rink Eis, lachten und neckten sich und purzelten mitunter auch hin. Val war von dem Plan ihrer Mutter und ihrer Zwillingsschwester nicht so sehr entzückt, kam aber am Ende auch auf den Geschmack, und sie unterhielten sich blendend. Dann gingen sie langsam ins Hotel zurück und tranken Tassen voll heißer, dampfender Schokolade mit Schlagsahne.

»Ich komme mir jetzt wie ein Tourist vor«, meinte Mel lächelnd. Am Abend gingen alle drei ins Kino. Für den nächsten Tag hatten die Schwestern Verabredungen mit ihren Freundinnen getroffen, aber nicht für diesen Abend. Am Montagvormittag übergab Mel den neuen Besitzern die Hausschlüssel, dann holte sie vereinbarungsgemäß ihr Hochzeitskleid bei Bendel's ab. Es war ein einfaches weißes Wollkleid von Bill Blass mit dazu passender Jacke aus einem schön strukturierten cremefarbigen Stoff. Die Mädchen begleiteten sie, wählten für sich Kleider in hellblau aus und kauften auf Mels Vorschlag hin das gleiche Kleid auch für Pam.

Die Hochzeit war für den Weihnachtsabend in der St.-Albans-Kirche in Beverly Hills, in der Hilgard Avenue, angesetzt, es waren nur einige wenige Gäste eingeladen, alles Freunde von Peter, da Mel in Los Angeles niemanden kannte.

»Es wird ein eigenartiges Gefühl sein, wenn keiner unserer Freunde anwesend ist, nicht wahr, Mom?« fragte Val betrübt, doch Mel lächelte.

»Es wird eine Weile so bleiben, bis Peters Freunde auch unsere Freunde geworden sind.« Val nickte, und Jessica sah niedergeschlagen drein. Ihr fiel wieder ein, daß sie in Los Angeles keine Menschenseele kannten und sich erst in der neuen Schule eingewöhnen mußten. Das freute sie ganz und gar nicht. Nur Val machte es weniger aus, die Freundschaft mit Mark machte ihr die Umstellung leichter.

Am Montagabend nahm Mel beide Töchter zu einem letzten Dinner in New York in den Klub »21« mit, und ein Taxi brachte sie zu ihrer letzten Übernachtung ins Hotel zurück. Bevor die drei zu Bett gingen, standen sie am Fenster und blickten auf die Silhouette der Stadt hinaus. Mel spürte wieder, wie ihr Tränen in die Augen stiegen. »Wir werden immer auf Besuch zurückkommen.« Aber sie wußte nicht genau, ob sie mit dieser Aussicht sich selbst oder die Mädchen trösten wollte. »Vielleicht wollt ihr hier das College besuchen.« Das würde in zwei Jahren der Fall sein, aber sie selbst... außer gelegentlichen Besuchen würde es zu keinem längeren Aufenthalt hier kommen. Sie hatte einen in jeder Hinsicht entscheidenden Schritt getan.

Der Abschied vom Carlyle war am nächsten Tag nicht so schmerzlich wie das Verlassen des Hauses. Bei ihrer Abreise am nächsten Tag hatten sie das Gefühl, sich in ein Abenteuer zu stürzen, und die Mädchen waren bester Laune, als sie in einer Limousine zum Flughafen fuhren und dann an Bord des Flugzeugs gingen. Zwei Collegestudenten, die nach Kalifornien heimflogen, hatten Jess und Val schon bemerkt, und nach dem Abflug sah Mel die beiden bis zur Landung kaum.

»Wo seid ihr beide gewesen?« Sie war nicht sonderlich besorgt, als sie sich zur Landung auf ihren Plätzen anschnallten. In einem Flugzeug konnten sie nicht gut abhanden kommen.

»Wir haben mit zwei Jungen aus Los Angeles im Heckabteil Bridge gespielt. Sie studieren an der Columbia-Universität und fliegen zu Weihnachten nach Haus; sie haben uns für morgen zu einer Party nach Malibu eingeladen.« Vals Augen glänzten, Jessica lachte und blickte Mel an.

»Ja, und ich wette, daß Mom nichts dagegen hat, wenn wir hingehen.« Sie kannte die ablehnende Haltung ihrer Mutter, und Mel lachte.

Val versuchte es noch einmal. »Wir könnten ja Mark mitnehmen.«

»Ich glaube, wir werden damit beschäftigt sein, uns einzurichten.«

»Ach, Mom...«

Doch da setzte die Maschine schon auf, draußen war heller Sonnenschein, und als die drei das Flugzeug verließen, sahen sie sich besorgt um, wer von den Hallams zur Begrüßung erschienen war. Val stieß einen Freudenschrei aus, denn sie erblickte Mark, und Mel sah, daß die ganze Familie vollzählig versammelt war, sogar Matthew war dabei. Sie stürzte in Peters Arme, und er hielt sie fest; in diesem Augenblick wußte sie, daß sie das Richtige getan hatte. Sie wußte, daß sie ihn mit jeder Faser ihres Herzens liebte.

25

Mel und die Mädchen wohnten bis zum vierundzwanzigsten Dezember im Bel-Air, und um fünf Uhr nachmittags holte sie eine gemietete Limousine ab und brachte sie zur St.-Albans-Kirche. Mel sah in dem weißen Wollkleid wunderschön aus, und die Mädchen waren in den blauen Kleidern bezaubernd. Mel trug einen Strauß aus weißen Freesien, weißen Orchideen und Schleierkraut, Jess und Val hatten kleine Buketts aus weißen Nelken und winzigen Frühlingsblumen, und trugen kleine Gestecke aus den gleichen Blumen in ihren schimmernden Haaren.

Mel blickte sie noch ein letztesmal prüfend an, bevor sie ausstiegen, und war mit dem Eindruck zufrieden. »Ihr seht prächtig aus, Mädchen.«

»Du auch, Mom.« Jessicas Augen leuchteten, als sie Blickkontakt mit ihrer Mutter suchte. »Hast du Angst?«

Sie zögerte, dann lachte sie. »Todesangst.«

Ein leichter Schatten zog über Jessicas Augen, vielleicht würden sie doch wieder nach Haus fliegen. »Willst du dich im letzten Moment drücken?«

Doch darauf lachte Mel hell auf. »Verdammt noch mal, nein. Du weißt ja, daß es heißt: ›Es gibt kein Zurück‹.« Doch während sie das sagte, trübten sich Jessies Augen, und es tat Mel leid, daß sie sich so unbedacht geäußert hatte. Sie berührte die Hand des hübschen Rotschopfs. »Es tut mir leid, Jess.« Und dann leise: »Hier wird bald unser Zuhause sein.« Sie wußte, daß Jess die Übersiedlung am schwersten gefallen war, dennoch beklagte sie sich nie. Sie hatte in den letzten fünf Tagen Pam geholfen, ihr Zimmer neu einzurichten und gemeinsam mit Val ihrer beider Sachen im Gästezimmer eingeräumt. Sie und ihre Zwillingsschwester sollten sich das Gästezimmer teilen, und es kam ihnen ein wenig merkwürdig vor, nicht mehr eigene Zimmer zu haben.

»Es würde mir nichts ausmachen, wenn sie nicht so schrecklich schlampig wäre«, vertraute Jess Pam an, dann zuckte sie die Schultern. Es gab einfach nicht genug Platz im Haus, um ihnen getrennte Zimmer einzurichten, und Jessica fand sich damit ab. Sie fand sich mit allem ab, sogar mit dem kühlen Empfang durch Mrs. Hahn, die immer wieder mit scharfen Augen in ihre Koffer und

Schränke schaute. Der Rest ihrer Sachen war noch im Bel-Air, von wo sie am Abend geholt und ins Haus der Hallams gebracht werden sollten. Mel hatte erst an ihrem Hochzeitstag dort einziehen wollen.

»Also« – Jess blickte aus dem Autofenster auf die hübsche kleine Kirche –, »da wären wir, nehme ich an.«

Mel verstummte, warf nur einen raschen Blick auf die Kirche, und Val schnappte nach Luft, als sie Mark durch das Portal gehen sah, er sah so hübsch, jung und männlich zugleich aus. Peter und Matt waren vorausgegangen, und Pam erwartete sie im Vestibül. Sie würde als erste in ihrem blauen Kleid, dem gleichen wie dem der Zwillinge, mit dem gleichen Blumenstrauß wie diese durch den Mittelgang schreiten, dann würden Valerie und Jessica folgen, hinter ihnen, und mit einem kleinen Abstand, Mel. Peter und seine Söhne würden sie beim Altar erwarten, und beim Hinausgehen würde Pam mit Matt an der Hand den Hochzeitszug anführen, Mark würde hinter ihnen gehen, dann Peter und Mel. Sie hatten alles vorausgeplant, Mel hatte die von ihr gewünschten Hochzeitsanzeigen in New York bestellt, und Peters Sekretärin hatte sie an die engsten Freunde verschickt.

Während Mel den Gang entlangschritt, sah sie sich in der Kirche um, und ihr wurde klar, daß sie keinen einzigen der anwesenden Hochzeitsgäste kannte. Sie wurde getraut, ohne daß auch nur einer ihrer Freunde anwesend war, nur ihre Kinder waren bei ihr. Sie näherte sich totenblaß dem Altar, Erwartung und Aufregung zerrten an ihren Nerven, ihr Blick war auf Peter gerichtet, als er vortrat und ruhig ihren Arm ergriff, und plötzlich war nichts mehr auf der Welt für sie von Bedeutung, außer ihm; sanfte Röte verschönte ihr Gesicht. Vor Beginn der Zeremonie flüsterte er ihr zu.

»Ich liebe dich. Glaube mir, es wird alles gutgehen.«

»Ich liebe dich auch.« Das war alles, was sie stammeln konnte.

Dann erinnerte der Priester die Hochzeitsgesellschaft an den Anlaß der Feier. »Geliebte Gemeinde, wir sind heute am Weihnachtsabend hier versammelt, an diesem heiligen Tag, um diese Frau und diesen Mann im Bund der heiligen Ehe zu vereinen...« Mel hörte förmlich, wie ihr Herz klopfte; alle ein oder zwei Minuten tätschelte Peter ihre Hand, dann kam der Augenblick, in dem sie die Gelöbnisse ablegten und die Ringe tauschten. Er hatte die Eheringe ohne ihr Dabeisein bestellt, einen einfachen, schmalen Diamantreif. Sie hatte einen Verlobungsring energisch abgelehnt. Als sie auf den Ring blickte, füllten sich ihre Augen mit Tränen, und sie konnte Peter nur verschwommen sehen, während sie ihm einen einfachen, glatten goldenen Ehering an den Finger steckte.

»Dich von diesem Tag an zu ehren und zu lieben... in guten und schlechten Zeiten... bis daß der Tod uns scheidet.«

Ein Schauer lief ihr über den Rücken. Sie würde es nie ertragen, ihn zu verlieren. Dennoch – er hatte den Verlust von Anne überlebt, und nun standen sie vor dem Altar. Sie blickte ihm ins Gesicht, hinauf zu dem Mann, der von nun an ihr Gatte war. »Ich erkläre euch zu Mann und Frau.« Die Orgel rauschte auf, ein Chor setzte ein: »Stille Nacht, Heilige Nacht«, und während Mel in Peters Augen sah, hatte sie das Gefühl, daß sie dahinschmolz. »Sie können die Braut küssen«, wandte sich der beleibte Priester an den Bräutigam und lächelte Mel an, auch Peter strahlte sie an, und dann hatte sie den Eindruck, durch den Gang zu schweben; während der nächsten Stunde schüttelte sie Dutzenden unbekannten Menschen die Hand, ihre Gesichter waren ihr fremd. Sie fand zwischendurch die Zeit, um Mark, Matthew und Pam zu küssen und ihnen zu gestehen, wie glücklich sie war, und in einiger Entfernung bemerkte sie Mrs. Hahn. Sogar an Peters Hochzeitstag sah diese Frau verdrossen aus, fand Mel, aber Peter legte Wert darauf, ihr die Hand zu schütteln, und dann sah Mel sie lächeln. Auf einmal stellte sich ihr die Frage, ob Mrs. Hahn die Heirat vielleicht mißbilligte. Vielleicht trauerte sie noch immer um Anne. Mel mußte wieder an Raquel denken und wünschte sich, sie wäre an Mrs. Hahns Stelle und würde ihre Hochzeit miterleben. Raquel hatte keine eigene Familie, daher war sie für Mel wie eine Mutter gewesen.

Dann stiegen die sieben in eine Limousine und fuhren zum Bel-Air-Hotel, wo ein Empfang stattfand, und Mel stellte fest, daß ihre Hochzeitsfeier größer war, als sie angenommen hatte. Die Einladungen zum Empfang lauteten für sechs Uhr, das Dinner war für halb acht vorgesehen, und als sie die weitläufigen Klubanlagen betraten, merkte Mel, daß sich mindestens hundert Leute versammelt hatten. Eine Kapelle von sieben Mann intonierte den »Hochzeitsmarsch«, Peter hielt Mel zurück und küßte sie auf den Mund.

»Guten Tag, Mrs. Hallam.« Plötzlich kam Mel alles verrückt, aber wunderbar vor, es spielte keine Rolle, wer die Gäste waren, Fremde oder nicht, oder sogar Menschen, die sie nie mehr im Leben wiedersehen würde. Alle hatten Anteil am glücklichsten Augenblick ihres Lebens. Unaufhörlich kamen Leute auf sie zu, schüttelten ihr die Hand, versicherten, wie sehr sie ihnen im Fernsehen gefiel und was für ein Glück Peter hatte. Dadurch erschienen sie ihr nicht mehr ganz so fremd.

»Nein, die Glücklichere bin ich«, erklärte sie immer wieder, es gab nur einen Moment, der ihre Freude trübte, als sie Val in der Ecke mit Mark sprechen und heimlich weinen sah, aber als sie zu ihnen trat, schien sich Val beruhigt zu haben, sie lächelte und umarmte Mel, während Jessica zusah und dann ihre Mutter gleichfalls in die Arme schloß.

»Wir lieben dich, Mom, und wir teilen dein Glück.« Doch sie las auch in Jessicas Augen Schmerz. Sie würden alle Zeit brauchen, sich umzugewöhnen, auch sie selbst an Peters Seite. Aber sie war sicher, daß sie sich richtig entschieden hatte, besonders was Peter und sie selbst betraf; die Mädchen würden sich eben anpassen müssen. Sie wußte, daß es ihnen noch immer egoistisch vorkam, und sie war nur dankbar, daß sie es Peter nicht fühlen ließen. Das hätte bei Kindern, die weniger an ihrer Mutter hingen, leicht der Fall sein können.

Sie hatte ein- oder zweimal bemerkt, wie schnippisch sich Pam ihr gegenüber benahm. Aber Pam würde sich allmählich mit den Tatsachen abfinden; sobald sie sich an den Gedanken gewöhnt hatte, daß ihr Vater wieder verheiratet war. Alles zu seiner Zeit, redete sich Mel immer wieder gut zu.

Die Romanze zwischen Val und Mark schien noch anzudauern, obwohl sie nicht mehr ganz so glücklich wirkten wie ehedem, und Mel hegte den Verdacht, daß das dauernde Zusammenleben für beide von ihnen die Rose zum Welken bringen würde. Wenn er einmal sah, was für ein »schlampiges Ding« sie war, wie Jess sich ausdrückte, und sie ihn die ganze Zeit um sich herum hatte, mußten diese Umstände die romantischen Liebesgefühle abkühlen. Zumindest hoffte es Mel. Sie befaßte sich daraufhin mit Matt, der sich eben vor ihr verbeugte und sie zum Tanz aufforderte. Sie hüpfte eine Weile mit ihm herum, während die Leute lächelnd zuschauten, und schließlich kam Peter und entführte sie zu einem wirbelnden Walzer.

»Hast du eine Ahnung, wie schön du bist?«

»Nein, aber weißt du dafür, wie glücklich ich bin?« Sie strahlte ihn an.

»Sag es mir, ich möchte es hören.« Er sah ebenso glücklich aus wie sie. Aber für ihn waren die mit der Eheschließung verbundenen Veränderungen geringer gewesen. Sie fielen alle Mel zur Last, die ihre Stellung aufgegeben, ihre Kinder aus der Schule genommen, ihr Haus verkauft, Raquel entlassen, New York den Rücken gekehrt hatte...

»Ich war noch nie in meinem Leben glücklicher.«

»Fein. So soll es auch sein.« Er sah sich im Raum um, während sie sich drehten. »Auch unsere Kinder sehen hübsch aus.« Pam lachte über eine Bemerkung von Jess, und Mark tanzte mit Val, während Matthew die Gäste unterhielt.

»Ich glaube, sie sind recht froh. Außer Mrs. Hahn, sie sieht nicht gerade begeistert aus.«

»Laß ihr nur Zeit. Sie ist nicht sehr flexibel.« Das war die Untertreibung des Jahres, doch Mel verkniff sich eine Bemerkung dazu. »Sie liebt dich auch, wie alle meine Freunde.«

»Sie scheinen nette Leute zu sein.« Sie hätten aber überall als Gäste bei einer Hochzeitsfeier fungieren können, angemietet von einer Personalvermittlung, um zu essen, zu tanzen und strahlende Heiterkeit zu mimen.

»Später, wenn sich der Trubel gelegt hat, werde ich ein paar ruhige Abendgesellschaften arrangieren, damit du meine Bekannten in kleinen Gruppen kennenlernen kannst. Ich weiß, daß es im Augenblick für dich sehr schwer sein muß.«

»Es ist gar nicht so schlimm. Dank dir. Du bist hier der Mensch, auf den es ankommt, abgesehen von den Kindern.«

Er freute sich über diese Bemerkung, wollte aber, daß auch seine Freunde ihr gefielen. Sie wußten schon, wer sie war, Mel mußte sie aber noch kennenlernen. »Du wirst mit ihnen auskommen.« Dann war der Tanz zu Ende, und einer von Peters Kollegen schaltete sich in ihr Gespräch, sie unterhielten sich über das

Interview, das Peter Mel seinerzeit gegeben hatte. Er war im Operationssaal anwesend gewesen, als die Transplantation bei Marie vorgenommen wurde, und Mel erinnerte sich an ihn.

Sie tanzte mit vielen Männern, die sie nicht kannte, lachte über ihre Witze, schüttelte Hände, versuchte sich Namen einzuprägen und gab es schließlich auf, da sie wußte, sie würde sie rettungslos durcheinanderbringen. Um elf Uhr fuhren endlich alle nach Haus. Die Limousine brachte die Familie zu Peters Haus in Bel-Air, und die Kinder marschierten im Gänsemarsch hinein. Mark trug Matt, der im Wagen eingeschlafen war, und die Mädchen plauderten noch, wobei sie heftig gähnten, während Peter Mels Arm ergriff und mit ihr vor der Haustür stehenblieb.

»Einen Augenblick bitte.«

»Ist etwas nicht in Ordnung?« fragte sie erstaunt. Der Chauffeur trug ihre Koffer hinein, aber Peter sah sie lächelnd an, dann hob er sie plötzlich hoch, trug sie über die Schwelle und setzte sie neben dem Christbaum ab.

»Willkommen zu Haus, mein Liebling.« Sie küßten sich, die Kinder schlichen auf Zehenspitzen nach oben, doch der einzige, der wirklich lächelte, war Mark. Die drei Mädchen wirkten verunsichert, weil sie versuchten, nicht daran zu denken, was dieser Tag bedeutete. Es war kein Spiel, es war Wirklichkeit. Pam und die Zwillinge sagten ruhig Gute Nacht, gingen nach oben in ihre Zimmer und schlossen die Türen hinter sich. Pam sah ungern Mel in Peters Armen, den Zwillingen gefiel es ebensowenig, daß ihre Mutter nicht mehr ihnen allein gehörte. Die Gräben waren aufgeworfen worden.

Peter und Mel blieben noch eine Weile im Erdgeschoß und sprachen über ihren Hochzeitstag. Es war eine schöne Party gewesen, und sie hatten sich gut unterhalten. Er schenkte ihr noch ein Glas Champagner ein und prostete ihr zu, während die Uhr auf dem Kamin schlug. »Fröhliche Weihnachten, Mel.« Sie stand auf, stellte ihr Glas hin, und sie küßten sich lange, sehr lange, dann hob er sie hoch und trug sie die Treppe hinauf.

26

Peter und Mel verbrachten Weihnachten mit ihren Kindern im Haus in Bel-Air. Mrs. Hahn bereitete ein wunderbares Weihnachtsdinner zu, Gänsebraten mit Reis, Kastanienpüree, junge Erbsen und Zwiebeln, sowie mit Haschee gefüllte Pastete und Plumpudding zum Dessert.

»Kein Truthahn dieses Jahr?« fragte Jessie, als sie zum Essen nach unten kamen, und als Val den Gänsebraten roch, brach sie in Tränen aus und lief nach oben, doch als Mel ihr folgen wollte, hielt Mark sie zurück. »Überlaß es mir, Mel.« Er schien merkwürdig ruhig, doch niemand außer Jessica bemerkte es. Val weinte in letzter Zeit viel, zumindest war Jess dieser Meinung, und sie hatte sie in der vergangenen Nacht im Bett weinen hören, aber Val wollte ihr nicht sagen, was nicht in Ordnung war; Jessie wollte ihre Mutter nicht beunruhigen, der an Val anscheinend nichts Ungewöhnliches auffiel.

»Danke, Mark.« Dann wandte sie sich an Peter. »Tut mir leid. Ich glaube, wir sind alle müde.«

Er nickte, ohne besorgt zu wirken. Ihre Gewohnheiten waren für die Zwillinge neu. Sie aßen jedes Jahr Gänsebraten; Anne hatte diesen Brauch eingeführt, und Mrs. Hahn behielt ihn bei. Sie aßen Truthahn nur zu Thanksgiving und zu Ostern gab es Schinken.

Doch als Mrs. Hahn die Pastete auftrug, stocherten Jessie und Val nur in ihr herum und sehnten sich nach dem warmen Apfelkuchen, den sie in New York immer zu Weihnachten bekommen hatten. Sogar der Baum kam ihnen fremdartig vor. Er war mit kleinen, blitzenden elektrischen Lichtern und nur mit großen goldenen Kugeln geschmückt. Ihr gesamter altmodischer Christbaumschmuck, den sie jahrelang gesammelt und geliebt hatten, sowie die bunten Kerzen waren mit ihren übrigen Sachen eingelagert worden.

»Ich platze.« Mel sah Peter verzweifelt an, als sie den Tisch verließen. Das einzig Gute, das sie über Mrs. Hahn sagen konnte, war, daß sie hervorragend kochte. Es war eine reichliche Mahlzeit gewesen, und alle waren zum Bersten satt, als sie ins Wohnzimmer gingen. Mel sah sich in ihrem neuen Heim um und stellte fest, daß noch immer sämtliche Fotos von Anne an den Wänden hingen und ein Ölbild über einem schmalen französischen Tisch. Peter bemerkte, daß sie Annes Fotos betrachtete, erstarrte einen Moment und wartete darauf, daß sie etwas sagte. Sie tat es nicht, sondern nahm sich im stillen vor, sie abzunehmen, wenn sie am Morgen des Silvestertages von ihrer Hochzeitsreise zurückkamen.

Peter hatte Puerto Vallarta vorgeschlagen, einen seiner Lieblingsorte, und sie nahmen alle fünf Kinder mit, obwohl Mel es bei dem Gedanken nicht ganz wohl war, Matt nach Mexiko mitzunehmen, weil sie Angst hatte, er könnte dort krank werden. Die anderen waren alt genug, um vorsichtig zu sein, aber sie würde auf Matt aufpassen müssen. Sie waren zu dem Schluß gelangt, daß es nicht diplomatisch wäre, die Kinder so bald alleinzulassen. Sie konnten später allein wegfahren, vielleicht nach Europa oder Hawaii, je nachdem, wann und wie lange sie sich freimachen konnten. Aufgrund ihres neuen Vertrages hatte Mel nicht mehr zwei Monate Urlaub wie in New York, sondern nur einen Monat und einen Schwangerschaftsurlaub. Es hatte sie belustigt, als sie darauf bestanden hatten, es im Vertrag festzuhalten. Sie hatte nicht die Absicht, noch ein Kind zu bekommen, die Zwillinge genügten ihr vollkommen. Sie hatte Peter lachend davon erzählt, und er meinte scherzhaft, daß er schon für Nachwuchs sorgen würde, wenn sie sich nicht ordentlich benahm. Worauf sie ihm im Scherz mit Kastration gedroht hatte.

Sie saßen im Wohnzimmer, und Mel stöhnte, wenn sie daran dachte, daß sie wieder packen mußte. Sie schien im letzten Monat nichts anderes getan zu haben, aber sie würden in Puerto Vallarta wenigstens nicht viel brauchen, und alle Kinder freuten sich auf den Badeurlaub. Sie liefen an diesem Abend noch lange von einem Zimmer ins andere, kicherten, hänselten einander und nahmen sich Dinge weg, Matt sprang auf Vals Bett, und Pam probierte auf Aufforderung ihrer neuen Schwester einige von Jessicas Pullovern an.

Peter und Mel hörten den Lärm aus ihren Zimmern, und Mel lächelte. »Ich glaube, sie werden es schaffen.« Aber sie war sich noch immer einer gewissen leichten Spannung zwischen den beiden Gruppen bewußt. Sie mußten sich an die neuen Gegebenheiten gewöhnen, und je eher sie es taten, desto besser.

»Du machst dir ihretwegen zu viele Sorgen, Mel. Sie sind in

Ordnung«, erklärte er ihr, während er den Telefonhörer abhob, weil es klingelte. Dann setzte er sich mit gerunzelter Stirn und dem Hörer in der Hand an seinen Schreibtisch und stellte rasch eine Reihe von Fragen. Er legte den Hörer wieder auf, nahm seine Jacke vom Stuhl und erklärte Mel, was geschehen war. »Es handelt sich um Marie. Sie hat wieder eine Abstoßungsreaktion.«

»Ist es ernst?«

Er nickte, sein Gesicht war blaß. »Sie liegt im Koma. Ich weiß nicht, warum sie mich nicht früher angerufen haben. Sie haben mir einreden wollen, daß sie mich nicht stören wollten, weil Weihnachten ist und ich keinen Bereitschaftsdienst habe. Verdammt noch mal.« Er blieb im Türrahmen stehen und blickte Mel unglücklich an. »Ich werde nach Haus kommen, sobald ich kann.«

Als er das Haus verließ, war sie davon überzeugt, daß ihre Reise nach Mexiko ins Wasser fallen würde. Die Kinder kamen bald darauf, um gute Nacht zu sagen, doch sie erwähnte nichts, weil sie sie nicht durcheinanderbringen wollte. Sie erklärte nur, daß Peter ins Krankenhaus gefahren war, um nach einem Patienten zu sehen. Aber sobald sie das Zimmer verlassen hatten, dachte sie an Marie und betete für sie. Peter rief nicht an. Mel gab um halb drei das Warten auf und ging zu Bett; sie hoffte, daß sie die Reise nicht stornieren mußten. Und ohne ihn wollte sie nicht fahren. Es war schließlich ihre Hochzeitsreise.

Kurz nach fünf Uhr spürte sie, wie er neben ihr ins Bett glitt, und als sie die Hand nach ihm ausstreckte, reagierte er nicht. Das war für ihn so ungewöhnlich, daß sie ein Auge öffnete und näher zu ihm rückte.

»Hallo, Liebster. Alles in Ordnung?« Er antwortete nicht, und sie öffnete beide Augen. Etwas stimmte nicht. »Peter?«

»Sie ist um vier Uhr gestorben. Wir haben sie aufgemacht und festgestellt, daß es hoffnungslos war. Sie hatte den schlimmsten Fall von Arterienverhärtung, den ich je gesehen habe, und das mit einem neuen Herz, verdammt noch mal.« Es war klar, daß er sich Vorwürfe machte. Sie hatten ihr sieben Monate geschenkt, nicht mehr, aber auch die hätte sie ohne die Operation nicht erlebt.

»Es tut mir leid.« Es gab so wenig, das sie sagen konnte, und er entzog sich ihr, wehrte sich gegen ihre Bemühungen, ihn zu trösten. Um sechs Uhr stand er schließlich wieder auf. »Du solltest versuchen, ein wenig zu schlafen, bevor wir wegfahren.« Ihre Stimme war sanft, sie machte sich sichtlich seinetwegen Sorgen. Es ging auch ihr nahe. Marie war ihnen beiden von Anfang an ans Herz gewachsen. Mel hatte bei dieser Transplantation zugesehen. Es schmerzte sie, daß das Mädchen gestorben war. Aber sie war nicht auf Peters nächste Worte gefaßt. Er sprach wie ein zorniges, unglückliches Kind, das ungeduldig und gereizt war.

»Ich fahre nicht. Nimm du die Kinder mit.« Er ließ sich schwer in einen Stuhl in ihrem Schlafzimmer fallen, und da es draußen noch dunkel war, machte Mel das Licht an, um ihn besser zu sehen. Er wirkte erschöpft und hatte dunkle Ringe unter den Augen. Es war ein scheußlicher Abschluß ihrer Hochzeit und ein miserabler Beginn ihrer Flitterwochen.

»Hier kannst du nichts mehr tun. Und ohne dich fahren wir nicht.«

»Ich bin nicht in der richtigen Stimmung, Mel.«

»Das ist nicht fair. Die Kinder werden schwer enttäuscht sein, und es ist unsere Hochzeitsreise.« Er war unvernünftig, aber sie wußte, daß er zu müde war, um vernünftig zu überlegen. »Bitte, Peter...«

»Verdammt noch mal« – er sprang auf und starrte sie an –, »wie würdest du darauf reagieren? Sieben schäbige Monate, das war alles... alles, was ich ihr geben konnte.«

»Du bist nicht der liebe Gott, Peter. Du hast getan, was in deinen Kräften lag, und hast es glänzend gemacht. Aber solche Entscheidungen trifft eben Gott, nicht du.«

»Quatsch! Wir hätten uns mehr Mühe geben müssen.«

»Das war nicht möglich, verdammt noch mal, und sie ist tot.« Mel schrie jetzt gleichfalls. »Du kannst nicht hier herumsitzen und schlechter Laune sein, du hast auch uns gegenüber eine Verantwortung.« Er funkelte sie an und stelzte aus dem Zimmer, kam aber eine halbe Stunde später mit zwei Tassen Kaffee wieder. Sie mußten erst mittags am Flughafen sein, sie hatte also noch Zeit, ihn zu überreden. Er reichte Mel verdrossen eine Tasse mit dem dampfenden Gebräu.

»Es tut mir leid, Mel... nur... ich kann es nie auf die leichte Schulter nehmen, wenn ich einen Patienten verliere; sie war ein so liebes Mädchen ... es ist nicht fair ...« Seine Stimme versagte, Mel stellte die Tasse hin und legte ihm die Arme um die Schultern.

»Dein Beruf ist nicht fair, mein Schatz. Das weißt du. Du weißt genau, wie gering die Chancen deiner Patienten sind. Du versuchst, das zu vergessen, aber trotzdem ist es so.« Er nickte, sie hatte recht. Sie kannte ihn gut. Er sah sie bedrückt an.

»Ich bin ein glücklicher Mann.«

»Und ein ausgezeichneter Chirurg. Das darfst du nie vergessen.« Sie erwähnte Mexiko erst wieder, nachdem er mit den Kindern gefrühstückt hatte. Er war merkwürdig still, und als Mel und Mark nebeneinander hinaufgingen, fragte er sie nach dem Grund für Peters Schweigsamkeit.

»Was ist mit Dad los?«

»Er hat heute nacht eine Patientin verloren.«

Mark nickte verständnisvoll. »So etwas nimmt er immer schwer, besonders wenn es Transplantationspatienten sind. War es eine?«

»Ja, die er im Mai operiert hat, als ich ihn interviewte.« Mark nickte wieder und sah Mel fragend an.

»Fliegen wir nach Mexiko?«

»Hoffentlich.«

Mark war nicht allzu sicher. »Du weißt nicht, wie er in solchen Fällen reagiert. Es ist möglich, daß wir hierbleiben.«

»Ich werde mein Bestes tun.«

Er sah sie an und schien noch etwas sagen zu wollen, aber Matt unterbrach sie. Er konnte seine Schwimmflossen nicht finden und wollte wissen, ob Mel sie gesehen hatte.

»Nein, ich habe sie nicht gesehen, aber ich werde mich umschauen. Hast du beim Swimming-pool gesucht?« Er nickte, lief weiter, und Mel ging in ihr Zimmer. Dort saß Peter auf einem Stuhl, starrte ins Leere und sah plötzlich älter aus, als er war. Sein ältester Sohn hatte ihn richtig eingeschätzt. Maries Tod ging ihm zu Herzen, und allmählich bezweifelte auch Mel, daß sie an diesem Tag irgendwohin reisen würden. »Also, Schatz« – sie setzte sich auf den Bettrand. »Was tun wir?«

»Womit?« Er sah sie ausdruckslos an, er dachte daran, wie Maries Herz ausgesehen hatte, als man sie obduziert hatte.

»Die Reise. Fliegen wir oder bleiben wir hier?«

Er zögerte eine Weile und sah Mel in die Augen. »Ich weiß nicht.« Er war im Augenblick sichtlich außerstande, eine Entscheidung zu treffen.

»Ich glaube, es würde dir guttun und den Kindern auch. Wir haben alle in letzter Zeit eine Menge durchgemacht, viele Anpassungen, viele Veränderungen, und das war noch lang nicht alles. Der Onkel Doktor wäre bestimmt der Meinung, daß eine Reise genau das richtige ist.« Sie machte ihn nicht darauf aufmerksam, daß sie in einer Woche in einer neuen Fernsehgesellschaft zu arbeiten beginnen und selbst unter gewaltigem Druck stehen würde. Sie brauchte den Urlaub noch dringender als er.

»Also gut. Wir fliegen. Du hast vermutlich recht. Wir dürfen die Kinder nicht enttäuschen, und ich habe schon dafür gesorgt, daß mich jemand vertritt.« Sie umarmte ihn und drückte ihn fest an sich.

»Ich danke dir.« Doch er reagierte kaum und sprach mit niemandem, während sie zum Flughafen fuhren. Mel und Mark wechselten ein paar vielsagende Blicke, doch sie sprachen erst miteinander, als sie nach dem Abflug einen Augenblick außer Hörweite der Familie waren.

Mark machte ihr klar, worauf sie gefaßt sein mußte. »Er kann längere Zeit so bleiben, weißt du.«

»Wie lang dauert es für gewöhnlich?«

»Eine Woche, manchmal zwei. Mitunter sogar einen Monat, es hängt davon ab, wie verantwortlich er sich fühlt und wie nahe ihm der Patient gestanden hat.«

Mel nickte. Die Aussichten auf glückliche Flitterwochen waren äußerst gering. Und Mark behielt recht. Sie landeten in Puerto Vallarta und drängten sich in zwei Jeeps zusammen, die sie zu ihrem Hotel brachten, in dem sie drei Zimmer mit Ausblick auf den Strand und das Wasser bestellt hatten. Im Freien befanden sich direkt unterhalb ihrer Fenster eine große Bar und drei Swimming-pools voll lachender, schreiender Menschen. Doch alle Geräusche wurden von den Klängen einer einheimischen Band übertönt, die dann und wann von Mariachis abgelöst wurde. Es war eine quirlige Atmosphäre, und die Kinder waren begeistert, vor allem Jessica und Val, die noch nie in Mexiko gewesen waren. Mark führte sie alle hinunter zum Swimming-pool und auf einen

Drink an die Bar, doch Peter bestand darauf, im Zimmer zu bleiben. Mel versuchte, ihn aus seiner düsteren Stimmung zu reißen.

»Wie wäre es mit einem Spaziergang am Strand?«

»Ich habe keine Lust dazu, Mel. Ich möchte wirklich allein sein. Warum schließt du dich nicht den Kindern an?« Sie wollte ihn schon darauf aufmerksam machen, daß es ihre Flitterwochen waren, nicht die der Kinder, fand jedoch dann, daß es am vernünftigsten war, wenn sie nichts sagte. Vielleicht würde er dann rascher damit fertigwerden. Also ließ sie ihn allein.

Aber die Tage vergingen, und seine Stimmung wurde nicht besser. Mel unternahm mit Pam und den Zwillingen einen Einkaufsbummel; sie kauften schöngestickte Blusen und Kleider, die sie in Los Angeles am Swimming-pool tragen konnten, und Mark nahm Matthew zweimal zum Angeln mit. Mel ging mit allen Kindern außer Matt mehrmals zu Carlos O'Brien, wo sie Coca tranken und die Leute beobachteten, und besuchte mit den älteren sogar an einem Abend eine Disco, aber Peter begleitete sie nie. Er konnte den Schock, unter dem er seit Maries Tod stand, nicht überwinden, und versuchte mehrmals am Tag eine Stunde lang, von seinem Zimmer aus mit der Klinik zu telefonieren, um sich nach seinen Patienten zu erkundigen.

»Es hat wirklich keinen Sinn gehabt, hierher zu kommen, wenn du die ganze Zeit in deinem Zimmer sitzt und das Center-City-Krankenhaus anrufst«, fauchte ihn Mel schließlich gegen Ende ihres Aufenthalts an, doch er sah sie nur ausdruckslos an.

»Das habe ich dir zu Haus gesagt, aber du wolltest die Kinder nicht enttäuschen.«

»Es sind unsere Flitterwochen, nicht die ihren.« Jetzt hatte sie es ausgesprochen. Sie war bitter enttäuscht. Er hatte sich die ganze Woche über nicht um sie bemüht, und sie hatten einander seit Maries Tod nicht einmal geliebt. Das waren keine Flitterwochen, an die man sich gern erinnert.

»Es tut mir leid, Mel. Es war der ungünstigste Zeitpunkt. Ich werde später alles wiedergutmachen.« Aber sie fragte sich, ob ihm das jemals möglich sein würde. Plötzlich wurde ihr klar, daß sie nicht einmal in ihr eigenes Haus zurückkehrte, wenn der Urlaub zu Ende war. Das Haus in New York fehlte ihr mehr denn je, und dabei fiel ihr ein, daß sie Annes Fotos entfernen wollte, sobald sie zurückkamen. Sie fragte sich auch, was Peter mit dem Porträt seiner ersten Frau machen würde. Es war jetzt auch ihr Haus, und sie wollte nicht jedesmal, wenn sie sich umdrehte, Anne vor Augen haben. Mel fand, daß sich jede Frau so verhalten würde wie sie, aber sie wollte das Thema erst anschneiden, wenn sie wieder in Los Angeles waren. Wenn sie davon sprach, sagte sie noch immer Los Angeles, und nie zu Haus, denn es war noch nicht ihr Heim. New York war es. Sie machte die gleiche Beobachtung bei den Zwillingen; als sie bei Carlos O'Brien waren, fragten einige Burschen Jessica, wo sie her war, und sie antwortete, ohne nachzudenken: »New York.« Mark zog sie damit auf, und sie erklärte, daß sie doch eben erst umgezogen waren. Andere Anpassungen erfolgten zum Glück rascher. Mel bemerkte, daß sie einander als Brüder und Schwestern bezeichneten, ausgenommen Mark und Val, die Grund hatten, den neuen Verwandtschaftsgrad nicht zu betonen.

Die einzige, die krank wurde, war Valerie, noch dazu am letzten Tag. Sie hatte sich am Strand Eiscreme gekauft. Als Mel von ihrem Unwohlsein erfuhr, betreute sie stöhnend Val, die sich stundenlang übergab und dann die ganze Nacht Durchfall hatte. Peter wollte ihr ein Medikament geben, doch sie weigerte sich hartnäckig, es zu nehmen, und als Mel endlich um vier Uhr morgens ins Bett kam, erwachte er.

»Wie geht es ihr?«

»Sie schläft endlich, das arme Kind. Ich habe noch nie jemanden gesehen, dem so übel war. Ich weiß nicht, warum sie das Lomotil nicht nehmen wollte, das du ihr angeboten hast, für gewöhnlich ist sie nicht so dickköpfig.«

»Ist sie vollkommen gesund, Mel?« Er runzelte die Stirn und dachte offensichtlich an etwas Bestimmtes.

»Was meinst du damit?«

»Ich weiß nicht recht. Ich kenne sie nicht gut genug. Aber sie sieht anders aus als in Aspen und zu Thanksgiving.«

»Inwiefern anders?«

»Wenn ich ehrlich bin, kann ich es nicht genau definieren. Es ist nur ein Gefühl. Ist sie in letzter Zeit untersucht worden?«

»Du machst mich nervös. Was befürchtest du eigentlich?« Sie war mindestens auf Leukämie gefaßt, aber er schüttelte den Kopf.

»Vielleicht Blutarmut. Sie scheint viel zu schlafen, und Pam behauptet, daß sie nach dem Weihnachtsdinner erbrochen hat.«

Mel seufzte. »Ich glaube, es sind die Nerven. Ich finde, daß auch Jess elend aussieht. Die Übersiedlung war eine große Veränderung für beide, und sie sind noch dazu in einem dummen Alter. Aber vielleicht hast du recht. Wenn wir zurück sind, werde ich mit beiden zum Arzt gehen.«

»Ich werde dir den Internisten nennen, den wir immer aufsuchen. Aber mach dir keine Sorgen.« Er küßte sie zum erstenmal seit Tagen. »Ich glaube nicht, daß es etwas Ernstes ist, und vielleicht hast du recht, Mädchen in diesem Alter neigen zu nervösen Erkrankungen. Seit Pam voriges Jahr an ihrer Appetitlosigkeit litt, male ich mir gleich alles mögliche aus, wenn die Kinder irgendwelche Beschwerden haben. Wahrscheinlich steckt nichts dahinter.«

Aber zur gleichen Zeit saß Mark an Vals Bett. Er hatte stundenlang darauf gewartet, daß Mel sie verließ, und Val war jetzt wach und durch den Anfall der für Touristen typischen Darmverstimmung sehr geschwächt. Sie weinte leise, Mark streichelte ihr Haar, und sie sprachen nur flüsternd, um Jessie oder Pam nicht aufzuwecken.

»Glaubst du, daß es dem Baby schaden kann?« fragte Val, und er sah sie unglücklich an. Sie hatte es zwei Tage, nachdem sie aus New York gekommen waren, festgestellt. Er hatte sie zu einem Schwangerschaftstest gebracht. Beide wußten genau, wann es passiert war. Als sie sich am Thanksgiving Day endlich zum erstenmal geliebt hatten. Val war jetzt verzweifelt. Sie hatten noch nicht beschlossen, was sie unternehmen würden, aber wenn sie sich dafür entschieden, es zu behalten, wollte sie kein geschädigtes Kind haben.

»Ich weiß nicht. Hast du ein Medikament genommen?«

»Nein. Dein Vater hat versucht, mir eines zu geben, aber ich habe es nicht geschluckt.« Mark nickte, doch dieses Problem war zweitrangig. Sie war erst seit fünf Wochen schwanger, was bedeutete, daß sie knapp zwei Monate Zeit hatten, etwas zu unternehmen, wenn sie sich dazu durchrang.

»Glaubst du, daß du jetzt schlafen kannst?« Sie nickte, ihre Augen fielen schon zu, und er beugte sich zu ihr hinunter und küßte sie. Dann verließ er das Zimmer auf Zehenspitzen. Er hatte es seinem Dad gestehen wollen, hatte aber wegen Weihnachten, der Hochzeit und allem übrigen noch nicht den Mut gefunden, und Val hatte ihn gebeten, es nicht zu tun. Er mußte sie zu einem guten Arzt bringen, wenn sie eine Abtreibung wollte, nicht in eine lausige Klinik, schob das Gespräch mit ihr aber auf, bis sie wieder zu Haus waren. Es hatte keinen Sinn, hier etwas zu besprechen. Sie konnten nichts unternehmen, und es würde sie nur noch nervöser machen.

»Mark?« Jessica drehte sich im Bett um, als er das Zimmer verlassen wollte, das Geräusch hatte sie geweckt. »Was ist los?« Sie setzte sich auf, ihr Blick ging von ihm zu ihrer Schwester.

»Ich wollte nur sehen, wie es Val geht.« Val schlief schon, und er blieb in der Tür stehen.

»Ist etwas nicht in Ordnung?« Jess war vollkommen schlaftrunken, fand Mark, wenn sie sich nicht daran erinnerte, daß Val den ganzen Tag über erbrochen hatte.

»Sie hat etwas Unrechtes gegessen und sich den Magen verdorben.«

»Ich meine, ob ihr noch etwas fehlt.«

»Nein, sie ist in Ordnung.« Aber er zitterte, als er sein Zimmer erreichte. Jessie merkte etwas, und er wußte, daß Zwillinge angeblich telepathische Fähigkeiten entwickelten. Es fehlte ihm nur noch, daß sie seinem Dad oder ihrer Mutter etwas sagte, dann würde die Hölle los sein. Er wollte selbst alles Notwendige unternehmen. Das mußte er, es gab keine andere Möglichkeit.

27

Am Morgen des 31. Dezember flogen sie nach Los Angeles; Val war noch geschwächt, fühlte sich aber gut genug, um den Flug durchzustehen. Um vier Uhr nachmittags waren sie zu Haus, müde, braungebrannt und mit dem Urlaub zufrieden. Peter hatte sich schließlich bereitgefunden, am letzten Tag sein Schneckenhaus zu verlassen, und so war es für alle noch ein schöner Abschluß geworden. Auch für Mel. Obwohl es für sie alles andere als Flitterwochen gewesen waren. Auf dem Heimflug entschuldigte Peter sich bei ihr, und sie versicherte ihm, daß sie ihn verstehe. Zumindest hatte sie sich ein wenig ausgeruht, bevor sie mit der Arbeit bei der Fernsehanstalt begann. Sie mußte sich am nächsten Tag, am Neujahrstag, zu Mittag zur Arbeit melden, und würde um sechs Uhr abends zum erstenmal die Nachrichten gemeinsam mit Paul Stevens moderieren. Er arbeitete seit Jahren bei der Station, und obwohl er einige anhängliche Fans hatte, begannen seine Einschaltziffern abzunehmen; Mel war engagiert worden, um neuen Schwung in seine Sendung zu bringen. Die Fernsehgesellschaft war der Ansicht, daß sie zusammen ein unschlagbares Team bilden würden. Er war groß, grauhaarig und blauäugig, hatte eine tiefe, volltönende Stimme und einen Stil, der den Damen gefiel, wie die statistischen Umfragen ergaben. Auch Mel kam bei den Frauen gut an, und alle Umfragen bewiesen, daß sie auch bei Männern sehr beliebt war. Die Fernsehanstalt wußte, daß sie mit den beiden als Ko-Moderatoren über eine Spitzenshow verfügte, und auch wenn Stevens weiter abfiel, konnte Mel ihn wieder hinaufbringen. Es war aber das erstemal, daß Stevens zu zweit moderierte, und er war darüber keineswegs begeistert; auch für Mel war es keine Verbesserung, denn sie hatte seit Jahren allein moderiert. Es würde für beide eine demütigende Erfahrung sein, das wußte sie, und sie würde ihre ganze Diplomatie benötigen, wenn sie mit Stevens zurechtkommen wollte.

Peter und Mel beschlossen, am Silvesterabend zu Haus zu bleiben und am Kamin Champagner zu trinken, während Mark Val und Jessie auf einige Parties mitnahm, zu denen er eingeladen war. Mel freute sich, daß er Jessie nicht ausschloß, obwohl sie kaum Begeisterung zeigte, und Val noch nicht in Topform war. Mel schlug vor, sie sollten nicht allzulang ausbleiben, und bat sie, vorsichtig zu fahren, dann ging sie hinauf zu Pam, die eine Freundin über Nacht zu Besuch hatte. Matt schlief in seinem Bett, neben ihm lag eine Trompete. Er wollte, daß ihn jemand um Mitternacht aufweckte, damit er sich an dem allgemeinen Krach beteiligen konnte, doch Mel nahm ganz richtig an, daß um Mitternacht niemand im Haus wach sein würde, um ihn zu wecken. Sie war beinahe in Versuchung, auf Mark und die Zwillinge zu warten, doch sie und Peter waren todmüde. Während Peter im Bett saß und seine medizinischen Zeitschriften las, wanderte Mel durch das Haus und versuchte sich vorzustellen, daß es jetzt auch ihr Zuhause war, aber sie war einfach noch nicht soweit. Dann sah sie die Fotos von Anne in den Silberrahmen und erinnerte sich an ihren Vorsatz. Sie sammelte eines nach dem anderen ein, es waren im ganzen dreiundzwanzig, legte sie in eine Schublade in Peters Arbeitszimmer, und als sie mit dem letzten Stoß in den Händen durch das Wohnzimmer ging, sah sie Pam im Türeingang stehen.

»Was machst du da?«

»Ich räume einige Fotos weg.« Pam warf ihr einen merkwürdigen Blick zu und blieb stocksteif stehen.

»Von wem?«

»Von deiner Mutter.« Mels Stimme zitterte nicht.

»Stell sie wieder hin!« Ihre Stimme war beinahe ein Knurren, und Mel sah, daß die Freundin, die über Nacht im Haus schlief, unmittelbar hinter Pam stand.

»Wie bitte?«

»Leg sie zurück. Das hier ist das Haus meiner Mutter, nicht das deine.« Wenn Mel sie nicht gekannt hätte, hätte sie angenommen, daß sie betrunken war. Aber sie war es nicht. Sie war nur äußerst wütend und aufgebracht, so daß sie am ganzen Körper bebte.

»Ich glaube, wir sollten ein andermal darüber reden, Pam. Wenn wir allein sind.« Mel war entschlossen, ihre Selbstbeherrschung zu bewahren, stellte aber fest, daß auch sie zitterte.

»Gib sie mir!« Pam stürzte sich unvermittelt auf Mel, doch diese sah sie kommen, ließ die Fotos auf einen Stuhl fallen und packte Pam an den Armen, bevor sie etwas anstellen konnte. Sie hielt sie fest und sprach streng mit ihr:

»Geh in dein Zimmer! Augenblicklich!« Sie hätte es bei den Zwillingen ebenso gehalten. Aber Pam kümmerte sich nicht um sie und sammelte fieberhaft alle gerahmten Fotos ein, die Mel auf den Stuhl geworfen hatte. Dann funkelte sie Mel an, während sie die Bilder an sich drückte.

»Ich hasse dich!«

»Du kannst dir alle Fotos nehmen, die du haben willst. Die übrigen habe ich ins Arbeitszimmer deines Vaters gebracht.«

Pam beachtete sie nicht. »Das ist unser Haus, unseres und das meiner Mutter, vergiß das nie!« Mel empfand das unwiderstehliche Bedürfnis, ihr eine Ohrfeige zu geben, aber sie hielt es in Gegenwart ihrer Freundin nicht für ratsam. Sie packte also Pam an der Schulter, drehte sie herum und stieß sie auf die Tür zu.

»Geh sofort hinauf in dein Zimmer, Pam. Sonst rufe ich die Mutter deiner Freundin an und sage ihr, sie soll sie abholen. Ist das klar?« Pam sagte kein Wort mehr, sie verzog sich mit den Fotos ihrer Mutter nach oben, und ihre verlegene Freundin Joan folgte ihr. Mel blieb noch unten, um die Lampen auszumachen, dann ging sie in ihr Schlafzimmer, wo Peter noch immer friedlich in seinen Zeitschriften schmökerte. Mel sah ihn eine Weile an, während ihr bewußt wurde, daß zumindest einige von Pams Feststellungen zutrafen. Es war das Haus der Hallams. Mel hatte nicht einmal ihre Möbel mitbringen dürfen. Das Haus war von Anne geprägt.

Mel zitterte noch, weil ihr Auftritt mit Pam sie doch aufgeregt hatte, und starrte Peter an, als er aufblickte. »Dieses Porträt muß morgen entfernt werden.«

»Welches Porträt?« Er blickte sie an, als wäre sie nicht bei Sinnen, und sie machte beinahe diesen Eindruck.

»Das deiner verstorbenen Frau«, zischte sie mit zusammengebissenen Zähnen, und er war vollkommen konsterniert. Vielleicht war ihr der Champagner zu Kopf gestiegen.

»Warum?«

»Weil hier jetzt auch mein Zuhause ist, nicht nur das deine. Ich verlange, daß das Bild abgenommen wird. Sofort!« Sie schrie ihn fast an.

»Es ist das Werk eines sehr berühmten Malers.« Nun wurde auch er starrköpfig. Ihr Verhalten erschien völlig unangebracht, denn er wußte nichts von Mels Auseinandersetzung mit Pam.

»Es ist mir scheißegal, von wem es ist. Weg damit! Wirf es hinaus. Verbrenn es! Verschenk es! Zum Teufel, tu mit ihm, was du willst, aber es muß raus aus meinem Wohnzimmer!« Plötzlich war sie am Rand eines Tränenausbruchs, während er sie ungläubig anstarrte.

»Was, zum Teufel, ist mit dir los, Mel?«

»Was mit mir los ist? Mit mir? Du bringst mich in ein Haus, in dem nicht einmal eine Stecknadel von mir ist, in dem alles dir und deinen Kindern gehört, in dem überall Fotos deiner ersten Frau herumstehen und -hängen, und da soll ich mich zu Haus fühlen?«

Er begriff allmählich oder glaubte wenigstens zu begreifen, ihre Worte ergaben aber noch immer keinen rechten Sinn. Und warum ausgerechnet jetzt? »Dann räume die Fotos weg, wenn du willst. Aber du hast dich vorher offensichtlich nicht daran gestoßen.«

»Vorher habe ich nicht hier gewohnt. Aber jetzt ist das der Fall.«

»Das ist unübersehbar.« Er wurde ärgerlich. »Anscheinend hältst du die Einrichtung nicht für angemessen?« Plötzlich lag ein gehässiger Unterton in seiner Stimme.

»Vollkommen angemessen, wenn es einem nichts ausmacht, in einem Museum oder in Versailles zu leben. Ich persönlich würde lieber in einem Haus wohnen, das ein richtiges Zuhause mit etwas Wärme, mit ein wenig Menschlichkeit ist.«

»Wie das Puppenheim, das du in New York hattest, nehme ich an.«

»Genau.« Sie standen einander wutentbrannt gegenüber.

»Ausgezeichnet. Dann räume die Fotos weg, wenn du unbedingt willst. Das Porträt bleibt aber.« Er sagte es nur, um sie zu provozieren, denn die Art, wie sie das Thema zur Sprache gebracht hatte, brachte ihn auf, doch Mel war außer sich.

»Nein, zum Teufel!« Und dann: »Entweder das Porträt verschwindet oder ich gehe.«

»Kommt dir das nicht lächerlich vor? Du benimmst dich wie eine Idiotin, oder ist dir das nicht aufgefallen?«

»Und du benimmst dich wie ein typischer Macho. Du erwartest, daß ich mich in alles füge, mich anpasse, während du meinetwegen nicht das Geringste aufgibst oder veränderst, nicht einmal die Fotos deiner Frau wegräumst.«

»Dann laß eben Fotos von dir machen, und wir werden sie auch im ganzen Haus verteilen.« Er war jetzt gehässig, das war ihm bewußt, aber er konnte es nicht mehr anhören, wie sie wegen Annes Fotos keifte. Er hatte selbst schon ein- oder zweimal daran gedacht, sie wegzupacken, doch der Gedanke bedrückte ihn, und er wollte auch die Kinder nicht vor den Kopf stoßen. Daran erinnerte er sie jetzt. »Ich nehme an, du hast dir nicht überlegt, wie die Kinder reagieren würden, wenn du das Porträt hinauswirfst.«

»O doch, das weiß ich schon.« Sie sah ihn boshaft an und ging auf ihn zu. »Ich brachte die Fotos soeben in dein Arbeitszimmer, und deine Tochter erklärte mir, daß dies euer Haus ist, oder genau, das ihrer Mutter, und nicht das meine.«

Plötzlich ging Peter ein Licht auf. Er setzte sich mit hängenden Schultern auf und sah Mel an. Er konnte sich die Szene mit Pam ziemlich genau vorstellen, und verstand jetzt auch Mels Verhalten. Vorher war es ihm unsinnig erschienen. Er nahm nicht an, daß sie zu Wutanfällen neigte. »Hat sie das wörtlich gesagt, Mel?« Seine Stimme klang jetzt freundlicher, auch sein Blick war verständnisvoller.

»Genau das.« Mels Augen füllten sich mit Tränen.

»Das tut mir leid.« Er streckte ihr die Hand hin, aber sie kam nicht näher und weinte nun hemmungslos. Er trat zu ihr und nahm sie in die Arme. »Es tut mir so leid, Liebste. Du weißt, daß es auch dein Heim ist.« Sie begann zu schluchzen. »Ich werde das Porträt morgen abnehmen, es war gedankenlos von mir.«

»Nein, nein, das ist es nicht... nur...«

»Ich weiß.«

»Es fällt mir so schwer, mich daran zu gewöhnen, daß ich in einem fremden Haus lebe. Ich habe mich daran gewöhnt, mein eigenes zu haben.« Er zog sie neben sich auf das Bett.

»Ich weiß... aber das ist jetzt auch dein Haus.«

Sie sah zu ihm auf und schnüffelte. »Nein, eben nicht. Alles stammt von dir und Anne... ich habe nicht einmal ein Stück von mir hier.« Peter sah sie nachdenklich an.

»Alles, was mein ist, gehört auch dir, Mel.« Aber sie bestand auf ihren eigenen altvertrauten Gegenständen, nicht den seinen.

»Gib mir noch ein wenig Zeit. Ich werde mich an meine neue Umgebung gewöhnen. Ich bin jetzt nur müde, es ist so viel auf mich zugekommen, und Pam hat mich mit ihrer unbeherrschten Art aus der Fassung gebracht.« Peter küßte seine Frau und stand auf.

»Ich gehe hinauf und rede mit ihr.«

»Nein. Laß mich allein damit fertigwerden. Wenn du dich einmischst, wird sie es mir nur noch mehr übelnehmen.«

»Sie liebt dich. Das weiß ich.« Aber sein Blick war besorgt.

»Jetzt ist die Situation aber anders. Vorher war ich nur ein Gast und jetzt bin ich ein Eindringling in ihrem Zuhause.«

Peter geriet darüber noch mehr aus der Fassung. Empfand sie das wirklich so?

»Du bist doch kein Eindringling. Du bist meine Frau. Das hast du hoffentlich nicht vergessen.«

Sie lächelte unter Tränen. »Nein. Es ist nur so viel zugleich passiert, und morgen trete ich dazu noch meinen neuen Job an.«

»Ich weiß.« Er verstand sie, doch es bedrückte ihn, daß sie weinte, und er gelobte sich, Annes Porträt am nächsten Morgen abzunehmen. Sie hatte vollkommen recht. »Warum gehen wir heute abend nicht früh zu Bett? Wir sind beide müde, und es war eine anstrengende Woche.« Mel widersprach ihm nicht. Die Übersiedlung aus New York, ihre Hochzeit, die Flitterwochen, Maries Tod... Sie putzten sich die Zähne, gingen zu Bett, und er drückte sie in der Dunkelheit an sich, spürte ihren warmen Körper an dem seinen. Danach hatte er sich seit sechs Monaten gesehnt... sogar noch länger, seit zwei Jahren... und sogar vorher mit Anne war es niemals so gewesen wie mit ihr. Sie war um soviel zurückhaltender gewesen als Mel. Mel schien fast zu einem Teil seiner selbst zu werden, und zum erstenmal seit einer Woche spürte er, wie sich tief in seinem Innern etwas rührte, und während er sie an sich drückte, begehrte er sie wie nie zuvor. Als das alte Jahr in das neue überging, liebten sie sich.

28

Gemäß ihrem neuen Vertrag, der in New York ausgehandelt worden war, holte die Limousine Mel am frühen Nachmittag ab und brachte sie ins Fernsehstudio, in dem sie von nun an arbeiten würde. Während sie das Gelände betrat, war ihr bewußt, daß hundert Augenpaare sie anstarrten. Sie wurde mit unglaublicher Neugierde erwartet.

Dann begann sie ihre Arbeit. Sie wurde den Produktionsleitern, ihren Assistenten, den Regisseuren und Kameraleuten, den Redakteuren und dem Hilfspersonal vorgestellt, und plötzlich hatte Mel trotz der neuen Umgebung das Gefühl, daß sie sich in einer vertrauten Welt bewegte. Es war nicht anders als in New York oder Chicago oder vorher in Buffalo. Ein Studio sah dem anderen ähnlich, und während sie sich in dem ihr zugewiesenen Büro umsah, seufzte sie und setzte sich hin. Irgendwie war es, als wäre sie heimgekehrt. Sie verbrachte den ganzen Nachmittag damit, sich mit den Kollegen bekanntzumachen, die kamen und gingen, sah die Features und Interviews, die in letzter Zeit gesendet worden waren. Sie trank ein Glas Wein mit dem Produktionsleiter und seinem Team, und um halb sechs traf Paul Stevens ein. Der Produktionsleiter stellte sie einander sofort vor, und Mel lächelte, während sie ihm die Hand schüttelte.

»Es wird mir eine Freude sein, mit Ihnen zusammenzuarbeiten, Paul.«

»Leider kann ich das nicht behaupten.« Er schüttelte ihr die Hand und verschwand, während der Produktionsleiter versuchte, die peinliche Szene zu übergehen, und Mel sich abwandte.

»Nun, jetzt weiß ich zumindest, woran ich bin«, meinte sie bedauernd. Aber es würde zweifellos nicht leicht sein, mit ihm zu arbeiten. Er war wütend, weil er seine Sendung mit einer Moderatorin teilen mußte, und entschlossen, es Mel auf jede ihm mögliche Weise fühlen zu lassen. Das merkte sie sofort, als sie an dem Abend auf Sendung gingen. Er war zuckersüß, wenn er mit ihr sprach, aber er stahl ihr die Pointen und drängte sie in den Hintergrund, wann immer er Gelegenheit dazu fand, versuchte ihre Konzentration zu stören, sie abzulenken und sie mit allen Mitteln zu verunsichern. Es war nicht zu übersehen, daß er vor Wut außer sich war; als sie ausgeblendet wurden, trat sie deshalb vor Pauls Schreibtisch und funkelte ihn an. »Gibt es nicht etwas, was wir gleich jetzt klarstellen sollten, bevor es zum ganz großen Krach kommt?«

»Sicherlich. Wie wäre es, wenn Sie Ihren Gehaltsscheck mit mir teilen? Ich teile meine Sendung mit Ihnen, das scheint mir also nur gerecht.« Seine Augen glänzten bösartig, und Mel begriff, worin das Problem bestand. Die Zeitungen hatten längst herausposaunt, wie ihr Vertrag aussah, sie bekam vermutlich dreimal so viel wie er, aber daran war nicht sie schuld.

»Ich bin für den Gehaltsabschluß, den ich mit der Fernsehanstalt getroffen habe, nur am Rande verantwortlich, Paul. Es war ein ständiges Überbieten von New York und Los Angeles. Sie wissen doch, wie das funktioniert.«

»Nein, aber ich würde so etwas auch gern einmal erleben.« Er bemühte sich seit Jahren, in New York Fuß zu fassen, und sie hatte ihren Posten dort aufgegeben, war hergekommen und machte ihm Konkurrenz. Er haßte das Biest, ganz gleich, wie gut sie fachlich sein mochte. Er brauchte keinen Wettbewerb mit einer Moderatorin. Nun stand er auf und knurrte sie fast an. »Kommen Sie mir nur nicht unter die Augen, dann werden wir schon miteinander auskommen. Klar?«

Sie sah ihn bedauernd an, drehte sich um und ging. Es würde kein Vergnügen werden, mit ihm zu arbeiten; dieser Gedanke ließ sie während der ganzen Heimfahrt nicht los. Sie hatte hier nur die Sechs-Uhr-Nachrichten zu betreuen und erhielt das gleiche Gehalt, das man ihr für die Sechs- und Elf-Uhr-Nachrichtensendungen in New York gezahlt hatte. Sie hatte wirklich gut abgeschnitten. Und Paul Stevens haßte sie deshalb.

»Wie ist es gelaufen? Du hast blendend ausgesehen.« Peter war stolz auf sie, als sie nach Haus kam, die ganze Familie saß noch vor dem Fernsehapparat, aber Mel war nicht zufrieden.

»Ich habe einen Ko-Moderator, der mich aus tiefster Seele haßt. Das kann heiter werden.« Nicht nur Ärger im Beruf, und dazu Pam, die sie ständig daran erinnerte, daß sie in Peters und Annes Haus lebte, nicht mehr in ihrem eigenen, dachte sie und hängte ihren Mantel auf.

»Er wird sich schon beruhigen.«

Davon war sie keineswegs überzeugt. »Ich würde nicht darauf wetten. Anscheinend hofft er, daß ich plötzlich tot umfalle oder nach New York zurückfahre.« Mels Blick wanderte zu Pam, weil sie auf deren Reaktion neugierig war, doch die Augen des Mädchens blieben vollkommen ausdruckslos. Als Mel zur Wohnzimmerwand blickte, bemerkte sie, daß das Porträt nicht mehr dort hing, und freute sich. Sie schlang Peter die Arme um den Hals, fühlte sich gleich besser und flüsterte ihm ins Ohr: »Danke, mein Schatz.« Pam wußte, wovon sie sprachen. Sie stand auf und verließ das Zimmer, die anderen sahen ihr nach, und Peter sagte ruhig:

»Ich habe Annes Porträt in die Vorhalle gehängt.«

Mel erstarrte. »Wirklich? Du hast doch gesagt, daß du es nicht mehr aufhängen wirst.«

»Dort stört es niemanden.« Ach nein? Ihre Blicke trafen sich. »Es macht dir doch nichts aus, oder?«

Sie antwortete sehr ruhig: »Eigentlich doch. Das hatten wir nämlich nicht vereinbart.«

»Ich weiß...« Dann wandte er sich ihr zu. »Es kommt ein wenig zu rasch für die Kinder, wenn wir alles auf einmal verändern. Die Fotos sind nämlich alle fort.« Mel nickte wortlos, ging nach oben in ihr Zimmer, wusch sich Gesicht und Hände, ging zum Abendessen hinunter, und danach klopfte sie an Pams Tür.

»Wer ist da?«

»Deine böse Stiefmutter.«

»Wer?«

»Mel.«

»Was willst du?«

»Ich möchte dir etwas geben.« Als Pam vorsichtig die Tür öffnete, reichte ihr Mel ein Dutzend Fotos von Anne in Silberrahmen. »Ich dachte, du möchtest sie vielleicht für dein Zimmer haben.«

Pam warf einen Blick darauf, dann nahm sie sie in Empfang. »Danke.« Das war alles. Sie drehte sich einfach um und schloß die Tür vor Mels Nase, die daraufhin wieder hinunterging.

»Warst du oben bei Pam?« fragte Peter gutgelaunt, als sie ins Schlafzimmer kam. Er las wieder seine Ärzte-Zeitschriften. Er mußte sich über die wissenschaftlichen und technischen Neuerungen in der Medizin auf dem laufenden halten.

»Ja. Ich brachte ihr einige Fotos von Anne.«

»Weißt du, Mel, das sollte eigentlich für dich kein solches Problem darstellen.«

»Ach, nein?« Er begriff anscheinend wirklich nicht, und sie war zu müde, um mit ihm darüber zu debattieren. »Warum nicht?«

»Weil sie nicht mehr bei uns ist.« Er sagte es so leise, daß Mel sich anstrengen mußte, um seine Worte zu verstehen.

»Ich weiß. Aber es ist schwer, hier zu leben, wenn mich ihre Fotos unaufhörlich anstarren.«

»Du übertreibst. So viele Bilder waren es gar nicht.«

»Ich habe gestern abend dreiundzwanzig in dein Arbeitszimmer gebracht. Das ist nicht übel. Soeben habe ich Pam ein Dutzend überreicht. Und ich werde einige in Matts und Marks Zimmer hängen. Dorthin gehören sie.« Peter blieb ihr die Antwort schuldig und wandte sich wieder den Zeitschriften auf seinem Schoß zu, während Mel sich auf dem Bett ausstreckte. Der Produktionsleiter hatte vorgeschlagen, sie solle im nächsten Monat so viele Features wie möglich machen. Sie bemühten sich verzweifelt, ihre Einschaltquote zu erhöhen, und in New York hatten Mels Interviews für die Nachrichtensendung Wunder gewirkt. Sie hatte versprochen, ihr Bestes zu tun, und sich bereits Notizen über ein halbes Dutzend Themen gemacht, die sie interessant fand. Aber sie konnte sich gut Paul Stevens Reaktion vorstellen, wenn er davon Wind bekam. Vielleicht blieb ihr nichts anderes übrig, als den Mann einfach zu ignorieren, doch am nächsten Abend benahm er sich ausgesprochen unverschämt, als er ins Studio kam, und trotz des Charmes, den er während der Sendung versprühte, hatte sie das Gefühl, daß er sie am liebsten hinausgeprügelt hätte, als sie ausgeblendet wurden. Es war ein wirklich unhaltbarer Zustand und entsprach überhaupt nicht dem Arbeitsklima, an das sie gewöhnt war. Trotzdem legte sie dem Produktionsleiter am Abend die Liste der möglichen Interviews vor, und sie fanden fast alle seine Zustimmung, was zugleich eine gute und eine schlechte Neuigkeit war. Es bedeutete, daß sie in den nächsten ein oder zwei Monaten Überstunden machen mußte, aber vielleicht war das eine Möglichkeit, sich einzuarbeiten. Es war zunächst immer schwierig, für eine neue Sendeanstalt tätig zu sein. Diesmal war es um etliches mühsamer für sie, weil sie sich auch noch zu Haus eingewöhnen mußte.

»Viel zu tun gehabt?« Peter schaute sie zerstreut an, als er eintrat. Sie war um Viertel nach sieben nach Haus gekommen, und er sogar noch später. Es war fast acht Uhr.

»Kann man sagen.« Sie war bedrückt. Die Reibereien mit Paul Stevens ermüdeten sie.

»Benimmt sich dieser Kerl schon besser? Paul... Wie heißt er noch?«

Sie lächelte. Jedermann in Los Angeles kannte seinen Namen, ob er ihn mochte oder nicht. »Nein. Ich glaube, er treibt es noch etwas schlimmer.«

»Mistkerl.«

»Wie geht es bei dir?« Die Kinder gingen wieder zur Schule und hatten schon um sechs zu Abend gegessen. Mel und Peter aßen um acht. »Drei Bypass-Operationen. Kein sehr aufregender Tag.«

»Ich mache ein Interview mit Louisa Garp.« Sie war derzeit der größte Star in Hollywood.

»Wirklich?«

»Ja.«

»Wann denn?«

»Nächste Woche. Sie hat heute zugestimmt.« Mel freute sich, und Peter war sichtlich beeindruckt. »Zum Teufel, ich habe doch sogar einmal einen Dr. Peter Hallam in der Sendung gehabt.« Er ergriff ihre Hand. Sie waren beide zur Zeit überlastet, hatten hektische Jobs, die sie ganz in Anspruch nahmen. Er hoffte, daß es nicht darauf hinauslief, daß sie niemals imstande sein würden, ihre Freizeit miteinander zu verbringen. Das war nicht die Art von Leben, die ihm vorschwebte. Er brauchte das Bewußtsein, daß seine Frau für ihn da war. Und er wollte auch für sie da sein.

»Du hast mir heute gefehlt, Mel.«

»Du mir ebenso.« Sie wußte aber auch, was in den nächsten zwei Monaten auf sie zukam. Sie würde ihn wahrscheinlich kaum einmal zu Gesicht bekommen. Doch vielleicht würde danach wieder eine ruhige Zeit kommen.

Nach dem Essen setzten sie sich ins Wohnzimmer und plauderten eine Weile, dann kam Pam herunter. Peter streckte ihr einen Arm entgegen. »Wie geht es meinem kleinen Mädchen?« Sie trat lächelnd zu ihm. »Weißt du, daß Mel Louisa Garp interviewt?«

»Na und?« Sie war jetzt die ganze Zeit über bissig, als stellte Mel für sie eine akute Bedrohung dar, und Peter war verstimmt.

»Deine Bemerkung ist nicht sehr nett, muß ich schon sagen.«

»Wirklich?« Sie forderte Mel offen heraus, aber diese sagte kein Wort. »Na und? Ich habe heute für meine Arbeit in Kunstgeschichte eine Eins bekommen.«

»Wunderbar!« Peter reagierte auf die andere Bemerkung überhaupt nicht. Mel war wütend, und sie verheimlichte es Peter nicht, als das Mädchen wieder ging. »Was hätte ich sagen sollen? Voriges Jahr hat sie total versagt, und jetzt erzählt sie mir, daß sie eine Eins bekommen hat.«

»Phantastisch. Aber das macht nicht wett, daß sie zu mir unhöflich gewesen ist.«

»Um Himmels willen, Mel, laß ihr noch ein wenig Zeit, sich anzupassen.« Er war jetzt müde. Er hatte einen langen Arbeitstag hinter sich. Und er wollte nicht nach Haus kommen, um mit Mel zu streiten. »Gehen wir hinauf in unser Zimmer und schließen wir die Tür hinter uns.« Doch kaum waren sie oben angelangt, schneite Jess herein, worauf Mel sie freundlich ersuchte, sie allein zu lassen.

»Warum?« fragte sie empört.

»Weil ich Peter den ganzen Tag nicht gesehen habe und wir miteinander sprechen wollen.«

»Ich habe dich auch nicht gesehen.« Sie war sichtlich gekränkt.

»Ich weiß. Aber wir können am Morgen beim Frühstück miteinander reden, Jess. Dann wird Peter schon im Krankenhaus sein.« Er verließ das Zimmer, um zu duschen, Mel wollte Jess auf die Wange küssen, doch sie entzog sich ihr.

»Macht nichts.«

»Aber Jess, komm doch ... es ist schwer, ich kann mich nicht für euch in Stücke schneiden. Laß mir Zeit.«

»Ja, gewiß.«

»Wie geht es Val?«

»Wie soll ich das wissen? Frag sie doch selbst. Sie redet nicht mehr mit mir, und du hast anscheinend auch keine Zeit für uns.«

»Das ist nicht fair von dir.«

»Wirklich nicht? Aber es entspricht doch der Wahrheit. Ich nehme an, daß er zuerst kommt.« Sie wies auf die Badezimmertür.

»Jess, ich bin jetzt verheiratet. Wäre ich all die Jahre verheiratet gewesen, hätte unser Familienleben schon damals anders ausgesehen.«

»Das ist klar. Mir persönlich war der frühere Zustand lieber.«

»Jessie ...« Mel sah ihr Kind unglücklich an. »Was geht in dir vor?«

»Nichts.« Doch ihre Augen füllten sich mit Tränen, sie setzte sich auf das Bett ihrer Mutter und versuchte, nicht zu weinen. »Es ist nur ... ich weiß nicht ...« Sie schüttelte verzweifelt den Kopf und sah Mel an. »Alles ist anders ... eine neue Schule, ein neues Zimmer ... ich werde keine meiner ehemaligen Freundinnen jemals wiedersehen ... ich muß mein Zimmer mit Val teilen, und sie ist so unordentlich. Sie benützt alle meine Sachen und gibt nie etwas zurück.« Für sie waren das große Probleme, sie tat Mel leid. »Und sie weint unaufhörlich.«

»Wirklich?« Jessies Bemerkung löste eine Flut von Überlegungen bei Mel aus. Jetzt erst fiel ihr auf, daß Val in den letzten Wochen viel geweint hatte. Vielleicht hatte Peter recht gehabt, und Val war krank. »Fehlt ihr etwas, Jess?«

»Ich weiß nicht, sie benimmt sich ziemlich merkwürdig. Und sie steckt immerfort mit Mark zusammen.« Mel nahm sich vor, sie diesbezüglich wieder einmal zu ermahnen.

»Ich werde mit ihnen ein ernstes Wörtchen reden.«

»Das wird nicht viel nützen. Sie hält sich ständig in seinem Zimmer auf.«

Mel runzelte die Stirn. »Das habe ich ihr ausdrücklich verboten.« Aber es gab noch andere Verbote, die ihr Mel ausdrücklich ans Herz gelegt hatte, und Jess wußte genau, daß Val sie nicht einhielt, doch das würde sie ihrer Mutter gegenüber nie erwähnen. Mel schloß Jessica in die Arme, küßte sie auf die Wange, und Jessie sah sie mit einem traurigen Lächeln an.

»Es tut mir leid, wenn ich unleidlich war.«

»Es ist für uns alle am Anfang schwierig, aber wir werden uns daran gewöhnen. Ich bin sicher, daß es auch für Pam, Mark und Matt schwer ist, uns ständig um sich zu haben. Wir wollen allen ein wenig Zeit lassen, sich einzugewöhnen.«

»Was ist los?« Peter kam in ein Handtuch gewickelt aus der Dusche und lächelte Jess zu. »Hallo, Jess. Alles okay?«

»Aber ja.« Jessie stand auf, denn sie wußte, daß sie die beiden jetzt alleinlassen sollte, und wandte sich an Mel. »Gute Nacht, Mom.« Als sie das Zimmer verließ, brach Mel das Herz, weil ihre Tochter so traurig war. Sie erwähnte nichts von ihrem Gespräch, aber es belastete sie zusätzlich, als sie am nächsten Tag zur Arbeit fuhr und von neuem mit Paul Stevens fertigwerden mußte; als sie an diesem Abend nach Haus kam, rief Peter an. Es gab einen dringenden Fall, um den er sich selbst kümmern mußte, er würde erst in einer »Weile« nach Haus kommen, und das dauerte dann oft bis elf Uhr.

Sie schienen aus dem Teufelskreis nicht mehr herauszukommen, sie führte in den nächsten drei Wochen ununterbrochen Interviews durch, stritt mit Paul Stevens vor oder nach der

Sendung oder hörte sich Jessie und Vals Beschwerden an, wenn sie nach Haus kam. Mrs. Hahn erlaubte nicht, daß sie eine Kleinigkeit in der Küche aßen, Pam trug ihre Kleider, Jess erwähnte, daß Val und Mark sich die ganze Zeit in seinem Zimmer einsperrten, und um allem die Krone aufzusetzen, erhielt Mel Ende Januar einen Anruf von Matts Schule. Er war auf dem Spielplatz von einer Schaukel gefallen und hatte sich den Arm gebrochen. Peter brachte einen befreundeten Orthopäden in die Unfallstation mit, und Mel meinte scherzend, es sei das erstemal seit Wochen, daß sie einander zu Gesicht bekamen. Er hatte fast jede Nacht dringende Fälle behandelt, endlose Bypass-Operationen durchführen müssen, und zwei Transplantationspatienten waren gestorben, weil sie keinen geeigneten Organspender gefunden hatten.

»Glaubst du, daß wir es überstehen, Mel?«

Eines Abends brach sie erschöpft auf ihrem Doppelbett zusammen. »An manchen Tagen bin ich im Zweifel. Ich habe noch nie im Leben so viele gottverdammte Interviews gemacht.« Außerdem hatte sie noch immer den Eindruck, daß sie im Haus eines Fremden lebte, was auch nicht viel zur Besserung ihrer Stimmung beitrug, aber sie hatte noch keine Zeit gefunden, diesbezüglich etwas zu unternehmen. Sie war nicht einmal dazu gekommen, mit der unfreundlichen Mrs. Hahn fertigzuwerden. »Ich wäre froh, wenn du ihr kündigen würdest«, gestand Mel Peter eines Nachmittags.

»Mrs. Hahn?« fragte er entsetzt. »Sie ist seit Jahren im Haus.«

»Sie macht Val und Jess das Leben sauer, und zu mir verhält sie sich gewiß nicht gerade entgegenkommend. Es wäre jetzt eine gute Gelegenheit für eine Veränderung.« Es gab übrigens eine Menge Veränderungen, die sie im Haus vornehmen wollte, sie fand aber keine Zeit dazu.

»Das ist eine verrückte Idee, Mel.« Schon der Gedanke daran brachte ihn in Wut. »Sie gehört praktisch zu unserer Familie.«

»Ebenso wie Raquel zu unserer gehört hat, und sie mußte ich in New York zurücklassen.«

»Nimmst du mir das etwa übel?« Er fragte sich allmählich, ob er Mel nicht doch zuviel zugemutet hatte. Sie zeigte sich jetzt ihm gegenüber die ganze Zeit reizbar, und er wußte, daß sie auch von ihrem jetzigen Job nicht gerade begeistert war. Die Bezahlung war fantastisch, das ließ sich nicht leugnen, aber die Arbeitsbedingungen waren nicht so gut wie vorher, sie hatte nach eigenen Angaben unaufhörliche Auseinandersetzungen mit Stevens. »Du machst mich für alle Schwierigkeiten verantwortlich, nicht wahr?« Er suchte offensichtlich einen Streit. An diesem Morgen war aus einem für ihn unerklärlichen Grund ein Patient nach einer geglückten Bypass-Operation gestorben.

»Ich mache dich für überhaupt nichts verantwortlich.« Sie sah entsetzlich müde aus. »Aber es ist eine unbestreitbare Tatsache, daß wir beide schwere Jobs haben, die ungeheure Anforderungen an uns stellen, dazu haben wir fünf Kinder und führen ein sehr anstrengendes Leben. Ich möchte unser Zusammenleben in jeder möglichen Hinsicht für uns leichter gestalten. Und Mrs. Hahn neigt dazu, es zu komplizieren.«

»Vielleicht siehst du es so, wir sind jedoch anderer Meinung.« Er blickte Mel störrisch an, und sie hätte ihm am liebsten ins Gesicht geschrien.

»Lebe ich denn nicht auch hier? Mein Gott, zwischen dir und Pam...«

»Was denn?« Diese Andeutung verfehlte ihre Wirkung nicht.

»Nichts. Sie nimmt meiner Familie nur übel, daß wir auch hier sind. Das habe ich erwartet.«

»Nimmst du vielleicht an, daß deine Töchter sich nicht über mich ärgern? Wenn du es nicht merkst, bist du blind. Sie sind gewöhnt, hundert Prozent deiner Zeit für sich zu beanspruchen, und sind jedesmal erbost, wenn wir unsere Schlafzimmertür vor ihnen verschließen.«

»Dagegen kann ich nichts unternehmen, ebensowenig wie du Pam ändern kannst. Sie alle brauchen Zeit, um sich anzupassen, aber Jess und Val sind die einzigen, die zum erstenmal ihr Leben total verändern müssen.«

»Das ist verdammt unrichtig. Pam hat ihre Mutter verloren.«

»Das tut mir leid.« Es hatte keinen Sinn, mit ihm darüber zu reden oder an das geheiligte Thema Anne zu rühren. Mel hatte bemerkt, daß einige von Annes Fotos wieder aufgetaucht waren, aber sie hatte dazu geschwiegen, und ihr Porträt hing weiterhin in der Vorhalle.

»Mir auch.«

»Nein, dir nicht.« Mel wollte den Streit nicht begraben, was natürlich unklug war. »Du erwartest von uns, daß wir allein uns anpassen müssen.«

»Wirklich? Was hätte ich eigentlich deiner Ansicht nach tun sollen? Nach New York übersiedeln?«

»Nein.« Sie sah ihm in die Augen. »In ein anderes Haus übersiedeln.«

»Das ist doch absurd.«

»Nein, das ist es nicht, aber schon der Gedanke an eine andere Umgebung löst bei dir Panikreaktionen aus. Als ich hierher kam, hast du untätig hier gesessen, und alles war noch beim alten, du hast darauf gewartet, daß Anne wieder nach Haus kommt. Und nun hast du mich in ihr Haus geholt. Du findest es ganz in Ordnung, daß ich mein ganzes Leben auf den Kopf gestellt habe, aber du willst, daß bei dir alles genauso bleibt wie früher. Und rate mal, ob das möglich ist! Nein, es geht nicht.«

»Vielleicht willst du dich aus unserer Ehe zurückziehen, Mel, nicht aus dem Haus.«

Sie starrte ihn enttäuscht und verzweifelt an. »Bist du bereit, unsere Gemeinschaft aufzugeben?«

Er ließ sich schwer in seinen Lieblingsstuhl fallen. »Manchmal bin ich fast soweit.« Er sah sie offen an. »Warum willst du alles verändern, Mel? Mrs. Hahn, das Haus, warum kannst du die Dinge nicht so lassen, wie sie sind?«

»Weil die Verhältnisse hier auch anders geworden sind, ob du es zugeben willst oder nicht. Ich bin nicht Anne. Ich bin ich, Mel, und ich will unser eigenes Leben leben, nicht das einer Toten.«

»Es ist ein neues Leben.« Aber er klang nicht ganz überzeugt.

»In einem alten Haus. Jess, Val und ich fühlen uns hier als Fremdkörper.«

»Vielleicht suchst du nur eine Ausrede, um nach New York zurückzukehren.« Sein Blick war zornig, und Mel hätte am liebsten geweint.

»Glaubst du das wirklich?«

»Manchmal.« Er war jedenfalls ehrlich zu ihr.

»Dann möchte ich dir etwas erklären. Ich habe hier einen Vertrag abgeschlossen. Wenn du und ich heute abend auseinandergingen, würde ich, ob ich will oder nicht, für zwei weitere Jahre hier festsitzen. Ich kann nicht nach New York zurück.«

»Und deshalb haßt du mich.« Er stellte die Tatsache einfach fest.

»Ich habe keinen Grund, dich zu hassen. Ich liebe dich.« Sie kniete neben seinem Stuhl nieder. »Und ich will, daß unsere Ehe funktioniert, aber das wird nicht von selbst geschehen. Wir müssen beide bereit sein, uns aufeinander einzustellen.« Sie hob die Hand und berührte zärtlich sein Gesicht.

»Ich nehme an...« Plötzlich traten ihm Tränen in die Augen, er wandte den Kopf ab und blickte sie dann wieder an. »Ich nehme an... wir können vieles... beim Alten lassen...«

»Ich weiß.« Sie küßte ihn. »Ich liebe dich sehr, aber es kommt so viel gleichzeitig auf mich zu, daß mir manchmal schwindelt.«

»Ich weiß.« Irgendwie fanden sie nach den Streitigkeiten immer wieder zueinander, aber es gab in letzter Zeit sehr viele Auseinandersetzungen. »Ich hätte darauf bestehen sollen, daß du den Vertrag in New York unterschreibst, Mel. Es war nicht fair, dich hierher zu locken.«

»Nein, das war kein Fehler. Du hast mich auch nicht hierhergelockt. Ich wollte gar nicht in New York bleiben. Ich wollte nur bei dir sein.«

»Und jetzt?« Er wartete angstvoll auf ihre Antwort.

»Ich bin froh, daß ich herkam. Nach einer Weile wird alles in Ordnung kommen.«

Er ergriff ihre Hand, führte sie liebevoll zum Bett, und sie liebten einander wie früher, und Mel wußte, daß sie den Weg zu seinem Herzen wieder gefunden hatte. Sie bedauerte keine ihrer Entscheidungen, aber sie hatte den Preis dafür zahlen müssen, und sie standen alle unter dem gleichen Druck. Sie hoffte nur, daß sie es gut überstehen würden, aber wenn Peter unverrückbar auf ihrer Seite stand, war sie überzeugt, daß sich alles zum Guten wenden würde.

Das einzige wirkliche Übel, vor dem er sie nicht bewahren konnte, war das Arbeitsklima im Funkhaus, und als sie eines Abends im Februar fast in Tränen aufgelöst nach Haus kam, blickte Peter sie fragend an.

»Mein Gott, wenn du nur wüßtest, Peter, was für ein Scheusal dieser Kerl ist.« Paul Stevens trieb sie zum Wahnsinn. »Irgendwann werde ich ihn im Studio, vor den laufenden Kameras, umbringen.«

»Das wäre einmal etwas Neues.« Er sah sie mitfühlend an. Zur Zeit hatte er im Krankenhaus etwas weniger zu tun. »Ich habe eine Idee.«

»Ein bezahlter Killer. Es ist der einzige Vorschlag, den ich hören will.«

»Ich weiß etwas Besseres.«

»In Beton gießen und im Meer versenken.«

Peter lachte. »Wir fahren dieses Wochenende alle zum Skilaufen. Diese Abwechslung wird uns guttun. Ich habe keinen Dienst, und wie ich höre, ist die Schneelage großartig.«

Mel erschreckte der Gedanke. Schon die Vorstellung, daß sie alles zusammenpacken mußte, verdarb ihr den Spaß. »Was meinst du?«

»Ich weiß nicht.« Sie wollte keine Spielverderberin sein, und diesmal war Peter so guter Laune. Er schloß sie in die Arme. »Okay.« Sie würden zumindest ihre Probleme zu Haus lassen.

»Abgemacht?«

»Ja, Doktor.« Sie lächelte und ging nach oben, um es den Kindern zu sagen, fand aber Val im Bett vor; sie schien eine schwere Grippe zu haben. Sie war totenblaß, döste vor sich hin, und als Mel ihre Stirn berührte, fühlte sie sich schrecklich heiß an. Mark saß besorgt neben Vals Bett. Die äußeren Anzeichen waren die gleichen wie bei ihren bisherigen Grippeerkrankungen, die sie in New York öfter bekommen hatte. Sie war weniger widerstandsfähig als Jess. »Ich habe gute Nachrichten«, sagte Mel zu Mark und den Zwillingen. »Peter nimmt uns alle dieses Wochenende zum Skilaufen mit.« Sie freuten sich offensichtlich, aber ihre Reaktion war gedämpft. Mark schien um Val besorgt zu sein, und Jessica sah ihre Schwester unsicher an.

»Das ist nett.« Val sprach als erste, doch ihre Stimme klang schrecklich dünn.

»Fühlst du dich nicht wohl, Liebling?« Mel setzte sich auf Vals Bett, und das Mädchen zuckte zusammen.

»Ich bin soweit in Ordnung, es ist nur die blöde Grippe.«

Mel nickte, war aber noch immer besorgt. »Glaubst du, daß du bis zum Wochenende wieder auf den Beinen bist?«

»Sicherlich.«

Mel ging durch den Korridor, um es Pam und Matt zu sagen, kam mit Aspirin und Fruchtsaft für Val zurück und ging dann wieder hinunter.

»Sind alle einverstanden?«

»Ja. Aber Val ist krank.«

»Was hat sie?« fragte er besorgt. »Soll ich sie mir ansehen?«

Mel kannte ihre Tochter besser. »Ich glaube, es würde sie nur verlegen machen. Es ist nichts als eine Grippe.«

Er nickte. »Bis zum Wochenende wird sie schon wieder gesund sein.«

»Ich müßte sie endlich zu dem Internisten bringen, den du erwähnt hast.« Aber jedesmal, wenn sie es Val vorgeschlagen hatte, war diese in Tränen ausgebrochen und hatte erklärt, daß es nicht nötig sei. Als sie zum Wochenende nach Reno flogen und sich in einem Kombi zusammendrängten, um nach Squaw Valley zu fahren, sah Val noch immer fürchterlich blaß aus, doch die übrigen Symptome schienen abgeklungen zu sein, und Mel hatte inzwischen andere Sorgen. Paul Stevens hatte am Abend, bevor sie nach Reno abflogen, im Studio eine größere Szene gemacht, kurz bevor sie auf Sendung gingen. Es wurde zu einer Qual für sie, mit dieser Belastung zur Arbeit zu gehen, und sie fürchtete sich jedesmal vor dem nächsten Tag, war aber entschlossen, die Kraftprobe durchzustehen, was immer auch geschah. Doch die Wochenenden waren jetzt eine wahre Erleichterung, besonders dieser Skiausflug nach Squaw Valley.

Peter hatte auf dem Flugplatz von Reno einen Kombi gemietet, in den sie sich in glänzender Laune hineindrängten, sangen und einander beim Verstauen der Skier und Taschen halfen. Peter küßte Mel noch rasch, bevor sie einstiegen, während die Kinder brüllend und jubelnd aus den Fenster hingen. Sogar Pam schien besser gelaunt zu sein, als den ganzen vergangenen Monat, und Val hatte ein wenig Farbe auf den Wangen, als sie abfuhren. Als sie Squaw Valley erreichten, lachten und scherzten alle, und Mel war froh, daß sie sich zu diesem Ausflug entschlossen hatten. Es würde ihnen allen guttun, aus Los Angeles und aus dem Haus herauszukommen, wegen dem es zwischen ihr und Peter so oft zu Streitigkeiten kam.

Er hatte in Squaw Valley eine nette kleine Wohnung in einem Apartmenthaus für sie gefunden, in dem er und die Kinder schon früher gewohnt hatten. Sie war klein, reichte aber für die Familie. Die Zimmerverteilung war die gleiche wie in Mexiko, die Mädchen schliefen in einem Zimmer, die Jungen im zweiten, und Mel und Peter im dritten. Zur Mittagszeit waren sie auf der Piste, schrien und lachten und jagten hintereinander her. Mark hielt sich wie gewöhnlich in Vals Nähe auf, aber sie waren nicht mehr so leichtsinnig wie früher; Jess und Pam fuhren die steilsten Abfahrten hinunter, und Matt folgte dicht hinter ihnen. Nach der ersten Abfahrt stoppte Mel atemlos am Fuß des Berges neben Peter, und sie warteten auf die anderen. Es tat gut, sich in der frischen Bergluft zu bewegen, und Mel hatte sich schon lange nicht mehr so jung gefühlt. Sie sah Peter voll dankbarer Freude an und beobachtete ihre Kinder, die über den Hang herunterschossen.

»Bist du nicht froh, Mel, daß wir hierhergekommen sind?«

Sie blickte ihm glücklich in die Augen. Er sah besser aus denn je, seine blauen Augen glänzten, seine Wangen waren gerötet, sein ganzer Körper drückte Lebenskraft aus. »Du machst mich so verdammt glücklich.«

»Wirklich?« Seine Zuneigung trat so offen zutage, er hatte sie nie unglücklich machen wollen, fürchtete aber dann und wann, daß er ihr das Leben sehr schwer gemacht hatte, einfach durch die Tatsache, daß er sie nach dem Westen verpflanzt hatte und indirekt an ihren erschwerten Arbeitsbedingungen schuld war. Manchmal fühlte er sich, als hätte er sich seine Frau von einem Versandhaus schicken lassen. »Hoffentlich. Es gibt so viel, das ich mit dir unternehmen und dir geben will.«

»Ich weiß.« Sie verstand ihn besser, als er ahnte. »Wir haben nur so wenig Zeit. Vielleicht wird es uns einmal gelingen, zu einer besseren Koordinierung unserer Freizeit zu kommen.« Es würde aber immer Interviews, Features und Nachrichtensendungen geben, die sie zu moderieren hatte, und es würde immer Menschen geben, die ein neues Herz brauchten oder deren altes man »reparieren« mußte. »Die Kinder werden wenigstens zur Ruhe kommen.«

»Darauf würde ich allerdings nicht wetten.« Er lachte, während die fünf auf sie zu glitten, wobei Matthew die Nachhut bildete, aber nicht weit zurücklag. Er war fast so schnell wie die anderen. »Nicht übel, Kinder. Wollen wir es noch einmal versuchen? Oder wollt ihr jetzt zu Mittag essen?« Sie hatten im Flugzeug gegessen und Sandwiches gekauft, die sie auf der Fahrt von Reno hierher gegessen hatten, aber Jess meldete sich rasch.

»Ich glaube, Val sollte etwas in den Magen bekommen.« Mel war darüber gerührt, daß sie sich so um ihre Zwillingsschwester kümmerte, dann bemerkte sie, wie blaß das Mädchen aussah. Sie ging mit angeschnallten Skiern zu ihr und berührte ihre Stirn. Sie hatte kein Fieber.

»Alles okay, Val?«

»Klar, Mom.« Aber ihr Blick wirkte ein bißchen unsicher, und bei der Bergfahrt im Sessellift erwähnte Mel diese Tatsache Peter gegenüber.

»Ich muß mit ihr zum Arzt, sobald wir wieder zu Haus sind, ganz gleich, ob sie weint und protestiert. Ich weiß nicht, warum sie sich so schrecklich gegen einen neuen Arzt wehrt.«

Peter lächelte, während sie durch die Luft zur Bergstation schwebten, vorbei an den riesigen Kiefern. »Vor zwei Jahren mußte ich Pam wegen einer Kontrolluntersuchung für die Schule zu ihrem Kinderarzt bringen, und sie rannte dort schreiend im Behandlungsraum herum, damit er ihr die Tetanusspritze nicht verabreichen konnte. Wie sehr sie auch in die Höhe geschossen sind oder wie entwickelt ihr Busen ist, sie sind eigentlich doch noch Kinder. Man denkt nicht immer daran, weil sie so erfahren wirken. Aber das ist alles nur äußerlich. Darunter sind sie nicht reifer als Matthew.«

Mel nickte zustimmend, während ihre Skier in der Luft hin und her schlenkerten. »Was Val betrifft, hast du recht, aber ich glaube nicht, daß es auf Jess zutrifft. Dieses Kind schien von dem Tag ihrer Geburt an reif zu sein, und sie hat sich immer um ihre Schwester gekümmert. Manchmal glaube ich, daß ich mich allzusehr auf sie verlasse.«

»Das glaube ich manchmal auch«, antwortete Peter ruhig. »Seit ihr hier seid, wirkt sie verunsichert. Ist es meinetwegen, oder ist sie vielleicht auf Val und Mark eifersüchtig?« Mel war nicht bewußt gewesen, daß Jessies Abwehrhaltung ihr so sehr anzumerken war, als hätte sie sich ringsum mit Stacheldraht umgeben, und sie war überrascht, daß Peter es bemerkt hatte. Er war erstaunlich scharfsichtig, besonders wenn man in Betracht zog, wie wenig er wegen seiner langen Arbeitszeit im Krankenhaus und in der Praxis von ihnen zu sehen bekam.

»Es könnte ein wenig von beidem sein. Sie war daran gewöhnt, daß ich mich mehr mit ihr beschäftige. Außerdem habe ich versucht, bei Pam ein wenig Seelenmassage zu betreiben, und Matthew braucht mich natürlich noch mehr als alle anderen. Er hat sich zwei Jahre lang nach mütterlicher Zuwendung gesehnt.«

Peter sah beleidigt drein. »Ich habe mich auch um ihn gekümmert.«

»Das weiß ich, aber du bist keine Mami.« Sie beugte sich zu ihm und küßte ihn, dann sprangen sie vom Sessellift. Es war herrlich, daß sie Zeit hatte, mit ihrem Mann ein wenig zu plaudern. Das fehlte ihnen zu Haus, dort waren beide immer überbeansprucht. Hier aber spürte sie sogar in den wenigen Stunden, daß der Kontakt wieder enger wurde. Während sie über die Hänge hinabglitten, sah sie sich ein- oder zweimal um, um sich zu vergewissern, ob die anderen mithalten konnten. Sie erkannte alle an der Farbzusammenstellung ihrer Kleidung und Ausrüstung. Jessica und Val trugen gelbe Skianzüge, Mark eine schwarz-rote Kombination, Pam war von Kopf bis Fuß rot, und Matthew königsblau und gelb. Sie trug eine Pelzjacke und -mütze zu schwarzen Skihosen, und Peter einen marineblauen Stretchanzug. Sie waren eine recht bunte Gruppe.

Am späten Nachmittag kehrten sie alle auf eine Tasse heißer Schokolade ein, dann gingen sie noch einmal auf die Piste. Diesmal fuhr die Jugend eine andere Abfahrt als Mel und Peter, aber da hatte Mel schon die Gewißheit gewonnen, daß sie alle gute Skiläufer waren und selbst auf sich aufpassen konnten, sogar Matthew; sie wußte auch, daß Jess ihn im Auge behalten würde, wenn Pam es nicht tat. Es war himmlisch, neben Peter in der frischen Bergluft skizufahren, und bei ihrer letzten Abfahrt fuhren sie um die Wette. Peter gewann mit mehreren Metern Vorsprung, Mel war außer Atem geraten und lachte, als sie ihn schließlich einholte.

»Du fährst fantastisch!« Sie starrte ihn bewundernd an, anscheinend meisterte er alles, woran ihm gelegen war.

»Jetzt nicht mehr so wie früher. Ich war im College im Skiteam, aber es ist schon Jahre her, daß ich mir richtig Mühe beim Skifahren gebe.«

»Ich bin froh, daß ich dich erst jetzt kennengelernt habe. Ich hätte nie mit dir mithalten können.«

»Du bist gar nicht übel.« Er verabreichte ihr mit dem Lederhandschuh einen Klaps auf die Kehrseite, sie kicherte, und sie küßten sich, dann verließen sie die Piste, nahmen die Skier ab und warteten an der Talstation auf die Kinder.

Die Wartezeit erschien ihnen lang, doch schließlich kamen sie alle heil herunter. Zuerst Mark, dann Jess, Pam, Matt, und Val diesmal als letzte. Sie war deutlich langsamer als die anderen, und Jess drehte sich mehrmals nach ihr um, während Mel die Augen zusammenkniff, um sie zu beobachten.

»Ist sie okay?«

»Wer?« Peter hatte Matthew beobachtet. Der Junge machte erstaunliche Fortschritte.

»Val.«

»Unmittelbar hinter Mark?« Er konnte ihre Haarfarbe unter der weißen Wollmütze nicht erkennen und hatte Jess mit ihrer Schwester verwechselt.

»Nein, sie ist die letzte, noch ein Stück weiter oben am Hang, im gleichen Anzug wie Jess.« Er blickte hinauf, und sie sahen beide, daß sie ein- oder zweimal schwankte, stolperte, sich wieder fing und knapp an zwei Skiläufern vorbei weiterfuhr. »Peter...« Mel griff instinktiv nach seinem Arm. »Etwas ist nicht in Ordnung.« Während sie das feststellte, schien Val einen Augenblick ihr Gleichgewicht zu verlieren, fand es wieder, dann taumelte sie und fiel plötzlich dicht vor dem Ende der Abfahrt seitlich hin, ihre Bindung ging auf, aber sie steckte mit dem Gesicht im Schnee. Mel stürzte zu ihr hin, und Peter folgte ihr. Er kniete sofort neben dem bewußtlosen Mädchen nieder, zog ihre Augenlider hoch, sah sich ihre Augäpfel an, fühlte ihren Puls und warf Mel einen fragenden Blick zu, da er sich nicht erklären konnte, was ihr zugestoßen war.

»Sie hat einen Schock.« Ohne ein weiteres Wort öffnete er den Reißverschluß seiner Jacke, zog sie ihr über, Mel tat instinktiv das gleiche und reichte ihre Jacke Peter, während die anderen sie ungläubig anstarrten, Jess neben ihr niederkniete und ihre Hand ergriff. Peter sah sich um, er hoffte, daß die Männer von der Bergrettung sie bald bemerken würden. »Weiß jemand, was geschehen ist? Ist sie schwer gestürzt? Oder hat sie sich etwas verstaucht?« Mark war merkwürdig still, und Pam schüttelte den Kopf, während Matt zu weinen begann und sich an Mel klammerte. Dann stieß Mel einen Schrei aus, als sie die regungslose Gestalt ihrer Tochter betrachtete: im Schritt ihrer Hose breitete sich ein großer roter Fleck aus, und sogar der Schnee rundherum war rot gefärbt.

»Mein Gott, Peter...« Sie zog ihre Handschuhe aus und berührte Vals Gesicht, es war eisig, aber die Kälte kam von innen.

Peter blickte seine Frau an und dann seine Stieftochter. »Sie hat einen Blutsturz.« Zum Glück traf in diesem Augenblick die Bergrettung ein, und zwei kräftige junge Männer mit rotweißen Armbinden knieten neben Peter nieder.

»Ein schwerer Sturz?«

»Nein, ich bin Arzt. Sie hat einen Blutsturz. Wie rasch können Sie für sie eine Tragbahre organisieren?« Einer von ihnen nahm ein kleines Sprechfunkgerät heraus und gab einen dringenden Notruf mit genauer Angabe des Standorts durch.

»Die Trage müßte bald hier sein.« Fast noch bevor er zu Ende gesprochen hatte, tauchte in einiger Entfernung eine Trage auf einem Schlitten auf, der von zwei Skiläufern gezogen wurde. Mel kniete neben Val, ihre eigene Jacke lag jetzt auf dem bewußtlosen Mädchen, sie sah, wie ihre Lippen trotz aller Bemühungen blau wurden, und Mel blickte Peter verstört an.

»Kannst du nichts unternehmen?« Seine Augen standen voller Tränen, und er machte sich Vorwürfe. Wenn sie sie nicht retten konnten, würde Mel es ihm nie verzeihen. Aber er war im Augenblick vollkommen hilflos.

»Wir müssen die Blutung zum Stillstand bringen und ihr, so schnell wir können, eine Transfusion verabreichen.« Dann wandte er sich an den Jungen von der Bergrettung. »Wo befindet sich die nächste Erste-Hilfe-Station?« Der Mann zeigte auf den Fuß des Hügels. Es war kaum mehr als eine Minute von ihnen entfernt. »Habt ihr Blutplasma?«

»Ja, Sir.« Val lag schon auf dem Schlitten, sie hatte im Schnee eine große Blutlache hinterlassen; die ganze Familie folgte dem Schlitten zu dem kleinen Schutzraum.

Peter wandte sich wieder an Mel. »Welche Blutgruppe hat sie?«

»Null positiv.«

Jessie weinte leise vor sich hin, Pam ebenso, und Mark sah aus, als würde er als nächster Erste Hilfe brauchen. Sie luden Val ab, so rasch sie konnten, und trugen sie hinein. Dort befand sich eine geschulte Krankenschwester, und ein Arzt war herbeigerufen worden. Er war gerade draußen auf der Piste und holte einen Mann mit einem gebrochenen Bein, aber Peter lagerte Vals Hüften schnell höher als ihren Kopf, und die Schwester half ihm, sie aus den Kleidern zu schälen, während die anderen ringsherum standen. Sie gaben ihr eine Transfusion, aber Val zeigte keine Wirkung, und Mels Gesicht war düster und entsetzt.

»Mein Gott, Peter...« Alles war voller Blut, sie wandte sich plötzlich zu Jess, denn ihr war Matthew eingefallen, der mit weit aufgerissenen Augen seine Stiefschwester anstarrte. »Pam, geh mit deinem Bruder hinaus.« Sie nickte stumm, und die beiden verließen gemeinsam den Raum, während Mark und Jessica einander umklammert hielten, Peter und die Schwester verzweifelt um Vals Leben kämpften und Mel ihnen nur zusehen konnte.

Nur einige Minuten später traf der Arzt ein und half Peter bei seinen Bemühungen. Ein Krankenwagen war gerufen worden, sie mußten sie sofort in eine Klinik bringen, es war offenbar ein gynäkologisch bedingter Blutsturz, aber man konnte vorerst Anlaß oder Ursache nicht feststellen.

»Weiß jemand...«, begann der Arzt, und Mark verblüffte sie alle, indem er vortrat und mit zitternder Stimme sagte:

»Sie hat am Dienstag eine Abtreibung vornehmen lassen.«

»Was hat sie?« Der Raum begann sich um Mel zu drehen, sie starrte Mark und dann Peter an, und er fing sie gerade noch auf, bevor sie umfiel. Die Schwester brachte Riechsalz, und der Arzt bemühte sich weiter um Val. Offenbar konnte jedoch nur ein chirurgischer Eingriff die Blutung zum Stillstand bringen, und sogar das war jetzt nicht mehr gewiß. Sie hatte einen sehr großen Blutverlust erlitten, und Peter sah seinen Sohn entsetzt an.

»Wer um Himmels willen hat das gemacht?«

Marks Augen standen voll Tränen, seine Stimme zitterte so, daß sie beinahe unverständlich war, als er seinem Vater Auge in Auge gegenüberstand. »Wir wollten uns an niemanden wenden, den du kennst, und damit kam so ziemlich kein Arzt in Los Angeles in Frage. Val wollte unbedingt eine Klinik aufsuchen. Wir gingen in eine im Westen der Stadt.«

»Ach, um Himmels willen ... bist du dir darüber im klaren, daß sie sie vielleicht umgebracht haben?« Peter schrie in dem kleinen Raum, und Mel begann zu schluchzen, während sich Jess an ihre Mutter klammerte.

»Sie wird sterben ... o mein Gott ... sie wird sterben ...« Jessica hatte beim Anblick ihrer Zwillingsschwester alle Selbstbeherrschung verloren, und als Mel sah, was um sie herum vorging, riß sie sich zusammen.

Ihre Stimme war als einzige in dem kleinen Raum zu hören, als sie Jessica heftig anfuhr. »Sie wird nicht sterben, hörst du? Sie wird nicht sterben.« Sie beschwor damit ebenso Gott wie die Anwesenden. Dann blitzte sie Mark und Jess wütend an. »Warum, zum Teufel, hat mir das keiner von euch gesagt?« Es herrschte Totenstille, während sie Mark anblickte. Sie sah ein, daß es von ihm zuviel verlangt wäre, sich ihr anzuvertrauen, dann drehte sie sich zu Jess um. »Und du! Du wußtest es!« Es war eine bösartige Beschuldigung.

»Ich ahnte es. Sie haben mir nie ein Wort darüber gesagt.« Ihre Stimme klang ebenso wutentbrannt wie die ihrer Mutter. »Was hätte es denn daran geändert, wenn sie es dir gestanden hätten? Du bist ja immerzu mit deinem Job oder deinem Mann beschäftigt, und mit Pam und Matt. Ebensogut hättest du uns in New York zurücklassen können –« Eine heftige Ohrfeige ihrer Mutter brachte sie zum Schweigen, und sie verkroch sich schluchzend in eine Ecke, während die Sirene des Krankenwagens in der Ferne ertönte; einen Augenblick später waren sie damit beschäftigt, Val in den Wagen zu schaffen, wo zwei Sanitäter und Mel sich zu ihr setzten.

Peter sagte rasch zu seiner Frau: »Ich folge euch im Kombi.« Er lief hinaus und ließ alle Skier im Schutzraum zurück. Sie konnten sie später holen, das war im Augenblick das geringste Problem. Er startete den Motor, und die anderen sprangen schweigend in den Wagen: Jess und Mark vorne neben ihn, Pam und Matthew auf den Rücksitz, und keiner sprach ein Wort, während sie zum Krankenhaus in Truckee fuhren. Peter brach als erster das Schweigen.

»Du hättest es mir sagen müssen, Mark.« Seine ruhige Stimme

erfüllte den stillen Wagen, und er stellte sich nur langsam vor, was sein Sohn in diesem Augenblick durchmachte.

»Ich weiß. Wird sie durchkommen, Dad?« Seine Stimme zitterte, und über sein Gesicht rannen die Tränen in Strömen.

»Ich glaube, ja, wenn sie sie schnell hinbringen. Sie hat viel Blut verloren, aber die Transfusion müßte ihr helfen.« Jessica saß starr und schweigend zwischen ihnen, die Finger ihrer Mutter waren noch rot in ihrem Gesicht zu sehen. Peter blickte sie an und legte ihr die Hand auf das Knie. »Sie wird wieder gesund werden, Jess. Es sieht immer schlimmer aus, als es dann tatsächlich ist. Man erschrickt natürlich, wenn man so eine Menge Blut sieht.«

Jessica nickte schweigend. Als sie beim Krankenhaus in Truckee ankamen, sprangen alle aus dem Wagen, aber die Jugend mußte im Warteraum bleiben. Peter und Mel gingen neben Vals Trage hinein, während man sie für den Eingriff vorbereitete. Peter verzichtete darauf, sich die Hände zu schrubben und dem Operateur zuzuschauen. Er wollte bei der wartenden Mel bleiben. Man hatte einen Gynäkologen kommen lassen, und Peter nahm an, daß er schon oft ähnliche Fälle operiert hatte. Man sagte ihnen nur, sie befände sich in akuter Gefahr, es bestehe allerdings die Möglichkeit, daß die Gebärmutter entfernt werden müsse. Sie würden erst bei der Operation eine Entscheidung treffen können. Mel nickte stumm, und Peter führte sie hinaus, gemeinsam mit den Kindern warteten sie. Mel hielt sichtlich Abstand zu Mark, und Jess saß ebenfalls abseits; nach einiger Zeit gab Peter seinem älteren Sohn zwanzig Dollar und sagte ihm, er solle mit den anderen in die Cafeteria gehen und etwas essen. Mark nickte und verließ mit dem Rest der Gruppe den Warteraum, aber keiner hatte Appetit. Sie mußten immer nur an Val denken, die auf dem Operationstisch lag. Als sie fort waren, sank Mel mit tränenüberströmtem Gesicht an Peters Brust und jammerte leise vor sich hin. Es war eine Szene, die er jeden Tag in den Korridoren des Center-City-Krankenhauses erlebte, aber diesmal war er daran beteiligt ... Mel ... Val, und er hatte das gleiche Gefühl wie damals, als Anne gestorben war, daß er vollkommen hilflos war. Jetzt konnte er wenigstens Mel trösten. Er hielt sie fest in seinen Armen und sprach leise beruhigend auf sie ein.

»Sie wird gesund werden, Mel ... sie wird –«

»Und wenn sie keine Kinder bekommen kann?« Mel schluchzte unbeherrscht.

»Hauptsache, sie wird am Leben bleiben, und wir werden sie in unserer Mitte haben.« Das wäre zumindest etwas, wofür man dankbar sein mußte.

»Warum hat sie es mir nicht gesagt?«

»Sie hatten wahrscheinlich Angst. Sie wollten allein damit fertigwerden.« Es war bewundernswert mutig von ihnen gewesen, aber unklug.

»Sie ist doch erst sechzehn.«

»Ich weiß, Mel... ich weiß...« Er hatte schon vor einiger Zeit den Verdacht gehabt, daß sie und Mark jetzt doch miteinander schliefen, hatte aber nichts sagen wollen, um Mel nicht aufzuregen. Nun wurde ihm klar, daß er mit Mark ein ernstes Wort hätte sprechen müssen. Er dachte über das alles nach, als die Kinder aus der Cafeteria zurückkamen und Mark langsam auf Mel und seinen Vater zuging. Mel blickte unglücklich zu ihm auf und weinte weiter, während Mark sich niedersetzte und sie ebenso verzweifelt ansah.

»Ich weiß nicht, was ich sagen soll... es tut mir schrecklich leid... ich... ich dachte nie... ich hätte sie niemals...« Er senkte den Kopf, er fühlte sich in seinem Kummer schrecklich allein, während er vom Schluchzen geschüttelt wurde; er tat Peter unendlich leid, so daß er ihn in die Arme schloß. Im nächsten Augenblick umarmten Mark und Mel einander weinend, dann gesellten sich Jess, Pam und Matthew dazu. Es war eine schreckliche Szene; als der Arzt herauskam, stöhnte er bei diesem Anblick. Peter sah ihn als erster und löste sich von den anderen. Er sprach leise mit dem Chirurgen, und Mel beobachtete sie verängstigt.

»Wie ist es gelaufen?«

Der Chirurg nickte, und Mel hielt den Atem an. »Sie hat Glück gehabt. Wir mußten den Uterus nicht entfernen. Sie hatte nur eine schwere Blutung, aber daraus ergibt sich kein bleibender Schaden. Ich möchte aber von einer nochmaligen Abtreibung dringend warnen.« Peter nickte. Hoffentlich würde es nicht notwendig sein. »Ich danke Ihnen.« Er hielt dem anderen die Hand hin, der sie schüttelte.

»Man hat mir gesagt, daß Sie Arzt sind.«

»Das stimmt. Herzchirurg. Wir sind aus Los Angeles.« Der andere Chirurg kniff die Augen zusammen und schlug sich mit der Hand an die Stirn.

»Ach, verdammt, jetzt weiß ich erst, mit wem ich es zu tun habe. Sie sind Dr. Hallam.« Er war so aufgeregt, daß er sich kaum beruhigen konnte. Dann lachte er. »Ich bin froh, daß ich es nicht wußte, bevor ich in den OP ging. Ich wäre dann nur nervös geworden.«

»Das haben Sie nicht nötig. Ich hätte es jedenfalls nicht so gut hingekriegt wie Sie.«

»Nun, ich bin froh, daß ich Ihrer Tochter helfen konnte.« Er schüttelte Peter noch einmal die Hand. »Es war mir eine Ehre.« Peter wußte, daß er keine Rechnung erhalten würde, was er bedauerte, denn der Chirurg hatte gute Arbeit geleistet, er hatte Vals Leben und das ihrer zukünftigen Kinder gerettet, und vielleicht sogar das von Mark. Er fragte sich, ob dieses schreckliche Erlebnis nun das Ende der Liebesbeziehung bedeuten oder ob es sie noch enger aneinander binden würde. Es hatte zweifellos die einzelnen Mitglieder der Familie in der letzten Stunde näher zusammengebracht, und während sie dort saßen und darauf warteten, daß Val aus der Narkose erwachte, kam wieder Leben in die Gruppe. Sie sprachen und scherzten sogar ein wenig, doch die Atmosphäre war allgemein gedämpft. Es war für sie alle eine schwere Lektion gewesen. Bevor Val zu sich kam, brachte Peter Pam und Matthew zurück in die Wohnung. Mark und Jess hatten darauf bestanden, bei Mel zu bleiben, sie wollten bei Vals Erwachen anwesend sein, aber die beiden Kleineren sahen jetzt noch schlechter aus als Val. Peter bestand darauf, daß sie auch in das Apartment gingen, wie sehr sie auch dagegen protestierten.

»Wir wollen Val sehen«, wimmerte Matthew.

»Der Arzt erlaubt es nicht, Matt, und es ist auch schon spät«, sagte sein Vater freundlich, aber entschieden. »Du wirst sie morgen sehen, sobald man sie besuchen darf.«

»Ich will sie noch heute abend sehen.« Peter führte ihn hinaus, und Pam folgte ihnen mit einem letzten Blick auf den Rest der Gruppe; als Peter zurückkam, war Val soeben aufgewacht und lag in ihrem Krankenzimmer, aber sie war noch zu benommen, um zu erfassen, was man ihr sagte. Sie lächelte nur und döste vor sich hin, und als sie Mark sah, griff sie nach seiner Hand und flüsterte: »Verzeih mir ... ich ...« Dann schlief sie von neuem ein, und eine Stunde später fuhren sie alle gemeinsam nach Haus. Es war fast Mitternacht, und alle waren todmüde.

Mel gab Jessie einen Gute-Nacht-Kuß und schloß sie lange in die Arme, ehe sie zu Bett ging, und Jessica sah ihre Mutter bedrückt an. »Es tut mir leid, daß ich das gesagt habe.«

»Vielleicht war ein Körnchen Wahrheit dabei. Vielleicht habe ich mich zuviel mit allem anderen beschäftigt.«

»Wir sind jetzt so viele, und du hast viele Sorgen, die dich belasten. Das weiß ich, Mom ...« Ihre Stimme verklang, sie dachte an eine andere Zeit, an einen anderen Ort ... als sie ihre Mutter nicht so wie jetzt mit den anderen Kindern teilen mußten.

»Das ist keine Entschuldigung für mich, Jess. Ich werde jedenfalls versuchen, es von nun an besser zu machen.« Aber wieviel mehr Zeit konnte sie ihr widmen? Auf wie viele Stunden konnte man einen Tag ausdehnen? Wie konnte sie jedem die Zuwendung zuteil werden lassen, die sie brauchten, ihre Arbeit gewissenhaft erledigen und auch noch Zeit haben, zu atmen? Sie war jetzt eine Mutter von fünf Kindern und die Frau eines berühmten Chirurgen, ganz zu schweigen von ihrer Tätigkeit als Mitmoderatorin einer Nachrichtensendung im Fernsehen. Da blieb ihr kaum noch Zeit, Luft zu holen. Ihre Tochter hatte ihr vorgeworfen, daß sie sich mehr für ihre Stiefkinder interessierte als für ihre eigenen. Vielleicht bemühte sie sich wirklich allzu sehr, es ihnen allen recht zu machen. Sie gab auch Mark einen Gute-Nacht-Kuß, dann fiel sie mit Peter ins Bett, konnte aber nicht einschlafen, so müde sie auch war. Sie lag stundenlang wach, dachte daran, was Jess gesagt hatte, und an Val, wie sie blutend im Schnee gelegen hatte. Peter spürte, wie sie neben ihm fröstelte. »Ich werde es mir nie verzeihen, daß ich nicht erkannt habe, was vorging.«

»Du kannst doch nicht alles wissen, Mel. Sie sind fast erwachsene Menschen.«

»Du hast erst heute etwas anderes behauptet – daß sie ebenso wenig erwachsen sind wie Matthew.«

»Da hatte ich vielleicht unrecht.« Die Erkenntnis, daß sein Sohn beinahe Vater eines Kindes geworden wäre, hatte ihn erschreckt. Mark war im August achtzehn geworden, er war ein Mann. »Ich weiß, daß sie jung sind, und auf jeden Fall sind sie zu jung, um diese Verantwortung allein zu tragen, miteinander zu schlafen, schwanger zu werden und abzutreiben, aber es geschieht doch, Mel.« Er stützte sich auf den Ellbogen und blickte auf seine Frau hinunter. »Sie haben versucht, allein damit fertigzuwerden, das muß man ihnen zugute halten.« Sie war nicht bereit, jemandem irgend etwas zugute zu halten, auch nicht sich selbst.

»Jessie hat mit ihren Vorwürfen zum Teil recht gehabt. Ich war so sehr mit dir, Pam und Matthew beschäftigt, daß ich nicht viel Zeit für die Zwillinge hatte.«

»Du hast jetzt fünf Kinder, einen Job, einen größeren Haushalt und du hast mich auf dem Hals. Wieviel kannst du denn von dir noch erwarten, Mel?«

»Mehr, nehme ich an.« Sie wurde sich bei diesem Gedanken ihrer Erschöpfung bewußt.

»Wieviel mehr kannst du dir noch aufbürden?«

»Ich weiß es nicht. Offenbar tue ich nicht genug, sonst hätte das mit Val nicht passieren können. Ich hätte sehen müssen, was sich abspielt, ich hätte es wissen müssen, ohne daß man es mir sagte.«

»Was willst du tun? Ständig aufpassen? Deinen Job aufgeben, damit du den Chauffeur unserer Kinder spielen kannst?«

Es war kein sehr erfreulicher Gedanke, das war beiden bewußt, aber etwas später antwortete Mel leise: »Das hat aber Anne getan, nicht wahr?«

»Ja, nur seid ihr völlig verschiedene Frauen, Mel. Ich glaube nicht, daß sie wirklich zufrieden war, wenn du die ganze Wahrheit wissen willst. Du hingegen bist es. Dadurch bist du ein glücklicherer Mensch.« Sie rechnete ihm dieses Geständnis hoch an und wandte sich ihm mit einem Lächeln zu; sie lagen im Dunkel, nur der Mondschein verteilte ein fahles Licht.

»Weißt du, Peter, ich verdanke es allein dir, daß ich mich jetzt besser fühle. In vieler Hinsicht stärkt es mein Selbstvertrauen.«

»Das wollte ich ja erreichen. Auch ich fühle mich, dank dir, besser. Ich spüre immer, daß du meine Arbeit anerkennst.« Er holte tief Atem. »Anne hat nie wirklich gebilligt, was ich tat. Sie fand Transplantationen ekelhaft und unrecht. Ihre Mutter war Anhängerin der Christian Science gewesen, und sie mißtraute grundsätzlich dem ärztlichen Berufsstand.«

»Das muß für dich schwierig gewesen sein.« Darüber hatte er noch nie gesprochen, und diese plötzliche Eröffnung verblüffte sie.

»Das stimmt. Ich hatte nie wirklich das Gefühl, daß sie mich voll anerkannte.«

»Meiner Anerkennung kannst du sicher sein, Peter, das weißt du.«

»Ich weiß es. Und es bedeutet mir sehr viel. Ich glaube das war das erste, was mir an dir gefiel. Ich achtete dich, und ich konnte spüren, daß du mich ebenfalls achtetest.« Er küßte sie auf die Nasenspitze. »Und dann verliebte ich mich in deine Traumbeine und in deinen herrlichen Po, und da war's um mich geschehen.«

Sie lachte leise und wunderte sich, wie seltsam das Leben mitunter spielt. Nur wenige Stunden zuvor war sie hysterisch gewesen, der festen Überzeugung, daß sie ihre Tochter verlieren würde, und nun lagen sie in der Dunkelheit, tauschten ihre kleinen Geheimnisse aus und plauderten. Aber etwas wurde ihr jetzt klar, dessen sie sich früher nicht bewußt geworden war. Sie und Peter waren in den letzten Monaten Freunde geworden, enge Freunde, und sie hatte nie jemandem, Frau oder Mann, so nahegestanden. Er hatte die Mauer niedergerissen, die sie im Laufe der Jahre um sich errichtet hatte, und sie hatte es nicht einmal bemerkt. »Ich liebe dich, Peter Hallam, viel, viel mehr, als du ahnst.« Dann gähnte sie, schlief in seinen Armen ein, und als er auf sie hinabblickte, sah er, daß sie im Schlaf lächelte.

29

Sonntagabend flog Peter mit Mark, Pam, Jess und Matthew nach Haus, und Mel blieb bei Val in Truckee. Sie gab die Wohnung auf, nahm sich ein Zimmer in einem Motel, legte jeden Tag den Weg zum Krankenhaus zu Fuß zurück, und am Mittwoch erklärte der Arzt, Val könne mit ihrer Mutter nach Haus fliegen. Erstaunlicherweise war es für die beiden eine ersprießliche Zeit, sie hatten dadurch die Möglichkeit, sich miteinander zu unterhalten wie schon seit Jahren nicht mehr, über das Leben, über junge Männer, über Mark, über Sex, Ehe und Peter, über Mels Leben. Als sie am Mittwochabend in Los Angeles landeten, hatte Mel das Gefühl, daß sie Val besser kannte als bisher. Es tat ihr nur leid, daß sie mit den Kindern nicht öfter solche ruhigen Zeiten verleben konnte.

Val schien das Erlebnis auch seelisch verkraftet zu haben. Sie bedauerte zutiefst, daß sie das Baby abgetrieben hatte, war jedoch zu dem Schluß gelangt, daß es ihr Leben ruiniert hätte, wenn sie mit sechzehn Mutter geworden wäre, und Mel mußte ihr diesbezüglich recht geben. Es hätte ihr ganzes Leben negativ beeinflußt, sie zu einer Dauerbeziehung mit Mark gezwungen, die vielleicht nicht der Vorstellung entsprochen hätte, die sie sich von ihrem Leben machte. Sie hatte sich ihrer Mutter gegenüber bereit erklärt, sich eine Weile nicht mit ihm zu beschäftigen und sich mit anderen Jungen zu verabreden. Die Intensität ihrer Beziehung erschreckte sie, und sie wollte nicht, daß das gleiche noch einmal passierte. Mel freute sich über Vals Einsicht, vielleicht war es eine zu drastische Lektion gewesen, die ihr aber für den Rest ihres Lebens von Nutzen sein würde. Sie würde bei der Empfängnisverhütung nie mehr leichtsinnig sein oder sich auf eine sexuelle Bindung einlassen, ohne sich diesen Schritt ernstlich zu überlegen. Mel bedauerte selbstverständlich, daß sie so viel hatte leiden müssen. Sie hatte Mel die Abtreibung geschildert, Mel bewunderte ihre Tapferkeit und sagte es ihr auch.

»Ich glaube nicht, daß ich dazu imstande gewesen wäre«, sagte Mel.

»Ich hatte das Gefühl, daß mir keine Wahl blieb. Außerdem war Mark bei mir.« Val versuchte, das Geschehene auf die leichte Schulter zu nehmen, aber sie wußten beide, daß sie so etwas nie wieder geschehen lassen würde. Mel hatte sie an sich gedrückt, und sie hatten zusammen geweint, als Val ihr alles erzählte.

»All das tut mir so leid, mein Kind.«

»Mir geht es auch so, Mom ... es tut mir so fürchterlich leid ...« Sie kehrte zerknirscht nach Haus zurück, und Mel bemerkte beim Abendessen, daß sie Mark jetzt eher wie einen Bruder behandelte; ihm schien es nicht viel auszumachen. Ihre Beziehung war fast unmerklich abgekühlt, und das war gut so. Auch Peter hatte es bemerkt und erwähnte es am Abend Mel gegenüber. »Ich weiß.« Sie nickte. »Ich glaube, die große Liebe ist vorbei.«

»Um so besser.« Peter hatte einen arbeitsreichen Tag hinter sich, denn er hatte am Vormittag fünf Stunden im OP gestanden. Er war ins Alltagsleben zurückgekehrt, und im Center-City-Krankenhaus hatte ihn ein Berg Arbeit erwartet. »Ich glaube, wir können Mark jetzt auf die weibliche Jugend in der Umgebung loslassen und ihm dazu Glück wünschen. Es war mir nie klar, was für eine Verantwortung es bedeutet, Töchter zu haben.« Obwohl er sich immer eine Menge Sorgen wegen Pam gemacht hatte, waren ihre Schwierigkeiten doch nicht mit denen von Val vergleichbar. Es war ihr verdammter Körper, der die Männer verrückt machte. »Es ist schade, daß sie nicht häßlich ist.«

»Das brauchst du mir nicht zu sagen. Ich bekomme seit Jahren deshalb graue Haare.«

Am nächsten Tag im Nachrichtenstudio hatte Mel wieder Ärger. Paul Stevens hatte, während sie abwesend war, ein regelrechtes Chaos angerichtet. Sie hatte sich für drei Tage krank gemeldet, und als sie am Donnerstagmorgen zum Dienst erschien, war bereits alles getan, was in Pauls Macht stand, um ihre Arbeit zu sabotieren. Zum Glück wußte der Produktionsleiter, was Stevens im Schilde führte und daß er Mel leidenschaftlich haßte, deshalb hatte er keinen irreparablen Schaden anrichten können. Es war jedoch deprimierend, den Klatsch zu hören, den er über sie in Umlauf gesetzt hatte, und von den Schwierigkeiten zu erfahren, die er ihr machen wollte, indem er behauptete, daß sie in New York als die große Hure gelte, daß sie dort jeder ablehnte, weil sie sich durch alle Betten zur Spitze hinaufgearbeitet hatte. Am Abend erzählte Mel alles Peter, der so mit ihr fühlte, daß er vor Wut weiß wie die Wand wurde.

»Dieser kleine Dreckskerl...« Er hatte die Fäuste geballt, und Mel lächelte müde über seine heftige Reaktion.

»Er ist wirklich ein Schweinehund.«

»Es tut mir leid, daß du das alles durchmachen mußt.«

»Mir auch. Aber so ist es eben.«

»Warum haßt er dich denn so?«

»Hauptsächlich wegen meines weitaus höheren Einkommens, und auch, weil er den Platz im Rampenlicht nicht mit mir teilen will. Er hat seit Jahren keinen Ko-Moderator gehabt und lehnt daher meine Mitarbeit ab. Ich will auch allein arbeiten, aber ich finde, daß man sich der Situation anpassen muß. Mir wäre nichts lieber, als ihn loszuwerden, aber er ist den Ärger nicht wert.«

»Schade, daß er nicht so denkt wie du.«

»Das kann man wohl sagen.«

Die Schwierigkeiten nahmen auch im folgenden Monat kein Ende, so daß sich Mel zumeist elend fühlte, sie hatte Kopfschmerzen und einen Kloß im Magen, den sie nicht loswurde, und sie bekam allmählich Angst davor, in die Fernsehstation zu fahren. Sie machte so viele Interviews wie nur möglich, nur um wegzukommen, versuchte aber auch, mehr Zeit für die Zwillinge aufzubringen. Was Jessica ihr beim Skifahren vorgeworfen hatte, hatte sich ihr ins Gedächtnis gebrannt. Sie hatte ihre Mutter beschuldigt, daß sie sich mehr für Peters Kinder interessiere als für ihre eigenen, und nun versuchte Mel, das Gleichgewicht wiederherzustellen. Sie spürte, daß Pam sich benachteiligt fühlte, und merkte, daß sie sich, wann immer sie nur konnte, mit Mrs. Hahn gegen Mel verbündete, und um das auszugleichen, bemühte Mel sich, Pam den Zwillingen gegenüber nicht zurückzustellen; es war jedoch schwierig, es allen recht zu machen. Sie selbst war in letzter Zeit in einer so schlechten Verfassung, daß es ihr schwer fiel, den Bedürfnissen der Kinder und auch ihren eigenen gerecht zu werden. Eines Tages ging sie mit Matt einkaufen und mußte sich unterwegs niedersetzen, um wieder zu Atem zu kommen. Sie fühlte sich so schwindlig und von Brechreiz geplagt, daß sie befürchtete, sie würde in der Fußgängerzone in Ohnmacht fallen. Matt mußte ihr versprechen, daß er seinem Vater nichts davon erzählen würde, aber er war so erschrocken, daß er es brühwarm Jess berichtete, die ihrerseits sofort Peter benachrichtigte, als er nach Haus kam. Peter beobachtete Mel während des Abendessens nachdenklich, dann kam er am Abend darauf zu sprechen.

»Bist du krank, Mel?«

»Nein, warum?« Sie wandte sich ab, damit ihr Gesicht im Dunkel lag.

»Ich weiß nicht. Ein Vögelchen hat mir erzählt, daß du dich heute gar nicht wohl gefühlt hast.« Er sah sie besorgt an, als sie sich zu ihm umdrehte.

»Und was hat das Vögelchen gesagt?« Sie wollte herausfinden, wieviel Peter wußte.

»Daß du im Delikatessenladen beinahe in Ohnmacht gefallen bist.« Er zog sie neben sich auf das Bett und sah sie forschend an. »Ist das wahr, Mel?«

»Mehr oder minder.«

»Was ist los?«

Sie seufzte, starrte auf den Boden, dann wieder auf ihn. »Dieser Schmutzfink Paul Stevens treibt mich noch zum Wahnsinn. Vielleicht habe ich ein Magengeschwür, ich habe mich in den letzten Wochen elend gefühlt.«

Peter sah sie unglücklich an. »Mel, versprichst du mir, daß du dich untersuchen läßt?«

»Ja«, seufzte sie, es klang jedoch nicht sehr bestimmt. »Ich habe aber wirklich keine Zeit dafür.«

Er ergriff ihren Arm. »Dann nimm dir eben Zeit.« Er hatte schon eine Frau verloren und konnte den Gedanken nicht ertragen, daß mit Mel etwas Ähnliches passieren könnte. »Ich meine es ernst, Mel! Entweder du gehst zum Arzt, oder ich werde dich eigenhändig im Krankenhaus untersuchen.«

»Sei nicht komisch. Mir ist nur schwindlig geworden.«

»Hattest du etwas gegessen?«

»Eine Zeitlang nicht.«

»Dann kann vielleicht das daran schuld gewesen sein. Aber ich möchte trotzdem, daß du dich untersuchen läßt.« Er bemerkte nun auch, daß sie abgenommen hatte, ihr Gesicht sah angegriffen und blaß aus. »Du siehst verdammt schlecht aus.«

»Danke für das Kompliment.«

Er beugte sich zu ihr und ergriff ihre Hand. »Ich mach mir deinetwegen Sorgen, Mel.« Er zog sie an sich. »Ich liebe dich so schrecklich. Wirst du also morgen einen Arzt anrufen und dich gründlich untersuchen lassen?«

»Okay, okay.«

Am nächsten Morgen gab er ihr eine Namenliste von Internisten und Spezialisten.

»Soll ich die alle aufsuchen?« fragte sie entsetzt.

»Einer oder zwei werden genügen. Warum beginnst du nicht mit Sam Jones, dem Internisten, und er soll dir empfehlen, zu wem du noch gehen sollst.«

»Warum schickst du mich nicht auf eine Woche in die Mayo–

Klinik?« Sie neckte ihn, doch er fand es gar nicht komisch. Sie sah noch schlechter aus, als am Abend vorher.

»Dazu hätte ich ohnehin Lust.«

»Verdammt noch mal, nein.«

Sie vereinbarte einen Besuch bei Sam Jones am Nachmittag. Sie hätte normalerweise vier Wochen auf einen freien Termin warten müssen, aber als sie der Schwester ihren Namen nannte, fand sie glücklicherweise bereits für sie noch am selben Tag eine Lücke im Terminkalender. Sie kam um zwei Uhr hin und mußte bereits um vier Uhr wieder im Studio sein; Jones nutzte die wenige Zeit, um ihr Blut abzunehmen, einen Urintest zu machen, sie zu untersuchen, ihre Krankengeschichte aufzunehmen, ihre Lunge abzuhören, ihren Blutdruck zu messen. Als er fertig war, hatte sie das Gefühl, daß er jeden Zoll von ihr abgeklopft und abgetastet hatte.

»Bisher konnte ich bei Ihnen keine Krankheit feststellen. Sie sind vielleicht übermüdet, aber im Grunde gesund. Warten wir noch ab, was die Labortests ergeben. Fühlen Sie sich schon lange so abgespannt?« Sie zählte ihm alle Symptome auf, die sich bei ihr zeigten, Übelkeit, Kopfschmerzen, der Streß, unter dem sie bei der Arbeit stand, die Übersiedlung aus New York, der neue Arbeitsplatz, Vals Abtreibung, ihre Hochzeit und die Anpassung an die Stiefkinder, während sie in einem Haus leben mußte, in dem der Geist von Peters Frau noch lebendig war und in dem sie sich noch immer nicht heimisch fühlte.

»Hören Sie auf!« Er lehnte sich stöhnend zurück und griff sich mit der Hand an den Kopf. »Ich fange auch schon an, mich krank zu fühlen. Ich glaube, Sie haben soeben selbst Ihre Diagnose gestellt. Sie hätten mich gar nicht gebraucht. Was Sie brauchen, sind sechs Wochen an einem ruhigen Sandstrand.«

»Wenn sich das nur einrichten ließe. Aber ich habe Peter gleich gesagt, daß es nur die Nerven sind.«

»Vielleicht haben Sie recht.« Er bot ihr Valium, Librium oder Schlafmittel an, die sie alle ablehnte. Als sie Peter am Abend sah, erzählte sie ihm, was Sam Jones gesagt hatte.

»Siehst du, es fehlt mir nichts. Ich bin nur überarbeitet.« Das wußten beide ohnehin, aber Peter war noch nicht ganz überzeugt. Er neigte dazu, ihr gegenüber übervorsichtig zu sein.

»Wir werden sehen, wie die Labortests ausfallen.«

Sie verdrehte die Augen und brachte Matthew zu Bett. Pam hatte bei sich die Stereoanlage laufen, die Zwillinge saßen in ihrem Zimmer bei den Aufgaben, Mark war ausgegangen. Mel hatte vor ein paar Tagen gehört, daß er sich eine neue Freundin angelacht hatte, eine Studentin im ersten Semester, und Val schien es nicht weiter zu stören. Sie erzählte, daß in ihrer Klasse ein Junge war, den sie als »wirklich reizend« bezeichnete, und Jessica hatte endlich jemanden gefunden, der sie bisher zweimal ins Kino ausgeführt hatte. Einmal war bei ihnen also alles in Ordnung. Sie kehrte mit einem glücklichen Seufzer zu Peter zurück. »Im Westen nichts Neues.« Sie berichtete über alle Kinder, und er freute sich. Endlich spielte sich das Familienleben ein, so glaubte er zumindest. Aber sie waren beide nicht auf die Neuigkeit gefaßt, die sie am nächsten Tag erwartete.

Mel vergaß, Dr. Jones anzurufen, bevor sie zur Arbeit fuhr, und als sie zurückkam, erwartete sie die Nachricht, sie solle ihn zu Haus anrufen. Peter hatte die Notiz auf dem Schreibblock beim Telefon als erster gesehen und rief Sam selbst an, doch sein alter Kollege und Freund rückte nicht mit der Sprache heraus. »Deine Frau soll mich anrufen, Peter, wenn sie nach Haus kommt.«

»Was ist los, Sam, mein Gott?« Er hatte Angst, aber Jones ließ sich nicht erweichen, und als Mel durch die Tür trat, stürzte er sich auf sie. »Ruf Jones gleich an!«

»Jetzt? Warum denn? Ich bin gerade erst gekommen, kann ich nicht zuerst meinen Mantel aufhängen?«

»Um Himmels willen, Mel...«

»Du liebe Zeit.« Sie sah den besorgten Blick in seinen Augen und fragte sich, was er ihr verschwieg. »Was ist denn los?«

»Ich weiß nicht. Er will mir nichts verraten.«

»Hast du ihn angerufen?« fragte sie ärgerlich.

»Ja«, gestand er. »Aber er wollte mir nichts sagen.«

»Gut.«

»Um Himmels willen...«

»Schon gut, schon gut.« Sie wählte die Privatnummer, die er angegeben hatte, und Mrs. Jones holte ihren Mann an den Apparat. Peter blieb neben Mel stehen, aber sie schickte ihn weg. Sie und der Arzt tauschten die üblichen Höflichkeitsfloskeln aus, bevor sie auf den Grund ihres Anrufs zu sprechen kam.

»Ich wollte es Peter nicht verraten, bevor ich mit Ihnen gesprochen habe.« Es klang ernst, und Mel hielt den Atem an. Vielleicht hatte Peter doch recht. Vielleicht litt sie an einer schrecklichen Krankheit. »Sie sind schwanger, Mel, aber ich dachte, Sie würden ihm die freudige Botschaft lieber selbst verkünden wollen.« Doch Mel war nicht so erfreut. Sie bekam glasige Augen, und Peter, der wieder hereingekommen war, starrte sie in der festen Überzeugung an, daß es sich um eine schlechte Nachricht handelte. Er sank langsam auf einen Stuhl und wartete, bis sie auflegte.

»Also?«

Es war schwierig, ihn abzuwehren. Er blieb einfach sitzen und beobachtete sie.

»Was hat er gesagt?«

»Nicht viel.«

»Unsinn!« Peter sprang auf. »Ich habe dein Gesicht beobachtet. Wirst du es mir jetzt sagen, oder muß ich ihn noch mal selbst anrufen?«

»Er wird dir nichts sagen.«

»Verdammt noch mal, das werden wir ja sehen.« Peter geriet in Zorn, und Mel fühlte den Schreck in ihren Gliedern. Sie starrte Peter an und stand dann auf.

»Können wir in dein Arbeitszimmer gehen und in Ruhe miteinander sprechen?« Er sagte kein Wort, sondern folgte ihr und schloß die Tür hinter sich. Sie setzte sich und starrte ihn an. »Ich verstehe es nicht.«

»Erzähl mir, was er gesagt hat, und ich werde versuchen, es dir zu erklären, Mel, aber um Gottes willen sag mir endlich, was los ist.«

Diesmal lächelte sie. Er erwartete, von einer komplizierten Krankheit zu hören, aber die Diagnose von Jones war die einfachste Sache von der Welt. Kompliziert waren nur die Folgen, die daraus für ihr Leben entstanden. »Ich bin schwanger.«

»Was bist du?« Er starrte sie ungläubig an. »Das kann doch nicht wahr sein.«

»O doch.«

Jetzt grinste er. »Da soll mich doch der Teufel holen. Wirklich?«

»Ja.« Sie sah aus, als wäre sie soeben von einem Zug überfahren worden. Er kam auf sie zu und nahm sie in die Arme.

»Das ist die beste Nachricht, die ich seit Jahren erhalten habe.«

»Wirklich?« Sie wirkte noch immer, als stünde sie unter einem Schock.

»Zum Teufel, ja.«

»Um Himmels willen, Peter, das hat uns gerade noch gefehlt. Auf uns lastet schon mehr Verantwortung, als wir tragen können. Und jetzt kommt noch ein Baby dazu. Ich bin sechsunddreißig Jahre alt, und wir haben zusammen fünf Kinder...« Sie dachte mit Schrecken an alle sich daraus ergebenden Konsequenzen, und Peter wirkte niedergeschmettert.

Er bemühte sich, seiner Stimme einen gleichgültigen Klang zu geben, als er fragte: »Willst du es abtreiben lassen?«

Sie starrte ins Leere und erinnerte sich an Vals Schilderung ihrer Gefühle, als sie mit Mark die Abtreibungsklinik aufgesucht hatte. »Ich weiß nicht. Ich weiß nicht, ob ich es könnte.«

»Dann müssen wir uns also gar nicht entscheiden, nicht wahr?«

»Bei dir klingt alles immer so furchtbar einfach.« Sie sah ihn unglücklich an. »Aber so einfach liegen die Dinge gar nicht.«

»O doch. Du hast eine Mutterschaftsklausel in deinem Vertrag. Das hast du einmal erwähnt.«

»Du meine Güte, das hatte ich ganz vergessen.« Dann lachte sie, als sie sich daran erinnerte, wie komisch sie diese Bestimmung gefunden hatte. Plötzlich kam ihr überhaupt alles sehr ulkig vor. Sie lachte in einem fort, Peter küßte sie auf die Wange und fischte eine Flasche Champagner aus dem Kühlschrank bei der Bar. Er entkorkte sie, schenkte jedem von ihnen ein Glas ein und prostete ihr zu.

»Auf uns.« Und dann: »Auf unser Baby.«

Sie nahm einen Schluck und stellte das Glas schnell wieder nieder. Ihr war sofort übel geworden. »Ich kann nicht.« Ihr Gesicht wurde buchstäblich gelb, er stellte sein Glas hin und trat zu ihr.

»Geht es dir gut, Schatz?«

»Alles in Ordnung.« Sie lehnte sich an ihn und konnte es noch immer nicht glauben, so komisch fand sie die Lage. »Meine Töchter sind fast siebzehn, und ich bin schwanger. Stell dir vor...« Sie begann wieder zu lachen. »Ich kann mir nicht vorstellen, wie es überhaupt passieren konnte, ich habe doch keine Vorsichtsmaßnahme versäumt.«

»Wen kümmert es? Betrachte es als Geschenk des Himmels.« Er sah seine Frau ernsthaft an. »Mel, ich steige jeden Tag der Woche mit dem Tod in den Ring. Ich kämpfe gegen ihn, ich hasse ihn, ich versuche ihn zu überlisten, indem ich Plastikherzen oder Herzklappen von Schweinen oder Schafen in die Brust von Menschen einsetze, ich mache Transplantationen, ich tue mein möglichstes, um dem alten Knaben ein Schnippchen zu schlagen, der mir bei jeder Operation immer über die Schulter schaut. Und da kommst du mit diesem kostbaren Geschenk von neuem Leben, das wir unverdienterweise erhalten. Es wäre ein Verbrechen, es zurückzuweisen.«

Sie nickte ruhig, gerührt über seine Worte. Sie hatte nicht das Recht, ein solches Glück zu verschenken. »Was werden wir den Kindern sagen?«

»Daß wir Zuwachs bekommen und uns darüber freuen. Zum Teufel, ich dachte, du bist krank.«

»Ich auch.« Sie fühlte sich besser, weil sie den Champagnergeschmack nicht mehr im Mund hatte. »Ich bin froh, daß ich gesund bin.«

»Nicht halb so froh wie ich, Mel. Ich könnte ohne dich nicht leben.«

»Das kommt im Augenblick sowieso nicht in Frage.« In diesem Moment klopfte Matthew an die Tür und meldete, daß es Zeit zum Abendessen war; doch bevor sie ins Speisezimmer gingen, rief Peter sie alle ins Wohnzimmer und hielt eine kleine Ansprache.

»Wir haben euch etwas Aufregendes mitzuteilen.« Peter strahlte und sah Mel an. »Wir besuchen nächste Woche das Disneyland!« warf Matt ein, alle lachten und begannen herumzuraten. Mark nahm an, daß sie einen Tennisplatz anlegen würden, Pam träumte von einer Jacht, die Zwillinge entschieden sich für einen Rolls-Royce und eine Reise nach Honolulu, eine Idee, mit der alle einverstanden waren, doch jedesmal schüttelte Peter den Kopf.

»Nein. Nicht ganz. Obwohl Honolulu verlockend klingt. Vielleicht zu Ostern. Aber wir haben etwas viel Wichtigeres zu verkünden.«

»Sag schon, Dad, was ist es?« Matthew konnte es kaum

erwarten, die Neuigkeit zu erfahren, und Peter sah ihn geradewegs an.

»Wir bekommen ein Baby, Matt.« Dann blickte er sie alle an, und auch Mel beobachtete ihre Gesichter, aber sie war auf die Reaktionen ihrer Kinder ebensowenig vorbereitet wie auf die Testergebnisse von Doktor Sam Jones.

»Was bekommt ihr?« Pam sprang sichtlich entsetzt auf und starrte Mel ungläubig an. »Das ist das Widerlichste, was ich je gehört habe.« Sie brach in Tränen aus und stürzte aus dem Zimmer, während Matthew seine Eltern mit bebenden Lippen ansah.

»Wir brauchen nicht noch ein Kind hier. Wir sind ohnehin schon fünf.«

»Aber es könnte ein netter Spielgefährte für dich werden, Matt.« Peter sah, daß der Kleine Tränen in den Augen hatte. »Die anderen sind soviel älter als du.«

»Mir gefällt es so, wie es jetzt ist.« Er folgte seiner Schwester, Mel wandte sich ihren eigenen Kindern zu und sah, daß auch Val in Tränen ausgebrochen war.

»Erwarte nicht von mir, daß ich mich für dich freue, Mom.« Sie stand auf und ihr üppiger Busen wogte. »Vor zwei Monaten habe ich mein eigenes Kind umgebracht, und jetzt erwartest du wohl von mir, daß ich mich über deines freue?« Sie lief aufgelöst aus dem Zimmer; Mark zuckte die Schultern, aber er schien es auch nicht für eine glückliche Idee zu halten, und Jessica starrte Mel ziemlich betroffen an. Es war, als wüßte sie, wieviel Belastung ihre Mutter schon zu tragen hatte, und konnte nicht begreifen, wie sie eine weitere auf sich nehmen konnte. Das Schlimmste war, daß Mel ihr recht geben mußte. Jess zog sich mit der Ausrede zurück, sie wolle nach Val sehen, und Mark verschwand gleichfalls, also saßen sie allein im Wohnzimmer, und Mel wischte sich die Tränen aus den Augen.

»Das war es also.«

»Sie werden sich wieder beruhigen.« Er legte den Arm um seine Frau, und als er aufblickte, stand Hilda Hahn vor ihm und starrte ihn an.

»Das Abendessen wird kalt«, erklärte sie ärgerlich, und Mel stand sichtlich bekümmert auf. Sämtliche Kinder waren bei der

Aussicht auf Familienzuwachs in Aufruhr geraten, und sie hatte noch immer Probleme in ihrem Beruf. Sie hatte im Augenblick den Eindruck, daß sie die Schwierigkeiten nicht mehr bewältigen konnte, und Mel war sehr bedrückt, als sie sich an den Tisch setzten. Dann sah sie, daß Mrs. Hahn sie fixierte.

»Ich habe, ohne zu wollen, die Neuigkeit gehört.« Ihr schwerer deutscher Akzent zerrte wie immer an Mels Nerven, ihre Art zu sprechen hatte nichts Warmes oder Freundliches an sich, im Gegensatz zu anderen Deutschen, die Mel kannte. »Ist es nicht gefährlich, in Ihrem Alter noch ein Kind zu bekommen?«

»Keineswegs« – Mel lächelte zuckersüß –, »ich bin erst zweiundfünfzig.« Sie wußte genau, daß Mrs. Hahn einundfünfzig war. Peter lächelte ihr zu. Was immer Mel jetzt auch tun mochte, er war damit einverstanden. Es war ihm vollkommen gleichgültig, wie sich ihre Kinder dazu stellten, er freute sich und wollte es Mel zeigen. Sie konnte keinen Bissen hinunterbringen, sie mußte an die Kinder und ihre Reaktionen denken. Sie ging zu ihnen hinauf, doch alle Türen waren geschlossen, nirgends wurde sie freudig empfangen. Als sie hinunter in ihr Schlafzimmer kam, bestand Peter darauf, daß sie sich erst einmal hinlegte. »Ich bin doch erst seit vier oder fünf Wochen schwanger«, lachte sie ihn aus.

»Macht nichts. Du kannst ebensogut gleich anfangen, dich darauf einzustellen.«

»Ich glaube, den Anfang haben wir vor zwei Stunden im Wohnzimmer gemacht.« Sie legte sich seufzend aufs Bett. »Das war vielleicht eine Begeisterung, die uns da entgegenschlug, was?« Die Reaktion der Kinder hatte sie verletzt, sie fühlte sich nun wehrlos, unerwünscht und allein gelassen.

»Gib ihnen eine Chance. Die einzigen, die wirklich Grund haben, betroffen zu sein, sind Val und Mark, und ich bin sicher, daß beide den Schock überleben werden.«

»Der arme Matt. Er will unser Nesthäkchen sein, und ich nehme ihm das überhaupt nicht übel.«

»Vielleicht wird es ein Mädchen«, meinte Peter, doch Mel stöhnte.

»Nicht noch eines. Wir haben ohnehin schon drei.« Sie freundete sich schon mit dem Gedanken an ein Baby an und empfand es nachgerade als kleines Wunder. Sie sprachen in der Nacht stundenlang darüber, und er küßte sie am nächsten Morgen zärtlich, ehe er in die Klinik fuhr. Als sie zum Frühstück nach unten kam und Matt, Pam und die Zwillinge sah, hatte sie das Gefühl, in ein feindliches Lager geraten zu sein. Sie sah einen nach dem anderen an und verlor ihren ganzen Lebensmut. Sie würden sich nie damit abfinden.

»Es tut mir leid, daß ihr alle so negativ eingestellt seid.« Val sah ihr nicht ins Gesicht, Jess wirkte deprimiert, Matthew rührte keinen Bissen von seinem Frühstück an, und als Mel in Pams Augen blickte, erschrak sie über das, was sie ausdrückten, denn es stand ein Gemisch von Haß, Wut und Angst darin. Als hätte sie sich im Geist an einen fernen Ort geflüchtet, an dem Mel sie nicht erreichen konnte.

Von allen war Pam am meisten außer Fassung geraten. Mel versuchte, mit ihr darüber zu sprechen, als sie aus der Schule heimkam, aber als Mel ihr zu ihrem Zimmer folgte, schlug ihr Pam die Tür vor der Nase zu und schloß sich ein. Als Mel dann klopfte, weigerte sie sich zu öffnen.

Im ganzen Haus herrschte Kummer, Kränkung und Zorn. Es war, als wollten alle sie bestrafen, jeder auf seine Art, Mark, indem er zur Verzweiflung seines Vaters nie zu Haus war, die Zwillinge, indem sie sich von ihr absonderten und sie aus ihrem Leben ausschlossen, Matt, indem er unaufhörlich jammerte und Schwierigkeiten in der Schule hatte, und Pam, indem sie abschaltete und die Schule schwänzte. Die Schulleitung teilte Mel innerhalb von vier Wochen viermal telefonisch mit, daß Pam vor der zweiten Stunde verschwunden war, und als Mel sie zur Rede stellte, zuckte Pam nur die Schultern, verschwand auf ihr Zimmer und schloß ihre Tür ab. Ihre letzte Bosheit bestand darin, daß sie das Porträt ihrer Mutter als Provokation über dem Bett in Mels und Peters Zimmer an die Wand hängte. Als Mel nach Haus kam und es dort erblickte, schnappte sie ungläubig nach Luft.

»Wissen Sie, wann sie das getan hat?« fragte sie Mrs. Hahn, während sie das Porträt Annes in ihren zitternden Händen hielt.

»Ich habe nichts gesehen, Mrs. Hallam.« Doch Mel war sich im klaren, daß sie Pams Treiben gesehen und gebilligt hatte. Und als Mel wieder durch einen Anruf erfuhr, daß das Mädchen die

Schule schwänzte, beschloß sie, an dem Tag zu Haus zu bleiben und zu warten, bis Pam auftauchte. Um vier Uhr war sie noch immer nicht erschienen. Diesmal fragte sich Mel ernstlich, ob nicht ein Junge im Spiel war. Um fünf Uhr schlenderte Pam grinsend herein und war sichtlich darüber belustigt, daß Mel den ganzen Tag auf sie gewartet hatte. Als Mel sie genauer in Augenschein nahm, merkte sie, daß das Mädchen high war. Sie stellte sie zur Rede, schickte sie dann auf ihr Zimmer und fuhr ins Studio. Später erzählte sie Peter von ihrem Verdacht.

»Das bezweifle ich wirklich, Mel. Das hat sie noch nie getan.«

»Du kannst es mir glauben.« Doch er schüttelte den Kopf. Er glaubte seiner Frau nicht, und als er Pam fragte, leugnete sie alles ab. Allmählich verursachte Pam einen ernsten Zwiespalt zwischen ihnen, und Mel spürte, daß sie im Begriff war, ihren einzigen Verbündeten zu verlieren. Peter ergriff immer Pams Partei gegen sie. Sie war im Haus von Feindseligkeit umgeben, es war noch dazu nicht einmal ihr Haus, und nun stand Peter auch noch auf Pams Seite. »Ich weiß, Peter, daß sie high war.«

»Ich glaube es einfach nicht.«

»Du solltest einmal mit den Lehrern in ihrer Schule sprechen.« Als Mel versuchte, mit Val und Jess darüber zu reden, verhielten sie sich reserviert, aber höflich. Sie wollten sich nicht einmischen, Mark ebensowenig. Mel war wegen des ungeborenen Kindes, das sie unter dem Herzen trug, zur Ausgestoßenen geworden. Sie hatte alle verraten.

Zwei Wochen später, als die Polizei anrief, war es ein trauriger Triumph für sie. Sie hatte recht gehabt. Pam war dabei ertappt worden, als sie in der Innenstadt Marihuana kaufte, während sie in der Schule sein sollte. Peter geriet völlig aus dem Häuschen und drohte, sie in ein Pensionat zu stecken, doch das Kind wandte sich wieder gegen Mel. »Du hast ihn gegen mich aufgehetzt. Du willst mich loswerden.«

»Das will ich keineswegs. Aber ich will, daß du dich anständig aufführst; es ist höchste Zeit dafür, vor allem mußt du aufhören, jeden zweiten Tag die Schule zu schwänzen, Marihuana zu rauchen und dich hier im Haus wie ein kleines Biest zu benehmen. Das ist dein Heim, und wir lieben dich, aber du kannst dich nicht einfach so benehmen, wie es dir gerade paßt. In jeder Gesellschaft, in jeder Gemeinschaft, in jedem Heim gibt es Regeln, an die man sich halten muß.«

Doch wie gewöhnlich ließ Peter Pam bald wieder die Zügel schießen, hielt sie eine Woche im Zaum und ließ es dann dabei bewenden. Er unterstützte Mels Bemühungen nicht, und zwei Wochen später wurde Pam wieder aufgegriffen. Diesmal nahm Peter die Sache ernst, rief ihren ehemaligen Psychiater an und machte mehrere Termine aus. Dann bat er Mel, Pam hinzubringen. Das Ergebnis war, daß Mel Pam viermal die Woche fast mit Gewalt hinschleppte, mit Mühe und Not rechtzeitig zur Arbeit kam und abends wieder nach Haus hetzte, wo sie versuchte, Matt und den Zwillingen etwas Aufmerksamkeit zu widmen. Sie hatte nur einen einzigen Wunsch: auszuschlafen. Immer wieder erbrach sie die schwer verdaulichen Mahlzeiten, die Mrs. Hahn mit schöner Regelmäßigkeit zubereitete.

»Das gehört zu den Lieblingsspeisen des Doktors«, verkündete sie, wenn sie Mel wieder einen Teller Sauerkraut vorsetzte. Nachdem Mel diese Hetzjagd einen Monat lang mitgemacht hatte, wurde sie eines Freitagabends mit Blutungen und Krämpfen ins Krankenhaus eingeliefert, wo sie der Gynäkologe ernst ins Gebet nahm.

»Wenn Sie nicht kürzer treten, Mel, werden Sie Ihr Kind verlieren.«

Ihre Augen schwammen in Tränen. Im Augenblick bestand ihr Leben nur aus Kämpfen. »Ich glaube nicht, daß es jemandem etwas ausmachen würde.«

»Und Ihnen?«

Sie nickte müde, traurig. »Ja, mir schon, glaube ich.«

»Dann sollten Sie Ihrer gesamten Umgebung klarmachen, daß sie Rücksicht auf Ihren Zustand nehmen müssen.«

Peter kam am nächsten Tag zu Mel in die Klinik und blickte sie bekümmert an. »Du willst das Baby eigentlich nicht, Mel, nicht wahr?«

»Du glaubst, ich möchte es loswerden?«

»Das hat jedenfalls Pam behauptet. Sie hat mir erzählt, daß du vorige Woche reiten warst.«

»Was? Bist du verrückt? Glaubst du, ich würde so etwas tun?«

»Ich weiß nicht. Ich weiß, daß es dich bei der Arbeit stört oder daß du glaubst, es könnte dich stören.« Sie starrte ihn ungläubig an, stand auf und packte ihren Koffer. »Wohin willst du?«

Sie wandte sich zu ihm um. »Nach Haus. Um deiner Tochter den Hintern zu versohlen.«

»Mel... bitte...« Doch sie verließ trotz Peters Bitten das Krankenhaus, fuhr nach Haus, legte sich ins Bett, ging am Nachmittag in die Küche und trug Mrs. Hahn auf, zum Abendessen Huhn und Reis zu kochen, etwas, das zur Abwechslung auch sie essen konnte, dann legte sie sich buchstäblich auf die Lauer, bis die Kinder nach Haus kamen. Um sechs waren sie alle versammelt und waren überrascht, daß Mel da war. Als sie zum Essen hinunter gingen, erwartete Mel sie mit blitzenden Augen bei Tisch.

»Guten Abend, Pam.« Sie machte mit ihr den Anfang. »Wie war dein heutiger Tag?«

»Gut.« Pam versuchte, selbstsicher zu wirken, warf Mel aber immer wieder nervöse Blicke zu. »Wie ich höre, hast du deinem Vater erzählt, ich sei vorige Woche geritten. Stimmt das?« Im Raum war es totenstill. »Ich wiederhole: Stimmt das?«

»Nein«, hauchte Pam kaum hörbar.

»Ich kann dich nicht verstehen, Pam.«

»Nein.« Sie schrie Mel an, und Peter griff nach dem Arm seiner Frau. »Bitte, Mel, reg dich nicht auf...«

Mel sah ihm in die Augen. »Wir müssen einige Dinge endlich klarstellen. Hast du gehört, was sie gesagt hat?«

»Ja.«

Mel wandte sich wieder an Pam. »Warum hast du deinem Vater eine Lüge aufgetischt? Wolltest du uns Schwierigkeiten bereiten?« Pam zuckte die Schultern. »Warum, Pam?« Sie berührte die Hand des Mädchens. »Weil ich ein Kind bekomme? Ist das etwas so Schreckliches, daß ihr mich dafür bestrafen müßt? Dazu möchte ich etwas feststellen: ganz gleich, wie viele Kinder wir noch bekommen, wir werden dich immer liebhaben.« Sie sah, wie Pams Augen sich mit Tränen füllten, während Peter Mels Arm nicht losließ. »Wenn du aber nicht mit dem Blödsinn aufhörst, den du treibst, seit ich hier eingezogen bin, werde ich dich mit Fußtritten in den Hintern bis ans andere Ende der Stadt treiben.« Pam lächelte unter Tränen.

»Würdest du das wirklich tun?« Die Frage klang fast heiter. Es bestätigte Mel, daß den Kindern noch immer an ihr lag.

»Und ob.«

Dann sah sich Mel am Tisch um. »Das gilt auch für die übrigen.« Ihre Stimme wurde sanfter, als sie Matt anblickte. »Du wirst immer unser Nesthäkchen bleiben, Matt. Das Kind in mir wird dir nie deinen Platz streitig machen.« Er sah nicht aus, als würde er ihr glauben. Dann wandte sie sich zu den Zwillingen. »Und ihr beiden.« Sie sah besonders Val an. »Ich bekomme das Baby nicht gerade jetzt, um dich damit zu treffen, Val. Ich konnte nicht wissen, daß ich schwanger würde, ebensowenig wie du deine Schwangerschaft vorausgesehen hast. Euch beiden war es vollkommen gleichgültig, was ich fühle, und ich finde das niederträchtig von euch.« Dann wandte sie sich Mark zu. »Offengestanden wundert es mich, Mark, dich heute abend hier zu sehen. Wir bekommen dich nicht mehr oft zu Gesicht. Ist dir das Geld ausgegangen, so daß du heute zur Abwechslung zu Haus essen mußt?«

»Ja.« Er grinste.

»Ich finde, du solltest daran denken, daß du, solange du in unserer Gemeinschaft lebst, eine Verantwortung dieser Familie gegenüber trägst und dich mehr als einmal im Monat hier zeigen solltest. Wir erwarten, dich etwas häufiger hier zu sehen als in der letzten Zeit.«

Er schien erstaunt über diese Standpauke zu sein und antwortete beinahe schüchtern: »Ja, Ma'am.«

»Und Pam« – Peters einzige Tochter sah Mel prüfend an – »von nun an wirst du allein zum Psychiater fahren. Du kannst den Bus nehmen wie alle anderen auch. Ich werde dich nicht durch die ganze Stadt kutschieren. Wenn du ihn aufsuchen willst, kannst du auch allein hinkommen, aber ich werde dich nicht an den Haaren hinschleppen. Du bist beinahe fünfzehn. Es ist an der Zeit, daß du ein wenig Verantwortung für dich selbst übernimmst.«

»Muß ich von der Schule mit dem Bus nach Haus fahren?« piepste Matt hoffnungsvoll. Er liebte den Bus, doch Mel schüttelte lächelnd den Kopf.

»Nein, du mußt nicht.« Sie warf wieder einen Blick in die Runde. »Ich hoffe, ihr habt mich verstanden. Ihr habt euch alle, jeder aus seinen persönlichen Gründen, benommen wie kleine Ungeheuer, seit euer Vater und ich euch mitgeteilt haben, daß ich schwanger bin, und ich persönlich finde euer Benehmen widerlich. Ich kann eure Gefühle nicht beeinflussen, aber ich kann verlangen, daß ihr euer Benehmen ändert, und ich bin nicht bereit, die Art, wie ihr mich behandelt, hinzunehmen, das gilt für euch alle« – ihr Blick schloß auch Mrs. Hahn ein. »Es ist Platz für alle hier, für euch, für mich, für euren Vater, für dieses Baby, aber wir müssen zueinander freundlich sein. Ich werde mich nicht« – plötzlich füllten sich ihre Augen mit Tränen – »wegen dieses ungeborenen Kindes weiterhin von euch bestrafen lassen.« Damit warf sie ihre Serviette auf den Tisch und ging auf ihr Zimmer, ohne einen Bissen angerührt zu haben. Aber sie hatte auch damit zumindest ihren Standpunkt durchgesetzt, denn Mrs. Hahn hatte tatsächlich Brathühnchen, Salat und Reis auf den Tisch gebracht. Peter sah alle in der Runde an. Sie wirkten verlegen und bedrückt, was ja beabsichtigt war, und sie sahen ihr Unrecht ein.

»Sie hat recht, wißt ihr. Ihr wart alle gemein zu ihr.«

Pam versuchte, seinem Blick standzuhalten, aber es gelang ihr nicht, und Mark rutschte verlegen auf seinem Sitz hin und her, während Val den Kopf hängen ließ. »Ich hatte nicht die Absicht...« Jess unterbrach sie: »Doch, die hattest du. Wie wir alle. Wir waren böse auf sie.«

»Es ist nicht fair, euren Zorn an ihr auszulassen.«

»In Ordnung, Dad. Wir werden jetzt brav sein.« Matt tätschelte den Arm seines Vaters, sie lächelten alle, und einige Minuten danach trug Peter einen Teller ins Schlafzimmer hinauf, in dem Mel weinend auf dem Bett lag.

»Komm, Liebling, reg dich nicht mehr auf. Ich habe dir etwas zu essen gebracht.«

»Ich will nicht essen, mir ist übel.«

»Du solltest dich nicht so aufregen, das ist schlecht für deinen Zustand.« Sie wandte sich um und sah ihn ungläubig an.

»Schlecht für meinen Zustand? Denkst du jemals daran, wie schlecht es für mich ist, wenn mich jeder in diesem Haus wie den letzten Dreck behandelt?«

»Sie werden sich jetzt bessern.« Sie gab ihm keine Antwort. »Und du solltest nicht so hart zu ihnen sein, Mel. Sie sind doch noch Kinder.«

Sie kniff die Augen zusammen und sah ihn an. »Ich schließe Matt aus, denn er ist erst sechs Jahre alt und hat das Recht eifersüchtig zu sein, aber die anderen sind praktisch schon erwachsen und haben im letzten Monat auf meinen Nerven herumgetrampelt. Pam hat dir sogar eine haarsträubende Lüge erzählt, damit du annimmst, ich versuche unser Kind loszuwerden, und du hast ihr auch noch geglaubt.« Plötzlich war sie wütend auf ihn, er ließ den Kopf hängen, dann sah er sie an.

»Ich weiß, daß dieses Baby dich bei deiner Arbeit stören wird, und du wolltest es zuerst nicht.«

»Ich bin nicht einmal jetzt sicher, daß ich es bekommen will. Aber es ist nun einmal vorhanden, und damit kommen wir zum nächsten Punkt. Wo sollen wir es deiner Meinung nach in diesem Haus unterbringen?«

»Daran hatte ich eigentlich noch nicht gedacht.«

»Das habe ich auch nicht angenommen.« Sie wollte nicht mit ihm streiten, aber auf seine Art war er auch nicht besser als die Kinder. Deshalb fragte sie. »Können wir nun endlich dieses Haus verkaufen?«

Er sah sie entsetzt an. »Hast du den Verstand verloren? Das ist das Heim meiner Kinder.«

»Und du hast es mit Anne gebaut.«

»Das ist jetzt Nebensache.«

»Nicht für mich. Außerdem gibt es hier keinen Platz für unser Baby.«

»Wir werden einen Flügel anbauen.«

»Wo? Über dem Swimming-pool?« Es war eine absurde Idee, und das wußte er.

»Ich werde einen Architekten kommen lassen und sehen, was er mir für Vorschläge machen kann.«

»Du bist mit diesem Kasten ja nicht verheiratet.«

»Ich bin auch nicht mit dir verheiratet. Du bist mit deinem verdammten Job verheiratet, über den du so viel meckerst.«

»Das ist unfair.«

Sein Zorn wuchs. »Du würdest deinen Beruf nicht einmal einen Tag unterbrechen, nicht wahr? Auch wenn er dich unser Kind kostet...« Man konnte ihre lauten Stimmen im ganzen Haus hören.

»Das tut er nicht.« Sie sprang aus dem Bett und stellte sich ihm gegenüber. »Du und die Kinder, ihr werdet es schaffen, wenn ihr mich nicht alle in Ruhe laßt und zur Abwechslung einmal etwas für mich tut. Ihr wollt mich alle mit Dreck bewerfen, weil ich gewagt habe, schwanger zu werden, und du willst mir dein altgewohntes Leben aufzwingen, während deine Tochter das Porträt ihrer Mutter über meinem Bett an die Wand hängt.«

»Einmal. Und wenn schon.« Er war unbeeindruckt.

»Das Ding gehört überhaupt nicht in dieses Haus.« Dann starrte sie ihn an. Es war zuviel. »Und ich auch nicht.« Sie marschierte zum Wandschrank, nahm einen Koffer heraus und warf ihn aufs Bett, dann ging sie zu ihrer Kommode und begann, Kleidungsstücke in den Koffer zu werfen. »Ich ziehe aus, bis ihr euer Verhältnis zu mir überdacht habt. Zum Teufel, die Kinder sollten sich anständig benehmen, und du solltest aufhören, Pam wie eine zarte, gläserne Blume zu behandeln, sonst wird sie tatsächlich rauschgiftsüchtig oder ausflippen. Ihr fehlt nichts, das nicht durch eine straffere Erziehung zu heilen wäre.«

»Darf ich dich daran erinnern, daß es deine Tochter war, die in diesem Jahr schwanger wurde.« Das war ein Tiefschlag, das war ihm klar, sobald er den Satz ausgesprochen hatte. Aber es war jetzt zu spät, um es rückgängig zu machen.

Mel starrte ihn haßerfüllt an. »*Touché*. Und das haben wir deinem Sohn zu verdanken.«

»Hör mal, Mel... beruhigen wir uns doch und sprechen wir...« Der Ausdruck in ihren Augen machte ihm Angst; er wußte, daß sie sich nicht aufregen sollte, aber sie hatte ihn zu sehr gereizt.

»Du hast zumindest teilweise recht. Ich werde mich beruhigen, aber wir werden nicht weiter diskutieren. Jedenfalls nicht jetzt. Ich verlasse heute dieses Haus, und du kannst sehen, wie du mit den Kindern fertig wirst. Eigentlich kannst du hier sitzen bleiben und darüber nachdenken, was du mit ihnen, diesem Haus und mir anfangen willst.«

»Ist das ein Ultimatum, Mel?« Seine Stimme klang merkwürdig ruhig.

»Ja.«

»Und was machst du inzwischen?«

»Ich werde mir auch verschiedenes überlegen. Wie ich mein Leben in diesem Haus gestalten will, ob ich meinen Job aufgeben oder behalten will und ob ich dieses ungeborene Kind loswerden will oder nicht.«

»Ist das dein Ernst?« fragte er empört, doch sie sah ihn jetzt mit erschreckender Ruhe an.

»Ja.«

»Du würdest unser Kind abtreiben lassen?«

»Vielleicht. Ihr scheint alle anzunehmen, daß ich tun muß, was ihr mir befehlt und was ihr von mir erwartet. Ich muß jeden Tag hier sein, ich muß mich mit Mrs. Hahn abfinden, ich muß mich praktisch danach richten, was die Kinder wollen, ich muß mit Annes Bildern leben, die mich vorwurfsvoll anstarren, ich muß Pam Tag um Tag zum Psychiater fahren, ich muß dieses Kind zur Welt bringen, ganz gleich ob... Ihr irrt euch. Auch ich kann Entscheidungen treffen.«

»Und ich habe zu allem ja und amen zu sagen?« Er geriet wieder in Zorn.

»Du hast schon genug gesagt. Du verteidigst Pam jedesmal, wenn ich den Mund aufmache. Du erzählst mir, wie wunderbar Mrs. Hahn ist, und ich erkläre dir, daß ich sie nicht ausstehen kann, worauf du feststellst, daß es dein Haus ist. Du findest, daß ich unser Kind bekommen muß. Das muß ich nicht. Ich bin sechsunddreißig Jahre alt und glaube, daß ich für eine Geburt zu alt bin. Auf jeden Fall aber bin ich viel zu alt, um mir diese niederträchtige Behandlung von irgend jemandem, dir oder den Kindern, gefallen zu lassen.«

»Mir war nicht bewußt, Mel, daß ich dich schlecht behandle.«

Sie sah ihn bedrückt an. »Ich habe dir zuliebe in den letzten sechs Monaten mein ganzes Leben umgekrempelt, meine Stellung, mein Haus, meine Stadt, meine Unabhängigkeit aufgegeben. Ich habe hier zwar einen Job, der sich für mich positiv entwickeln kann oder auch nicht, aber er ist alles in allem ein gewisser Rückschritt für mich, und ich arbeite mit einem wirklichen Schweinehund zusammen. Das alles läßt dich kalt. Für dich hat sich nichts geändert. Deine Kinder haben ihre eigenen Zimmer, ihr eigenes Haus, überall hängen Bilder von ihrer Mutter, sie haben ihre Haushälterin, ihren Dad. Die einzige Unannehmlichkeit besteht darin, daß sie sich jetzt mit meiner Anwesenheit abfinden müssen. Falls ihr erwartet, daß ich hierbleibe, solltet ihr lieber einmal darüber nachdenken, wie weit ihr mir entgegenkommen wollt. Oder ich benütze die Gelegenheit und fahre nach Haus.«

Er war erschrocken, doch seine Stimme blieb ruhig. »Verläßt du mich, Mel?«

»Nein. Aber ich fahre für eine Woche fort, um in Ruhe über unser Zusammenleben nachzudenken und zu entscheiden, was ich künftig tun will.«

»Wirst du in dieser Zeit eine Abtreibung vornehmen lassen?«

Sie schüttelte den Kopf und schluckte ihre Tränen hinunter. »Das würde ich dir nicht antun. Falls ich mich dazu entschließe, werde ich es dich vorher wissen lassen.«

»Es ist relativ spät dafür. Es könnte riskant werden.«

»Dann muß ich auch das in Betracht ziehen. Zunächst werde ich jedoch darüber nachdenken, was ich will, nicht was du willst oder erwartest, oder was dir genehm ist oder was die Kinder verlangen. Auch ich habe meine Bedürfnisse, und seit langer Zeit hat sich niemand einen Deut darum gekümmert, nicht einmal ich selbst.« Er nickte bedächtig, entsetzt darüber, daß sie mit dem Weggehen Ernst machen würde, und sei es nur für eine Woche.

»Wirst du mich wissen lassen, wo du dich aufhältst?«

»Das weiß ich noch nicht.«

»Weißt du, wohin du fährst?«

»Nein. Ich werde mich in den Wagen setzen und fahren, auf Wiedersehen in einer Woche.« Sie hinterließ ihm eine Menge Probleme, über die er nachdenken sollte. Sie würde jedenfalls nicht die einzige sein, die sich in dieser Woche den Kopf zerbrach.

»Was ist mit deiner Arbeit?«

»Ich werde ihnen einfach mitteilen, daß ich wieder krank geworden bin. Ich bin sicher, daß Paul Stevens begeistert sein wird.«

Er wußte, daß er ihr etwas auf den Weg mitgeben mußte, bevor sie wegfuhr, bevor sie in ihrer Erregung alles über Bord warf. »Ich werde mich jedenfalls nicht freuen, Mel. Du wirst mir schrecklich fehlen.«

Sie griff nach ihrem Koffer und ging traurig, aber entschlossen zur Tür. »Du mir auch. Aber vielleicht ist das der Sinn der ganzen

Sache. Vielleicht ist es Zeit, daß wir uns beide klarmachen, wieviel uns unser Zusammenleben bedeutet, wieviel es uns wert ist, wieviel wir bereit sind, dafür aufzugeben. Ich weiß es nicht mehr, ich dachte, ich wüßte es, doch plötzlich stelle ich alles in Frage, und ich muß es mir einmal in Ruhe überlegen.« Er nickte, sah ihr nach, während sie hinausging, einen Augenblick später hörte er, wie sich die Eingangstür hinter ihr schloß. Er hatte sie in die Arme nehmen, ihr sagen wollen, daß er sie mehr liebte als sein Leben, daß er sich das gemeinsame Kind wünschte, aber er war zu stolz gewesen, es zuzugeben, er hatte nur stumm dagestanden. Und nun war sie fort. Für eine Woche? Für länger? Für immer?

»Wo ist Mom?« Val warf überrascht einen Blick ins Schlafzimmer, als sie vorbeikam.

»Weg.« Er starrte sie an. »Sie ist fort.« Er beschloß, ihr die Wahrheit zu sagen. Er würde sie ihnen allen sagen. Es geschah ihnen recht, denn sie waren auch daran beteiligt. Sie waren alle dafür verantwortlich, daß Mel sich im Stich gelassen fühlte. Er würde nicht allein die Schuld auf sich nehmen, obwohl ihm jetzt klar war, daß ein guter Teil davon auf sein Konto ging. Er war so verdammt uneinsichtig bezüglich des Hauses und auch sonst in vielerlei Hinsicht gewesen. Sie hatte alle Veränderungen auf sich genommen, die für ihr gemeinsames Leben erforderlich waren, er hatte dagegen kein einziges Opfer gebracht. Sie hatte recht, er hatte nicht fair gehandelt. Nun sah er Val traurig an, die offensichtlich nicht wußte, was er meinte.

»Fort? Wohin fort?«

»Das weiß ich nicht. Sie wird in einer Woche wieder hier sein.« Val starrte ihn an. Sie hatte begriffen. Sie waren alle zu weit gegangen. Aber sie waren so schrecklich wütend auf sie gewesen, sie selbst eingeschlossen. Es hatte sich nicht gelohnt.

»Wird sie okay sein?«

»Ich hoffe es, Val.« Er ging in die Vorhalle und legte einen Arm um sie, als Jess die Treppe herauf kam.

»Ist Mom ausgegangen?«

»Ja«, antwortete Val an seiner Statt. »Sie ist auf eine Woche weggefahren.« Die übrigen, die hinterher kamen, hörten, was Val sagte, blieben stehen und starrten Peter an.

30

Als Mel an diesem Abend das Haus verließ, stieg sie einfach in den Wagen und fuhr ohne bestimmtes Ziel los, sie wollte niemanden sehen. Sie wollte nur weg von diesem Haus, ihrem Beruf, ihren Kindern und ihrem Mann. Während der ersten achtzig Kilometer dachte sie nur daran, von wo sie weggefahren war, nicht wohin sie wollte.

Doch dann entspannte sie sich allmählich, nach fast zwei Stunden hielt sie an, um zu tanken, und lächelte still vor sich hin. Sie hatte noch nie in ihrem Leben etwas so Verrücktes gemacht – sie war ihrem Mann davongelaufen. Aber sie hatte genug. Alle wollten etwas von ihr, und es war an der Zeit, daß sie einmal auch an sich dachte, nicht nur an die anderen. Das betraf auch das Ungeborene. Verdammt noch mal, sie mußte nichts tun, das sie nicht wollte. Sie mußte nicht einmal in diesem Haus leben, wenn es ihr gegen den Strich ging. Zum Teufel, sie verdiente schließlich eine Million Dollar im Jahr, sie konnte sich ihr eigenes maßgeschneidertes Haus kaufen, fand sie richtigerweise. Sie mußte nicht mit Annes Geist zusammenleben, wenn sie nicht wollte, und das stand schon fest, daß sie dazu nicht bereit war. Als sie mit vollem Tank weiterfuhr, dachte sie an all die Veränderungen, die sie in den letzten sechs Monaten in ihrem Leben vorgenommen hatte, und wie wenig Peter davon betroffen war. Er arbeitete an der gleichen Klinik, mit den eingespielten Mitarbeitern, die sein fachliches Können entsprechend würdigten, schlief in dem Bett, das er seit vielen Jahren benützte. Seine Kinder hatten nicht ihr Haus verlassen. Er beschäftigte sogar noch dieselbe Haushälterin. Das einzige, was sich für ihn geändert hatte, war das Gesicht, das er küßte, bevor er aus dem Haus ging und zur Arbeit fuhr, und vielleicht hatte er nicht einmal das bemerkt. Als Mel Santa Barbara erreichte, kochte sie wieder vor Zorn und war froh, weggefahren zu sein. Sie bedauerte nur, daß sie es nicht schon früher getan hatte, doch sie war nicht dazu gekommen – sie hatte Pam zum Psychiater gefahren, die Zwillinge zu besänftigen versucht, Mark von ferne beobachtet, Matthew die Mami ersetzt und Peters Hand gehalten, wenn einer seiner Transplantationspatienten gestorben war, ganz zu schweigen von den Interviews, Spezialsendungen und den täglichen Sechs-Uhr-Nachrichten, die sie moderiert hatte, es war ein Wunder, daß sie die Zeit gefunden hatte, sich anzuziehen und zu frisieren. Zum Teufel mit allem, mit Peter, den Kindern und Paul Stevens. Sollte er doch für eine Weile allein herumwerken, sie war krank. Zum Teufel mit ihnen allen. Es kümmerte sie nicht.

Sie machte bei einem Motel halt und nahm ein Zimmer, das sich genausogut in jedem Teil der Welt befinden konnte, von Beirut bis New Orleans, wenn man den rostfarbenen Wollteppich auf dem Boden, die orangefarbenen Kunststoffstühle, das makellos weiß gekachelte Badezimmer, den rostfarbenen Bettvorleger betrachtete. Es war entschieden nicht mit dem Bel-Air zu vergleichen, auch nicht mit dem Santa Barbara Biltmore, in dem sie vor Jahren gewohnt hatte, aber es war ihr verdammt egal. Sie nahm ein heißes Bad, schaltete den Fernsehapparat ein, sah sich die Nachrichten um elf Uhr an, mehr aus Gewohnheit als aus Bedürfnis, dann löschte sie das Licht, ohne zu Haus anzurufen. Hol sie doch alle der Teufel, dachte sie, und zum erstenmal seit Monaten fühlte sie sich frei, jetzt war sie nur sie selbst, traf ihre eigenen Entschlüsse, ohne sich um eine Menschenseele kümmern zu müssen.

Als sie im Bett lag, dachte sie jedoch unvermittelt an das keimende Leben in ihrem Körper, und es wurde ihr klar, daß sie sogar auf ihrer Flucht nicht ganz allein war. Das Ungeborene war mitgekommen... ihr Kind... als wäre es schon eine von ihr unabhängige Persönlichkeit... Sie legte eine Hand auf ihren Bauch, der vor einem Monat noch ganz flach gewesen war und nun eine kleine, aber deutliche Rundung aufwies, wo vorher eine Delle zwischen ihren Hüftknochen gewesen war. Es war ein merkwürdiges Gefühl, daran zu denken, was geschehen würde, wenn sie ihre Schwangerschaft nicht unterbrach. Das Kind würde für sie zu einer Realität werden, in etwa sechs Wochen würde sie spüren, wie es sich bewegte... einen kurzen Augenblick überkam sie ein zärtliches Gefühl, dann verdrängte sie es. Sie wollte im Augenblick nicht daran denken. Sie wollte an gar nichts denken. Sie schloß die Augen und schlief ein, ohne von Peter zu träumen oder von den Kindern oder von ihrem Ungeborenen oder sonst einem Menschen. Sie schlief, und als sie am nächsten Tag aufwachte, schien die Sonne in ihr Zimmer, sie konnte sich zuerst nicht erinnern, wo sie sich befand, doch als sie sich umsah und ihr klar wurde, wo sie war, lachte sie in sich hinein. Sie fühlte sich wohl, stark und frei.

Als Peter an diesem Morgen in Bel-Air die Augen aufmachte, tastete er instinktiv nach ihr, und als seine Hand und sein Bein nur glatte, leere Laken berührten, erinnerte er sich beklommen daran, daß Mel nicht da war. Er wälzte sich herum, starrte lange zur Decke und fragte sich, wo sie sein mochte, dann fiel ihm ein, warum sie fortgefahren war. Es war wirklich allein seine Schuld, gestand er sich reumütig ein, man konnte nicht den Kindern oder Paul Stevens oder Mrs. Hahn die Schuld geben. Er hatte eben von Anbeginn alles falsch gemacht. Er hatte zuviel von ihr erwartet, er hatte als selbstverständlich hingenommen, daß sie ihr gesamtes Leben von Grund auf veränderte ... für ihn. Er wußte, daß sie alles bedauerte, was sie getan hatte, während er sich Vorwürfe machte. Er dachte daran, wie sehr sie an ihrem Leben in New York gehangen hatte, und fragte sich, wie er auf den Gedanken kommen konnte, sie könnte das alles leichten Herzens aufgeben. Einen Job, für den jeder Mensch im ganzen Land sich die Hacken abgelaufen hätte, ein Haus, an dem sie hing, ihre Freunde, ihren Bekanntenkreis, ihre Stadt ...

Während Melanie langsam nach Norden fuhr, dachte sie an Peters Gesicht, als sie einander kennengelernt hatten, an jene endlosen ersten Tage während des Interviews, die anstrengenden Stunden, die sie wartend zusammen verbracht hatten, als der Präsident durch einen Schuß verletzt worden war ... an Peters ersten Besuch in New York. Sie dachte eigentlich weniger an alles, was sie besessen hatte, als an alles, was sie dagegen eingetauscht hatte ... das erstemal, als Matt auf ihren Schoß geklettert war ... ein- oder zweimal ein verstehender Blick in Pams Augen ... die Augenblicke, als Mark sich an sie geklammert und geweint hatte, als Val beinahe verblutet wäre. Plötzlich fiel es ihr schwer, alle aus ihrem Leben zu verbannen. Ihr Zorn richtete sich nun eher gegen die Zwillinge, gegen Jess, die zuviel von ihr erwartet hatte, die glaubte, daß sie für alle und insbesondere für sie da sein müsse, gegen Val, die ihrer Mutter das Baby übelnahm, weil sie sich entschlossen hatte, ihr eigenes nicht zu bekommen.

Mel schuldete ihnen mehr als die normale mütterliche Zuwendung. Aber wieviel war sie imstande zu geben? Nicht mehr als sie ihnen ohnehin schon gegeben hatte, das war das Tragische an der Situation, es war trotzdem zu wenig, das war ihr voll bewußt. Nun würde es noch ein Augenpaar geben, das sie eines Tages anblicken und ihr sagen würde, daß sie ihm oder ihr zuwenig Aufmerksamkeit gewidmet hatte... und von ihrem eigenen Leben blieb nichts mehr übrig. Sie war erschöpft, wenn sie nur daran dachte, und fühlte sich erleichtert, als sie endlich Carmel erblickte. Sie wollte sich nur wieder ein Zimmer in einem Motel nehmen und schlafen... dem zermürbenden Alltag entkommen... träumen... flüchten.

»Wann kommt Mami endlich zurück?« Matthew starrte verdrossen auf seinen Teller und dann auf die übrigen am Tisch. Keiner hatte ein Wort gesprochen, seit sie sich an diesem Abend zum Essen hingesetzt hatten. Wenn Mel nicht da war, hatten sie nicht das Gefühl, daß es Sonntag abend war. Es war Mrs. Hahns freier Tag, und für gewöhnlich bereitete ihnen Mel ihre Lieblingsspeisen zu. Sie plauderte und lachte und hörte ihnen zu, hatte ein Auge auf alle und sprach über ihre Pläne für die kommende Woche, wobei sie genau wußte, daß sich doch wieder alles ändern würde, noch ehe die halbe Woche um war. Aber sie scherzte, neckte sie, und es gelang ihr, alle am Gespräch zu beteiligen, oder sie versuchte es zumindest. Dann sah Matthew Peter vorwurfsvoll an. »Warum hast du sie denn fortgehen lassen?«

»Sie wird wieder zurückkommen.« Jessica meldete sich als erste zu Wort, während ihr Tränen in die Augen traten. »Sie ist nur für eine Weile weggefahren, um sich zu erholen.«

»Warum kann sie sich nicht hier erholen?« Matt blickte sie anklagend an. Sie war die einzige, die mit ihm sprach. Die anderen schienen die Sprache verloren zu haben, doch nun wandte sich Mark an ihn:

»Weil wir sie zermürben, Matt. Wir erwarten verdammt viel von ihr.«

Mark blickte dabei ostentativ Pam an, dann wanderte sein Blick von einem zum anderen, und nach dem Essen hörte Peter, wie er Val zurief: »Verdammt, du hast sie für alles verantwortlich gemacht ... daß du New York verlassen mußtest ... deine Freundinnen ... deine Schule ... sogar für unsere Affäre mit allen Folgen. Es war nicht ihre Schuld, Val.« Die hübsche kleine Blondine ließ sich auf den Stuhl fallen und weinte so hemmungslos, daß er nicht das Herz hatte, weiterzusprechen. Peter ging langsam die Treppe zu Vals Zimmer hinauf und fand alle Kinder vollzählig versammelt bis auf Pam. Sie hatte gewollt, daß Mel sie verließ. Sie gestand es sich ein, wenn sie es auch ihrem Psychiater nicht anvertraut hatte. Sie wollte ihre eigene Mutter wiederhaben, aber sie hatte endlich begriffen, daß dieser Wunsch unerfüllbar war. Es gab nur die Alternative: entweder Mel oder diese unglaubliche Leere und Einsamkeit, genauso wie damals, als ihre Mutter gestorben war und nur Mrs. Hahn als Bezugsperson für sie alle fungiert hatte; plötzlich wußte Pam, daß das nicht der Zustand war, den sie für sie alle oder für sich selbst erstrebte. Sie stand auf und ging ins Zimmer der Zwillinge, wo alle, sogar Matt, traurig auf dem Boden saßen.

»Mein Gott, ist dieses Zimmer klein.« Sie blickte sich um. Ihr Zimmer war doppelt so groß. Val und Jess sagten kein Wort, wandten sich aber um, als Peter im Türrahmen erschien.

»Ja, das stimmt.« Dabei fiel ihm Mels Bemerkung ein, daß die Zwillinge nie in ihrem Leben ein gemeinsames Zimmer gehabt hatten. Und hier waren sie zusammengepfercht, während Pam ein doppelt so großes Zimmer für sich allein benützte. War alles richtig gewesen, was Mel behauptet hatte? Das meiste, mußte er zugeben. Nicht alles. Aber zu viel, als daß er imstande gewesen wäre, etwas zur Seite zu schieben.

»Ein Doppelzimmer?« fragte der Mann im Motel in Carmel.

»Nein. Ein Einzelzimmer genügt.« Er sah sie argwöhnisch an. Das sagten die Reisenden immer, und dann kamen noch ein Mann und womöglich zwei Kinder ins Zimmer gerannt und dachten, er würde nichts bemerken. Vermutlich hatte sie auch noch einen großen, sabbernden Hund. Aber diesmal hatte er unrecht. Sie nahm ihren kleinen Handkoffer aus dem Wagen, ging hinein, schloß die Tür und legte sich auf das Bett, ohne sich umzusehen. Das Zimmer sah fast genauso aus wie das am Abend zuvor. Alle Hotelzimmer waren nach dem gleichen Schema eingerichtet, orangefarbene Kunststoffmöbel und rostfarbener Wollteppich. Sie schlief erschöpft ein.

»Dr. Hallam?«

»Hmmm?« Eine Schwester hatte ihn angesprochen, er saß in seinem Zimmer, hatte einen Stoß Krankenblätter vor sich und war froh, daß sie an diesem Vormittag nur zwei Bypasses zu machen hatten.

»Ist etwas nicht in Ordnung?« Sie hatte förmlich Angst vor ihm. Er war ein großer Chirurg, und wenn sie einen Fehler machte, konnte es sie ihre Stellung kosten, doch er sah sie nur kurz an und schüttelte mit müdem Lächeln den Kopf.

»Alles in Ordnung. Was ist mit Iris Lee los? Hat sie auf die Medikamente angesprochen?«

»Noch nicht.« An ihr war vor zwei Wochen eine Transplantation durchgeführt worden, und alles schien vorerst gut zu verlaufen, aber Peter hatte trotzdem nicht viel Hoffnung für sie. Sie hatten nicht rechtzeitig ein passendes Ersatzherz bekommen können und hatten ein Kinderherz auf ihr eigenes aufsetzen müssen. Manchmal hatte er mit dieser Technik einen guten Erfolg erzielt, aber Iris war so zart, in ihrem Fall war es ein verzweifelter Versuch gewesen, und er war seit Tagen auf das Schlimmste gefaßt. Diesmal würde Mel ihm nicht Mut zusprechen. Er fühlte sich wie in den Tagen nach Annes Tod. Er war jetzt allein. Sogar noch einsamer als damals, als Anne gestorben war.

»Jess?«

»Ja?«

Val lag nach der Schule auf ihrem Bett, während Jess am Schreibtisch saß. »Möchtest du eigentlich, daß wir nach New York zurückkehren?«

»Und ob.« Sie wandte sich zu ihrer Schwester um. »Sehr oft. Das ist selbstverständlich. Wir haben doch lange Zeit dort gelebt.«

»Nimmst du an, daß Mom dorthin gefahren ist?« Dieser Gedanke hatte sie den ganzen Tag beschäftigt.

»Ich weiß nicht. Ich habe keine Ahnung, wohin sie gefahren ist. Vielleicht ist sie sogar noch in Los Angeles.«

»Und ruft uns nicht an?« fragte Val erschrocken.

»Würdest du anrufen, wenn du in dieser Stimmung wärst?«

Val schüttelte den Kopf. »Ich glaube nicht.«

»Ich auch nicht.« Dann starrte Jess mit einem leisen Seufzer aus dem Fenster. »Ich habe ihr alle Schwierigkeiten angelastet, Val. Das war verdammt unfair, aber diesmal hat sie alle Entscheidungen für uns getroffen. Sie hat uns früher immer gefragt, was wir von ihren Entschlüssen hielten, aber jetzt hat sie vollkommen überraschend gehandelt, uns aus der Schule genommen, ist hierher übersiedelt...« Sie machte eine nachdenkliche Pause. »Vermutlich war ich deshalb so wütend, weil sie uns die Entscheidungen aus der Hand genommen hat.«

»Sie muß davon überzeugt gewesen sein, daß sie das Richtige tut.« Val ließ ihrer Mutter endlich Gerechtigkeit widerfahren.

»Das Unangenehme bei der Angelegenheit ist, daß sie in allem recht hatte. Ich mag Peter, du nicht?«

Val nickte wieder. »Als ich hörte, daß wir hierher übersiedeln, konnte ich an nichts anderes denken als an Mark.«

»Das weiß ich«, pflichtete Jess ihr bei. »Für mich war es allerdings keine große Hilfe. Mom hatte Peter, du hattest Mark. Und ich hatte gar nichts.« Sie lächelte. Jetzt erschien ihr die Situation nicht mehr so schrecklich. Ihre neue Schule gefiel ihr, und sie hatte vor ungefähr einem Monat einen netten Jungen kennengelernt. Zum erstenmal in ihrem Leben lag ihr an einem Angehörigen des männlichen Geschlechts etwas. Er war einundzwanzig, und Jess hatte das Gefühl, daß sie ihrer Mutter Grund geben würde, sich aufzuregen, besonders nach dem Zwischenfall mit Val und Mark. Sie wußte, daß dieser Junge ihr ganz besonders viel bedeutete, und lächelte versonnen vor sich hin.

»Worüber lächelst du?« Val hatte sie beobachtet. »Was ist mit dir los?«

»Nicht viel.«

Doch Val begriff sofort. Jess mochte die besseren Noten haben, aber Val kannte sich besser mit Männern aus. Sie nahm ihre Schwester mit zusammengekniffenen Augen ins Visier. »Bist du vielleicht verliebt?«

Jess wollte es ihr noch nicht gestehen. »Noch nicht. Ich habe jemand sehr Netten kennengelernt.«

»Du?« wunderte sich Val, und Jess nickte, wollte aber nicht mehr verraten. Doch Val zeigte sich nicht beeindruckt. »Gib nur acht.« Beide wußten, was sie damit meinte. Sie hatte eine der härtesten Lektionen, die das Leben erteilen kann, gelernt und würde sie nicht vergessen.

Mrs. Hahn trug das Abendessen schweigend auf, und Peter traf erst um neun Uhr zu Haus ein. Matthew lag schon im Bett, Jess, Pam und Val hatten ihn gemeinsam zu Bett gebracht, und Peter ging hinauf, um noch rasch nach den Kindern zu sehen. »Alles in Ordnung?« Sie bildeten eine wenig gesprächige Gruppe, doch alle nickten ihm zu, als er von einem Zimmer zum anderen ging. Er hatte einen anstrengenden Arbeitstag hinter sich, aber es war niemand da, mit dem er sich aussprechen konnte. Im Zimmer der Zwillinge wandte er sich an Jess. »Etwas von eurer Mutter gehört?« Sie schüttelte nur den Kopf, und er ging wieder hinunter. Zur gleichen Zeit fuhr Mel in San Franzisko durch die California Street zum Nob Hill und nahm ein Zimmer im Stanford Court Hotel. Es war eine angenehme Abwechslung nach den Motels, in denen sie bisher genächtigt hatte, das Zimmer war in grauem Samt und Moiréseide gehalten, und sie fiel, vor Müdigkeit stöhnend, auf das Bett. Sie hatte das Gefühl, daß sie tagelang auf Überlandstraßen unterwegs gewesen war, und redete sich gut zu, ihr Tempo ein wenig zu drosseln. Sie hatte sich noch nicht entschlossen und wollte ihr Kind nicht gefährden, solange sie unschlüssig war. Wenn es am Leben blieb, war sie für das Baby verantwortlich. Sie lag lange wach und dachte in dieser Nacht über das in ihr wachsende Leben nach, auch über die Empörung Vals, über Jessies Ärger, weil sie ihnen so viele Veränderungen zugemutet hatte... über Pams Feindseligkeit und ihre Versuche, auf sich aufmerksam zu machen, sogar über den Kummer des armen kleinen Matt und Peters Erwartung, daß sie trotz allem das Kind austragen würde, als Gegengewicht zu seinem dauernden Kampf gegen den Tod im Operationssaal. Das alles war so fürchterlich unfair. Sie mußte es behalten oder nicht, ganz wie die anderen Familienmitglieder es haben wollten. Wieder waren die Wünsche der anderen ausschlaggebend, nicht ihre eigenen.

Am nächsten Tag wanderte sie durch Chinatown, dann fuhr sie zum Golden Gate Park und spazierte durch die Blumenpracht. Es war beinahe Mai ... Mai ... sie hatte Peter vor fast einem Jahr kennengelernt, und nun war sie hier; als sie ins Hotel zurückkam, nahm sie ihr kleines privates Telefonverzeichnis aus der Handtasche, wählte 8 für die Fernwahl und dann die Nummer von Raquel. In New York war es acht Uhr, und sie hatten seit Monaten nichts von ihr gehört. Mel wußte nicht einmal, ob sie schon einen neuen Job gefunden hatte. Sie hätte auch ausgegangen sein können, doch Raquel hob beim ersten Klingeln den Hörer ab.

»Hallo?« Ihre Stimme klang genauso mißtrauisch wie immer, und Mel lächelte vor sich hin.

»Hallo, Raquel, ich bin es.« Es war wie in den alten Tagen, wenn sie von auswärts zu Haus angerufen hatte, und sie mußte sich zwingen, nicht zu fragen, wie es den Zwillingen ging. »Wie geht es Ihnen?«

»Mrs. Mel?«

»Natürlich.«

»Ist etwas passiert?«

»Nein, ich wollte mich nur erkundigen, wie es Ihnen geht.«

»Mir geht es gut«, antwortete sie zufrieden. »Wie geht es den Mädchen?«

»Wunderbar.« Sie wollte sie nicht mit Vals Abtreibung beunruhigen. Sie war ja jetzt wieder in Ordnung. »Ihre Schule gefällt ihnen, alles scheint sich gut zu entwickeln.« Doch während sie sprach, zitterte Mels Stimme und ihre Augen brannten vor Tränen.

»Etwas stimmt aber doch nicht!« Diesmal klang es anklagend, und Mel spürte die Tränen in der Kehle.

»Keineswegs. Ich bin für ein paar Tage in San Franzisko und habe mich danach gesehnt, Ihre Stimme zu hören.«

»Was machen Sie dort drüben? Arbeiten Sie noch immer zuviel?«

»Nein, es ist hier besser. Ich habe nur die Sechs-Uhr-Nachrichten zu moderieren.« Sie verriet ihr nicht, was für eine Qual die Arbeit bisher gewesen war. »Ich bin nur hier, um ein paar Tage auszuspannen.«

»Warum? Sind Sie etwa krank?« Raquel hatte mit Sicherheit immer ins Schwarze getroffen. Es hatte keinen Sinn, sie täuschen zu wollen.

»Um die Wahrheit zu sagen, Sie alte Hexe, ich bin davongelaufen.«

»Vor wem?« fragte sie erschrocken.

»Vor allen. Peter, den Kindern, dem Job, vor mir selbst.«

»Was ist mit Ihnen los?« Offensichtlich war sie mit Mels Entschluß nicht einverstanden.

»Ich weiß nicht. Ich nehme an, ich brauche etwas Zeit zum Nachdenken.«

»Worüber?« Jetzt schien sie auf Mel böse zu sein. »Sie denken immer zuviel nach. Sie brauchen nicht zu denken.« Und dann: »Ist Ihr Mann bei Ihnen?«

»Nein. Ich bin allein hier.« Sie sah deutlich Raquels Gesicht vor sich und fragte sich, warum sie sie angerufen hatte, aber sie hatte ihre vertraute Stimme wieder einmal hören wollen, und in Los Angeles wollte sie nicht anrufen.

»Fahren Sie sofort nach Haus!«

»Das werde ich in einigen Tagen tun.«

»Ich meine, jetzt gleich. Was ist denn mit Ihnen los? Haben Sie dort drüben den Verstand verloren?«

»Ein bißchen.« Sie wollte ihr noch nicht von ihrer Schwangerschaft erzählen, wenn sie das Kind vielleicht abtreiben würde. Zu Haus konnte sie immer behaupten, daß sie es verloren habe, weil sie zu schwer gearbeitet hatte, und an ihrem Arbeitsplatz wußte noch niemand davon. »Ich wollte eigentlich nur hören, daß es Ihnen gut geht.«

»Ausgezeichnet. Jetzt fahren Sie aber schleunigst nach Haus.«

»Aber ja. Machen Sie sich meinetwegen keine Sorgen, Raquel. Ich schicke Ihnen einen kräftigen Kuß.«

»Küssen Sie nicht mich, sondern fahren Sie nach Haus und küssen Sie Ihren Mann. Sagen Sie ihm auch, es tut Ihnen leid, daß Sie davongelaufen sind.«

»Das werde ich tun. Und schreiben Sie mir einmal.«

»Okay, okay. Und Grüße an die Zwillinge.«

»Ich werde es ihnen ausrichten.« Sie legten auf, und Mel blieb noch lange auf dem Bett liegen. Raquel verstand sie auch nicht besser als die anderen. Ihrer Ansicht nach gehörte Mel nach Haus, ganz gleich, was dort passierte. Da war ihr Platz. Und in Wahrheit dachte Mel genauso.

Sie ließ sich das Essen aufs Zimmer bringen, nahm ein heißes Bad und sah sich ein paar Stunden lang das Fernsehprogramm an. Sie hatte keine Lust auszugehen. Nichts lockte sie, und um elf Uhr, bevor die Nachrichtensendung begann, wählte sie die Vorwahlnummer für ein Ferngespräch und hielt den Hörer lange in der Hand. Vielleicht hatte Raquel recht... aber sie wollte nicht anrufen, wenn sie nicht... Sie wählte die Nummer, war sich noch nicht sicher, ob sie auflegen oder mit Peter sprechen würde, doch als sie seine Stimme hörte, setzte ihr Herzschlag einen Augenblick aus, beinahe wie vor einem Jahr.

»Hallo?« Sie hörte an seiner Stimme, daß er noch nicht geschlafen hatte, und zögerte einen Moment.

»Hallo?« Es klang vorsichtig.

»Mel?«

»Nein. Miß Piggy. Ja, ich bin es.«

»Um Himmels willen, es geht dir doch gut? Ich bin ganz krank vor Sorge um dich.«

»Mir geht es gut.«

Er hatte erst nicht zu fragen gewagt, konnte aber nicht anders. »Das Kind? Hast du...? Hast du es vielleicht schon...?«

Sie war beleidigt. »Ich sagte dir doch, ich würde es nicht tun, ohne dir vorher zu sagen, wozu ich mich entschlossen habe.«

»Und hast du dich entschlossen?«

»Noch nicht. Ich habe vorerst nicht viel darüber nachgedacht.«

»Worüber, zum Teufel, hast du denn nachgedacht?«

»Über unsere Beziehung.«

»Oh.« Und dann: »Ich auch. Ich war wirklich hundsgemein zu dir, Mel. Die Kinder sind auch ganz betroffen.«

»Das stimmt nicht.« Er hatte sich schuldbewußt an die Brust geschlagen, während sie fort war, und das war wirklich nicht notwendig. »Das ist Unsinn, Peter. Wir mußten uns beide in vielerlei Hinsicht anpassen.«

»Ja, und ich habe dir alles aufgebürdet.«

»Das stimmt nicht ganz.« Jedoch teilweise, das war ihm jetzt voll bewußt. Sie wollte ihm nicht die Alleinschuld geben. »Einer von uns beiden mußte umziehen, wir selbst und unsere Kinder mußten unser altes Leben aufgeben. Für dich kam beruflich ein Ortswechsel nicht in Frage, daher entschloß ich mich dazu.«

»Und ich ließ es dabei bewenden. Ich lud die ganze Last auf deine Schultern. Ich erwartete sogar, daß du in Annes Fußstapfen trittst. Wenn ich jetzt daran denke, macht es mich noch ganz krank.«

Sie seufzte. Ganz unrecht hatte er ja nicht, aber es bestanden doch noch mehr ungelöste Probleme. »Ich habe anscheinend erwartet, daß ich mein früheres unabhängiges Leben fortsetze, meine Entschlüsse selbst treffe, ohne dich zu fragen, meine Kinder so erziehe, wie ich es für richtig halte, und dementsprechend auch die deinen. Ich nahm an, daß du und deine Kinder sofort eure alten Gewohnheiten ablegen würdet, weil ich es so verlangte. Das war nicht richtig.«

»Es war zumindest nicht unrichtig.« Er klang schrecklich zerknirscht, und sie war gerührt.

»Vielleicht hatten wir beide zur Hälfte recht und zur Hälfte unrecht.« Sie lächelte.

Ihm war noch nicht nach Lächeln zumute. Sie war nicht zu Haus. Er wußte noch immer nicht, wo sie sich aufhielt. »Wo stehen wir also jetzt?«

»Wir sind ein bißchen klüger geworden.«

Er wußte nicht ganz, was sie meinte. »Und du, Mel? Willst du nach New York zurückkehren?« Er hörte, wie sie nach Luft schnappte.

»Bist du verrückt?« Dann: »Willst du mich vielleicht hinauswerfen?«

Diesmal lachte er. »Ich weiß nicht, ob du es schon vergessen hast, aber als ich dich das letztemal sah, bist du vor mir davongelaufen. Ich weiß ja nicht einmal, wo du jetzt bist.«

Sie hatte tatsächlich vergessen, ihm zu sagen, von wo aus sie anrief.

»Ich bin in San Franzisko.«

»Wie bist du da hingekommen?« fragte er überrascht.

»Mit meinem Wagen.«

»Das ist zu weit, Mel.« Er dachte an ihre Schwangerschaft, wollte sie aber nicht daran erinnern.

»Ich habe in Santa Barbara und Carmel Station gemacht.«

»Fühlst du dich gut?«

»Ausgezeichnet. Du fehlst mir allerdings sehr.«

»Es tut gut, das zu hören.« Dann endlich wagte er zu fragen. »Wann kommst du nach Haus?«

»Warum?« fragte sie wieder mißtrauisch, und er stöhnte.

»Weil ich will, daß du das Haus saubermachst und den Rasen mähst, du Dummerchen. Warum glaubst du denn? Weil du mir fehlst.« Dann kam ihm eine Idee. »Warum bleibst du nicht noch ein paar Tage dort, und ich komme zu dir?«

Melanie war begeistert. »Das ist eine gute Idee, Liebster. Es war das erstemal seit langer Zeit, daß sie ihn so nannte, und er strahlte.

»Ich liebe dich so, Mel. Und ich war so ein verdammter Idiot.«

»Nein. Wir waren beide unvernünftig. In so kurzer Zeit ist so viel geschehen, und unsere Arbeit setzt uns beide zu sehr unter Druck.« Er mußte ihr da recht geben.

»Was willst du bezüglich des Hauses unternehmen? Willst du noch immer umziehen? Ich bin dazu bereit, wenn du darauf bestehst.« Er hatte in den letzten Tagen viel darüber nachgedacht und wollte das Haus, das er liebte, nicht aufgeben, aber es war ein so dringendes Anliegen von ihr, und es gab wirklich nicht genug Platz für die Zwillinge, außer wenn Pam und sie die Zimmer tauschten, aber er wußte, daß Pam dann einen hysterischen Anfall bekommen würde. »Was meinst du?«

»Ich glaube, wir sollten noch eine Weile in eurem Haus wohnen bleiben, damit sich vorerst alle an das Zusammenleben gewöhnen, bevor wir Änderungen vornehmen. Das gilt auch für Mrs. Hahn.« Er war erleichtert und fand, daß sie mit ihren Ansichten recht hatte. Sie alle brauchten jetzt Zeit, um sich einzuleben. Alle Probleme waren also soweit gelöst, ausgenommen die Reibereien an ihrem Arbeitsplatz und die Frage, wie sie sich bezüglich ihres ungeborenen Kindes verhalten sollte. »Willst du wirklich hierher kommen?«

»Ja. Ich habe das Gefühl, daß wir seit Jahren nicht mehr für uns allein waren. Sogar auf unsere Hochzeitsreise nach Mexiko haben wir ein Rudel Kinder mitgenommen.«

Darüber lachte sie. »Wessen Idee war es denn?«

»Also gut ... meine Schuld! Aber mir erscheint jetzt ein romantisches Wochenende sehr verlockend.«

»Ich werde mein Bestes tun.«

Er rief am nächsten Tag im Hotel an. Er hatte zwei Chirurgen seines Teams dazu überredet, auf ihr Wochenende zu verzichten und jeweils für einen Tag seinen Dienst zu übernehmen. Sie waren nicht gerade begeistert gewesen, aber er hatte nicht lockergelassen.

»In zwei Tagen bin ich bei dir.«

»Gut.« Sie brauchte diese Zeit, um herauszufinden, ob sie eine Abtreibung wollte oder nicht. Sie fühlte sich wirklich sehr unsicher. »Übrigens, wie geht es den Kindern?«

»Gut. Sie vermissen dich.« Ihm ging es ebenso. Er konnte es kaum mehr erwarten, sie am Freitag abend wiederzusehen. Es war wie zu der Zeit, als sie in New York gelebt hatte, nur noch schlimmer, weil er jetzt wußte, was er versäumte. Er gestand es ihr. »Du fehlst mir, Mel, mehr als du ahnst.« Es war für ihn eine scheußliche Woche gewesen. Iris Lee war noch dazu an diesem Tag gestorben, aber er hatte es erwartet. Er erwähnte es Mel gegenüber nicht. Sie hatten jetzt genug eigene Probleme und brauchten nicht noch mehr. Er machte sich ihretwegen mehr Sorgen als wegen seiner Patienten.

Er fragte sie nicht, was sie mit dem Baby vorhatte. Am nächsten Tag unternahm sie einen langen Spaziergang in den Muir Woods und versuchte, sich darüber klarzuwerden, wie es weitergehen sollte. Immer wieder fiel ihr ein, was sie zu Val gesagt hatte... »Ich glaube nicht, daß ich dazu imstande wäre...« Sie hatte Val nicht verurteilt, was immer diese sich damals dabei gedacht haben mochte. Es war bestimmt ein Problem, in Mels Alter ein Kind abtreiben zu lassen, zumal sie mit dem Mann verheiratet war, den sie liebte, und sie beide über reichlich Geldmittel verfügten. Es gab keinen Grund dafür, sie konnte es vor sich selbst nicht rechtfertigen, und vielleicht würde sie nicht damit leben können. »Willst du denn das Kind?« fragte sie sich und wußte keine Antwort. Sie war ihrer Sache nicht sicher. Doch welch eine Frivolität, ein Leben zu vernichten, weil sie gerade nicht in der Laune war, weil es sie bei ihrer Arbeit behindern würde, weil es die übrigen Kinder ablehnten... und da mengten sie sich wieder ein... die allmächtigen Familienmitglieder griffen in ihr Leben ein, der Ehemann, die Kinder erinnerten sie daran, was sie ihnen schuldig war. Was aber war sie sich selbst schuldig? Plötzlich hörte sie ihre eigene Stimme rufen: »Ich will dieses Kind.« Sie war so erschrocken, daß sie sich umwandte, als wolle sie sehen, wer diese Worte gesprochen hatte, doch sie wußte, daß sie es selbst gewesen war. Sie fühlte, wie eine tonnenschwere Last von ihrem Herzen fiel. Dann sah sie auf die Uhr. Es war Essenszeit. Sie mußte für ihr Kleines sorgen, wenn sie es behalten wollte ... Ich will dieses Kind ... die Worte hatten sie so überzeugt; sie war jetzt felsenfest entschlossen, während sie durch den Wald zu ihrem Wagen zurückging.

31

Als Mel am Flughafen auf Peter wartete, spürte sie die Feuchtigkeit auf ihren Handflächen und die gleiche kribbelnde Nervosität wie vor einem Jahr. Es war, als beginne alles wieder von neuem, nur würde sie es diesmal besser machen. Er stieg als dritter aus der Maschine, und sie warf sich ihm in die Arme. Sie hatte eine endlose Woche hinter sich.

»Ach, Mel ...« Seine Augen wurden feucht, und er konnte kaum sprechen, während er sie umarmte. Es kümmerte ihn jetzt nicht einmal mehr, was sie bezüglich des Kindes unternehmen würde. Er wollte sie und nur sie ... und sie wollte ihn genauso.

»Gott, du hast mir so sehr gefehlt.« Doch als sie sich, unter Tränen lächelnd, von ihm löste, sah er, daß sie erholter aussah als in den letzten Monaten. Sie wirkte ausgeruht, entspannt, und die Falte zwischen ihren Brauen war verschwunden.

»Du siehst fabelhaft aus, Mel.«

»Du auch.« Dann blickte sie hinunter auf den Reißverschluß ihrer Hose, den sie nur mit Mühe hatte schließen können, die Hose spannte jetzt. »Ich habe da und dort ein wenig zugenommen.« Er wußte nicht, was er sagen sollte. »Ich habe beschlossen, daß ...« Sie hatte ein seltsames Gefühl, als sie zum Reden ansetzte. Wer war sie schon, um über ein Menschenleben zu entscheiden? Darüber entschied Gott, weder er noch sie hatten das Recht dazu. »Dem Baby wird es bei uns gutgehen.«

»Wirklich?« Er wollte sicher sein, daß er sie richtig verstanden hatte.

»Ja.« Sie strahlte.

»Bist du sicher?«

»Mir zuliebe?« Er wollte nicht, daß sie etwas gegen ihren Willen tat. Sie mußte es ebenfalls wollen, und es war eine schwere Entscheidung angesichts der Tatsache, daß sie bereits fünf Kinder zu Haus hatten und sie einen anstrengenden Beruf ausübte.

»Mir, dir, uns zuliebe ... uns allen zuliebe ...« Sie errötete, und er ergriff ihre Hand. »Aber vor allem mir zuliebe.« Sie erzählte ihm, daß sie sich entschlossen hatte, als sie im Wald spazierengegangen war, und er zog sie wieder an sich.

»O Mel.«

»Ich liebe dich.« Das war alles, was sie stammeln konnte, sie gingen Arm in Arm hinaus und verbrachten ein Wochenende miteinander wie noch keines zuvor.

Am Sonntagnachmittag machten sie sich langsam auf die Heimfahrt; sie kamen gegen zehn Uhr heim, und als Mel das Haus betrachtete, hatte sie das Gefühl, daß sie jahrelang fortgewesen war. Sie blieb einen Augenblick davor stehen, doch Peter ergriff ihre Hand und führte sie hinein. »Komm, mein Kleines, gehen wir zu Bett. Es war eine lange, anstrengende Fahrt für dich.« Er behandelte sie wie hauchdünnes venezianisches Glas.

»Ich glaube, ich werde es überleben.« Doch als sie das Haus betrat, brach lautes Geschrei aus. Die Kinder hatten gehört, wie sie vorgefahren waren, Pam hatte hinausgeschaut und laut gerufen.

»Sie sind daheim!« Sie war als erste unten am Fuß der Treppe und umarmte Mel. »Willkommen zu Haus!« Die Zwillinge drückten Mel an sich und auch Mark, und Matthew erwachte durch den Lärm und wollte in dieser Nacht in Mels Bett schlafen. Als sie nach einer Stunde des Plauderns, Lärmens und Erzählens endlich wieder in ihre Zimmer zurückgekehrt waren, legte sich Mel auf ihr Bett und blickte Peter glücklich an.

»Sie sind doch alle brave Kinder, nicht wahr?«

»Sie haben auch eine gute Mutter.« Er setzte sich auf den Bettrand und ergriff ihre Hand. »Ich verspreche dir, Mel, ich werde alles tun, was in meiner Macht steht, um dir das Leben in jeder Hinsicht zu erleichtern.« Aber seine diesbezüglichen Möglichkeiten hatten Grenzen, und in dieser Nacht kam um zwei Uhr morgens ein Anruf. Einer seiner Bypass-Fälle machte seine Anwesenheit in der Klinik erforderlich, Mel sah ihn erst wieder, als er zu Mittag nach Haus kam, um sich umzuziehen. Sie hatte den Haushalt wieder unter Kontrolle, hatte Mrs. Hahn die Speisenfolge für das Abendessen bekanntgegeben, und Peter stellte grinsend fest, daß Mrs. Hahn nicht gerade entzückt aussah. Aber sie beklagte sich nicht bei ihm. Peter zog sich um und fuhr eilig in die Klinik zurück, als Mel sich ebenfalls auf den Weg machte. Sie winkte ihm zu, als beide in ihren Wagen aus der Einfahrt fuhren. Pam ging allein zu ihrem Psychiater, wie schon in der ganzen letzten Woche, als Mel nicht dagewesen war. Mark hatte versprochen, nach dem Abendessen nach Haus zu kommen, aber nicht allzu spät, da er am nächsten Tag Prüfungen hatte, die Zwillinge spielten mit Freunden Tennis, würden aber um fünf Uhr zurück sein. Mrs. Hahn holte Matthew von der Schule ab, wie früher, und Mel ging zum erstenmal seit einer Woche wieder zur Arbeit; als sie ins Studio kam, konnte nicht einmal Paul Stevens' Bissigkeit ihre gute Laune dämpfen. Das Leben war einfach schön.

Aber um Viertel vor sieben, nachdem sie die Nachrichten moderiert hatte, suchte sie der Produzent in ihrem Büro auf, wo sie sich noch einige Notizen machte, bevor sie nach Haus fuhr. Er trat ein und schloß die Tür. Mel sah ihn an.

»Hallo, Tom. Was gibt es?«

Er zögerte, und Mel bekam eine Gänsehaut. Wollte man sie feuern? Konnten sie das? Hatte Stevens doch gesiegt? »Ich möchte mit Ihnen sprechen, Mel.« Ach, verdammt.

»Gern. Setzen Sie sich.« Sie zeigte auf einen Stuhl. Das Büro war nicht gerade behaglich, aber sie hatte nur das eine zur Verfügung.

»Ich weiß nicht, wie ich es Ihnen beibringen soll, Mel...« Ihr Herz setzte aus. Mein Gott, sie wurde entlassen. Sie war in New York die gefeierte Topmoderatorin im Nachrichtendienst des Fernsehens gewesen, sie hatte vier Preise für Dokumentarfilme mit Interviews bekommen, die sie gemacht hatte, und dieser boshafte Giftzwerg, Paul Stevens, hatte es geschafft, daß sie hinausgeworfen wurde.

»Ja?« Sie konnte es ihm ebensogut leichtmachen, sie hoffte nur, daß sie nicht zu weinen beginnen würde, und wollte jetzt nur heim zu Peter. Zum Teufel mit ihrem Scheißjob und mit ihrer blöden

Sendung. Sie würde künftig zu Haus bleiben, ihr Kind zur Welt bringen und sich um ihre Rasselbande kümmern.

»Ich will Ihnen keine Angst einjagen.« Diese Einleitung war unverständlich. »Aber wir erhielten mehrere Drohungen …« Sie sah ihn verständnislos an. »Sie erreichten uns in der Woche, in der Sie krank waren. Und heute kam wieder eine.«

»Was für Drohungen?« Sie verstand ihn noch immer nicht. Drohte dieser miese Schweinehund mit seinem Ausscheiden? Um so besser. Die Einschaltziffern konnten daraufhin nur steigen. Aber das wollte sie Tom noch nicht sagen.

»Morddrohungen gegen Sie, Mel.« Sie starrte ihn an.

»Gegen mich?« Vor Jahren war es in New York vorgekommen, einem Irren hatte eine Sendung nicht gefallen, die sie gestaltet hatte, worauf er monatelang im Studio anrief und drohte, sie zu erwürgen, doch schließlich hatte es ihn gelangweilt, oder er hatte einfach aufgegeben. Mel war belustigt. »Wenigstens sieht hier auch jemand fern.«

»Ich meine es ernst, Mel. Wir hatten schon früher mal derartige Vorfälle. Wir sind hier in Kalifornien und nicht in New York. Bei uns wurden schon mehrere Attentate auf bedeutende Persönlichkeiten unternommen.«

Sie mußte einfach lächeln. »Ich fühle mich geschmeichelt, Tom, aber ich gehöre kaum zu dieser Schicht.«

»Für uns sind Sie wichtig.«

Sie war gerührt. »Danke, Tom.«

»Wir haben einen Leibwächter für Sie engagiert.«

»Was haben Sie? Das ist doch lächerlich … Sie glauben doch nicht wirklich …«

»Sie haben Kinder, Mel. Wollen Sie ein Risiko eingehen?« Seine Frage erschreckte sie.

»Nein, das will ich auf keinen Fall, aber …«

»Wir wollten Ihren Mann nicht in Unruhe versetzen, während Sie weg waren, aber wir nehmen die Drohung sehr ernst.«

»Warum?« Sie wirkte noch immer leicht belustigt. In ihrem Beruf kam so etwas immer wieder vor.

»Weil wir vorige Woche angerufen wurden, und der Mann sagte, es befinde sich eine Bombe in Ihrem Schreibtisch. Es war tatsächlich eine dort, Mel. Sie wäre genau dann explodiert, wenn

Sie Ihren Schreibtisch geöffnet hätten, und sie hätte uns alle ins Jenseits befördert, wenn Sie hier gewesen wären.« Ihr wurde plötzlich übel.

»Die Polizei verfolgt eine Spur. Aber inzwischen, während die Ermittlungen laufen, wollen wir Sie in Sicherheit wissen. Wir waren sehr froh, daß Sie letzte Woche nicht hier waren.«

»Das bin ich nachträglich auch.« Unwillkürlich zuckte ihr linkes Augenlid, während sie sprach; ein hochgewachsener, finster blickender Mann betrat das Zimmer. Tom stellte ihn ihr sofort vor. Es war ihr Leibwächter, und es waren dazu noch zwei andere engagiert worden. Die Direktion wollte, daß sie, wann immer sie kam oder ging, einen Begleiter hatte, und überließ ihr zwar die Entscheidung darüber, war jedoch der Ansicht, daß sie auch zu Haus beschützt werden sollte. Es war kein Geheimnis, mit wem sie verheiratet war, und jedermann konnte ihre Adresse ausfindig machen. Der Leibwächter hieß Timothy Frank, und als er an ihrer Seite das Gebäude verließ, hatte Mel das Gefühl, sie würde von einem wandelnden Kleiderschrank begleitet. Er war der größte, breitschultrigste, kräftigste Mann, den sie je gesehen hatte. Als er sie nach Haus brachte, dankte sie ihm. Man hatte sie gebeten, ihren Wagen in dieser Nacht in der Fernsehstation zu lassen und mit Tim in einem Wagen nach Haus zu fahren. Als sie bei ihrem Haus vorfuhr, sah sie, daß Peter schon zu Haus war.

Er blickte von den Papieren auf, die er durchsah. Es war gut, sie wieder im Haus zu wissen, aber er bemerkte erneut die Falte auf ihrer Stirn, und sie sah erschöpft aus.

»Unannehmlichkeiten bei der Arbeit?«

»Das kann man wohl sagen.« Sie sah mitgenommen aus. Tim war wieder weggefahren.

»Was ist nicht in Ordnung?« Sie erzählte ihm von der Bombe, und er starrte sie an. »Meine Güte, Mel. So kannst du nicht leben, und wir auch nicht.«

»Und was soll ich tun?«

Er sprach es äußerst ungern aus, aber sie war jetzt schwanger, und der Streß war einfach zu groß für sie. Selbst wenn man den Kerl in ein oder zwei Wochen faßte, würde das Bewußtsein, daß so etwas immer wieder eintreten konnte, sie zu sehr belasten, und ihn natürlich auch. Er wollte nicht, daß sie dieser Belastung ausgesetzt war. Und wenn sie den Kerl nicht erwischten? ... Ihn schauderte bei dem Gedanken, er stand auf und schloß die Tür seines Arbeitszimmers. Dann sah er sie ruhig an. »Ich glaube, du solltest deine Stellung aufgeben.«

»Das kann ich nicht.« Ihr Gesicht wurde hart wie Stein. »Ich habe schon einmal in New York das Theater mitgemacht, und ich habe damals nicht aufgegeben. Ich werde einer solchen Drohung nicht nachgeben.«

»Was für einen Grund brauchst du denn noch, um damit Schluß zu machen?« schrie er sie an. Ihnen schien kein Leben in Frieden beschieden zu sein, sterbende Patienten, aufsässige Kinder, Bombendrohungen, unerwartete Schwangerschaften. Es war fast mehr, als er ertragen konnte. »Was würdest du sagen, wenn jemand eine Bombe in diesem Haus deponiert und eines der Kinder getötet wird?«

Sie zuckte bei seinen Worten zusammen und wurde leichenblaß. »Wir haben rund um die Uhr einen Leibwächter.«

»Reicht der für fünf Kinder?«

»Verdammt noch mal, ich weiß es nicht...« Sie sprang auf. »Ich werde in ein Hotel ziehen, wenn du es willst. Aber wegen eines verdammten Irren werde ich meinen Job nicht aufgeben. Was weiß ich, vielleicht versucht Paul Stevens, mich ins Bockshorn zu jagen.«

»Ist das auch die Ansicht der Polizei?«

Sie war ihm eine ehrliche Antwort schuldig. »Nein. Aber sie haben einen Verdacht, wer der Kerl sein könnte.«

»Dann nimm dir Urlaub, bis sie ihn gefaßt haben.«

»Ich kann nicht, Peter. Verflixt, ich kann nicht. Ich muß meinen Verpflichtungen nachkommen.«

Er ging zu ihr und packte ihren Arm. »Man wird dich umbringen.«

»Das Risiko bin ich schon einmal eingegangen.« Ihre Augen blitzten. Er konnte sie nicht dazu bringen, ihre Arbeit aufzugeben, nicht nach all diesen Jahren. Ihr Job gehörte zu ihrer Persönlichkeit, und Peter hatte versprochen, das zu respektieren, in guten wie in schlechten Zeiten.

»Doch diesmal gefährdest du auch mein Kind. Daran mußt du denken!«

»Ich kann nicht ständig auf alles mögliche Rücksicht nehmen.«

»Du denkst nur an dich.«

»Hol dich der Teufel!« Sie rannte aus dem Zimmer und schlug die Tür zu, lief nach oben, und er sprach an diesem Abend kein Wort mehr mit ihr. Die Atmosphäre war wieder äußerst gespannt, und die Kinder spürten das deutlich. Mel rief am Abend den Produzenten an und nahm sein Angebot, ihr Leibwächter für sich selbst, ihren Mann und die Kinder zu stellen, an. Um ihre Sicherheit zu garantieren, war eine Armee erforderlich, aber die Fernsehstation war bereit, das Geld auszugeben. Das erzählte sie Peter, als sie zu Bett gingen. »Sie beginnen morgen früh um sechs.«

»Das ist doch lächerlich. Was soll ich tun? Einen Leibwächter zu der Visite mitnehmen?«

»Ich glaube nicht, daß du so sehr gefährdet bist. Vielleicht könnte er dich begleiten, wenn du das Krankenhaus verläßt. Das wirkliche Sicherheitsproblem bin ich.«

»Das ist mir klar.« Bei dem Gedanken wurde ihm übel. Am nächsten Morgen beim Frühstück erklärte Mel den Kindern die neue Situation. Sie rissen die Augen auf, und Mel versprach ihnen, daß für ihre Sicherheit gesorgt sein würde und daß man den Mann in ein paar Tagen fassen würde. Es war nur eine Bewachung für kurze Zeit, die sie auf sich nehmen mußten. Matt fand es aufregend. Mark war verlegen, weil ihn ein Leibwächter ins College begleiten mußte, und die Mädchen machten erschrockene Gesichter. Als schließlich alle mit den ihnen zugeteilten Polizisten zur Schule marschierten, suchte Mrs. Hahn Mel in ihrem Zimmer auf.

»Mrs. Hallum?« Sie sprach den Namen immer so aus, und Mel wandte sich zu ihr um.

»Ja, Mrs. Hahn?« Peter nannte sie mitunter auch Hilda, aber Mel tat das nie. Es gab auch kein »Mrs. Mel«, wie sie Raquel in New York immer genannt hatte.

»Ich wollte Ihnen sagen, daß ich infolge der Umstände kündige.«

Mel starrte sie an. »Wirklich?« Peter würde erschrecken und sich vielleicht sogar darüber ärgern. Sie brachte Unheil über sein Haus, aber es war nicht ihre Schuld.

»Ich glaube nicht, daß Sie hier einer Gefahr ausgesetzt sind, und wie ich den Kindern schon heute morgen erklärte, steht das Haus ständig unter Polizeischutz.«

»Ich habe noch niemals in einem Haus gearbeitet, in dem man die Polizei gebraucht hat.«

»Natürlich nicht, Mrs. Hahn. Aber wenn Sie es für einige Zeit über sich bringen könnten...« Sie war es Peter schuldig, wenigstens den Versuch zu unternehmen, sie umzustimmen.

»Nein.« Sie schüttelte entschieden den Kopf. »Das werde ich nicht tun. Ich verlasse dieses Haus sofort.«

»Ohne die Kündigungsfrist einzuhalten?«

Mrs. Hahn schüttelte wieder den Kopf und blickte Mel vorwurfsvoll an. »Als die Frau des Doktors noch lebte, ist nie so etwas vorgefallen.« Natürlich meinte sie Anne damit, sie war die Frau des Doktors, die wirkliche Mrs. Hallam, im Gegensatz zu Mel. Und nun konnte sich Mel nicht das Vergnügen versagen, sie mit einem kaum verhehlten Grinsen auf den Arm zu nehmen. Ihr brach kaum das Herz, weil diese Frau ging. Sie hatte sie von Beginn an nicht gemocht.

»Das Leben muß damals recht eintönig gewesen sein«, spottete sie lässig, und Hilda Hahn war sichtlich empört. Sie reichte Mel nicht einmal die Hand.

»Guten Tag. Ich habe in meinem Zimmer einen Brief für den Doktor hinterlassen.«

»Ich werde dafür sorgen, daß er ihn bekommt. Sie wollen nicht wenigstens bleiben, um sich von den Kindern zu verabschieden?« Das erschien Mel zwar gemein, aber sie wußte, daß Mrs. Hahn es überleben würde.

»Ich will keine Stunde länger in diesem Haus bleiben.«

»Ausgezeichnet«, stimmte Mel unbeeindruckt zu. Beinahe hätte sie Halleluja gerufen, als sich die Eingangstür hinter Mrs. Hahn schloß. Aber Peter war am Abend nicht so begeistert.

»Wer soll denn jetzt den Haushalt führen, Mel? Du hast doch keine Zeit dazu.« Sie suchte in seinem Blick eine Anklage gegen sie, fand aber eher Sorge.

»Wir werden jemand anderen finden.« Sie rief Raquel an, die aber noch immer nicht bereit war, nach Kalifornien zu kommen, und sie bat Mel, gut auf die Mädchen aufzupassen. »Inzwischen kann ich den Haushalt selbst mit Hilfe der Kinder meistern.«

»Großartig. Da gibt es jemanden, der Bomben legt, auf denen dein Name steht, und du mußt dafür sorgen, daß die Wäsche gewaschen und die Betten gemacht werden.«

»Du kannst mir ja auch dabei helfen.« Sie lächelte.

»Ich habe Wichtigeres zu tun.« Und die ständige Anwesenheit eines Leibwächters zu ertragen. Die gespannte Situation zerrte an seinen Nerven, während die Tage vergingen und der Bombenleger noch immer nicht gefaßt war. Es hatte vier weitere Drohungen gegeben, und in Mels Schreibtisch war eine defekte Zeitzünderbombe gefunden worden; schließlich hatte sogar Paul Stevens Mitleid. Er wußte jetzt, daß Mel schwanger war, sie hatte dunkle Ringe unter den Augen, weil sie nachts wach lag und sich fragte, wann man endlich den Mann, der ihr nach dem Leben trachtete, verhaften würde. Irgendwann würde er sicher gefunden werden, so war es immer gewesen, aber wie lange würde es noch dauern?

»Es tut mir leid, Mel, daß Sie damit konfrontiert sind.« Paul schloß eines Tages einen Waffenstillstand mit ihr und reichte ihr die Hand.

»Mir tut es auch leid.« Sie lächelte müde, nachdem sie ausgeblendet waren. Der Leibwächter hatte sich die ganze Zeit in ihrer unmittelbaren Nähe aufgehalten. Er befand sich ständig in Reichweite, und am Morgen, wenn die Kinder zur Schule gingen, wimmelte das Haus von Polizisten. Sie trieben Peter zum Wahnsinn, und er stritt die ganze Zeit mit Mel. Er hatte sich an seinen Schatten beinahe gewöhnt, aber die anderen waren für ihn nervenaufreibend. »Es ist nicht gerade angenehm«, sagte sie zu Paul.

»Und ich habe Sie beneidet«, war sein Kommentar.

»Ich weiß.« Sie wußte auch, warum. »Aber Sie müssen wenigstens nicht mit so einer Drohung fertigwerden.«

»Ich verstehe nicht, wie, zum Teufel, Sie dieser Belastung standhalten.«

»Vor allem mache ich mir wegen der Kinder Sorgen ... meiner eigenen ... seiner ... wenn einem von ihnen etwas zustößt, würde ich es mir nie verzeihen.« Die Überwachung dauerte schon einen Monat, und sie begann im Ernst daran zu denken, ihre Arbeit aufzugeben. Sie hatte mit Peter noch nicht über diesen Gedanken gesprochen, weil sie nicht wollte, daß er ihn aufgriff oder glaubte, daß sie schon einen endgültigen Entschluß gefaßt hatte. Aber sie hatte sich geschworen, wenn der Bombenleger nicht in den nächsten zwei Wochen verhaftet wurde, würde sie kündigen.

Paul Stevens war ehrlich erschüttert, als er über Mels Lage nachdachte. »Wenn es etwas gibt, das ich tun kann...« Sie schüttelte den Kopf, verabschiedete sich von ihm und fuhr zu ihrer Familie, aber es war nicht die gleiche zwanglose Gemeinschaft wie früher. Draußen standen unauffällig Polizeiwagen, und im Haus waren sich alle der drohenden Gefahr bewußt, die täglich in ihrer unmittelbaren Nähe lauern konnte.

»Glaubst du, daß sie ihn erwischen werden, Mom?« fragte sie Matt an dem Abend.

»Ich hoffe es sehr, Matt.« Sie hatte ihn auf dem Schoß und betete, daß er nicht in Gefahr war... keiner von ihnen sollte Schaden nehmen... sie blickte von ihm zu Pam und den Zwillingen. Mark war ausgegangen. An diesem Abend brachte Peter wieder das wichtigste Thema zur Sprache.

»Warum gibst du die Arbeit nicht auf?«

Sie wollte ihm nicht sagen, daß sie dies allmählich selbst wollte. »Ich bin kein Feigling, deshalb.« Aber ihr war etwas anderes eingefallen. »Wie wäre es, wenn wir wegfahren?«

»Wohin?«

Es war schon Juni, dachte sie mit einem Seufzer und sah Peter hoffnungsvoll an. »Warum fahren wir nicht alle für einige Zeit nach Marthas Vineyard?« Sie hatte das Haus dieses Jahr nicht gemietet, aber vielleicht war es dennoch für ein paar Wochen frei, sonst könnten sie auch ein anderes finden. Doch er schüttelte den Kopf.

»Das ist zu weit weg.« Sie war im vierten Monat, und man konnte ihr das schon ansehen. »Außerdem könnte ich dich nie zum Wochenende besuchen, wenn du dorthin fährst. Warum erholst du dich nicht hier in der Nähe?«

»Das vereitelt aber dann den ganzen Zweck der Reise.« Sie war alles leid und entsetzt über die hohen Kosten, die der Fernsehstation für die Leibwächter erwuchsen, aber niemand sprach von einem Ende der Bewachung. Die Polizisten waren auch sicherlich nicht schuld daran, daß sie ihr auf die Nerven gingen. Als sie am Morgen Matt ein Glas Milch eingeschenkt hatte, bat sie einer der

Männer: »Bitte, treten Sie von dem Fenster zurück.« Man wurde Tag und Nacht an den Attentäter und an die ständige Bedrohung ihres Lebens erinnert. »Wie wäre es mit Aspen?« Sie blickte Peter hoffnungslos an.

»Ich glaube nicht, daß die Höhenlage gut für dich ist.«

»Ebensowenig wie die Spannung hier.«

»Ich weiß nicht. Ich werde darüber nachdenken.« Sie machte sich auch Gedanken, und dabei wurde ihr klar, daß sie eigentlich nur eines wollte: davonlaufen. Sie hatte seit einem Monat mit dem Alptraum gelebt, sie konnte es nicht länger ertragen. Am Nachmittag fuhr sie zur Arbeit, setzte sich an ihren Schreibtisch, und ihr Leibwächter stand vor dem Zimmer. Dann kam der Produktionsleiter herein und lächelte ihr zu.

»Mel, wir haben eine gute Nachricht für Sie.«

»Ihr schickt mich für ein Jahr nach Europa?« Zum erstenmal spürte sie, daß sich ihr Kind bewegte. Sie hatte ihre Schwangerschaft in der Öffentlichkeit noch nicht erwähnt, weil sie befürchtete, daß der Wahnsinnige, der sie bedrohte, dadurch noch mehr aufgebracht würde. So blieb das Geheimnis, das sie in sich trug, durch den Tisch vor ihr, für ihr Publikum unsichtbar.

»Etwas viel Besseres.« Sein Lächeln wurde breiter, und sie sah, daß Paul Stevens wohlwollend aus dem Korridor hereinschaute.

»Ihr gebt Paul meinen Job.« Paul grinste und nickte bestätigend, während Mel lachte. Sie waren jetzt fast Freunde als Folge der Qualen des letzten Monats.

»Sie haben den Wahnsinnigen verhaftet, der Sie bedroht hat.«

»Wirklich?« Ihre Augen weiteten sich und füllten sich mit Tränen. »Dann ist also der ganze Spuk vorbei?« Er nickte, und sie begann zu zittern.

»Du meine Güte.« Sie legte den Kopf auf den Tisch und schluchzte.

32

»Nun, mein Schatz«, Peter sah sie glücklich an, während sie am Swimming-pool saßen; alle Kinder waren ausgeflogen, und es herrschte bei ihnen wieder Friede. »Womit vertreiben wir uns diese Woche die Zeit? Wenigstens kann uns niemand vorwerfen, daß wir ein wenig abwechslungsreiches Leben führen.«

»Da sei Gott vor.« Sie legte sich zurück und schloß die Augen. Sie wußte, was sie unternehmen wollte. Sie wollte nach Marthas Vineyard fahren und im heißen Sand liegen, aber nun hatten schon alle Kinder andere Ferienpläne gemacht. Peter saß in seiner Klinik fest, und sie hatte sich bereit erklärt, in diesem Jahr auf einen Urlaub zu verzichten und statt dessen Mutterschaftsurlaub zu nehmen. Das Kind sollte zum Thanksgiving Day auf die Welt kommen, und sie würde ab ersten Oktober zu Haus bleiben.

»Ich habe eine Idee, Mel.«

»Wenn ich mehr tun soll, als mich in den Pool fallen zu lassen, dann verlege die Verkündung deiner Idee auf später.« Ihre Augen waren geschlossen, während er langsam auf sie zuging.

»Warum sehen wir uns heute nicht ein paar Häuser an?« Sie schlug die Augen auf.

»Du machst natürlich Witze.«

»Nein, ich meine es ganz ernst.«

Sie war vollkommen verblüfft. »Wirklich?«

»So ungern ich es zugebe, wir haben wirklich keinen Raum, in dem wir unser neues Familienmitglied unterbringen könnten, außer vielleicht in der Garage, und ich glaube, es würde uns zum Wahnsinn treiben, wenn wir uns mit einem Anbau befassen wollten. Deine Töchter brauchen auch ihre eigenen Zimmer...« Mel war es klar, wie schwer es ihm fiel, Irrtümer einzugestehen, und sie streckte die Arme aus. Er wußte, wie sehr sie sich danach sehnte, aus Annes Haus auszuziehen, und daß sie die Hoffnung längst aufgegeben hatte.

»Willst du nicht lieber hierbleiben? Mir würde es wirklich nichts ausmachen. Wir können uns für die nächsten Jahre etwas einfallen lassen, und Mark wird ohnehin bald ausziehen.« Er hatte beschlossen, seine Junior- und die beiden Senior-Collegejahre an einer Universität im Osten zu absolvieren, er würde also nur noch ein Jahr bei ihnen wohnen, und Jess hatte sich schon entschlossen, nach Yale zu gehen, wenn sie es schaffte... »Die Kinder sind praktisch erwachsen.«

»Das ist schön.«

»Du bist der netteste Mann, den ich kenne.« Sie küßte ihn zart auf die Lippen, und seine Finger glitten ihr Bein hinauf. »Hmmm... nimmst du an, daß uns hier jemand sehen kann?«

»Nur ein paar Nachbarn, und was ist schon ein bißchen Leidenschaft zwischen Freunden?«

Daraufhin führte er sie ins Haus, und sie liebten einander; ihr Gefühl war so stark wie am ersten Tag. Nachher brachte er ihr den Lunch auf einem Tablett, und sie lag bequem, glücklich und entspannt im Bett. »Warum bist du so gut zu mir?«

»Ich weiß nicht. Ich muß in dich verliebt sein.«

»Ich liebe dich auch. Hast du das mit dem neuen Haus ernst gemeint?« Sie fand die Idee herrlich, wollte ihn aber nicht drängen. Sie wußte, wieviel ihm das alte Haus bedeutete, und wieviel Mühe er, bescheiden hinter Anne zurücktretend, dafür aufgewendet hatte. Aber aus Mels Sicht würde es immer Annes Haus bleiben, nicht einmal seines, sondern nur Annes. Auch jetzt noch.

»Natürlich.« Sie beendete strahlend ihre Mahlzeit, dann standen sie auf und fuhren ein wenig umher, fanden da und dort ein Haus, das ihnen gefiel, doch keines davon war zu verkaufen.

»Auf diese Weise dauert es Jahre, bis wir das Richtige finden.«

»Wir haben ja Zeit.«

Sie nickte entspannt; sie genoß den Sonntagnachmittag. Das nächste Wochenende fiel auf den vierten Juli. An diesem Tag fanden sie wie durch Zufall das ideale Haus für sie. »Mein Gott« – Mel sah Peter an, während sie es zum zweitenmal besichtigten –, »es ist riesig.«

»Vielleicht bedeutet es einen Schock für dich, Mrs. Hallam, aber wir haben sechs Kinder.«

»Fünfeinhalb.« Es waren Zimmer für alle vorhanden, sowie je ein Arbeitszimmer für Peter und für Mel, die sie benutzen konnten, wenn sie zu Haus zu tun hatten; es gab einen schönen Garten, einen großen Swimming-pool und einen kleinen Pavillon für die Kinder und deren Freunde. Es verfügte über absolut alles, was sie brauchten, und es lag in Bel-Air, das gefiel Peter.

»Also, Mrs. Hallam?«

»Ich weiß nicht, Doktor. Was meinst du? Können wir es uns leisten?«

»Wahrscheinlich nicht. Aber wenn wir mein Haus verkaufen, wird es gehen.«

Er sprach zum erstenmal von seinem Haus. Die Villa gefiel Mel. »Warum leisten wir nicht gleich eine Anzahlung?« Es war ein Projekt, zu dem sie beide finanziell beitragen mußten, sonst konnten sie den Kaufpreis nicht aufbringen, und das fand Mel ausgezeichnet. Sie wollte ein Haus, das ihnen beiden zu gleichen Teilen gehörte, und sie konnte das Geld aus dem Verkauf ihres New Yorker Hauses investieren. In der darauffolgenden Woche boten sie Peters Villa zum Verkauf an; sie fanden erst am Labour Day einen Käufer, aber das andere war zum Glück noch nicht vergeben.

»Laß uns einmal nachsehen.« Peter warf einen Blick auf den Kalender, als sie den Kaufvertrag unterschrieben. »Das Baby sollte am achtundzwanzigsten November kommen ... heute haben wir den dritten September ... du nimmst in vier Wochen Urlaub von deiner Fernsehstation. Es bleiben dir also genau zwei Monate, um dieses Haus für uns einzurichten, und mit ein wenig Glück könnten wir zum Thanksgiving einziehen.« Er blickte Mel sachlich an, und sie lachte.

»Machst du einen Witz?« Obwohl das Haus in ausgezeichnetem Zustand war, wollten sie Fenster und Türen streichen, die Räume frisch tapezieren lassen, den Garten stellenweise verändern, sie mußten Möbelstoffe aussuchen und Vorhänge bestellen ... neue Teppichböden ... »Träum nur weiter.«

Peter sah sie überrascht an. »Willst du nicht, daß dein Kind schon in dem neuen Haus zur Welt kommt?« Sie hätte es gern geschafft, ihr Nestinstinkt war sehr ausgeprägt, aber sie hatte noch drei größere Interviews zu machen, bevor sie ihren viermonatigen Urlaub antrat.

»Es ist übrigens auch dein Kind.«

»Unser Kind.« Da meldete sich das Funkgerät, und der Immobilienmakler starrte die beiden an.

»Sind Sie beide eigentlich immer so beschäftigt?«

»Fast immer.« Mel lächelte. Nach acht Monaten Ehe waren sie beide schon an den Streß gewöhnt; in dieser Zeit hatte Peter neunzehn Herztransplantationen, zahllose Bypass-Operationen durchgeführt, und sie hatte einundzwanzig größere Interviews gemacht, sowie fünfmal wöchentlich die Abendnachrichten moderiert. Die Einschaltziffern waren, wie vorauszusehen war, gestiegen. Peter ging in ein anderes Zimmer, um sein Büro anzurufen, stürzte wieder herein und verabschiedete sich mit einem Kuß von Mel.

»Ich muß weg. Wir haben ein Herz.« Es handelte sich um den Organspender, auf den sie verzweifelt gewartet hatten; Peter hatte schon fast die Hoffnung aufgegeben. »Führst du die Verhandlungen zu Ende?« Sie nickte, er verschwand, und sie hörten seinen Wagen davonrasen, während der Immobilienmakler wieder den Kopf schüttelte.

33

»... und ich danke dir, lieber Gott, für meine Oma« – er sah sich hilflos um, grinste und sprach leiser – »und für mein neues Fahrrad. Amen.« Die gesamte Thanksgiving-Gesellschaft lachte. Matthew war in dieser Woche sieben geworden, und seine Großmutter hatte ihm ein funkelnagelneues, rotes Fahrrad geschenkt. Dann faltete Matt die Hände noch einmal und kniff die Augen zusammen. »Und ich danke dir auch für Mel.« Er warf Val und Jess einen entschuldigenden Blick zu, aber es war zu spät, um noch einmal von vorne zu beginnen. Alle brannten darauf, sich auf das Essen zu stürzen. Peter hatte den Truthahn schon tranchiert, und Pam hatte nach ihrem Lieblingsrezept kandierte Süßkartoffeln zubereitet. Die Zwillinge hatten den Rest besorgt, und alle waren in Festlaune, auch Mel, die behauptete, sie habe keinen Platz, um etwas zu essen. Das Kind gab ihr das Gefühl, aufgebläht zu sein. Seit zwei Monaten hänselte Peter sie damit, daß es wieder Zwillinge werden würden, doch der Arzt schwor, daß das nicht der Fall war. Er konnte die Herztöne von nur einem Kind hören. Mel hatte sich trotz ihres Alters dafür entschieden, den Fruchtwassertest nicht machen zu lassen, sie hatte keine Ahnung, welches Geschlecht das Kind haben würde. Wie auch immer, es ziemlich groß. Es sollte in zwei Tagen zur Welt kommen, und Mel war froh, noch den Thanksgiving Day mit der Familie verbringen zu können. Sie hatte schon befürchtet, daß sie zu dieser Zeit im Krankenhaus liegen würde. Sie hatten zwar eine neue Haushälterin, die jedoch den Feiertag über frei haben wollte, so daß Mel selbst die Mahlzeit zubereitet hatte.

»Will jemand noch eine Portion?« Peter blickte mit zufriedenem Lächeln in die Runde. Seinem letzten Transplantationspatienten ging es gut. Und die große Familie war vor drei Wochen in das neue Haus eingezogen. Es roch zwar noch überall nach frischer Farbe, aber keiner beschwerte sich deswegen. Alles sah sauber und frisch aus, jeder hatte sein eigenes Zimmer, sogar für den erwarteten Familienzuwachs war vorgesorgt, und sein Zimmer war schon mit Spielzeug angefüllt. Matthew hatte einen Teddybären und einige alte Cowboycolts gestiftet. Pam hatte, ohne Mel ein Wort zu sagen, einen Strampelanzug für das Baby gestrickt, den es tragen sollte, wenn es vom Krankenhaus nach Haus kam. Sie war schrecklich nervös, ob sie auch die richtige Größe erwischt hatte; die ganze Familie wußte von ihrem Vorhaben, außer Mel, die weinte, als sie an ihrem letzten Arbeitstag nach Haus kam, das Geschenk auspackte und nach ihren für einige Zeit letzten Freitagabend-Nachrichten eine gewisse Leere spürte.

Es hatte fast ein Jahr gedauert, bis sich alle aneinander gewöhnt hatten, und in mancher Hinsicht würde es ihnen nie gelingen, sich ganz einig zu sein. Mel würde immer wieder aus dem Haus stürzen, um die Nachrichten zu moderieren, und Peter würde sich um zwei Uhr morgens davonschleichen, um ein geschädigtes Herz wieder in Gang zu setzen. Aber jetzt hatten sie ein anderes Verhältnis zueinander. Es gab einen stärkeren Zusammenhalt als früher. Sie hatten in einem Jahr vieles erlebt, die Drohungen gegen Mel, die katastrophalen Folgen der Romanze zwischen Val und Mark ... das Ungeborene ... die Belastung, die die neue Ehe für sie alle bedeutete ... sogar der Geist Annes wurde bezwungen. Mel hatte das Porträt mitgenommen, es hing jetzt in Pams Zimmer, dort wirkte es gut. Mels Möbel aus New York waren endlich aus dem Lager gekommen und ausgepackt.

»Glücklich, Liebste?« fragte Peter, als sie in ihrem Zimmer vor dem Kamin saßen. Die Kinder befanden sich alle in dem großen

Raum neben dem Swimming-pool, in dem sie fröhlich spielten. Mel sah Peter an und ergriff seine Hand.

»Ja, abgesehen davon, daß ich zuviel gegessen habe.«

»Das merkt man gar nicht.« Sie lachten beide über die riesige Wölbung, die sich ein wenig zu verschieben schien, wenn das Baby strampelte. Seit einigen Tagen war es besonders eifrig, und Mel wartete schon sehnsüchtig auf die Geburt. Besonders nach dem heutigen Abend. Nach diesem Feiertag war sie bereit, das Kind zu bekommen, das erklärte sie Peter, als sie zu Bett gingen. »Sag das nicht heute abend, sonst hört es dich und kommt heraus.« Beide lachten und gingen zu Bett, doch zwei Stunden später stand Mel auf und spürte einen wohlbekannten Schmerz im Unterleib. Sie setzte sich zuerst in einen Stuhl, hatte aber nur das Bedürfnis, herumzugehen. Sie wanderte ins Erdgeschoß und sah hinaus in den Garten, der im nächsten Frühjahr voller Blüten stehen würde und schon jetzt sehr hübsch aussah, setzte sich in das Wohnzimmer und fühlte, daß dies ein richtiges Zuhause war, nicht seines oder ihres, sondern etwas, das sie gemeinsam geschaffen und in Besitz genommen hatten, wie ein ganz neues Leben.

Dann wanderte sie wieder zurück in ihr Schlafzimmer und legte sich hin, doch das Baby strampelte zu wild, und plötzlich spürte sie einen kurzen brennenden Schmerz im Unterbauch und keuchte leise. Sie setzte sich auf und wartete ab, wie es weitergehen würde; der Schmerz kam wieder, und sie berührte glücklich Peters Hand.

»Hmmm?« Er reagierte kaum, es war erst vier Uhr früh.

»Peter?« Sie flüsterte seinen Namen nach der dritten Wehe. Sie wußte, daß es noch Stunden dauern würde, wollte aber nicht allein sein. Sie wollte die ganze Aufregung mit ihm teilen. Das war der Augenblick, auf den sie gewartet hatten, vor allem Peter.

»Was?« Plötzlich hob er den Kopf und sah sie aufmerksam an.

»Vielleicht ist es nur falscher Alarm.« Sie blickte auf ihren dicken Bauch und lachte, aber das Lachen war nur kurz, denn es folgte eine neue Wehe, diesmal mit einem heftigen Schmerz in ihrem Rücken. Sie keuchte und griff nach seiner Hand, er stützte sie, während sie heftig atmete. Als der Schmerz abklang, sah er auf die Uhr. »In welchen Abständen kommen sie jetzt?«

Sie lachte wieder und sah ihn liebevoll an. »Ich weiß nicht. Ich vergaß, auf die Uhr zu sehen.«

»O Gott.« Er setzte sich im Bett auf. Mit Herzoperationen kannte er sich aus, aber der Geburt von Babies stand er vollkommen hilflos gegenüber, und er hatte sich neun Monate lang Mels wegen Sorgen gemacht. »Wie lange bist du denn schon munter?«

»Ich weiß es nicht. Beinahe die ganze Nacht.« Es war jetzt fünf Uhr.

»Wie lange haben deine Wehen bei den Zwillingen gedauert?«

»Verdammt noch mal, ich weiß es nicht mehr. Das war vor siebzehneinhalb Jahren. Ich nehme an, einige Zeit.«

»Du bist wirklich eine große Hilfe.« Er setzte sich auf, ließ sie aber dabei nicht aus den Augen. »Ich werde den Gynäkologen anrufen. Zieh dich an.« Sie hatte wieder eine Wehe, die kam ihr länger vor als die vorhergehenden. Er geriet in Panik, wollte es sich aber nicht anmerken lassen. Er wollte nicht, daß sein Kind zu Haus geboren wurde. Er wollte, daß Mel sich im Krankenhaus befand, für den Fall einer Komplikation. »Los!« Er half ihr beim Aufstehen, und sie fragte ihn eine Minute später verträumt:

»Was soll ich anziehen?«

»Um Himmels willen, Mel! Irgend etwas... Jeans... ein Kleid...« Sie watschelte davon, dann platzte die Fruchtblase, und sie rief aus dem Badezimmer nach ihm, wo sie sich in Handtücher gewickelt hatte. Der Gynäkologe riet Peter, sie sofort ins Krankenhaus zu bringen, und sie ließen für die Kinder eine Nachricht auf dem Küchentisch zurück, die sie alle sehen würden, wenn sie aufstanden. »Bin ins Krankenhaus gefahren, um mein Baby zu kriegen, Küsse, Mom«, schrieb sie lächelnd, während Peter sie zur Eile drängte. »Würdest du dich bitte beeilen?«

»Warum?« Sie sah vollkommen ruhig aus, und Peter beneidete sie.

»Weil ich unser Kind nicht im Wagen entbinden will.« Er hatte endlich Annes Mercedes verkauft und für Mel einen neuen Wagen gekauft.

»Warum nicht?«

»Kümmere dich nicht darum, du Neunmalkluge!« Er hatte sich ihr noch nie näher gefühlt, während er die vertraute Route fuhr, die er so oft spät nachts zurücklegte, und als er sie ins Krankenhaus führte und sie im Rollstuhl in den Kreißsaal fuhr, war er unsagbar stolz.

»Ich kann allein gehen, weißt du.«

»Warum sollst du gehen, wenn du fahren kannst?« Mit diesem Scherz überspielte er seine wahren Gefühle. Tausend Gedanken rasten durch seinen Kopf, und er betete darum, daß alles glatt verlaufen würde. Er hatte den Eindruck, daß das Kind sehr groß war, und hatte sich gefragt, ob man nicht einen Kaiserschnitt vornehmen sollte. Er stellte dem Gynäkologen diese Frage vor dem Kreißsaal noch einmal, und sein alter Freund tätschelte seinen Arm.

»Es geht ihr ausgezeichnet. Sie hält sich großartig.« Es war inzwischen acht Uhr geworden, und sie lag seit fünf oder sechs Stunden in den Wehen.

»Wie lange, glaubst du, wird es noch dauern?« Er sprach leise, damit Mel ihn nicht hörte, und der Arzt lächelte.

»Eine Weile.«

»Du redest genau wie Mel.« Peter funkelte ihn an, und sie gingen hinein. Mel sagte, sie wolle pressen, und der Gynäkologe meinte, es sei zu früh, aber als er wieder nachsah, stellte er fest, daß sich der Gebärvorgang in der letzten halben Stunde sprunghaft beschleunigt hatte, und ließ sie in den Kreißsaal fahren, wo sie so heftig preßte, daß sie krebsrot wurde, während Peter und die Schwestern ihr Mut zusprachen.

»Ich kann den Kopf des Kindes sehen, Mel«, rief der Arzt, und sie strahlte.

»Wirklich?« Ihr Gesicht war triefendnaß und ihr Haar sah auf den weißen Laken mehr denn je wie eine Flamme aus; Peter hatte sie noch nie mehr geliebt als jetzt, während sie immer wieder preßte, und plötzlich hörten sie einen Schrei. Peter machte einen großen Schritt, um zu sehen, wie das Baby geboren wurde. Tränen liefen über seine Wangen, während er lächelte.

»O Mel... es ist so schön...«

»Was ist es?« Doch sie mußte wieder pressen.

»Wir wissen es noch nicht.« Alle lachten, dann kamen die Schultern heraus, der Körper, die Hüften und Beine... »Ein Mädchen!«

»Ach, Mel.« Peter ging an das Bettende, wo ihr Kopf lag, küßte sie mitten auf den Mund, und sie lachte und weinte mit ihm gemeinsam; sie reichten ihr das Neugeborene. Er wußte, wie sehr sie sich einen Sohn gewünscht hatte, aber sie erinnerte sich glücklicherweise nicht daran, während sie ihre Tochter in den Armen hielt. Dann verzog sie das Gesicht und faßte nach Peters Arm, während ihr jemand das Baby abnahm.

»O Gott... das tut weh...«

»Es handelt sich jetzt nur um die Nachgeburt.« Der Arzt war nicht besorgt. Dann sah Peter, wie er die Stirn runzelte, und panische Angst durchfuhr ihn.

Es ging etwas in Mel vor, sie hatte wieder entsetzliche Schmerzen, noch stärkere als zuvor.

»Ach... Peter... ich kann nicht...«

»Doch... du kannst«, sprach der Arzt ihr leise Mut zu, während Peter ihre Hand hielt, und er fragte sich, warum, zum Teufel, sie nicht nachsahen, was nicht in Ordnung war; sie preßte mit aller Kraft, und plötzlich ertönte noch ein Schrei, Peter riß die Augen weit auf, und Mel starrte ihn an, sie wußte in diesem Augenblick, was geschehen war.

»Nicht noch einmal...« Peter begriff noch immer nicht, und der Arzt lachte, dann ertönte noch ein Schrei. Jetzt begriff Peter und begann auch laut zu lachen. Sie hatten wieder Zwillinge, und niemand hatte es vorher gewußt, ebenso wie damals bei Jess und Val. Sie blickte halb kläglich, halb belustigt zu ihm hinauf. »Wieder zwei.«

»Ja, Ma'am.« Der Doktor reichte das neue Baby diesmal Peter, der es mit einem beinahe ehrfürchtigen Blick in den Händen hielt und es dann Mel reichte. »Madam« – aus seinen Augen strahlte die Liebe, als ihre Blicke sich trafen –, »Ihr Sohn.«